Shane Stevens est né à New York en 1941. Il a écrit huit romans (dont deux sous le pseudonyme de J.W. Rider) entre 1966 et 1981 avant de disparaître dans l'anonymat. Après *Au-delà du mal* (Éditions Sonatine, 2009), *L'heure des loups* paraît en 2011 chez le même éditeur.

L'HEURE
DES LOUPS

DU MÊME AUTEUR
CHEZ POCKET

AU-DELÀ DU MAL
L'HEURE DES LOUPS

SHANE STEVENS

L'HEURE
DES LOUPS

Traduit de l'anglais (États-Unis)
par Édith Ochs

ÉDITIONS SONATINE

Titre original :
THE ANVIL CHORUS
Éditeur original : Caroll & Graf Publishers, Inc.

Pocket, une marque d'Univers Poche,
est un éditeur qui s'engage pour la préservation
de son environnement et qui utilise du papier fabriqué
à partir de bois provenant de forêts gérées
de manière responsable.

© Shane Stevens, 1985
© Sonatine, 2011, pour la traduction française
ISBN : 978-2-266-21394-3

*Pour Beate et Serge Klarsfeld
avec respect et admiration*

LIVRE PREMIER

PROLOGUE

6 avril 1975 – Paris

La Ville Lumière attire tous ceux qui viennent, mais pour certains, cette lumière s'éteint vite.

Le tour de Dieter Bock vint à l'heure du loup, à 4 h 29 précises par un petit matin froid et humide, dans une pension lugubre de la rive droite. Il vint sous la forme d'un sifflement, un son aigu, brutal, provoqué par le passage forcé de l'air quand la corde de piano lui entailla profondément la gorge. La toute dernière sensation qu'il éprouva fut l'écoulement chaud de l'urine éclaboussant sa jambe gauche. Dieter Bock expira, comme les autres, quand il s'y attendait le moins.

Une main gantée se tendit pour écraser une dernière cigarette. Quelqu'un poussa un soupir d'impatience. Il avait encore à faire, des traces à effacer, avant d'en avoir fini. Les mains gantées se mirent à l'œuvre avec détermination tandis que le corps sans vie pendu à la conduite du plafond se vidait lentement.

Dehors, dans le couloir, un ivrogne solitaire titubait en regagnant son logis et éructait sans retenue contre le monde. La lumière de l'unique ampoule ne parvenait pas tout à fait jusqu'à sa porte et il maudit bruyamment l'obscurité tout en fouillant dans sa poche à la recherche de sa clé. Ses propos furent accueillis par des cris encore plus sonores de l'autre côté des minces cloisons : un sac à vin, qu'il était, et qui puait par-dessus le marché ; un sale enfoiré, une vraie cloche que les flics allaient venir ramasser, et bon débarras !

Le silence se réinstalla bientôt à l'étage, lourd manteau qui enveloppa les pas souples en train de s'éloigner. On ne vit personne quitter l'immeuble et tout ce qui resta ensuite dans les mémoires, ce fut que le pochtron du 410 avait encore remis ça.

La mort de Dieter Bock, un ancien commandant SS qui avait passé trois ans dans une prison allemande dans les années cinquante, retint peu l'attention sur le coup, et certains y virent la fin de l'intérêt des médias pour les crimes de guerre. Après tout, la chute de l'Allemagne nazie remontait à trente ans, et les criminels qui l'avaient servie avaient pris de l'âge et n'allaient pas tarder à disparaître. Bock, par exemple, avait cinquante-six ans au moment de sa mort et d'autres types de son espèce mouraient tout le temps. Mieux valait laisser la nature suivre son cours. Le monde avait changé, et une Europe plus démocratique avait surgi des cendres de la guerre. Les souvenirs douloureux s'estompaient et méritaient d'être voués à l'oubli.

Cependant, la mort de Bock en ce trentième anniversaire réveilla l'intérêt pour la poursuite des criminels de guerre nazis. Assez curieusement, elle servit aussi de point de départ à la plus grande chasse au trésor de l'histoire, laquelle laissa dans son sillage un mystère impressionnant qui subsiste à ce jour.

Dans les dossiers secrets du Département d'État américain, l'affaire Bock a pour nom de code « L'Enclume ». Le gouvernement de l'Allemagne de l'Ouest et celui de l'Allemagne de l'Est l'appellent *Nibelung*. L'Autriche et la Suisse affirment n'être au courant de rien, de même que l'État d'Israël. Et en France, où tout a recommencé par ce triste dimanche parisien où Dieter Bock est mort entre 4 heures et 5 heures du matin, on l'appelle simplement *L'Heure du loup*.

L'heure où la chasse commence.

1

Tout est tellement facile pour les jeunes ; ils ne se laissent pas embarrasser par la sagesse ni l'expérience.

« Suicide, trancha le jeune enquêteur de la Préfecture. Purement et simplement. »

Ils se tenaient à l'écart, dans un coin de la pièce, les mots chargés de sous-entendus, les yeux plissés avec cet air prudent qui semble être l'apanage des policiers. Ils avaient regardé pendant qu'on décrochait le cadavre et qu'on défaisait le nœud ; sur le sol, un contour à la craie marquait l'emplacement où le corps était tombé. On avait pris toutes les photographies, relevé chaque détail. Que pouvait-on faire de plus pour un suicide ?

« Pas si simple », répliqua l'inspecteur, un grand type élancé.

Il était plus âgé et plus avisé, et il en avait déjà vu un rayon. Pendant la guerre d'Algérie, il avait fait tomber un général qui avait assassiné deux prostituées. Un général de l'armée française ! Il avait bien failli y laisser sa peau, mais il n'avait pas lâché le morceau. Il y avait quinze ans de ça, quand il était jeune, lui aussi, et qu'il ne manquait pas de cran. Après ça, rien n'aurait pu le démonter, mais il savait qu'il ne dépasserait jamais le grade d'inspecteur. Il s'était fait des ennemis puissants au passage.

« Pas si simple, répétait-il à présent en réfléchissant.

— Que voulez-vous dire ?

— Tout. (L'inspecteur soupira et échappa à sa rêverie.) Ça, dit-il en pointant le tuyau au-dessus de leurs têtes.

— Il s'est pendu.

— Avec une corde à piano ? »

Le jeune enquêteur s'insurgea. Ce pouvait être quoi d'autre ? Les policiers qui avaient découvert le corps avaient signalé que la porte était verrouillée de l'intérieur ; ils avaient dû l'enfoncer à coups de pied. Regardez-moi ça ! La serrure était encore accrochée par deux vis ; le loquet sur le chambranle avait été projeté au milieu de la pièce sous l'effet des coups de boutoir. Et les fenêtres étaient aussi fermées de l'intérieur, ce qui signifiait qu'il était seul quand il était monté sur la chaise et avait passé la tête dans le nœud coulant. Forcément.

L'inspecteur comprenait son jeune collègue, mais les faits ne coïncidaient pas toujours. Une fois, il avait eu à s'occuper d'un meurtre évident, dont la victime avait été tuée à bout portant par une arme qui restait introuvable. Un meurtre évident, du moins jusqu'à ce qu'il découvre qu'en raison de l'assurance, la victime avait fixé le pistolet sur une chambre à air en caoutchouc qui avait ramené l'arme dans le conduit de la cheminée après le coup de feu. La mort n'arrivait jamais par hasard, et la vie non plus. Elle n'en finissait pas d'inventer de nouvelles façons de s'y prendre.

Un brouhaha se fit entendre dans le couloir, des pieds gravirent l'escalier et puis des voix, des murmures qui grossirent jusqu'à ce que deux brutes dégagent l'entrée. C'étaient des agents du gouvernement en costume bleu sombre qui auraient pu passer pour des banquiers. Une minute plus tard, un troisième homme pénétra dans la pièce d'un pas imposant : Junot, le chef de service du SDECE. Il n'avait pas l'air content.

Le Service de documentation extérieure et de contre-espionnage s'occupait de la sécurité interne au ministère de la Défense, souvent en compétition directe avec la Direction de la Surveillance du territoire, surnommée la DST, ce dont le SDECE se contrefichait royalement. La méfiance était son fonds de commerce et ses agents faisaient du bon boulot. De même que le directeur de la Deuxième division, qui à présent faisait face à ceux qui se trouvaient dans la chambre avec un dégoût visible, tandis que son œil exercé cherchait l'inspecteur principal.

« Un suicide ? »

C'était presque un ordre.

« Un meurtre ! »

César Dreyfus observa en silence le visage hautain devant la porte passer de l'incrédulité au doute avant de s'en tenir finalement à la prudence.

Ça n'avait pas traîné. Le rapport sur la mort de Dieter Bock avait très vite atterri à l'antenne de la rue Saint-Dominique dans le 7e arrondissement, quartier de l'École militaire. Son nom figurait sur une liste de surveillance minimale concernant des individus à contrôler périodiquement, des gens qui ne posaient pas nécessairement de problème, mais qui pouvaient en occasionner. Dans le cas de Bock, son passé nazi risquait de conduire à des actes de vengeance qui présenteraient un trouble à l'ordre public.

Toutes les polices parisiennes utilisaient ces listes de sécurité et comme Bock était répertorié comme nazi, la

Deuxième division de Junot avait été immédiatement alertée. Son secteur était le Moyen-Orient, essentiellement les groupes palestiniens et, bien entendu, les Israéliens. Le passé nazi était un fantôme qu'on ne voyait ni ne sentait plus, mais il relevait de leur responsabilité. Sa responsabilité.

En attendant, la police continuait sa fouille méthodique des effets du mort. On trouva des papiers, des lettres et des reçus, et, dans le placard, une boîte en métal avec vingt mille francs. Le vol n'était donc pas le mobile, comme César s'en était douté. Pendre signifiait généralement qu'il y avait vengeance.

Junot l'entraîna à l'écart.

« Vous devez vous rendre compte que c'est une affaire pour mon bureau.

— Bien sûr, sauf si c'est un meurtre. »

La voix était onctueuse, presque moqueuse.

« Les hommes ont dû pénétrer par effraction. » César opina en silence.

Deux yeux le dévisagèrent, soupesant sa détermination.

« Et comment quelqu'un s'y prend-il pour quitter une pièce fermée de l'intérieur ?

— Ça peut se faire.

— Mais est-ce le cas ?

— Oui.

— Montrez-moi.

— Regardez derrière vous », dit César, en pointant le doigt. Le directeur se retourna, dubitatif.

« La porte. »

César se pinça l'arête du nez d'un geste nerveux. Il aurait voulu les voir disparaître, tous ces costumes bleus du SDECE. Peut-être alors aurait-il pu se remettre au boulot. Les indices étaient là, quelque chose, n'importe quoi. Ce qu'il lui fallait, c'était du temps… et un peu de baraka, toujours. Du coin de l'œil, il voyait le jeune inspecteur qui se rapprochait peu à peu, curieux.

« Je ne comprends pas, déclara Junot avec irritation. Qu'est-ce que la porte… »

César lui indiqua le verrou à targette qui pendait, détaché du chambranle.

« Les trous des vis sont disposés à un angle de quatre-vingt-dix degrés vers le bas. (Son doigt traça un cercle autour des trous qu'il avait repérés plus tôt.) En frottant suffisamment de beurre sur le verrou, le pêne va venir tout seul s'encastrer dans la gâche, comme… ceci ! Il suffit de claquer la porte. »

Il sortit un petit tournevis de sa veste.

« D'ailleurs le verrou est neuf. Notez qu'on l'a gratté pour lui donner l'aspect du vieux, mais les trous sont récents. »

Ils remirent les vis en place et enduisirent le verrou de lubrifiant. Cela marcha à chaque fois, le pêne venant se loger dans la gâche.

La chambre était verrouillée.

César sourit à son jeune associé, mais le directeur n'était pas satisfait. On ne lui présentait que des présomptions, rien de solide. Où étaient les faits tangibles, la preuve d'un meurtre ?

« Où ?

— Ce n'est que le début, convint César. Il y a davantage.

— Tiens donc ! rugit Junot. Alors peut-être qu'il a mis le verrou pour pouvoir pourrir tranquillement ici ; regardez-moi ce trou à rats. Ou peut-être n'était-il pas fou du tout. Peut-être une histoire d'assurance qui ne verserait rien en cas de suicide.

— Comme il vous plaira, protesta César, mais tout de même, il reste qu'il a été pendu par quelqu'un.

— Il a été pendu, constata donc Junot d'un air définitif. (Il se frotta les mains, brusquement plein d'animation. Un ton d'autorité.) Nous n'en savons pas plus, monsieur l'inspecteur. »

César comprenait la motivation du directeur, bien sûr ; on pouvait difficilement le mener en bateau après quinze ans sur le terrain. L'information habituelle, mais sans la responsabilité. Ce qui l'agaçait, c'est que Junot savait qu'il savait. Et s'en contrefichait.

« La corde de piano. (Junot embrassa la pièce du regard, secouant la tête.) Qu'est-ce qu'ils n'iront pas inventer la prochaine fois ? »

Il fit signe à ses hommes ; ils partaient. Puis retour vers César, la bouche ouverte sur un sourire carnassier.

« On va travailler ensemble sur cette affaire, cher ami. Échanger nos idées. »

Nous y voilà, songea César. La Crim' se tape le sale boulot et ce sont ces gusses-là qui récoltent les lauriers, comme toujours. Ils font tout foirer et après, ils s'en tirent. Les crocs des services de sécurité étaient si bien plantés que la moitié du temps la police ne pouvait pas fonctionner correctement.

« Quel dommage, ce genre de chose, fit Junot en riant. Enfin quoi, c'est un tout autre monde, aujourd'hui.

— C'était un SS, lui rappela César. (Autrement dit, un des sbires d'Hitler, tout le monde savait ça.) Vous vous souvenez certainement des SS, monsieur le directeur ? »

Junot referma son bloc-notes dans lequel il était en train d'écrire.

« La mort, toujours la mort. »

Il avait l'air de s'amuser.

Les hommes de Junot étaient déjà dans le vestibule et leurs pas lourds retentissaient sur le vieux plancher. César avait l'impression de les avoir déjà vus, l'un des deux au moins. Une fusillade, qui remontait à quelques années.

« Je réserve mes conclusions… pour le moment. (Junot remit le carnet dans sa poche poitrine.) Voilà, vous êtes satisfait, j'imagine. Maintenant que j'ai accédé à votre demande, vous pouvez poursuivre. »

Le stylo alla se loger derrière la pochette.

« Ma demande ? Quelle demande ?

— Le corps, ce prétendu meurtre. Vous en rêviez, *nicht wahr*[1] ?

— Que voulez-vous dire ? demanda César qui sentait la moutarde lui monter au nez.

— Un criminel de guerre nazi pendu ? Cela ne doit pas manquer de piquant. L'un des vôtres pourchassant enfin l'un des leurs.

— Ce type est mort, vous l'oubliez ?

— Il y en a peut-être d'autres, d'autres que vous pourrez faire tomber par un juste courroux. »

César n'était pas sûr d'avoir compris la réflexion du directeur.

« M'accuse-t-on de quelque chose ?

— Seulement d'un empressement excessif à vouloir régler cette affaire à votre gré, sans en référer à qui de droit.

— Vous voulez parler de votre bureau, je suppose.

— Mon bureau réglera les questions d'autorité avec vos supérieurs… (L'appétit de pouvoir lui sor-

---

1. En allemand : « Pas vrai ? » *(Toutes les notes sont de la traductrice.)*

tait par tous les pores) afin d'éviter tout malentendu. Je veux être informé des progrès de l'enquête au fur et à mesure.

— Naturellement, dit César, flegmatique. Avant même qu'ils se produisent. »

Junot préféra ne pas réagir ; il avait fait passer le message.

« Quittons-nous en bons patriotes, citoyens français… (Même de Gaulle n'avait jamais osé le dire sur ce ton.) Et du président de la France !

— Et du préfet de police », compléta César en rigolant malgré lui.

Des voyous et des assassins, murmura-t-il dans le dos de Junot. Les exécuteurs des basses œuvres de la politique. Enfin, peut-être que les crimes politiques avaient besoin de seconds couteaux comme Junot. Ou commençait-il à penser comme eux ? Il sentit la haine croître de nouveau en lui et, ça aussi, il le détestait. Tout devenait brusquement de la merde. Même le soleil avait disparu. Dans la voiture, les hommes en bleu attendaient leur chef. Ils se demandaient si le connard là-haut les avait reconnus.

Junot avait, lui aussi, des doutes concernant l'inspecteur. Le personnage ne cachait pas qu'il se fichait de l'autorité, comme beaucoup de ses semblables. Il fallait l'avoir à l'œil. Mais tout le reste semblait être en ordre, se dit-il en allant rejoindre la voiture. Si jamais l'assassin de Bock se trouvait être un Israélien, il fallait qu'il le sache ; il ne pouvait pas croire qu'un de ses contacts arabes ait fait la peau d'un nazi. Et si c'était simplement le geste d'un cinglé, eh bien, ce n'était pas son rayon. Que le Juif qui était resté là-haut s'y colle, ça lui ferait les pieds. Dommage que ça ne lui soit pas arrivé avant.

César regarda démarrer la Peugeot noire de Junot, qui partit en flammes sous ses yeux, grosses boules de feu bleues illuminant le ciel pâle. Il espérait ne jamais devenir aveugle, toute sa vie fantasmée passait par ses yeux. Aussitôt, il regarda sa montre, oublia de noter l'heure et dut regarder de nouveau. Presque midi, le pire moment du jour. Trop tôt pour manger et trop tard pour faire autre chose. César avait pris l'habitude de passer cette heure-là à travailler à son bureau, ou couché sur Catherine Deneuve ou sur une vierge perpétuelle qui ne s'ouvrait qu'à son toucher. Il revenait à la vie après le déjeuner. Cela avait à voir avec la rotation de la terre ou la forme de son oreille interne. Dans la pièce, ses hommes continuaient de perquisitionner.

« Environ une semaine, grommela César avec exaspération. Voyons si on peut faire mieux que ça. »

Il envoya quelqu'un parler aux locataires, un autre se trouvait déjà avec la concierge. Puis il y avait les voisins, les boutiquiers et les petits fonctionnaires, le kiosque à journaux, le bistrot du coin. On pouvait apprendre toute la vie d'un homme par son voisinage. Sa vie publique, au moins, même une partie de sa vie privée et sinon, il y avait toujours quelque chose à en tirer.

« Tous les locataires ou juste à l'étage ?
— Les deux. »

Qu'il se débrouille. César commençait à sentir que la matinée allait enfin tirer à sa fin.

« Une semaine au moins, voire plus, décréta la voix près de lui. Difficile à dire dans cet état. »

Le légiste était revenu pour prendre son imperméable. Avril, cela voulait dire de la pluie pour le Breton qu'il était, et pour un Breton, le temps primait sur la géographie. Vingt ans à Paris n'y avaient rien changé. Il ne quittait pas son imperméable en avril et en mai. Pendant l'été, il le portait sur le bras. Mais il savait manier le scalpel et l'aiguille.

« On te fera savoir ça, ce soir.

— Vers quelle heure, ce soir ?

— Dans la soirée. »

Après le manteau venaient les chapeaux, une demi-douzaine au moins. Bonnets de laine, cagoules, sombres pour la plupart, tous usés. César passa rapidement en revue les autres vêtements : vestes, chemises et pantalons, sous-vêtements, gants, chaussures. Une demi-douzaine de chapeaux ! Manifestement, ils servaient à quelque chose. Dissimuler… César s'arrêta ; il s'était bien entraîné. Rien n'était jamais évident. « Rester toujours méfiant », marmonna-t-il et il revint aux chapeaux. Un tel nombre pouvait vouloir dire un déguisement. Il devrait le découvrir.

Les choses semblaient s'arranger, il devait le reconnaître. Son esprit passa en revue les points d'intérêt : 1. Pendu à une corde de piano. Ce qui était carrément baroque. 2. Le verrou de la porte. Indiquait la préméditation et l'imagination, peut-être même du mépris pour les autres. Une faille possible ? 3. De l'argent. Trop. Venant d'où ? 4. Les chapeaux. 5. Junot et le SDECE. Il attendait depuis quinze ans. C'était long.

« Un jour », avait dit César tous les jours pendant quinze ans.

Un de ses hommes trouva les journaux sous le lit, *France-Soir* sur trois jours d'affilée. Le plus récent datait du 5 avril.

Le nazi, comment s'appelait-il ? César tendit le bras pour prendre le dossier, trouva le nom : Dieter Bock. Il ne travaillait pas, donc il achetait sans doute ses journaux dans les parages. Il envoya l'homme au coin de la rue pour demander à quelle heure Bock venait prendre son journal tous les jours.

S'il l'achetait, songea César. Ou les journaux étaient-ils un autre coup de bluff, comme le verrou ? Ces gens-là savaient ce qu'ils faisaient.

Quels gens ? Qui a dit qu'ils étaient plusieurs ? Prudence.

Quelqu'un parla de déjeuner.

« Dans le quartier, dit César. Parlez à tout le monde. »

À table, il fut rejoint par André Sauter venu de la Préfecture. Jeune, brillant, et en pleine ascension, il était au début de sa carrière. Contrairement au parcours de César, André faisait un stage d'un mois dans chaque service pour y étudier les procédures. Il avait beaucoup à apprendre.

« Un gusse avec des tonnes d'ennemis et peu d'amis, déclara César en écartant les doigts pour laisser les lettres tomber sur la table. Pendu à une corde de piano et qu'on laisse pourrir. Aucune revendication, aucun indice. Rien qui indique un motif. Vous avez une piste ? »

César n'en était pas sûr lui-même. Non pas pour ce qu'il y avait à faire, ça, c'était facile. Creuser le passé. Mais cette fois, cela pouvait signifier davantage de souffrance, de culpabilité. Tout cela se passait il y a longtemps, tant d'années et de cauchemars étaient derrière lui. Il ne savait pas s'il pourrait repasser par là, ou même s'il devait le faire. Seulement qu'il allait le faire. Et qu'il le fallait.

Un œdipe dans une galerie des glaces, avait dit Reba de lui et de son travail de flic.

André savait ce qu'il ferait, lui. C'était simple, comme toujours.

« Le pognon. »

César le regarda avec un brusque intérêt.

« Et Junot ? demanda-t-il quand André se tut. Vous en faites quoi ? »

Ce qu'il voulait, c'était une réaction viscérale, voir si le garçon était autre chose qu'un cerveau. Il avait raison pour le fric, cela dit : vingt mille francs, c'était trop pour un petit retraité qui vivait dans des conditions sordides. Mais c'était le crime qui intéressait André, pas la politique. Il n'avait pas l'intention de piétiner les plates-bandes de quiconque. Pour lui, Junot ne faisait que son boulot.

« Vous irez loin, assura César en rigolant. Super ! Mais soyez prudent dans des affaires comme celle-là. Parfois elles peuvent vouloir vous échapper.

— Un ancien nazi ? proposa André, sceptique.

— J'ai déjà vu ça. Alors écoutez. On va voir ce qu'on peut dénicher sur ce Bock. Commencez par le pognon comme vous venez de le proposer. Procurez-vous ses relevés de compte des douze derniers mois, puis appelez l'Allemagne pour sa pension. Tâchez de savoir à quoi elle correspond, tous les détails. Et une liste de ses amis à cette époque, tous ceux qui l'ont connu. (César revint aux lettres, leva les yeux.) Vous connaissez Rimbaud ?

— Le poète ?

— Pas vraiment. (Il eut un petit gloussement moqueur.) Ménard est mon bras droit. Quand je ne suis pas disponible, c'est à lui que vous devez vous adresser.

— Rimbaud.

— Ménard. »

César passa son déjeuner à lire les lettres et à trier les récépissés et les brochures de voyage. Les reçus provenaient principalement de Nice et de Lyon au cours de la dernière année. Dans le même carton, il trouva le certificat de mariage de Bock daté de 1970 et l'acte de décès de sa femme en 1974, plié dans une enveloppe avec une photo d'eux fixant l'objectif. Plus intéressante, la deuxième photo représentait des quinquagénaires en costume. César ne reconnut pas les autres ; au dos, il écrivit le nom de Bock en lettres d'imprimerie avec trois points d'interrogation. Les lettres concernaient surtout des projets immobiliers ; Bock espérait apparemment récupérer de l'argent et déménager. Ou avait-il déménagé en premier ? Puisque son passeport était vierge, il n'avait pas quitté l'Europe récemment. Mais où était passée sa carte d'identité ?

Il n'y avait que deux lettres personnelles, toutes deux écrites en allemand. L'une parlait de la mort d'un ami commun à Vienne. Une tragédie. La lettre était datée du 18 janvier et signée « Gerd ». L'autre était une note de Berlin rappelant à Bock qu'une ultime tâche restait à accomplir, après laquelle sa promotion au grade de *Sturmbannführer* (commandant) était assurée. Elle était datée du 16 mars 1945 et signée par Heinrich Himmler…

César ne pensait pas qu'il serait capable de conserver son sang-froid. La sueur ruisselait sur son front, ses mains dégoulinaient. Il n'arrivait pas à recouvrer son souffle. Le visage d'Himmler lui obscurcissait l'esprit, le rendait aveugle. Derrière ses paupières défilaient des images de bottes noires au pas de l'oie, des croix gammées et des insignes de SS. Brusquement, il courut dans la salle de bains.

Le garçon se prend pour un homme. Il les a vus

venir pour emmener ses parents, il se cache, terrorisé, pendant qu'on les entraîne, il entend leurs cris, il pleure quand ils sont partis. Puis un cadavre surgit et ils sont de nouveau là, dans son esprit. L'inspecteur espérait cette fois délivrer le gamin ; il se voyait comme le vengeur et l'accusé, et probablement y était-il condamné. Mais d'abord il aurait les autres, tous les autres.

Ils étaient plusieurs, se dit César, à présent convaincu.

Après quoi, il relut entièrement les lettres en prenant des notes. Les offres de vente retinrent son attention. Droits fonciers coûteux, tous situés dans le même pays. Pourquoi l'Espagne ? se demanda-t-il. Le Moyen-Orient était plus tranquille pour des ex-nazis. Sinon le Maroc, ou l'Afrique du Sud. Mais l'Espagne était en Europe, ce qui rendait ce pays attrayant pour des gens qui n'avaient pas envie de partir. Bock avait croupi trois ans en prison au lieu de quitter l'Europe.

Ils étaient rentrés du déjeuner de meilleure humeur grâce au pain et au vin. Le nazi achetait son journal à huit heures tous les jours de la semaine. Il faisait le tour de la presse, choisissant des journaux différents selon les jours. Parfois il ne se montrait pas pendant quelque temps et ensuite, il disait qu'il était parti en voyage.

César avait des détails concernant les dernières heures de Bock. La concierge l'avait vu rentrer seul à 10 heures du soir le cinq. Il n'avait pas pris son journal à 8 heures du matin le six.

« Voyons donc si nous pouvons situer le moment précis. »

Il avait fallu qu'on claque vigoureusement la porte pour que le verrou glisse. Il envoya un homme pour interroger de nouveau les voisins et leur demander si on avait entendu un grand coup le samedi précédent dans la nuit. Tout était possible.

Le rapport de voisinage sur Bock était partagé. Comme personne ne le voyait beaucoup, il passait pour quelqu'un de sûr. Par ailleurs, on ne lui faisait pas confiance parce qu'on ne le voyait pas beaucoup. Que fabriquait-il ? Il habitait là depuis un an et payait toujours son loyer en temps voulu. Il avait peu de visites, une femme de temps à autre.

En résumé, cela voulait dire que personne ne savait rien de lui. Il n'avait aucun ennemi connu dans le voisinage ; il parlait français avec un accent allemand, de sorte qu'il n'avait pas d'amis non plus.

Le spécialiste en empreintes arriva, agacé d'être le dernier informé. À quoi ça servait ? En cas de meurtre, il devrait être le premier.

« Certains parlent de suicide », expliqua César pour le calmer.

De toute façon, tout ce qu'il voulait c'était la porte autour du verrou et la portion de tuyau qui soutenait le nœud coulant. La corde elle-même, si on pouvait en tirer quelque chose.

« La corde ?

— C'est une corde de piano. »

L'expert n'était pas au courant. Son intérêt remonta en flèche.

« Encore qu'il n'y ait pas une chance sur un million, grommela César. Même des amateurs en savent assez pour mettre des gants de nos jours. »

Il en avait fini avec la chambre. Elle ne lui livrerait plus rien.

« Tout ce qui est sur la table va au bureau, déclara César à la cantonade.

— Je devais finir tôt aujourd'hui, se plaignit quelqu'un qui se sentait coupable de quelque chose.

— Alors mets le turbo. »

Les deux autres enquêteurs eurent un petit sourire entendu jusqu'à ce que César annonce qu'il lui fallait deux volontaires. Il ne restait personne d'autre.

L'un devait montrer les chapeaux aux fabricants pour en dater le style. Les changements de mode pourraient permettre de savoir quand ils avaient été achetés, peut-être même où. L'autre allait écrémer les quincailleries pour en savoir plus sur le verrou.

« Ne rentrez pas les mains vides, (César décida que c'était trop vague.) En tout cas, pas avant ce soir. »

Il revint à la table pour prendre le portefeuille de Bock. Il contenait quatre cents francs, un calendrier et un laissez-passer pour une boîte de nuit locale. César mit le ticket dans sa poche et balança le portefeuille dans le carton de déménagement.

« Autre chose ?

— Le pistolet. (On l'avait retrouvé dans une écharpe de laine sur l'étagère de la penderie, un Walther PPK.) Et ces quelques livres.

— L'arme de James Bond », chuchota Clément.

César n'allait quasiment jamais au cinéma : dans les films tout s'explique. Il est toujours question de causes et d'effets, alors que la vie réelle est pour la majeure partie chaos et confusion. Mais il avait vu un Bond une fois par hasard lors d'une filature. Clément avait raison. Bond se servait d'un Walther PPK. César considéra le pistolet, vit Bock le tenir, s'en servir. Il était James Bond, qui tuait ceux qui voulaient nuire à son pays. Invincible, jamais d'erreur. Sauf une… Bock avait vieilli. Peut-être avait-il perdu son charisme quand les nazis avaient perdu la guerre et qu'il fallait l'éliminer. Dans ce cas, pourquoi attendre trente ans ? La question tordait le cou aux fantasmes de César. Il n'était pas au cinéma où tout finissait bien même quand tout allait mal. Bock n'était pas Bond ; c'était un nazi. Et ce n'était pas non plus James Bond qui l'avait tué. C'étaient eux. César les voyait dans l'ombre, des formes sans visage frappant les deux silhouettes, il entendait la femme hurler…

« James Bond », répéta Clément.

César secoua la tête, regarda sa montre.

« James Bond n'existe pas, dit-il, agacé. Il n'y a que nous. »

*
* *

César devait faire deux courts arrêts sur le trajet. Il fit faire à la Renault le tour de la place de la République, dépassa le monument et s'engagea sur le boulevard Voltaire. La circulation était modérée et il slalomait dans le flot avec une satisfaction morose. Il avait été cloîtré pendant trois heures avec une lumière chiche et un air plus chiche encore. Ou peut-être la chambre ne lui avait-elle pas livré suffisamment d'éléments, tant s'en faut. En arrivant au carrefour du boulevard Richard-Lenoir, il sauta une file et fonça droit devant. Pour relâcher la tension.

L'inspecteur connaissait son boulot. Après dix-huit ans de bons et loyaux services dans la police, dont quinze à pourchasser ceux qui pouvaient avoir commis un crime et à découvrir quels en étaient les auteurs, il avait appris à connaître la banalité du meurtre et la légèreté des mobiles. Rien de tout cela n'arrêtait ceux qui croyaient en un bonheur perpétuel si seulement celui-ci ou celle-là pouvait disparaître. Et il ne lui échappait pas non plus que le meurtre était devenu un instrument politique. Un terroriste solitaire possédant la bonne langue, le mauvais passeport, un automatique et de l'argent pouvait monter à bord du Trans Europ Express à Ankara et descendre à Paris avec des instructions précises pour se rendre à un endroit spécifique et tirer avec aplomb une balle sur une cible, selon un plan établi à Beyrouth, Bagdad ou Moscou. La mince frontière entre l'assassin et le héros avait pratiquement disparu. Son intuition disait à César que son héros tueur n'était ni un malade mental du quartier, ni un Juif assoiffé de vengeance. Étant plongé dans le noir pour le moment, il savait aussi que c'était sa quête qui lui apporterait la lumière.

La Renault ralentit près de la place Léon-Blum tandis que le pied de César écrasait la pédale. Les gens traversaient la place à toute allure. Il vira à gauche quand il arriva derrière le poste principal du 11e arrondissement, et se gara dans un espace réservé qui affichait clairement PARKING INTERDIT. Une minute plus tard, il grimpait les marches et passait les portes vitrées, se dirigeant vers le deuxième étage et le bureau de l'identification.

Chacun des vingt arrondissements de Paris conservait des dossiers sur les individus du secteur qui avaient eu maille à partir avec la police. Ceux-ci étaient généralement archivés au poste principal de l'arrondissement. Dans le cas présent, César espérait que les policiers du quartier auraient quelque chose à ajouter pour compléter le mince rapport qu'il avait reçu de la Sûreté. Dieter Bock était un ancien officier SS qui avait purgé sa peine de prison pour crime de guerre. Mais c'était aussi un homme qui mangeait, dormait et avait une femme de temps à autre, et peut-être avait eu affaire à la police. À moins qu'il n'ait eu lui-même des ennuis. Allez savoir.

Il n'y avait rien. Au cours de son année rue de Malte, Bock n'avait pas eu de démêlés avec la justice. Son dossier – conservé en raison de son passé – soulignait que le SDECE fournirait des informations complémentaires. César pensait que Junot ne fournirait que dalle.

Le dossier de Bock provenait de l'arrondissement où il avait précédemment habité, le 20e limitrophe ; il avait pour obligation de faire connaître à la police tout changement d'adresse. César regarda dans le dossier. Bock avait habité quatre ans à cette adresse avec sa femme après leur départ d'Allemagne en 1970. La chemise contenait un seul rapport, concernant un cambriolage de leur appartement en mars 1974. Aucune déposition. Ni aucun cliché, ce qui était inhabituel.

Il appela le commissariat du 20e, place Gambetta. Le service de l'identité judiciaire n'avait rien sur Bock. Son dossier était parti place Léon-Blum quand il avait déménagé.

Se souvenaient-ils d'une photographie dans son dossier ?

Une hésitation, des voix. Puis : Oui, il y avait une photo.

César expliqua le problème.

« Est-ce que quelqu'un du 20e aurait connu Bock, il y a longtemps ?

— Peu probable. Vous devriez essayer l'antenne la plus proche de son domicile. »

César parla au responsable de l'antenne. Pourrait-il vérifier si un de ses hommes connaissait un couple du nom de Bock ? Nom du mari : Dieter Bock. Le couple habitait rue de Pali, il y a quatre ans. Si quelqu'un se souvenait d'eux, un coup de fil au siège serait apprécié. Inspecteur principal Dreyfus, de la Criminelle.

Vingt minutes plus tard, César faisait son deuxième arrêt, à trois pas de son bureau. Il descendit les deux étroites volées de marches de pierre comme cela lui arrivait souvent le vendredi. En bas, près du niveau de la Seine, ses yeux repérèrent l'ombre troublante de la crypte hexagonale, les salles de granit nu et les fenêtres aux barreaux métalliques, les urnes funéraires et, finalement, la tombe du Déporté inconnu. Une fois encore, il relut lentement les noms des camps de concentration taillés dans les parois de pierre brute, en commençant par Auschwitz et, comme toujours, ses yeux se remplirent de larmes bien avant qu'il eût fini.

Il était au Mémorial des Martyrs de la déportation, derrière Notre-Dame, qui commémorait les deux cent mille ressortissants français – dont près de la moitié étaient juifs – qui avaient été déportés dans les camps par les nazis pour faire du travail forcé avant d'être exterminés. Parmi eux se trouvaient les parents de César, raflés par la Gestapo un vendredi de 1942. Il ne devait jamais les revoir et, chaque vendredi de sa vie, César mettait à nu sa douleur, et son sentiment de culpabilité.

Ce fut donc ce vendredi de la découverte du corps de Bock que César arriva enfin à 4 h 15 à son bureau, où il trouva une douzaine de messages qui l'attendaient, dont la plupart étaient indiqués comme urgents. Aussitôt, la porte s'ouvrit. C'était Ménard Rimbaud.

« On dirait que ça va être notre fête, annonça-t-il. Dupin te réclame. »

César passa rapidement en revue les messages. Seul le dernier avait de l'importance pour lui.

« Là-haut ? »

Ménard avait l'air sombre.

« Conseil de guerre. »

C'était presque un chuchotement et César leva les yeux.

« Et pour le SDECE ?

— Ils ont refusé de lâcher le dossier de Bock tant qu'ils n'auraient pas reçu l'ordre du directeur. Il se trouve sur son bureau maintenant. »

César s'y attendait. Chaque service veillait sur ses informations avec un soin jaloux, ce qui mettait souvent en danger d'autres enquêtes en cours.

« Quels salauds ! fulmina Ménard.

— Tu as lu le rapport de la Sûreté ? »

Ménard émit un bruit méprisant.

« Même pas de quoi se faire une idée du contexte. Trop de trous.

— Exactement. (César composa un numéro.) On va combler ces trous. Avec un peu de veine… (Il parla brièvement au téléphone, se retourna vers Ménard.) J'ai déjà commencé à suivre quelques pistes. »

César briefa rapidement son adjoint. Il allait demander un agrandissement du visage de Bock à partir de la photo de groupe et faire exécuter quelques tirages tout de suite. Quelqu'un avait dû voir le bonhomme au cours de sa dernière nuit. Il était rentré à dix heures. Trop tard pour faire du shopping et trop tôt pour être allé faire la fête. Cela laissait la place à un dîner ou à des affaires. Quelqu'un devait le savoir.

« Il a payé son loyer cet après-midi-là. Il était donc dans les parages. »

Ménard devait également faire des tirages des trois autres types présents sur la photographie pour essayer de les identifier par le biais d'Interpol. Ils avaient peut-être un casier.

En montant à l'étage, César mit les vingt mille francs dans le coffre-fort du service et l'agent enregistra le dépôt. L'arme de Bock alla à la balistique. César voulait savoir tout ce qu'ils pourraient en tirer. Pour quand ? Hier, ou sinon aujourd'hui.

Il se contenta de demain. Mais le matin. Bon !

*
* *

Le conseil de guerre se réunissait au troisième étage, dans une énorme enceinte avec des bas-reliefs sur toute la longueur des murs opposés. Ceux-ci représentaient chacun des bâtiments officiels et publics de Paris, chaque centre de communication et tête de ligne des transports, chaque station hydraulique, usine à gaz et centrale électrique. Tout ce qu'on pouvait attaquer, faire sauter ou dont on pouvait s'emparer. Toutes les voies principales de circulation étaient détaillées, tous les carrefours, les ponts, les tunnels et les voies ferrées. Et par-dessus le tout, sur une feuille en celluloïd avec des lignes de crayon gras rouge, était indiqué chaque endroit dans Paris où on pouvait monter des barricades, fermer des carrefours, bloquer le passage. Le diorama et son système informatisé reliant les forces de sécurité du secteur avaient été construits au lendemain du massacre des jeux Olympiques de 1972 à Munich. L'endroit constituait un poste de commandement d'urgence pour une mobilisation immédiate de la police qui se voyait brusquement en guerre contre un ennemi mobile enclin au terrorisme. Alors qu'ils avaient été chargés de la lutte contre le crime, on attendait d'eux maintenant qu'ils assurent la sécurité urbaine. Au ministère de la Défense, ils élaboraient leur stratégie et c'était là que le commissaire divisionnaire Dupin, chef de la brigade criminelle, siégeait entouré d'un matériel étincelant. Il avait un assassin et violeur sur les bras et n'était pas d'humeur à supporter un inspecteur à l'esprit torturé. Et César moins qu'un autre.

« On est encore en train de passer au crible les suspects de l'affaire Marie Pinay », remarqua César en faisant allusion à une autre affaire.

L'avait-on convoqué pour ça ? se demandait-il. Il essayait toujours d'avoir un temps d'avance sur Dupin.

Le divisionnaire grogna avec impatience. Quelqu'un lui chuchota quelque chose et il se leva pour le suivre à l'écart. César se détendit ; une bonne partie de son boulot consistait à attendre, et il faisait ça très bien.

Quand Dupin revint, César resta debout pendant que son supérieur parcourait quelques feuilles. Finalement, il leva les yeux.

« Cette affaire Bock. Des problèmes ?

— Pas plus que d'habitude, affirma César du ton assuré qu'on attendait de lui. Non, monsieur. »

Alors il s'agissait du nazi, se dit-il.

Dupin fit la grimace.

« Nul ici ne saurait ignorer la qualité de votre boulot, Dreyfus, déclara-t-il, sarcastique. Ce qui nous inquiète, ce sont les conditions particulières en l'occurrence. (Il lui indiqua un siège.) Le passé de l'homme, pour commencer. »

César resta debout devant le bureau.

« C'est peut-être la clé du meurtre. (Cela pouvait paraître trop catégorique.) Un pressentiment, sans plus, se reprit-il promptement.

— Et au sujet de vos propres... antécédents ? Des problèmes concernant cette enquête ?

— Strictement aucun », mentit César.

Dupin changea de position dans son fauteuil.

« À 3 heures cet après-midi, nous avons reçu un appel du ministère, qui laissait entendre avec tact que le SDECE désirait être tenu au courant de tout développement. (Un sourcil se haussa.) Ce n'était pas une simple demande.

— Ils ont un dossier sur Bock, ce qui veut dire qu'il offrait un certain intérêt dans le passé. Nous savons qu'il a travaillé pour les services spéciaux ouest-allemands.

— Cet homme pouvait-il être en train de monter un coup à Paris ? »

César essaierait de le découvrir.

Le divisionnaire était préoccupé. Le SDECE ? Ça ne lui disait rien qui vaille.

Dans le couloir, César tomba sur le spécialiste des empreintes, Hugues. Il avait inspecté la porte et la tuyauterie. Elles étaient nickel. La corde de piano était allée à la métallurgie.

De retour à son bureau, César écouta André parler de l'argent de Bock : cent vingt mille francs, déposés sur son compte au cours de la dernière année au rythme de dix mille par mois. Toujours en liquide. Une semaine plus tôt, Bock avait sorti vingt mille francs, probablement l'argent retrouvé dans la penderie. C'était le 4 avril.

Pendant qu'André parlait, César retirait soigneusement du carton les objets récupérés sur le lieu du crime. Il fit de la place sur la bibliothèque pour y déposer les dépliants de voyage avec le reste de la paperasse et les quelques livres. Les lettres personnelles, il les gardait sur son bureau avec ses notes.

Par ailleurs, poursuivait André, la pension que Bock recevait d'Allemagne s'élevait à quinze cents francs par mois, les chèques étant expédiés de Berlin-Ouest. Il vivait manifestement de ça. L'unité des gardes-frontières de Berlin, qui lui délivrait ses chèques, refusait de parler à moins d'en recevoir l'ordre officiel. Mais ils étaient curieux de savoir comment il était mort.

Le bureau de César était un lieu de rassemblement mouvementé de chaises et de classeurs. Dans le coin près des fenêtres était blotti son bureau massif en acajou et, derrière, le fauteuil pivotant en bois avec des accoudoirs en cuir qui avaient depuis longtemps perdu toute prétention. Un divan fatigué occupait le coin opposé. Les deux fenêtres orientées au nord, qui dominaient la rue de Lutèce, permettaient à César de contempler la place Louis-Lépine et le marché aux fleurs. Les fleurs étaient toujours d'un grand secours, surtout quand il devait écouter des excuses.

« … Sans leur bonne volonté, naturellement je ne pouvais rien en tirer d'autre », ajoutait André.

César se retourna vers la pièce.

« C'est bien d'avoir essayé », assura-t-il au jeune enquêteur.

Ils allaient devoir s'y prendre autrement.

« Il reçoit régulièrement dix mille balles qu'il dépose à la banque. Qu'il épargne pour s'en aller, sans doute en Espagne. Puis brusquement il en tire vingt mille, peut-être pour partir en voyage et voir si l'endroit lui plaît. Mais là, il se fait descendre. (La suite était évidente.) Vérifiez les réservations pour l'Espagne. Et aussi pour le Portugal, quelques lettres venaient de là. Toutes les possibilités à partir du cinq, trains et avions. »

César s'occuperait lui-même de l'Allemagne.

Pendant les dix minutes suivantes, il parla à ses contacts dans la police de Bonn, confirmant que la brigade des gardes-frontières de Berlin était une façade pour les services secrets ouest-allemands, et servait parfois de canal financier à des opérations clandestines. Un appel arriva qui le remplit de joie. Les chapeaux étaient des articles récents, et ils étaient disponibles en France.

*
* *

César écouta le médecin légiste lui exposer le rapport médico-légal qu'il tenait à la main. René aimait son travail et ne comprenait pas pourquoi l'inspecteur hésitait à lui rendre visite. Après tout, ils avaient tous les deux affaire aux morts. Les laboratoires de toxicologie, les tables à découper, la chambre froide… tout cela avait un effet apaisant sur ses nerfs, de son point de vue. Si l'enfer, c'était les autres, comme le pensait René, il devait être au paradis.

Le cadavre de Bock avait été photographié, pesé, mesuré et lavé ; un numéro d'identité sur une étiquette en kraft était attaché autour du gros orteil droit. Ensuite, René avait scalpé la tête et découpé la boîte crânienne à l'aide d'une scie vibrante Stryker. Puis ça avait été le tour du cerveau qu'il avait retiré après l'avoir examiné. Puis il avait ouvert la cavité abdominale en pratiquant des incisions partant des épaules. Une fois la cage thoracique sciée, il avait retiré les organes et les viscères, laissant le corps comme une coquille vide. Quand il eut fini d'examiner et de disséquer ceux-ci pour les analyser au microscope, l'assistant de René les restitua au cadavre avant de recoudre les rabats de peau. Les matières fibreuses réintégraient le crâne vide, la calotte était remboîtée et le cuir chevelu recousu à son tour.

Dieter Bock était prêt à recevoir des visites.

César déclina l'invitation, comme toujours. Les sujets de René étaient juste des corps sans les gens. À quoi bon ?

« Cette fois, tu as tort. Celui-là est spécial. »

René disait toujours ça.

Ils prirent place dans le bureau du légiste. Pour César, il rappelait une salle d'autopsie, presque aussi stérile.

« Un corps qui n'avait pas grand-chose à dire, se lamenta-t-il. Même au niveau d'un examen préliminaire.

— Plus grand-chose, tu veux dire. Tu aurais dû arriver plus tôt.

— Il ne nous a pas téléphoné à temps. »

Bock avait eu une mort atroce, davantage une mort lente par strangulation que par pendaison. La nuque avait fini par céder. La décapitation était venue beaucoup plus tard.

« Le corps était presque déshydraté. Tu t'imagines ? »

André semblait fasciné.

« Pas de sang, pas d'urine, pas de contenu stomacal. (César était passé maître dans le décryptage du langage clinique.) Comment tu fais pour contrôler la drogue ?

— Le foie. Un-neuf-cinq-zéro grammes. »

Il n'y avait pas de nouveaux éléments dans ce rapport. Contrairement à une fusillade, où on pouvait récupérer les balles et trouver des arguments en faveur d'un homicide involontaire ou d'un meurtre, la méthode était connue. Bock avait été pendu. Ce que César cherchait, c'étaient de petites bizarreries qui pourraient le mettre sur une piste. Les cadavres pouvaient parler et ils réservaient souvent des surprises. Il en découvrit deux.

Bock avait été salement amoché à l'aine. Il avait perdu sa virilité, mais il lui arrivait parfois de faire monter une femme chez lui. César se demanda ce qu'il fabriquait avec elles.

L'autre surprise répondait à une question concernant le meurtre lui-même. Pourquoi Bock ne s'était-il pas défendu ? Il n'était pas inconscient ou il aurait fallu quatre hommes pour le soulever jusqu'à la corde, et il ne portait pas d'hématome sur le haut du crâne. Il n'y avait qu'une seule possibilité : la drogue.

« L'alcool ! avait déclaré César quand il avait opté pour un meurtre.

— Chlorure de suxaméthonium ou succinylcholine, annonça René, rayonnant. On en a trouvé des traces dans ses tissus.

— C'est mortel ?

— Totalement. Ça bloque la respiration en paralysant le diaphragme. (Il claqua des doigts.) Tu as un macchabée en quelques secondes.

— Et dans le cas de Bock ?

— Juste assez pour le rendre inoffensif. C'est un décontractant musculaire. Les vétérinaires s'en servent pour les animaux.

— Jamais entendu parler de ça.

— Personne n'est au courant. (Le légiste se renversa dans son fauteuil.) Et c'est tant mieux. C'est l'arme du meurtre parfait. Ça agit vite et ça passe pour une crise cardiaque. Si les gens en entendaient parler, ils tomberaient comme des mouches.

— Ils feraient tomber les autres, tu veux dire.

— Mais pourquoi le pendre ? s'interrogea René. Un peu plus de succinylcholine et pouf ! Ni vu ni connu, je t'emballe. »

César haussa les épaules.

« C'était censé passer pour un suicide, mais ils ont trop poussé le bouchon. »

Cela voulait dire quelque chose. Ou bien la corde de piano voulait dire quelque chose. Mais se montrait-il trop malin à son tour ?

« Je vais te dire un truc. (René se pencha en avant sur le bureau.) Celui qui a fait ça en savait un rayon sur les produits chimiques et un rayon aussi sur la pendaison. Ce n'était pas un amateur.

— Tu en connais un bout sur les produits chimiques. Peut-être même que tu as un piano. Qu'est-ce que tu faisais samedi soir ?

— Et toi ? (René fit le tour du bureau, la chemise du rapport à la main.) Je ne rigole pas. Il connaissait son affaire. »

César se leva pour partir, s'attendant au pire.

« J'ai quelque chose à te montrer. Une jeune fille, éviscérée avec une pierre tranchante. Très spécial. »

René ne renonçait jamais.

Le service des empreintes digitales se trouvait au premier étage, une longue salle qui sentait le renfermé, avec des relents de poudres magnétiques, de vapeurs d'iode et de nitrate d'argent. Le long des murs se trouvaient des rangées interminables de classeurs démontables bourrés d'empreintes sur des cartes jaunies. Des pinceaux et des atomiseurs partout. À l'autre bout d'une tablette métallique, Hugues était assis sur un tabouret devant un microscope de comparaison. Il leva les yeux quand César s'approcha.

« Ça ne va pas te plaire, grommela Hughes.

— Laisse-moi deviner, fit César avec un sourire forcé. Des fantômes. »

Il n'en attendait rien, en fait ; l'homme portait manifestement des gants. Probablement n'avait-il même pas fouillé dans les paperasses de Bock.

« Pire ! répondit Hughes en tendant l'enveloppe à César. Ça a trempé dans le pétrole. (Il fit une grimace.) Ton bonhomme connaît son affaire. »

La deuxième fois qu'on lui disait ça, César espérait que ce n'était qu'une coïncidence.

« Donc, rien à en tirer ?

— Le pétrole dissout les huiles sécrétées par la peau. Pas d'huile, pas d'empreintes digitales. (Hughes fit un geste d'impuissance.) Rien de rien. »

Moins que rien, se dit César. Peut-être un autre bidouillage, quelque chose dans l'enveloppe. Mais quoi ?

Le rapport sur la corde de piano attendait quand il arriva à la division de la métallurgie : de l'acier de haute teneur, haute résistance, 0,80 pour cent de carbone.

« D'où ça vient ?

— Dur à dire. France, Allemagne, peut-être Autriche. Va savoir.

— Aucune trace ?

— Tiens, regarde toi-même. »

La même chose attendait César à son bureau. Le verrou était un modèle courant qu'on pouvait se procurer partout en France, y compris au coin de la rue où créchait Bock. Rien à en tirer ! Mais au moins l'heure de la mort avait été établie. La vieille femme de l'autre côté du couloir avait entendu la porte claquer vers 4 h 45 le dimanche matin. Elle se levait habituellement à cinq heures pour nourrir ses chats, mais l'ivrogne du 410 l'avait réveillée plus tôt avec ses braillements. Elle avait cru que c'était lui qui avait claqué la porte. Était-elle sûre que c'était dimanche dernier ? Absolument certaine ; elle était ensuite allée à la messe. Et à quelle heure ? Vers 4 h 45, comme elle l'avait dit. Ça avait même réveillé ses chats.

Dieter Bock était mort entre 4 heures et 5 heures du matin.

L'heure du loup.

Un loup solitaire, se dit César, qui commençait à avoir une idée du bonhomme. Il n'était pas très sociable, ne faisait confiance à personne, ne dépendait de personne.

Quel que fût le boulot de Bock, César soupçonnait qu'il le faisait seul aussi.

2

Le quartier du Marais, situé au nord de la place de la Bastille, forme un dédale complexe de rues étroites dont les hôtels particuliers délabrés ont jadis abrité l'aristocratie parisienne. C'est ici que l'ordre des Templiers a régné en maître au XIIIe siècle, et les rois de France y ont vécu jusqu'au XVIe siècle. La prise de la Bastille eut lieu à deux pas d'ici, et ce fut là que débuta la Révolution française. Au fil des siècles, de nombreux groupes se sont enracinés sur cette centaine d'hectares. C'est là que se trouve le quartier juif relativement proche de l'île de la Cité et du quai des Orfèvres.

César prit à droite dans la rue des Rosiers, dépassa lentement les boutiques aux enseignes agrémentées de lettres hébraïques et se gara à mi-hauteur de la rue. L'immeuble dans lequel il entra était en pierres grises et, comme ses voisins, il était d'allure austère. Dans les étages, il suivit un couloir tortueux jusqu'à un logement sur cour, où Yishaï Kussow l'attendait.

Les deux hommes se saluèrent en vieux amis. En vérité, Kussow était le seul ami juif de César. Non qu'il les évitât, mais il avait rarement l'occasion d'en rencontrer. Ou s'en donnait rarement la peine.

« Ça fait un bail », remarqua César.

Ils s'assirent dans une pièce tapissée de livres et burent du thé pendant que Kussow essuyait les verres de ses lunettes avec du papier journal.

« Alors ! Ton boulot, ça boume ?

— Les gens continuent de mourir prématurément, reconnut César.

— Félicitations. »

Yishaï Kussow et son sens du drame. Une vie de savoir pillée dans les incendies qui avaient ravagé l'Europe. La tête enveloppée de connaissances. Des yeux d'où s'échappait la raison pure. À demi fou et sceptique malgré lui, Kussow était un Juif allemand qui refusait de retourner dans son pays. César l'avait aidé un jour et depuis ils discutaient toujours en allemand quand ils se rencontraient. Et toujours du travail de César.

« Un commandant SS a été assassiné.

— Un SS ? (Kussow n'en avait pas entendu parler.) Plutôt que de meurtre, je parlerais de justice. Simple, rapide. Presque biblique. Mais tu te demandes s'il est possible que cela vienne de l'un de nous.

— Un Juif d'ici, oui. »

Un haussement d'épaules élaboré.

« Les plus jeunes, peut-être, s'ils ressassaient ce qu'on leur a répété depuis leur enfance. Mais ce ne sont pas des "ressasseurs". Ce sont des danseurs. Ils dansent toute la nuit, je les ai vus. Et pas la *hoia*[1], crois-moi. Des danses païennes, voire chrétiennes sans doute...

---

1. Danse populaire israélienne apportée par les immigrants des Balkans dans la seconde moitié du XIXe siècle. Emblématique de l'époque du kibboutz, elle se danse en cercle, garçons et filles se tenant par la main.

— Et les Israéliens ? »

Kussow écarta les bras.

« Je ne suis qu'un érudit. Qu'est-ce que je connais aux affaires du monde ?

— Il a été tué non loin d'ici, insista César, tout entier à sa quête. Pendu à une corde de piano.

— Une corde de piano ? (Il souffla si fort qu'on pouvait l'entendre de l'autre côté de la pièce.) Et tu dis que c'était un SS ?

— Tu vois un rapport ?

— Ce que je crois… (Kussow poussa un gros soupir.) Je crois que ce que tu dois chercher, ce ne sont pas des Juifs, mon ami. Celui que tu recherches est allemand.

— Un Allemand ?

— Tu étais trop jeune pour t'en souvenir… (Le vieil homme s'installa plus confortablement sur le divan et ferma les yeux.) C'était en 1944 et les généraux d'Hitler savaient que la guerre était perdue. Que pouvaient-ils faire ? Ils ont comploté de le tuer et de demander à signer la paix. Une demi-douzaine de tentatives ont avorté pour diverses raisons, il y avait toujours quelque chose qui n'allait pas. Puis le 20 juillet, la bombe a explosé. Mais ce démon a survécu et il a entrepris de se venger. L'armée a été purgée, plus de cinq mille de ses membres ont été exécutés.

— Je sais tout ça, protesta César.

— Ah oui ? (Kussow se remit à frotter ses lunettes.) Alors tu dois savoir aussi que près d'une douzaine de dirigeants – des généraux, des gens importants – ont été pendus. Pendus avec une corde de piano à un croc de boucherie. Ils ont même filmé ce qu'ils faisaient pour le montrer au boucher de Berlin. »

Dans l'appartement, rien ne bougeait, le temps

demeura immobile pendant que les deux hommes restaient assis, perdus dans le passé. La voix de César, quand elle vint, paraissait étrangement distante.

« Qui a procédé aux exécutions ?

— D'après toi ? Les SS, bien sûr ! »

*
* *

Il était 6 heures passées quand César réintégra son bureau. Les agrandissements de Bock et de ses camarades l'attendaient. Ménard aussi. Interpol ne possédait aucun dossier sur eux, et la Sûreté n'avait pas de casier. Ils étaient probablement allemands, peut-être même d'anciens officiers SS, et il prendrait contact avec les autorités de Bonn dans la matinée.

César tira la lettre de sa poche, regarda de nouveau la signature : *Gerd.* Dans son excitation, il avait failli oublier de la montrer à Kussow, qui déclara tout de go que c'était du bavarois, probablement de la région de Munich. L'auteur faisait allusion à un lac des environs. L'étape suivante concernait la piste viennoise. Un certain Kurt était mort dans la capitale autrichienne le 10 janvier.

Après avoir passé quelques coups de fil, César reçut un appel d'André : Bock n'avait pas fait de réservation pour l'Espagne ni le Portugal. (Tiens, je me suis trompé, remarqua César.)

C'était pour l'Autriche.

« Quoi ?

— Linz. Lundi dernier, le sept. »

C'était la troisième fois qu'il était question de l'Autriche dans cette affaire. Qu'est-ce que Bock fichait là-bas ?

Sur les marches, César rentra le ventre et boutonna son blouson, il ne lui arrivait pas si souvent d'être convoqué au bureau du directeur. La ville de Paris ne possédait pas encore de maire, même si chaque arrondissement avait sa propre administration et sa mairie. Le préfet de Paris supervisait les affaires de la ville et le préfet de police veillait à l'ordre public ; il avait sous son autorité les directeurs généraux des divers corps de police, lesquels avaient, à leur tour, sous leur tutelle les directeurs des services, l'une de ces brigades étant la Criminelle. À partir du directeur général, la chaîne de commandement passait par le truchement de son adjoint aux commissaires divisionnaires à la tête des brigades. Pour la plupart des membres de la police, le siège de la Préfecture était le centre de l'univers, presque un service séparé du reste de la police nationale. En termes de hiérarchie, le directeur des services n'était responsable que devant son directeur général, qui n'écoutait que le préfet, qui ne parlait qu'au ministre de l'Intérieur. Le bruit courait que, depuis la mort de De Gaulle, le ministre de l'Intérieur ne parlait qu'à Dieu.

Le directeur n'aimait pas qu'on le fasse attendre. Sur son échelle des valeurs, la ponctualité venait juste après la loyauté et il mesurait ses hommes à leur exactitude. Malheureusement, pour César, la ponctualité était un pari quasi impossible. Bien qu'il eût l'œil constamment collé au cadran de sa montre, il ne remarquait jamais l'heure. Ce qui n'aurait rien changé de toute façon, puisque sa montre retardait de cinq minutes depuis six mois.

L'occupant du bureau en angle examina l'antique pendule sur le mur quand César fut introduit dans la pièce, puis il retourna rapidement à sa lecture. César prit cela comme le signe qu'il n'était pas en retard.

Après un intervalle convenable, le directeur leva les yeux, tandis que la lampe de lecture se reflétait dans ses lunettes cerclées d'or. Il se moucha bruyamment, ce qui était un signe de mécontentement.

« Vous n'êtes pas en avance », remarqua-t-il.

César ne dit rien, il fixait la bouche puisqu'il ne pouvait voir les yeux. Le directeur n'était pas en colère, décida-t-il après réflexion. Néanmoins, ceux qui étaient tombés en disgrâce se trouvaient parfois mutés d'office. Le mieux était donc de se faire rare, en avait conclu César depuis longtemps. Quoi qu'il en fût, il était là.

« Votre demande concernant le dossier du SDECE sur le dénommé Bock a été rejetée. »

Les lèvres bougeaient à peine, comme si les mots sortaient déjà formés. Ils avaient une curieuse résonance. Comme de la musique, se dit César. Et malgré tout, discordants.

« Puis-je vous demander pour quel motif, monsieur ?

— Très précisément, secret défense. (La formule avait un côté sonore qui fit sourire celui qui la prononça.) Il nous a été signifié que la communication de cette information pourrait compromettre une opération en cours.

— Laquelle ? s'enquit César.

— Cela, répondit le directeur avec un regret authentique, je crains que nous ne soyons pas autorisés à le savoir. »

César hésita, ignorant jusqu'où il pouvait aller.

« Ce meurtre, avança-t-il. Il pourrait avoir de plus vastes implications. »

La bouche du directeur se contracta aux commissures.

« Cela veut dire quoi exactement, monsieur l'inspecteur principal ?

— Bock recevait régulièrement depuis un an des versements importants, probablement pour une mission en cours, une activité clandestine. Si le meurtre est lié à ça... »

La conclusion s'imposait. Ils avaient besoin de savoir ce que Bock trafiquait.

Le SDECE le savait-il ? Ses membres étaient-ils eux-mêmes impliqués ?

« Impliqués dans quoi ? »

Les lèvres se contractèrent davantage.

« Je ne sais pas, reconnut César avec franchise.

— Nous ne pouvons rien faire », déclara le directeur.

Il observa encore une fois l'antique pendule.

Ménard avait punaisé une photo de Bock sur le panneau d'affichage et il lançait dessus des fléchettes en métal quand César revint, la déception gravée sur son visage. Un sale coup, d'accord. Mais pas mortel, n'arrêtait pas de dire César. Le passé de Bock était la clé, mais lequel de ses trois passés ? Son passé immédiat à Paris ? Son travail pour les Allemands de l'Ouest ? Ses années nazies dans les rangs des SS ? Le mieux était de miser sur Paris ; les gens se faisaient généralement tuer pour des choses qu'ils venaient de faire. Mais les activités de Bock à Berlin-Ouest avaient dû lui valoir quelques ennemis. Et la façon dont il était mort ramenait manifestement à sa période SS. (À part le fait évident, ne cessait de se répéter César, que rien n'était évident.)

« Lequel ? » interrogea César.

Ménard n'en savait rien. Il envoya une fléchette sur la tête de Bock. Devrait-il de nouveau le passer en revue ? Il habitait Cologne avec sa première femme quand on l'avait envoyé derrière les barreaux en 1954. Pour quel motif ? Le tribunal allemand précisait seulement qu'il était déclaré coupable de complicité dans des assassinats commis par les SS.

« Autrement dit ?

— On ne sait pas ce qu'il a fabriqué véritablement dans les SS. (Une autre fléchette.) Après la prison, il refait surface dans la Sécurité de Berlin-Ouest et en 1968, il n'y est plus. De nouveau, nous ne savons pas ce qu'il a fichu là-bas. (Et une autre !) Puis en 1970, le voilà à Paris et cinq ans plus tard, il se fait zigouiller. Et là encore, on ne sait pas ce qu'il trafiquait. (Ménard envoya sa dernière fléchette.) Est-ce parce qu'il y a certaines choses qu'on n'est pas censés savoir ? Par exemple : pourquoi nos propres services le protègent-ils aujourd'hui ? »

Dans son imagination, le jeune homme les voyait. Les deux femmes avaient été écrabouillées, massacrées. C'était l'Algérie et, brusquement, César était de nouveau en train de traquer le meurtrier qui n'était autre qu'un général. Un général bien protégé.

« Le problème, c'est qu'on n'en sait rien, insista Ménard.

— Pas encore ! » rétorqua César, en s'emparant des fléchettes. À 19 h 30 et après une douzaine de parties de fléchettes, ils n'en savaient pas plus et César renvoya Ménard dans ses pénates. C'était sa femme qui portait la culotte ; César trouvait cela incompréhensible. Ménard pouvait traquer des tueurs, mais il avait peur de sa femme. À moins que ce ne fût la peur d'être seul ? Cela, César pouvait le comprendre maintenant. Trop tard. Il rangea les fléchettes et glissa la photo de Bock dans sa poche poitrine.

Le ciel de Paris était un vrai flot de lumière. César roula vers l'est le long de la rue Saint-Antoine puis tourna sur le boulevard Beaumarchais. Il fut bientôt devant la boîte de nuit. Le Chat botté n'était pas inconnu des services de police. Les cocktails étaient généralement légers, et les femmes encore plus, surtout à l'heure où les touristes y faisaient une virée. Il montra le laissez-passer à l'entrée. Quand les distribuait-on ? Le samedi, le soir où ça marchait le plus fort. Ils étaient bons pour le dimanche et le lundi, les soirs les plus tranquilles. On changeait de couleur chaque semaine. César remit le ticket dans sa poche. Bock avait passé sa dernière soirée dans ce club.

À l'intérieur il commanda du vin et montra au barman la tête de Bock. Ça lui disait quelque chose. On appela une des filles. Le reconnaissait-elle ? Elle rit. Monsieur Pistolet. Pas un habitué, mais il venait assez régulièrement pour qu'on le connaisse. C'était un pervers en plus d'être un Boche. Comment ça, un pervers ? Certaines des filles le sauraient. On en fit venir une. Aaah oui, l'homme au pistolet. Sauf qu'il n'était pas vraiment un homme, vous me comprenez ; il ne pouvait pas faire ça comme les autres. Elle rigola. Alors il le faisait avec le pistolet noir qu'il portait sur lui ; il l'enduisait de gel sur toute sa longueur et il vous le fourrait à l'intérieur, vous voyez, et il le faisait aller et venir avec sa main...

« Non chargé ?

— Mais oui ! »

Elle regarda César comme s'il était malade.

« A-t-il fait du mal à quelqu'un ?

— Non, non, il était très doux. Ça l'excitait. Au

bout d'un moment, il s'arrêtait, pas trop longtemps. Mais il payait bien, vous pouvez me croire. (Elle se tourna vers la femme plus âgée pour avoir son soutien.) Une chose pareille, le pistolet... »

César se renseigna sur le dernier samedi soir. Oui, il était venu. C'était généralement son jour. Il restait une heure ou deux. Il était parti tôt, elle se souvenait de ça. Peut-être vers 10 heures. Seul, oui.

« Est-ce que l'une de vous lui a demandé s'il... »

Elle gloussa de nouveau.

« Naturellement ! On lui a toutes demandé, je peux vous l'assurer. Et plus d'une fois. »

La police était devenue complètement dingue, elle en était sûre et certaine maintenant. Dieu nous garde !

Une autre fille se rappela que quelques semaines plus tôt le Boche avait dit à certaines des filles qu'il allait recevoir un pactole, mais les hommes disent toujours ça aux femmes.

César se gara dans le secteur réservé à l'Hôtel de Ville, partit d'un pas nonchalant jusqu'à la Seine et s'assit sur la berge, les yeux fixés sur son bureau de l'autre côté de l'eau argentée. À l'arrière-plan, il y avait le marché aux fleurs sur lequel donnait son bureau. Le dimanche, les oiseaux remplaçaient les fleurs et César flânait souvent entre les étals et les boutiques de la place. C'était sans doute ce qu'il ferait demain. Non, le jour suivant. Aller voir les oiseaux en pensant à Bock ? Qu'avait-il d'autre à faire ? Reba était partie.

Autour de lui, Paris passait de l'or aux paillettes tandis que le soleil du soir cédait la place au rougeoiement des néons. Partout, des amoureux se retrouvaient et faisaient des serments. C'était un moment de fête.

Seul dans son bureau, César révisait ses notes sur

le meurtre de Bock. Il rédigerait son rapport dans la matinée, avant que trop de choses se soient accumulées. Mais de quoi disposait-il ? Un nazi mort ayant un ami à Munich et trois autres sur une photo. Avec des fonds secrets et des dossiers secrets. Qui projetait d'aller en Espagne, mais avait fait une réservation pour l'Autriche. Qui disait qu'il serait bientôt riche. Qui baisait les filles avec son arme.

Par ailleurs, on savait quand il avait trépassé. On savait que l'assassinat avait été soigneusement planifié. On savait où il avait passé sa dernière soirée. On savait qu'il était rentré seul, ce qui voulait dire qu'il connaissait suffisamment son assassin pour lui ouvrir la porte. Et on savait que certaines personnes ne tenaient pas à ce qu'ils en apprennent davantage.

Récapitulatif : ça ne valait pas un clou, ils n'avaient pas une seule piste solide. Ils allaient devoir continuer à creuser le passé. Essayer de creuser.

La seule certitude était que la mort de Bock n'était pas un acte isolé. César avait vu des victimes tuées avec toutes les armes imaginables, mais les pendaisons étaient rares. Il fallait une formidable détermination pour cela. Le meurtre était généralement une explosion spontanée de violence aveugle de la part de gens ayant des capacités au-dessous de la moyenne et qui passaient le reste de leur vie à le regretter ou à se raconter des histoires. Ils tuaient parce qu'ils n'étaient pas à la hauteur, ce qui n'était pas précisément la mentalité nécessaire pour pendre quelqu'un. Même César n'avait jamais vu quelqu'un pendu à une corde de piano.

« Oui ou non ? »

Tobie se tenait dans l'embrasure et témoignait d'un entrain suffisant pour dérider César. Étant un ambitieux qui passait sa vie à traquer les malfrats, l'inspecteur raffiné s'habillait comme un ministre et dînait chez Maxim. Naturellement il n'était pas marié.

« Je t'ai demandé si tu avais mangé. »

La nourriture, pour Tobie, c'était comme pour d'autres l'air qu'on respire. Non, ce n'était pas de la nourriture, mais de la *haute cuisine.* Une truite meunière ! Un tournedos Rossini ! Un suprême de volaille Jeannette ! Il raffolait de la classique simplicité de la bonne cuisine et de ses remarquables subtilités.

« Plusieurs fois », répondit César, qui prenait toujours à la légère les prétendues invitations à dîner de Tobie.

Cela se terminait généralement en orgies de foie gras, ce qui culpabilisait doublement César qui trouvait que manger en public était quelque chose de suffisamment indécent.

« Alors laisse-moi deviner. Tu as un ex-nazi refroidi sur les bras, ce qui n'est pas pour te déplaire. (Ce n'était pas une question.) Et tu te demandes si tu peux en débusquer d'autres ? »

Tout le monde est-il donc au courant ?

« Tu devrais faire gaffe. (Le sourire de Tobie illumina la pièce.) Même morts, les nazis peuvent mordre.

— Tu essaies de me dire quelque chose ? »

Tobie Maton avait de multiples talents et un large cercle d'amis, dont la plupart lui disaient ce qu'il voulait savoir car il n'avait pas peur de leur rendre la pareille. D'une merveilleuse complexité, l'intrigue lui réussissait.

« Toi, par exemple. Étant donné ta situation particulière, (Il se référait toujours de façon détournée aux origines de César), tu es peut-être trop à fleur de peau sur la question des nazis, tu risques de ne pas voir toutes les implications… (La voix de Tobie laissait passer une inquiétude qui ne s'affichait pas sur ses traits lisses.) Il y a toujours des aspects politiques dans ces affaires. »

César saisit la balle au bond.

« Et quels sont-ils en l'occurrence ?

— Je dis simplement qu'ils existent dans ce cas précis. C'est une époque bizarre quand les ennemis d'hier sont les amis d'aujourd'hui, n'est-ce pas ? Des hommes que j'ai mis à l'ombre travaillent maintenant pour les services spéciaux. C'est complètement dingue. (Tobie retira un gant.) Qui sait quelle nouvelle horreur nous réserve demain ? »

César regarda son ami boutonner son pardessus.

« Attention, ils n'ont toujours pas oublié l'Algérie, ajouta doucement l'inspecteur de la Sûreté urbaine pendant qu'ils sortaient. Ni Laffage. »

César fixa la porte fermée sans rien voir. Par-delà ses fenêtres, le ciel perdit bientôt sa dernière lueur à l'ouest et l'obscurité déroba la terre tel un voleur en fuite. Dans la pièce, la forme solitaire était assise dans les ténèbres de son esprit.

L'Algérie. Le général Laffage.

La femme est allongée nue sur le lit, la tête posée sur un oreiller placé contre le mur lépreux. À la lueur d'une bougie, elle regarde l'homme grand, athlétique qui se déshabille près de la porte, elle l'observe plier son pantalon soigneusement sur la chaise. Un Français, se dit-elle avec dédain, ce qui veut dire un pourboire plus modeste. Elle soupire, sachant qu'elle aurait à se donner du mal avec celui-là, à bouger le bassin, gémir et haleter, feindre le plaisir à son moindre contact. Prête à tout pour tirer un petit supplément de son poing serré.

Son client traverse la chambre minable et la met sur le ventre. Vieux pervers, grommelle-t-elle en se retournant. Même pas un pourboire. C'est bien sa veine ! Elle sent le corps de l'homme s'écrouler entre ses jambes et elle se tend en attendant le premier coup de boutoir, les yeux fermés, le visage blotti dans l'oreiller.

Tout entière à son travail, attendant le signal du départ, la prostituée n'aperçut pas le bras de l'homme qui s'abaissait lentement vers le pied du lit. Quelques secondes s'écoulèrent et elle ne sentit rien, pas même les mains de l'homme sur ses cuisses. Un voyeur, conclut-elle, malheureuse, certaine à présent qu'il n'y aurait aucun pourboire. Dans ce cas, elle n'allait pas lui faire son numéro, non, et tant pis pour lui s'il ne se grouillait pas. Elle avait d'autres clients qui attendaient et sa croûte à gagner.

Comme elle était sur le point de se retourner pour protester, elle sentit une légère pression contre son vagin. Pas un pervers, en fin de compte, songea-t-elle avec reconnaissance, et son corps se tendit à nouveau, elle ouvrit la bouche pour gémir. Et tandis que la pression s'accentuait, elle sentit brusquement un jaillissement chaud au-delà de tout ce qu'elle avait connu et sa bouche s'ouvrit lentement en un cri silencieux tandis qu'une main pressait sa tête contre l'oreiller et la tenait ainsi alors qu'une épée militaire plongeait en elle et lui déchirait la paroi abdominale. Empalé sur l'épée, le corps se vida bientôt de sa vie.

Dix jours plus tard, on retrouvait un deuxième corps. Une autre prostituée. Seul le visage était resté intact, la bouche cireuse grande ouverte, les yeux vitreux agrandis par l'horreur.

C'était en mars 1960. Jeune inspecteur de Paris se trouvant à Constantine pour ramener d'Algérie un fugitif français, il avait été approché par les autorités locales qui lui avaient demandé de se pencher sur ces deux meurtres d'une sauvagerie inhabituelle. Juste pendant les quelques jours où il se trouvait sur place, pour faire profiter la police locale de son expérience. Le commissaire avait approuvé la demande. Une semaine plus tard, César était encore à Constantine, mais il avait démasqué le tueur, le général de brigade Homère Laffage du Service d'action psychologique et d'information de la Défense nationale.

Cette nuit-là, le jeune inspecteur parla au général de la profusion des preuves.

« C'est concluant, dit-il à l'officier supérieur et comme ce dernier ne disait rien, il lâcha : Il y en a assez pour vous faire fusiller. »

Laffage menaça alors de le faire fusiller, lui, et il pointa son arme dans sa direction.

« Vous ne savez rien, déclara-t-il à l'inspecteur parisien. C'est une tout autre guerre ici et c'étaient des ennemies.

— C'étaient des femmes.

— Porteuses de bombes.

— Au lit ?

— Vous n'avez aucune autorité, clama Laffage en le congédiant. Aucun Français d'Algérie ne vous écoutera. »

Et il avait raison. Quand César présenta ses pièces à conviction aux fonctionnaires locaux, ils lui tournèrent le dos. Il rapporta l'affaire à Paris et voulut la faire avancer à partir de la métropole. Tout le monde lui conseilla de laisser tomber, mais il était jeune et stupide. En outre, il avait raison. Un mois plus tard, le général était limogé et, un peu plus tard encore, il se tira une balle dans la tête.

Après quoi, César apprit que Laffage avait été un agent de liaison de l'armée pour le SDECE en Algérie, qui était toujours rattachée à la France et sous l'autorité du ministère de la Défense. En fait, Laffage avait mené une grande partie de la guerre secrète contre le FLN, d'abord dans le bled et, plus tard, en ville. Il était une espèce de héros pour les membres du SDECE. Son propre contact au SDECE avait été un jeune activiste, Henri Junot.

Dès lors, l'inflexible inspecteur se trouva en butte à la haine d'hommes à la mémoire longue, des hommes de pouvoir non seulement dans le Service, mais dans la hiérarchie policière qui entretenait des rapports étroits avec les services du ministère de l'Intérieur. Ils n'aimaient pas le doute que César faisait planer sur eux, un doute que la police ne pouvait pas maîtriser. Ils n'oublieraient pas, et ils feraient en sorte qu'il ne l'oublie pas non plus. Il n'était pas des leurs, de toute façon. Il n'était jamais qu'un sale Juif !

César alluma d'un geste la lampe de bureau. Avait-il fini de rédiger ses notes pour le rapport ?

Il n'avait pas grand-chose, se dit-il.

Laissons faire le temps, s'entendit-il répondre.

L'appel arriva à 21 h 20. L'inspecteur jeta un œil à sa montre, qui indiquait 21 h 15, sans se rendre compte qu'il se souviendrait de cet instant – le mauvais moment – pour le restant de sa vie.

« Alors ? marmonna César. Qu'est-ce qu'il y a encore ? »

Il décrocha.

*
* *

La balistique était au bout du couloir, après l'analyse microscopique et la sérologie.

Une porte de sécurité en métal en gardait l'entrée, mais tout le monde utilisait la sortie de secours à côté de la cage d'escalier, et c'est par cette porte que César passa précipitamment pour venir voir le petit homme avec une tignasse blanche et un goût pour les examens approfondis et les explications méthodiques. Il s'appelait Félix Pégouret et il était survolté.

Félix montra à César trois douilles usées.

« Toutes celles-ci sont des 9 mm automatiques avec six cloisons et rayures, avec un pas à droite. Cette caractéristique se voit sur des balles qui proviennent d'un tout petit nombre d'armes, expliqua Félix. Toutefois la chemise porte des marques à la base qui nous disent que l'arme utilisée possède aussi un indicateur de chargement, un témoin. »

Il sourit et respira à fond.

« Il n'y a qu'un seul pistolet qui tire des 9 mm et qui a à la fois un témoin et un canon avec un pas de rayures à droite lequel laisse six cloisons et rayures à droite des projectiles. (Il indiqua l'automatique sur la table.) Le Walther PPK. »

Félix ramassa le pistolet que César lui avait laissé.

« Pendant des mois, nous avons comparé les projectiles avec chaque PPK qui nous arrivait. Il n'y en a pas eu des masses, bien sûr, c'est une arme très spéciale. Mais aucune ne correspondait... jusqu'ici. (Félix remit l'automatique sur la table et posa doucement les trois douilles usées à côté du revolver, une à une.) Elles proviennent toutes de votre arme », chuchota-t-il très fort.

César transpirait déjà.

« Où les avez-vous trouvées ? »

Félix prit une feuille sur son bureau.

« La première, c'est un banquier suisse assassiné

il y a six mois. La deuxième, un industriel belge en décembre. Et la dernière, c'est un diplomate britannique en février. (Il leva les yeux.) Vous vous souvenez de celui-là ; il s'est fait descendre juste devant son immeuble, avenue Paul-Doumer. Une balle en plein front, comme les autres.

— Tous à Paris ?

— Pas du tout. (Félix consulta de nouveau la feuille.) Le premier, c'était à... Nice, le deuxième à Lyon.

— Pourquoi vous les a-t-on envoyées ?

— Mais parce que nous sommes les meilleurs en France. »

Il ne disait pas cela pour frimer.

César n'avait pas besoin de vérifier les dates où Bock avait séjourné à Nice et à Lyon. Ni ce qu'il avait fait. Y avait-il d'autres cadavres que la police n'avait pas encore rattachés au pistolet de Bock ? César l'aurait juré.

Brusquement, l'inspecteur en savait beaucoup plus sur les affaires de Bock. Pas seulement sur ce qu'il faisait en France, mais aussi sur ce qu'il avait fait pour les Allemands de l'Ouest, et pour les SS aussi.

C'était l'œuvre d'un loup solitaire, comme César l'avait pensé. Mais qui avait loué ses services pour ce troisième round ? Avant de le virer.

Il était presque 10 heures quand il réintégra son bureau. Il ouvrit les deux fenêtres, retira ses chaussures et s'allongea sur le divan contre le mur opposé. La pièce était toujours en désordre malgré le ménage de la nuit. Une fleur fanée baissait la tête sur la bibliothèque ; César ne connaissait pas son nom. Il s'en tenait à la couleur et montrait du doigt ce qui lui plaisait. Le rouge était sa teinte préférée, le rouge et le jaune.

Il resta couché en s'apitoyant sur lui-même. Il ne connaissait plus les fleurs ni même les gens. Reba était partie et il n'avait aucune raison de rentrer chez lui. Au moins il savait ça. Il ferma les yeux, un bras enroulé sur sa tête, les jambes repliées sur l'estomac. Il ne la reverrait jamais, ne sentirait plus jamais sa chaleur et plus jamais ne partagerait les rêves de Reba.

Dans son rêve, César se tenait avec Dieter Bock, qui lui montrait le Walther.

« Quand portez-vous votre arme ? demandait-il.

— Seulement quand j'en ai besoin.

— Vous en avez souvent besoin ?

— Tout le temps. »

Le pistolet retentit.

Dans sa cellule solitaire près de la Seine, l'inspecteur passa le reste de la nuit assis à se raconter comment il allait occire chaque nazi à l'horizon. Il protégerait ses parents. Il retrouverait les tueurs de Bock, les autres tueurs. Tous, un par un. Il délivrerait le garçon. Dans ses fantasmes, il était le vengeur juif. Il était les sept plaies d'Égypte et l'ange de la mort.

Et comme toujours, il était le chasseur. Une race très ancienne.

3

L'inspecteur haïssait les samedis, surtout d'avril à septembre. La plupart des services annexes de la Criminelle fonctionnaient au ralenti avec des équipes squelettiques pendant le week-end, non seulement à Paris mais dans toute la France ; les autres pays en faisaient autant. Ce qui est étonnant quand on y songe, puisque la plupart des meurtres spontanés – qui ne sont pas prémédités ni commis au cours d'un acte criminel – surviennent entre le vendredi soir et le lundi matin.

À 8 heures du matin, César était à son bureau et s'occupait de son rapport pour le commissaire division-naire. Il avait passé la nuit sur le divan, perdu dans ses pensées, dormant par à-coups entre deux envolées fantasmatiques où il se prenait pour le commissaire Maigret sauvant l'honneur de la France. Un café et un croissant au troquet du coin l'avaient suffisamment remis d'aplomb après le lever du soleil pour le ramener au monde réel d'une machine à écrire cabossée et de la dépouille mortelle de Bock.

Curieusement, la mort de l'Allemand était interve-nue un week-end. Était-ce une coïncidence ? Les tueurs étaient-ils au courant de la main-d'œuvre policière réduite ? Faisaient-ils partie d'un groupe paramilitaire ? Du SDECE ? Du contre-espionnage ouest-allemand ? Des services de sécurité d'un autre pays ? Voire des services de police eux-mêmes ? Brusquement, tout devenait possible.

Il avait vite compris que la découverte des activités de Bock changeait la donne. Il n'était plus simplement un SS, une page tournée de l'histoire. Son arme avait servi à façonner des événements récents ; l'assassinat du haut fonctionnaire britannique en apportait une preuve suffisante. Cela voulait dire une enquête politique et l'ingérence de l'État. Des questions de sécurité nationale pouvaient être soulevées, on risquait de lui retirer l'affaire.

L'assassinat politique, comme César le savait, était la boîte de Pandore de la civilisation moderne ; les nations le dénonçaient et le pratiquaient, les hommes d'État le redoutaient et l'organisaient. La paranoïa de la conspiration était partout et les États réagissaient vigoureusement à toute menace contre leur autorité. Aucune action défensive n'était disproportionnée, de sorte que les services secrets prospéraient. L'espionnage était florissant. Les espions et contre-espions, les barbouzes de tous poils, la désinformation et les disparitions : tout cela n'avait rien à voir avec l'idée du crime et de son châtiment qui animait César.

Simple question de bien et de mal, croyait-il. Un sens de la justice et de la sanction inéluctable.

L'inspecteur ne se faisait aucune illusion sur le meurtre de la rue de Malte. Son autorité limitée allait probablement déranger les services de la sécurité intérieure ; le « cabinet fantôme », comme tout ce qui se nourrit de la peur, était lui-même paranoïaque et plusieurs services pouvaient revendiquer l'affaire Bock.

Le SDECE était la plus grande menace. Un nombre indéterminé d'anciens nazis travaillaient pour lui, essentiellement dans le secteur Moyen-Orient et Russie. Pourquoi pas Bock ? Il aurait pu être un agent double – peut-être encore au service de l'Allemagne de l'Ouest – qui avait été découvert et éliminé. César avait appris qu'au moins deux des membres de sa hiérarchie, y compris le responsable du secteur Europe occidentale, avaient collaboré pendant l'Occupation allemande.

Rien n'exaspérait davantage les Renseignements généraux que d'entendre évoquer leur rôle pendant la période de l'Occupation. César savait qu'on pouvait parler, globalement, d'une étroite collaboration. Ses membres avaient participé aux rafles des milliers de Juifs et à l'arrestation des résistants qui avaient été envoyés dans des camps d'internement tels que Drancy, en banlieue parisienne. Et ils avaient commis des abominations comparables en France non occupée et même en Algérie, où les Juifs français avaient été dépouillés de leur nationalité.

Quand Himmler avait donné finalement l'ordre de déporter à l'est tous les Juifs de France, la police politique s'était montrée d'une grande fermeté. À vrai dire, comment aurait-il pu en être autrement puisqu'elle était au service du régime de Vichy qui persécutait systématiquement les Juifs depuis le début de l'Occupation ?

Mais ça, c'était du passé, et aujourd'hui, les RG avaient changé d'image, leur rôle était de protéger la République contre l'agitation intérieure et le terrorisme. Ils étaient là pour permettre aux trains de rouler, au vin de couler. Et pour ce faire, il fallait des énergumènes comme Bock. Même César pouvait comprendre qu'un

Dieter Bock faisait partie du prix à payer. Maintenant, il était mort. Le prix avait-il grimpé ?

Le SDECE – la Deuxième division de Junot – allait faire monter la pression pour récupérer l'enquête. César n'était pas d'accord, et il commença à élaborer une stratégie.

*
* *

Pendant les deux heures qui suivirent, César plancha sur les détails de l'affaire, en concluant par une remarque qu'il croyait correcte :

« À la lumière des pistes que nous possédons – et de la découverte de trois meurtres supplémentaires, plus d'autres encore que je m'attends à pouvoir attribuer au défunt – l'enquête en cours pourra progresser avec plus de célérité si elle n'est pas transférée aux services de sécurité ayant des missions plus élargies. »

César se doutait que ses mots auraient peu de poids aux yeux de ses supérieurs ; l'action réclamait une réaction. Avec le temps et quelques interruptions, cela viendrait. Dans l'intervalle, son point de vue était écrit noir sur blanc. Ils ne voudraient pas se prendre les pieds dans le tapis. Ils avaient tous des intérêts personnels à défendre. Les gros bonnets de la police pouvaient mettre leur vie dans la balance, mais jamais leur job.

Après avoir fini son rapport sur Bock, César se tourna vers d'autres affaires, prenant des notes et classant ses fiches dans les dossiers. Le téléphone, quand il retentit après 10 heures, le fit sursauter. Un fonctionnaire du 20ᵉ arrondissement qui se rappelait les

Bock de la rue de Pali ; son adjoint lui avait demandé d'appeler la préfecture.

Tout à fait, confirma César. Les connaissait-il bien ?

Juste en passant. Il était allé chez eux une fois, pour un cambriolage, il y avait un an de cela. Le topo classique : magnétophone, appareil photo, du liquide. Et une boîte de photographies.

« Des photos, dites-vous ?

— Des trucs de famille. Il a pris ça à la légère, mais sa femme était indignée.

— C'était quel genre ?

— Un tempérament calme, mais volontaire, si vous voyez ce que je veux dire. Elle savait ce qu'elle voulait, je dirais. Cependant, elle était beaucoup plus jeune que son mari.

— Et lui ?

— Il ne travaillait pas, pour autant que je puisse dire. Ils ne roulaient pas sur l'or d'après ce qu'on pouvait voir. Une honte. Il a déménagé aussitôt après l'accident, et je ne peux pas le lui reprocher. Dès qu'il a reçu le fric, je suppose.

— Quel fric ?

— L'assurance. Une sorte de police qu'elle avait prise. Je ne crois pas que ça représentait grand-chose. L'agent d'assurance est passé au poste pour le rapport d'accident.

— C'était quelle compagnie ?

— Je crois que c'était Frenchlife.

— Autre chose ?

— Pas vraiment. J'ai parlé des lunettes ?

— Quelles lunettes ?

— Au cours du cambriolage. Ils ont embarqué les lunettes de la femme. Vous vous rendez compte ?

C'était sans importance, cela dit, puisqu'une semaine plus tard, elle était morte. »

César se demandait s'il devait appeler Frenchlife. Un samedi matin ? Il composa le numéro quand même et on décrocha immédiatement. N'était-ce pas inhabituel ? De travailler le samedi, je veux dire ? Pas du tout. Nous sommes une société en plein essor, ouverte le samedi jusqu'à 13 heures. Que puis-je pour vous ?

On lui passa enfin le conseiller concerné. Et comment qu'il s'en souvenait, de Bernadette Bock ! Elle était tombée de son appartement au quatrième il y avait environ un an… attendez ! Treize mois, pour être précis. Il avait le dossier sous les yeux. Trente mille francs étaient allés au mari. *Ditère* Bock.

— C'est *Dieter*.

— Comment ?

— On dit « Dieteur ». Comme dans cogneur.

— De drôles de noms, ces Allemands. Mais c'est intéressant, votre exemple, parce qu'à l'époque, on a soupçonné Bock de lui avoir fait pire que la cogner. Mais, faute de preuves, on a dû lui verser l'argent.

— Des preuves de quoi ?

— Qu'il était chez lui quand elle est tombée. Si elle est tombée.

— Quand avaient-ils souscrit cette police ?

— Presque un an plus tôt.

— Ce n'est pas exactement l'escroquerie à l'assurance classique. Pourquoi avoir eu des soupçons ?

— On n'en a pas eu jusqu'à ce qu'on reçoive un appel affirmant qu'il y avait eu meurtre. À partir de là, naturellement, il a fallu vérifier.

— Votre correspondant a-t-il laissé un nom ? »

César le notait alors que Ménard entrait dans le bureau. Il avait appris l'existence des meurtres liés à Bock, César lui ayant déjà téléphoné chez lui. Il n'en était pas surpris. Tout cet argent signifiait nécessairement qu'il y avait anguille sous roche. Pourquoi pas le meurtre ? C'était une activité en plein développement. Ce que Ménard trouvait curieux, c'étaient les victimes : un banquier, un industriel et un diplomate. Quel était le rapport ? Et de trois nationalités différentes, par-dessus le marché. Cela empestait la conspiration internationale, les histoires d'espionnage chères à Clément.

César en convint. Bock aurait pu être la partie visible de l'iceberg. Mais d'où venait la glace ? Si c'étaient de leurs propres eaux, ils devaient s'attendre à sentir bientôt la pression.

Et à propos des victimes, quelque chose à en tirer ?

Clément était déjà en route pour Nice et Lyon, la photo de Bock en poche. Il allait identifier Bock dans les hôtels où il descendait, vérifierait les reçus.

Entre-temps, Ménard allait contacter Zurich et Bruxelles pour savoir s'ils avaient un dossier. Il y avait une piste quelque part et ils la trouveraient.

« Et pour l'Allemagne ? »

Ménard se racla la gorge.

« Leurs effectifs ne sont pas au complet aujourd'hui, bien sûr. Je leur ai faxé tout de même le tirage, mais Bonn n'avait pas l'air très optimiste.

— Les Allemands aiment se montrer prudents. Sauf quand ils sont nazis, bien sûr.

— Pour eux, si les trois copains de Bock étaient SS, ils ont purgé leur peine ou bien ils n'ont jamais été inquiétés. Sinon, ils n'auraient pas été assez bêtes pour se faire photographier.

— Peut-être ne s'attendaient-ils pas à être reconnus

après trente ans, supposa César. Les procureurs des Länder n'ont que des clichés des années quarante. »

Ménard exprima son désaccord en plissant le front, et César le dévisagea. Dans trente ans, il reconnaîtrait cette tête quoi qu'il arrive. Ménard avait raison.

« Peut-être qu'ils sont recherchés pour quelque chose de plus récent. »

Aucun ne considéra cette hypothèse comme fortement probable.

« Je n'attends pas grand-chose de Bonn, lâcha César brusquement. Ils vont tout de même faire circuler sa tête, ce qui va dégeler un peu la police des frontières. Mais on va sans doute devoir s'y prendre autrement. »

Autrement, cela voulait dire : par le biais d'un mort du nom de Kurt et d'une lettre dont l'auteur signait Gerd. César avait déjà commencé à demander des renseignements à Vienne concernant les morts du 10 janvier. Il avait aussi demandé au bureau du procureur de Munich de chercher sur les listes de SS un certain Gerd qui pouvait avoir travaillé dans le domaine juridique ou l'armement.

Aucun mystère là-dedans, assura-t-il à Ménard. Un ami graphologue avait décrété que l'auteur travaillait sans doute avec des chiffres dans une structure organisée. Une imagination contrôlée, quelqu'un qui n'avait pas le goût du risque, avec une haute opinion de ses capacités.

« Ça vaut le coup d'essayer, déclara César.

— Admettons », concéda Ménard, qui ne tenait pas la graphologie en très haute estime.

Ni la police viennoise, en fin de compte. Ils avaient saboté plusieurs de ses demandes de renseignements, ce qui, une fois, l'avait carrément induit en erreur. C'était comme ça avec les Autrichiens. Ils ne semblaient s'intéresser qu'à eux-mêmes, comme aurait dit sa mère. Mais bon, Ménard était de la Loire. L'inspecteur, lui, venait de Strasbourg et il parlait l'allemand couramment, de sorte qu'il savait sans doute mieux s'y prendre avec eux.

« Ces dépliants touristiques dans l'appartement de Bock ? (César montrait le tas de dossiers sur le bureau.) Pas un sur l'Autriche.

— Les réservations étaient peut-être une fausse piste, avança Ménard. S'il se savait traqué, il a pu prendre la première destination venue pour le cas où il serait recherché. Puis aller en Espagne à la dernière minute sous un autre patronyme.

— Quelqu'un le traquait, confirma César, mais il n'en savait rien. Il a laissé entrer le tueur cette nuit-là. En plus, comment aurait-il franchi la frontière ? Il avait besoin d'une autre carte d'identité.

— Pas impossible, dans sa profession.

— Exact. (Les sourcils de César se haussèrent pendant qu'il réfléchissait.) Exact », répéta-t-il.

Il sortit l'annuaire, appela l'appartement d'André. Une voix inconnue lui répondit et il vérifia le numéro avec la standardiste. Il recomposa le numéro et André répondit à la troisième sonnerie.

César était curieux. Pourquoi André avait-il vérifié les réservations pour l'Autriche quand il était censé ne se renseigner que pour l'Espagne et le Portugal ?

André n'avait rien demandé.

« Alors ? »

C'était une pure coïncidence. Il avait vérifié l'Allemagne après réflexion, parce que Bock était allemand. Mais pour les employés du bureau des réservations, il semble que l'Allemagne et l'Autriche, ça revient au même parce que les deux pays parlent la même langue. Quand ils avaient vérifié l'un, ils avaient vérifié l'autre, et Linz était arrivé sur le tapis.

« À moins qu'on ne l'ait fait passer par l'Allemagne exprès. (Il regarda Ménard.) C'était peut-être prévu dès le départ. »

Ménard resta sidéré en écoutant l'inspecteur donner ses instructions par téléphone. C'était l'ordre le plus étrange qu'il ait jamais entendu prononcer depuis près de douze ans qu'il travaillait à la Crim'. César voulait qu'André vérifie si Bock avait utilisé sa réservation.

*
* *

Des trépieds extraterrestres en métal, du caoutchouc sur l'encadrement des portes, un grand-angle, des projecteurs et des chariots croisaient son regard. Des bacs doublés de plomb semblaient l'entourer. Il voyait brusquement le spectre de l'infrarouge qui se trouvait juste aux confins de la lumière visible, sentait les ondes les plus longues lui sauter dessus, avec leurs extrémités thermiques qui s'insinuaient. Privé d'obscurité, il ne pouvait pas se cacher. Était-il découvert ?

« C'est comme je vous l'ai dit au téléphone, expliquait Sébastien. Votre type a été ajouté au groupe ultérieurement. Les trois autres forment un tout sans faille dans la composition. Ils sont authentiques. (Il frotta ses mains douces avec enthousiasme.) Du bon boulot, en fait. Celui qui a fait ça en connaît un rayon. »

La photo aussi, se dit César. Les produits chimiques, les empreintes digitales et la photographie par-dessus le marché. Sans parler de la corde de piano et des chambres hermétiquement closes. Quoi ?

« Bien sûr, cela n'est pas comparable à ce que nous pouvons faire.

— Super. »

Ils étaient au laboratoire photo dans les vieux bâtiments de la Préfecture. Les murs étaient blancs pour capter la lumière ; tout semblait baigner dans l'espace.

« Que savez-vous de la microphotographie au laser… l'amplification des ondes électromagnétiques dans le spectre visible pour obtenir des reproductions d'images agrandies ?

— J'ai eu autrefois un de ces anciens appareils photo, un box.

— Du photomontage électronique ?

— Je vous écoute. »

Sébastien le conduisit à une longue table recouverte de tirages et d'agrandissements. Il était le technicien en chef du labo qu'il avait fait le meilleur de France. La photographie médico-légale était sa passion et il était un expert en trucages photographiques.

« Au temps pour la technique. (Il avait l'air déçu.) Fondamentalement, j'ai travaillé la photographie sur la droite de votre personnage et j'ai poussé l'agrandissement des bords au maximum. J'ai fini par trouver une ligne verticale très fine entre le groupe et la silhouette voisine dont les bords devenaient irréguliers. Rien de visible à l'œil nu, mais c'est ce qu'on a.

— Et qu'est-ce qu'on a ?

— Une image composite.

— Ce sont donc des photos différentes, remarqua César.

— Visiblement. (Le photographe rayonnait d'orgueil professionnel.) D'après les mesures, je dirais que votre bonhomme était tout seul sur l'autre cliché.

— Mais pourquoi ? demanda César, en réfléchissant à toute allure.

— Seulement deux possibilités. Il était censé faire partie de leur groupe, ou ils faisaient partie de ses amis à lui.

— Cool, il y en a une troisième, observa César. Il a servi à remplacer quelqu'un d'autre sur la photo. »

Une porte claqua dans les parages ; des voix leur parvinrent.

« Sur l'autre tirage que vous m'avez donné, avec Bock – c'est bien son nom ? – et sa femme, rien qui sorte de l'ordinaire. Un gros plan en 24 x 36 classique, pris au cours des six derniers mois avec un appareil photo personnel. »

César crut qu'il avait mal compris.

« Vous avez dit au cours des six derniers mois ?

— Guère plus. La lumière jaunit, vous savez. Votre photo est récente. (Sébastien fronça les sourcils.) Quelque chose qui cloche ?

— Carrément. La femme de Bock est morte depuis plus d'un an. »

*
* *

César discutait avec l'enquêteur qui avait eu à s'occuper de la mort du diplomate anglais en février.

« Votre rapport fait état d'un groupe terroriste palestinien.

— Le Front populaire de libération de la Palestine, autrement dit le FPLP. Mais n'importe qui peut revendiquer un assassinat après coup. Ça arrive tout le temps.

— Vous n'y avez pas cru.

— Pas vraiment, le boulot était trop professionnel. L'homme s'est approché de Stiles et l'a abattu d'une balle en plein front. Apparemment, l'arme était cachée dans une attelle qui lui soutenait le bras. (La voix de l'inspecteur contenait une note d'admiration.) Dans l'attaque terroriste classique, il y a peu de subtilité ou d'imagination. Celle-là était assez différente pour me donner à penser que ça allait plus loin.

— Dans votre rapport, vous dites que le tueur a disparu sans laisser de trace.

— Assez facile à faire. L'immeuble fait un angle, avec deux entrées. Il a pu retirer son bonnet de ski et son attelle, il a tourné le coin de la rue et il a disparu.

— Est-il possible qu'une voiture l'ait attendu ?

— Pas qu'on sache. L'avenue Paul-Doumer est très encombrée à cette heure de la matinée. Il suffisait de se fondre dans la foule.

— Très encombrée, répéta César. Mais personne n'a de description correcte. »

L'enquêteur haussa les épaules.

« Trop brutal, trop rapide. Il avait son bonnet sur les yeux, le col remonté. Les gens étaient abasourdis. Vous connaissez la musique. »

*
* *

Dans la pièce lugubre, le chef de service Junot lut le message confidentiel et appela rapidement le standard.

« Le général sera-t-il disponible aujourd'hui ?

— Le général est en mission officielle à l'extérieur du ministère. Il sera de retour lundi. »

Ce qui voulait dire qu'il était rentré chez lui pour le week-end.

« Faites savoir à son bureau que le directeur de la Deuxième division demande à être reçu d'urgence... oui, lundi, il faudra bien que ça aille, n'est-ce pas ? »

Il raccrocha brutalement. Bande d'abrutis ! La fonction publique partait en lambeaux. Rien que des abrutis au téléphone. Il fit fléchir ses doigts pour essayer de se calmer. Non seulement le standard, mais tous autour de lui. Il était entouré d'imbéciles.

Les traits crispés par la colère, Junot prit l'unique feuille de papier et la parcourut de nouveau. Impossible ! Les trois meurtres des six derniers mois étaient l'œuvre d'un assassin qui avait été lui-même assassiné la semaine passée. La police était en possession de l'arme qui avait servi pour les assassinats d'un banquier de Zurich, d'un industriel de Bruxelles et d'un diplomate britannique.

Junot résista à la tentation de froisser la feuille et de la lancer hors de sa vue. À quoi cela servirait-il ? Ce crétin de Dreyfus en avait appris davantage en un jour que les idiots de son propre service en six mois. Six ans !

Sale Juif, pensa Junot sombrement. Et sale Dieter Bock aussi. Qui diable était-il ? Bien entendu, ils avaient un dossier sur lui, il était sur son bureau en ce moment même, mais il détaillait simplement son passé de SS, son travail pour l'Allemagne de l'Ouest en tant qu'agent de sécurité en contact avec les réfugiés de Berlin-Est et, finalement, un déménagement à Paris avec sa femme française. Qu'est-ce qui lui avait pris de se mettre à trucider des gens ? Pire, comment se faisait-il que son service n'en ait pas été informé ? En tant qu'ancien nazi, ce type relevait de son secteur. Ce que le général ne manquerait pas de lui lâcher avec mépris en pleine poire.

Junot fixait le mur vide, sa colère se transformant en amertume. La compétition entre les directeurs des différents services était souvent acharnée. Au cours des derniers mois, il avait perdu un agent, des terroristes arabes avaient monté plusieurs assassinats bien médiatisés et les Israéliens avaient réussi quelques jolis coups de leur côté. Aucun n'avait servi ses intérêts ni ceux de la Défense nationale.

Le ministère de la Défense était aussi le ministère de la Guerre, bien sûr, et ce dernier titre décrivait peut-être mieux la conception de ceux qui travaillaient dans l'ensemble de bâtiments trapus de la rue Saint-Dominique. La guerre était l'enfer, mais c'était aussi leur affaire, et le pays avait besoin de son armée autant que le poing de ses articulations. Dans son optique anthropomorphique, même les dieux avaient des ennemis et la paix n'était qu'une période de guerre froide.

Junot faisait partie de ce monde des ténèbres et il en comprenait les rouages. Ce qui lui échappait en revanche, c'était pourquoi personne dans le service ne savait rien de ce nazi.

À moins qu'on ne lui ait carrément rien dit ?

Le chef du service Proche-Orient replia la feuille de papier et la glissa dans une enveloppe qui resterait dans son coffre jusqu'à lundi. Il y avait une certitude. Le général allait lui demander de prendre le relais de la police. Raymond Broussard, l'industriel belge abattu à Lyon, était un de ses agents.

*
* *

À 4 heures cet après-midi-là, César recevait sa réponse. Son intuition se trouvait confirmée, ce qui ne lui plaisait pas du tout.

Quelqu'un répondant au nom de Dieter Bock avait pris le vol de la Lufthansa de Paris à Munich le 7 avril, conformément à la réservation. Il s'était servi d'une fausse identité pour entrer en France et de la carte d'identité de Bock pour retourner en Allemagne, de sorte qu'on n'aurait aucun dossier sur lui une fois passée la frontière. Il était venu, avait tué Bock et était reparti en passant inaperçu.

« Retourné où ? interrogea Ménard. Il n'est pas allé jusqu'à Linz.

— Il n'avait pas besoin d'aller en Autriche. (César avait un ton accablé.) Notre homme est allemand. »

Allemand signifiait probablement qu'un service de renseignements était dans le coup, les Services secrets ouest-allemands, sans aucun doute. L'enquête allait bientôt lui échapper. Ce n'était pas juste.

« Pas juste, gronda César entre ses dents serrées. Bock est à moi. »

Il s'affala encore plus dans son fauteuil.

« Mais pourquoi l'a-t-on tué ?

— Peut-être est-il devenu trop gourmand, suggéra César, distrait. Ou simplement imprudent. Comment diable le saurais-je ? »

Il avait misé sur le fait que Bock avait été tué en France par d'anciens nazis. C'était une chance unique de prendre sa revanche, d'apaiser les démons. Avec le SDECE encore, il aurait peut-être pu rester dans le coup. Mais avec l'Allemagne de l'Ouest…

« On n'a pas la certitude que ce sont eux, soutint Ménard pour regonfler le moral de son patron. Jusqu'ici, ce sont seulement des présomptions.

— Laisse-moi te dire une bonne chose au sujet des présomptions. (César resta terré dans son fauteuil.) Un type entre dans une maison, il vole les objets de valeur,

82

puis il fout le feu. Il n'y a pas de témoins. Le lendemain, on l'arrête avec le butin et un litre d'essence. Ses habits puent le feu et il a les mains brûlées. Il n'y aura que son avocat pour appeler ça des présomptions.

— On n'a pas de maison en feu ici.

— Peut-être que si, et qu'on est dedans.

— Il y a d'autres explications », insista Ménard.

César le lorgna sous ses paupières fatiguées.

« Et d'autres questions aussi, poursuivit-il.

— Comme quoi ?

— Pourquoi utiliser le nom de Bock pour rentrer alors que le tueur avait de bonnes raisons de l'éviter ?

— Ça, j'aimerais bien le savoir, se plaignit César. Ça n'est pas logique.

— Et aucune photo dans son dossier de police. Ça te paraît logique ? »

César convint que non. Pour le moment, du moins.

« Ou que le SDECE ne nous file pas son dossier ?

— Ça s'est déjà produit.

— Ou que nos propres services cherchent à protéger des Allemands. C'est déjà arrivé, ça ? (Ménard secoua la tête vigoureusement.) Rien de tout ça n'est logique si c'est une opération ouest-allemande. »

Le fauteuil bougea quand l'inspecteur se pencha en avant.

« Tu vois ? (Ménard étala ses mains.) Il y a d'autres possibilités.

— J'écoute, dit César qui recouvrait son souffle.

— Et si tout le voyage était bidon ? Qu'il nous ait monté un bateau pour le cas où on arriverait jusque-là.

— Quelqu'un a fait le voyage, objecta César.

— Ça pouvait être n'importe qui. Un des autres lascars dont tu n'arrêtes pas de parler.

— Une fausse piste, alors. Continue.

— Ce n'était pas le tueur. Car lui, il est toujours ici.

— Pourquoi ?

— Il est français ou bien il vit en France.

— Un Allemand qui crèche en France. Super.

— Pareil pour les autres membres du groupe.

— Mais il travaille seul, insista César.

— Il va donc à Munich sous le nom de Bock et fait demi-tour.

— Sous sa propre identité ! (César sentait revenir l'inspiration.) Ou peut-être une nouvelle ruse pour nous semer.

— À la tombée de la nuit, il est de retour à Paris, poursuivit Ménard, tout excité, et Munich n'est qu'un coup monté.

— Pourquoi Munich ?

— Et pourquoi pas ? C'est la troisième ville d'Allemagne. Assez grande pour qu'il se fonde dans la foule. Bock est sans doute un nom bavarois, il y en a des tonnes qui habitent là.

— Qui a fait la réservation ? lança César.

— C'est lui. Au nom de Bock, pour que ça corresponde avec les papiers d'identité. Tu as dit que la réservation a été confirmée, donc il savait qu'il n'y aurait pas de problème.

— La réservation a été confirmée, mais il a dû laisser un numéro de téléphone à la compagnie aérienne.

— Il en a bricolé un. Ils ne rappellent jamais de toute façon.

— Sauf que le numéro qu'il a laissé n'était pas bricolé. »

Ménard ouvrit des yeux comme des soucoupes.

César se laissa de nouveau aller dans son fauteuil.

« Le numéro est celui de l'appartement de Bock. »

Ménard ferma brusquement les paupières.

Au café, ils fixèrent leur vin d'un œil maussade. La vie était de la merde et le boulot d'inspecteur idem. Il fallait suivre les gens et nettoyer leur bordel. Des nettoyeurs de merde, tous ! Sauf que certains le faisaient mieux que d'autres. Ils ne valaient rien.

Tobie trouva César assis seul. Ménard était rentré chez lui.

« Tu as déjà bouclé l'affaire Bock ?

— Tu parles.

— Je me souviens de cet ami qui cherchait une chose qu'il n'aurait pas dû chercher. Quand il l'a trouvée… (Tobie renifla son verre)… ça a changé sa vie.

— C'était quoi ?

— La mort. »

Les deux amis restèrent assis dans un silence glacial, César ayant refait le plein et Tobie devant un pouilly-fuissé qu'on lui avait recommandé.

« Comment tu as fait pour me trouver ?

— Je te cherchais. Quand on cherche, on trouve. »

César promit de s'en souvenir.

*
* *

Au cœur de Paris, non loin des berges de la Seine, se dresse la Sorbonne. Aucun autre lieu n'a exercé une influence aussi prestigieuse. Dans ses halls et ses couloirs se rassemblent ceux qui sondent le passé et pénètrent l'avenir, ceux qui étudient l'oral aussi bien que l'écrit, et dont les débats sans fin se répandent sur les boulevards environnants, donnant au quartier une intensité qui charge l'air d'électricité et fouette le sang. C'est cela, le Quartier latin, et c'était là que César venait pour apprendre.

Arrivant à pied du café, l'inspecteur se fraya un chemin à travers une foule d'étudiants sur le boulevard Saint-Michel. Le brouhaha des voix parut étrangement harmonieux à son oreille cosmopolite. Une fille à la mine sévère vêtue d'un treillis lui colla sous le nez une pétition et un stylo. Il signa automatiquement en espérant qu'elle ne préconisait pas la fin du monde. Intimidé, il tourna rapidement le coin de la rue des Écoles et se trouva aux abords d'une manifestation.

Un groupe d'étudiants entourait un chariot rempli de bouteilles de vin brisées ; leurs voix sommaient bruyamment les pouvoirs publics d'arrêter l'invasion des vins étrangers puisque les viticulteurs français ne pouvaient écouler leurs propres stocks du fait des importations moins chères en provenance d'Italie, d'Espagne et d'Afrique du Nord. À proximité se trouvait un autre groupe avec des banderoles exigeant du gouvernement qu'il n'intervienne pas sur la question du vin étranger. Seules les importations étrangères étaient à la portée de leur bourse.

« Du vin français ! hurlait le premier groupe.

— Du vin bon marché ! » vociférait le second.

Personne ne cédait et ils n'arrêtaient pas de répéter leurs slogans entre deux bris de bouteilles, de rouge ou de blanc, de vin français ou étranger. La guerre du vin qui soulevait les passions captivait toute la population ; quelques jours plus tôt seulement, une foule avait fait une descente dans un entrepôt bordelais et détruit dix mille bouteilles d'importation espagnole. La guerre divisait le pays et certains prédisaient le déclin de la France si elle ne trouvait pas de solution rapide.

« Du vin français !

— Du vin bon marché ! »

Il régnait une tension, mais dans le calme. Tout le monde espérait que la guerre cesserait bientôt.

« Du vin français bon marché ! » cria brusquement quelqu'un au milieu de la foule.

Tout le monde eut l'air mécontent. Ce n'était pas à l'ordre du jour.

Passant derrière la foule, César contourna la statue de Montaigne qui fait face à l'entrée de la Sorbonne. Presque aussitôt, il se trouva dans la cour principale et prit à gauche dans un couloir, puis à droite dans la galerie Richelieu. De là, il suivit les directives jusqu'au laboratoire de linguistique, où il trouva la chercheuse penchée sur un tableau de transcription phonétique. Baignée d'une lumière blanche, immobile, elle dégageait une énergie silencieuse. Quand elle finit par bouger, ce fut dans un mouvement fluide qui parut à César d'une rare sensualité. Même l'éclat aveuglant des lampes fluo ne pouvait ternir sa beauté juvénile et César se demanda s'il avait fait une erreur.

« Venez », dit-elle tandis que ses mains continuaient leur mouvement.

César la regarda lisser le tableau sous la loupe, ajuster les pignons et remonter l'éclairage. La lumière quitta sa peau comme l'eau sur les galets et il vit le réseau de veines bleues délicates sur ses bras. Ses longs doigts minces ne portaient pas de bague. Une œuvre d'art, songea César. Plus encore, de vie. Elle lui rappelait Catherine Deneuve. À son approche, elle leva les yeux, l'air curieux.

« Inspecteur Dreyfus, je suppose. (Elle avait une voix mélodieuse, très parisienne.) Nous nous revoyons donc.

— Nous nous sommes déjà rencontrés ?

— Dans une autre vie peut-être ? (Ses yeux souriaient.) Il y a tant de vies, on ne peut jamais être sûr de rien.

— Dans le cas présent, c'est bien aimable à vous d'accepter de me recevoir dans d'aussi brefs délais.

— J'ignorais que j'avais le choix. (Elle dit cela aimablement, en l'observant.) Mais bien sûr, je ne demande pas mieux que de vous aider si c'est en mon pouvoir. »

César s'était attendu à quelqu'un de différent. Le dossier de Jacqueline Volette faisait état d'une diplômée qui connaissait une demi-douzaine de langues et avait décroché une bourse de recherche à la Sorbonne. Ce qu'il ne disait pas, c'était sa vivacité et sa spontanéité.

« Vous avez évoqué ma sœur au téléphone. Avez-vous découvert quelque chose de nouveau sur son meurtre ?

— C'est pourquoi je suis ici, répondit promptement César. Pour vous demander pourquoi vous pensez à un meurtre.

— Parce que son mari l'a tuée.

— Vous en avez donc parlé à la compagnie d'assurances. Mais avez-vous des preuves ?

— Des preuves ? (Elle éclata de rire, un rire creux, sans joie.) Ce n'est pas un peu tard pour ça ?

— En avez-vous ? » insista-t-il.

Jacqueline Volette avait vingt-six ans et n'était pas mariée. Question de carrière, supposait César tandis qu'il attendait sa réponse.

« Ce n'est qu'une impression, admit-elle finalement. Mais je sais qu'il l'a poussée par la fenêtre. Dieter Bock est un assassin.

— Dieter Bock est mort. »

César regarda les yeux de la jeune femme passer

par une série d'émotions avant la colère. Elle aurait voulu l'envoyer à la guillotine.

« Comment ça ?…

— Il a été assassiné. »

C'était mieux. La justice immanente. Il avait tué sa demi-sœur ; à présent quelqu'un l'avait tué. Mais minute…

« Vous me croyez coupable ? (Elle tendit la main vers un fauteuil.) Sainte Vierge !

— L'êtes-vous ? »

Elle traita la question sérieusement.

« J'aurais pu, reconnut-elle. Il y a un an, j'aurais pu.

— Exactement. »

Jacqueline Volette frissonna, les mains agrippées aux accoudoirs. César savait qu'elle allait passer une nuit blanche à pleurer sa sœur, tous ses souvenirs ravivés. Il n'avait pas le choix. Elle savait peut-être quelque chose.

« Je ne sais rien. (La voix était sans timbre, distante.) Tout est fini alors, n'est-ce pas ? Ils sont morts tous les deux.

— Non, ce n'est pas encore fini », rectifia-t-il.

Elle ne pensait pas pouvoir lui être utile. Comment ?

« Votre sœur a-t-elle dit quelque chose avant sa mort ? Sur Bock, je veux dire. N'importe quoi. »

Elle secoua la tête, désarmée.

« Bernadette l'aimait.

— Elle avait vingt ans de moins que lui. Était-ce de l'amour ou autre chose ?

— Qu'est-ce que ça change maintenant ? (L'impatience, puis un soupir.) Ma mère était très jeune quand elle a eu ma sœur ; le père l'a quittée peu après. Dix ans plus tard, elle s'est mariée et je suis née, mais mon père est mort quand j'avais quatre ans. Bock était comme un père pour Bernadette, je suppose. Le père qui ne la quitterait jamais. »

César vit brusquement comment Bock était resté marié malgré sa blessure. Au lieu d'un mari, il était le père de substitution de sa femme. Mais l'avait-il tuée ?

« Parlez-moi des lunettes de votre sœur. Les portait-elle tout le temps ?

— Ses lunettes ? (Il lui fallut un moment pour se mettre au diapason.) Seulement à la maison, pour le travail rapproché. Bernadette était très coquette.

— Elle n'en avait donc qu'une seule paire.

— Sauf qu'elles ont disparu juste avant… (Elle serra les lèvres, respira profondément.) Bernadette s'en faisait faire une autre quand… »

Elle se mit à pleurer doucement.

César s'envoya mentalement un coup de pied. Jacqueline Volette avait eu raison depuis le début. Sa demi-sœur avait été assassinée. Bock avait fait voler ses lunettes au cours d'un cambriolage bidon, puis l'avait attirée vers la fenêtre et l'avait poussée dehors. Elle en savait sans doute trop sur ses combines. Il se débarrassait d'elle et récupérait l'argent de l'assurance du même coup, de quoi se remettre à flot.

« Ça va aller maintenant, je vous assure. »

Elle fouilla dans son sac à main.

César ne lui dit pas la vérité. Pas encore, il fallait qu'il soit sûr.

Dieter Bock avait commis le crime parfait, mais il avait eu besoin d'aide. D'après le rapport de police, il était sorti avec sa femme quand son appartement avait été visité. Ce qui voulait dire qu'il avait payé les services de quelqu'un. Un voyou. Et César connaissait précisément celui qui le retrouverait.

Avant de partir, il montra à Jacqueline Volette la

photographie de Bock et de la femme qui était censée être son épouse. Jacqueline ne reconnut pas la femme, elle ne l'avait encore jamais vue. Elle était catégorique. Mais pourquoi lui avait-il montré ce cliché ? César ne comprenait pas. À cause de la femme, manifestement. S'assurer que ce n'était pas sa sœur. Seulement la femme ? Oui, elle était censée être son épouse. L'épouse de qui ? Celle de Bock, voyons. César pointa son doigt sur la photo, et, ce faisant, il commença à avoir l'impression parfaitement étrange...

« Mais, monsieur l'inspecteur, l'homme sur la photo... »

... que quelque chose clochait vraiment.

« Ce n'est pas Dieter Bock ! »

4

Avril à Paris, et une petite fête entre amis. Des convives pleins d'entrain qui s'émerveillaient volontiers avec des oh ! et des ah ! dès qu'on citait un nom connu ou au moindre battement de cils. Les bouteilles de champagne étaient soigneusement conçues pour détendre les femmes et raidir les hommes. La chaleur animale des corps. Des cris, des lapsus, des suggestions, le trop-plein d'une émotion forte.

César restait près de Tobie Maton, son hôte. En pareille compagnie, il se sentait comme un poisson hors de son bocal, baleine échouée en ce samedi soir de sa vie où sa femme était partie pour de bon (son ex-femme, se reprit-il mentalement. Ex-femme !) et Bock pas parti du tout apparemment. En comparaison, Tobie paraissait solide, avec une vie bien rangée.

Ils se connaissaient depuis presque vingt ans, ces deux-là. Ils avaient grimpé ensemble les échelons, deux policiers parmi des milliers d'autres, appelés à entrer à la Brigade spéciale en tant qu'enquêteurs, avant de finir inspecteurs, l'un à la Criminelle et l'autre à la Sûreté. Maintenant il n'y avait plus d'autre endroit où aller, plus d'échelons à gravir. Du moins pas pour César.

Naturellement, Tobie était arrivé le premier, avec ses

contacts ! Ambitieux, loin d'être maigre, mais affamé, vorace même. Un barracuda, disaient certains, voire un requin. Peu importe. Certains placements judicieux lui permettaient de faire ses emplettes faubourg Saint-Honoré, d'offrir à ses invités du caviar et des cailles, et de vivre dans un splendide isolement au cœur de Paris.

Il habitait place des Vosges, dans un de ces pavillons en brique rose et pierre blanche disposés en carré autour de cours intérieures et de jardins. Victor Hugo avait vécu là, de même qu'un siècle plus tard Georges Simenon et son commissaire parisien. Les soirs de fête, Tobie poussait les volets et montrait fièrement les vestiges du passé ; des récits promptement résumés, comme celui du voleur entré dans les ordres, et du saint homme devenu la proie du démon, celle du roi tué dans une joute et d'une reine qui avait vécu dans les ténèbres. Le dieu des Gaules avait un penchant, c'était certain, pour les rapides changements de fortune.

« La paix et chacun chez soi ! déclara Tobie, laconique, à la fenêtre, tournant le dos à la foule bruyante rassemblée dans son salon. Qu'est-ce qu'on peut souhaiter de plus ? »

Il frappa à deux mains son ample bedaine pour exprimer la joie de vivre. Dans son dos, on se bousculait autour de la table basse chargée de mets, et du bar avec ses seaux à glace en argent.

Dehors, la lune tomba lentement jusqu'à pendiller en équilibre précaire au-dessus de la cime des arbres.

« Mauvais présage, proclama Tobie. Une lune basse annonce de nouvelles effusions de sang. »

Ils se trouvaient sur le chemin dallé qui conduisait au centre de la place avec la grande statue de marbre de Louis XIII à cheval. César était convaincu que la pose équestre possédait un sens pour lui ; il se voyait souvent chevauchant un farouche destrier arabe, fonçant sur l'ennemi et combattant le mal à tout instant. Son fantasme de Lawrence d'Arabie, qu'il conservait sagement pour lui-même. À moins que ce ne fût un autre Don Quichotte fonçant sur les moulins à vent ? L'affaire Bock pouvait finalement le désarçonner, le défaire, et alors tous les rois de France n'y changeraient rien. Pas même son cher ami qui connaissait tout le monde et avait le bras long.

La bonne chère, le bon vin, les femmes. Un mari français ne risquait qu'une amende de trente francs pour adultère, alors qu'une femme adultère pouvait être condamnée à deux ans de prison. Bien fait, se dit César avec suffisance. Et il se demanda d'où lui était venue cette idée. Durant toutes leurs années de vie commune, il n'avait jamais été infidèle à sa femme.

Tobie urinait sur les fleurs avec sa désinvolture coutumière, lentement, voluptueusement, répandant son flot le plus loin possible. En tant que jardinier en herbe, il croyait que ses substances étaient bonnes pour le sol. La nature ne gaspillait rien. Très bien.

« Alors qu'est-ce que tu penses d'elle ?

— De Nicole ?

— Oh, celle-là. C'est plutôt ton type.

— Ah ! Cécile.

— Elle te plaît donc. (Ayant fini, il se sentait presque devenir mystique.) Et pourquoi pas ? Le charme, la beauté. (Il jeta un œil à César.) Et un corps de rêve. Si c'était une fleur, elle serait un bouquet. Elle ne prend pas le sexe à la rigolade, laisse-moi te dire. (Il sortit un paquet de Boyard, déchira l'enveloppe de cellophane.) Il y a un tas de femmes comme ça de nos jours. Un seul mot pour les décrire. (Il frémit à cette idée.) Formidable !

— Elle a la bague au doigt.

— Et du temps à elle, Dieu merci.

— Une alliance et un solitaire. »

Tobie éclata de rire, repoussa le rabat du paquet de cigarettes et souleva le papier argenté.

« J'oubliais que tu étais divorcé. Brusquement tu vois le mariage autrement, non ? Mais ça te passera. »

Il tendit le paquet de cigarettes à César qui refusa.

Ils marchèrent en silence vers l'autre extrémité de la place jusqu'à la fontaine et s'assirent sur la margelle arrondie du bassin en pierre. À ces moments-là, César se sentait environné d'ordre et d'histoire… et très seul au monde.

Tobie alluma la cigarette de papier maïs. La fumée était âcre, une spirale odorante.

« Et l'enquête ?

— Il y a des problèmes, reconnut César.

— Tu prends trop sur toi.

— C'est mon enquête. »

Son hôte renifla bruyamment.

« Peuh ! Seulement par défaut. (Il fixa César.) Personne dans ta section n'y mettrait le doigt maintenant ; il y a trop à perdre. S'ils te laissent sur le coup, c'est qu'ils ne savent pas quoi faire. Les RG sont impliqués jusqu'aux yeux et Dieu sait qui d'autre. C'est joué d'avance.

— Tu me conseilles quoi ?

— Montre-toi politique et laisse les rats d'égouts se battre entre eux. L'affaire va être vite enterrée, attends de voir. Tu en sais sans doute assez pour arrêter les frais dès maintenant. Sinon, invoque ta situation personnelle. Ces brutes qui ont tué tes parents. Comment pourrais-tu rester objectif ?

— Bock était un loup solitaire, comme tu dis. Peut-être qu'il en faut un pour en prendre un autre.

— Bock est mort.

— Peut-être pas. (César respira profondément.) Peut-être qu'il est encore en vie. »

Sa vie était-elle un tel néant qu'il avait besoin de se forger un lien avec cet innommable nazi ?

« Encore mieux, poursuivit Tobie doucement. L'implication émotionnelle. Dupin sera obligé de te tirer de là.

— Dupin ?

— Il est devenu commissaire divisionnaire en apprenant à nager, non ? On est tous des fonctionnaires de la Criminelle. Lui aussi. Et la règle numéro un de la fonction publique c'est : ne jamais prendre de risques. Donne-lui une bonne raison et tu seras déchargé de cette affaire, sinon ça lui retombera dessus si quelque chose déconne. Ce sera dans les dossiers. Qui t'aura laissé poursuivre après une demande en bonne et due forme ? Lui. Donc il peut faire le contraire. Tu es trop indépendant, de toute façon, tu réserves trop de surprises. (Tobie secoua la tête tristement.) En outre, il ne te fait pas confiance.

— Tu n'as jamais travaillé à la Criminelle. (César était curieux.) C'est quoi, tout ce cirque au sujet de Dupin ?

— Rien, en fait. Juste que la fois où tu as été en congé de maladie, un cambrioleur que je poursuivais a explosé dans le 19e. Un locataire qui avait été visité deux fois avait bricolé sa radio avec des explosifs. Vous autres, vous y avez vu un meurtre.

— Tu parles !

— Minute. Le locataire était lui-même une racaille, un de mes informateurs, qui me filait des tuyaux ici ou là, et il connaissait le défunt. Bref, Dupin a vu les choses à ma façon et on a passé un accord pour qu'il n'y ait pas de poursuites.

— Qu'est-ce que je viens faire là-dedans ?

— Tu faisais partie du marché. Je devais obtenir de toi que tu te montres plus compréhensif. Tu sais, on est tous une grande famille… les conneries habituelles.

— Apparemment, ça n'a pas marché.

— Je n'ai pas essayé. J'avais juste dit ça pour qu'on lâche les burnes à ce couillon. »

Tobie penché sur le bureau de Dupin en train de passer un accord secret ? Ce type était plein d'imprévu.

« Et c'est ce que tu essaies de faire en ce moment ? s'enquit César.

— C'est toi que j'essaie de sauver, mon pote. Tu es le meilleur d'entre nous, même s'ils ne le savent pas. Mais cette affaire (sa voix prit le ton de la conspiration) peut aller très loin. Alors quoi ? Tu diras que tu enquêtais sur un meurtre, c'est vrai. Mais ils vont prétendre que tu menaces la sécurité nationale. Ils vont passer un marché et, pour finir, c'est sur toi qu'on va enquêter. Après tout, il n'y a pas de fumée sans feu. Et ne compte pas sur le service pour venir à la rescousse ; les gros bonnets et les RG font leur lit ensemble, et ils attendent depuis assez longtemps pour prendre leur revanche. Tu auras de la veine si tu t'en tires avec sept ans à la Santé.

— Tu y vas un peu fort.

— Pas tant que ça. Regarde la maison de Hugo là-bas (Tobie la montra du doigt), c'est un musée maintenant, mais rappelle-toi la magouille montée par l'État contre le capitaine, qu'on a envoyé à l'île du Diable avant qu'Hugo vienne à la rescousse. Et il était dans l'armée, pas même dans la police…

— C'était Zola.

— De quoi ?

— C'est Émile Zola qui a aidé le capitaine. Pas Victor Hugo.

— Laisse tomber l'histoire. Et cet inspecteur qui avait appris l'existence de menaces syriennes contre le journal pro-irakien de la rue Marbeuf, chez nous ? Quand la bombe a sauté, on l'a accusé de ne pas avoir tenu compte d'une information qui aurait pu sauver des vies, même s'il a affirmé qu'il l'avait dûment transmise. Cela étant, il a tout perdu. »

Tobie hocha la tête, l'air heureux d'un grand maître d'échecs qui vient de réussir un coup fumant.

« La justice, tu penses ! Ce n'est pas pour nous, de toute façon. Tu fais cavalier seul et tu seras perdant sur tous les tableaux, mais si tu impliques les autres, celui-ci ou celui-là, tu as une chance de t'en tirer. Au moins tu auras mis les chances de ton côté. Tout le monde semble savoir ça sauf toi. Sauf toi ! insista Tobie. Et ça, ça me dépasse. (Il réfléchit, plissant le front.) Tu te souviens de ce que disait le général allemand quand il a brûlé un monument alors qu'Hitler lui avait donné l'ordre de raser Paris ? *"Beschütze dich von hinten, genau so weit wie der Blick reicht."*

— "Couvre tes arrières, aussi loin que porte ton regard", traduisit César en souriant.

— Exact. »

Tobie fumait en silence. César aborda la question qui le tracassait. Un service à demander. Un petit cambriolage dans l'appartement de Bock rue de Pali un an plus tôt. Pas grand-chose de volé, une affaire non résolue. Ce qu'il voulait, c'était parler au voleur. Juste lui parler, pas de menaces. Les contacts de Tobie lui permettraient sûrement de mettre la main sur ce type.

« Ça serait d'un grand secours, ajouta César.

— Tu me désoles ! grogna Tobie, vaincu. À moitié fou et un front d'airain ! Pas étonnant que tu me rappelles de Gaulle. (Il écrasa son mégot sous son talon.) Vatel aussi. Un grand chef de cuisine, mais fier ! Un jour Louis XIV lui a donné l'ordre de préparer un banquet officiel ; tout s'est déroulé parfaitement pendant la soupe, mais quand les soles ne sont pas arrivées à temps, Vatel s'est tout simplement suicidé en s'embrochant sur un couteau à viande. Plus tard, quelqu'un a demandé à Escoffier ce qu'il aurait fait et il a dit qu'il aurait pris du blanc de poulet qu'il aurait levé en filets. On n'y aurait vu que du feu. (Le corps de Tobie fut secoué de trépidations.) Il avait raison, tu vois. Le fait est qu'il avait raison. Il y a toujours quelque chose à apprendre. »

L'hôte prit le chemin du retour, César sur ses talons, médusé. Même s'il vivait jusqu'à cent ans, il ne comprendrait jamais les gourmets. Des fous, tous autant qu'ils sont. Ils font une fixation sur la nourriture, un signe évident d'aliénation mentale. Pour sa part, il ne voyait pas ce qu'il y avait de mal à croire que l'homme était fait pour manger seul, de préférence dans le noir et dans une pièce fermée à clé.

Mais le fou avait raison sur un point. Peu importe depuis combien de temps on connaît les gens, il y a toujours du nouveau à apprendre. Qui aurait cru que Maton passait des marchés avec Dupin ?

*
* *

100

Ils retournèrent à la soirée où les attendaient le vin, les femmes et les hommes. Personne ne semblait avoir remarqué leur absence.

« Cécile doit être à l'étage, dans la galerie, chuchota Tobie dans un coin. Je dois vraiment aller la consoler. »

Voulait-il dire en tant qu'ami, père, confesseur, amant ? L'aider, la conseiller, la baiser ? Les trois à la fois, décida César. Un homme aux appétits féroces. Et tordus.

« Elle est insatiable, tu sais. Absolument insatiable. (Tobie posa son verre.) Son dernier amant était Pichaut. Le sculpteur ! Quand il est retourné auprès de sa femme, le type était une épave et il n'y avait plus rien à en tirer. (Tobie Maton s'interrompit pour voir s'il avait enfin réussi à choquer son invité. Les potins croustillants se devaient de déclencher une réaction convenable.) Elle était obligée de se prendre un amant. Deux, en fait, encore que le second, j'imagine, ait été juste là pour faire bonne mesure…

— Mais on vous a cherchés partout », s'exclama Nicole, le souffle court, en se précipitant vers eux depuis le couloir.

Une vorace, celle-là, l'avait averti Tobie. Des yeux de mendiante et des cuisses qui te piègent.

« Cécile est en train d'admirer votre collection. (Nicole posa une main sur le bras de Tobie avec un empressement typiquement féminin.) C'est vraiment un détective privé ?

— Elle parle de Kayser, dit Tobie avec un coup de coude dans le flanc de César. Tu devrais lui parler… il est de Zurich. Les nazis, il connaît ça ; il pourrait peut-être t'aider.

— On ne parle plus boutique, minauda Nicole, et elle se pressa un peu plus contre César pendant que leur hôte s'envolait rejoindre ce qu'il appelait "le joujou préféré de Totor".

— Quel homme ! »

Elle suivit d'un regard affamé le dos qui s'éloignait. « Un homme à femmes, commenta César en remplissant les verres.

— Ah, les hommes, soupira Nicole en faisant la moue. Nos flirts les plus innocents sont condamnés alors que votre vertu n'est jamais remise en doute... ni même suspectée. »

César éclata de rire malgré lui.

« Apparemment la vertu de Tobie est celle d'un libertin ; pire ! Il adore la bonne chère de même que les femmes.

— Et vous ? » demanda Nicole en levant son verre.

Il croisa son regard, le soutint.

« Et vous ? » répondit-il.

Son sourire peint lui rappela un Gauguin qu'il avait admiré. La même bouche sensuelle sous des tonneaux d'innocence qui donnaient à son visage une ambiguïté vaporeuse. Elle ? César, qui connaissait bien les femmes, se dit qu'elle n'était pas le genre.

« Libertine, moi ? (Elle soupira.) J'ai toujours mieux assimilé l'avenir en le dévorant. »

*
* *

La femme nue était couchée sur le dos, les jambes écartées. Elle avait un visage étroit crispé encadré d'un foisonnement de bouclettes d'un blond décoloré. Ses gros seins rebondissaient et s'écrasaient contre la peau cireuse de la cage thoracique. Les yeux étaient fermés, en extase, la bouche ouverte.

Au-dessus d'elle, l'homme lui faisait l'amour dans un mouvement de va-et-vient. Il avait le corps arqué, les bras lui servant de piston, les paumes pressées sur le matelas. Il était grand et mince, la peau tendue. Ses cheveux noirs brillaient, son front luisait.

« Ce doit être pour s'entraîner, chuchota quelqu'un.

— Manifestement, dit quelqu'un d'autre. Mais en vue de quoi ? »

Ils se pressaient autour d'un énorme lit, une douzaine de paires d'yeux en un orbe gigantesque fixant les athlètes à l'exercice. Plusieurs têtes se rapprochèrent encore du lit pour mieux voir la position. L'allure s'accéléra, la femme gémit plus fort. Un homme d'un certain âge avec une montre de gousset la regardait, incrédule, tandis que les autres qui faisaient partie du groupe nu hochaient la tête en signe d'encouragement. À l'arrière, un homme trapu au teint mat effleura la cuisse d'une femme, qui lui repoussa promptement la main.

« Pas encore, s'il vous plaît.

— Quand ? s'enquit-il brusquement.

— Mais quand ils auront fini, chéri. »

L'homme trapu haussa les épaules et se tourna vers une autre femme, la main tendue. L'idée du sexe lui occupait l'esprit pour le moment et il ne voyait pas pourquoi il devrait attendre plus longtemps. Il y avait d'autres pièces avec des lits de deux mètres cinquante, des bidets bleus et des murs couverts de glaces, même un bain de bouche pour ceux qui gardaient un petit goût de minouche. C'était, après tout, une maison autorisée de bonne réputation, où les couples amoureux partageaient leurs jeux sexuels de midi à minuit sept jours par semaine.

La partouze avait lieu à proximité de la place de

Clichy, dans le 17ᵉ résidentiel, un quartier de rues pavées et de cours fermées. La maison se profilait tel un combattant obscur dans un mystère médiéval, son entrée était accessible par un lourd portail métallique. Au-delà, un chemin pavé serpentait autour du jardin jusqu'au perron d'une demeure à deux étages. Par ses fenêtres aux volets clos, aux rideaux bien tirés, aucune lumière ne filtrait.

À l'intérieur, plusieurs douzaines d'invités erraient de chambre en chambre, regardaient, attendaient, participaient selon leur humeur, leurs vêtements accrochés à des patères. Les corps et les positions changeaient, les visages se brouillaient, et bientôt tous formaient un tableau vivant de bras, de jambes et de cheveux emmêlés, enveloppés de rubans de chair. Presque tous, car deux hommes avaient en tête autre chose que des organes en délire, tandis qu'ils souriaient, regardaient, et se faufilaient à travers la partouze, prêtant une attention particulière au premier étage avec les bureaux et les salons privés pour les riches et les puissants. Là, l'odeur musquée de l'argent était forte.

L'homme trapu au teint mat repéra rapidement le bureau où on devait conserver les recettes du week-end. Cent francs par client multipliés par des centaines de clients, plus le prix des boissons. Les frais de fonctionnement pour la maison. De quoi payer les salaires, les dessous-de-table, les urgences, peut-être davantage, le tout en liquide. Sans compter tous les objets de valeur raflés dans les appartements occupés. Encore un parfait coup monté.

« Une bonne affaire, chuchota Nadal.

— Extra », convint Leduc.

Joignant l'utile à l'agréable, les deux complices cherchaient où effectuer leur prochain casse. Pour le moment, ils tuaient le temps jusqu'à minuit, heure à laquelle un braquage était programmé. Un contrat un peu spécial, mais avec une garantie de fric et de sécurité. Qu'est-ce qui pouvait déconner ?

*
* *

À 10 heures, il n'y avait plus rien à manger, de sorte qu'à 11 heures, tout le monde était beurré, grâce à la main sûre et au pied léger de leur hôte dévoué qui retourna plusieurs fois à la cave.

« Qu'arrivera-t-il à tout ça quand tu tomberas amoureux ? demanda César tandis qu'ils exploraient la cave à la recherche d'une autre bouteille. Elle recevra la moitié ?

— Seulement après ma mort. »

Tobie prit une romanée-conti.

« Qui recevra l'autre moitié ?

— Elle meurt avec moi. »

Pour tous les deux, cette idée était parfaitement incongrue. Tobie adorait sa cuisine, avec son double four, son évier à deux bacs, et son billot de deux mètres cinquante ; la cave était la face cachée de cette médaille. Ensemble, ils étaient le fruit de sa soif de création, ses enfants. Il les possédait entièrement. Qu'est-ce qui pourrait jamais s'interposer entre eux ?

« T'ai-je déjà parlé des Ponthieu ? (L'inspecteur de la Sûreté avait une bouille ronde sans rides avec une peau rose et lisse qui virait au cramoisi quand il était soûl.) Ils étaient amoureux. »

César crut qu'il devait sans doute comprendre qu'ils étaient mariés.

« Au bout d'un certain temps, Paul prit une maîtresse

qui l'accompagnait dans ses déplacements. Monique finit par le découvrir et le quitta quand il repartit pour ses affaires, mais d'abord elle fit monter le thermostat de sa cave à vin à 84 degrés. 84 degrés ! Quand il rentra, son vin avait tourné au vinaigre. Tout, des milliers de bouteilles. (On aurait cru qu'il allait pleurer.) Rien que du vinaigre.

— Qu'est-ce qu'il a fait ?

— Il l'a tuée, bien sûr. (Tobie moucha son nez écarlate.) Que voulais-tu qu'il fasse ? »

César n'en savait rien. Une femme qui faisait ça était capable de tout. Sa propre femme ne l'aurait jamais fait. Son ex. Elle ne lui aurait jamais fait un coup pareil. Il n'avait pas de cave. César secoua la tête. Il se demanda s'il commençait à être soûl.

« On lui a reconnu des circonstances atténuantes, mais il a écopé de trois ans. »

Pas de la petite bière, se dit César. Quand même !

« Quand il est ressorti, il s'est constitué une nouvelle cave. »

Remonté à l'étage, César se fraya prudemment un chemin à travers une douzaine de groupes dans des poses passionnées, qui débattaient d'une voix forte. Quelqu'un lui tendit un verre. Il se retourna pour remercier : il n'y avait personne. Il s'affala dans un fauteuil, effaré.

Elle lui tournait le dos, mais César la repéra immédiatement, la courbe douce du cou, le mouvement harmonieux des omoplates sous la simple robe noire. Il était si heureux de la voir, inexplicablement, qu'il se leva d'un bond. Sa main effleura l'épaule de la jeune femme qui se retourna en sursautant.

« Monsieur ? »

Ce n'était pas du tout Jacqueline Volette.

César plissa les yeux pour s'éclaircir les idées. Rien à voir. À peu près le même âge mais... Probablement une des traînées de Tobie qui erraient toujours dans ses soirées. Il murmura quelques mots d'excuse, sortit du salon. La déception monta en lui et retomba, sans qu'il sût pourquoi.

« Jamais ! (L'orateur se dressait à l'autre extrémité d'une salle à manger classique, submergé par l'émotion.) Se trancher l'oreille... Ça, c'est de l'art. Du pur Van Gogh, certes, mais essentiellement de l'art. Une sorte de manifeste, n'est-ce pas ? Mais se couper les deux oreilles et puis les doigts et les orteils un par un... (Il secoua la tête, avec frénésie.) Excessif, parfaitement excessif. (Ses yeux injectés de sang se fixèrent sur le groupe.) C'est carrément racoleur. »

Des voix ronronnèrent. La voix plaintive d'une femme l'emporta :

« ... une histoire d'artistes qui se servent de leurs corps pour protester. (Une indignation juvénile lui sortait par tous les pores.) Ce que Pierre propose est simplement d'évoquer la possibilité d'une surenchère si nos exigences ne sont pas satisfaites.

— Et Danton ? cria l'homme. Faisait-il de la surenchère quand il a baissé son pantalon et s'est rasé les couilles sur l'autel de Notre-Dame ?

— Purifier. »

La femme eut un petit sourire satisfait.

« Comment ?

— La purification est le premier pas dans toute entreprise artistique, annonça-t-elle avec passion.

— Et le dernier ?

— Vous avez entendu parler de l'artiste viennois Rudolph Schwarzkogler, qui s'est découpé le sexe un centimètre après l'autre ?... »

César pivota en titubant et quitta la pièce pas à pas. Une clochette tintait dans sa tête, mais il n'arrivait pas à faire de la surenchère. Un rapport avec cette histoire de pénis. Avait-il bien entendu ? Il éclusa rapidement le reste de son verre, puis alla s'en verser un autre.

Ils dansaient encore, ceux qui avaient renoncé à parler. Mais personne n'avait renoncé à picoler. César tâtonna sur le bar jusqu'à ce qu'il trouve ce qu'il cherchait, même s'il ne savait pas vraiment ce qu'il cherchait. À son côté, un couple s'embrassait si passionnément qu'il se demanda avec qui ils étaient mariés, certainement pas ensemble. Sans doute encore d'autres amis de Tobie. Des cinglés. César ne les trouvait pas sympathiques, ils semblaient tellement… libérés. Il souhaitait que le couple enlacé s'en aille, disparaisse. Comme ils n'en firent rien, il se tira.

Kayser le trouva dans la cuisine, affalé sur la table, une mince cafetière en argent devant lui. D'un côté, une énorme vitrine encombrée d'un service Buffon affirmait la vocation de la pièce, tandis qu'ailleurs un écran de cheminée au petit point reposait avec élégance sous un collage de Picasso et une aquarelle de George Sand. Dans une pareille mise en scène, César semblait terriblement déplacé.

« Maton m'a dit que vous vous occupiez du commandant nazi qui s'est fait tuer l'autre jour. J'en connais un rayon sur ces gens-là ; peut-être puis-je vous aider. (Kayser fit le tour de la table pour mieux le voir.) Vous vous sentez bien, Dreyfus ? »

Il avait la tête comme un ballon qui devenait une boule de feu et la gorge lui brûlait comme le désert de Gobi. Quand il bougea les bras, ils se brisèrent. Ce doit être le café, se dit-il en avalant une autre gorgée.

« J'ai l'arrogance de croire que je survivrai, articulat-il les lèvres engourdies, la voix râpeuse. Mais tout juste. »

Kayser s'assit en face de lui et dégusta le mélange turc, les effluves plein les narines, les yeux braqués sur l'inspecteur.

« La chasse aux nazis n'est pas exactement un sport très en vogue de nos jours. (Il se versa une tasse en veillant à ne pas en perdre.) Personne ne les prend plus au sérieux.

— Mais vous, si. Vous les prenez au sérieux. »

Le détective suisse haussa les épaules avec application.

« J'ai déjà eu affaire à eux, pour des histoires d'argent. C'est suffisamment sérieux ? »

Il aspira une gorgée en ravalant ses larmes. C'était du costaud.

« Quand ça ?

— Sur plusieurs années. Pas des clients directs, bien sûr. (Une autre gorgée, songeur.) Mais je les ai rencontrés. D'anciens nazis, c'est-à-dire. L'Autriche en a une centaine de mille à elle seule. Généralement de braves types qui ont juste fait leur devoir, j'imagine.

— Généralement, vous dites.

— Je suis tombé sur quelques autres aussi.

— Les autres ? (César était amusé.) Vous voulez parler des quelques méchants qui ont fait plus que leur devoir, qui ont tué plus que leur quote-part ?

— Vous voulez encore un peu de café ? »

Peter Kayser, comme César le tenait de Tobie, était spécialisé dans les transferts de fonds depuis les pays étrangers en direction de la Suisse – une sorte de contrebande – et dans la récupération des objets volés. Ses activités concernant la fraude étaient en grande partie illégales puisque la plupart des États avaient instauré un contrôle des changes pour freiner la fuite des capitaux. Un business juteux, se dit César, où les anciens nazis excellaient depuis longtemps. Ironie du sort, les lois sur le secret bancaire en Suisse, qui remontaient à 1934, avaient été votées à l'origine pour protéger les titulaires juifs de comptes bancaires contre la persécution nazie.

Mais que faisait Kayser à Paris et pourquoi cet intérêt pour Bock ?

« C'est plutôt que nous avons des intérêts communs, dit le détective privé avec affabilité. Je suis sur la piste d'une peinture volée commandée par Hitler en personne. Elle est estimée à un demi-million de francs.

— Français ?

— Suisses. »

Le vol avait été découvert trois semaines plus tôt et Kayser avait remonté sa trace jusqu'à Paris pour son client.

« Et le nom de votre client ? »

Le détective se contenta de sourire.

La tête de César continuait à cogner et il se jura en silence d'éliminer le café après les cigarettes.

« Vous avez parlé d'un intérêt commun.

— J'ai pensé qu'on pourrait travailler ensemble sur cette affaire, échanger nos informations. Il pourrait y avoir un rapport entre les deux.

— Comment ça ? »

Le Suisse se pencha encore davantage sur la table.

« J'ai des raisons de croire que le tableau a été volé par un groupe de jeunes néonazis en manque de fonds. Mon idée c'est – en fait c'est plus qu'une idée –, c'est qu'ils ont l'intention de le vendre ici à Paris à des anciens nazis ou des sympathisants. (Kayser se reversa une tasse à l'aide de la cafetière argentée et se laissa de nouveau aller contre le fauteuil cossu.) Probablement les mêmes gens que ceux que vous recherchez. »

Peut-être que sa tête n'arrêterait jamais de tambouriner. Dans ce cas, il ne renoncerait pas au café. Et il se remettrait peut-être même à fumer.

« Vous me suivez, Dreyfus ?

— Possible, marmonna César.

— Plus que possible, répliqua brusquement le Suisse. Ça colle comme un gant.

— Il y a des gants de toutes sortes.

— Pas comme ça.

— Mais des nazis, si, dit César à voix basse. Et même de nationalités différentes. Ils pourraient même se trouver dans cette maison en ce moment. (Il s'interrompit, son regard fit le tour de la cuisine vide.) Voire dans cette pièce. »

Les pupilles de Kayser se ratatinèrent pour former deux billes d'acier.

Ils convinrent seulement de garder le contact. Pour sa part, César n'avait nullement l'intention de lâcher quoi que ce soit au Suisse au sujet de Bock. Les hommes qu'il poursuivait étaient pleins aux as, sans doute, mais la dernière chose qu'ils voulaient, c'était un portrait grandeur nature de leur *Führer* fou. Ils ne recherchaient nullement la publicité, n'étaient pas une bande de vieilles badernes sentimentales. Peut-on être futé et sentimental ? César n'en savait rien. Lui n'avait pas une once de sentimentalité, et il se considérait comme assez futé, pas trop taré, en tout cas. Assez futé, pourtant, pour douter des mobiles de Kayser, même si son histoire tenait debout. Comment croire quelqu'un qui gagnait du pognon en faisant circuler du pognon ?

En outre, comment se fier à un type qui n'utilisait

que des noms de famille ? La marque d'un esprit tordu, à coup sûr.

Toutefois, pour ne prendre aucun risque, César décida de ne jamais foutre les pieds en Suisse. De toute façon, ils parlaient tous allemand.

Et pas seulement. N'importe qui pouvait être détective privé en Suisse, monter une agence de détective. Aucun permis n'était exigé, pas de permis et pas de formation, que dalle.

À part peut-être un chapeau de magicien.

César se demandait comment Kayser savait que Bock était commandant SS. Son livret militaire le présentait comme capitaine et seule la lettre d'Himmler lui donnait ce grade. Mais il n'avait montré la lettre à personne. Personne !

*

* *

À minuit, tout baignait dans une splendeur éthylique. César était assis dans la salle de bains à l'étage et lisait des messages secrets réclamant de l'aide sur le papier hygiénique. Il brûlait d'envie brusquement d'être à la Légion étrangère, sauf que la Légion n'avait plus rien à faire à l'étranger. Seule la France était française, marmonna-t-il, et se tenait seule... comme lui. Assis seul. Une onde d'autocommisération le submergea, tandis qu'ailleurs une douzaine de sacs à vin tenaient vaillamment le cap, bien résolus à vider tout ce qui pouvait se boire dans la maison. Quand les deux zozos masqués débarquèrent, l'hôte était à l'étage avec Cécile.

« Vous vous trompez d'adresse, leur signala un

ivrogne en rigolant plus fort que le crépitement des voix. Pas de bal masqué ici. »

La crosse d'un revolver lui fendit le crâne. Basculant en arrière, il s'écoula sur une table basse en verre. Tout le monde dessoûla vite fait tandis que l'autre revolver les faisait reculer dans le grand salon et séparait les hommes des femmes.

« Vous faites quoi, là ? »

César, ébranlé par le bruit du verre brisé, se tenait dans l'embrasure de la porte.

« Une fête », gronda quelqu'un tandis qu'une main le poussait dans la pièce avec les autres.

Il vit la peur sur les visages, les yeux frappés de stupéfaction. Tout allait trop vite.

« Tout le monde se désape, commanda une voix. À poil. »

L'homme trapu au teint mat tenait le pistolet d'une main ferme pendant que son acolyte fonçait à l'étage et revenait avec deux couples. Tobie venait en tête, en peignoir.

« Un vol ? Ici ? (Il avait l'air choqué.) Vous êtes fous !

— Ta gueule ! »

En quelques minutes, tout le monde fut déshabillé. Des mains expertes tâtaient les vêtements sur le sol, les portefeuilles et les sacs à main. Les montres et les bijoux suivirent, les bagues retirées des doigts, les bracelets et les colliers. Une femme refusa d'abandonner le collier de perles et il lui fut arraché de la gorge. Une autre avait du mal à retirer son alliance et s'entendit dire qu'on allait lui couper le doigt. Elle se mit à hurler comme une démente. Il fallut la gifler pour la faire taire.

« Qui est Dreyfus ? »

Le plus grand des deux tenait les papiers de César. « Moi. »

Il fit un pas en avant.

« Un flic ! »

Les deux revolvers se braquèrent brusquement vers lui.

« On n'aime pas les flics, déclara Nadal.

— Ce qu'il veut dire, c'est qu'on ne les aime pas vivants, renchérit Leduc.

— Rhabillez-vous. »

L'argent et les bijoux furent embarqués dans un sac en toile pendant que César renfilait son pantalon et sa chemise.

« On se grouille. »

Ils étaient presque à la porte d'entrée, César entre les deux malfrats, quand Kayser surgit de la cuisine et tira. La première balle arracha un morceau du cuir chevelu de Nadal en le faisant virevolter. Il essaya de se relever, mais la deuxième lui ébrécha une partie de la mâchoire inférieure. Le sang et le cartilage giclèrent dans toutes les directions. Les mains du voleur sursautèrent par réflexe, battant l'air. Son corps effectua un bond en arrière, ses jambes firent un saut de carpe de sorte qu'il parut faire une culbute. Ses yeux étaient déjà vitreux quand la troisième balle lui frappa la poitrine et il plongea sans un bruit, sans vie. Le corps, tel un vase brisé, répandit ses fluides, tandis que les artères imbibaient de rouge la moquette verte.

Leduc avait déjà franchi la porte et pris la fuite, laissant le sac d'argent derrière lui, tandis que Kayser tirait une dernière balle dans le noir.

Il ne s'était écoulé que quelques secondes. Une éternité. Dans la pièce, des mains tremblantes se tendaient frénétiquement vers les vêtements.

Les yeux réduits à deux fentes, César fixa longuement le dos de Kayser avant de diriger son attention vers le mort. Il se pencha et lui retira le masque en relief. C'était un visage qui lui était étranger.

« Tu le connais ? »

Tobie détourna les yeux du téléphone.

« Jamais vu.

— Je croyais que tu connaissais tous les voleurs.

— Des voleurs, ça ? Ceux-là ont des armes. »

César opina.

« Kayser aussi.

— Heureusement pour toi.

— Tu parles !

— Il t'a sauvé la vie, non ? »

Tobie dit quelques mots rapides au téléphone et raccrocha.

« Des innocents ont failli se faire tuer, marmonna César.

— Ça n'a pas été le cas.

— Mais c'était un risque.

— Ce n'est pas pareil, rétorqua Tobie sèchement.

— Et d'où il sort, ce revolver ? »

La police prit les dépositions de tout le monde pendant qu'on embarquait le corps à la morgue. Kayser se trouvait à la cave en quête d'un château simone quand les intrus avaient pénétré dans la maison. En remontant – prudemment et en silence – il les avait entendus. Retournant à la cave, il avait trouvé le pistolet laissé là en cas d'urgence (ce que Tobie confirma). En tant que détective privé entraîné à manier les armes, il avait eu l'intention de s'emparer des deux malfrats ; ça n'avait pas marché. Son seul regret était d'avoir raté l'autre. César se trouvait sur la trajectoire.

« Un mort et un en fuite, dit l'inspecteur de service

à César. Vous avez de la veine que le Suisse ait été dans les parages. Ça aurait pu être vous. »

Dans le salon désert, César regardait partir enfin la brigade criminelle. Les policiers avaient toutes les informations nécessaires : un cas de légitime défense patent. Il y avait encore une justice, malgré tout.

« On ferme. »

Tobie bâillait pendant que César, méditatif, observait son cher ami. Il était allé une douzaine de fois dans la cave au fil des ans ; bizarre qu'il n'ait jamais remarqué le revolver.

*
* *

Complètement bituré, César avait pris Nicole dans son lit. Pas exactement dans son lit, mais dans une chambre de la maison de Tobie. Au bout d'un an de solitude, presque un an, il n'arrivait toujours pas à rentrer chez lui avec une femme. Dans cet appartement il avait accompli le mariage, un fruit doux-amer de neuf ans, et le divorce. Il ne pouvait y procéder à l'adultère par-dessus le marché. Que cela ne fût plus un adultère échappait encore à son âme tourmentée.

Marié pour la première fois à trente ans, il s'était juré que ce serait la dernière. Il était amoureux, un sentiment qu'il n'avait jamais éprouvé et qui était alors partagé. Peu importait qu'elle fût beaucoup plus jeune que lui, fille d'un postier de Nantes. Dans ses fantasmes de l'époque, il s'en souvenait, son désir et sa dévotion devaient durer toute une vie. Mais les dieux en avaient décidé autrement et quand elle retourna chez son père, sans enfant ni mari, César sut que c'était aussi sans amour. Comme elle ne pouvait pas avoir d'enfants en raison d'un avortement bâclé à l'adolescence, elle avait d'autant plus besoin de lui ; davantage, il devait le reconnaître, qu'il ne savait lui donner. Ou qu'il ne pourrait jamais donner. L'avait-il déçue ? Ou était-ce elle ? Qui était assez malin pour le dire ?

Elle en avait épousé un autre, quelqu'un qu'elle connaissait depuis des années et qui avait mis fin à sa solitude, davantage un soutien qu'un compagnon. C'était bon pour elle et, dans les ténèbres de son esprit, César savait qu'il avait perdu ce qu'il n'avait jamais vraiment gagné, sauf en rêve.

À présent, couché auprès de Nicole, César s'émerveillait de la capacité de récupération des humains ; ils continuaient à fonctionner, pour la plupart, quelle que fût la souffrance dans leur cœur et leur esprit. Un ordre primitif de la nature : l'instinct de survie. Il le rencontrait sans arrêt dans son travail, à l'œuvre chez le prédateur comme chez la victime.

Même dans l'affaire Bock, le triomphe de la volonté se voyait partout. Chez Bock d'abord, depuis sa période nazie, dans la police politique protégeant ses sources et la police criminelle poursuivant les siennes, chez les hommes politiques aux intérêts égoïstes et dans la presse qui ne se refusait rien, chez les simples citoyens et les fonctionnaires. Peut-être même chez les amis. Pourquoi, se demandait César, Tobie avait-il poussé Kayser à lui parler de Bock ? Ce vol, quelle place avait-il ici ? Et Nicole, était-elle dans le coup, elle aussi ? Quel coup ? César n'en savait rien.

Ses yeux fouillèrent le visage de Nicole. Un visage charmant, rien d'autre, rien de ce qu'il lui fallait. Il n'avait aucune réponse à lui apporter.

« Promis ? »

Un chuchotement.

« Quoi ?

— La prochaine fois, gémit-elle, somnolente. Ton uniforme. »

Il lui avait déjà dit qu'il ne portait jamais d'uniforme, ni au lit ni ailleurs.

« Boutonné, murmura-t-elle. Pour que je me sente bien à l'abri dans les bras de la loi.

— Je vois que tu aimes fantasmer. »

Il fut sur le point d'en rajouter.

« Mmmm. Tu vois quoi d'autre ?

— Rien que toi, mentit-il, ne sachant pas la vérité. Tu es tout ce que je peux voir pour le moment. »

Ses paupières parurent se refermer malgré lui. La dernière chose dont il se souvint fut le loup qui courait, courait derrière l'homme. Quand le loup bondit, le couteau étincela. Bock ! Mais qui était-il, le prédateur ou la proie ? Ou était-il les deux ?

5

« Vous êtes plein de surprises, comme toujours, commentait Dupin. On découvre un mort dans une chambre hermétiquement close, tout porte à croire à un suicide. Vous vous prononcez promptement pour un meurtre et voilà trois autres morts tout aussi mystérieuses qui se trouvent résolues dans la foulée. Extraordinaire. (Le ton donnait à entendre une profonde méfiance à l'égard des surprises.) En se fondant sur la comparaison de l'automatique et des douilles, une preuve matérielle, on a commencé à passer en revue les homicides par arme à feu non résolus, impliquant toutes les unités de la police nationale. Jusqu'ici, deux autres cadavres sont liés au Walther PPK. (Dupin examina une feuille sur son bureau.) Un à Marseille, un ingénieur français tué en août dernier, l'autre un fonctionnaire de Vichy il y a un an. Ce qui paraît coïncider avec votre théorie faisant de ce Dieter Bock un tueur à gages. L'argent provenant de sources inconnues chaque mois vient incontestablement soutenir cette thèse. »

La voix du commissaire divisionnaire trahissait une tristesse et une résignation flagrantes, l'exemple même d'une patience à toute épreuve, et poussée à bout. C'était une posture plus digne d'un acteur de talent que d'un supérieur de la police et Gaston Dupin était visiblement les deux. Jouant dans des spectacles de théâtre amateur, il veillait à s'attribuer des rôles qui convenaient à sa personnalité et à sa profession. Il préférait Racine à Molière.

« D'autres explications sont possibles, bien entendu. Il y en a toujours. Dans ce cas, plus particulièrement, l'arme aurait pu avoir été dissimulée dans l'appartement de la victime ; il n'existe pas de preuve tangible qu'il en était le propriétaire. L'argent pourrait provenir d'une activité passée, remontant peut-être à son travail à Berlin-Ouest, ce qui devrait entraîner une enquête de leurs services de renseignements ou peut-être même de la sécurité française. Certainement pas de la police ; nous ne sommes pas équipés pour mener ce type d'enquête. Toutefois, tout va dans le sens de votre théorie et je trouve cela troublant. Et déconcertant aussi. Une succession de meurtres reliés de cette façon signifie un complot criminel de nature politique. Et cependant, aucun service de sécurité ne s'est signalé si ce n'est pour demander à être tenu informé des avancées de l'enquête. (Le front se plissa davantage.) Avez-vous une explication à cela, Dreyfus ?

— Aucune, répondit César sur ses gardes.

— Malheureusement, ce n'est pas tout. Si je lis correctement votre rapport, la victime n'est pas du tout Dieter Bock, mais quelqu'un qui lui ressemblerait – un inconnu de sexe masculin choisi expressément dans ce but. Vous en concluez alors que Bock lui-même était le tueur et qu'il se trouve actuellement en Allemagne, s'étant envolé pour Munich le 7 avril. Sans aucune preuve, en usant uniquement de votre imagination plus que fertile. (Dupin soupira, dévisagea son subordonné.) Vous poursuivez en suggérant que la victime a été pendue parce que la pendaison déforme souvent les traits du visage. Pour vous, cette corde de piano aurait été utilisée pour faciliter la décapitation, ce qui rendrait l'identification d'autant plus difficile. Et vous ajoutez que des photographies du mort ont été substituées à celles de Bock pour nous mettre sur une fausse piste, que 120 000 francs ont été déposés là pour achever de nous égarer, que les effets personnels de Bock étaient restés pour la même raison, et qu'il existe... »

César avait passé le dimanche à plancher sur son rapport, heureux que les bureaux soient déserts de sorte que personne n'était témoin de ses crises de désespoir. Graphiques, tableaux, listes, recoupements, noms, dates, lieux ; une dizaine de fois, il abandonna, c'était sans espoir, des points lumineux dans un océan d'obscurité. Chaque fois, il reprenait sa tâche, poussé par une rage qu'il ne pouvait expliquer. Il était convaincu que son instinct ne le trompait pas. Qu'était, après tout, la chasse aux criminels si ce n'est des bonds intuitifs à travers des abîmes inexplorés ? La science holmésienne du raisonnement déductif jouait son rôle dans les spécialités médico-légales, en balistique et dans les autres disciplines de la criminologie moderne. À partir du plus infime fragment – un poil humain, un bout de peluche – la preuve formait une chaîne, mais les chaînes ne pouvaient relier des néants. Souvent, il fallait davantage que ce que la technologie pouvait apporter, quelque chose de singulièrement humain. César appelait cela son étincelle, un bond de l'imagination. Ou était-ce simplement un autre mot pour dire : la foi ?

César savait seulement que dans l'affaire Bock les fragments étaient rares et que le bond devait être un grand bond. Le nazi avait commis un meurtre afin de passer pour mort. Quel était son mobile ? Il avait changé auparavant de style de vie. Pour quelle raison ? Et renoncé à une petite fortune puisqu'il devait bientôt devenir riche. Par quel biais ? Comment ? Il avait laissé une arme qui le rattachait à au moins cinq assassinats et des récépissés qui établissaient sa présence sur place pour deux d'entre eux. Il laissait une lettre qui conduisait à d'autres gens et une autre missive le reliant au passé. Finalement, il laissait un suicide bidon que pratiquement n'importe qui aurait pu démasquer. Tout cela signifiait qu'il voulait que son propre meurtre soit percé à jour et que l'on sache qui était l'assassin. Mais pourquoi ? César devait faire preuve d'audace. Il sentait que Bock le mettait à l'épreuve, voire le défiait.

« ... certaines difficultés étant donné que votre rapport repose sur l'hypothèse d'un dessein à long terme. Pour ne prendre qu'un exemple : le sexe mutilé de la victime. Pour coller aux faits, Bock aurait dû se faire passer pour impuissant pendant un an auprès des filles de la boîte de nuit qu'il a ramenées chez lui, ce qui en ferait un modèle d'endurance autant que de vertu. Cela veut dire aussi qu'il avait dû être un ami intime de sa future victime sur une longue période. La blessure est ancienne et de celles que les hommes évitent d'évoquer en général. Malgré tout, vous me demandez d'accepter l'idée que Bock a fait tout cela et plus, pour des raisons inconnues. Et votre seule preuve est le refus des gens du SDECE de renoncer à leur dossier. Qui me croirait si je vous croyais ? Quelle surprise me réservez-vous ensuite ? L'enquête criminelle ne se préoccupe plus des considérations politiques. Vous devriez le savoir : pensez à l'Algérie, aux purges qui ont suivi. Notre responsabilité aujourd'hui se limite à l'accumulation de faits pour trouver le coupable

— Et dans le cas présent ? demanda César.

— La preuve, Dreyfus, la preuve.

— Le fait que la victime n'est pas Bock.

— Pour commencer, oui.

— Les empreintes digitales le confirmeraient…

— À supposer qu'elles soient dans nos fichiers.

— … ce qui explique pourquoi j'ai besoin de l'autorisation de prendre contact directement avec les services secrets ouest-allemands.

— N'y aurait-il pas pensé lui-même ?

— Il savait qu'on prendrait le corps pour le sien, rétorqua César, donc les empreintes ne comptaient pas. Ce qui aurait été le cas sans…

— Sans quoi ? »

Sans Jacqueline Volette, mais à aucun prix César ne voulait mêler son nom à ça pour le moment. Brusquement il ne faisait même plus confiance à la police, du moins pas avant d'avoir pu voir jusqu'où allait cette affaire Bock.

« Trop de petits détails, mentit César. L'argent, pour commencer. Il a dit qu'il serait bientôt riche.

— À des femmes. Tous les hommes font ça. »

César cligna des yeux. Dupin avait la réputation d'être un dragueur impénitent et comme tous ses semblables, il n'imaginait pas qu'on puisse se comporter autrement.

« L'enveloppe imbibée d'essence avec les photos…

— Des photos du mort.

— La réservation avec le numéro de téléphone de son appartement…

— Pas impossible de se le procurer.

— La mort accidentelle de sa femme, bien commode…

— Des accidents arrivent tous les jours.

— Le vol des lunettes…

— Les voleurs prennent n'importe quoi.

— La carte d'identité de Bock que le tueur a utilisée à Munich…

— On n'arrête pas de falsifier les passeports et les papiers d'identité. »

César devenait fou.

« La photo de Bock manquante dans les fichiers de la police…

— Une erreur d'une secrétaire, insignifiante statistiquement parlant.

— On pourrait dire ça pour tout le reste.

— Exactement ce que je veux dire.

— Mais pas tout ensemble, argumenta César.

— Vous n'avez aucune preuve tangible. »

Le commissaire divisionnaire tira sur sa moustache avec impatience, les yeux sur la porte.

« Si Bock est vivant, lâcha César brusquement en sueur, on pourrait se servir de lui pour casser le Service, prendre une revanche.

— Comment ? »

Son regard bascula.

« Bock commettait des assassinats politiques, vous l'avez dit vous-même. Mais on a mené l'enquête sans aucune aide des RG, sans même qu'ils aient à fournir le dossier du tueur. Pour eux, Bock est mort. Pensez à la publicité qu'on aurait au Palais s'il était encore en vie – et qu'on en apporte la preuve.

— Soyez plus précis.

— Deux des macchabées étaient français. Pour être sûr que la justice française puisse passer, indépendamment de l'aspect politique, je demanderais au Service de nous livrer non seulement le dossier de Bock, mais tous ceux des anciens nazis, dont certains peuvent avoir été en rapport avec leurs services. Et s'ils nous opposent un refus catégorique, cela devrait nous inciter doublement à aller voir. »

César regardait fixement Dupin, qui n'avait plus la main sur son visage. Depuis les jeux Olympiques de Munich, les Renseignements généraux s'attribuaient le mérite d'informations sur le terrorisme recueillies par des membres de la police. Plus récemment, ses services avaient été impliqués dans la pose de micros dans un journal satirique, ce qu'on avait reproché à la police.

« Vous êtes fou ; c'est une insinuation scandaleuse. Infâme.

— Exactement.

— Pensez aux conséquences pour votre carrière. »

Ayant perdu tout espoir, César s'était attendu à être congédié sur-le-champ. Au lieu de cela, il observait les yeux de l'inspecteur divisionnaire, voyait les rouages commencer à tourner. Oui, ils tournaient.

« Dans la procédure policière, les idées folles ne peuvent conduire à la longue qu'à la catastrophe. Néanmoins, votre théorie sur Bock est plausible au vu des aspects insolites ici présents. Et vous avez incontestablement du flair pour ce genre d'embrouille, n'est-ce pas ? Si les Allemands de l'Ouest confirment votre opinion, comptez-vous élargir l'enquête à toutes les morts attribuées à Bock ? »

César crut rêver.

« Bien entendu.

— Sous certaines conditions, l'autorisation est possible. (Dupin tendit la main vers le combiné.) Vous serez tenu informé.

— Toutes, répéta César avec force. (Allait-il enfin avoir une chance de rendre à Junot la monnaie de sa pièce ?) Leurs dossiers sont bourrés d'anciens nazis.

— Leurs rangs aussi. N'en demandez pas trop. »

*
* *

James Bond pivota lentement, son Walther PPK à la main.

« Dites-moi tout », déclara César en tendant le pistolet au spécialiste belge des armes à feu.

L'armurier soupesa l'arme, presque perdue dans son énorme paluche, et examina le canon. D'un geste expérimenté, il rabattit le pontet situé sur l'avant et le poussa vers la gauche, dégageant un chargeur de sept balles. César observait en silence le représentant parisien de la Manufacture française démonter le pistolet.

Baudrin tira la glissière en arrière en la soulevant légèrement jusqu'à ce que la partie arrière débloque les rails de guidage, puis il fit coulisser la glissière vers l'avant sur la carcasse et la dégagea du canon. Ensuite il passa à la crosse, libérant tout le système de verrouillage. César s'émerveillait de la dextérité de ses doigts charnus et arborait un sourire encourageant.

L'armurier examina la détente.

« Primo, ce n'est pas le pistolet de James Bond. Il utilisait un calibre 7,65 mm et là, nous avons un modèle Kurz 9 mm, plus lourd, une plus grande puissance de feu. Cela mis à part, c'est le modèle *blowback* classique de tir en double action à culasse mobile avec instruments de visée fixes. (Il pressa la détente.) Il a une prise en main naturelle, agréable, avec une bonne résistance de détente.

— Il date de quand ? »

Baudrin inspecta la carcasse et la glissière.

« D'avant-guerre, certainement. Pas plus tard que 1939 d'après son aspect général. La goupille maintenue par le ressort est d'origine… (Il la montra du doigt.) Et montée dans la glissière au-dessus du percuteur comme témoin de charge. La plupart des modèles de la guerre n'avaient pas de témoin de charge.

— Il n'est pas récent alors.

— Non, inspecteur. L'estampille du fabricant nous l'indique.

— Pouvez-vous en retrouver la trace ?

— Qu'est-ce que vous cherchez ?

— Je ne sais pas, reconnut César. Juste le pressentiment qu'elle aurait pu appartenir à quelqu'un de spécial.

— Un nazi ?

— Possible.

— Je vais vous dire une chose. Ce n'était pas l'arme avec laquelle Hitler s'est suicidé ; c'était un autre modèle, un 7,65 mm. En outre, elle est répertoriée dans une douzaine d'endroits différents.

— Il y a toujours Hermann Göring.

— Göring préférait les Smith and Wesson.

— Et Himmler ?

— Le SS Himmler ? (Baudrin plissa le front.) Il avait un modèle de démonstration d'un PPK – celui-ci n'en est pas un – mais généralement, il détestait les armes. »

César regarda le pistolet de Bock, vieux de trente-six ans. Combien d'hommes avait-il tués ?

« Vous voyez si vous pouvez le faire parler ? »

L'indic attendait au bistrot, la main autour d'un ballon de rouge. Avoir l'air soûl n'était pas du meilleur effet devant les flics, et il en avait déjà payé trois de sa poche. Que l'inspecteur, qui ne crachait pas sur deux ou trois verres, voire plus, paie le troisième. Ils n'étaient jamais sortis ensemble, remarquez, mais il pouvait reconnaître un buveur quand il en voyait un. Et un Juif par-dessus le marché ! Il n'aurait pas cru que ces gens-là avaient un faible pour la bouteille. Le vin n'était-il pas strictement catholique ? Il prit une autre goulée et regarda les rues, son gagne-pain. Choupon se faisait payer pour dire ce qu'il savait, et il en savait assez pour connaître ses propres limites. Il était petit, laid et avait un pied-bot. Seuls ses yeux étaient grands, il pouvait reconnaître une pièce de monnaie passé le coin de la rue ou un inspecteur juif dans le noir, comme celui qui était en train de traverser la chaussée.

César s'assit et sortit une photographie.

« On dirait un braqueur, remarqua Choupon.

— C'en était un. »

César écrivit au dos le nom de Nadal.

« Le vol conduit souvent à la violence comme le fait de cracher par terre dans la rue. »

César se demanda combien de verres avaient déjà franchi ces lèvres brutales.

« Nadal avait un complice pour son dernier casse, précisa-t-il. J'ai besoin de mettre la main dessus.

— Par où je dois commencer ?

— Par les morts. (César lui tendit la photo.)

Quelqu'un a dû le voir en compagnie d'un type grand et mince, et qui bouge très vite.

— Grand, mince, rapide, réfléchit Choupon. Je n'irai pas loin avec ça.

— Il s'y connaît en explosifs.

— À la bonne heure, c'est mieux. »

*
* *

De retour au bureau, César s'intéressa au compte rendu de Clément déposé sur son bureau. L'enquêteur avait suivi la piste de Bock jusqu'à Nice et Lyon, où il était descendu à l'Alexandra à proximité de la gare de chemin de fer. À Nice, c'était le Dorard, à deux rues de la gare. Les réceptionnistes reconnurent Bock sur l'agrandissement, du moins le croyaient-ils. (Les étrangers remarquaient souvent de petites différences, comme César le savait d'expérience, que les gens de l'entourage rataient.)

Bock avait passé deux nuits dans chaque ville, arrivant la veille du meurtre et partant le lendemain matin. Les registres montraient que lors de son premier jour à Lyon il était allé visiter le musée de l'Automobile qui abritait la Mercedes de parade d'Hitler, puis il avait dîné dans le quartier des cafés, sur la place Bellecour. La note indiquait qu'il avait eu de la compagnie.

Le deuxième jour fut consacré davantage au tourisme et à la gastronomie. Un restaurateur crut reconnaître en Bock le client qui avait insisté pour qu'on mentionne l'heure sur la note, une exigence peu fréquente. Il était 21 h 50. L'industriel belge avait été abattu trois rues plus loin à 22 h 25.

À Nice, le nazi avait passé son temps autrement,

se rendant à Monaco le premier jour pour jouer à Monte-Carlo. Ensuite, il avait dîné de l'autre côté de la place au célèbre Hôtel de Paris. De retour à Nice, il s'était arrêté au casino sur la Promenade des Anglais, où il semblait avoir gagné ; il avait donné au veilleur de nuit cent francs pour la clé de sa chambre. Il n'était pas seul. L'employé était-il sûr que c'était la première nuit ? Quelle importance, puisqu'il était avec une femme les deux nuits ? Quel genre de femme ? Y avait-il plusieurs genres de femme pour ça ?

Le lendemain, Bock s'était promené à pied dans la ville ; il y avait des reçus de cafés et de magasins. Les achats étaient peu coûteux : des socquettes, du savon, des lunettes de soleil et des kilomètres de bandages. Suffisamment pour recouvrir fort commodément un bras en écharpe, comme César le savait à présent.

Le seul musée que Bock avait visité apparemment à Nice était la collection d'armes du musée Masséna ; il s'était renseigné sur le trajet auprès de l'employé de l'hôtel. Dîner au Negresco ; la note ne mentionnait pas l'heure, mais la vérification du numéro révélait que cela devait se situer entre 20 et 22 heures. Le banquier suisse avait été abattu dans sa chambre d'un hôtel voisin vers la même heure, bien que le corps n'eût été découvert que le lendemain matin. Entre-temps, Bock avait pris le large ou, du moins, le train, sans laisser de traces. Sauf, bien sûr, une montagne de paperasses, y compris des tickets de train aller et retour.

Pour César, tout cela était incompréhensible. Durant ses années de travail dans la police, il n'avait jamais rien vu de pareil. Les tueurs professionnels ne laissaient pas leur emploi du temps. Pourtant Bock s'était mis en quatre pour donner le détail de ses deux missions... et ensuite il avait conservé les indices pendant six mois ! Comme s'il voulait être pris, ou du moins tenait à ce qu'on sache un jour ce qu'il avait fait. Une préparation minutieuse ? De quoi ?

César repassa en revue le rapport. Clément avait pensé à tout, ou presque. Un point avait été négligé, lequel se révélait à présent capital. Ce n'était pas sa faute, à vrai dire. Comment aurait-il pu savoir que ce n'était pas Dieter Bock qu'il tenait dans sa main ?

La porte s'ouvrit et un visage se montra dans l'entrebâillement. Clément, les cheveux blond-roux bien peignés, les yeux trop écartés dans un visage doux qui n'avait pas de rides.

« Occupé ? »

Un tic de langage qui combinait la curiosité, l'espoir, l'impatience et le défi, et qui exigeait un démenti instantané ou de la grossièreté. Clément s'en servait souvent.

« J'allais justement vous appeler, dit César en raccrochant le récepteur.

— La femme, naturellement ; vous avez lu mon rapport. Si j'avais su pour Bock, j'aurais tout mis dedans. »

Clément Noyes avait sept ans de métier, dont quatre avec César. Ses manières défensives à fleur de peau l'agaçaient, mais César le trouvait efficace bien qu'un peu bizarre. Il changeait de copine tous les deux ou trois mois.

« Vous devez comprendre que je croyais qu'elle me menait en bateau ; elles font ça naturellement quand elles ont affaire à la police. Ou au moins qu'elle exagérait. »

Un an auparavant, Clément était tombé amoureux de la femme d'un boulanger. Quand le mari les avait découverts ensemble deux mois plus tard, il s'était plaint à César qui avait dû lui rappeler gentiment qu'il était temps de tourner la page de toute façon.

« Vous avez parlé à l'une d'elles ?

— Celle qui était avec lui le premier soir. Elle prétend avoir vingt-cinq ans mais en a probablement cinq de plus… (Clément avait toute l'animosité des paysans français, dont il était issu, envers les femmes de petite vertu.) Et pas vraiment canon avec ça. Pas pour moi, en tout cas. Ni très futée par-dessus le marché, comme pour la plupart. Impossible de trouver les autres, et pourtant ce n'est pas faute d'avoir essayé. (Ses yeux s'agrandirent pour exprimer le sérieux de ses efforts ; les sourcils mobiles donnèrent à son visage une expression de surprise.) Si j'avais su l'importance…

— Qu'a-t-elle dit ? l'arrêta César.

— Naturellement, je l'ai d'abord laissée parler. D'après son récit, Bock était exigeant et très impatient. Quand j'ai finalement protesté, elle l'a pris de haut et m'a dit qu'elle avait été avec plus d'un millier de mecs, pour me montrer qu'elle était une vraie pro, y compris le maire, le chef de la police, de même que tous les magistrats de la ville. Elle m'a soutenu que Bock était aussi bien monté que n'importe quel pékin et mieux que la plupart des membres de la police ou des politiques qui ne savent que causer. Je répète simplement ce qu'elle a dit.

— Aucune blessure ? demanda César d'une voix triomphante. Pas de mutilation.

— Aucune. »

Ce n'était pas une preuve, ce n'était pas une pièce à conviction, et n'importe quel commissaire aguerri le coulerait en moins d'une minute, mais cela lui fit chaud au cœur. Cela confirmait qu'il n'avait pas pété les plombs.

« Elle était sûre que c'était le type sur la photo ?

— J'y ai tout de suite pensé. Je l'ai cuisinée jusqu'à ce qu'elle me le décrive en détail, jusqu'à la cicatrice sur l'épaule qui pouvait provenir d'une balle. Elle est sûre que c'est le type que je lui ai montré.

— Mais ce type-là n'est pas Dieter Bock.

— Et le mort qui n'a pas de cicatrice à l'épaule non plus. »

C'était donc Bock, comme César s'y attendait. Forcément.

« Pourquoi avez-vous confiance en l'identification de cette femme ?

— Précisément parce qu'elle s'est montrée catégorique concernant la photo. Elle m'a dit la vérité pour que je croie qu'elle mente. (Clément fit son plus beau sourire, celui du type fier du travail bien fait.) Ces femmes-là, vous voyez, on ne peut jamais leur faire confiance. »

*
* *

Le corps était froid comme la glace.

« Juge par toi-même », dit René.

Il repoussa plus loin la feuille de plastique, la descendit jusqu'aux cuisses et la replia soigneusement sur les genoux. D'un geste exagéré, il souleva le pénis. La peau lisse luisait comme du marbre.

César regarda et hocha la tête avec satisfaction.

Le légiste repoussa prestement le pénis en place près des testicules délabrés. Contre les cuisses blanches, les minuscules points noirs sur la veine se détachèrent brusquement. César savait ce que c'était : des dépôts de carbone laissés par des aiguilles stérilisées à la flamme.

Ce Bock-là avait tenté de procéder ainsi pour ranimer sa virilité. René affirmait que ça n'avait pas marché.

« Alors il était circoncis. Qu'est-ce qui t'en a donné l'idée ?

— Une fête, l'autre soir, dit César. Quelqu'un a parlé de Rudolph Schwarzkogler.

— Je le connais ?

— Tu devrais. Il se l'est tranchée centimètre par centimètre. »

Quand il repartit, César était aux anges. Ce qui est juste est juste et il avait vu juste sur toute la ligne, par Dieu et par de Gaulle, il avait vu juste. À Nice, selon quelqu'un de bien placé pour le savoir, Dieter Bock n'était pas circoncis.

*
* *

Les Parisiens planquaient leur or dans les coffres-forts des banques de leur quartier, un confort apporté par la civilisation, mais la nation stockait ses réserves dans des chambres fortes en acier et béton à vingt mètres sous le sol de la Banque de France, à deux pas du Palais-Royal. Un employé conduisit César à travers un dédale d'habitacles silencieux qui respiraient la respectabilité fiscale. Que faire de Nicole ? Elle voulait le revoir ; ils avaient couché ensemble, vécu un moment de passion. Cela avait été bel et bon. Manifestement elle voulait davantage, et lui aussi. Mais y avait-il davantage ? Il ne pouvait se débarrasser d'un sentiment de culpabilité ou, du moins, de honte. Peut-être était-il trop tôt. Il se passait par ailleurs d'autres choses inhabituelles. Un voleur, qui était mort, et son complice en cavale avaient apparemment un rapport avec Bock. Le nazi était encore en vie et semblait avoir de l'importance aux yeux de Kayser. Contre toute attente, sous son acharnement qui faisait fusionner les pièces, le puzzle prenait forme.

Au bout du couloir, César fut introduit dans une pièce sinistre avec murs noirs, moquette marron et meubles d'ébène, dont le plus grand, un énorme bureau disposé dans le coin le plus éloigné de la porte, était occupé par le directeur adjoint chargé du contrôle des changes, une armoire à glace dont le crâne se déplumait, le visage lisse, une tenue de croque-mort, le corps penché sur une lampe à infrarouge, et qui fixait intensément quelque chose qu'il tenait entre ses mains charnues.

« Asseyez-vous. »

L'adjoint adressa un hochement de tête distrait à son visiteur étonné, qui s'efforçait de distinguer le contour de la pièce – rectangle dépourvu d'ombre à l'exception de l'éclat sinistre de la lampe – et de trouver un siège.

Le géant aux yeux d'une pâleur délicate, les lèvres presque transparentes, finit par éteindre l'appareil et se tourna vers l'inspecteur avec un sourire.

« Photosensible ? demanda César.

— Pas si rare. (Les mots grondèrent, véritables coups de tonnerre dans les entrailles de la terre.) Il se trouve que j'ai une forme lourde. Bien sûr, ça aide que je sois daltonien aussi. »

César indiqua la lampe à infrarouge. On s'en servait souvent pour soulager les accidents musculaires.

« Ça a un effet ?

— Seulement sur le boulot, dit le haut fonctionnaire en riant. L'infrarouge est bon pour lire les lettres dans les enveloppes collées, si elles sont tapées à la machine sur un ruban carbone ou écrites avec de l'encre à base de sulfate de fer. (Il se renversa en arrière dans son fauteuil démesuré.) Parfois il nous arrive d'emprunter une lettre à des gens que nous observons pour voir ce qu'ils trafiquent. Votre service en fait sans doute autant. »

César s'abstint de signaler que ce genre de procédé était illégal dans la police. Les organismes gouvernementaux avaient le droit de tout faire, bien sûr. Du moins aussi longtemps qu'on ne les prenait pas la main dans le sac.

« Vous avez dit que vous vouliez des renseignements concernant l'évasion monétaire en Suisse. (De nouveau le sourire radieux.) Ça peut prendre des mois.

— Je me contenterais du Suisse que je vous ai demandé de vérifier.

— Un individu dangereux, celui-là », tonna l'adjoint en tendant la main vers le dossier sur son bureau.

César ouvrit le dossier noir sur une table proche et alluma d'un geste la lumière basse.

Les crimes violents étaient amplement médiatisés, mais c'étaient les fraudes monétaires qui donnaient au gouvernement ses plus grosses migraines. Des organismes entiers existaient dans le seul but de lutter contre les trafics de devises. Fabriquer de la fausse monnaie était passible de prison à vie ; sur chaque billet était écrite solennellement la menace de la réclusion criminelle à perpétuité. Ces activités criminelles étaient combattues par des mesures draconiennes et il arrivait que des banquiers étrangers soient arrêtés pour avoir enfreint la réglementation sur les changes. Tous ceux qui faisaient sortir de l'argent en fraude ne pouvaient être pris, manifestement, de sorte que l'effort portait en priorité sur ceux qui en faisaient leur gagne-pain.

L'inspecteur était impressionné par l'activisme de Kayser. Non seulement il avait fait pénétrer illégalement de l'argent en Suisse par train, par avion et par la route… mais aussi des Allemands de l'Est en Europe de l'Ouest. Aucun détail n'était fourni sur sa façon de s'y prendre, bien qu'il fût fait référence à la Stasi, la police secrète d'Allemagne de l'Est. Le Suisse avait apparemment graissé la patte à des contacts de haut niveau avant de renoncer à cette activité dix ans plus tôt. Transporter l'argent semblait être beaucoup plus rentable et plus sûr.

Le dossier de Kayser détaillait certains de ses contacts parisiens, de prétendus hommes d'affaires pour lesquels il avait transféré des fonds. Le nom de Dieter Bock ne figurait pas parmi eux. César survola la liste et s'arrêta sur l'un d'eux qu'il avait reconnu. Mais Tobie Maton n'était pas un homme d'affaires. En principe.

« Pourquoi avez-vous dit que Kayser était dangereux ? demanda César.

— À l'époque où il se livrait au trafic de personnes, répondit le délégué en haussant les épaules, on a retrouvé certains de ses clients morts. Ou pire.

— Comment ça, pire ?

— Certains n'ont jamais été retrouvés. »

*
* *

Le rapport initial de l'enquête sur le cambriolage remplissait César de doutes. Une douzaine d'individus avaient été interrogés, dont la plupart provenaient du milieu, rien que des copains de Nadal, mais son complice n'en faisait pas partie. Et à la Répression des vols, on n'avait aucun dossier sur l'opération. Pouvait-il avoir fait équipe avec un nouveau ?

« Il semble que l'autre personnage était un partenaire de rencontre, peut-être seulement pour ce boulot-là, dit César à Ménard. Ou peut-être qu'ils commençaient juste à travailler ensemble, ce qui ne nous apporte rien.

— Je croyais que la Répression des vols saurait ça.

— Ça ne veut pas dire qu'on ne peut pas leur filer un coup de main. Rien d'officiel, bien sûr. Surtout s'il y a un rapport avec Bock.

— Y en a-t-il un ?

— Les malfrats m'ont tiré du lot, non ?

— Parce que tu es flic.

— Et s'il y avait une magouille ? (César fronça les sourcils pendant qu'il réfléchissait.) Bock aurait pu leur filer du pognon pour qu'ils montent leur numéro seulement dans le but de me régler mon compte. De cette façon, ça n'aurait aucun rapport avec ce sur quoi je travaille.

— Comment Bock saurait-il que tu es à ses trousses ? poursuivit Ménard.

— Je n'en sais rien, reconnut César, l'air sombre.

— Et qu'est-ce que ça changerait ? Quelqu'un d'autre se mettrait alors à sa recherche. En plus, Nadal n'est pas un tueur.

— C'est peut-être l'autre, accompagné de Nadal pour que le braquage paraisse professionnel. »

Le visage de Ménard affichait un sourire sceptique.

« Bref, notre homme est un spécialiste des explosifs, annonça César. Ce qui veut dire qu'il a travaillé dans la mine ou le bâtiment. Comme il n'y a guère de mines aux environs de Paris, on va vérifier les entreprises du bâtiment et les démolisseurs.

— Pourquoi les mines ? (Ménard était intrigué.) D'où ça sort ?

— Le marquis de Sade.

— Sade ?

— Selon ses potes, Nadal aimait planter des pétards dans le corps des gens et les allumer. Pour un sadique de cette espèce, faire équipe avec un vrai pro de la dynamite, c'est super, non ? (César sortit l'annuaire du dernier tiroir de son bureau.) En outre, il avait les mains calleuses et ses vêtements empestaient la cordite. La cordite est une poudre à base de nitroglycérine pour les explosifs et le seul boulot aujourd'hui qui peut te donner des mains pareilles, c'est la mine ou le bâtiment.

— Et l'agriculture ? demanda Ménard, qui avait quitté les bords de Loire pour la grande ville. Ça lui aurait donné des cals aux mains sans problème.

— Sauf qu'il n'est pas fermier.

— Les fermiers se servent aussi de la dynamite, s'obstina Ménard. Pour nettoyer un terrain.

— Dans le bâtiment aussi.

— Ça me fait davantage penser à la démolition.

— Alors vérifie les chantiers de démolition aussi. (César poussa les pages jaunes vers lui.) Pendant que je vais consulter un magicien sur le numéro de disparition de Bock. »

*
* *

À quoi les vêtements servaient-ils pour les morts ? À la morgue, tout le monde était nu, finalement, le corps poussé, tiré, pétri et pillé. Les ultimes secrets se trouvaient révélés, les mystères résolus, le passé revisité. La spectroscopie infrarouge pour celui-ci, la détection radio-immune pour celui-là, l'électrophorèse croisée ou l'analyse de l'activation cérébrale, autant d'études pratiquées sur les corps, dépouillés des faux apprêts de la dignité qui à présent appartenaient à d'autres, des vêtements qui seraient de nouveau portés, vendus ou mis au rancart, voire envoyés au musée de la Technologie du textile à Paris pour être examinés, catalogués et conservés, voire exposés.

Une partie de ses travaux portaient sur des enquêtes criminelles et se faisaient en contact étroit avec la police. On pouvait avoir besoin de connaître le passé de la veste d'une victime ou d'un fil, ou son origine, ou le fabricant d'un bouton. Sur les listes du service figuraient des échantillons de chaque étoffe, d'innombrables boucles et fermetures Éclair, des vêtements à l'infini ; à partir d'eux, pratiquement n'importe quelle fibre pouvait être identifiée, analysée, retracée. Le fondateur et conservateur des lieux, Auguste Gauchet, et son équipe travaillaient avec le microscope de comparaison Leitz et des kilomètres de dossiers. Dans la classification des tissus régionaux, sa spécialité, Gauchet était le meilleur et, de ce fait, ce fut à lui que César apporta ses cadeaux.

« Les habits de Bock. (Il déposa les paquets sur le bureau.) Dans le gros, il y a tout ce qui se trouvait dans la penderie. L'autre, et c'est le plus important, contient les habits qu'il portait. »

Tandis que le conservateur s'emparait du plus petit paquet, César laissa son regard errer dans la pièce. Rien n'avait changé. Les vitrines contenaient l'histoire sous verre : une manche de la tunique de Napoléon, une chemise en brocart de Dumas père, plusieurs bas d'hommes de la cour du Roi-Soleil, une robe de bal portée par Marie-Antoinette. Des objets plus petits étaient éparpillés sur les murs près des fenêtres, où une table de bois dur ployait sous des peaux d'animaux. Elles aussi étaient une sorte d'étoffe. Et la peau humaine, était-ce aussi une étoffe ? pensa César. Ilse Koch faisait fabriquer des abat-jour avec de la peau tatouée à Buchenwald.

« Les vêtements, ça ressemble beaucoup aux tatouages, finalement, vous ne trouvez pas ?

— Pardon ?

— Je veux dire qu'ils cataloguent un homme, expliqua Gauchet. Ils le font entrer dans un moule, exactement comme l'art corporel. Les hommes portent habituellement le même genre de vêtements toute leur vie. Vous saviez ça ? Parfois même la même couleur et la même nuance. Ils trouvent ce qui convient à la façon dont ils se voient et ils s'y tiennent. Pensez à tous les ensembles de tenues composées que vous connaissez, les vestes dépareillées, les pulls décontractés et le genre sportif en manches de chemise et les marcels genre rétro. Même les nudistes font passer un message sur ce qu'ils sont, de sorte que la liste est d'une longueur déprimante.

— On se situe où ? » demanda César.

Le conservateur renifla bruyamment, ce qui était sa façon de rire.

« Il y a aussi le caméléon. Une sous-espèce, manifestement. Le caméléon veut mettre toutes les tenues. Sa représentation de lui-même est brumeuse, confuse. Il survit en se mêlant aux autres, assimile souvent leur aspect extérieur, établit même des liens d'empathie. Le chasseur, par exemple. En apparence un modèle d'autonomie, ses comportements s'inspirent de ceux des autres, qu'il adapte. L'exemple classique d'une conduite pilotée du dehors. Toute sa vie se borne à ce qu'il poursuit et il n'a qu'une crainte, c'est que ce qu'il poursuit soit en réalité au-dedans de lui. (Derrière les verres, ses yeux pâles inspectaient César et les vêtements d'un nazi itinérant. César était sûr qu'ils conservaient une trace. Bock avait vécu là-dedans et il avait tué là-dedans. Le chasseur qu'il était avait lavé ses vêtements dans le sang et les avait façonnés à son image. Le conservateur pourrait-il en esquisser le profil ?) Un petit coup de veine. Votre homme portait principalement des fibres naturelles. Les synthétiques sont fabriquées à la machine de sorte qu'elles sont dépourvues de structure interne. Plus dur à comparer. On a aussi plus de chances pour remonter dans le passé avec la laine ou le coton. »

Un tueur avait une fois laissé de nombreux indices, y compris des habits et des pochettes d'allumettes avec des numéros de téléphone griffonnés à l'intérieur. Le conservateur avait patiemment remonté cette piste qui avait conduit César jusqu'aux différents propriétaires… tous innocents. Le tueur, jamais pris, avait soigneusement sélectionné les objets dans des poubelles pour égarer la police. Et pour apprendre à César que rien n'était évident.

« Du coton blanc, poursuivit Gauchet. La seule matière encore sûre que l'on puisse porter. Si universelle qu'on ne peut pratiquement pas en connaître la provenance. Elle est quasiment sans valeur en tant que pièce à conviction. Si tous les terroristes de Paris portaient du coton blanc, la moitié de la population serait atteinte de cécité des neiges. (Il sourit à cette idée.) Et l'autre moitié serait probablement morte. Votre homme est-il un terroriste ?

— Pas au sens strict du terme.

— Mais vous dites que c'était un SS.

— Il ne s'agit pas seulement de politique, marmonna César. C'est un complot criminel. »

Les deux caméléons restèrent assis en silence, tandis que César ruminait ses pensées sur celui qui s'en était tiré jusque-là, sur le nazi, sa vie, le monde. Il avait entendu quelque part que le monde finirait en dix jours ; c'était trop court. De l'autre côté du bureau, le conservateur le dévisageait.

« Vous êtes inspecteur maintenant. Il y a de l'avenir là-dedans ?

— Pas pour moi.

— Du passé ? »

César changea de position dans son fauteuil, mal à l'aise.

« Je continue d'y travailler, finit-il par lâcher.

— Dreyfus est un nom juif. (C'était dit d'une voix douce, un constat, avec un léger hochement de tête. Les hommes comprenaient ces choses, certains hommes. Que pouvait-on faire dans ce monde idiot ? Gauchet soupira.) Tous les vêtements ont l'air d'une banalité lamentable, sauf le pantalon porté par le mort. Une raison à ça ? »

César ne voyait pas. Il avait supposé que tout appartenait à Bock, au moins tant qu'il était mort. Mais maintenant qu'il était vivant, *s'il* l'était, tout devenait possible. L'autre était manifestement habillé quand il était arrivé, donc le pantalon devait être le sien de même que la chemise, la ceinture, les socquettes et les chaussures. À moins que Bock ne les ait voulus pour une raison ou une autre. Laquelle ? Dans quel but ?

« On va trouver, affirma Gauchet. (Il écarta d'un geste les hypothèses changeantes de César concernant les paquets.) Tout ce qui m'intéresse, ce sont les preuves tangibles. Cela dit, la preuve, bien sûr, peut n'avoir aucun sens.

— Bock a laissé ces choses derrière lui, souligna César. Et j'espère que vous pourrez me dire pourquoi. »

Le conservateur ferma l'emballage ; le sifflement du plastique se fit entendre à travers les épaisseurs de tissu.

« Peut-être même qui les a portés.

— Je suis un magicien ?

— Un alchimiste, monsieur le conservateur. Vous pouvez transformer le fil en or. »

Gauchet sourit et secoua la tête.

« Les alchimistes n'existent pas, inspecteur. Il n'y a que des hommes qui travaillent sur des faits.

— Le fait est, dit César, que j'ai besoin de savoir ce que ce nazi magouille, et que vous pouvez m'aider.

— De quelle façon ? Je ne peux pas vous lire l'avenir.

— Alors lisez-moi le passé. »

6

Les nouvelles de Vienne étaient à la fois bonnes et mauvaises, selon le point de vue où l'on se place, comme souvent dans la vie. Il y avait deux morts le 10 janvier répondant au prénom de « Kurt ». L'un, Kurt Lammel, était mort de mort naturelle, c'était un boucher et il avait servi dans la Wehrmacht pendant la guerre. L'autre, Kurt Linge, un avocat de la région, avait un cabinet réputé. Il avait été jadis le secrétaire du général SS Ernst Kaltenbrunner.

« Voilà notre homme. (César comparait la photo de Vienne avec celle du groupe. Linge était à l'autre bout.) Le point de contact entre Dieter Bock et les SS. »

La mauvaise nouvelle, c'était que sa mort avait été accidentelle. Sujet à des étourdissements, il était tombé de la fenêtre de son bureau au cinquième étage. César avait espéré quelque chose de plus tragique ; même un suicide aurait fait son affaire. Un accident était si neutre, si… *accidentel*. Mais allez savoir.

« Prenez le maximum de détails, dit-il à Clément. Et quelques précisions sur les antécédents de Herr Linge dans les SS. »

Zurich venait ensuite. Louis Girard avait travaillé

pour le Crédit suisse, principalement sur des comptes étrangers. Juste avant le meurtre, il avait pris une semaine de congé en invoquant des difficultés familiales ; quelque chose à voir avec une propriété en France. Deux jours plus tard, on le retrouvait mort à Nice. Sa veuve n'avait jamais entendu parler d'une propriété. La banque procéda aux vérifications habituelles et mit au jour près d'un demi-million de francs sur un des plus gros comptes. Ménard n'obtint pas le nom du compte ; les lois bancaires suisses rendaient cela impossible.

« Pas impossible, corrigea César. Seulement difficile. »

Ils trouveraient un moyen.

En ligne avec Bruxelles, Raymond Broussard avait travaillé avec de petites sociétés qui fabriquaient du matériel électronique, surfant sur la nouvelle vague de la haute technologie. Il agissait comme intermédiaire, trouvant le capital-risque pour développer l'usine. Sa visite à Lyon devait durer une nuit, le temps de jeter un œil sur un site en banlieue en vue d'une éventuelle négociation. Il n'y était jamais arrivé. On avait retrouvé son corps dans une voiture de location dans le garage de son hôtel. Son portefeuille et sa montre avaient disparu, les poches étaient retournées, pour que la police conclue à un vol. Rien d'inhabituel à Lyon, dit Ménard, ou dans n'importe quelle métropole, à vrai dire. Une sacrée tactique de la part du tueur.

« Ce nazi est diabolique », déclara César, non sans remarquer l'admiration grandissante dans sa voix et se détestant pour cela.

Ce type était vraiment balèze. Un sans-faute. Mais pouvait-il ne commettre *aucune* erreur ?

« Quelque chose cloche. (César reprit le rapport

sur son bureau.) Comment Bock a-t-il su où trouver Broussard ?

— Il l'a filé, dit Clément.

— Jusqu'à Bruxelles ?

— C'est un pro.

— Mais pas un sorcier.

— Les arrivées ! » s'écria Ménard.

César survola le rapport venu de Lyon.

« Bock a débarqué la veille du meurtre et est reparti le lendemain. Donc… (il se tourna vers Nice) il ne pouvait pas suivre Broussard qui n'est arrivé à Lyon que l'après-midi de sa mort. (À Clément :) Et même topo pour Nice, dis-tu. Il a signé le registre le trois pour repartir le cinq. (César leva les yeux.) De nouveau le jour d'avant jusqu'au jour d'après. Alors que Girard avait déjà passé un jour sur place à ce moment-là. (Froncement de sourcils.) Conclusion ?

— Il savait déjà et il était venu l'accueillir, déclara Ménard. Mais qui lui a filé le tuyau ?

— Quand nous saurons ça, dit César en balançant le rapport sur le bureau, nous saurons aussi pour qui il travaillait. »

Le reste était de la routine. Ménard, en s'appuyant sur la photo de groupe, avait câblé des agrandissements et les empreintes du mort au *Landeskriminalamt* à Bonn, la version allemande du FBI américain. Il avait déjà reçu une réponse négative. Le gouvernement de Bonn ne disposait d'aucun fichier centralisé des anciens officiers SS. Chaque région avait son propre bureau du procureur pour de telles affaires. Les descriptions physiques des hommes furent envoyées par télex au fichier central d'identification d'Allemagne de l'Ouest à Wiesbaden pour le cas où il en manquerait certaines. De nouveau, la réponse fut négative. Interpol à Paris n'avait rien non plus sur le mort, ce qui voulait dire qu'il n'avait pas de casier international. Finalement, le bureau du procureur à Munich, répondant à la requête de César, n'avait personne sur ses listes de SS du nom de Gerd qui aurait pu travailler dans le domaine juridique. Encore un tuyau crevé.

Ménard avait aussi commencé à s'intéresser aux dernières victimes connues, Léon Théoule à Marseille et Émeri Prévert à Vichy. Le seul lien jusqu'ici était une balle 9 mm dans le front.

« Ce connard doit vraiment aimer son boulot. Ou alors c'est un dingue en plein délire. »

César n'était pas de cet avis.

« Plus froid que fou. Pour lui les gens ne sont que des cibles.

— Mais pourquoi en France seulement ? »

Les deux hommes virent brusquement une possibilité. Après tout, Bock était allemand et avait vécu en Allemagne.

« Putain !

— Peut-être pas seulement en France. »

*
* *

Le spécialiste des empreintes pensait que ça pouvait marcher.

« Ils l'ont fait sur des cartes postales vieilles de quarante ans, dit-il à César. Votre lettre date de quand ? »

Auparavant, César avait renvoyé Hugues à l'appartement de Bock pour ses empreintes. Il avait vécu là un an, il avait donc dû toucher à tout. S'il était mort, on n'en avait pas besoin ; l'identité du corps était connue. Maintenant qu'il était vivant, c'était une autre chanson.

Il suffisait de relever un tas d'empreintes ; les plus répandues seraient sans doute celles de Bock. Était-ce faisable ? Aucun problème, avait-il assuré.

« Le problème, expliqua Hugues plus tard, c'est qu'il y a trop d'empreintes. Elles sont partout, sauf sur la porte et la pipe que j'ai déjà vérifiées. Il doit y en avoir des milliers. »

Même Hugues était impressionné. Il y avait des façons de s'y prendre, bien sûr. Mais à une telle échelle ?

La théorie était assez simple. Si vous avez trop d'empreintes à effacer, soignez le mal par le mal : submergez le secteur d'empreintes, au point qu'il soit impossible d'en isoler certaines avec netteté. Tout ce dont vous avez besoin, ce sont des bandes de cinq centimètres de papier adhésif transparent double face et un tampon encreur. Après une soirée, relevez les empreintes sur des verres et d'autres surfaces dures en appliquant le papier adhésif sur l'objet, puis retirez le papier et enroulez les bandes sur le bout de vos doigts, en vous servant de l'autre face pour les conserver. Puis appuyez le bout de vos doigts sur le tampon encreur et touchez des choses. Chaque renouvellement de ruban adhésif devait pouvoir servir pour une douzaine de jeux d'empreintes, bien embrouillées. Un vrai cauchemar pour les techniciens, mais des empreintes tout de même. C'était la théorie. En pratique, comme Hugues le souligna, Bock avait dû se démener comme un fou pour en couvrir son appartement.

« Ce type est balèze, un des meilleurs que j'aie jamais vus. Qui est-ce, putain ?

— Un des meilleurs », répéta César, sombrement, l'esprit ailleurs. Si le public savait seulement la moitié de ce qu'il avait appris à la Criminelle ! Les meurtres silencieux, les poisons indétectables et les armes impossibles à retrouver, les méthodes sans fin de dissimulation et la grande diversité des disparitions, le nombre incalculable de morts naturelles qui étaient en réalité des meurtres... Dieu merci, les inspecteurs à la retraite n'écrivaient pas de romans.

« Quel âge ? »

César cligna des yeux et recentra ses idées. Il existait une autre façon de récupérer des empreintes, un pari risqué.

« Je le saurai quand j'aurai l'analyse graphologique.

— Hitler ?

— Himmler.

— Un coup à tenter », insista le technicien.

*
* *

Après un cours de danse plein de pirouettes tourbillonnantes, Nicole partageait un déjeuner tardif avec Cécile, sa meilleure amie. Les deux jeunes femmes se régalaient d'histoires sentimentales tout en grignotant une salade russe accompagnée d'un Perrier. Bientôt, elles eurent tordu le cou à leurs anciennes amours et échangeaient des superlatifs sur les nouvelles. Cécile, mariée à un grand cuisinier, voyait néanmoins Tobie.

« Quel beau parleur ! affirma-t-elle. Il m'a fait tourner la tête.

— Et ça s'est terminé au lit, sûrement, soupira Nicole. Ah les hommes ! Ils savent comment s'y prendre.

— Et plutôt deux fois qu'une, fanfaronna Cécile. En général. »

Les deux femmes éclatèrent de rire. Le soleil brillait, la salade était délicieuse. La vie était belle.

« César aussi, c'est un inspecteur, tu sais. (Nicole plongea sa cuiller dans la glace.) Mais très gentil.

— Tout comme le mien, assura Cécile. Il en a vu de toutes les couleurs, celui-là. (Elle sourit d'un air entendu.) Mais il le cache bien.

— Mon inspecteur à moi ! (Nicole s'était souvent vue entre les bras de la justice : une telle force et une telle autorité. Et ces uniformes bleus sévères, boutonnés du haut en bas.) Le tien porte-t-il un uniforme ?

— Seulement au lit », précisa Cécile.

Sous l'effet de l'imagination, Nicole écarquilla les yeux : le policier en drap bleu si dur contre son corps blanc si doux.

« Ça fait quoi ?

— Sympa, dit Cécile, de deux ans son aînée et à laquelle il ne restait plus beaucoup de fantasmes. Tu devrais essayer un jour. »

Nicole avait déjà appelé César une fois et ne voulait pas le faire fuir. Les hommes sont si fragiles, parfois.

*
* *

Junot arriva au bureau du général en sueur, comme toujours. Le général était un personnage éminent, assumant de hautes fonctions, qui dirigeait tous les secteurs du SDECE, depuis l'information jusqu'à la conclusion. Les enquêtes du contre-espionnage rivalisaient pour avoir son approbation, les opérations de terrain sollicitaient son consentement. En tant que président de la commission rassemblant cinq membres du personnel – le tristement célèbre comité des colonels du ministère de la Défense – le général donnait des directives politiques, planifiait la stratégie du Service et, jour après jour, guidait les activités clandestines des sept secteurs placés sous son commandement.

Ce lundi après-midi, le général Bordier n'avait nullement envie de rire. Son bureau était couvert de piles de papiers, un manquement à l'ordre et à la discipline. Pis encore, il y avait l'incessant bavardage au téléphone, un instrument diabolique conçu pour menacer sa santé mentale. Il ne prendrait plus d'appels ; et il ne s'offrirait pas le luxe de se mettre en colère. Il était, comme d'habitude, en parfaite possession de ses moyens.

« Dieter Bock ! » rugit-il de la fenêtre aux volets clos qui surplombait le jardin.

Junot demeura ancré sur place, à un point équidistant entre le bureau métallique et la porte hermétique. Sous ses pieds, les capteurs de chaleur aluminés sentaient sa présence, sa taille, sa corpulence et même sa position. Au-dessus de sa tête, les caméras de télévision à déclenchement sur détecteur de mouvement ronronnaient sans arrêt, leurs yeux globulaires attachés aux rétines qui enregistraient son image sur une imprimante matricielle. La pièce elle-même était immense, faisant bien vingt mètres de long ; à l'autre bout, une table de conférence en bronze semblait noyée d'ombre. Aux fenêtres, des rideaux gris blindés couraient sur des tringles. Un écran de contrôle surveillait continuellement la moindre approche, tandis qu'au-delà de l'entrée, un arc de magnétomètre était placé sous la surveillance de patrouilles armées. Des mécanismes de fermeture automatique contrôlaient la porte, faite d'une solide feuille d'acier. Il y avait très peu de bois dans la pièce et encore moins de chaleur, bien que le sourire du général fût censé pouvoir transformer des lapins en buissons de roses.

« C'était un de vos agents. »

Abandonnant la fenêtre, Bordier pivota brusquement sur lui-même et ferra sa proie.

Le chef du secteur Moyen-Orient battit nerveusement des paupières, tandis que son esprit cherchait à comprendre ce qu'il faisait là. Dieter Bock avait tué un de ses agents, Bock lui-même était mort, le Service devait enquêter. Un problème simple et une solution également simple. Alors pourquoi son rendez-vous avait-il été avancé d'une heure ?

« C'est la chienlit ! Vous auriez dû le placer sous une surveillance plus étroite ; de toute façon, la moitié de votre groupe est composée de vieux nazis ou d'anciens collabos. Alors que là je suis convoqué pour un rapport matinal au ministère – merci bien ! – et que je vais devoir jouer les jean-foutre pour ces idiots de la DST. Ils ont l'air d'en savoir plus sur nos propres affaires que nous-mêmes.

— Faites-vous allusion à l'affaire Bock, mon général ?

— C'est évident.

— Nous devons certainement intervenir.

— Nous ne ferons rien. (Bordier toisa son subordonné.) Vous ne bougez pas. Pas d'autre contact avec la police. Aucun. C'est clair ? »

Junot hocha la tête, pris de court ; il ne s'attendait pas à cela, pas du tout.

« Cela ne relève pas de notre seule compétence, poursuivit Bordier en respirant à fond. Mais heureusement la police est au courant. (Il fit un bref sourire.) Comme vous le savez, mon cher Junot, votre homme, ce Brossard, a travaillé quelque temps pour la Gestapo de Lyon. Vous souvenez-vous par hasard du nom de celui qui dirigeait la Gestapo là-bas ?

— Klaus Barbie, bien sûr.

— Le boucher de Lyon, qui vit maintenant en Bolivie. Comme cette année marque le trentième anniversaire de la fin de la guerre, le gouvernement sent s'exercer une forte pression pour qu'on le récupère, une pression de la part des Juifs au niveau international et de la part – comment dirais-je ? – de Français aux idées libérales. J'ai appris que des négociations étaient déjà en cours. Si elles devaient aboutir... »

Junot commençait à saisir.

« Nous ne voudrions pas qu'on apprenne que le Service a réintégré un des hommes de Barbie.

— Imaginez le bon peuple ! Ce genre de publicité ne pourrait que nous nuire, souligna Bordier en redressant une pile de feuilles. Songez au prestige de la France à l'étranger ! Je suis sûr que vous le comprenez.

— Mais la police réussira-t-elle mieux de notre point de vue ? »

Bordier soupira. Ses mains cherchaient instinctivement une autre pile.

« Pour la police, c'est un meurtre, donc ce qui l'intéresse, c'est le meurtrier, pas la victime. Les policiers savent que c'est Bock qui a tué ces hommes, ils ont les preuves. Ils vont essayer maintenant de trouver qui l'a tué, lui. Nous n'avons aucune raison d'être concernés. L'épisode Bock est clos. »

Ainsi se passèrent les dix minutes de Junot. Le soulagement envahit son esprit tandis qu'il récapitulait. Il avait escompté de vives critiques pour n'avoir pas su voir le rôle de Bock dans la mort de leur agent. Au contraire, il ne recevait que des critiques modérées et, mieux encore, il était débarrassé de ce Juif odieux et de ses petites magouilles d'inspecteur de police. Il y avait une justice dans ce monde chrétien, après tout.

« Suite à vos ordres, commença-t-il, je vais promptement...

— Promptement ? »

Bordier leva les yeux, paupières mi-closes.

« *Discrètement*... rompre tout contact avec la police, se reprit Junot après un moment d'hésitation.

— Cela serait préférable », laissa entendre son supérieur en fermant les paupières.

Junot se retirait avec son obséquiosité coutumière et se tournait vers la porte quand le général le rappela, les lèvres cruellement retroussées et la voix douce, pleine de mépris.

« Ce nazi nous a rendu service en liquidant Broussard, si j'en crois les RG. Évidemment, vous ne saviez pas, vous, que c'était un agent double, n'est-ce pas ? »

*

* *

Les prisons de Paris, comme ses égouts, avaient souvent des geôles enfouies dans les entrailles de la terre. Pour César, rien ne semblait enfoui plus profondément que les geôles de la Préfecture dans les sous-sols du Palais de Justice. Les antiques marches de pierre sous la façade moderne conduisirent lentement l'inspecteur cafardeux vers la Seine. Quelle mouche l'avait piqué ? Tout le week-end, il n'avait fait que penser à Jacqueline Volette, à son sourire, à l'odeur de ses cheveux. Une femme à laquelle il n'avait parlé qu'une seule fois ! C'était grotesque. Même en couchant avec une autre, il n'avait pensé qu'à elle, ce qui ne lui était jamais arrivé avec sa propre femme. Manifestement il était à bout de nerfs ; Bock était là-bas et lui ici. Il fallait qu'il fasse quelque chose.

Au deuxième niveau, César tourna à gauche dans le couloir, dépassa les bureaux confinés, de petits habitacles envahis de moiteur, et passa devant les cellules de garde à vue, la Seine venant frapper contre la paroi de ses oreilles. Vingt mètres plus loin, il arriva à la geôle qu'il cherchait. Le Bourguignon, un petit homme, se tenait dans le fond, et il jurait doucement. Les mots, telles des bulles, éclataient à un rythme régulier.

« Lecœur ! »

Les bulles se refermèrent et la cadence s'interrompit. Une tête se tourna, surprise, des yeux qui regardent César entrer dans la cellule, s'avancer, la démarche décrivant l'homme, ses traits tirés exprimant avec force une sombre détermination. À présent, Lecœur, des paillettes de peur dans les yeux, reculait sur son lit et s'y accrochait.

Bock aurait besoin d'un nouveau passeport et d'une carte d'identité à un nouveau nom pour sa nouvelle vie ; seule une poignée de faussaires spécialisés avaient la réputation de pouvoir agir rapidement. César avait commencé par Lecœur à cause de ses solides convictions fascistes comme cela était consigné dans son dossier. Il était aussi un des rares indépendants qui restaient désormais ; la plupart faisaient partie du milieu corse qui contrôlait le business des faux papiers en France. César ne pensait pas que le nazi irait s'y frotter.

« Parle-moi de Bock, grommela-t-il.

— Il a un autre nom ? »

La voix était ronchon, inquiète.

« Quelqu'un est venu te demander de lui fournir des papiers d'identité allemands au cours de ces derniers mois.

— Pourquoi moi ? Je suis rangé des voitures.

— Pas assez. »

Un haussement d'épaules provocant.

« Je veux savoir pour Bock. »

Lecœur avait un air inexpressif.

« Tu parleras tôt ou tard. (César se pencha sur le lit, le visage à quelques centimètres des yeux apeurés.) Tu le sais.

— J'ai des amis.

— Tu m'as, moi. (César tendit la main et appuya la corde de piano contre le cou de Lecœur, mince fil de la mort lente, et resserra les extrémités pour qu'il comprenne.) Et je peux te laisser pourrir ici. »

Dans les cellules fétides du dépôt sous le Palais de justice, où on mettait en garde à vue la racaille et les prostituées de Paris, la discipline était suivie à la lettre. L'inspecteur attendrait tant qu'il faudrait, c'était un homme habitué à attendre, tandis que les jurons continuaient doucement de s'égrener dans le soir tombant.

*
* *

Aucun faussaire professionnel ne pouvait se passer d'appareil photo, de stock de papier et de matériel, allant des stylets métalliques aux tampons mécaniques. Dans l'atelier secret aménagé dans la serre du Bourguignon, les hommes de César découvrirent aussi une petite presse typographique, des filigranes par ferrotypie, divers formulaires vierges et tout un choix d'accessoires pour le visage et le maquillage, de même qu'une chambre noire en bonne et due forme. En plus de délivrer des faux passeports et fausses cartes d'identité pour la plupart des pays européens, qui en exigeaient de tous leurs ressortissants, le faussaire avait également étendu ses activités aux cartes de crédit. Du matériel en plastique, des machines à estamper et des moules manuels furent retrouvés.

Lecœur désirait-il les récupérer ?

Entre-temps, le faussaire avait eu le temps de peaufiner sa version de la vérité. Il ne reconnaissait pas le nom, mais la photographie de Bock que César lui montrait lui rappelait une autre qu'on lui avait donnée un mois plus tôt pour qu'il la mette sur des papiers allemands. Pas la même personne, notez bien, mais il lui ressemblait rudement.

Avait-il pris des épreuves supplémentaires ?

Une pareille chose était impensable. Une affaire d'honneur, comme l'inspecteur ne pouvait manquer de le comprendre.

Et le nom devant apparaître sur les documents ?

Otto Wirth.

À la demande de César, Lecœur décrivit son client. Ce n'était pas Dieter Bock.

Se souvenait-il d'autre chose concernant cet individu ?

Pas vraiment… à part son numéro de téléphone.

Il avait laissé un numéro de téléphone ?

Pour appeler quand ce serait prêt.

César espérait que ses oreilles ne l'avaient pas trompé. Lecœur avait-il dit qu'il se souvenait du numéro ?

Mais oui. Les chiffres faisaient partie du business. Il pouvait se rappeler une douzaine de chiffres trois mois plus tard. C'était un de ses points forts.

César observa le petit faussaire, qui sentit brusquement que son honnêteté était mise en question.

« C'était 278-20-40, poste 116. Voilà ! Voyez vous-même. Félix Lecœur ne fait jamais d'erreur. »

César non plus, lequel payait ses factures en temps voulu, mâchait avec application sa nourriture, et conservait une liste de numéros particuliers dans le tiroir de son bureau. Il compara le nouveau numéro avec la liste, le cœur battant.

Son cœur s'arrêta.

278-20-40 était un standard qui acheminait tous les appels entrants vers le membre du personnel concerné. Le standard appartenait à une branche du gouvernement français, ou plutôt à un bras. Un bras avec un poing de fer.

César vit le bras fléchir.

Le Service du contre-espionnage. Le SDECE.

*
* *

Il était presque minuit quand il tourna dans la rue de Meaux et rentra chez lui. La paroi mince de la veine à l'arrière de son genou droit palpitait si fort qu'il pouvait l'entendre. Un point faible qui devenait plus faible chaque année, un défaut de naissance et qui n'était pas sa faute. Un faible réconfort. Il finirait par en mourir, c'était certain. Le bas de contention la contenait à peine, les rares fois où il le portait ; rien n'aidait vraiment. Si la moindre parcelle se détachait et que le flux sanguin s'accélérait, il serait mort en quelques minutes. La vie valait-elle toute la peur et la souffrance, les ambitions sans lendemain et les déceptions quotidiennes ? Surtout les déceptions. Le garçon en lui n'avait vu que la forêt, la forêt à explorer. L'homme avait fini par y voir la jungle. Le crépitement de la mort était partout et le lion aveugle serait bientôt dévoré par des fourmis en colère.

César détestait quand il était comme ça.

La rue s'était plongée dans le silence. Le matin arrivait de bonne heure rue de Meaux, un quartier éloigné des Champs-Élysées ou même de Pigalle, et l'aube trouvait les artisans déjà sur le chemin. Les volets ne tardaient pas à claquer, les trottoirs à être nettoyés : un quartier de petits commerçants, à l'image de la France. César adorait ça. Par les chaudes soirées d'été, il y avait des centaines de personnes flânant dans les rues ou assises aux terrasses des cafés avec des amis. Les gens se connaissaient et César les connaissait tous, au moins de vue. Il habitait le quartier depuis douze ans, d'abord rue Bouret, puis rue de Meaux après son mariage. Sa femme avait partagé son enthousiasme pour le quartier qui lui rappelait sa propre enfance à Nantes. Ils s'arrêtaient chez le boucher pour un bon morceau de viande, éventuellement tâtaient les légumes chez l'épicier voisin pour voir s'ils étaient assez frais. Le troquet du coin, le jardin public à proximité ; les années passaient, ou restaient immobiles. Brusquement, tout s'était enfui, fini ! Qu'allait-il faire désormais ? Attraper les criminels, vivre seul, se sentir fautif, nourrir sa déprime, boire du vin, goûter la joie, sentir la peur, et sans doute mourir d'une embolie.

Passé le milieu de la rue, au bout d'une rangée de briques peintes en blanc, la maison de César se tenait dans l'ombre tel un rempart médiéval. Tendant la main, il passa silencieusement la porte et se traîna dans l'escalier jusqu'à son appartement au deuxième étage. Au-dessus de lui, la famille du menuisier dormait de façon intermittente pendant que la locataire du dessus, une veuve à l'esprit embrouillé dont le mari était mort récemment, avalait un à un une masse de cachets.

À l'intérieur, César alluma d'un geste la lumière et la télévision, en la réglant sur une chaîne inactive. Il avait besoin des parasites sur un écran vide, une sorte d'eau blanche qui emportait les autres bruits et le laissait engourdi. Depuis le départ de sa femme, les parasites étaient devenus un ami proche, une drogue qui conduisait ses fantasmes et engloutissait sa mémoire. Voire un filtre qui libérait son esprit pour le travail.

C'était le bon côté du boulot d'inspecteur : ça vous donnait à réfléchir. Même si on ne découvrait pas toujours la vérité, on savait au moins pour commencer que tout le monde mentait. Au début, César avait été gêné par ce déni du réel pour apprendre plus tard que c'était seulement un déni de la vérité. En général, les gens étaient très réalistes dans leurs raisons de mentir. Il avait seulement confondu la vérité avec le réel. Bon, il était jeune et innocent ; il avait fallu l'Algérie pour qu'il apprenne, plus quinze ans passés à observer les gens dans ce qu'ils avaient de pire.

Il s'assit sur le divan et regarda fixement l'écran enragé, un verre vide à son côté. C'était un appareil noir et blanc de peu de valeur ; la couleur semblait être une tocade sans grand intérêt. Tous ses fantasmes étaient en noir et blanc, et tous ses rêves aussi. Était-ce à cause de la grisaille dans laquelle il travaillait ?

Il y avait amplement de quoi réfléchir dans ce monde.

Il délaça ses chaussures, s'étendit sur le divan, tandis que le bourdonnement de l'eau blanche de l'écran remplissait lentement ses oreilles, ses yeux, son esprit. Après un moment, il pensa qu'il voyait la face de

Dieu. Quand il tendit la main, ses doigts effleurèrent le sein de Jacqueline Volette. Il palpitait de vie, son pénis était dur contre sa main.

Dans la pièce, le SDECE les prenait secrètement en photo. César verrait ça plus tard.

7

La balance de la justice française fut souvent prise les plateaux penchés pendant l'Occupation. Sous le gouvernement de Vichy, la police prêtait main-forte pour les rafles de Juifs, travaillant en étroite collaboration avec des corps de police auxiliaires tels que la tristement célèbre Milice ou même les forces d'occupation allemandes. Ensemble ils assuraient le maintien de l'ordre en prétextant une culpabilité qui leur permettait d'éliminer de prétendus espions et saboteurs aux côtés de malheureux Juifs parqués dans la faim et le froid des camps d'internement, ces ruches géantes vibrant du bourdonnement régulier de la mort, des blocs de cellules monstrueux dans des endroits effrayants qui étaient l'antichambre de la déportation vers l'est.

Quand la fin arriva, quelques groupes de policiers se rebellèrent, se retournant contre les nazis et leurs sbires. À Paris, la police se souleva le 19 août 1944. Dans l'âpre combat à la Préfecture, des dizaines de policiers tombèrent dans la cour où les paniers à salade et les voitures noires des inspecteurs étaient habituellement garés.

« Seulement une (Ménard comptait les voitures) deux, trois, aujourd'hui. »

César traversa la cour d'un pas vif, comme il le faisait généralement le matin, en entrant dans le bâtiment par ce qui était le chemin le plus long mais, indiscutablement, le bon chemin pour regagner son bureau, un trajet plein de substance et d'ombre, en grande partie comme l'était son travail.

« Des problèmes en vue. (Ménard évaluait l'humeur du jour d'après le nombre de voitures disponibles, et moins voulait toujours dire plus.) Fichtre, ce doit être la pleine lune.

— On le saura bien assez tôt, marmonna César dans l'escalier. D'ici là, on va secouer Vienne. Ses associés d'affaires, ses relevés de banque, tout. »

Il avait réveillé son adjoint à 6 h 30 en déclarant que Bernadette Bock et Kurt Linge étaient tombés tous les deux par la fenêtre. Pure coïncidence ? L'inspecteur ne croyait pas aux coïncidences. Conformément au code Napoléon, deux similitudes faisaient un coupable tant que celui-ci n'avait pas prouvé son innocence. Ménard, complètement français, approuvait et regrettait en silence de ne pas avoir la sagacité de César. Sa femme, pour qui César n'était ni plus ni moins qu'un parano, aurait bien voulu qu'il disparaisse ou au moins qu'il se remarie. Il avait pris dernièrement l'habitude d'appeler son mari à des heures indues.

Clément, également levé aux aurores, était déjà au bureau entouré de livres. À la demande de César, il devait se transformer instantanément en spécialiste des SS, plus précisément ceux de l'entourage d'Himmler. Les hommes de confiance de celui-ci s'étaient servis de cordes de piano pour pendre les chefs du complot contre Hitler. Bock en était-il ? Il devait en être. « Trouvez-le », ordonna César à Clément qui parlait allemand et aimait le mystère.

Après quoi, il devait se renseigner sur l'art nazi. Il irait voir des marchands, parler à des experts. Quatre-vingts pour cent du marché de l'art européen passait par Paris ; il se pouvait que les huiles originales d'Hitler soient connues. Un ami au *Monde* avait donné à son enquêteur les recommandations nécessaires.

Restait le stagiaire André, pour lequel César avait un boulot très particulier.

« Et nous ? s'enquit Ménard quand Clément fut parti.

— Au boulot. »

César s'étira derrière son bureau ; sa journée avait en fait commencé à 3 heures du matin quand quelqu'un était venu tambouriner à sa porte. La veuve du dernier étage avait laissé sa porte entrouverte, ce qui était contraire à ses habitudes. Quand les locataires donnant sur la cour étaient rentrés de leur dîner en ville, ils avaient naturellement vérifié. Bon Dieu, elle était morte ! Ils avaient couru chez l'inspecteur en dessous. César l'avait trouvée respirant à peine et il l'avait expédiée en urgence à l'hôpital. Une tentative de suicide évidente ; les médecins étaient optimistes. Pas César ; elle n'avait plus de raison de vivre. Il connaissait ça.

Le sommeil s'était envolé, bien sûr. De retour chez lui à 5 heures, il s'assit sur le divan en pensant aux vivants et aux morts. Il devenait de plus en plus dur de faire la différence. On retrouvait de nouvelles victimes, peut-être même en Autriche et en Allemagne. Il devait manifestement continuer. Il était, après tout, inspecteur à la Criminelle. Et un Juif alsacien dont le père revendiquait sa parenté avec le capitaine Dreyfus, un autre Juif alsacien expulsé de l'armée française et envoyé à l'île du Diable. Était-ce la folie ? se demandait César. Seulement l'heure, s'était-il dit.

À six heures et demie, il avait pris le téléphone.

… Et il le décrochait maintenant à la première sonnerie. C'était le responsable du bureau des traducteurs du ministère des Affaires étrangères à Bonn. Bernadette Vitry avait travaillé là deux ans.

« Elle est entrée chez nous en novembre 1967 et nous a quittés en janvier 1970 pour se marier. Une bonne travailleuse dans un secteur sensible. Ses empreintes et sa photo figuraient dans son dossier à l'époque ; mais plus maintenant, bien sûr. (Une pause.) Je suis navré d'apprendre sa mort.

— Vous avez rencontré son mari ?

— Jamais eu ce plaisir. »

César préféra ne pas mentionner que Bock était un nazi. Il parlait avec l'Allemagne.

« Des photos du mariage ? »

Il n'en avait pas le souvenir. C'était à Cologne, une cérémonie civile. Du moins n'en avait-elle pas envoyé, et la loi allemande n'exigeait pas d'empreintes digitales pour se marier. S'il n'y avait rien d'autre…

« Merci. »

Ils n'avaient pas vraiment espéré tirer quelque chose de Bonn ni même de ce deuxième mariage. La première femme de Bock ne fut pas d'un plus grand secours ; elle avait tout jeté quand elle s'était remariée. Son métier de photographe expliquait néanmoins d'où Bock tenait ses compétences en photographie. Le reste de ses connaissances pouvait provenir des SS et de sa période dans la police à la frontière berlinoise.

« Toujours pas de photos, constata Ménard, exaspéré. »

Cela ne dérangeait pas César ; Bock ressemblait à celui qu'il avait pendu. Ce qu'il leur fallait maintenant, c'étaient les empreintes digitales du nazi. Le bureau du procureur de Cologne ne les avait pas ; ils avaient déménagé dix ans plus tôt et des choses s'étaient perdues. La prison allemande où Bock avait séjourné n'avait pas non plus les empreintes ; un incendie dans les années soixante avait détruit la plupart des dossiers. (Bock, devenu entre-temps un agent du gouvernement, avait-il pu déclencher les incendies et faire en sorte qu'on égare les dossiers ?) Et les dossiers originaux des SS avaient disparu, probablement volés par les Russes ou les Américains en 1945.

Ce qui ne laissait la place qu'au service du renseignement ouest-allemand.

César se tourna vers sa carte murale de l'Europe occidentale. Elle s'étendait de la Grande-Bretagne à Berlin-Ouest. Plus à l'est, on était au cœur des ténèbres.

« On vous tiendra au courant », avait dit Dupin. Ils disaient toujours des choses comme ça : on vous tiendra au courant. Mais surtout, n'y comptez pas trop.

« Les gros bonnets, fit Dupin d'une voix râpeuse, ils sont exactement comme les avocats. Il y avait un croque-mort qui baisait tous les cadavres de femmes, vous voyez ? La nécrophilie ne figurait pas dans le droit criminel à l'époque, de sorte qu'on l'a poursuivi pour viol. Vous pouvez croire ça ? Son connard d'avocat s'est présenté devant la cour et il a fait valoir que puisque les cadavres n'étaient plus des gens, il n'y avait pas eu vraiment viol. Le salaud l'a fait acquitter par-dessus le marché. (Ménard fulminait encore au souvenir de cette justice avortée.) Plus tard j'ai entendu dire qu'il s'occupait de plus de cadavres de femmes que quiconque en ville.

— Super. Ne racontez pas ça à Clément. Ça ne ferait que confirmer ses soupçons sur les femmes. »

En fait c'était César qui avait été pris de doute ces derniers temps. Sur les quatre-vingt mille policiers en tenue, moins de deux cents étaient des femmes ; sur les mille huit cents commissaires, seize seulement. À Paris, il y avait très peu de femmes dans la police judiciaire, aucune à la brigade criminelle. Manifestement injuste, mais César ne voulait pas que ça change. Avait-il toujours été comme ça ? Ou était-il devenu plus vache depuis que sa femme l'avait quitté ?

Une fois Ménard parti pour soutirer des renseignements à Marseille et faire pression sur Vienne, César fit venir André pour qu'il se prépare à partir pour Zurich. Il était de cette nouvelle race d'inspecteurs qui en veulent, avec une formation technique dans plusieurs langues, y compris en langage informatique. « Suivez l'argent », lui répéta César avant de l'envoyer prendre son avion.

Par la fenêtre ouverte, César regarda la profusion de couleurs qui débordaient des étals en fonte. C'était bien d'être à Paris et ce serait encore mieux si les choses finissaient par s'arranger. Rien ne s'arrangerait, bien sûr, ça ne s'arrangeait jamais. Il devait essayer tout de même, continuer d'essayer. C'était ce qu'il faisait de mieux, alors il aimait ça. À moins qu'il n'ait déjà tué ce qu'il aimait ? L'avait-il jamais aimée, elle ? Il n'en était plus si sûr. Des semaines plus tôt, il se réveillait en hurlant son nom, la serrant contre lui, l'étreignant. Quand il allumait la lumière… elle avait disparu.

Maintenant c'était le SDECE qu'il voulait. Leurs « grandes oreilles » détenaient la clé du présent de Bock tout comme l'Allemagne de l'Ouest avait la clé du passé. S'il les secouait suffisamment, peut-être laisseraient-ils tomber le dossier de Bock sur ses genoux.

Dupin avait déjà redistribué le reste de ses attributions, sauf Marie Pinay. Ils l'écoutaient donc. Ou lui lâchaient-ils juste un peu la bride ?

*
* *

Vous croyez qu'il faut des tripes pour défendre ce qui vous paraît juste ? demandait le chef SS à César. Pas besoin de cran pour ça. Mais pour se battre pour ce qu'on sait être mal, il faut vraiment des tripes. Jour après jour, année après année. Ça, ça demande des tripes. Seule la race des maîtres avait ça, assurait-il. Vous avez raison, répondit César. Il sortit son pistolet et abattit le *Reichsführer* d'une balle en plein front. Pan ! Essayer de bien faire quand tout va mal.

*
* *

César vit son bras se tendre pour arrêter le tintement dans ses oreilles. Un mac local, très remonté.

« Vous voulez une de mes filles ?

— Pour parler.

— Génial, il y a des touristes à cette heure-là, c'est le moment où elles turbinent un max.

— Pas trop, j'espère.

— Où ça ? »

César indiqua une heure et un lieu et s'entendit assurer que la prostituée serait là.

Une douzaine d'appels plus tard, ce qu'il attendait arriva. Au fil des années, Julien Briand avait détecté beaucoup de faux documents attribués aux proches d'Hitler, allant de journaux intimes complets (inconcevables puisque le Führer dictait tout) aux ordres individuels de libération des camps de concentration (pas un n'a été authentifié). Dans les années soixante-dix, les méthodes d'analyse de la criminalistique avaient évolué, allant de la fluorescence sous la lumière ultraviolette aux humidimètres et aux microscopes rudimentaires à grille électrique. Les faux devenaient plus faciles à détecter.

La lettre d'Himmler était vraie.

Dans son bureau encombré du boulevard de Strasbourg, Briand fit défiler sur l'écran une reproduction élargie d'un document authentique d'Himmler et de la lettre de César. Il invita César à noter le mouvement naturel de l'écriture, les minuscules variations inévitables de la plupart des lettres, même les plus faciles à reproduire : le « e » et le « o ». Il examina les espaces et la pression exercée par l'auteur sur chaque lettre, sans que le tout relève d'une attention voulue. Le grain du papier, l'encre verte et le stylo à pointe épaisse avaient également été étudiés, et correspondaient à l'époque et à la géographie de la missive : Allemagne nazie, 1945.

Quant à l'écriture d'Himmler, elle était rigide, précise, contrôlée : un homme redoutant de commettre des erreurs et méprisant les autres, mesquin, mais porté à de brusques largesses, respectueux de l'autorité sans l'accepter pour autant. Du point de vue de Briand, un paranoïaque englué dans la régression anale, qui était méticuleux dans ses habitudes personnelles, et qui haïssait son père et aimait/craignait sa mère, ce que montrait clairement le léger arrondi des bouts pointus de ses lettres qui les faisait ressembler aux seins de femmes dans les bandes dessinées.

César se sentait l'estomac barbouillé. Himmler était mort et Bock encore en vie ; ses efforts devaient se concentrer sur les vivants et la lettre l'y aiderait peut-être.

Il déjeuna d'une soupe et d'un sandwich. S'il fallait manger pour vivre, que le châtiment soit rapide. Le pain et la charcuterie disparurent ensemble, la soupe rinça le tout. *Gott sei Dank*[1] !

*
* *

Le rendez-vous fut bref et chacun alla droit au but. Pas une fois le directeur ne regarda sa vieille horloge.

Dupin y voyait une occasion en or. Ils avaient eu le SDECE sur le dos pendant des années et, plus récemment, il les prenait à la gorge. Il fallait faire quelque chose, mais rien d'officiel, en douce bien sûr. Le nazi pouvait être la réponse.

Le directeur tressaillit. Il n'aimait pas les grandes déclarations.

« Mais peut-on faire confiance à Dreyfus ? On sait tous qu'il est... bref, on sait tous ce qu'il est.

— Peu importe ce qu'il est par ailleurs, répondit Dupin, c'est un bon inspecteur. Si Dieter Bock est vivant, Dreyfus lui mettra la main dessus.

— Et le SDECE ? Va-t-il collaborer en se servant contre eux de ce qu'il trouvera ?

— Il n'a nul besoin d'être au courant, fit valoir Dupin. Son unique préoccupation porte sur l'enquête en tant que telle. Une façon de venger ses parents. »

Après un coup d'œil au directeur, Dupin ajouta :

« Nous suivrons de près tout ce qu'il mettra au jour, y compris les dossiers du Service. Et, bien sûr, si

_____

1. En allemand, « Dieu merci ».

Dreyfus échouait après cette manœuvre sans précédent... »

Finalement, le directeur se dit d'accord. Il parlerait à son supérieur.

*
* *

César fixait les deux dossiers dans le tiroir métallique. Celui de Bock grossissait chaque jour, se remplissant de rapports et de données techniques ; il avait déjà dévoré plus de la moitié du tiroir.

L'autre dossier, aussi mince qu'une fleur séchée, se contenterait d'attendre. L'étiquette annonçait Hôtel Rio pour le bâtiment sordide du côté sud de la ville où le meurtre avait eu lieu. Marie Pinay n'était pas Jacqueline Volette, et il n'y avait rien pour forcer l'attention d'un Dieter Bock. Sans instruction et la quarantaine solitaire, Marie passait ses journées à boire et ses nuits avec celui qui passait à sa portée. La liste comprenait la majeure partie de la population mâle du quartier, dont plusieurs étaient portés disparus. Parmi eux se trouvait un excentrique local qui était apparemment parti pêcher le saumon dans les égouts de Paris. Comme lesdits égouts mesuraient mille huit cents kilomètres, César n'avait envoyé personne à la recherche du chasseur de saumon qu'on s'attendait à voir bientôt refaire surface. Il avait du mal à patienter.

Après un coup d'œil à sa montre, César composa le numéro de Nicole. Elle répondit, le souffle court comme toujours.

« J'aimerais vous voir ce soir, dit-il après les préliminaires.

— Avec votre uniforme, gloussa-t-elle. Vous me l'avez promis. »

César fit un oui réticent.

« Je peux être là à 9 heures.

— Entendu. Environ 9 heures alors.

— Je serai là.

— Inspecteur ?

— Oui, madame ?

— L'uniforme. N'oubliez pas. »

Il l'entendit glousser de nouveau en raccrochant.

Que lui arrivait-il ? César n'en savait rien. Il n'avait pas appelé de femme depuis avant son mariage. Était-ce l'amour ? Il ne pouvait pas être amoureux, ce n'était pas ce genre de sentiment. Pas comme ce qu'il ressentait pour sa femme et même cela, c'était fini. Était-ce fini ? Oui, non, il n'en savait rien. Mais la souffrance s'en allait et quelque chose en prenait la place. Cela avait été agréable d'être de nouveau avec une femme, le côté physique. Était-ce ce qui restait ? La seule certitude, c'est qu'il bandait.

*
* *

Dans son bureau, César se mit à reconstituer le puzzle. La plupart des pièces manquaient encore, mais au moins une forme commençait à émerger, même si on ne pouvait pas encore discerner le diable. Bock avait projeté son coup depuis longtemps et bénéficiait d'une aide importante. Que mijotait-il ? Qui l'aidait ? Rien n'était clair, mais le flair de César lui disait que ce n'était pas un simple assassinat.

Alors ? Dieter Bock était en vie et César espérait officialiser bientôt ce fait. Bock avait utilisé les filles du night-club pour prouver son impuissance, ce qui voulait dire qu'il avait choisi sa victime depuis au moins un an. Les filles ne l'avaient jamais vu dévêtu ; pour de vraies relations sexuelles, il avait recours à une prostituée locale, mais pas trop souvent, donc il devait y avoir quelqu'un de régulier dans sa vie. La fille des rues l'avait reconnu, peut-être, sur la photographie de la police, d'après son julot. Mais il y avait quelque chose de différent, ce que César pouvait comprendre. Était-elle capable de le décrire ? Oui, intégralement, y compris la cicatrice sur son épaule. La voix ? Français avec un accent allemand, même chose que la tapineuse à Nice. C'était Bock, de retour aux affaires depuis un an tandis qu'il préparait le terrain pour rendre sa mort crédible. Pourquoi ? César savait seulement qu'il ne devait pas lâcher les rênes.

Seul dans la pièce, il était assis, fixant l'espace tandis que son imagination luttait contre les démons et des formes hideuses tapis dans l'ombre. Il écoutait les cris, entendait le rire dément. Était-ce la voix de Bock ? Ou sa propre voix ?

Un assassin reprenait du service, incroyable en soi. Mais alors, soyons réalistes, pourquoi s'était-il brusquement arrêté ? Quel était le but de sa disparition ? Comment cela le rendrait-il riche ? Ou pour dire les choses autrement, qu'est-ce qui prouvait qu'il y avait autre chose au-delà d'un jeu de dupes entre services de sécurité ? Une surenchère politique de tromperie et de mort, comme avait dit Tobie. Auquel cas, pourquoi un inspecteur tissait-il une intrigue complexe à partir de quelque chose qui ne le regardait pas ? Pour régler ses comptes avec le SDECE, montrer à ces types qu'il n'avait pas oublié ? Ou avec le ministère, lui prouver qu'ils avaient fait une erreur en l'envoyant aux oubliettes ? Ou le fait qu'il était juif, un sentiment de fierté tardive face à un nazi ? Il se sentait coupable sur tous les registres.

Et imaginez que ce ne soit rien de tout cela ? Tout était là, bien sûr, mais imaginez qu'il ait décidé inconsciemment de créer, dans sa solitude et son désespoir, toute une mythologie du bien et du mal – comme dans la *Tétralogie* de Wagner – pour étoffer le vide de son existence. Était-il parano au point d'inventer un schéma diabolique remontant à trente ans par la seule force de sa volonté ? Un fantasme obsessionnel qui ne prenait corps qu'autant qu'il était à sa poursuite ?

Mais aussi, pourquoi le SDECE n'insistait-il pas pour reprendre l'enquête à son compte ?

*
* *

Quand Tobie frappa à la porte, le visage de César affichait encore un froncement de sourcils interrogateur. Le bruit le ramena sur terre et il se pencha brusquement pour s'emparer de chemises sur sa table.

« J'en ai une qui va te plaire, annonça Tobie en s'asseyant. C'est le président Giscard d'Estaing et le Premier ministre israélien Rabin qui se rencontrent pour parler des relations tendues entre la France et Israël, et Giscard dit : "Je vous propose que, pour commencer, nous évitions les sujets qui fâchent." "Quoi, par exemple ?" demande Rabin, méfiant. "Simplement des données statistiques que vous trouverez intéressantes, répond le président français. Par exemple, saviez-vous que parmi le million d'Arabes vivant en France il y a plusieurs milliers de pilotes entraînés, plus encore d'experts des chars d'assaut et des armes, des centaines de spécialistes du génie et de spécialistes des roquettes, des milliers de…" "Si ça ne vous ennuie pas, l'interrompt le Premier ministre israélien. Pourrions-nous en venir tout de suite aux sujets qui fâchent ?"

— On dirait Bock et moi.

— Tu as eu des nouvelles de Kayser ?

— Il a appelé tout à l'heure. »

Le regard de l'inspecteur de la Sûreté prit note du dossier ouvert avec les documents sur Bock.

« Vous allez faire équipe, tous les deux ?

— À quel sujet ?

— Va savoir ; une histoire de tableau qu'il cherche et qui pourrait te conduire à Bock. Il ne t'a rien dit ?

— Disons qu'il est possible (César choisissait ses mots avec soin) qu'il ne m'ait pas tout dit. De plus, il n'a rien à proposer.

— Il t'a sauvé la vie, bordel.

— Tu me l'as déjà dit. »

Tobie éclata de rire.

« Quel mauvais coucheur ! Bref, comment va Bock ?

— Rien pour le moment. Et pour l'associé de Nadal ?

— Idem. Personne ne le connaît.

— Tu crois qu'il y a un lien ? demanda César.

— Avec Bock ? »

Il plissa le front.

« Pour se débarrasser de moi.

— Comment aurait-il entendu parler de toi ? Par qui ? »

Tobie retint son souffle, les yeux soudain semblables à des trous d'épingle sous l'effet de la surprise.

« Quelqu'un d'ici le tient au courant », poursuivit César.

Tobie secoua la tête, incrédule.

« Tu es cinglé, dit-il.

— Tu crois ?

— Mais il est suisse.

— Ils sont aux trois quarts allemands.

— Un privé.

— Qui faisait sortir des gens d'Allemagne de l'Est, précisa César. Quand Bock travaillait de l'autre côté. Ils ont pu se rencontrer à mi-chemin.

— Avec Kayser ?

— Pourquoi pas ? »

Personne ne parla pendant un moment.

« Pourquoi aurait-il tué Nadal s'il faisait équipe avec Bock pour t'éliminer ?

— C'était peut-être le plan : il tue Nadal pour la mise en scène pendant que l'autre me descend. Mais quelque chose a foiré.

— Quoi, par exemple ?

— Qu'est-ce que j'en sais ? dit César en se hérissant. Peut-être que le coéquipier de Nadal a paniqué, qu'il s'est cru doublé. Peut-être qu'il n'était pas au courant pour Kayser.

— Peut-être aussi que tu es siphonné. »

César tâtait le terrain et son visage le montrait. Mais le poing serré au creux de son estomac lui disait que le Suisse était impliqué dans autre chose que le vol d'objets d'art. À quel point ?

Tobie se méprit sur l'expression incertaine de César.

« Il ne faut pas rigoler avec ça, gronda-t-il.

— Qui rigole ici ? »

*
* *

Le terrain de démolition de Bonhomme Fils était situé dans le 13e arrondissement de Paris. Ici, à la vue de tous, gisaient les vestiges d'un monde en mutation, allant des poutres métalliques et portes en bois aux manteaux de cheminées en marbre et dalles en pierre. Chaque jour des hordes de gens envahissaient le terrain en quête de sanitaires ou de la façade entière d'un château Renaissance, avec une idée bien arrêtée sur la façon de les réhabiliter.

César contourna un stock de poutres de chêne et suivit un jeune homme aux cheveux roux dans un bâtiment bas, Ménard sur ses talons.

« Le patron vous attend », dit leur guide.

Ils passèrent devant un ensemble de bureaux exigus qui aboutissaient à une pièce formée de murs blancs et de larges fenêtres, un espace incroyablement encombré de matériaux de récupération. Derrière son bureau, le patron les accueillit avec des yeux transparents.

« Vous êtes sûr que c'était de la dynamite ? » dit César pour commencer.

Le directeur hocha la tête.

« J'ai passé presque toute ma vie avec cette saleté.

— Grand et mince, de grandes enjambées rapides. (César ferma les yeux pour réfléchir.) Il agite les mains très vite.

— C'est lui.

— Dites-nous ce que vous savez. »

Le patron s'était méfié dès le début, la façon d'être du type ne lui disait rien qui vaille. L'air sournois, un regard fureteur. Très pressé. Tout ce qu'il voulait, c'était vendre de la dynamite, une caisse entière, en fait ; il disait qu'il avait besoin du fric pour se tirer, un boulot à faire ailleurs. Que ce soit contraire à la loi ne semblait pas le gêner. C'était une entreprise de démolition, non ? Eh bien, ne se servait-on pas de dynamite pour démolir ? Le patron avait expliqué prudemment qu'ils essayaient de récupérer des pièces, de ne pas tout bousiller ; on se servait en fait de peu de dynamite. Ce à quoi l'autre avait répliqué qu'il n'avait pas que des bâtons.

« Pas que ça ?

— Il prétendait qu'il avait aussi cinq cents mètres de câble, une cargaison de détonateurs et au moins une centaine d'amorces. (Le patron eut un grand sourire.) Alors il a sorti quelques bâtons de sa poche. J'ai tout de suite vu qu'il savait ce qu'il faisait. Il y a une façon de manipuler ce truc, vous voyez. On sait ou on ne sait pas. »

Ménard s'éclaircit la gorge.

« Au téléphone vous avez dit que vous lui avez posé des questions sur la dynamite.

— Le minimum, vous comprenez. Je ne voulais pas d'histoires avec un boutefeu.

— Un boutefeu ? »

Le mot siffla.

« Que voulez-vous dire... un boutefeu ? demanda César.

— Il m'a dit qu'il venait des mines du Nord, qu'il travaillait comme boutefeu là-bas. C'est comme ça qu'on appelle l'artificier du fond qui met en place les explosifs, puis les déclenche. Il peut parfois effectuer jusqu'à une centaine d'explosions dans une journée de travail. (Les yeux du patron brillaient d'excitation ; la dynamite et la démolition faisaient partie de sa vie.) Le boutefeu dispose les explosifs dans des trous forés dans la roche, puis il met l'amorce dans la cartouche et déroule les fils jusqu'à la "boîte à buquer", le déclencheur, à une distance sûre de la zone de tir. Puis il relie les deux, arme et tire. Et boum ! »

Une main frappa le bureau.

César regarda Ménard. C'était ce qu'ils avaient soupçonné, ce qu'il avait subodoré. Un dynamiteur.

« Autre chose ?

— Rien d'autre que ce que je vous ai dit au téléphone. Quand vous avez appelé au sujet de la dynamite, j'ai aussitôt pensé à lui.

— Il n'a pas dit s'il comptait revenir ? fit remarquer Ménard.

— Ce n'était pas la peine. Je n'étais pas acheteur.

— Ni où il comptait aller ensuite ? »

Le patron secoua la tête.

« Là où il pourrait la vendre, peut-être ?

— En sous-main, bien sûr. »

Autrement dit, des voyous ou des terroristes, se dit César. La face cachée de la vie parisienne, ce que Choupon connaissait le mieux.

« Mais vous avez eu le temps de le dévisager.

— Tout le temps qu'il faut. »

*

* *

Ménard et sa femme vivaient dans une maison à colombages à un étage près de Paris avec un ruisseau sur l'arrière et une rue sur le devant pleine d'animaux et d'enfants qui se ressemblaient beaucoup ; trois d'entre eux appartenaient aux Rimbaud, de même que deux chiens et un chat au poil lustré qui était généralement juché sur une grosse branche à bonne distance de ses ennemis. L'arbre était au fond d'un jardin impeccable et en pente douce jusqu'au cours d'eau. L'endroit préféré de Ménard. Lui et César s'étaient assis sous les branches feuillues, pendant que les steaks grésillaient sur le barbecue proche.

« La paix et chacun chez soi, c'est ça, la campagne, soupira Ménard en lorgnant son voisin sur le terrain d'à côté. La paix et chacun chez soi. »

César regardait le voisin transporter une scie portative sur l'établi ancré dans sa pelouse. Le rêve parfait du banlieusard.

« J'ai essayé de conserver les lieux tels que je les ai trouvés. Nature. (Ménard remplit de nouveau leurs verres.) Sauf pour le jardin.

— Le plus beau de la rue. »

Et la femme de Ménard s'en occupait toute seule.

Ils étaient installés tous les deux sur des chaises longues, des rubans de plastique rayés vert et blanc enroulés autour de tubes d'aluminium. César étira ses longues jambes sur l'herbe comme cela se fait à la campagne. Une fois par mois, il dînait chez les Rimbaud. Ménard pensait que chacun avait besoin d'un bol d'air frais, et, à cet égard, son chef était privé. La femme de Ménard croyait que César était un dépravé. Sa femme ne l'avait-elle pas quitté ? Ne raffolait-il pas de sang et mort, passant des heures à son boulot ? Finalement, n'était-ce pas une espèce de vampire ? Pourvu qu'il ne contamine pas son mari.

La scie électrique du voisin se mit brusquement à vrombir, produisant un bruit assourdissant, plus fort qu'un avion à réaction fonçant à cent mètres. Ménard se pencha en avant, agité.

« Il remet ça.

— Les hommes sont comme ça, constata César, qui adorait le bruit. Construire et détruire. »

181

La machine continua à rugir, tranchant le bois comme un salami. Ménard ferma les yeux, à bout.

« On se croirait place de l'Étoile aux heures de pointe. »

Ménard fixa César.

« Ça n'arrive que quand je viens m'asseoir ici, marmonna-t-il, sombrement.

— Je pourrais l'arrêter. (César se creusait la tête pour trouver en vertu de quel article de loi. Atteinte à la paix publique ? Couper du bois un mercredi ? Sauf qu'on était mardi.) Incitation à la révolte ? »

Ménard donna un coup de pied dans l'herbe sous ses pieds.

« Pas de quoi se marrer.

— Putain, plus que tu ne crois.

— Pas si tu habitais ici. »

À Dieu ne plaise ! songea César. La fable de La Fontaine lui revint sur *Le Rat des villes et le Rat des champs,* qui finalement ne parlait de rien d'autre : les habitants des villes et ceux qui vivaient à la campagne. Aucun ne comprenait vraiment l'autre, ce qui importait peu tant que chacun se comprenait lui-même. César considérait qu'une nuit à la campagne en valait deux en enfer, et une fois par mois était le maximum de ce qu'il pouvait supporter. Où était l'électricité ? murmura-t-il, en s'assoupissant, bercé par le gémissement de la scie.

*
* *

Nicole conduisit César dans le séjour envahi de divans disposés en étoile comme les pétales d'un tournesol géant, avec un tas de coussins pour cœur.

« Mon ex-mari, roucoula-t-elle, croyait qu'une position inclinée était bonne pour la santé comme pour les affaires. Il était dans les pompes funèbres. »

La pièce rappelait à César un énorme champignon qui aspirait tout dans son estomac.

« Nous nous inclinions autant que possible, bien sûr, mais il n'y arrivait pas très bien. (Nicole s'étendit paresseusement parmi les fleurs, un nid de vers à soie dans la bouche.) Pas bien du tout.

— Ton mari est mort depuis longtemps ?

— Divorcé, le corrigea Nicole doucement, une toile d'araignée dans les yeux. Mais c'est pareil que la mort pour un homme, tu ne trouves pas ? »

Son ton était plein d'espoir.

César lui jeta un regard noir et changea d'avis. Il n'y avait pas de méchanceté en elle, juste un manque de sensibilité. Beaucoup de gens étaient comme ça. La plupart. Était-il comme ça, lui aussi ? Certainement pas ; il s'intéressait aux gens, à un tas de gens. Lesquels ?

« Et ta chambre à coucher ? » demanda-t-il, agacé.

C'était donc le genre à la papa, pas de mal à ça. Les lits avaient des têtes, et des pieds, et des côtés dont on pouvait sortir. Que pouvait-on faire dans une plante carnivore ?

« Si tu veux bien me suivre », dit Nicole, avec des sifflements de serpent dans la voix.

Avec une jubilation enfantine, elle se redressa d'un bond et se mit en devoir d'aller au-devant de l'amour, ou au moins de la chambre à coucher. Des racines jaillirent de son ventre, des branches s'élancèrent de ses membres. Elle se sentit devenir moite.

« Baiser ! cria-t-elle dans un élan spontané. (Plus

jamais elle ne sentirait la mort sèche ou l'odeur du formol.) Ah, baiser !

— L'amour », avança César timidement.

Il n'aimait pas les descriptions crues qui faisaient apparaître le sexe comme une chose mécanique.

La machine à baiser s'arrêta net. Elle ne devait pas oublier de maîtriser son exubérance en présence des hommes ; ils s'effarouchaient si facilement.

« Tout va bien ?

— Je ne sais pas résister. »

Un instant plus tard, elle s'embrasait.

8

Rien n'est pire que le chaos dans un monde en quête d'ordre ; certains trouvent plus rassurant de croire en de méchants conspirateurs que d'affronter l'idée qu'il n'y a personne aux commandes.

Les assassinats sur contrat étaient bien connus des services de police qui épluchaient des dépositions intarissables sur des crimes commis par des forces obscures. Encore plus nombreux étaient ceux qui se voyaient comme le bras armé de la destruction ; un meurtre ou le récit d'un meurtre les conduisait à la police. Il fallait tous les écouter et enquêter, tout au moins leur répondre. Ils indiquaient une piste, mais peut-être étaient-ils simplement des barjots, comment savoir ? César écoutait poliment un homme d'affaires qui lui expliquait pourquoi il avait dû tuer Dieter Bock.

« Trop dangereux pour le laisser vivre, annonça-t-il d'un ton souverain. Les nazis vont et viennent comme des mouches sur la viande, mais celui-là avait des pouvoirs secrets. J'ai essayé de vous avertir, de vous dire ce qui se tramait, mais personne n'a voulu m'écouter. Statistiquement, j'étais seul. »

L'homme d'affaires, dont les données lui avaient révélé l'existence d'une gigantesque conspiration, prétendait travailler comme statisticien dans la fonction publique. Il avait une passion pour l'espionnage, et vivait dans un monde plein de crises cardiaques causées par du morphate de sodium, d'empoisonnements au bromure de méthyle et de disparitions à l'acide sulfurique. À travers la lentille grossissante de la conspiration, il voyait un monde sous l'emprise d'une petite cabale : les nazis, aidés par des groupes tels que l'armée française, la police secrète bulgare, l'industrie de la mode et les organisations en faveur de la protection de la nature. Chaque jour, dans son journal, le statisticien avertissait de futurs lecteurs du danger et les mettait en garde contre la dernière ruse des nazis. L'OLP était un front nazi, mais aussi le gouvernement israélien ; la plupart des politiciens français étaient programmés par un système de manipulation mentale nazie. Il y avait même un projet pour vaporiser tous les Parisiens.

« Bock travaillait sur ce vaporisateur. Il l'avait presque terminé quand j'ai réussi à le débusquer. Il refusait de parler de son projet dément. Les Parisiens étaient des démons et devaient être détruits, et après eux venaient les Juifs et les Corses et puis les adolescentes allemandes. Statistiquement, je devais le tuer, vous voyez bien ?

— Et le vaporisateur ?

— Il a disparu sous mes yeux. »

Évaporé, sans doute.

D'autres tueurs malgré eux avaient avoué avec gratitude des histoires aussi ahurissantes. Certains étaient des agents à la solde de l'étranger, d'autres d'obscures puissances. Un seul le fit de son propre chef, un infirme qui avait passé la majeure partie de sa vie à traquer le nazi dans les rues de Paris.

« Et pourquoi pas ? Le temps ne veut rien dire quand on rêve de vengeance. Prenez le Sud, les Italiens, ils sont capables d'attendre toute leur vie pour se venger. Les Grecs aussi, et les Crétois. Ma mère était originaire de Crète, vous ne le saviez pas. Eh bien, j'ai son sang, non ? J'ai attendu plus de trente ans pour régler son compte à ce salaud qui m'a rendu infirme, à voir chaque jour son visage et rêver de lui chaque nuit. Comment c'est arrivé, vous voulez que je vous dise ? Pendant la guerre, bien sûr. Ici même, à Paris, j'étais dans le maquis, je faisais un boulot dangereux quand un commandant nazi s'est approché de moi et m'a tiré une balle en plein dans la colonne. Comme ça. Mais je jure que je l'aurai un jour. Soyons francs. Il y a assez de problèmes dans le monde sans y ajouter davantage de nazis. Vous saviez qu'ils recrutaient des nains pour passer sous les radars quand ils attaqueraient la Russie ? Vous saviez ça, dites ? »

*
*   *

Au milieu de la matinée, César était de retour sur les traces de Bock. D'après la police fédérale, à laquelle on avait transmis les données balistiques par le biais d'Interpol, personne n'avait été descendu dans ce pays avec le Walther PPK en question. Ce qui voulait dire, selon le point de vue de Ménard, que Bock avait limité ses activités criminelles à la France. Il travaillait donc probablement pour des services français. Bonne nouvelle.

Pas forcément, protesta César. L'arme avait été écartée, pas l'homme. Bock pouvait avoir utilisé différentes méthodes selon les pays. En fait...

Vienne. Le corps de Kurt Linge avait atterri sur le toit d'une voiture à trois mètres de la façade du bâtiment. Un arc très prononcé pour une chute de cinq étages.

« Tu as déjà entendu parler d'un tel arc pour une chute d'une pareille hauteur ? »

Non, pas Ménard.

« En général, les victimes d'accident n'atterrissent pas plus loin que l'équivalent de leur taille par rapport à leur point de départ, voire plus près. Pourtant Linge décrit un arc de trois mètres avant de frapper la voiture. Pourquoi ?

— Il a été poussé.

— Par quelqu'un qu'il connaissait, quelqu'un qui se tenait avec lui à la fenêtre. »

Un meurtre maquillé en chute accidentelle. Tout comme pour le corps de Bernadette Bock, qui avait atterri à deux mètres d'écart. Ou peut-être même un meurtre transformé en suicide que la police aura déclaré comme un accident.

« Le tueur n'a pas pu empêcher ça », remarqua César.

Quel tueur ?

Le suicide de Bock, l'accident de Linge. Qui était le suivant ?

César pensa qu'il le savait déjà.

Sur la liste des amis et proches de Linge que possédait la police figurait un certain Franz Straus, mort le 13 février d'un coup de feu accidentel chez lui, près de Salzbourg. Salzbourg n'était pas loin de Linz, d'où Bock avait réservé sa place d'avion pour s'enfuir. Il ne s'y était pas rendu en avion, mais il avait pu y aller autrement à partir de Munich. L'Autriche était-elle autre chose qu'un paravent ? Pour César, la partie occidentale semblait être un prolongement de cette Bavière qui avait nourri le nazisme. En fait, tout le cauchemar nazi venait de cette région ; même Hitler était un Bavarois autrichien, né près de la frontière allemande.

Quant à Straus, César avait parlé avec la police de Salzbourg qui lui envoyait un compte rendu d'enquête et une photographie. Non, ils n'étaient pas parfaitement satisfaits de la thèse de l'accident et, oui, l'idée d'un suicide avait été évoquée.

En attendant, l'inspecteur de la Criminelle connaissait-il le passé de l'homme ?

Non.

Alors cela pourrait l'intéresser de savoir qui était Straus.

L'inspecteur de la Criminelle avait réussi à brider son imagination.

Franz Straus était le pseudo d'un chef de la Gestapo appelé Max Baur, qui avait fui l'Autriche en 1945 pour échapper à de possibles poursuites de la part des Alliés. Pendant la guerre, Baur avait été le chef de la Gestapo de Linz.

César sentit son imagination partir à la dérive.

Dans la pièce maintenant obscure, il visa Bock à la tête. L'instant d'après, Ménard lança la dernière fléchette et se remit au boulot, laissant César avec l'information sur les meurtres de Bock récemment découverts. Théoule était un brillant ingénieur métallurgiste qui jouait aussi les satyres autour de Marseille. Il payait au prix fort son mode de vie. Comment il y arrivait était un mystère jusqu'à ce qu'on commence à parler d'espionnage industriel. Il fut viré de son emploi sensible, mais pas arrêté. Manque de preuves. Il ne tarda pas à se retrouver sans ressources, avant qu'on le découvre mort. Émeri Prévert, un notable en poste à la mairie de Vichy, semblait se soucier uniquement de conserver à sa commune sa première place de ville d'eau. Toutefois son père avait appartenu au gouvernement du Maréchal pendant l'Occupation.

César griffonna deux brèves questions sur les pages : à qui Théoule vendait-il ses informations ? Et : le père de Prévert était-il toujours en vie ? Tenter de découvrir un lien, un rapport... L'enquête criminelle n'est rien d'autre.

*
* *

Le montage Minolta était conçu pour transformer en arrestations les signalements des témoins. César escorta le patron de l'entreprise de démolition jusqu'au petit bureau situé sur l'arrière du local des séances d'identification et l'installa devant un grand écran de télévision. Ils étaient attendus par un opérateur aux verres en culs de bouteille et aux doigts tachés de nicotine.

« Nous sommes un peu en retard, râla l'opérateur.

— Alors commençons. »

César expliqua au témoin ce qu'il faisait.

« On construit un visage morceau par morceau, à partir d'images des différentes parties. En prenant ce dont vous vous souvenez.

— Où est le dessinateur des portraits-robots ?

— Derrière vous. (César indiqua les caméras de télévision à l'arrière du local.) Ce sont elles qui vous proposeront des photos et conserveront celles que vous choisirez.

— Et ça marche ?

— Mieux qu'un croquis d'un suspect à main levée », lui assura César.

Le système se composait de plusieurs petites caméras de télévision alimentant un seul écran. En dessinant à partir d'une série de photographies d'archives embrassant tout le registre des caractéristiques du visage, forme et taille du crâne, cheveux et traits, l'opérateur pouvait modifier les choix devant les caméras pour composer un portrait-robot sur l'écran.

Installé à présent dans l'obscurité au côté du témoin, César ferma les yeux et joua avec l'idée que l'image composite se révélerait être celle de Bock en personne. Il ne fallait pas y compter, manifestement. Le suspect était plus grand, plus mince, plus jeune. Il n'avait pas l'accent allemand, était sûrement français. Le fils de Bock ? Un neveu ? Un protégé ? Rien ne semblait coller, ça ne menait nulle part. Ce qui laissait César avec seulement la probabilité que Bock avait recruté un tueur à gages pour le liquider. Mais pourquoi tuer en public ? L'homme savait manipuler la dynamite. Pourquoi ne pas simplement faire sauter sa bagnole ? Parce qu'il n'avait pas de bagnole. Alors la voiture de la police qu'il utilisait. Pas bon, il en changeait. Alors sa porte d'entrée, sa boîte à lettres, son réfrigérateur. Pourquoi pas ? César n'avait pas de réponse, hormis Kayser ; le Suisse était dans le coup. Oui ? Non ?

« Il portait un chapeau ?

— Non.

— Alors vous avez vu ses oreilles, nota l'opérateur. »

Sur l'écran, le montage était presque complet ; seule la partie sous le menton et les oreilles restaient à compléter. Dix minutes plus tard, le visage était terminé et dévisageait César. Un front bas, large, les joues pincées, le nez anguleux. Un homme du Nord, décida-t-il, peut-être même un Wallon.

Les lumières s'allumèrent.

« Ça vous va ? »

Le témoin secoua la tête.

« Super.

— Vous me faites des tirages. (César se tourna vers l'opérateur.) Vite.

— Passionnant, remarqua le patron.

— Encore plus quand on l'aura épinglé.

— C'est fait, affirma l'opérateur d'une voix lasse.

— Comment ça ?

— C'est la deuxième fois en un mois qu'il est identifié. »

César n'en croyait pas ses oreilles.

« C'est vrai. Il a violé une fillette et a dévalisé l'appartement. Il a ligoté les parents, puis l'a emmenée dans la chambre où son masque s'est détaché. J'imagine que c'était dans le feu de l'action, précisa l'opérateur avec flegme. Ou peut-être qu'il s'est figuré que la gamine était tellement jeune qu'elle n'oserait pas le regarder en face. Bref, elle l'a vu et bien vu. Allez à la PJ, ils ont un tirage du portrait-robot là-haut. »

Non seulement le tirage, comme César ne tarda pas à l'apprendre, mais aussi son nom : Jean Leduc, recherché en Belgique pour vol à main armée. Un Wallon, né dans le Nord près de la frontière franco-belge. L'information qui l'accompagnait signalait aussi qu'il travaillait comme mineur et qu'il connaissait les explosifs.

Mais pourquoi Bock les aurait-il embauchés pour éliminer celui-là ? se demanda César. Si Leduc n'avait pas tué la fillette, c'est que ce n'était pas un tueur. Ni Nadal non plus.

De retour au bureau, César reçut des appels d'André à Zurich, occupé à récapituler sur l'ordinateur les mouvements d'argent du banquier suisse pour apprendre qu'il était criblé de dettes, et Clément à Versailles qui voyait un collectionneur d'art nazi connaissant bien la peinture recherchée par Kayser.

Le dernier coup de téléphone avant midi fut pour le bureau de Jacqueline Volette, à la Sorbonne. César avait des choses à lui dire et d'autres à lui demander, dont aucune n'avait d'importance sauf pour lui. Il voulait la revoir. Quand ? Tout de suite, espérait-il. Je regrette, lui répondit-on, elle était déjà partie pour déjeuner à la tour Eiffel. Le restaurant se trouvait au deuxième étage, à 125 mètres au-dessus de la pelouse impeccable. Pour huit francs, César prit l'ascenseur hydraulique parmi des hordes de touristes et se sentit curieusement seul au milieu de la cohue. Au niveau de la galerie, il contempla les cent kilomètres carrés de Paris ; de tous côtés, l'air indolent adoucissait les flèches en pierre des églises. Le Jules Verne semblait baigné de soleil, tel un ruban d'or ambré. Jacqueline était assise à une table près d'une fenêtre. Ses yeux brillaient d'énergie et elle bougeait les mains avec animation. Quand elle riait, son corps se cambrait comme un oiseau en vol. César la regarda lever son verre, les doigts effleurant à peine le pied, faire tournoyer le vin d'un mouvement circulaire habile qui faisait pivoter ses poignets, un vrai poème, stabiliser le flot au bout d'un moment en raidissant l'avant-bras, et prendre lentement une gorgée, les yeux ouverts. Elle était Mnémosyne en même temps que toutes les muses mythiques, la mémoire de l'humanité, mais surtout celle de l'imagination. Abaissant le verre, elle pressa ses lèvres d'un air appréciateur et Peter Kayser lui rendit son sourire.

Troublé, César se détourna de la scène, ses rêves réduits en cendres. Quel idiot, se dit-il, Quel idiot aveugle ! Il aurait dû s'en douter ; les histoires d'amour n'étaient que pour les vivants.

Tandis qu'il redescendait, César vit Paris partir en flammes. Même les pierres fumaient.

*
* *

Il ne tint aucun compte des pigeons du parc, réfléchissant à la nature de l'homme et à ses tendances criminelles inhérentes. C'était dans ses gènes, manifestement. Des flaques limpides de groupes d'immeubles s'allongeaient, passant inaperçues, et transformaient lentement les ombres en pickpockets, en voleurs, en criminels. En inspecteurs aussi. Ils étaient le revers de la médaille. Ils voyaient tout le temps le mal, l'entendaient, formaient des relations intimes avec lui, voire confortables. Autrement dit, la vie était de la merde. Il fallait manger et dormir, une perte de temps. Puis vous évacuiez ce que vous aviez mangé et vous dormiez encore. Incroyable ! S'il n'était déjà agnostique, il aurait du mal à croire en un dieu rationnel. Autrement dit, le mal était partout. Pourtant, sans le mal, il ne servirait à rien, il serait impuissant. Block n'était-il pas simplement son reflet ? César était certain qu'un jour son combat contre Bock serait considéré comme une lutte religieuse entre le bien et le mal.

*
* *

Le directeur déjeunait avec son responsable administratif, qui avait déjà parlé au ministre de l'Intérieur.

« Vous en convenez, alors.

— Certainement.

— Si ce Bock est en vie, son dossier dans le service ne sera vu que de vous et de votre commissaire divisionnaire.

— Et de l'inspecteur qui dirige l'enquête. Dreyfus. »

L'administrateur hocha la tête gravement.

« Malheureusement. »

Le garçon remplit leurs verres et remit la bouteille dans le seau en argent.

« Excellent, ce millésime.

— La meilleure cave de Paris. »

Les deux hommes dégustèrent leur breuvage avec recueillement.

« Vous savez, bien sûr, que s'il réussissait…

— Qui ça ?

— Dreyfus.

— Ah.

— S'il devait réussir (le directeur s'agita sur son siège), cela signifierait une promotion, ne serait-ce que pour acheter son silence dans cette affaire.

— C'est une façon de voir, dit l'homme massif aux sourcils broussailleux. Oui. Comment est votre onglet, à propos ?

— Très bon, à vrai dire.

— Bon, dites-vous.

— Très bon. (Le directeur saüça son assiette avec du pain.) Quelle est l'autre façon ?

— Pardon ?

— Vous avez dit que c'était une façon de voir. (Il leva les yeux.) L'affaire Dreyfus.

— Oh, ça. (L'administrateur semblait distrait.) Je

voulais dire simplement que la promotion n'a d'effet que dans la mesure où l'homme s'intéresse davantage à bien faire qu'à faire le bien. (Il finit son plat avec détermination.) Peut-être essaierai-je l'onglet la prochaine fois.

— Vous devriez, il est excellent.

— Vraiment ? (L'administrateur réclama le menu.) Votre homme paraît un peu extrémiste, non ?

— Qui donc ?

— Ce Dreyfus.

— Très. (Le directeur soupira.) La totale reconnaissance, après toutes ces années… »

La phrase resta en suspens.

« Il n'est pas près de réussir.

— Espérons. »

Les deux hommes vidèrent leur verre.

« Je vous ai dit que j'avais tiré quatre pinsons ce week-end ?

— Vraiment ? Avec quelle arme ?

— Un Flobert… calibre 18. Je les ai touchés dans l'œil, tous les deux… à la base du cerveau. Un dessert ? »

*
* *

Des machines laser de trois mètres, des lumières d'un bleu inquiétant suspendues en plein ciel, des lunettes de protection, des lampes à infrarouge et des systèmes de refroidissement devinrent visibles quand César entra dans la pièce. Il était venu au service administratif du boulevard Gouvion-Saint-Cyr pour être témoin d'un miracle. Les outils de l'ère spatiale allaient lui fournir les empreintes – déjà prélevées –

qui, avec un peu de chance, appartenaient au capitaine SS (ou commandant ?) Dieter Bock. Les empreintes figuraient sur une lettre écrite trente ans plus tôt.

« Jusqu'ici, expliqua le technicien, on ne pouvait rien trouver au-delà de dix ans. Maintenant on peut aller jusqu'à quarante ans. »

Le secrétaire général d'Interpol avait accepté de passer une lettre d'Himmler au laser, en commençant par Paris pour des raisons pratiques. Le système international de la police dépendait de l'antenne locale pour étoffer ses dossiers ; si Interpol Paris était le cerveau de l'information et que les autres bureaux nationaux formaient la colonne vertébrale, la police des cinquante pays membres était le système nerveux qui transmettait les données. César avait maintes fois alimenté Interpol et maintenant, il avait besoin qu'on l'alimente.

« Votre lettre porte deux empreintes différentes. (Le technicien tendit à César l'agrandissement d'un pouce.) Sur le recto, avec un index correspondant sur le verso. Ce qui exerce le maximum de pression quand on tient le papier. (Il sortit un autre agrandissement.) Le pouce provient du haut de la lettre.

— C'est vieux ?

— Incontestablement. »

César secoua la tête, émerveillé.

« Un miracle, comme promis.

— Et il n'y a aucun risque d'une altération des preuves, comme par des produits chimiques ou des poudres. »

Le laser baignait les empreintes dans une lumière bleue, faisant ressortir les aminoacides du corps déposés par les doigts. Même des gants en caoutchouc n'étaient plus une protection suffisante puisque les acides aminés pénétraient dans les gants et devenaient visibles au laser. Se laver les mains ne changeait rien, pas plus que de savonner les gants. Les acides aminés résistaient à tout.

Il n'y avait qu'une seule façon de battre la machine.

« Ne touchez à rien, dit le technicien d'Interpol. Jamais. »

L'inspecteur de la Criminelle reçut des lunettes de protection et eut droit à une démonstration du laser à l'œuvre par un papa fier de montrer son petit prodige. Cela rappela à César un film de science-fiction qu'il avait vu à la télévision, avec des flics et des criminels au milieu de gadgets électroniques. Fascinant et effrayant, mais il devait reconnaître que les résultats étaient spectaculaires.

Comme la lumière bleue faiblissait dans le système de refroidissement, César retira son masque. La pièce retrouva sa banalité.

« Un document intéressant. (Le technicien retourna la lettre d'Himmler.) Je n'ai pas pu m'empêcher de vérifier les empreintes auprès de quelqu'un qui a celles de tous les grands nazis. J'espère que ça ne vous dérange pas. »

César le scruta, sans sourire.

« Et alors ?

— Le pouce du haut correspond à l'empreinte de l'auteur de la lettre. »

Himmler, le chef suprême des SS et le deuxième dans la hiérarchie de la terreur, juste après Hitler ! L'énormité de cette terreur frappa brusquement César et la lettre glissa hors de sa portée. Il était en présence du Mal ; il était palpable, il le sentait. Une guerre de religion, dans laquelle la justice faisait seulement partie des dépouilles. Il y avait aussi la vengeance.

Le technicien prit la lettre et rit.

« D'autres empreintes, reprit-il avec une fausse consternation. Pour la prochaine génération. »

César s'excusa, Himmler lui avait causé un choc. Il restait l'autre pouce et l'autre index. Étaient-ce ceux de Bock ? Ils en avaient l'air. César se sentit pris de vertige ; le manque de sommeil, le doute. Il glissa la lettre dans l'enveloppe avec les agrandissements.

« N'oubliez pas, inspecteur. Ne touchez à rien.

— Je ferai de mon mieux », promit César, et il partit sans lui serrer la main.

*
* *

L'Empire ottoman était situé dans le secteur de l'Odéon, au nord du boulevard Saint-Germain, où quelques rues portaient le nom d'auteurs classiques du XVIIe siècle. Le restaurant était divisé entre la rive orientale, sur laquelle régnait un birman bleu royal appelé Racine, et la rive occidentale sous la patte d'un persan hautain appelé Corneille. La porte se trouvait heureusement au milieu et de là, les clients affamés pouvaient faire leur choix, assuré qu'aucun des deux comédiens ne soufflerait la vedette à l'autre pendant les heures d'ouverture.

César entra dans sa cantine préférée et s'affala derrière la table à l'est. Plusieurs habitués occidentaux le saluèrent sous le regard désapprobateur du chat blanc.

« Le coq au vin », chuchota le serveur.

César ne tint pas compte du conseil de Lelouch puisqu'il ne mangeait rien d'autre que la soupe à l'oignon gratinée, mais Lelouch s'ingéniait généralement par pure perversité à lui annoncer les délices du jour. Il était le beau-frère du patron. Dans sa jeunesse, il était chef de salle, il était plus jeune et avait le pied plus leste, mais il avait fini par s'établir à l'est où il rendait dingue le royal Racine en récitant des tragédies classiques. L'ouest était tenu par la belle-sœur du patron, qui dirigeait aussi Lelouch puisqu'ils avaient été amants pendant vingt ans. Leurs conjoints avaient accepté ce curieux arrangement, l'un tourné à l'est et l'autre à l'ouest, dans l'intérêt du restaurant. Le patron, avec ses quatre frères et sœurs, acceptait tout.

« Laissez tomber la soupe, déclara Lelouch.

— Dans ce cas, apportez-m'en un bol.

— Le fromage est râpé de travers. (Lelouch roula des yeux, l'air effondré.) De gauche à droite.

— Alors mettez-le de l'autre côté.

— De quel côté ? Le bol est rond. »

Cosme Lelouch et sa mémoire acrobatique, une éponge qui absorbait tout à sa manière comme une grosse baleine blanche qui aspire l'eau. Quand Lelouch lui sortait des noms et des dates, César voyait un chapeau haut de forme et des lapins.

« Parlez-moi de Linz sous les nazis.

— Et pourquoi pas Minsk sous les Cosaques ?

— Linz me suffira, soupira César. En Haute-Autriche.

— La ville chérie d'Hitler, siffla Lelouch entre ses dents. Un port sur le Danube, principalement industriel. Hitler projetait d'en faire sa capitale et d'y construire un grand opéra pour y écouter Wagner. Naturellement il a commencé par construire un camp de concentration dans les parages.

— Des problèmes pour la Gestapo ?

— Moins qu'ailleurs. L'Autriche n'était pas exactement un pays conquis et Linz accueillit Hitler en héros quand les nazis sont arrivés.

— Donc aucune raison de tuer des anciens gestapistes maintenant.

— Tuer des gestapistes ? (Lelouch ne se laissait
plus surprendre en entendant les questions abruptes
de César, il se voyait même en train de résoudre des
meurtres par procuration.) Ça fait plutôt penser à la
dératisation. Ça se passe quand ? »

César haussa les épaules.

« Qui pourrait vouloir une chose pareille ?

— Pratiquement n'importe qui se réveillant trente
ans plus tard avec des idées homicides. Ou n'importe
quel touriste.

— Un touriste, vous dites ?

— Vous n'êtes jamais allé à Linz, gloussa Lelouch.
Pas génial, côté tourisme.

— Je suis impressionné. Alors vous croyez que ce
sont des touristes.

— Les choux siègent-ils avec les rois ? Mais si
vous me posez la question, je dirais que ce que vous
cherchez, c'est un gros dormeur avec une bombe à
retardement. Sinon c'est quelqu'un avec des visées touristiques particulières, probablement un Américain. »

César avala sa soupe en silence. Parler à Lelouch
lui donnait toujours du grain à moudre, et parfois la
migraine.

Après un café et une aspirine, César se trouva à
déballer à Racine en détail son plan compliqué pour
emmener Jacqueline Volette en voyage à Venise.

*
* *

Choupon était assis dans le fauteuil près de la
fenêtre, son pied-bot replié sous sa jambe tordue

comme toujours, sa jambe droite tendue en avant et posée sur le talon. Il avait l'impression que ça lui donnait l'air plus grand. Choupon aimait tout ce qui était grand. Les seules choses grandes qu'il avait étaient ses yeux et il s'en servait comme de pelles.

« Tu es sûr que c'est Leduc ?

— Certain. »

Choupon fixait son verre vide, les yeux comme des charbons ardents.

« À Paris, remarqua César en réprimant un sourire. Autrement dit, il n'a pas encore vendu la dynamite.

— Pour demain, c'est sûr. Il rencontre son contact ce soir ; ce serait des extrémistes allemands. Encore qu'il se fiche de savoir qui achète pourvu qu'il encaisse, j'imagine.

— Mais tu ne l'as pas vu de tes propres yeux ?

— Je me fie à mes sources. (La Botte eut l'air choquée.) Et vous devriez en faire autant. »

César présenta ses excuses. Il avait raison, bien sûr. Ne se fier à personne. Cependant, il fallait bien se fier à quelqu'un sinon ça n'en finirait jamais. Et qui mieux qu'un affreux infirme à l'œil vif qui ne voyait que le pognon ? Que gagnerait-il à mentir ? Peut-être davantage de pognon. Qu'avait-il à perdre ?

« Leduc se comporte comme s'il avait quelqu'un à ses trousses.

— Je suis à ses trousses.

— Pas vous, quelqu'un d'autre. »

César bascula en arrière et se représenta Bock à la poursuite de Leduc pour avoir foiré, et lui-même coinçant les deux ; sauf que c'est plutôt lui que Bock prendrait en chasse. Non, ce devait être un à la fois, Leduc en premier. Il se sentit brusquement distant, sa vie dénuée de logique, ayant pour seul langage le nom de Bock, du nazi Bock, qui maintenait la pression… L'idée le travailla, le fit penser à ses parents, et ce fut pire. Se sentant coupable, il revint vers Bock.

« Ce soir, tu dis. »

Au-delà du café, il y avait les maisons et les repaires de trois millions de gens, dont un au moins voulait se tirer, un rat pris dans un dédale de pierres et d'acier qui le cernait pendant que le chasseur avançait lentement, toujours à un pas derrière lui bien que seule son ombre fût visible, un énorme nuage noir qui grandissait de plus en plus jusqu'à ce qu'il n'y ait plus aucun endroit où se cacher.

Une sensation que César connaissait.

*
* *

À son bureau, l'inspecteur considéra les noms sur le tableau noir :
Émeri Prévert – Vichy, 12 avril
Léon Théoule – Marseille, 17 août
Louis Girard – Nice, 4 octobre
Raymond Broussard – Lyon, 18 décembre
Henry Stiles – Paris, 26 février
Et au-dessous, le commencement d'une autre liste :
Kurt Linge – Vienne, 10 janvier
? Max Baur – Salzbourg, 13 février

*
* *

César jouait avec les dates, l'espace entre les dates et les totaux. À part un double intervalle entre la première et la deuxième victimes, il y avait un macchabée à peu près tous les deux mois. Cinq victimes multipliées par un écart de deux mois chacune, cela faisait dix mois, mais Bock avait été payé pour douze. Conclusion : il manquait quelqu'un.

La deuxième liste n'apportait aucun élément permettant de conclure. Bock avait finalement poursuivi ses assassinats au-delà des frontières françaises. La méthode était différente aussi. Une mort accidentelle. Seuls César et son ennemi juré savaient ce qu'il en était.

Le chasseur regarda de nouveau le mémo du directeur, le tripota, le plia, sentit les acides aminés de son corps couler vers ses empreintes digitales, imprégner le papier, imposer son identité, sa volonté sur l'autorisation qui promettait de faire sauter la serrure conduisant à Herr Bock. Une serrure, une porte, un pied sur la bonne route.

Le matin, il contacterait le service des renseignements ouest-allemands pour les empreintes de Bock, avec le service derrière lui – tant qu'il sauvait sa peau et qu'il s'en tirait.

À 7 heures, arraché à la douceur de son foyer, Ménard vint se joindre à la fête.

« On va le coincer, avait dit César au téléphone. Je le sens. »

La femme de Ménard sentit monter quelque chose, elle aussi, c'était la moutarde, et elle décida de frapper résolument du pied. Son mari devait être rentré dans une heure. Et si Monsieur l'inspecteur Dreyfus ne se trouvait pas rapidement une femme, elle ferait venir sa sœur d'Avignon qui venait d'enterrer son deuxième mari, et que Dieu le garde !

Ménard punaisa le mémo de l'autorisation au tableau

d'affichage et laissa César gagner deux parties de fléchettes pour fêter l'occasion.

« Dès qu'on aura les empreintes, on aura le casier de Bock, triompha César qui avait gagné la première partie.

— Et après ça, on le tient, ajouta-t-il après la deuxième.

— Combien d'autres dois-je gagner ? » demandat-il après la troisième.

Au café, ils levèrent leurs verres joyeusement. « Au crime, déclara César.

— Et aux criminels, fit en écho Ménard.

— À certains criminels.

— Quelques-uns.

— À un seul, en fait.

— Tu l'auras.

— Sur la tombe de mes parents. »

Des larmes lui montèrent brusquement aux yeux. Les paroles plus que le vin. Ses parents n'avaient pas de tombe. Ils avaient été assassinés à Auschwitz, leurs corps partis en fumée dans le four crématoire.

Durant son adolescence, César avait rêvé de retrouver leurs assassins, de devenir chasseur d'assassins. Quand il le devint enfin, il découvrit qu'il y avait toutes sortes assassins, davantage qu'il ne l'avait cru, davantage qu'il ne l'avait même imaginé. Ils étaient partout, dans chaque chemin de la vie, ils avaient l'air de tout le monde, de sorte que sa quête se transforma en une vocation, son boulot en une profession. Mais le rêve n'avait jamais disparu, ni les cauchemars du reste.

Au fil des ans, César s'était entraîné à dormir aussi peu que possible.

*
* *

Quand Ménard fut rentré chez lui, César se rendit chez Smith, intrigué par les contacts SS de Linge. Aide de camp d'un général ! La librairie anglaise de la rue de Rivoli, près des Tuileries, un lieu connu des amateurs de livres, avait été mise au service de la propagande nazie pendant la guerre – au grand dam des Parisiens –, le salon de thé à l'étage servant de mess des officiers pour les Allemands. Explorant les rayons, César passa rapidement en revue la moitié de l'histoire avant d'arriver au temps de la terreur. Presque aussitôt, il tomba sur Ernst Kaltenbrunner[1].

L'homme était une vraie caricature avec bottes cirées et badine de même qu'un fou dangereux. Il se trouvait aussi qu'il avait été pendu à Nuremberg. Ce qui intéressait César, c'était qu'il était originaire de Linz, justement. En tant que chef de la sécurité SS, Kaltenbrunner partageait la responsabilité de la Shoah. Adolf Eichmann, lieutenant-colonel SS qui s'occupait de la logistique de l'extermination, était sous la férule du chef de la Gestapo Heinrich Müller qui répondait à Kaltenbrunner qui, à son tour, était placé sous l'autorité d'Himmler, lequel recevait ses ordres d'Hitler. César découvrit rapidement que non seulement Kaltenbrunner venait de Linz, mais Eichmann aussi, Müller de la Bavière voisine, Himmler de Munich qui n'était pas très loin, et Hitler lui-même de la Haute-Autriche, Land dont la capitale était Linz où le jeune Adolf était allé à l'école. Ensuite il y avait Max Baur, le

---

1. SS de la première heure, proche d'Hitler, responsable (entre autres) des *Einsatzgruppen,* il succéda à Heydrich à la tête du RSHA (service de sécurité du Reich). Il fut condamné à mort en 1946 pour crimes de guerre et crimes contre l'humanité lors des Procès de Nuremberg.

chef de la Gestapo de Linz, qui s'était établi plus tard à Salzbourg, et Linge, originaire de Vienne, et Gerd, de Munich.

César banda ses muscles et se remit à feuiller les livres, fasciné par les coïncidences géographiques remarquables. Sur une feuille de papier qu'on lui avait fournie, il fit un relevé des lieux, avec Vienne sur la droite et Munich sur la gauche. Au beau milieu se dressait Linz. Qu'est-ce que cela voulait dire ? Bock n'était pas originaire de Linz ; c'était un Allemand de Cologne. Mais il allait sûrement à Munich à partir de Paris. Et ensuite ?

À l'aide de l'index du *Troisième Reich – Des origines à la chute,* de William L. Shirer, il survola les pages sur Kaltenbrunner et son œil s'arrêta au passage sur une référence :

Une quinzaine de membres d'une mission militaire anglo-américaine – comprenant un correspondant de guerre d'Associated Press, tous en uniforme –, qui avaient été parachutés en Slovaquie en janvier 1945, furent exécutés au camp de concentration de Mauthausen sur l'ordre de…

Qui d'autre ? songea César, sombrement. Le général SS Ernst Kaltenbrunner, qui déclara avant d'être pendu qu'il aimait son bon peuple allemand. Et apparemment, il aimait aussi tuer tous les autres près de chez lui. Le camp de concentration de Mauthausen se trouvait à proximité de Linz.

César quitta la librairie avec l'impression d'avoir trouvé les assassins de ses parents, au moins les membres de la hiérarchie. Hitler, Himmler, Kaltenbrunner, Müller, Eichmann, tous morts pour autant qu'il sache. Mais il y en avait encore d'autres ; ceux qui appuyaient sur la détente, envoyaient les gaz, verrouillaient les portes, ouvraient les fours, passaient au bulldozer les ossements. Ils étaient partout, dans chaque chemin de la vie, avec l'air de tout un chacun. Il y en avait des milliers.

Il y en avait un.

*

* *

La nuit parisienne scintillait de diamants bleus disposés en amas de constellations. Tout baignait dans une lumière zodiacale.

César roulait lentement près du Louvre en route vers son rendez-vous. La majeure partie de Paris était un musée, et le plus grand de ces musées était le Louvre, plus énorme qu'on pourrait imaginer, dont les couloirs interminables vous transportaient à Carthage ou dans la Rome impériale, dans les ateliers de Rembrandt et de Léonard de Vinci, ou même jusqu'aux débuts de Babylone avec une stèle de basalte noir sur lequel était gravé le code d'Hammourabi. Pour le moment César était intéressé par des lois plus récentes, une en particulier qui interdisait à la police de se placer dans des situations d'extrême danger sans disposer des renforts nécessaires. Alors pourquoi n'avait-il pas prévenu son service ?

Il avait plusieurs réponses. La bureaucratie municipale était un vaste réseau de quarante mille fonctionnaires dépensant un budget annuel de treize milliards de francs dans des douzaines de services et de départements, dont l'un était la Criminelle. Pourquoi dépenser encore du fric ? À moins que Choupon ne se trompe, voire qu'il mente. Faire confiance à un poivrot ? Ou peut-être ne fallait-il faire confiance à personne.

Mécontent, il décida de tout miser sur la vérité. Il voulait prendre Leduc au nid et le prendre tout seul, pour montrer à Bock qu'il n'était pas comme les autres, que la chasse était vraiment ouverte, qu'elle serait sans pitié et la capture inévitable. S'il réussissait à ébranler le nazi, il aurait une meilleure chance.

Mais juste pour le cas où la poursuite serait inégale – et l'issue différente – il n'en avait pas même parlé à Ménard, qui avait une famille et une vie agréable.

Tiens ! grommela César, agacé par lui-même. La vie n'était pas un paquet-cadeau, mais un chaos qui vous tombait dessus sans prévenir. Qui pouvait la contrôler ?

Il se dirigea vers Montmartre, entama l'ascension de la colline la plus haute de Paris et vit à son sommet la basilique blanche du Sacré-Cœur se détacher sur le ciel. Parvenu au milieu de la rue Pigalle, il tourna finalement pour se garer sur un emplacement sombre et coupa le moteur. Il ne voulait pas se rapprocher davantage du théâtre car les voitures de police se faisaient facilement repérer. Un jeune couple le dépassa silencieusement, le bras du garçon autour de la taille de la fille, protecteur. Ils lui rappelèrent ce qu'il avait perdu. César verrouilla rapidement la voiture et se hâta de descendre la rue, avec le cœur qui cognait, battant des paupières avec excitation.

Le Grand Guignol présentait des spectacles d'horreur macabre, suivis presque immédiatement par des comédies légères. César entra au milieu d'un drame, une scène de meurtre, avec démembrement et des cris à vous glacer le sang. Un aiguilleur des chemins de fer reçoit en pleine nuit dans son poste d'aiguillage la visite d'un homme et d'une femme de passage, qui apportent de l'alcool. Ils se soûlent de concert et partouzent ; l'aiguilleur se réveille au moment où le premier express percute un autre train dans un roulement de tonnerre. Il a oublié de changer le signal ! Tourmentés par le remords, les deux hommes décident que la femme est une sorcière, ils l'arrosent d'essence et la font brûler dans le poste d'aiguillage avant de jeter ses restes carbonisés sur la voie ferrée en contrebas. Comme le cheminot se tourne, soulagé, vers son complice, il voit des cornes qui poussent sur le front de l'homme. C'était lui, le diable ! Venu s'emparer non seulement de la femme, mais de l'aiguilleur ; cependant, les tortures des damnés d'abord… Au milieu des torrents de sang et des hurlements, ses yeux déjà pleins des effets scéniques spectaculaires conçus pour terrifier, César trouva une place au fond du petit théâtre. Il attendrait, il avait la patience de ceux qui ont l'habitude d'attendre des démons tels que Leduc.

Au terme de la classique comédie de boulevard avec quelqu'un caché dans la penderie, César vit son homme descendre l'allée centrale pendant que le public se déversait dans la rue ; la description de son indic était exacte. Il suivit Leduc qui s'éloignait avec un autre individu, les regarda monter dans une voiture proche. Il courut à la sienne, les rattrapa au coin de la rue. Un court trajet les conduisit à un pâté de maisons de là, devant des meublés miteux en bordure de Montmartre. Ils entrèrent dans l'un d'eux – encore plus lépreux que ses voisins – vers l'extrémité du pâté de maisons, une rue pleine de canailles et de filles mal fagotées qui n'ont de joie que le nom. César se gara une douzaine de mètres plus loin et revint sur ses pas. Les deux hommes avaient déjà disparu dans l'entrée lugubre. César les suivit.

Le rez-de-chaussée tournait vers l'arrière, un long couloir sous une canopée de plâtre qui s'effritait. Une ampoule nue projetait des ombres grotesques sur les murs crasseux. César glissa devant des portes closes qui répercutaient de la musique arabe, des chants funèbres lugubres, modulés, au bord de la méditation. Il ne voyait plus Leduc ni son agent de liaison, et il ne sentait pas leur présence. Ils avaient disparu.

Au milieu du hall d'entrée, des marches branlantes grimpaient en spirale dans l'obscurité. Des pas résonnèrent à l'étage, le clic-clac de pieds qui cabriolent, et en un éclair le théâtre et le bruit des pieds fourchus lui revinrent en mémoire. Le Grand Guignol ?

Il se raidit dans la cage d'escalier tandis qu'une ombre descendait, prenait de la consistance, puis détalait à travers l'entrée, avec la démarche d'un animal, les sabots marquant le tempo d'une retraite précipitée. Un voleur, pour le moins, se dit César. Ou bien un travailleur partant à la hâte pour son travail de nuit ; qu'est-ce que ces gens pouvaient faire d'autre ? Il pesta contre son imagination, une épée à double tranchant qui taillait à droite et à gauche, le ciel comme l'enfer.

Au premier palier, il colla son oreille contre les portes, guettant les bruits, sentant des démons de l'autre côté. L'obscurité remplissait son esprit, un pécheur cherchant la lumière. Il était certain qu'ils ne s'étaient pas échappés. Le bruit de quelque chose qui s'écrase l'amena à une porte à l'arrière, fine comme une feuille de papier, et le charabia d'un ivrogne. Pris au piège d'une vie sans espoir, les ivrognes allaient et venaient. Tout comme les assassins.

Le deuxième étage ne donna pas grand-chose à part des détritus et du verre brisé. Comme il allait s'aventurer vers le haut, un pied sur une marche grinçante, il entendit une porte s'ouvrir derrière lui, celle de la chambre au pied de l'escalier. César pivota sur lui-même, vit Leduc qui jetait un coup d'œil dehors et qui resta bouche bée. Avant qu'il ait eu le temps de réagir, César fit un bond en avant, l'attrapa par les cheveux et lui cogna la tête contre la porte. Leduc chancela tandis que César lui tirait la tête vers le bas et relevait son genou d'un geste vif, atteignant le dynamiteur sous le menton. Le corps s'affala en arrière dans la chambre comme une fenêtre qui explose. Un coup dans l'aine le maintint au sol pendant que César lui fouillait les poches. Il n'avait pas d'arme.

« Je l'ai. »

Le militant allemand se tenait près du lavabo à l'autre extrémité de la chambre et regardait César, déçu. Son visage affichait de l'arrogance, un visage prussien. Son poing tenait l'arme appartenant à celui qui était cloué au sol. Sonné, Leduc ne bougeait pas.

« C'est lui que je veux, dit César en s'efforçant de prendre un ton autoritaire. Pas vous. »

Il montra sa carte de police.

« Et moi, ce que je veux ? insista l'Allemand.

— Je l'embarque. »

L'homme ne cilla pas.

« Vous n'avez encore rien fait d'illégal. (César adopta un ton qui se voulait raisonnable.) Vous êtes encore libre de partir. »

Le Prussien pinça les lèvres, puis accepta d'un haussement d'épaules et se tourna vers la porte.

« L'arme reste ici. »

Le Prussien sourit, ricana à demi, cassa l'arme en deux et ressortit les balles qu'il fourra dans sa poche.

« Un marché honnête », remarqua-t-il et il balança le revolver vide par terre.

Derrière la fenêtre, César attendit de voir l'Allemand quitter le bâtiment et monter en voiture. Quelques instants plus tard, il trouva la dynamite planquée dans le placard avec le reste du matériel de mise à feu. Il pourrait venir le chercher plus tard ; ce qu'il voulait maintenant, c'était conduire Leduc Quai des Orfèvres.

Se servant du revolver vide pour mieux se faire comprendre, il poussa le boutefeu par la porte en direction de l'escalier en le tenant fermement au collet. À partir du tournant, ils descendirent péniblement jusqu'au niveau de la rue, pour la dernière volée de marches, un pas à la fois… trois, deux, un. Il dépassait la cage d'escalier quand la première balle fut tirée.

César sentit le corps de Leduc se relâcher. Au même instant, sa main qui tenait l'arme se leva brutalement pour casser l'ampoule ; trop tard, la deuxième balle arracha le côté gauche du visage de Leduc. Dans le noir, tandis que le sang de l'homme rejaillissait sur lui, César étreignait le sol. Le tireur était au fond de l'entrée, invisible jusqu'à ce que le revolver aboie une troisième fois, une langue de feu brillante qui disait toute sa détermination. La balle fendit le mur à quelques centimètres au-dessus de la tête de César. C'était lui qu'on visait. Il attendit, sans défense, incapable de bouger tandis que les secondes se répandaient sur son corps.

S'attendant à voir le tueur se précipiter sur lui, César aperçut au contraire une brusque déchirure dans le noir, puis une autre, des fentes de lumière venant des deux côtés de l'entrée, du soleil sur une lune morte. Dans la lumière orange, il regarda les yeux du démon se perdre dans un brouillard avant que le mur du fond se sépare et l'emporte. Tandis que des paroles en arabe lui emplissaient les oreilles, l'esprit de l'inspecteur enregistra le fait essentiel qu'il n'était pas mort. Sa vie était un miracle, une faveur qui lui était rendue.

César se releva, trempé de sang, et enlaça les Algériens atterrés.

9

La silhouette désarticulée était recouverte de vêtements éclaboussés de sang qui lui donnaient une allure de guignol.

« Inspiration et transpiration, déclara le conservateur. Nous implorons l'un tandis que nous explorons l'autre. (Il tapota affectueusement le mannequin et fit un geste à César.) Du papier mâché, une pâte à base de papier détrempé. Plus de cinquante mètres de papier, bien pétri pour donner une pâte dans laquelle on peut mouler des bras et des jambes et un torse, que l'on recouvre des habits du mort généralement lacérés de coups de couteau ou troués par les balles. (Le laboratoire Gauchet, climatisé pour protéger les étoffes, n'était pas confortable. César regrettait de ne pas avoir mis de pull-over.) Pour vous, ils peuvent déterminer l'angle de l'arme ou sa trajectoire, peut-être même la position de la victime immédiatement après l'agression. Est-elle tombée comme ci ou comme ça ? (Gauchet se frottait les mains avec enthousiasme.) Je m'en sers pour voir comment la fibre a résisté à l'attaque, pour évaluer la pression et la force, le diamètre à chaque pénétration, l'orientation des fibres. Tout est porteur d'indice. Le nylon se déchire tandis que la laine s'effiloche ; certaines agressions ont exigé la force brutale, d'autres… Vous commencez à comprendre. Une heure d'étude pourrait faire le vide dans une pièce pleine de suspects, voire mettre le doigt sur le coupable.

— Et Bock ? demanda César.

— Bizarre, celui-là.

— De quelle façon ?

— Ils sont au moins deux.

— Deux, vous dites ?

— Soit vous ne m'avez pas tout dit, inspecteur, soit je viens de vous apprendre quelque chose. Or je ne crois pas vous avoir appris du nouveau. Alors ?

— En effet, il est fort probable, reconnut César, que le mort…

— … ne soit pas le nazi que vous cherchez. (Gauchet fit la grimace.) Vous pouvez en avoir la quasi-certitude. Les vêtements dans la penderie n'appartenaient pas au cadavre. C'est le tueur qui les aura mis là. Je trouve plus facile de croire qu'ils appartenaient à ce Bock, ce qui veut dire que le cadavre est…

— Quelqu'un d'autre.

— Et si vous éclairiez un peu ma lanterne ? »

César ne comprenait pas. Les deux hommes avaient la même carrure, de même qu'une ressemblance dans le visage. Comment pouvait-il savoir ?

« Facile. (Le conservateur rayonnait littéralement d'une complexité intérieure.) Les vêtements dans la penderie portent à droite. »

L'inspecteur avait-il bien entendu ?

« Et ceux sur le corps ont été portés par un gaucher. »

Plus tard, César avoua une certaine incrédulité, mais sur le coup, tout ce qu'il éprouva, ce fut de l'agacement devant la petite plaisanterie de Gauchet. Avec Bock en vadrouille…

Le conservateur lui assura que ce n'était pas une plaisanterie. Pratiquement tout dans la vie indique un penchant à gauche ou à droite, et c'est le cas des vêtements. Les chemises, par exemple, montraient davantage d'usure au poignet droit et sous l'aisselle correspondante chez les droitiers. Dans les pantalons, les ceintures étaient passées dans les passants à partir d'un côté ou de l'autre selon la tendance, et l'anneau de la boucle reflète la façon dont le vêtement est porté. Les lacets sont lacés différemment ; les talons des chaussures sont usés davantage sur le côté privilégié, de même que les socquettes, sous-vêtements et poches des vestes. Même les nœuds de cravate sont inclinés différemment.

Il était facile pour un expert de distinguer l'un de l'autre. Bock était droitier, la victime ne l'était pas.

Quant à la garde-robe de Bock, uniquement des fibres synthétiques achetées en prêt-à-porter. Hormis une paire de bottes à la Bismarck fabriquées à Düsseldorf dans les années soixante d'après des formes en cuir qui n'existaient plus, et une écharpe encore en excellent état. De la pure laine d'excellente qualité ; sous un microscope, la teinture marron laissait voir un motif caractéristique courant chez les industriels allemands des années trente, dont beaucoup se lancèrent dans la fabrication de produits militaires à partir de 1939. De pareilles écharpes en laine en vinrent à jouir de la faveur de l'élite des SS au début des années quarante, tout comme la Luftwaffe avait adopté l'écharpe de soie d'Isadora Duncan quelques années plus tôt.

« Ce qui veut dire que Bock n'est pas n'importe qui.

— C'est à peu près certain. »

Les vêtements du mort étaient principalement en coton de bonne qualité mais de mauvaise fabrication, le genre produit par le bloc de l'Est. À l'intérieur de la chemise se trouvaient les marques du teinturier, invisibles à l'œil nu, un procédé très répandu. Le pantalon était très différent, c'était une fine gabardine avec des pans de coton superposés au niveau de l'entrejambe. Neuf et cher.

« La raison de ces pans, poursuivit Gauchet, était manifestement de grossir l'apparence des organes sexuels, même si je n'en vois pas la raison. »

César ne prit pas la peine d'expliquer que le propriétaire était impuissant et avait besoin de stimuler son ego ou que le coton protégeait le pénis après des injections douloureuses.

« Surtout du fait qu'il a été interrompu en pleine activité sexuelle.

— Vous me redites ça ?

— Le sperme est extrêmement fluorescent sous le microscope, vous savez. »

César ferma les yeux tandis que la pièce commençait à chanceler. Ce n'était pas possible.

« ... même si les taches de sperme peuvent s'enlever au lavage, ronronna la voix, et ici, ce fut le cas, mais le sperme, on ne peut pas... (Il était aussi imperturbable et sec que la poussière.) Le sperme reste, à moins qu'il n'y ait eu une vasectomie dans la famille. »

C'était l'humour de Gauchet.

D'après le conservateur, le mort était amateur d'onanisme, ou aimait avoir des rapports avec son pantalon. La seule autre possibilité était le viol, car alors les vêtements du violeur et de la victime présentaient des traces de sperme, quelle que fût la rapidité du nettoyage.

César jura entre ses dents contre René Camors. Les injections avaient fait de l'effet. C'était ça ou Bock avait échangé leurs pantalons. Mais pourquoi voudrait-il porter le...

Et pour quelle autre raison, voyons ?

Le pantalon de la victime était sa pièce d'identité ! Un marquage invisible, un trait magnétique dans la doublure, presque rien... et cela voulait dire aussi qu'il était en contact avec les services spéciaux. Quelqu'un que Bock connaissait, peut-être avec qui il travaillait. Il avait fait faire le pantalon de gabardine spécialement pour sa victime, probablement le même genre que celui qu'il portait, avec les pans intérieurs et le reste, puis il l'avait porté quelques fois lui-même en bon Allemand économe.

César souffla bruyamment. Cela réduisait singulièrement le monde. Les SS ? C'était trop ancien pour ce niveau de technologie. Les Allemands de l'Ouest, éventuellement. Ou des gens pour lesquels Bock avait travaillé l'année passée.

« Vous avez dit que la chemise portait le numéro d'identification d'une blanchisserie ?

— Rien d'extraordinaire. Chaque pays pratique son propre système. »

Le conservateur vit ce que César voulait dire, il retourna au bureau du labo pour prendre la feuille des données et s'approcha d'un catalogue de cartes à l'autre bout du couloir. À l'intérieur se trouvait l'histoire codée de la blanchisserie mondiale et il ne lui fallut qu'un instant pour faire correspondre les marques avec la feuille des données, une combinaison compliquée de chiffres et de lettres dont César espérait qu'elle l'orienterait dans la bonne direction.

« Allemagne de l'Est », articula Gauchet entre ses dents.

*
* *

« Tu en es sûr ?

— Aussi sûr qu'une balle dans la tête. »

La comparaison était appropriée, se dit César. Surtout que les balles étaient les mêmes.

« Mais pas la même arme.

— Manifestement.

— … mais le même type.

— Du 9 mm.

— Avec six cloisons et six rayures avec une torsion à droite…

— Ce qui est rare, dites-vous.

— Des marques de témoin de charge sur les douilles, ce qui le rend unique en son genre.

— Le PPK est le seul, affirma César.

— Seul et unique », renchérit Félix.

Les Allemands ne toléraient pas l'échec, cela lui revenait.

« Et manié par la même main, précisa-t-il d'une voix de basse.

— Ça reste à voir, non ? »

Sur l'insistance de César, René avait rapidement extrait les deux balles du corps de Leduc et les avait envoyées à la balistique pour une comparaison immédiate.

« C'est lui, insista César. Je le sais. »

La comparaison ne prit pas longtemps, puisque Félix savait exactement ce qu'il devait chercher.

« Regarde toi-même », dit-il à César qui repéra

rapidement les mêmes rayures à droite, ainsi que les marques caractéristiques sur les projectiles des assassinats précédents et sur ceux provenant de la dernière fusillade. Tous provenaient du même Walther PPK.

Bock le nazi était de retour.

*
* *

Depuis son bureau surencombré au deuxième étage, César tissait une toile grandissante de fils étroitement entrecroisés qui s'étiraient de Vienne à l'est jusqu'à Londres à l'ouest. Henry Stiles, l'attaché britannique abattu en février, avait presque à coup sûr d'autres missions aussi, puisque personne à l'ambassade ne voulait parler à César. Entre-temps, Vienne avait envoyé une liste de sociétés avec lesquelles Linge était en relation professionnelle. Quatre avaient leur siège à Munich et Ménard se procura des noms de gens qui y travaillaient.

Plus proche de chez eux, César avait procédé à une rapide vérification sur Jacqueline Volette après l'avoir vue avec Kayser. Elle était née dans une petite ville à une trentaine de kilomètres de Paris.

« Pas exactement dans la ville, lui dit son informateur local. À l'époque c'était plus rural, beaucoup de gens vivaient à la périphérie, comme la mère de Jacqueline. Sur des lopins de terre, des culs-terreux. »

César s'en voulait à mort. Comment pouvait-il se conduire de cette façon ? Il avait été tracassé par l'accent très parisien de Jacqueline Volette et par la parfaite connaissance de l'allemand de sa demi-sœur, c'est vrai, mais il n'y avait pas que cela. La jalousie ? Comme c'était puéril. Admettons. À quel point ses propres sentiments influençaient-ils son comportement ? On n'était jamais à l'abri. Si vous ne vous servez pas de vos sentiments, ce sont eux qui se servent de vous. Seuls les morts dorment tranquilles.

« Vous voulez savoir pour la sœur de cette demoiselle ?

— Je sais déjà pour sa sœur. »

Il remercia le policier et raccrocha le récepteur.

Quand Tobie surgit, César était en train de gommer un point d'interrogation sur le tableau noir. Il était placé devant le nom de Baur.

« Tu ne vas pas tarder à découper des poupées en papier.

— Il vaut mieux faire ça que découper des femmes. »

César survola son œuvre. Baur venait sous Linz dans la deuxième liste de victimes et César plaçait maintenant un point d'interrogation sous Baur. Qui était le suivant ?

« Tu parais avoir un penchant pour les points d'interrogation, remarqua Tobie.

— Tu crois ? »

La police de Salzbourg avait envoyé un constat d'accident. Baur s'était tiré une balle avec un Steyr 7.65 pendant qu'il nettoyait l'arme, ce qui n'était pas facile à faire. Le Steyr était essentiellement une arme d'autodéfense ; pour vous tuer avec, vous deviez omettre un certain nombre de précautions simples. Or Baur avait la réputation d'être prudent avec les armes. La trajectoire du projectile l'avait frappé à la gorge de bas en haut ; il était assis et probablement nettoyait le pistolet chargé avec le canon pointé directement sur lui. César n'en croyait rien. L'accident paraissait simplement plus acceptable que le suicide pour ceux qu'il laissait derrière lui, et la police ne connaissait pas l'existence de Bock.

« Ce voleur sur lequel tu m'as posé des questions ? dit Tobie en plissant le front. Personne ne sait rien.

— Pourtant, il y a eu un vol, protesta César.

— Dirais-tu que je connais la racaille de Paris ?

— Plutôt.

— Alors crois-moi sur parole. Il n'y a pas eu de vol.

— Ce qui veut dire ?

— Il a fait ça tout seul, ou c'est quelqu'un qui lui est proche. »

César plissa les yeux à cette drôle d'idée.

« Bock n'avait pas de proches.

— Peut-être que tu ne sais pas tout encore », suggéra Tobie en sortant.

En broyant du noir, César retourna aux photographies sur son bureau. Le portrait de Baur reçu de Salzbourg contre le cliché du groupe provenant du logement de Bock. Baur était à côté de Bock avec Linge à l'autre bout. Trois descendus et il en reste un. César espérait que Gerd était encore en vie.

L'arme du crime. L'armurier Baudrin en avait retracé l'histoire pour César, en commençant par sa fabrication à l'usine Carl Walther près du camp de concentration de Buchenwald ; mais le fond du problème, c'était sa destination. La Wehrmacht aimait le Walther P-38, qui remplaçait le Luger comme arme de service pour les Allemands, et la Luftwaffe affectionnait le Walther PP, le pistolet réglementaire dans la police. Les officiers supérieurs avaient souvent leurs armes de poing ornées de volutes élaborées. Chez les SS, en revanche, c'était plus restreint puisque Himmler détestait les pistolets. Leurs étuis contenaient des armes. Alors ? Il y eut donc un consensus tacite parmi les officiers SS qui se mirent à choisir le PPK, surtout dans les services de sécurité dirigés par Heydrich, puis Kaltenbrunner. Conçu pour être dissimulé, le PPK était utilisé par la *Kriminalpolizei,* la *Kripo,* branche de la police nationale allemande chargée des enquêtes. D'ailleurs, les SS ne protégeaient-ils pas la sécurité de la nation allemande ?

Le PPK de Bock, un sur des centaines du même lot, arriva au quartier général des SS à Berlin le 14 décembre 1939, environ trois mois après l'agression de la Pologne et le début de la Seconde Guerre mondiale. L'Allemagne nazie allait bientôt conquérir le monde et le Troisième Reich durerait mille ans ! Des millions de gens portaient l'uniforme et d'autres allaient suivre. Qui pourrait les arrêter ? Surtout ces jeunes merveilles de la SS. Ils sortiraient du rang, et dès qu'ils se lèveraient, les portes s'ouvriraient devant eux et un beau jour, un officier supérieur leur remettrait une arme spéciale pour leur montrer qu'ils faisaient partie des élus, des braves petits soldats, des hommes de la SS. Ou peut-être tueraient-ils pour cela.

Block avait-il tué pour l'avoir ? se demanda César. Ou avait-il commencé à tuer à partir du jour où il avait eu son propre PPK ?

Les comptes rendus ultérieurs sur l'arme avaient disparu. Perdus ou détruits. Mais le pistolet de Bock ne possédait pas le système de codage entré en vigueur à partir de 1940, de sorte que les dates d'expédition et de réception situées en 1939 furent jugées fiables. Une seule gravure figurait sur le PPK, indiquant un seul propriétaire. L'hypothèse éclairée de Baudrin était que Bock, peu susceptible de faire graver une arme dans sa profession, en était probablement le deuxième propriétaire. Puisque l'arme était considérée comme un bien précieux, on pouvait supposer que le propriétaire précédent avait été tué. Entre 1940 et 1945, la durée moyenne du service de ces officiers SS qui mouraient dans leurs fonctions était de dix-huit mois, ce qui placerait l'arme dans la main de Bock vers la fin de 1941.

Baudrin la déclara en excellent état et ayant rarement servi. Cela semblait raisonnable à César puisque Bock ne tirait que sur les gens. Lui-même n'avait pas tiré depuis des lustres. À quoi cela rimait-il ? Il était un chasseur d'hommes, pas leur juge ni leur bourreau.

Cela serait-il différent cette fois ? Le faudrait-il ?

Bouleversé, il échangea son bureau contre le marché aux fleurs au pied de l'immeuble en attendant la réponse de l'Allemagne de l'Ouest. Le long des douzaines d'étalages, tout s'offrait aux regards et tout était à vendre. À cette fin, les marchands faisaient de mystérieux gestes, roulaient des yeux et répétaient des paroles d'encouragement à l'adresse des passants. Debout au coin de la place, deux hommes observaient en silence pendant que quelqu'un se détournait rapidement pour ne pas se faire remarquer. Trop tard.

« Dreyfus ! »

Le mot rebondit sur les arbres et les pots de fleurs pour se faire liane autour de la taille de César et l'agripper fermement. Dupin, le plus grand des deux, mit le cap dans sa direction.

« Jules, je suis sûr que vous connaissez l'inspecteur Dreyfus de la Criminelle.

— Qui ne le connaît pas ? »

Le représentant du ministère avait des lèvres réduites à un trait de crayon, bleuâtres et très dures. « La rançon du succès.

— Et mérité, en plus.

— Merci. »

César sourit à demi et jeta un coup d'œil à ses fenêtres, mais Dupin ne l'entendait pas de cette oreille.

« On ne se rencontre pas assez souvent. Les gens qui font le même boulot (il se tourna vers le haut fonctionnaire) devraient apprendre à se connaître, à établir de meilleures relations. N'est-ce pas ainsi que la plupart des affaires sont résolues ? Une bonne coopération ! Vous devez savoir ça, Dreyfus.

— Il faut que je retourne au bureau, implora César.

— Sans profiter de cette rencontre inopinée ? Absurde. (Dupin guida les deux hommes devant lui comme le pilote d'un bateau, dépassa les devantures des fleuristes et entra dans la cour de l'Hôtel-Dieu.) Qui sait ? Vous joindre à nous apportera peut-être la solution à tous vos problèmes. »

La cour conduisait à une série de couloirs gris qui s'enfonçaient dans les entrailles du vieil hôpital parisien. À l'extrémité d'un tunnel éclairé par des ampoules bleues au-dessus de leurs têtes, un ascenseur attendait pour les emporter au troisième étage. Là, après moult virages et tournants, ils aboutirent, au-delà d'un portail gardé, dans un grand espace meublé de divans pelucheux et de fauteuils en cuir. La moquette épaisse avait des reflets d'un rouge éclatant sous les murs couverts de miroirs et, par-dessus tout, telle une pièce maîtresse en verre taillé, un lustre en cristal engloutissait les ombres, toutes ses bougies électriques embrasées.

Dupin les conduisit vers des fauteuils disposés en cercle. Il se montrait affable, volubile, presque déférent envers César. Ses yeux brillaient, exprimant sans réserve la bonne camaraderie. L'air gêné de César le fit sourire.

« Vous ne vous attendiez pas à un tel luxe dans un établissement hospitalier. »

Il se laissa glisser dans les plis du divan.

« Ce n'est pas le luxe qui compte, mais ce qu'il procure : l'intimité et un lieu pour se détendre. (Il se pencha vers César, la voix presque réduite à un murmure.) Les ministres, les magistrats, les hauts responsables qui prennent des décisions importantes, tous ces gens ont besoin d'avoir un endroit où se relaxer avec leurs semblables, pour essayer de trouver des solutions à leurs problèmes. »

Quelques instants plus tard, on les faisait entrer dans une salle à manger voûtée, toute de bois sombre et d'argent. Des bouquets de fleurs débordaient dans les coins et dans le fond, les tables de chêne gémissaient sous le poids des fruits et des meilleurs fromages. Aux murs, de jolies femmes vous lorgnaient dans leurs cadres dorés.

« Ce sont des généraux allemands, chuinta Dupin à César, qui ont construit ceci. Ils voulaient dîner à l'abri des masses conquises, mais à proximité de l'Hôtel de Ville et de la Préfecture. Vous connaissez l'aristocratie prussienne. »

Ils étaient assis à une table avec un militaire qui avait largement entamé son poulet mousseline sauce madère. César, qui aimait déjeuner d'un sandwich à la moutarde, craignit le pire.

Dupin présenta le général Bordier du SDECE.

« Dreyfus ? Ça me dit quelque chose.

— L'affaire Bock », glissa Dupin en douceur.

César sourit pendant que le général le jaugeait prudemment. Le représentant du ministère parut se satisfaire de menus propos entre deux accès de gloutonnerie, mais il avait les yeux des filles qui font le trottoir aux Champs-Élysées et qui peuvent voir dans le portefeuille d'un mec à vingt mètres. Quand le garçon eut rempli son verre de vin, César le prit, bien résolu à surveiller ses fesses autant qu'il le pouvait. *Pass auf*[1], songea-t-il.

« L'inspecteur Dreyfus compte bientôt trouver des preuves de la résurrection de Bock, lança Dupin. Et après on passe aux fichiers. »

La nourriture arriva : huîtres aux épinards, moules marinières et poireaux au beurre fondu. Elle fut disposée devant César. Il rêvait d'un vieux croissant rassis ! Ou simplement de trouver le moyen de se tirer de là. Un tel décor était manifestement réservé aux grands de ce monde qui prenaient des décisions importantes, seuls ou pas. Qu'avait-il en commun avec eux ? Il essayait seulement de coincer un type qui n'arrêtait pas de tuer.

« À jeudi, annonça Dupin en levant son verre. Parce qu'il sera vite fini.

— Il faut enterrer le passé, déclara le gusse du ministère, le verre à la main. Et faire place à l'avenir.

— À vendredi, qui sera bientôt là. »

Le général avala une gorgée de château cheval blanc.

« Ceux qui se délectent dans le passé sont voués à le répéter, affirma le haut fonctionnaire du ministère. On ne peut pas voler la dépouille du maréchal Pétain à l'île d'Yeu pour la rapporter à Paris, comme l'ont fait ces fous furieux l'an dernier…

— C'était il y a deux ans, corrigea Dupin, aux anges.

— … et croire que ça suffit pour changer le passé. On ne peut pas punir les morts.

---

1. En allemand : « Attention. »

— Ni persécuter les vivants, ajouta le général rapidement. Trop de gens font ça chez nous.

— La vengeance, décréta le haut fonctionnaire, n'est rien d'autre qu'un meurtre. »

César crut qu'ils faisaient allusion à ce qu'on disait de Klaus Barbie[1] dans les journaux. Après tout, Barbie avait été le chef de la Gestapo de Lyon ; il avait envoyé des milliers de gens à la mort, y compris Jean Moulin, le héros légendaire de la Résistance. Malgré tout, les services n'étaient pas pressés de le ramener de Bolivie pour le présenter devant un tribunal ; trop de questions embarrassantes sur la collaboration pouvaient surgir. Et cette idée était loin de réjouir les hauts fonctionnaires français. Barbie avait travaillé après la guerre non seulement pour les Américains, mais aussi pour l'Allemagne de l'Ouest, et on ne servait pas les intérêts français actuels en allant chercher des poux dans la tête d'un partenaire économique et militaire. C'était essentiellement l'Élysée qui tenait à ce qu'on le ramène à l'occasion du trentième anniversaire de la Libération, aiguillonné par un sentiment mystique d'indignation morale alors qu'on connaissait depuis une douzaine d'années l'endroit où se planquait Barbie.

« L'inspecteur Dreyfus doit certainement pouvoir nous aider. »

César battit des paupières et s'aperçut que tous les regards étaient braqués sur lui.

---

1. L'expulsion du *SS-Hauptsturmführer* Klaus Barbie de Bolivie où il s'était réfugié après la guerre dura une vingtaine d'années, et ce fut l'un des grands combats de Beate Klarsfeld, qui aboutit en 1983. D'après le général Aussaresses (dans son autobiographie parue en 2008), le gouvernement français aurait versé dans les années 1970 une commission importante à Klaus Barbie dans le cadre d'une vente d'armes à la Bolivie.

« La question que nous nous posons, psalmodia le général, c'est jusqu'où doit-on aller au nom de la justice ?

— L'affaire Bock, par exemple, grinça le haut fonctionnaire. Si cela devait nuire au gouvernement, vous arrêteriez tout ?

— Ça pourrait nuire au gouvernement ? »

Dans la salle voûtée, les serveurs se déplaçaient à pas feutrés, transportant des carrés d'agneau et des tranches de rôti, tandis qu'un sommelier obséquieux veillait à remplir les verres.

« Dieter Bock est venu se livrer le mois dernier (le général tapota les commissures de ses lèvres avec un pli de sa serviette) et nous avons commencé à utiliser ses services. Quand nous avons appris qu'il avait été tué, nous avons naturellement imaginé que l'Allemagne de l'Est avait découvert que c'était un agent double. (Il reposa la serviette à côté de son assiette vide.) Si, d'un autre côté, il est en vie, cela signifie que nous avons été floués. Ce qui pourrait se révéler on ne peut plus dommageable pour le gouvernement en ce moment. Alors que le boucher de Lyon fait la une de toute la presse, nous sommes là en train de recruter un nazi. »

Pourquoi Bock avait-il fait ça ? se demanda César. Comment une telle initiative s'insérait-elle dans ses projets ?

« Là-dessus vous débarquez, poursuivit le haut fonctionnaire, et vous voulez le coincer pour des assassinats politiques. Or justement l'un des morts – Raymond Broussard – était un agent double que Bock a tué pour nous prouver sa bonne foi. (Il avait l'air outré.) Bien entendu, on ne peut plus être sûr de rien.

— C'est la politique qui les intéresse, commenta

Dupin avec flegme. Naturellement, ils ne voient pas les choses avec l'œil d'un inspecteur de police. »

César réfléchit à toute allure. Il y avait quelque chose d'important concernant le nazi.

« Bock n'a-t-il pas épousé une Française, avant de quitter l'Allemagne pour venir s'installer ici ? demanda-t-il.

— Absolument ! s'exclama le général. Il a la nationalité française.

— Tandis qu'elle travaillait pour Bonn, précisa le haut fonctionnaire.

— Alors… (César faisait de son mieux pour paraître extrêmement posé) cela pourrait-il se révéler nuisible pour le gouvernement que la police recherche un ressortissant allemand qui a assassiné sa femme française, ancienne employée de l'Allemagne de l'Ouest ? »

Dans le silence, César assura l'assistance qu'il disposait de toutes les preuves indirectes nécessaires. Béton, en fait. Oui, il en était certain. Bock avait tué sa femme, de même que plusieurs individus en Autriche et au moins six en France.

« Il suffit d'un pour entamer des poursuites, observa Dreyfus.

— Sa femme.

— Oui, mon général.

— L'homme pendu à la place de Bock, vous connaissez son nom ?

— Pas encore, mentit César.

— Ou sa nationalité ? »

César mentit encore.

Cela étant réglé, la discussion s'orienta vers le sexe, comme toujours, surtout le sexe dans les hautes sphères, et on parla des stars de cinéma, jusqu'à ce que le repas fût terminé et César libéré.

« Ils sont satisfaits, lui déclara Dupin dehors. Pour le moment. »

Et il le planta parmi les fleurs, là où on l'avait trouvé. César essaya de résister à l'impression que c'était un coup monté. En vain.

*
* *

La Balistique bruissait de rumeurs : on avait découvert une cache d'armes à Clichy, qui comprenait quelques engins peu courants. Ils brûlaient d'aller voir.

César donna à Félix le paquet de cigarettes écrasé qu'il avait raflé sur la table devant le haut fonctionnaire qui avait replié un côté sur l'autre et puis rabattu les deux bouts. Une méthode de compactage assez peu courante. Cependant, quand César était assis dans la cuisine de Tobie quelques jours plus tôt, il avait observé Kayser faire la même chose.

« Ménard vous cherchait », signala Félix.

César, déjà au téléphone, montra la boîte de cigarettes.

« Dites-moi ce que vous en pensez. »

Ménard avait l'air surexcité. Sa vérification des quatre sociétés munichoises en affaires avec Linge avait porté ses fruits. Parmi elles figurait une entreprise comptable vieille de vingt ans. Le nom du propriétaire ? Gerd Wilhelm Streicher.

« Pour le moment, ça colle. »

Mieux encore. La femme de Baur se rappelait quelques amis de son mari. L'un d'eux était Gerd de Munich ; elle ne savait pas son nom de famille et il n'était jamais venu chez eux. Mais elle connaissait son métier. Il était comptable.

« Gerd Streicher », dit César.

Il habitait dans la région de Munich et travaillait sur les chiffres. Julien avait donc eu raison, et Kussow aussi.

Ménard avait déjà parlé avec la police de Munich qui vérifiait ses dossiers sur Streicher et devait les rappeler. César hésitait : fallait-il le mettre en garde ou tendre un piège à Bock ? Et s'il se trompait ? Mais admettons qu'il ait vu juste ? Il dit à Ménard de prévenir Munich. Ils devaient illico prendre contact avec Streicher.

Félix revint avec le coffret de cigarettes ouvert.

« Je suppose que vous avez fait un rapprochement avec les explosifs, et vous aviez raison. C'est un vieux truc des nazis. Les cigarettes allemandes se présentaient en boîtes, et pendant la guerre, ça leur servait de fusible à retardement. Plus tard les Alliés s'en sont inspirés. (Délicatement, il écrasa le paquet.) Quand ça forme une boule bien tassée et qu'on fait un trou dans le fond (il perça un petit trou avec une pointe de ciseaux), on introduit l'allumette allumée, de cette façon (il plaça l'allumette à l'intérieur de la boule), et le cocktail Molotov ou ce qu'on veut enflammer est posé au-dessus, ou à proximité et on entoure la boîte d'un autre fusible. (Il se tourna vers César et sourit.) Aussi meurtrier que les palpeurs d'un missile. Regardez. »

Il fallut deux minutes pour que la boîte s'enflamme. Dès lors, elle aurait fait sauter n'importe quoi à sa portée. Une bombinette à retardement faite maison.

« Presque tout peut se transformer en arme si on

sait s'y prendre. (Félix balaya les cendres avec les mains.) Tout. »

*
* *

César reprit le chemin de son bureau dans l'autre aile en se demandant combien de temps la chance serait de son côté. La femme qu'il voulait, la première à remplacer Catherine Deneuve dans ses fantasmes, était liée à Bock et à Kayser. Et l'affaire dans laquelle il avait vu son salut se transformait en bombe politique à retardement qui risquait de lui sauter à la figure. César sentait le danger, mais il était incapable d'éprouver l'ombre d'un regret.

Il fixait le tableau noir quand il eut de nouveau la communication avec Berlin-Ouest, un contact que lui avait fourni plus tôt Kussow, qui connaissait beaucoup de monde dans beaucoup de pays. Il avait eu besoin d'informations concernant la police secrète est-allemande. Plus précisément, il voulait savoir s'il leur manquait un agent, quelqu'un qui aurait pu se trouver à Berlin-Est dans les années soixante quand Bock travaillait de l'autre côté du mur.

Chose peu surprenante, la réponse était : oui. Un agent de la Stasi du nom de Herbert Reimer s'était volatilisé depuis près de deux semaines et il était présumé mort ou passé à l'Ouest. La police secrète changeait ses codes et modes de classification, à tout hasard.

À la demande de César, son contact avait passé des appels supplémentaires à Berlin-Ouest – 175 kilomètres à l'intérieur de l'Allemagne de l'Est, un îlot minuscule dans un océan de rouge – pour en savoir

234

plus sur le compte de Herr Reimer, dont la description correspondait étroitement à celle de Bock. Le bruit courait qu'il avait reçu une blessure à l'aine.

Pardon ?

Gravement blessé lors des émeutes ouvrières en 1953.

Un impuissant ! César avait trouvé son cadavre.

Reimer, racontait à présent son contact, s'était rendu à l'Ouest sous des dizaines d'identités différentes au fil des ans. Sa spécialité, c'était le rapatriement des Allemands de l'Est. Dans les années soixante, il travaillait à Berlin-Est, principalement contre les agents ouest-allemands qui testaient les faiblesses du Mur. Souvent ces hommes finissaient par se connaître ; ils partageaient les mêmes intérêts, après tout, et opéraient dans le même secteur restreint. Normalement, l'ambiance était du genre *leben und leben lassen*[1] ; certains devenaient même des agents doubles.

Reimer, un agent double ? Il valait sans doute mieux miser sur Bock, décida César. Ou comme les deux étaient à Berlin, ils pouvaient avoir commencé à passer des accords entre amis, marquant des points à tour de rôle. À partir de là, tout devenait possible, y compris sortir de sa retraite pour reprendre du collier. César se demandait comment Bock avait pu faire passer l'Allemand de l'Est à Paris.

« Où Reimer est-il allé après Berlin ? voulut-il savoir.

— Il n'est jamais vraiment parti. En 1970, il a quitté la ligne de tir, a été chef de section. Puis l'an dernier, il est devenu officier traitant le domaine des opérations spéciales de sécurité. L'espionnage à l'étranger.

---

1. « Vivre et laisser vivre. »

— Un gros poisson ?

— Pas le plus gros.

— Mais assez pour contrôler des agents ?

— Certains agents. »

Donc Reimer est promu chef et Bock est renvoyé à la base. César réprima une furieuse envie de rire. Il avait été en quête de conspirations renversantes et n'avait découvert que deux espions qui avaient fait copains-copains pour la bonne cause, au moins jusqu'à ce que Bock trouve mieux. César se vit déraper. Tu parles d'un chasseur ! Il n'arrivait pas à trouver une femme quand il en avait besoin. Comment pouvait-il espérer débusquer un homme ?

« La section de Reimer était surtout responsable de l'Allemagne de l'Ouest et de la France, précisa son contact.

— Et l'Autriche ?

— C'est drôle que vous parliez de l'Autriche.

— Pourquoi ?

— Une des barbouzes de Reimer a récemment été tuée là-bas, Max Baur. Vous avez entendu parler de lui ? »

*
* *

César resta au café jusqu'à ce qu'il voie des serpents sur le mur. Quand il retourna au bureau, il trouva Clément assis à sa place et son regard fixe expédia son cadet sur la banquette avant de s'affaler lui-même dans son fauteuil. Le vin avait coupé son hémisphère gauche du droit. Ou était-ce seulement son mal de crâne ? Comment Baur pouvait-il lui faire ça ? Si Linge et Streicher étaient aussi des agents, les assassinats de

Bock étaient donc politiques et n'avaient rien à voir avec le passé ni avec lui. Tout ce dont il était sûr, c'était que Bock avait tué sa propre femme et cela ne tiendrait pas longtemps la route.

Vaincu, César recommença à chercher des serpents et en trouva un posé furtivement sur la banquette.

« Faites au pire, demanda-t-il. Mais faites-le bien. »

Pas si mal, quand on écoutait Clément en parler. Après la guerre, l'art nazi ne valait rien, puis, en 1970, des collectionneurs y ont regardé de plus près et les prix ont commencé à grimper. Le portrait volé de Kayser datait du milieu des années trente, il montrait Hitler en chancelier. Il était accroché dans le bureau d'Himmler pendant l'époque nazie. Ensuite, il avait disparu jusqu'en 1957. Là, il avait refait surface dans une boutique de curiosités de Hambourg. Neuf ans plus tard, il apparaissait à Munich dans le cadre d'une collection privée. Puis en 1972, l'énorme toile était proposée à la vente et achetée de façon anonyme par le biais d'une galerie. D'après l'informateur de Clément à Versailles, le propriétaire était probablement un financier américain ou ouest-allemand.

« Pourquoi un Américain ou un Allemand de l'Ouest ?

— Ce sont les seuls qui prennent encore les nazis au sérieux.

— Peut-être que les autres ont encore la trouille ?

— Après tout ce temps ? » s'étonna Clément. Il n'y croyait pas. Trop jeune, se dit César. Que savait-il ?

« Votre type a-t-il des idées sur le prétendu vol ?

— Il pense que c'est un coup de pub pour booster les prix avant la vente.

— Un collectionneur anonyme qui loue les services

d'un détective privé pour enquêter dans le plus grand secret ?

— Il appelle ça de la publicité inversée. Si quelqu'un entend parler de quelque chose, bientôt tout le monde va vouloir être au courant. »

César écarquilla les yeux.

« Ça va, je reconnais que ça peut paraître tordu, dit Clément sur la défensive, mais vous devriez aller chez lui. Ce gars sait de quoi il parle.

— Votre grand collectionneur, c'est quoi, sa spécialité ?

— L'art des égouts.

— Pardon ?

— Les W.-C. »

César évacua l'artiste et retourna à son travail, soulagé. Chaque brigade criminelle avait besoin d'un fêlé. Mais le fêlé avait raison de dire que le tableau de Kayser n'avait pas été volé ; il cherchait autre chose.

Un bref coup de fil.

« C'était quoi, ce que voulait le Suisse au sujet de…

— Trop tard », grogna Ménard à son oreille.

Quelqu'un de la police de Munich avait reconnu le nom et le recontactait. Le 8 avril dernier, le comptable florissant Gerd Wilhelm Streicher avait été tué dans un accident survenu dans sa ferme près d'Altomünster, à trente kilomètres au nord de Munich. Il avait été happé dans sa presse à fourrage. Le corps mutilé avait été découvert par sa femme qui rentrait avec les courses ; son mari était seul au moment de cet accident insolite.

César se rappela soudain sa mère le mettant en garde contre les inconnus qui fourraient les petits garçons dans des grands sacs pour les emporter et qu'on ne revoyait jamais. La même chose arrivait aux anciens nazis. Combien Bock en avait-il dans son grand sac ? Combien lui en fallait-il ? César se tourna vers le tableau noir et la deuxième liste. Sous le nom de Baur, il griffonna celui de Streicher et la date. Cela en faisait trois. Jusque-là.

La pluie venait juste de commencer avec un bourdonnement régulier contre les carreaux et lavait tout. De l'autre côté de la place du Parvis, le point zéro à partir duquel on calcule les distances pour toutes les villes de France, et la cathédrale de Paris baignée d'une douce pluie printanière.

Notre-Dame. César s'y arrêtait souvent pour s'y asseoir en silence, environné par huit cents ans de pierre et de verre, et laisser s'envoler son imagination. Ici on avait couronné des rois et pleuré des présidents. Il les voyait tous ; il entendit le grand bourdon Emmanuel, dont le son était si pur qu'il guérissait les sourds. Fixant le vide, il se sentait étrangement ému à chaque fois, se mouvant par l'esprit, détaché d'un corps perclus de désirs, flottant loin des ambitions de ce monde.

De l'autre côté de la place, la pluie d'avril tombait doucement sur le monde de César. Il se reprochait le meurtre de Streicher, n'ayant pas pris à temps l'homme dont il n'avait jamais vu le visage. Peut-être aurait-il dû être fermier comme son père adoptif, un fameux bricoleur. Et un fameux chasseur aussi. Maintenant qu'il avait perdu sa femme, sa proie, et une autre victime… ce serait peut-être bientôt le cas. Que savait-il ? Il aurait dû devenir fermier. Il savait au moins qu'on ne tombait pas d'une presse à fourrage.

Ménard manifesta de la compassion. Il y avait quelque chose qu'il pouvait faire ?

À part lui tirer une balle dans la tête, César n'en avait aucune idée. Munich leur envoyait une photo de Streicher, mais il savait qu'elle correspondrait à celle du dernier homme du groupe. Alors que faire maintenant ?

« Et Marseille ?

— Si Théoule vendait...

— Il le faisait, sinon il n'aurait pas été liquidé.

— D'après les services du Parquet, s'il vendait des informations (qu'il ait tort ou raison, Ménard aimait aller au bout de ses idées), on dit que c'était à l'Allemagne de l'Est ou à la Tchécoslovaquie. Il a sans doute essayé de faire chanter son contact après avoir été viré et quand il s'est retrouvé à sec. Il a dû menacer de livrer des noms à la police. »

César l'aurait parié.

« Et Vichy ?

— Le père d'Émeri Prévert est mort depuis presque dix ans.

— Autrement dit, les assassinats ne peuvent pas remonter à la guerre.

— À moins que Bock n'ait eu un vieux compte à régler pendant tout ce temps.

— On a affaire ici à des crimes crapuleux en série, pas à une vendetta corse. (Il tendit la main vers la carte de la Bavière et de la Haute-Autriche achetée dans une librairie.) Ne lâche pas le morceau. Il y a un fil rouge quelque part.

— Tu crois qu'on finira par lui mettre la main dessus ? » Ménard regardait l'inspecteur déplacer une loupe au-dessus de la région entre Munich et Linz, le superbunker nazi au grand complet avec ses camps de concentration aux deux bouts.

« Bientôt », promit César.

10

Le travail du renseignement était souvent moins une forme de business qu'un mode de vie. L'ingéniosité, la stupidité, l'idéalisme et le courage pur et simple n'étaient tempérés que par des crises de jalousie et d'autodestruction.

Le *Bundesnachrichtendienst* ou BND, le service fédéral du renseignement, se releva tel un phénix des cendres de la défaite et, dès les années cinquante, il luttait contre l'ours russe. En 1958, le service du renseignement recruta Dieter Bock ; au début des années soixante, Klaus Barbie travaillait pour le BND, qui se trouva aux prises à la fin de la décennie avec des hordes de jeunes militants extrémistes et des jusqu'au-boutistes de tout poil. Après le massacre des jeux Olympiques de 1972, le service fut réorganisé et se vit attribuer des pouvoirs et des devoirs supplémentaires. L'un d'eux était de se montrer plus réceptif aux requêtes de tout gouvernement, fût-il français.

« Inspecteur Dreyfus ? »

La communication était claire.

César vérifia l'heure à sa montre. Les Allemands étaient ponctuels comme toujours, d'une rigidité terrifiante. Cette fois, il avait eu du mal à attendre. En proie à l'anxiété, il avait harponné le récepteur dès la première sonnerie.

« *Guten Tag.* (La voix était onctueuse, hypocrite. César regarda par la fenêtre pour s'assurer qu'il ne faisait pas encore nuit.)… *fünf Minuten nach drei. Es tut mir leid*[1] *?* »

Malgré les cinq minutes de retard, les nouvelles réchauffèrent son âme française. L'empreinte du pouce et de l'index sur la lettre d'Himmler appartenait bien à Dieter Bock. Il était en vie et un autre homme était mort ! Le renseignement ouest-allemand n'avait pas de dossier avec les empreintes du mort. L'inspecteur savait-il qui il était ?

César leur dit sur qui portaient ses soupçons et demanda ce qu'ils savaient sur Herbert Reimer.

« Vous dites qu'il appartenait à la Stasi ?

— Apparemment.

— Et on l'a retrouvé à Paris. Intéressant, non ? »

Quant à Bock, il avait été un agent de terrain du BND de mars 1958 à novembre 1967, où il avait eu une épaule blessée pendant le service. Quatre mois plus tard, il fit les démarches pour être mis à la retraite pour incapacité et fut libéré avec une retraite réduite en mai 1968. Il passa la majeure partie de la décennie à Berlin-Ouest avec un sous-traitant du BND (l'unité des gardes-frontières de Berlin). Il recueillait le témoignage des réfugiés est-allemands et contrait les tentatives de la Stasi pour les renvoyer derrière le Rideau de fer. C'était une situation glauque, et, manifestement, Bock fit du bon boulot.

« L'a-t-on jamais soupçonné d'être un agent double ?

— Jamais.

---

1. « Trois heures cinq. Excusez-moi. »

— Arrivait-il parfois que ces gens-là finissent par se lier avec ceux de l'autre côté ?

— De temps à autre. Un respect mutuel, le plus souvent.

— Ou une aide mutuelle ?

— Je ne comprends pas.

— Chacun à tour de rôle, pour faciliter le boulot.

— Quelques-uns le faisaient, oui.

— Mais pas Bock. »

César savait que le BND ne reconnaîtrait rien. Bock et Reimer s'étaient partagé le travail, peut-être même avaient-ils fait du boulot en sous-main. Ils avaient été des associés muets et suffisamment proches pour que Reimer recrute Bock quand il avait voulu rempiler ; pour venir à Paris aussi, quand Bock l'avait appelé. Sous quel prétexte ? De l'argent, probablement. De quelle origine ?

Il n'y avait pas de photos dans les fichiers du BND. Quand un agent quittait les rangs, ses photographies étaient immédiatement détruites pour éviter qu'il soit découvert ou toute mesure de rétorsion éventuelle contre lui ou sa famille. Bock était revenu de chez les morts sans une seule image au monde.

*
* *

Quand André arriva de Zurich, tout chancelant, César était encore en train de digérer le plan culotté de Bock. Était-il antérieur à l'époque où il avait rejoint Reimer, du même côté du Mur cette fois ? (Avait-il *réellement* rejoint Reimer ? Rien n'est jamais évident, se rappela César, et deux sources étaient nécessaires pour recouper l'information.) Bock était d'une patience infinie, mais était-il vraiment si malin que ça ? Aurait-il pu s'y tenir aussi longtemps ? Était-il seul ?

César secoua la tête avec agacement. Évidemment qu'il était seul. Cela n'était pas l'Allemagne nazie. Hitler et Himmler étaient morts. Bock n'avait qu'à faire un pas après l'autre, en commençant par tuer sa femme avant de se tuer lui-même, le tout avec l'aimable bénédiction d'Herbert Reimer, et le plan se déroulerait comme un drapeau. Quel plan ? Quel drapeau ?

André ne savait rien de rien, sauf au sujet de Louis Girard et ce n'était déjà pas mal. Espérant faire un massacre, le banquier suisse s'était lancé dans des entreprises désastreuses. Pour se renflouer, il avait volé des fonds à sa banque. Plus précisément, sur l'un des comptes, un gros compte, un compte sur lequel il exerçait un vaste contrôle. Comprendre comment cela était possible exigerait une lecture attentive du droit bancaire suisse, dit-on à André, mais parmi les éléments, il fallait un compte commercial appartenant à une holding par le truchement de plusieurs directions croisées et un cadre de banque fiable qui était aussi le fondé de pouvoir.

Les contacts de César avaient permis à André de se brancher sur les ordinateurs d'une entreprise de crédit et d'une agence de notation financière qui le menèrent à d'autres ordinateurs industriels en retraçant des données concernant des listings multiples et des fonds fantômes. La piste financière n'était pas facile à suivre ; la dissimulation de l'identité du propriétaire était devenue très sophistiquée. Le rédacteur en chef d'un bulletin financier, qui devait un service à César, et un haut fonctionnaire furent nécessaires avant qu'André puisse dérouler la toile. Au centre se trouvait

Olympic Imports, un satellite de Tech-Tele Systems, lequel était une société commerciale du Liechtenstein ayant de fortes attaches financières avec Deutsche Industries AG.

Deutsche Industries, comme André ne tarda pas à l'apprendre, était la branche commerciale de l'Export Bank de la Deutsche Demokratische Republik.

L'Allemagne de l'Est !

César empoigna le téléphone et grommela quelque chose à Ménard. Illico, oui. Il l'attendait.

Il se tourna vers André, fut tenté de l'embrasser. Il se contenta d'un sourire. Sa deuxième source. En avant !

Spécialisé dans le suivi des données, Olympic Imports acheminait des fonds vers une demi-douzaine de pays d'Europe occidentale à des intervalles irréguliers. Des injections d'argent importantes et soudaines étaient courantes. Manifestement une telle activité n'était pas cyclique et ne suivait pas la procédure commerciale normale.

« Ce qui en fait une couverture pour financer des opérations de renseignement dans d'autres pays », avança César.

Couverture ou pas, le compte d'Olympic Imports était assez conséquent. Généralement maintenu à plus de deux millions de francs suisses ; les sorties annuelles dépassaient un million. C'était le plus gros compte de Girard, celui dans lequel il choisit de puiser.

« Mais pourquoi se faire la belle ? s'interrogea André.

— Il a paniqué, sans doute. (César ne pouvait s'empêcher de compatir avec Girard.) Il a appelé son contact et il a avoué, sans savoir à quel point ces gens-là étaient sans pitié. Un rendez-vous a été fixé à Nice, où Bock l'a rencontré. »

Ils repassèrent en revue les détails, confirmant ce que César avait pensé : Bock travaillait pour Reimer avant de le liquider. Quand Ménard rappela, il commençait à se sentir mieux.

« Tu avais raison. Olympic Imports est ici.

— Où ça ?

— Boulevard Raspail.

— Et voilà comment Bock recevait ses dix mille francs cash par mois, expliqua longuement César à André. Déposés sur un banc dans un parc, ici même à Paris, par un agent de la Stasi envoyé par Olympic Imports. »

César se frotta les mains avec satisfaction. Après tout, la vie était belle.

« Je vous ai parlé de Peter Kayser ? » demanda André.

Ses mains se séparèrent brusquement comme du verre frappant la pierre.

« Je ne crois pas l'avoir fait. Bref, son nom est sorti sur l'ordinateur à propos d'une des transactions qui ont mal tourné pour Girard. Il n'a pas très bonne réputation. »

L'humanité a vécu sans prisons pendant des millénaires, mais brusquement, il n'y en avait plus assez pour tout le monde. La France, par exemple, avait 36 000 détenus mais 30 000 places seulement – et il en fallait chaque jour davantage. César se demandait où on les mettrait. Ou si Bock serait du lot.

« Un détective privé de Zurich », remarqua André, l'air intéressé.

César baissa les yeux sur la ligne de vie qui traversait sa paume, incapable de jauger sa longueur au milieu des rides de joie et de chagrin gravées dans la chair. Était-il très avancé ?

« Il y a des gens qui naissent du bon côté dès le départ, comme ce Suisse. (Le regard d'acier d'André fit le tour du bureau, notant tout.) Les autres passent leur temps à faire semblant. »

Curieusement, César pensait la même chose en grande partie. Brusquement, il ne se sentait plus aussi confiant. Bock lui glissait entre les doigts, tournoyait pour lui échapper. Peut-être ne pourrait-il tout maintenir à bout de bras, peut-être même perdrait-il le contrôle. À moins que ce ne fût encore son imagination ? Il était certainement assez malin pour suivre la piste. Même André était impressionné.

« Le nazi ne devait pas s'attendre à ce qu'on grille sa couverture à l'Est.

— Peut-être que si, va savoir. (César se tapota le sommet du crâne, là où il se déplumait. Son père avait-il eu ce genre de souci ?) Bock au bloc », grogna-t-il en congédiant André d'un geste.

La photographie envoyée par Munich était posée sur son bureau. Gerd Streicher était le dernier homme du groupe, comme César s'en était douté. Les trois potes de Dieter Bock – avant qu'il les tue – et un mort de la police secrète est-allemande. À présent, tous faisaient partie du dossier.

Le téléphone de nouveau. Félix leur signalait la mort d'un sixième homme avec le PPK de Bock.

« À Strasbourg, cette fois. En juin dernier, mais ils viennent seulement de procéder à l'étude balistique. Même style que votre homme, une balle dans le front. Une description, aussi.

— Ça colle ?

— Pas du tout. »

César examina le nom sur son bloc-notes. Paul Dussap avait été un chef de la Résistance pendant la guerre quand le garçon vivait dans une ferme en pleine cambrousse où il était caché après la déportation de ses propres parents à Auschwitz. Il se rappelait le nom, il les avait tous mémorisés. Dussap se battait avec d'autres contre les nazis qu'ils haïssaient.

Ils étaient de retour. Sauf qu'il n'y avait plus de nazis. Il n'y avait que des Allemands de l'Est. Et Dieter Bock.

*
* *

« Putain ! Six victimes en un an ! s'exclama Ménard quand il apprit la nouvelle. On croirait ces opéras qui forment un cycle complet.

— *L'Anneau des Nibelungen* ?

— Les Allemands sont très méthodiques.

— Sauf qu'il n'y a que quatre opéras dans le *Ring*.

— Disons qu'avec six, on n'est pas loin du compte. »

César aimait le téléphone. C'était rapide, commode, et c'était toujours facile de raccrocher. Toutefois, Ménard avait raison d'une certaine façon. Le cycle avait été incomplet jusque-là.

Quand Ménard entra dans son bureau, César était au tableau en train d'écrire le nom de Dussap entre celui d'Émeri Prévert à Vichy et de Théoule à Marseille.

« On n'aura plus rien à mettre sur cette liste, dit-il par-dessus son épaule. Bock était un bon Allemand. »

Ce fut une autre liste qui retint l'attention de Ménard.

Kurt Linge – Vienne, 10 janvier

Max Baur – Salzbourg, 13 février

Gerd Streicher – Munich, 8 avril

César remit la craie à sa place.

« Qu'est-ce qui manque ?

— Mars. »

Il contourna son bureau pour regagner son fauteuil. « Comme la plupart d'entre nous, Bock fait les choses à son rythme. (Il s'assit.) Même les assassinats.

— Un homme par mois, murmura Ménard.

— Sur cette liste-là, oui.

— Ce qui veut dire qu'il a moins de temps pour tuer.

— Ou plus d'hommes. »

Le meurtre était plus facile à commettre qu'à prouver. Pour le faire condamner, il fallait une victime et que la mort soit un meurtre au sens légal, effectué par l'inculpé. Avoir un cadavre était également préférable.

« Et maintenant ?

— Trouver le corps du mois de mars. »

Ménard considéra les villes sur la liste : Vienne, Salzbourg, Munich.

« Pas en France, dit-il.

— En Allemagne. »

Là où César avait toujours su que ce serait. « Ou en Autriche.

— Possible.

— Mais comment ? (Ménard, sur le divan, croisait les jambes et agitait le pied pour libérer sa frustration.) On ne sait pas où chercher. Ça peut prendre des semaines de passer en revue toutes les morts accidentelles, des mois. Qu'est-ce qu'on doit chercher ?

— Un vieux nazi, bien sûr. »

César était convaincu que le plan de Bock remontait aux SS. Linge, Baur, Bock étaient tous d'anciens SS. Même Streicher avait fait partie des civils travaillant pour les SS ; il s'occupait des chiffres, comme de l'argent.

« Ça peut quand même prendre une éternité.

— Oui, si c'est la police allemande qui s'en charge.
(César fouilla dans le tiroir de son bureau.) Pas si c'est
un chasseur de nazis, non ? »

Ménard dressa l'oreille.

« Des gens qui traquent les nazis recherchés pour
crimes de guerre, comme ils l'ont fait pour Eichmann
à l'époque.

— Tu as quelqu'un en tête ?

— Quelqu'un sur qui j'ai lu quelque chose. Un
couple marié, en fait. (Il déplia une coupure de presse,
y jeta un coup d'œil.) Eux seraient peut-être capables
de nous aider.

— Ils sont où ?

— Ici même, à Paris. Lui est un Juif français dont
le père a été assassiné à Auschwitz ; sa femme est une
Allemande dont le père a servi dans la Wehrmacht.

— Pas banal, commenta Ménard.

— Rien n'est banal quand on parle des nazis. » Il
tendit la coupure de presse à Ménard.

« C'est quoi ?

— Ça parle d'eux. Il y a quelques années, elle est
allée en Bolivie pour réclamer l'expulsion de Barbie et,
avant ça, elle a giflé Kurt Georg Kiesinger, le chancelier allemand qui avait travaillé pour Hitler, en pleine
réunion électorale à Berlin. Je crois qu'il a perdu après
ça. Puis tous les deux ont essayé d'enlever un chef
de la Gestapo pour le transférer en France afin qu'il
soit jugé, au moins symboliquement, et ils ont atterri
derrière les barreaux en Allemagne.

« Mais peuvent-ils retrouver pour nous un nazi
mort ?

— Si quelqu'un le peut, c'est eux. (César appela la

standardiste.) Il y en a encore tellement qu'on finira sûrement par gagner.

— Imagine qu'il ne soit pas recherché ?

— Alors on perdra ! »

*
* *

La Sorbonne grouillait de monde comme toujours. César se tenait avec Jacqueline Volette dans un jardin rempli de rangées de fleurs très droites qui faisaient face au soleil couchant. Le jardin était un carré parfait taillé dans la pierre italienne, avec d'élégantes allées et de nobles statues. Une promenade serpentait entre les plates-bandes de jaune et de rouge, des couleurs vibrantes qui n'arrivaient pas à la hauteur de la flamme que César sentait se consumer à ses côtés. Même en colère, elle brûlait d'ardeur.

« Cette femme qui venait voir Bock durant cette année qu'il a passée rue de Malte avait vos cheveux, vos yeux et même votre sourire, attaqua-t-il sans ambages. La concierge vous a reconnue tout de suite sur la photo.

— Quelle photo ?

— Votre dossier à l'université.

— Et c'est un crime ? demanda Jacqueline à César. J'ai enfreint la loi ?

— Je n'ai pas arrêté de me demander pourquoi vous alliez voir ce type qui avait tué votre sœur, poursuivit-il. Mais je connaissais déjà la réponse.

— Vous saviez quoi ? répondit-elle, hargneuse. Je suis allée le voir, et après ?

— C'était davantage qu'une visite, dit César, écœuré. Vous et Dieter Bock étiez amants. »

Jacqueline Volette fit un pas en arrière, croisa les bras, les serra contre sa poitrine d'un geste défensif.

« Vous étiez amants quand votre sœur était encore en vie. »

Le visage de la jeune femme avait une tonalité méditerranéenne, de longs cils et des yeux en amande, une bouche pulpeuse. Les mains étaient des arabesques gravées par Cellini. Il avait l'impression de regarder Vénus s'éveiller sous son regard.

« Nous étions amants, en effet. (Il y avait du défi dans sa voix.) Mais pas à cette époque.

— Quand ?

— Après. (Ses yeux regardèrent César avec aplomb.) Cela a commencé quelques mois après qu'il a tué Bernadette.

— Il vous a obligée ?

— C'est moi qui suis allée vers lui, je croyais pouvoir l'amener à avouer qu'il l'avait tuée. J'étais prête à tout pour obtenir ses aveux, pour qu'il paye.

— Vous étiez hystérique.

— J'étais prête à tout.

— La police est là pour ça. »

Jacqueline s'esclaffa.

« Qui m'aurait écoutée ? Même la compagnie d'assurances lui a versé l'argent.

— Alors vous êtes allée le trouver et vous lui avez demandé d'avouer ? (César secoua la tête avec perplexité.) Vous vous attendiez à ce qu'un SS se mette brusquement à planter des roses au lieu de semer des tombes ? Mais ce ne fut pas le cas, bien sûr. Qu'a-t-il fait ?

— Il m'a droguée la première fois, je ne sais pas avec quoi. J'étais sans défense. (Elle fit ce qu'elle

put pour contenir le tremblement qui la parcourait.)
Ensuite…

— Il vous a menacée.

— Oui, non. Pas de menaces. Ce n'était pas comme
ça. (Elle s'humecta les lèvres.) Il m'a parlé. Mais plus
il parlait, plus j'avais l'impression d'être privée de
volonté. Les choses étaient comme il disait. »

Ses yeux s'écarquillèrent tandis que le rouge lui
montait au front. César regarda son visage se durcir.

« Il a dit qu'en réalité je détestais ma sœur et que
j'étais bien contente qu'elle soit morte, que j'avais
toujours eu envie de lui, mais n'avais jamais eu le
courage de le reconnaître tant qu'elle était en vie. (Sa
voix devint hésitante.) Au début, j'ai pensé : il essaie
de m'hypnotiser, j'avais déjà entendu parler de ça.
Mais après, j'ai commencé à me dire qu'il y avait
peut-être du vrai dans ce qu'il disait.

— Que vous la détestiez ?

— Que j'avais eu envie de lui. Sinon, pourquoi
serais-je allée là-bas ? Peut-être que sa mort était pour
moi un prétexte. Je ne savais plus quoi penser. Je ne
le sais toujours pas. »

Jacqueline Volette fronça les sourcils et attendit. Le
ruban rouge autour de son cou accentuait la blancheur
de sa peau au-dessus du col volanté de son corsage.
Elle fleurait l'azalée.

« Et ça a continué comme ça pendant tous ces mois ?
s'entendit-il demander.

— Je pensais sans arrêt à le tuer, j'en rêvais, et
pourtant j'y allais dès qu'il me le demandait.

— Vous espériez arriver malgré tout à le faire
avouer, essaya de dire César.

— Non, inspecteur. À ce moment-là, je ne pensais

qu'à me sauver moi-même, je peux vous l'assurer. Mais j'en étais incapable, ne comprenez-vous pas ?

— Pourquoi cela ?

— Comment pouvez-vous fuir la chose que vous désirez ? »

Ses yeux se fondirent dans les siens, opérant un transfert de sensations plutôt que de vérité. César savait ce qu'elle ressentait puisqu'il l'éprouvait, il sentait la douleur se diffuser lentement dans son corps. Obsédé, il avait perdu sa liberté.

« Puis Bock est parti », balbutia-t-il comme si elle l'ignorait.

Elle fit signe que oui.

« Il m'a dit qu'il quittait la France pour de bon.

— Mais vous l'avez supplié de rester.

— J'acceptais qu'il s'en aille. Comment puis-je l'expliquer ? Le chagrin et la joie, c'est souvent pareil.

— Vous a-t-il dit où il allait ?

— Ce n'était pas son genre.

— Vous me le diriez, s'il vous l'avait dit ?

— Il a tué ma sœur quand même. »

Jacqueline Volette détourna les yeux, son regard se porta vers le jardin. Des ombres s'avançaient à travers les massifs, estompant la couleur vive des plantes à bulbes. Elle avait détourné son regard, mais pas avant que César ait entrevu l'ambition féroce qui lui faisait refuser le mariage afin de faire carrière dans un monde d'hommes. Il se moqua de son propre aveuglement. La motivation de la jeune femme, c'était l'argent, pas les hommes. La passion était pour elle un piège passager.

« Où a-t-il pu aller, d'après vous ?

— Il a des connaissances à Cologne.

— Pourtant, il a pris l'avion pour Munich et il

a disparu, expliqua patiemment César. En laissant 120 000 francs derrière lui. »

Jacqueline plongea dans le regard incandescent de César. Elle parut interloquée.

« Et pas seulement, reprit-il doucement. Il y a un détective suisse qui est sur sa piste, un dénommé Kayser. Ça vous dit quelque chose ? »

César regarda les roses sur les joues de Jacqueline virer au pourpre en se froissant.

*
* *

« Tu connais bien l'œuvre de Flaubert ?

— *Madame Bovary* seulement.

— Un génie, soupira Tobie. On dit qu'il accordait autant d'importance au style qu'au contenu.

— Parfois c'est le style qui fait tout », remarqua Ménard.

Maton s'était arrêté dans le bureau de César, qu'il avait trouvé vide, et avait fait un saut chez Ménard.

« Pas seulement, il dissimulait ses propres pensées et ses sentiments pour parvenir à une objectivité complète dans son œuvre. Pourquoi ne pouvons-nous pas en faire autant, je me le demande.

— Peut-être qu'écrire des romans et traquer des malfrats, ce n'est pas pareil.

— Bien sûr que si, affirma Tobie. Flaubert observait la vie de ses personnages d'un œil strictement scientifique, comme nous devons le faire pour nos suspects.

— Ce qui veut dire ?

— La fusillade, l'autre soir. Bock veut manifestement se faire César, il commence à lui chauffer les fesses. (Maton fit une pause.) Cela dit, si je faisais une observation scientifique de mon suspect, je dirais que c'est maintenant que le nazi devient dangereux. Un loup blessé.

— Et ça t'inquiète ?

— Pas toi ? »

Ménard fit semblant de n'avoir pas entendu ; s'inquiéter pour son chef pouvait être un job à plein temps.

« Et tu crois que César ne prend pas Bock au sérieux.

— Pas suffisamment.

— Qu'est-ce que tu ferais à sa place ?

— Je laisserais tomber, décréta Tobie avec emphase. Ou alors je demanderais de l'aide. »

Le commentaire fit sourire Ménard.

« Tu connais notre inspecteur. »

Maton opina.

« Un solitaire, malheureusement.

— En plus, il n'est pas sûr que c'était Bock l'autre soir.

— C'est quoi, ça ?

— Je veux dire : il en est sûr en un sens. Mais comme il dit, pourquoi Bock recruterait-il une bande d'amateurs pour liquider un poulet ?

— Probablement qu'il n'a pu trouver personne d'autre, proposa Tobie.

— Peut-être, concéda Ménard. Mais quand même.

— Il a d'autres suspects ?

— Pas vraiment. Juste une intuition, je suppose.

— Une intuition, répéta Tobie, distraitement.

— Ces efforts d'imagination dont il parle toujours.

— J'espère seulement qu'il n'y laissera pas sa peau un de ces jours.

— Bref, toutes nos informations nous ramènent à Bock, rappela Ménard, jovial. Surtout maintenant qu'il est de retour. »

L'inspecteur s'approcha de la fenêtre, considéra son reflet dans la vitre.

« Où est César ?

— Le prince des Ténèbres ? (Ménard imita Bêla Lugosi dans *Dracula*.) Venez, enfants de la nuit…

— Tu ne sais pas.

— Moi ? (Ménard enfila son blouson.) Tout ce que je sais, c'est que j'ai l'ordre du quartier général d'être rentré chez moi dans une demi-heure. Salut. »

*
* *

Depuis l'île de la Cité, les lumières de la rive gauche avaient l'air d'autant de taches sur une toile surréaliste. Pendant que des fonctionnaires zélés rénovaient le Marais et enjolivaient Passy, la rive gauche s'occupait de commerce et de culture dans une cacophonie de langues. Troublé, César flâna dans le quartier surpeuplé avant de s'arrêter aux Deux Magots pour boire un café.

Il y avait du monde, mais César ne vit pas l'ombre de Sartre ou de Juliette Gréco. Aux tables des hommes faisaient la roue et des femmes la moue, et tout le monde s'exprimait avec exubérance. Il observa un couple proche de lui qui se tenait les mains, le doigt du garçon suivait les veines bleu clair sur le poignet de la fille. Il avait souvent fait la même chose lui-même quand il était jeune avec des filles à la taille fine, frôlant leur peau de la sienne, faisant naître de petits frémissements qui caressaient l'œil. Il se rappela la première fois où il avait touché une fille de cette façon, le bras de la fille, la douceur lisse à l'intérieur du bras, il y avait si longtemps de cela. Brusquement il était de retour à Strasbourg et elle réagissait à son contact, là dans le champ près de la maison de ses parents adoptifs. Elle était l'amour et il était la vie à une époque où tout le monde était heureux, où la terreur s'était envolée. Une époque dorée, un an, un jour, un instant. Où était-elle à présent ? César n'en savait rien. Où était-il ?

Le couple était parti quand il regarda de nouveau. À leur place étaient assis des touristes à lunettes de soleil mauves, alors qu'à une table proche des écrivains en herbe dénonçaient d'une voix forte tout ce qui avait été écrit depuis le Moyen Âge.

Juste devant lui, une fille en jeans comptait soigneusement sa monnaie. Elle avait les doigts maculés de peinture, les ongles rongés. À côté d'elle, une tasse vide témoignait d'un séjour prolongé. Elle était seule et pas jolie.

« Ça devrait suffire pour elle aussi, dit César en indiquant la fille, et il tendit vingt francs au serveur. Merci. »

Il fit deux autres arrêts sur le chemin du retour et descendit un ballon dans chacun. Les bistrots étaient utiles pour changer un état d'esprit, voire en créer un autre. Dans sa vie, César avait créé beaucoup d'humeurs dans beaucoup de cafés, et certaines identités aussi. Toutes se perdaient dans le temps, toutes sauf celle du chasseur. Celle-là, il n'avait pas réussi à l'exorciser. Eh bien, la vie était jonchée d'identités ratées et la tombe était en chacun de nous. Il jouerait le rôle du chasseur jusqu'à ce que son tour arrive. Il ne lui vint pas à l'esprit que d'autres avaient pu échouer exactement de la même manière.

Rue de Meaux. La vieille rue était assoupie dans l'obscurité, à la façon dont les vieillards sommeillent entre deux plongées dans leurs souvenirs. C'était l'heure du dîner pour les gens huppés qui se rassemblaient dans de grands restaurants pendant que des hordes de travailleurs se blottissaient dans leurs logis comme des troupeaux d'oies contre la venue de l'aube.

Indifférent à la nuit et au jour, César tourna le coin de sa rue avec lassitude. En bas de la rue, une Peugeot noire ronronnait discrètement, tous feux éteints, deux mains fermes serrées sur le volant. Malgré les ténèbres, le chauffeur repéra rapidement César et s'écarta du trottoir. Les phares toujours éteints.

Au carrefour, César entreprit de traverser. Une douzaine de pas fatigués, deux douzaines, jusqu'au bout de la terrasse et il serait rentré. *Ende gut, alles gut*[1].

Strasbourg le préoccupait. Pourquoi tuer Dussap, un héros de guerre ?

Jacqueline Volette le préoccupait encore plus.

Au loin, un missile à deux tons fusait vers sa cible. Des cailloux crépitèrent par-dessous. La lune était perdue derrière des nuages de plomb et même les briques blanches ne produisaient aucune clarté.

Au moins, ils en avaient fini avec Vichy. Émeri Prévert avait vendu à l'Allemagne de l'Est des documents datant des années où son père était au gouvernement, agissant sans doute pour le compte des Russes, qui étaient très versés dans ce genre de trafic. Ils payaient le prix, puis repayaient Prévert pour sa trahison. D'après l'informateur de César qui appartenait à la Sûreté, les documents avaient été fabriqués de toutes pièces par Prévert fils pour de l'argent.

César était à mi-hauteur du carrefour quand la voiture déboîta dans l'obscurité à vingt mètres.

L'instinct lui fit tourner la tête et lui sauva la vie.

---

1. « Tout est bien qui finit bien. »

Un quart de seconde.

Le bruit emplit ses oreilles pendant qu'il sentait une brusque montée d'adrénaline, poussant son corps, lui fouettant le sang, activant ses muscles. Bouger. Mouvement aveugle à toute vitesse, jambes qui tournent, bras qui se tendent et cœur qui cogne. Qui explose. Trop tard. Trop tard. Tant pis.

Il le faut !

César arqua son corps – un albatros en vol – et plongea sur le capot d'une voiture garée là tandis que la machine à tuer faisait une embardée pour le happer en défonçant la taule, lui passant au ras des talons.

Il atterrit sur l'épaule, faisant éclater la chair tendre tandis que sa tête tatouait le métal en rebondissant sur le capot, son corps dégringolant pêle-mêle de l'autre côté pour retomber sur le trottoir comme une girouette en folie. Privé de ses sens, ce fut à peine s'il entendit le rugissement du moteur qui avait remis les gaz.

La douleur le clouait au sol. Il se sentit trembler de peur et d'excitation aussi. Bock ! chuchota César férocement. De retour à Paris et ajoutant un nouvel accident à sa liste.

César s'efforça de rassembler ses forces, en vain, et retomba en arrière contre la roue. Il resta affalé, cherchant des forces pour la prochaine rencontre.

Au-dessus de lui, des rais de lumière commencèrent à filtrer derrière des stores. Des dents minuscules dans un visage sympathique.

César attendit.

11

Que savaient de Paris les Parisiens, en fin de
compte ? Ils étaient trois millions à vivre avec, à partager son soleil et profiter de son clair de lune, bien
sûr, mais dans certaines limites. Par exemple, aucun
vrai Parisien n'était jamais grimpé au sommet de la
tour Eiffel ni n'avait descendu la Seine sur un des
bateaux-mouches qui partent tous les jours du pont de
l'Alma sur la rive droite, tandis que les ponts grouillent
de touristes. Le vendredi matin, César, tranquillement
assis près du parapet, léchait ses plaies en observant
la berge, et il voyait Dieter Bock.

Martel se glissa sur le siège voisin.

« Le meilleur endroit pour se donner rendez-vous à
Paris, dit-il, affable. Personne ne parle français.

— Espérons que nous, si, remarqua César sans se
retourner.

— Si c'est au sujet de Bock…

— Et de Junot ?

— Vous avez parlé de Bock au téléphone. »

Martel posa le bras sur le dossier du banc et examina César qui aurait voulu être ailleurs. L'homme à
côté de lui chapeautait le secteur Europe occidentale
du SDECE. Pis, il avait collaboré avec les nazis pen-

dant l'Occupation. Il était, après tout, dans la police politique et n'avait fait que son boulot en appliquant les lois en vigueur à l'époque. En reconnaissance de quoi il avait été récompensé après la guerre par un emploi où ses contacts servaient au mieux les intérêts de la France. Comme en ce moment, peut-être, se dit César. L'homme était une fouine.

« Il y a environ un mois, dit César, vous avez fait faire des faux papiers allemands au nom d'Otto Wirth.

— Ah bon ? »

Le visage de Martel resta impassible.

« Vous avez même donné au faussaire votre numéro de poste.

— Quelle négligence de ma part.

— Ce n'était pas de la négligence, le reprit César. Vous vouliez laisser une trace de sorte que si quelqu'un était sur sa piste, c'est Wirth qu'il chercherait. C'était la nouvelle identité sous laquelle il devait être connu.

— L'identité de qui ?

— Bock, bien sûr. Vous aviez déjà prévu d'autres papiers avec le nouveau nom qu'il devait utiliser réellement.

— Pourquoi aurais-je fait ça pour Bock ? interrogea Martel.

— Parce qu'il est venu trouver le Service pour se livrer en passant par votre intermédiaire. »

Les deux hommes fixaient l'eau. Autour d'eux, les gens prenaient des photographies, se tenaient par la main, grondaient les enfants. Un autre bateau bourré de touristes passa et César se demanda comment il leur apparaissait. Voyaient-ils ses pommettes saillantes, les yeux du chasseur à l'affût ? Ou commençait-il à ressembler à une proie ?

« Inutile de se jouer la comédie, vous et moi, n'est-ce

pas ? (Martel sourit, sa tête sautillant comme un ballon jeté sur les vagues.) Je connais Bock depuis la guerre.

— Vous le connaissez bien ?

— Assez bien, je peux vous l'assurer, César.

— "Inspecteur", ça ira.

— Comme vous voulez. (Le sourire s'effaça.) Et vous voulez que je vous aide, que je vous dise ce que je sais.

— Cela ne marche-t-il pas dans les deux sens ?

— Pas toujours à égalité.

— Une réponse pas facile, souligna César.

— Alors attendons les questions faciles, monsieur l'inspecteur. »

Celles-ci ne se firent pas attendre, il fallait bien l'admettre. Martel avait fait la connaissance de Bock en 1942. Il avait eu l'impression que l'homme avait peu d'amis, mais n'était-il pas allemand ? Cependant il aimait les Français et savait apprécier le tempérament latin. Ainsi, Bock croyait que la tactique de la terreur ne marcherait pas en France comme dans les régions d'Europe orientale. Les Français, affirmait-il, tenaient plus que tout à être considérés comme des gens intelligents, donc il était évident qu'il fallait d'abord se rallier leurs intellectuels et leurs artistes en entretenant une vie culturelle. On s'y employa efficacement et, en 1943, au summum de l'occupation allemande, on publiait en France plus de livres qu'aux États-Unis.

Martel savait-il si Bock avait eu à voir avec cette politique ?

Possible, mais d'une façon minime, puisque au départ il avait été attaché au QG des SS à Berlin.

Ce fut au cours du deuxième séjour de Bock à Paris que Martel fit sa connaissance. Bock avait été envoyé pour observer les méthodes des SS sur le terrain et il s'était déjà rendu à Lyon. Haut lieu de l'industrie, Lyon était le centre de la Résistance où un nouveau chef de la Gestapo, Klaus Barbie, appliquait des méthodes répressives redoutables. Bock pensait que Barbie était un bon policier et un bon stratège, mais qu'il n'avait aucun bon sens, et il fit son rapport à Berlin.

Martel avait-il vu ce rapport ?

Bien sûr que non. Il servait d'agent de liaison pendant le séjour de Bock à Paris et savait seulement ce qui se disait dans les conversations.

Bock avait trouvé Paris merveilleux lors de ce deuxième séjour. Malgré les pénuries de la guerre, la ville rayonnait de vitalité. Les cafés et les cabarets étaient ouverts, les théâtres et les dancings, les restaurants, les champs de courses, les musées, les bibliothèques. On imprimait des journaux, on montait des pièces, on tournait des films. Sartre et Simone de Beauvoir publiaient leurs livres avec la croix gammée confirmant l'*imprimatur* nazi. La collaboration était la politique des pouvoirs publics, Paris était la capitale de la France, et comme toujours, les Français se montraient très pragmatiques. Quand finalement Bock partit pour Rouen, il fit le vœu de revenir un jour.

César voulait avoir des dates. Quand Bock avait-il quitté Paris ?

Autour de la mi-juillet.

Le 28 juin 1942, Eichmann débarquait à Paris avec l'ordre d'Himmler de déporter tous les Juifs français vers l'est. Les 16 et 17 juillet, neuf mille policiers, aidés par quatre cents auxiliaires de la Milice, raflèrent un peu plus de treize mille Juifs parisiens et les parquèrent dans un stade, le Vél' d'Hiv, avant de les expédier à l'est pour y être massacrés. C'était le chapitre le plus noir de l'histoire de la police française, un chapitre que César n'arriverait jamais à réconcilier avec sa qualité de policier et de Juif. Et savoir que la préfecture de police de Paris avait livré à la Gestapo son fichier des Juifs français avec le nom de 150 000 personnes n'arrangeait rien.

Il n'existait aucune preuve pour associer Bock à Eichmann ou aux rafles policières, mais César prenait désormais sa présence à Paris à cette période précise comme un nouveau clou planté dans le cercueil qu'il entendait bien fermer une bonne fois. L'homme était devenu un symbole et sa quête une croisade.

Les dates avaient-elles une signification particulière ? s'enquit Martel.

César secoua la tête. Il se renseigna rapidement sur le premier voyage de Bock à Paris. Martel savait-il quelque chose là-dessus ?

Indirectement, sans plus, d'après ce que Bock et d'autres en avaient dit. La Résistance était encore balbutiante, encouragée et soutenue par l'organisation de la France libre créée par de Gaulle, et les combattants de l'ombre n'avaient pas encore commencé à tirer parti des Catacombes. À la fin de 1941, les lumières s'éteignaient partout dans le monde. Les choses changeaient pour Bock aussi ; il appartenait désormais à l'état-major personnel d'Himmler.

Décembre à Paris. Bock était venu pour liquider Karl Masaryk, le chef de la Résistance tchèque qui s'était enfui d'un camp de concentration et avait traversé la moitié de l'Europe en jetant de l'huile sur les feux de l'opposition. Partout où il passait, il ridiculisait les SS et Himmler voulait sa mort.

César avait entendu parler de Masaryk, bien sûr, une personnalité charismatique qui insufflait le courage et l'espoir chez ceux qui se trouvaient sous la botte nazie. Poussé par son exemple, on avait exécuté Reinhard Heydrich, le protégé d'Himmler et le véritable architecte de la Shoah. Tandis que des gens comme Gandhi conseillaient aux millions de Juifs de se résigner au suicide de masse et que le pape leur promettait des récompenses éternelles, Masaryk leur disait de se battre. Se battre ou mourir. Et quand le dernier résistant juif du dernier immeuble en flammes du ghetto de Varsovie fut finalement assassiné après vingt-huit jours de combat avec des couteaux et des bâtons contre des tanks, ce fut le nom de Karl Masaryk que les troupes furieuses et infâmes des SS découvrirent sur l'un des rares pans de murs encore debout.

Mais ils ne le retrouvèrent jamais, dit Martel, nulle part dans Paris. La Gestapo ne parvint pas à le localiser et Bock ne réussit pas à le tuer, et bientôt il rentra à Berlin et Masaryk se tira.

Pour aller où ?

À Casablanca.

Il s'enfuit de Paris et alla à Marseille, puis à Oran et, pour finir, à Casablanca, qui était aux mains du régime de Vichy comme faisant partie de la zone libre. Là, il rencontra un agent britannique qui le fit passer à Lisbonne, puis à Londres, où il aida à organiser la clandestinité.

Pour César, cela voulait dire que Bock s'était ramassé. Il n'était pas parfait.

Mais pourquoi l'avait-on choisi pour tuer Masaryk ?

L'inspecteur devait comprendre. Certains dans l'état-major d'Himmler avaient l'instinct du tueur.

Bock ?

Peut-être lui plus que tout autre.

Le regard de César se tourna vers l'eau au moment où le bateau-mouche remontait la Seine en glissant

sereinement à la surface, tandis qu'il voyait en imagination un instantané du revolver de Bock. Fin 1941...
le nazi était devenu un tueur à gages avec son propre
PPK, exactement comme l'avait dit l'armurier. Il avait
tué au profit des SS, de l'Allemagne de l'Ouest et
de l'Allemagne de l'Est, et maintenant, finalement, il
tuait pour lui-même. Ses dernières victimes étaient en
dehors de la juridiction de l'inspecteur, mais tout ce
que le garçon voyait, c'était la bête à Berlin ordonnant
à Bock de tuer ses parents. César voyait les sourires
cruels, entendait les voix venimeuses.

« *Kaputt machen.* »

— *Jawohl, Reichsführer*[1]. »

« Quel dommage. »

La tête de César se tourna brusquement vers Martel
à son côté, sourire aux lèvres.

« Quel dommage, disais-je, que Bock n'ait pas
trouvé Masaryk ici à Paris. Qui sait ? Les choses
auraient peut-être tourné autrement. »

César s'efforça de conserver son calme.

« Et pour Junot ? »

Le sourire tourna à l'aigre.

« Qu'il crève ! »

Avait-il bien entendu ? Les yeux de l'inspecteur
lançaient des éclairs rouges.

« Nous ne sommes pas la police politique, monsieur
le chef de service, déclara César.

— Junot a reçu l'ordre de se lancer aux trousses
de Bock. Si vous le trouvez le premier, j'aurai ce
que je veux. »

Des malfrats et des tueurs, se rappela César, mais

---

1. « Achevez-les ! – Oui, *Reichsführer* [titre de Himmler, chef de
la SS et de toutes les polices du Reich] ».

comment aurait-il pu en être autrement ? Le conflit et la guerre étaient leur fonds de commerce, et la nation avait besoin de sa police secrète autant qu'une main a besoin de ses doigts ; de leur point de vue, la paix était une illusion – ne serait-ce qu'à l'intérieur du Service.

« Pourquoi Junot n'était-il pas au courant pour Bock ? demanda-t-il. Cela aurait dû passer par son secteur.

— Vous ne devinez pas ? (Martel avait retrouvé son large sourire.) Junot est sur un siège éjectable. Il n'a jamais vraiment fait partie de la Maison, de toute façon ; même en Algérie, il était gaulliste quand tout le monde était pour l'OAS. Maintenant que de Gaulle est parti… (Il regarda César.) Il a toujours été un outsider dans le Service, comme vous dans la police. En tant que Juif, je veux dire. (Martel rigola.) Je veux juste faire en sorte qu'il soit viré une bonne fois.

— Alors vous aurez le secteur Proche-Orient, c'est ça ?

— Pourquoi pas ? L'Europe de l'Ouest est le centre du renseignement pour le Proche-Orient de toute façon. (Il croisa les jambes et tendit son cou.) On s'offre une balade ? »

Le bateau passait lentement devant le quartier général de la police.

« Je trouverai Bock, lança brusquement César. J'ai mes propres raisons. »

Le chef de service approuva.

« Si je peux vous êtes d'un quelconque secours…

— Vous pouvez commencer par une photo.

— Comment ?

— Vous avez retiré sa photo de son dossier au commissariat parce que votre chef ne voulait pas qu'on connaisse sa tête. (C'était au tour de César de sourire.)

Vous l'avez apportée avec vous parce que vous avez besoin que je le retrouve. Le général ne croit pas que Junot puisse y arriver. »

César tendit la main.

Le fini brillant s'était terni. Il tint délicatement l'épreuve entre ses paumes moites, les genoux scotchés l'un contre l'autre de peur qu'elle ne glisse entre ses doigts. Au bout d'un moment, il baissa les yeux pour regarder le diable en face.

C'était en 1945 et Dieter Bock avait vingt-six ans, il était grand et bel homme dans son uniforme noir de SS. Un spécimen supérieur de la race aryenne. Ses yeux étaient aussi profonds que le Danube et d'un bleu glacial, sa bouche était un fin trait décoloré taillé dans un bois teutonique. Le visage exprimait la force et la détermination. César était sidéré de voir à quel point la peau ne laissait rien deviner du cœur humain. Était-ce la raison pour laquelle les peuples aborigènes découpaient le cœur de leurs victimes sacrificielles ? Pour tenir enfin la vérité ?

Et l'uniforme de SS du capitaine Bock avait aussi de quoi surprendre. Il portait le rang de commandant.

*
* *

Il avait eu de la veine. Le corps moulu, mais rien de cassé ; l'épaule guérirait et son cuir chevelu aussi. Le docteur lui avait prescrit cinq jours de repos. César avait transigé avec cinq heures de sommeil. À 6 heures du matin, Ménard l'avait appelé. Allait-il bien ? César se jura de ne plus jamais téléphoner à quiconque avant 7 heures.

À 8 heures, assis sur le divan de son bureau, plus

doux à son corps meurtri, il écoutait Clément lui décrire le premier cercle après 1941. Il y avait l'inévitable brochette de généraux occupant une fonction de conseiller personnel, mais le *Reichsführer,* semblait préférer le service de sécurité de Kaltenbrunner et la Gestapo ; ils mettaient en place le programme d'extermination des Juifs, son projet personnel. Comme il voyait moins souvent Hitler, qui considérait ses fonctions policières comme nécessaires, mais socialement peu présentables, Himmler se tournait de plus en plus vers ceux qui mettaient en œuvre la Solution finale, comme si ses succès sur ce terrain lui rendraient sa place privilégiée auprès du Führer.

Avec l'attentat contre Hitler en juillet 1944, son séide connut un ultime moment de gloire quand ses SS tuèrent plus de cinq mille personnes, en envoyèrent cinq mille autres en camp de concentration et brisèrent la colonne vertébrale de l'état-major allemand. À ce moment-là, les assassins rassemblés autour d'Himmler étaient extrêmement expérimentés et l'un d'eux, un bourreau nommé von Schirrmacher, se vit confier la tâche de pendre les chefs de la façon la plus barbare. Le colonel exécuta sa mission au mieux. Ils furent lentement étranglés au moyen d'une corde de piano pendue à un croc de boucher.

Un frisson de peur lui fit fermer les yeux. Von Schirrmacher ? Pouvait-il s'être trompé depuis le début ? Où était Bock ?

D'après Clément, Bock n'avait apparemment rien à voir avec les pendaisons. Son nom ne figurait sur aucun registre.

Supposons que Bock soit déjà mort, se tourmenta César, et que toutes les pistes mènent à Reimer ? Destiné à égarer un idiot comme lui jusqu'à Bock, qu'il ne trouverait jamais, fichant une paix royale au véritable assassin. Von Schirrmacher ! À moins que cela ne fasse également partie du schéma de Bock ?

César sombra plus profondément dans le divan qui le brûlait, sentit sa peau griller, entendit le bruit visqueux du tissu qui éclatait. Était-il possible de jouer triple jeu et de s'en tirer ? Bon Dieu, était-il possible de cambrioler la Banque de France ?

Il allait devoir mener une enquête sur deux fronts, le second pour rechercher Schirrmacher qui n'avait jamais été pris. L'esprit de César passait rapidement en revue toutes les possibilités pendant que Clément parcourait la liste des hauts responsables SS en France, dont fort peu avaient été poursuivis devant les tribunaux bien que des centaines fussent connus par leur nom. Ernst Heinrichsohn, qui avait donné les ordres pour la déportation, était un maire de Bavière. Alois Brunner, un lieutenant d'Eichmann qui avait déporté 24 000 Juifs de Drancy, le camp d'internement situé en banlieue parisienne, était un respectable homme d'affaires allemand, de même que Kurt Lischka et Herbert Hagen, qui dirigeaient toute la machine de la déportation française. Le chef des SS de Toulouse était magistrat dans le Bade Württemberg et le chef de la Gestapo de Paris était un haut fonctionnaire de Basse-Saxe, tandis que le chef de la Gestapo de Lyon, Klaus Barbie, se livrait au trafic d'armes au profit de l'armée bolivienne.

« Et Bock ?

— Listé avec le personnel d'Himmler, comme aide de camp.

— C'est tout ? »

À la réflexion, cela paraissait logique, puisque tuer

n'était pas un titre professionnel très présentable. Von Schirrmacher avait été aide de camp, lui aussi.

*
* *

Dupin apporta lui-même le dossier du SDECE. De retour de sa promenade en bateau, César était au téléphone quand son supérieur arriva avec le dossier vert de Bock.

« Vous, et personne d'autre », dit-il, et ce fut tout.

César se demanda où était passée sa courtoisie, voire la simple politesse. Le commissaire divisionnaire se montra très professionnel.

« Des questions ? »

À l'heure du déjeuner, César avait quelques réponses. Bock s'était livré au Service en mars, en reconnaissant deux assassinats : l'agent double Broussard et Henry Stiles, qui gérait secrètement les fonds pour le renseignement britannique en Europe. Stiles avait détourné des sommes importantes de comptes de financement pour des opérations clandestines en prétendant que l'argent avait servi à acheter la police secrète d'Allemagne de l'Est, ce qui compromettait plusieurs agents de la Stasi et en démoralisait d'autres.

Le dossier détaillait également une bonne partie du passé de Bock dans les SS. Efficace et glacial, il avait rapidement grimpé les échelons ; en 1942, il était l'un des anges exterminateurs d'Himmler, auquel on faisait volontiers appel pour discipliner ceux qui se dressaient en travers du chemin. Sa méthode était sans appel : il les tuait sans remords. Quand il fut jugé coupable en 1954 de complicité dans les crimes des SS, il fut condamné à six ans, peine dont il n'effectua que trois ans et huit mois.

En échange de la pension du SDECE, Bock accepta de cracher ce qu'il savait sur les services spéciaux de l'Allemagne de l'Est ; il promit aussi de livrer un important agent de la Stasi qui voulait passer à l'Ouest. Bock avait un plan. Il ferait croire qu'il était grillé et on enverrait Reimer pour le ramener. Une fois sur le sol français, il se présenterait au Service. Au lieu de quoi, il tua Bock… ou du moins c'était ce que l'on avait cru jusqu'à ce que César débarque. Maintenant, il apparaissait que Bock avait des projets personnels.

César ne pouvait leur reprocher de vouloir enterrer le dossier. On les avait drôlement baladés. Reimer ne voulait pas passer à l'Ouest ; s'il l'avait voulu, il aurait facilement trouvé un moyen. Bock avait tué six personnes et il n'avait pas parlé des morts en Autriche et en Allemagne. Il n'avait pas parlé non plus d'Olympic Imports dans les tuyaux de la Stasi locale. Bock leur en avait dit juste assez sur les activités de l'Allemagne de l'Est, et rien sur lui. Quand il avait été soi-disant tué, ils avaient paniqué et déclaré que la divulgation de son dossier risquait de compromettre une opération du SDECE. Mais il n'y avait pas d'opération ; celle-ci était morte avec le patient.

César se sentait aux anges. Il en savait plus que quiconque sur le bonhomme. Ce que Bock voulait, c'était que les services français et allemand du renseignement sachent qu'il existait, et César commençait à comprendre pourquoi.

*
* *

273

Les Juifs n'étaient rien d'autre que les assassins du Dieu des chrétiens. À la tristement célèbre conférence de Wannsee, près de Berlin, en janvier 1942, les chefs nazis dressèrent les plans pour l'extermination des 15 millions de Juifs européens. Avec une minutie toute germanique, ils présentèrent une liste pays par pays des Juifs qui devaient être déportés vers les camps d'extermination, dont le premier – Chelmno en Pologne – était déjà à l'œuvre. La Hollande, par exemple, en avait 160 800, alors que la Norvège n'en revendiquait que 1 600 et l'Albanie seulement 200. Il y avait 742 800 Juifs en Hongrie, 3 millions en Pologne, 5 millions en Russie, plus 2 994 684 – mais plus pour longtemps – vivant en Ukraine. En Grèce, ils étaient 69 000, la Suisse en avait 18 000 ; l'Espagne, 6 000 ; l'Angleterre 330 000. En France, où beaucoup avaient déjà été déportés, il y avait encore 800 000 Juifs à assassiner et Eichmann avait promis d'y consacrer toute son attention. Six mois plus tard, il tenait parole.

César passa son heure de déjeuner au mémorial de la déportation au pied de l'île de la Cité, expliquant consciencieusement à ses parents juifs morts pourquoi il ne s'occupait ces derniers temps que des Allemands. C'était l'affaire Bock. Bock était un nazi qui avait travaillé pour les deux Allemagne et il était de retour, ou il l'avait été. César se palpa le crâne. Il devrait se montrer plus prudent, Bock pouvait vouloir recommencer. Était-ce Bock ? Pourquoi le nazi s'intéressait-il à un chasseur quand d'autres ne manqueraient pas de flairer la piste ?

Le fils dévoué marmonnait le nom des camps, encore et encore, sa litanie du vendredi pour les morts. Pendant la guerre, 8 000 Juifs italiens furent tués dans les camps et 85 000 Juifs français. Était-ce parce que la France collaborait ouvertement et se conformait aux demandes des nazis ? Quand César avait de telles pensées, il se souvenait des 642 habitants du village d'Oradour-sur-Glane qui avaient été massacrés en représailles pour la mort du commandant d'un bataillon de SS. Presque sept cents Français, hommes, femmes et enfants pour un nazi !

De retour sur le divan, César parla avec l'Allemagne de l'Ouest. Le BND avait fourni les empreintes du mort à la Stasi et leur avait parlé du corps à Paris. C'était Reimer. L'Allemagne de l'Est était irritée, et avait déjà pris contact avec des représentants français au sujet du meurtre gratuit et brutal de l'un de ses ressortissants, un inoffensif retraité en vacances.

« Leur a-t-on dit que c'était Bock qui l'avait tué ?

— L'inspecteur nous l'avait conseillé.

— Et ils ont nié en avoir jamais entendu parler ?

— Bien entendu.

— Mais ils ne pouvaient pas nier le lien financier avec Zurich ?

— Ils ont dit qu'ils allaient se renseigner.

— Ce qui veut dire qu'ils vont changer ça.

— Et vite. »

César avait donc de quoi négocier mais il n'y avait pas de temps à perdre. Bock n'avait pas parlé au Service d'Olympic Imports parce que cela aurait mis la puce à l'oreille de la Stasi qui aurait compris que c'était un transfuge. Il comptait sur le fait qu'ils croiraient qu'il avait été tué par des agents français qui avaient appris son rôle, et que les Français croiraient qu'il avait été tué par des agents est-allemands pour son double jeu. À moins que les deux ne soupçonnent l'Allemagne de l'Ouest de l'avoir éliminé. N'importe quoi pourvu que chacun pense que l'un des autres en était responsable. Bock s'était livré au SDECE pour monter un coup qui expliquerait sa propre mort. Bon ! Mais pourquoi tout ce cirque à l'intention de la police ? Pourquoi tout laisser derrière dans son appartement ?

*
* *

À 15 h 15, le commissaire divisionnaire Dupin retrouva le général Bordier et son aide de camp. L'inspecteur Dreyfus, semblait-il, possédait des informations capitales concernant un réseau d'espionnage est-allemand à Paris, informations qui leur avaient été cachées par leur agent double Bock. S'ils n'acceptaient pas sa demande, il transmettrait son rapport aux responsables du ministère concerné, ce qui serait d'un grand embarras pour le Service et ouvrirait la voie permettant à d'autres services de sécurité de prendre le pouvoir.

Et que voulait l'inspecteur ?

Le nom de tous les ex-nazis intégrés par le SDECE en France.

À 16 h 30, le Service donna son feu vert.

À 19 heures, les services de la sûreté firent une descente dans le bureau parisien d'Olympic Imports, boulevard Raspail, et s'emparèrent de ses archives. Les comptes bancaires de la société furent confisqués, ses capitaux gelés, et on commença à prendre des mesures pour expulser le personnel d'encadrement accusé d'espionnage. Le président Giscard d'Estaing fit savoir que des activités d'espionnage risquaient de détériorer gravement les relations entre les deux pays. La proposition d'une visite en Allemagne de l'Est se heurta à un refus brutal.

Au quartier général du SDECE, des plans furent établis pour mettre un terme à l'emploi de tous les anciens nazis à son service, au moins ceux figurant sur la liste de Dreyfus. Ils avaient fait leur temps, de toute façon, et pour leur mise à pied, on pouvait faire porter le chapeau à la police.

*
* *

« Qu'est-ce qui vous a fait changer d'avis au sujet de Dreyfus ?

— Parce que j'ai changé d'avis à son sujet ? »

Curieux, le directeur de la police judiciaire était assis dans son bureau en coin et il tirait les vers du nez au commissaire divisionnaire chef de la Criminelle.

« Vous avez donné l'impression que sa proposition scandaleuse au SDECE était une question de vie ou de mort, quand nous aurions pu simplement lui donner l'ordre de dire tout ce qu'il savait. Il y a une semaine, vous l'auriez viré de votre bureau.

— Il y a une semaine, je ne voyais pas ce que je vois maintenant.

— Et c'est quoi ?

— Dreyfus. (Dupin fronça le sourcil, mal à l'aise avec ses nouvelles pensées.) Il fait rejaillir une certaine gloire sur le Service, avec une véritable enquête criminelle. Au lieu de s'arrêter simplement à la porte de la DST, ce que nous faisons toujours dans ce genre d'affaire.

— Cela se pourrait, convint son supérieur. Mais il y a un danger.

— Le danger, monsieur le directeur, serait que nous cherchions à l'arrêter. »

Le directeur, une vraie bête politique, changea de position dans son fauteuil en sentant que le vent commençait à tourner.

*
* *

Immobile à son bureau, César avait punaisé sur le tableau d'affichage la photo de Bock en SS. Cent fois, il l'avait regardée fixement depuis le divan, s'était concentré dessus à quelques pas de distance, avait louché dessus à travers ses verres grossissants. Il les utilisait depuis un an ou deux malgré les conseils de son entourage. Va voir un ophtalmo, lui répétait-on ; des verres bon marché vont te bousiller les yeux, surtout ceux qui grossissent. Mais c'était quoi, les lunettes chères d'un ophtalmo ? D'autres verres grossissants qui coûtaient dix fois autant et n'y changeaient rien. Dieter Bock aurait la même tronche.

César vit Bock le lorgner et il se détourna. Quand il le regarda de nouveau, le nazi souriait. Et pourquoi pas ? Non seulement ils partageaient la même obsession – le chasseur et le chassé, rivés l'un à l'autre dans une horrible étreinte – mais à présent, ils partageaient aussi la même passion.

Sauf que Bock avait déjà goûté à la sienne et que César n'y goûterait jamais.

Il leva la fléchette pour lui porter un toast.

« À Jacqueline ! »

… Et il l'envoya dans le crâne de Bock.

12

Les réponses sont toujours si simples une fois qu'on les connaît. Des jours durant, César avait été tracassé par le fait que Kayser appelait Bock « commandant ». Comment aurait-il pu lire la lettre d'Himmler à moins de connaître Bock ? Or il ne le connaissait pas. Ce qu'il avait vu, c'était la photographie de Bock en commandant SS, la même qui se trouvait en ce moment sur le bureau de César, et c'était Martel qui la lui avait montrée. Ils avaient tâté le terrain au cours d'une rencontre, chacun sondant l'autre au sujet de Bock, d'après le chef de service du SDECE. Mais qui avait servi d'intermédiaire ? Martel était un ancien collabo. Kayser connaissait beaucoup d'anciens nazis. Avaient-ils un ami commun, quelqu'un qui était encore dans l'ombre ? Martel prétendait que Kayser l'avait contacté par le biais de gens appartenant au renseignement. Cela ne crevait-il pas les yeux ? C'était ce qui précisément préoccupait César.

Quant au fait que Bock était commandant SS, même si ce n'était pas officiel, cela voulait dire qu'il avait satisfait à la condition figurant dans la lettre d'Himmler, qu'il avait accompli cet acte ultime à la fin de la guerre. Un assassinat, sans doute ; peut-être avait-il réglé de vieux comptes. Qui Himmler haïssait-il à ce point ?

« Qui ? »

Clément n'en savait rien, pas précisément. Himmler haïssait tous ceux qui entouraient Hitler, il avait l'impression qu'on empoisonnait l'esprit du Führer contre lui. Bormann[1] par exemple, toujours debout derrière Hitler et qui gardait les autres à distance. Göring en était un autre, vaniteux, brutal, emplissant les oreilles d'Hitler de projets grandioses dont les SS étaient exclus. Ils étaient tous coupables aux yeux d'Himmler, tout l'entourage ; tous avaient conspiré contre lui.

Bormann était le seul à ne pas avoir été retrouvé. Bock pouvait-il l'avoir abattu à la fin ? Une balle dans la tête et une grenade dans la bouche, il n'en fallait pas plus.

Dans le complot plus récent contre Linge et Streicher, un coup d'œil sur leurs activités ne faisait pas apparaître de liens avec l'Allemagne de l'Est. En fait, tous deux appartenaient à des groupes politiques réclamant la réunification de l'Allemagne sous l'influence de l'Occident. Linge avait des positions fortement anticommunistes. Streicher, le comptable, dénonçait même le décret est-allemand obligeant les citoyens à déclarer leur machine à écrire à la police, en partant probablement du principe que les calculatrices allaient suivre.

Conclusion de Clément : pas vraiment le profil d'agents de la Stasi.

César devait en convenir. Max Baur, un policier dans l'âme, était l'aberration, de sorte que les der-

---

1. Haut dignitaire du régime, souvent considéré comme l'éminence grise d'Hitler, il fut condamné à mort par contumace pour crimes contre l'humanité au procès de Nuremberg.

niers meurtres de Bock n'étaient pas politiques, mais s'inscrivaient dans un schéma qui avait à voir avec son passé nazi. Toutes les victimes remontaient au bon vieux temps, à l'exception nécessaire de Reimer.

D'autres étaient-ils concernés ? Des anciens nazis ? Des néonazis ? César osait à peine l'espérer. Rien ne prouvait de façon tangible que quelqu'un d'autre était impliqué et cependant… son intuition l'avait-elle jamais trompé ? À plusieurs reprises, se dit-il, tout en sachant que ce n'était pas vrai. La fausse modestie était un péché d'orgueil, et César était fier des efforts que faisait son imagination. Il entendait bien suivre Bock jusqu'en enfer.

*
* *

Tel Antée, fils de Poséidon et de la terre mère, César se relevait plus fort chaque fois que les coups le jetaient à terre. À partir d'un suicide bricolé, il avait mijoté l'affaire Bock jusqu'à obtenir le soutien du service, ne serait-ce que de façon provisoire. Même le SDECE s'était aligné, certes à contrecœur, et avait vérifié le passé des cinquante plus gros financiers ouest-allemands sous les nazis. Tout était possible.

Entre-temps, Ménard et André creusaient en Autriche en quête de pistes concernant l'argent et les nazis ; le plan de Bock impliquait apparemment les trois options. Tous les doutes que César avait pu avoir s'étaient envolés : il était sur la bonne voie. Les chasseurs de nazis avaient trouvé la victime de mars qui leur manquait.

« Hambourg, 22 mars (nouvelle d'agence). Richard Hoffman, un des principaux cadres commerciaux d'un des grands métallurgistes internationaux, a succombé à une intoxication à l'oxyde de carbone vendredi matin de bonne heure ; il s'est endormi dans sa voiture dans son garage après avoir dîné dehors. L'enquête ultérieure a révélé que Herr Hoffman était un colonel SS pendant la guerre, attaché à l'état-major d'Himmler. »

On informa les chasseurs de nazis qu'on recherchait un autre homme, lequel était probablement encore en vie. Il s'appelait Richard von Schirrmacher et lui aussi avait été colonel dans les SS.

Ils le retrouvèrent, lui aussi. Il était mort le 21 mars à Hambourg. Un accident.

C'était le même homme.

*
* *

Kussow tint la photographie devant ses lunettes.
« C'est lui ?

— Dieter Bock en chair et en viande. (César parvint à avoir l'air content et déçu à la fois.) Il y a trente ans.

— Ils avaient tous cet air-là (Kussow continuait de fixer le visage), les mêmes yeux morts des nazis.

— Tu es sûr, pour l'uniforme ?

— Il est authentique, c'est un commandant SS.

— Ce qui veut dire ?

— À sa façon de le porter, on croirait qu'il a été fait sur mesure, railla Kussow. Que ce n'est pas seulement pour la photo.

— Et comment tu sais que ce n'était pas le cas ? »
Kussow abaissa l'image, posa le doigt sur la poitrine de Bock. « Toutes ces médailles.

— Eh bien quoi ?

— Les nazis croulaient sous les décorations plus

bidons les unes que les autres, surtout la Croix de fer. Tout le monde s'en affublait. Il en porte deux et les deux sont des grand-croix de l'ordre de la Croix de fer. Ton bonhomme s'est vraiment mis sur son trente et un pour l'occasion.

— On dirait. »

César examina les décorations. Il vit une plaque de bras portant le mot « Krim », Crimée, à côté d'un insigne d'assaut des blindés ; pour sa part, les autres pouvaient être le badge du tireur d'élite et la médaille d'honneur de l'assassin. Peut-être que Bock les avait toutes méritées.

« Qu'est-ce qui ne colle pas avec la grand-croix de la Croix de fer ?

— Rien vraiment, nota Kussow. Sauf que le *Reichsmarschall* Hermann Göring est le seul à qui elle fut jamais décernée. »

*
* *

Les informations en provenance de Strasbourg étaient déroutantes. En 1956, Paul Dussap avait été accusé par son ex-femme d'avoir secrètement collaboré avec les nazis. Il se contenta de répondre que c'était par esprit de vengeance et qu'elle voulait sa perte, mais elle semblait en savoir suffisamment pour jeter le doute sur ses démentis.

Le récit le plus accablant concernait une descente de la Gestapo en 1943 dans un couvent où les religieuses cachaient une douzaine de Juifs. La veille, elle l'avait suivi dans une grange à la lisière de leur ferme, le soupçonnant de lui faire des infidélités puisqu'il s'absentait souvent pendant une heure ou deux. Devant la grange, elle aperçut une voiture de service, de sorte qu'elle se cacha pour attendre ; son mari finit par ressortir avec un officier SS qui était seul et repartit rapidement. Elle n'avait rien dit à l'époque, mais dix ans plus tard, pleine d'amertume contre Dussap qui la quittait pour une femme plus jeune, elle commençait à parler.

César ne savait rien de tout cela. En 1956, il débarquait dans la capitale pour tenter sa chance. Il aimait ses parents adoptifs, mais sentait que son destin se trouvait ailleurs ; peut-être dans l'armée, à l'image de son célèbre parent, mort l'année de sa naissance. Il était un chasseur-né.

Mais quelle était la motivation de Dussap ? D'après son ex-femme, il détestait les Juifs, affirmait qu'ils n'arrêtaient pas de l'escroquer en affaires.

Pour la première fois, César comprit le danger qu'il avait couru dans son enfance. L'homme connaissait ses parents adoptifs, il l'avait vu. Un Juif ? Plus vraisemblablement, il devait le prendre pour un petit orphelin français qu'on avait recueilli, une situation fréquente pendant la guerre. Cependant la menace planait, même si ses parents nourriciers n'en parlaient jamais. Quand ils périrent dans un incendie en 1967, César les pleura comme s'ils étaient ses vrais parents. Après la guerre, il avait repris son propre nom mais il avait hérité des Fauchon le sens de la justice, aujourd'hui sérieusement maltraité. Rien dans le rapport de police de Strasbourg ne menait à Bock, du moins pour le moment.

Il ne pouvait que noter les noms des Juifs du couvent et essayer d'établir un rapport. C'était ça ou laisser tomber la trahison de Dussap et la balle de Bock. Mais ce n'était plus possible. L'un l'aurait volontiers fait tuer quand il était petit, et l'autre essayait de lui faire la peau maintenant.

*
* *

Contrairement à ce que disent les poèmes, la chance ne sourit pas à celui qui la poursuit, affirma Clément, mais à celui qui la poursuit deux fois. Il avait consacré la moitié du jour précédent à passer en revue des photos de la guerre dans un musée juif en espérant trouver Himmler à l'œuvre. On le voyait inspecter les troupes SS, participer à des défilés nazis, assister à des massacres de Juifs, tenir dans ses bras sa petite fille Gudrun et saluer Hitler dans la Tanière du Loup, son principal quartier général, aucune de ces photos ne répondant à leurs besoins immédiats. Ne sachant où s'adresser, Clément repassa la pile au crible… et il le vit, là, assis dans son bureau avec Hitler accroché au mur juste derrière lui.

Dans les galeries, peu connaissaient l'existence de ce portrait et aucun n'en connaissait le propriétaire. Un marchand d'art populaire proposa le nom d'un collectionneur possible, mais en fait guère plus qu'une supposition éclairée.

César voulait-il en entendre parler ?

L'Allemagne de l'Est, gloussa Clément face au regard noir de César.

Le gouvernement communiste essayait de récupérer le trésor pillé dans ses villes pendant la guerre. Des monceaux de pierres inestimables, des tonnes de métaux précieux, des milliers d'œuvres d'art étaient recherchées. Tout ce qui reposait jadis dans des maisons et des musées à l'est de la frontière, y compris une cinquantaine de caisses en aluminium contenant des toiles de vieux maîtres.

« Mais les huiles d'Adolf ? demanda César.

— C'est peut-être seulement l'appât du gain. Le bureau d'Himmler n'était-il pas situé dans le Berlin-Est actuel ?

— À moins qu'ils n'essaient d'accaparer le marché ?

— Aucune chance ! s'esclaffa Clément. L'Amérique possède à elle seule dans des camps et des entrepôts de l'armée cinq mille toiles issues du programme d'Hitler consacré aux arts de la guerre. »

Pour l'appât du gain ou l'or, l'Allemagne de l'Est était une hypothèse valable. Kayser pouvait être à leur solde.

*
* *

Le service français du renseignement tenait davantage du diapason que du pendule. À l'époque de De Gaulle, le service faisait de son mieux pour justifier son existence, une justification jamais totalement acquise à l'Élysée qui n'avait que mépris pour ces adultes qui jouaient aux espions. Le départ de De Gaulle apporta une lente convalescence dans divers secteurs, y compris le SDECE.

Les efforts du Bureau pour remédier à son image reçurent une aide, inestimable en ces jours sombres, du fait que les services britannique et ouest-allemand avaient l'un et l'autre joué de malchance, l'Angleterre avec son scandale Kim Philby, et l'agence fédérale du renseignement avec le procès pour espionnage de Heinz Felfe, lequel chapeautait les opérations d'espionnage ouest-allemandes en Europe de l'Est. Dans les années soixante-dix, les choses étaient en grande partie revenues à la normale, ce qui, pour le Service, voulait dire réagir de façon défensive.

Le présent problème ne faisait pas exception. Un inspecteur de la police parisienne avait démasqué une clique d'espions est-allemands qui agissaient juste sous leur nez en plein Paris. Le battage politique lui donnait un avantage, une possibilité de négociation, très provisoire, s'entend. Pour le moment, ils pouvaient lui faire plaisir, sa dernière facétie consistant à réclamer une liste de financiers ouest-allemands ayant un passé nazi. Quel mal à cela ?

Au quartier général du SDECE, dans son bureau du premier étage, Bordier écoutait son chef des opérations détailler cette liste. Quatorze sur les cinquante avaient un passé nazi, quatre ayant été fortement impliqués, mais trois sur ces quatre s'étaient montrés politiquement utiles au Service. Deux l'étaient encore, et entretenaient des relations étroites avec le ministère. À ce niveau-là... une lueur de jalousie brilla dans l'œil du chef des opérations. Tout cela devait rester entre eux, bien entendu.

Bordier effleura du regard les quatre notes de synthèse : l'agent de liaison de Speer[1] à l'armement, un directeur de la propagande à la radio, le vice-consul du Foreign Office et un officier de l'état-major d'Himmler chargé des missions spéciales, les deux derniers étant toujours utiles.

« Utiles à quel point ?

— Très utiles. »

Dans ce cas, avança le général, il ne voyait pas

_____

1. Albert Speer (1905-1981) fut l'architecte préféré d'Hitler, et son ministre de l'Armement à partir de 1942.

pourquoi ils devraient être encore harcelés par des policiers qui profitent de la situation, au mieux des irresponsables. Dreyfus recevrait les douze noms, et l'on retiendrait les deux derniers en attendant de procéder à un examen ultérieur. Peut-être qu'un mot à chacun leur ferait comprendre ce qu'est un véritable esprit de réciprocité, n'est-ce pas ? Rien n'indiquait une activité nazie présente.

« Aucune.

— Alors donnons au Juif son dû. »

*
* *

Lelouch était plongé dans un journal quand César s'assit.

« Laissez-moi vous dire comment *Le Monde* parlera de la fin du monde. (Le serveur n'arrêtait pas de hocher la tête en direction du journal.) Après avoir annoncé à la une "Un holocauste nucléaire détruit la Terre", un autre titre signalera "La circulation s'est traînée sur des kilomètres". Au-dessous, un encadré laissé en blanc avec en légende : "Le Parlement prend des congés prolongés". (Il abaissa le journal, le visage rayonnant.) Le summum de l'équilibre journalistique.

— Vous lisez toujours à l'envers ? s'enquit César.

— Seulement quand je lis entre les lignes. »

César déchira la première page et en fabriqua un personnage bâton qu'il campa sur la table.

« Un détective suisse.

— À votre âge, un policier en papier ? »

Lelouch survola les lambeaux de papier devant lui.

« Ce n'est qu'un symbole.

— Le journal aussi.

— Qu'est-ce qui le ferait travailler pour l'Allemagne de l'Est ?

— L'Allemagne de l'Est ? Seulement un revolver sur la tempe.

— Et un gros pactole ?

— Pour un Suisse, ça revient au même.

— Les Allemands de l'Est sont à la recherche d'un trésor, expliqua César, ils prétendent qu'il leur a été volé pendant la guerre. Vous avez entendu parler de ça ?

— Seulement ce que j'en ai lu dans la presse.

— Mais vous lisez *Le Monde*.

— Rien que les dessins humoristiques. (Lelouch rassembla d'une main les débris de papier.) Mais l'Allemagne de l'Est. C'est un point sensible pour eux, ça l'est depuis vingt-cinq ans. Pendant la guerre, d'énormes richesses ont réussi à passer en Bavière où tous les grands nazis sont restés. Dans d'autres parties de l'Allemagne de l'Ouest aussi. (Il jeta les morceaux sur le sol.) Göring à lui seul a pillé une demi-douzaine de villes. Il a mis Dresde à sac.

— Tout n'a-t-il pas été restitué après la guerre ?

— Quand les Alliés ont fini par lui mettre la main au collet dans les derniers jours de la guerre, il avait quitté un train de marchandises rempli de son butin – tout un train de marchandises ! – à Berchtesgaden. Il devait y en avoir pour des milliards. (Lelouch secoua la tête, émerveillé.) La majeure partie n'a jamais été retrouvée.

— Ce que je ne comprends pas, dit César, c'est comment l'Allemagne de l'Est peut en revendiquer la propriété. Ce pays n'existait même pas avant 1949.

— L'Allemagne de l'Ouest non plus.

— De quoi vous parlez ? »

Lelouch sourit de toutes ses dents jaunies.

« Les Français aiment oublier que ce nouvel allié n'a que quelques mois de plus que l'Est. L'âge n'a donc rien à y voir. (Il ramassa le bonhomme en papier de César.) Ce sont les villes, comme Dresde. Elles possédaient de grandes richesses et elles veulent les récupérer. (Il le mit en pièces.) Mais un Suisse ? Là, je n'y comprends rien.

— Celui-là peut flairer le pognon à un kilomètre.

— Vous pourriez faire sauter un Suisse dans de l'ail, il sentirait encore l'argent. (Lelouch se mit à lire le bout de papier déchiré.) Ce dont ils ont besoin, c'est d'une armée de bandits corses. Ou de deux ou trois Juifs.

— Nous sommes deux Juifs.

— Ça fait trois.

— On n'est que deux.

— On en vaut trois. »

Distraitement, César arracha une autre feuille.

« Alors vous ne pensez pas qu'il travaille pour eux.

— Qui pense encore ? Mais si je pensais… (Lelouch plia les vestiges du journal et les fourra sous son bras d'un geste protecteur.) J'y regarderais de plus près.

— Un type qui travaille pour son compte ? demanda César.

— Sauf si vous avez mieux à proposer. »

*
* *

De retour Quai des Orfèvres, César appela l'hôtel de Kayser. Sa chambre était réservée pour deux jours de plus. La clé de la chambre était-elle sur le tableau ?

Elle ne l'était pas, mais Kayser la laissait toujours quand il sortait. Il était donc là.

Ménard revint après avoir vérifié l'emploi du temps de Kayser à Paris. Il était arrivé le 10 avril, la veille du jour où on avait retrouvé le corps de Reimer dans le logement de Bock ; il était venu par avion de Zurich où il avait un bureau. Au cours de la semaine passée, il avait suivi l'évolution de l'enquête sur Bock et parlé à un maximum de gens.

« Ce qui veut dire qu'il y a autre chose derrière la peinture qu'il recherche.

— Il file le train à Bock, souligna César.

— Il sait donc que Bock est toujours là.

— À moins qu'il ne fasse tout ça pour donner le change. »

De la paranoïa ? pensa César. C'est quoi, une suspicion normale ? Ce serait agréable de voir une vache sans lui compter les mamelles.

« Mais pourquoi ? demanda Ménard.

— Peut-être est-il ici pour couper les ponts entre Bock et ceux qui l'entourent. »

Il n'y avait pas d'information sur le client de Kayser non plus. L'Allemagne de l'Est ou quelqu'un d'autre ? César pouvait presque entendre quelqu'un respirer dans les coulisses.

Ménard avait ses notes sur Linz et sur Mauthausen, mais pour le moment, César s'intéressait davantage à la Suisse. Kayser avait pu utiliser le portrait d'Hitler comme couverture, mais parfois les couvertures se révélaient payantes.

« Ramène-moi Kayser ici pour qu'on bavarde, dit-il à Ménard. Il est temps de parler de Bock, de toute façon. Non, n'en parle pas. Dis-lui seulement qu'on pourrait savoir quelque chose sur sa peinture.

— Tu veux que je l'appelle d'abord ?

— Et que l'oiseau ait quitté le nid ? Pas la peine. (Il plongea la main dans un tiroir pour prendre les clés de voiture.) Montre-toi tendre et chaleureux, tu connais la routine. »

Il en tendit un jeu à Ménard et mit l'autre dans sa poche.

« Retour dans une heure. »

Ménard parti, César se prélassa un moment, oubliant son épaule douloureuse. Les choses commençaient à prendre tournure. Pensez donc ! L'assassin von Schirrmacher avait peut-être fait équipe avec l'assassin Bock dans le temps. Trente ans après, l'un tuait l'autre. Incroyable. Et Bock lui-même ! Il travaillait peut-être pour les services secrets allemands, de l'Est ou de l'Ouest, mais à présent il faisait cavalier seul, à la recherche de quelque chose. Trente ans après.

César prit une profonde inspiration ; peut-être se trouvait-il en meilleure posture qu'il ne le croyait, en fin de compte. Quand Ménard reviendrait, ils prendraient rapidement un verre ensemble. Ces derniers temps, Ménard rentrait chez lui dès la nuit tombée, ce qui voulait dire que sa femme était de nouveau sur le sentier de la guerre.

L'enquête avait tout chamboulé. Curieusement, elle occupait même ses rêves, faisant le ménage et le rangement parmi les événements du jour. Mais s'il échouait ? Il se faisait de nouveau des ennemis, et il bousculait des gens qui le bousculaient à leur tour. Il ne devrait pas se montrer aussi méfiant, il devrait se montrer plus confiant. Envers qui ? Il avait du mal à se faire confiance à lui-même la moitié du temps. Tout était une question de mobiles. Quels étaient les siens ?

Il prit le téléphone et appela Jacqueline Volette chez elle.

« J'ai besoin de vous parler de quelque chose d'important, tout de suite. »

Elle hésita.

« Un samedi soir ?

— C'est important », répéta-t-il.

La curiosité déplaçait les montagnes, comme tout inspecteur le savait. Qui pouvait refuser quelque chose d'important ?

« Venez, dit Jacqueline. C'est la deuxième sonnette. Je suppose que vous avez aussi mon adresse. »

Tobie s'arrêta au passage (« Je sais toujours où te trouver le week-end ») et écouta César le mettre au courant pour Bock, en partie. Le reste exigeait des réponses.

« Pourquoi tu penses que Kayser est là ?

— Il n'est pas à la recherche d'un tableau ? »

César se renversa dans son fauteuil.

« C'est ce qu'il t'a dit ? Je suis juste curieux.

— C'est ce que j'ai cru deviner, dit Tobie d'un ton dégagé. Mais qui va croire un détective privé ?

— Tu savais qu'il s'intéressait à Bock ?

— Cette idée m'est venue à l'esprit.

— Mais tu ne sais pas pourquoi.

— Et toi ? demanda Tobie.

— J'ai l'intention de le savoir. Ménard est allé le chercher. »

Dans la voiture, il pensa aux réponses évasives de Tobie. De sombres intrigues lui passèrent par la tête. Maton était un nazi. Kayser était le fils secret d'Hitler. Bock n'existait pas ; tous les deux étaient Bock. Si rien ne se tenait, c'était sa faute... sa faute à lui et à son esprit soupçonneux. Il fonctionnait sur les nerfs et l'adrénaline, il était un toxico qui avait toujours besoin de sniffer une autre ligne, d'un autre lien. Pourquoi n'écoutait-il pas le conseil de Tobie et ne laissait-il pas tomber ? Était-ce une si mauvaise idée ? Refile-le à quelqu'un d'autre. Qui avait dit qu'il était le meilleur dans sa partie ? Il s'en voulait de douter de ses propres capacités… et il soupçonnait qu'il avait raison d'en douter. Il n'était pas quelqu'un d'extraordinaire, comme il l'avait cru jadis, pas même un bon chasseur. Il avait trop de doutes. Non ?

*
* *

Le hall de l'Excelsior était une relique d'un âge d'or – plein de chaises longues, de velours cossu et de coins ornementés – qui avait perdu de son éclat. Seul l'ascenseur ne paraissait pas figé dans le temps tandis qu'il transportait promptement Ménard jusqu'au troisième étage et la chambre de Kayser.

Le corridor formait un dédale élaboré de glaces et d'objets d'art écarlates qui mettaient en valeur les particules de pyrite de cuivre sur le plafond. Des escouades de serviteurs vaquaient constamment au ménage pour préserver la grande illusion ; aucun hôtel à Paris ne dorlotait autant son passé ni n'offrait à ses clients une telle splendeur fin de siècle. Il y avait même un bouton qu'on pouvait presser pour ne pas verrouiller la porte : parfait pour les visites privées. Ménard frappa fort, attendit, frappa encore. Finalement il appela Kayser par son nom. Il finit par tourner la poignée, poussa la porte ; elle céda.

« Il y a quelqu'un ? (Il luttait contre l'impatience.) Hello ? »

Ne recevant aucune réponse, il ouvrit plus grand et pénétra dans la pièce. Les lampes étaient allumées, les rideaux tirés. Il traversa le couloir pour entrer dans l'énorme chambre. Le lit avait été fait, les corbeilles vidées, les cendriers nettoyés. Dans la vaste penderie étaient accrochés des vêtements ; les portes ouvertes étaient couvertes de grandes glaces.

Personne au logis.

Inexplicablement agacé plutôt qu'inquiet, l'inspecteur adjoint avança dans la chambre pour jeter un dernier coup d'œil. Il pensait qu'il ne tarderait pas à retourner au bureau, puis chez lui. Il espérait que l'inspecteur ne le retiendrait pas trop longtemps ; le samedi soir, ils allaient chez la belle-famille qui habitait encore plus loin dans la campagne. D'un autre côté, peut-être que César pourrait lui servir de prétexte pour échapper à tout ce cirque. Cela ne serait pas la première fois.

Un mouvement venu de la salle de bains attira son regard, trop tard. Quand il aperçut l'attelle, il vit l'arme.

*
* *

La maison se trouvait avenue du Maine. Tandis qu'il s'en rapprochait, César prépara son laïus, ce qu'il comptait dire. Pourquoi les hommes avaient-ils peur de parler aux femmes ? Passer à l'action était facile, seuls les mots terrifiaient. Était-ce parce que les femmes étaient l'espace et les hommes le temps ? Ils étaient toujours en mouvement, en train de faire des choses. Comme se parler à eux-mêmes avant de parler aux femmes. Bock et vous. Kayser et vous. Vous et moi. Était-ce important ? Elle verrait dans ses yeux ce qu'il voulait dire et aussi ce qu'il voulait. Pourtant il n'était pas sûr de lui. Le fantasme était sans danger, incapable de le décevoir.

Il appuya sur la sonnette, poussa la porte, traversa le couloir et grimpa l'escalier jusqu'au premier. Elle était debout dans l'entrée.

C'était physique, de la voir brusquement devant lui. L'air quitta son corps, comme un ballon qui se vide, lui relâchant le diaphragme et lui mettant le sang en ébullition. La seconde suivante, il aspirait assez d'oxygène pour tousser et sa peau rougeâtre devenait rose. César chercha la rampe et tenta de sourire.

Se sentait-il bien ?

Pas vraiment.

Elle le conduisit dans une pièce remplie de fauteuils moelleux et d'épais tapis. César vit seulement combien elle était rayonnante : Arletty dans *Les Enfants du paradis,* ou Marlene Dietrich dans ce qu'on veut. Il était brusquement euphorique, plus léger que l'air et rempli de désir.

Elle était contente de le voir. S'agissait-il de Bock ?

Oui, non. C'était Bock qui avait tenté de le tuer, de l'écraser l'autre nuit en voiture. Dieter ? Allons donc, elle n'en croyait rien.

« Mais il n'est pas en France. Vous l'avez dit vous-même.

— Alors je me suis trompé. »

Distrait, il la regarda verser le vin. Pouvait-il aller trouver Dupin pour lui dire que l'affaire Bock n'était pas une histoire de sang, mais un trésor volé ? Quelque chose qui s'était produit trente ans plus tôt sous les nazis ? Dupin demanderait sa tête, et il l'aurait. C'était quoi, ce trésor ? Où était-il ? Comment Bock cadrait-il là-dedans ? Qui d'autre était impliqué ? Il ne savait pas, il ne possédait aucune preuve. Ils le boucleraient pour s'être fait passer pour un inspecteur. Des meurtres en Allemagne et en Autriche ? N'étaient-ce pas des accidents ?

Les soupçons pesaient sur Jacqueline Volette. Avaient-ils parlé, Bock et elle ? Ils avaient forcément parlé. De quoi parlaient les amants ? Connaissait-elle son passé, son présent ? Il n'était pas du genre à en parler. Il s'était servi d'elle pendant qu'il devait attendre. L'avait-il larguée quand il n'avait plus eu à attendre ? Elle avait les yeux pâles et très profonds, un réservoir sans fond.

Le trésor était une boucle de ses cheveux. Les nazis projetaient de voler sa tête. S'il pouvait les trouver, il lui sauverait la vie. Si seulement elle lui disait où ils étaient.

Quand elle but une petite gorgée, il vit le vin lui éclaircir la gorge, rouge sur le blanc d'albâtre.

« Parlez-moi de Kayser.

— Je vous en ai parlé l'autre soir.

— Super. Redites-moi ça.

— Il voulait savoir où était Dieter. (Jacqueline reposa son verre.) Il voulait le voir pour affaires ; c'étaient de vieux amis, m'a-t-il dit. Je lui ai expliqué que je ne pouvais rien faire pour lui. Dieter était parti.

— C'est la seule fois où vous l'avez rencontré ?

— À déjeuner, le jour où vous m'avez aperçue.

— Bock a prononcé votre nom la dernière fois qu'ils se sont vus ?

— Comment l'aurait-il su, sinon ? »

César sirota longuement son verre, ferma les yeux. Que faisait-il là ? Il se fichait de savoir ce que Kayser voulait ; elle lui disait probablement des mensonges de toute façon. Il se contrefichait même de savoir si Jacqueline Volette mentait, du moins cela ne semblait pas important quand elle était tout près. Être près d'elle suffisait. Il ne comprenait pas, il n'avait jamais rien éprouvé de tel. C'était de la folie. Il était assis là, il aurait voulu que l'affaire n'en finisse jamais simplement pour qu'elle soit impliquée sous un prétexte quelconque. Avait-il monté l'affaire de toutes pièces pour l'impliquer ? Peut-être n'était-il pas un dangereux paranoïaque qui inventait tout ; peut-être était-il un véritable obsédé. À cet instant précis, il était prêt à circonvenir la justice pour un seul de ses sourires.

« Avez-vous jamais aimé Bock ? demanda-t-il. (Il la sentit soupirer.) Vous éprouvez encore quelque chose ?

— Oui. Non. Peut-être.

— Quoi ?

— Des regrets. De la honte. »

Mais de l'amour ? Jamais !

César but une gorgée avec reconnaissance pour cette brève accalmie. Un proche de Bock avait pris des objets dans l'appartement, avait dit Tobie. Y compris les lunettes de sa femme. Un proche de Bock.

Comme les hommes connaissaient mal les femmes, songea-t-il. Il était là, transi d'amour, un raté qui avait peur de la vie et se cachait derrière la mort, et voilà qu'il cherchait encore quelqu'un en qui investir ce ratage. Elle ne devait pas se laisser facilement mener en bateau, celle-là.

Jacqueline se leva pour répondre au téléphone, une voix d'homme.

« Pour vous. »

La Maison.

« Dreyfus.

— ... Un meurtre à l'Excelsior. On a identifié le mort, c'est l'inspecteur adjoint Ménard Rimbaud... »

*
* *

Le couloir de l'hôtel était bourré de policiers et de clients effarés qui tendaient le cou pour essayer de jeter un autre coup d'œil ; près de l'embrasure, les gérants se tordaient les mains de désolation, leurs yeux attestant que jamais rien de tel ne s'était produit à l'Excelsior. À l'intérieur de la pièce, l'équipe des techniciens de service faisait son travail de routine. Ménard était allongé sur le dos près du lit, sa veste boutonnée. Le trou au milieu de son front faisait comme des particules de cendre.

César rejoignit l'inspecteur de service, qui secoua la tête tristement.

« Je leur ai dit de vous appeler dès que je suis arrivé.

— Quelqu'un a vu quelque chose ?

— Les deux du coin. (Il montra du doigt.) Ils quittaient leur chambre quand ils ont entendu le coup de feu. Le gars les a vus en sortant, il leur a fait signe avec son arme de retourner à l'intérieur.

— Ils ont vu sa tête ?

— Il portait une casquette ramenée sur les yeux. La seule chose qu'ils ont vue de façon certaine, c'est la courroie.

— Une courroie ? »

La respiration de César devint sifflante.

« Il avait le bras en écharpe. Ça veut dire quelque chose ?

— Peut-être.

— La façon dont je vois les choses, c'est qu'il

299

a surpris Ménard, sans doute à partir de la salle de bains. Ou alors il se trouvait près de la fenêtre. Vous pouvez voir que cet autre côté n'est pas visible de la porte.

— Qui a trouvé le corps ?

— Tout le monde. Il a laissé la porte ouverte. »

César regarda fixement Ménard, plus petit dans la mort.

L'inspecteur de service frotta la paume sur sa mâchoire.

« Vous avez une idée concernant l'identité du tueur ?

— Seulement son nom. C'est Dieter Bock. »

César fouilla la chambre en quête de signes de Kayser, n'importe quoi montrant qu'il était parti de son plein gré ; il trouva seulement la preuve d'un départ précipité. Ses vêtements étaient là de même que ses bagages, mais César ne pensait pas que le Suisse reviendrait. Bock avait dû l'avoir à l'improviste, lui aussi. Mais où était le corps ? se demanda César. Les témoins n'avaient vu qu'un seul homme quitter la chambre. Bock avait donc tué Kayser ailleurs, puis il était revenu à l'hôtel. Pourquoi ?

Quelqu'un avait plié les mains de Ménard sur sa poitrine pour le transfert. Son visage était encore souple, comme s'il dormait ; un guerrier bandant ses forces. L'apparence de la mort viendrait plus tard, marbrée et polie, granitique. Ménard allait bientôt disparaître, ruminait César. Pour devenir un des corps de René.

Probablement un 9 mm, avait dit le légiste. Le même que le PPK de Bock. Il avait trouvé de quoi s'équiper.

De nouveau en voiture, César chercha à entrecroiser ses propres fantasmes de mort et de destruction, mais tout ce qu'il voyait, c'était Humpty Dumpty[1]. D'une certaine façon, il avait toujours su que Humpty Dumpty était l'histoire d'un jeune Allemand qui avait perdu son pucelage et qui, devenu grand, s'était transformé en un SS assassin qui avait trouvé sa voie. Accablé de chagrin et de culpabilité, César se demanda ce que Dieu avait en tête quand Il avait créé les Allemands.

---

1. Héros d'une comptine, ce personnage, toujours représenté sous la forme d'un œuf, est appelé Gros Coco dans *De l'autre côté du miroir,* de Lewis Carroll.

13

La police parisienne est née le 15 mars 1667 sous Louis XIV, le Roi-Soleil, qui lui ordonna expressément d'accomplir son devoir. Trois cents ans plus tard, ses membres ont évidemment toujours essayé de respecter l'ordre royal sauf, comme l'ont vu certains, dans une période exceptionnellement tendue. D'autres étaient plus optimistes, préférant voir la vie simplement comme une scène sur laquelle tout s'était déjà produit. L'un d'eux était Dupin le comédien.

César grimpa péniblement au dernier étage du bâtiment de la police judiciaire, Quai des Orfèvres, et attendit sur le palier. Le commissaire divisionnaire ouvrit bientôt une porte proche, sourit à César, un demi-sourire, et le précéda à l'intérieur.

« Trop de calme au bureau, grommela-t-il, même pour un dimanche. »

Le musée de la police suivait une présentation chronologique en commençant par l'Ancien Régime et la Révolution dans les deux premières salles. Les pièces exposées – destinées à montrer la modernisation de la police parisienne – comprenaient des procès-verbaux et des registres d'écrou, des uniformes et des images, mais les objets qui connaissaient le plus grand succès étaient les diverses armes du crime. Ce musée sanglant était ouvert au public les jeudis après-midi et, chaque semaine, le public se pressait pour regarder avec une fascination morbide ces objets qui avaient été touchés par les fameux assassins. Les instruments du crime.

« Je viens ici souvent, constata Dupin, pour ne pas oublier que le meurtre est toujours avec nous. Et vous ?

— Une fois, il y a des années.

— Pas plus ?

— Ça tue l'imagination.

— Vous voyez ce que je veux dire ? La perspective historique. Tenez, regardez-moi ça. »

Il montrait du doigt une vitrine.

« C'est quoi ?

— Lisez », lui enjoignit Dupin d'un ton pressant.

César plissa les paupières et regarda les lettres enroulées en spirale.

« C'est de l'ancien français », dit-il au bout d'un moment.

Dupin eut un large sourire.

« Ça doit concerner un crime. Et ça. (Il avança le long de la rangée de vitrines.) Ça parle de l'assassinat d'Henri IV et comment son assassin a été traîné et écartelé. On ne rigolait pas en ce temps-là, ajouta-t-il avec la nostalgie du policier. Vous avez parlé à la femme de Rimbaud ?

— Elle refuse de me voir. »

Dupin haussa les épaules.

« C'est le choc émotionnel. Elle vous reproche sa mort. Vous travailliez tous les deux sur l'affaire, maintenant son mari est mort et vous êtes en vie. Quelque chose ne va pas. D'autres disent pareil. En fait… (Il baissa la voix bien qu'ils fussent seuls.) L'impression générale est que vous n'auriez pas dû le laisser y aller seul. Ce n'est pas votre faute, bien sûr. Comment auriez-vous su que Bock serait là ? Néanmoins, vous étiez responsable. Il est mort et ils s'en prennent à vous.

— Ce n'est pas ce qui me dérange.

— Quoi alors ? Sûrement pas la culpabilité.

— Pas ça non plus.

— Ah, la vengeance. Vous voulez mettre la main sur celui qui l'a tué. (Ses yeux balayèrent la pièce qui sentait le renfermé.) Il y en a partout ici. Personnelle, politique, c'est la même chose. (Dupin soupira.) La vengeance.

— Autre chose.

— Quoi d'autre ?

— Je ne crois pas que Bock l'ait tué.

— Vraiment ! »

Dupin regarda fixement le menu destiné à Louis XVI la veille de sa montée à l'échafaud. Outre trois soupes et quatre entrées, on servit au roi plusieurs rôtis et compotes, le tout arrosé de champagne, de bordeaux, de vin de Madère et de quatre tasses de café. C'était pour le déjeuner. Le menu du dîner fut encore plus varié. Neuf mois plus tard, Marie-Antoinette perdit sa tête sans avoir rien avalé au petit déjeuner. Et avant le déjeuner.

« Je pense que c'était Kayser, expliqua César. Une chose que j'ai oubliée ; il laissait toujours sa clé à la réception quand il sortait. Comment Bock aurait-il pu rentrer ?

— C'est à vous de me le dire.

— Kayser avait l'intention d'abattre l'un de nous et il a sauté sur l'occasion. Il s'est fait une attelle et a surpris Ménard quand il est entré dans la chambre. En sortant il a fait en sorte que quelqu'un voie l'attelle.

(César regardait les yeux de Dupin.) Il voulait que Bock soit tenu pour responsable, voyez-vous. Il portait même une casquette comme Bock. Tout était planifié.

— Bock est déjà recherché pour meurtre. Pourquoi lui monter le coup ?

— Je n'en sais rien, reconnut César. Si Bock est rentré en Allemagne maintenant, peut-être veulent-ils nous pousser dans nos retranchements, qu'on se lance à sa poursuite. Quand un policier a été tué…

— Vous avez dit "ils".

— Celui qui suit Bock à la trace, peu importe qui. Le client de Kayser. »

Le visage de Dupin lui présenta un masque sceptique.

« Ce n'est pas très plausible, déclara-t-il. Il aurait mieux fait de rester ici à attendre que vous appeliez ou que vous frappiez à la porte.

— Pas vraiment, répondit César en hésitant. Un membre du service peut être dans le coup, aussi.

— À l'intérieur du service, dites-vous ? »

Dupin laissa distraitement la clé du musée, empruntée au conservateur, se balancer au bout de sa chaîne.

« L'un de nous ?

— C'est possible. (César observa son reflet dans la vitre.) Un simple soupçon pour le moment.

— Un soupçon ? (Dupin fourra brusquement la chaîne dans sa poche.) Vous aviez raison au sujet de Bock, il est en vie, semble-t-il, et maintenant vous suspectez un collègue de complicité de meurtre. Il y a une différence dangereuse. Je vous conseille de ne dire à personne son nom tant que vous n'aurez pas de preuve. À personne, pas même moi. (Il dépassa d'un pas raide une panoplie de garrots.) Je ne veux pas l'entendre. »

Un portrait leur fit face dans l'antichambre : le docteur Joseph Guillotin, inventeur de la machine à tuer qui portait son nom, l'air renfrogné. Ses petits yeux chafouins suivirent les deux hommes dans l'autre salle.

« Tu parles d'un médecin ! fit Dupin avec une grimace. Dans son idée, une lame fixe procurait une mort plus douce que la hache du bourreau. Vous vous imaginez ? Enfin qui sait ? Peut-être avait-il raison. »

La guillotine était en usage depuis presque deux siècles, encore qu'il fût rare que des têtes tombent ces dernières années[1]. La peine capitale perdait du terrain, ce qui était une sombre perspective pour nombre de services de police.

« Ce qui va suivre ne peut être que pire, assura Dupin. Et le chauffard qui vous a renversé ? Kayser ? »

César ne le pensait pas.

« Vous êtes prêt à accuser quelqu'un de meurtre sans preuve, mais vous êtes convaincu que celui-ci n'a pas essayé de vous tuer ?

— Jusqu'à maintenant, je croyais que c'était Bock.

— Supposons que je vous dise que ce n'était pas Bock.

— Me dites-vous que ce n'était pas Bock ?

— Disons simplement que d'après les bruits qui courent il y a d'autres éventualités.

— Lesquelles ?

— Rien de précis. Quand j'en saurai plus, je vous en dirai plus. Dans l'intervalle (Dupin prit une brusque respiration), Kayser est aux trousses de Bock,

_____

1. Le garde des Sceaux Robert Badinter fut l'artisan de l'abolition de la peine de mort en septembre 1981. Il avait été l'avocat de Christian Ranucci, auquel Giscard d'Estaing avait refusé la grâce présidentielle et qui fut guillotiné en juillet 1976.

et quelqu'un de la Sûreté lui apporte son aide. Selon votre théorie en tout cas. (Il hocha la tête, songeur.) De sorte que vous allez être obligé d'embarquer tout ce petit monde. La mort de Rimbaud en fait une affaire personnelle, non ? Exactement comme pour Bock. Il a tué vos parents, au moins symboliquement, donc ça aussi c'est personnel. Vous devrez les prendre tous, à n'importe quel prix, alors même que vos motivations risquent de vous tenir en échec et gâcher toutes vos chances. Vous perdrez votre objectivité et peut-être même votre vie… voire toute l'affaire. Dans quel but ? Je ne savais pas que les Juifs avaient une telle soif de vengeance. Depuis quand vous ne tendez plus l'autre joue ?

— Nous l'avons tendue six millions de fois pendant la guerre.

— Tout comme six millions de Slaves et de Tsiganes et de militants politiques, y compris deux cent mille Français.

— Presque la moitié de ces Français étaient juifs ! s'exclama César.

— Mais tous étaient français ! » cria Dupin.

Plutôt que de confronter leurs vérités respectives, l'acteur et le Juif arpentaient en silence les pièces vides remplies d'uniformes usés et d'armes usagées. Tout sentait la mort.

« Ce que je devrais faire, marmonna Dupin, c'est vous retirer l'affaire Bock sur-le-champ. Que quelqu'un d'autre s'en occupe, qu'il redonne un peu d'équilibre à tout ça. (Il lança un coup d'œil à la dérobée à César.) C'est ce que je devrais faire.

— Possible, convint César. Mais vous ne le ferez pas.

— Et pourquoi ?

— Vous n'avez pas oublié les nazis, tout ce qu'ils ont fait.

— Entendu, je n'ai pas oublié les nazis.

— Donc vous savez que si quelqu'un a une chance de prendre Bock, c'est moi (César parlait d'une voix sans timbre, dénuée d'émotion) précisément parce que j'en fais une affaire personnelle. J'en sais plus long sur lui que quiconque. »

César devait se battre contre le sentiment d'invincibilité qu'un tel objectif lui inspirait. L'engagement total était un rayon laser qui pouvait traverser presque tout. C'était la force brute.

Mais à quelles fins ? Dans quel but ? Si ce fou d'Hitler n'avait pas gaspillé son pouvoir en insanités comme la pureté de la race, il aurait pu vaincre le monde. César se demandait si Dupin connaissait ce genre d'engagement. Son propre père avait été dans la Résistance. Un jour de 1943, ses vêtements avaient été renvoyés chez lui et personne ne l'avait jamais revu, mort ou vif.

« Fort bien, grinça Dupin, pour le moment, vous gardez Bock. Mais s'il est rentré en Allemagne, vous lui ferez la bise d'ici, inutile de vous déplacer. Les Allemands n'aiment pas chercher des nazis, ils n'ont jamais aimé ça.

— Et mes soupçons ?

— Vous ne m'auriez pas téléphoné si vous n'aviez pas besoin de quelque chose. C'était quoi ? Laissez-moi deviner. Mon aide pour une enquête secrète sur votre suspect dans la police, ou du moins mon consentement. Ça vous faciliterait les choses. Plus précisément, ça les rendrait possibles. Mais il va vous falloir davantage que des mots pour me convaincre. La vérité, c'est que vous avez eu de la veine avec Bock jusqu'ici et que maintenant vous avez quelques personnalités importantes de votre côté. Elles commencent à vous voir sous un nouvel éclairage. L'incarnation du véritable esprit de la police, ce genre d'idée. Qui se sert des pouvoirs de son bureau pour la protection du public. Et, ce qui n'est pas sans importance, dans l'intérêt du Service. C'est vous, après tout, qui avez fait reculer le SDECE. Sans vous, toute la machine du contre-espionnage serait encore à l'œuvre. Ne vous imaginez pas que l'Élysée n'en a pas été tenu informé. Croyez-moi, votre nom circule. Et voilà que vous débarquez avec cette idée de quelqu'un dans le Service. Si vous poussez les soupçons plus loin, ça risque de vous achever. De vous rétrograder, de vous ramener à l'époque de l'Algérie, voire pire. C'est ce que vous voulez ? »

Cela ne servait strictement à rien, à rien du tout. César vit qu'il devrait faire tout lui-même. Au lieu de brûler Paris, le général allemand avait passé outre à l'ordre d'Hitler et livré la ville intacte. César leva les yeux vers la photographie du général von Choltitz arrivant à la préfecture de police le 25 août 1944. Plus tard, le général fut considéré comme un suiviste lors de son procès, ce qui voulait dire qu'il avait été un simple compagnon de route des nazis, sans en faire partie. Imaginez-vous ça, pas un nazi ! Pour César, il avait l'air content de lui, sur la photographie, comme s'il pensait qu'il avait fait ce qu'il fallait. Aurait-il aussi facilement fait semblant de ne pas entendre le commissaire divisionnaire qui était dans la dernière salle du musée ? César se hâta de le rattraper.

« Je trouverai la preuve tout seul, le prévint-il.

— Ensuite je passerai à l'action, grommela Dupin, même si ça risque de ne pas me plaire.

— Sans tenir compte des conséquences ?

— Seul un idiot pense aux conséquences avant le problème. Votre problème est que vous êtes un grand nerveux terriblement méfiant. Vous connaissez la devise de Paris ? (Dupin verrouilla le pêne dormant de l'entrée et empocha la clé.) "Il flotte mais ne sombre pas." (Il se dirigea vers l'escalier.) Réfléchissez-y. »

Pendant qu'ils descendaient les marches, César songea à l'été qui approchait. Les crimes les plus graves étaient commis plutôt au cours de l'été que durant le reste de l'année, avec un pic en juillet. Il se demanda s'il serait encore là en juillet. La moitié de son monde s'était effondrée ; personne n'était plus ce qu'il était. Dupin le comédien était bizarrement insaisissable. César ne comprenait pas pourquoi Bock n'avait pas été parachuté ailleurs. Cela l'aurait presque soulagé, au moins pour le moment.

Dans la cour, il se sentit brusquement au milieu de l'arène, sauf qu'il n'avait pas d'épée et que la foule n'était pas là. Uniquement le taureau, une masse noire qui lui fonçait dessus dans un bruit de tonnerre, des yeux fous qui flamboyaient, le visage pincé figé avec le ricanement de la mort.

Junot !

*
* *

Il retourna le bureau de Ménard pour récupérer tous les éléments sur Bock avant de réintégrer le sien, les gestes au ralenti. Ses blessures avaient des nuances de rose, sa tête bourdonnait encore et l'épaule picotait, le tout avec l'aimable concours du chef de service du SDECE. L'esprit peut vous jouer de ces tours ! se dit César ; le sien avait pris note d'un visage entraperçu un instant derrière le volant, puis l'avait enfoui sous le choc. Le choc passé, le visage avait refait surface. C'était Junot qui avait tenté de le tuer. Et Bock ? Était-il reparti en Allemagne, en fin de compte ?

César ne craignait pas de voir le chef de service du SDECE réitérer sa tentative. Les opérations secrètes étaient régies par leurs propres règles : si vous ne réussissiez pas du premier coup, *tchao* ! Pour Junot, c'était raté.

Le rapport de Ménard sur Linz et le camp de concentration de Mauthausen était inachevé. César s'assit néanmoins à son bureau et plongea sa tête dans l'horreur. Il devait aller de l'avant. Il avait passé la nuit précédente dans l'alcool et le désespoir. Aujourd'hui, il allait travailler ; seul le travail pourrait le libérer. Exactement les mots écrits au fronton d'Auschwitz et de Dachau : ARBEIT MACHT FREI[1].

Mauthausen avait été construit avant Auschwitz, peu après l'entrée triomphale des nazis en Autriche en mars 1938. Dès les premières quarante-huit heures, soixante-dix mille Autrichiens furent arrêtés par la Gestapo à partir de listes établies par les nazis locaux et Himmler accéléra l'achèvement de l'immense camp près de Linz. Il était situé, comme la plupart des premiers camps, près d'une carrière. Ici, les internés, juifs pour la plupart, étaient assignés à tailler de gros blocs de granit, qu'ils devaient ensuite transporter sur les 186 marches de la carrière jusqu'aux camions qui attendaient en haut. Il fallait des quantités incalculables de pierres pour les monuments massifs qui devaient transformer Linz en la capitale culturelle d'Hitler. Plus tard, quand les rêves de l'artiste raté partirent

_____
1. « Le travail rend libre. »

en fumée au-dessus des fours d'Auschwitz, des milliers d'hommes et de femmes succombèrent dans les chambres à gaz de Mauthausen. Pour finir, près de deux cent mille personnes assassinées, des monceaux de corps qu'il fallait enterrer ou brûler.

Linz se délectait de jouir de la faveur d'Hitler. Du haut du balcon de l'hôtel de ville, le Führer proclama l'Anschluss, l'annexion de l'Autriche à l'Allemagne. Sur la Grand-Place, il caressa les têtes blondes des enfants aux yeux bleus, preuves vivantes de l'existence de la race des seigneurs aryens. Pour les millions qui n'étaient pas blonds et n'avaient pas les yeux bleus, il ne perdait pas espoir. Dans les camps, on procédait à des expériences telles que des injections de teinture dans les yeux pour les faire devenir bleus. Malheureusement tous devenaient noirs, la couleur de la mort. Mais comme on disposait de millions de cobayes, une surprise était toujours possible. Et c'était là seulement une des nombreuses expériences du même acabit ! Hitler ne doutait pas du succès, de même que la ville de Linz, qui avait toujours rêvé d'éclipser Vienne.

Max Baur, chef de la police autrichienne avant la guerre, parvint à la direction de la Gestapo en 1942 tandis que Kaltenbrunner prenait la tête des SS. Il voulait avoir son homme aux commandes de sa ville chérie, et Baur se montra à la hauteur de la mission. Il y resta jusqu'au bout. Les membres de la police de Linz se souvenaient encore de Baur. Certains d'entre eux. Inflexible mais juste, avaient-ils dit à Ménard. Il tuait sans merci. Il obéissait aux ordres, bien sûr. Baur par lui-même n'aurait pas fait de mal à une mouche.

La police, qui avait généralement une mentalité d'assiégé, renâclait à dénoncer l'un des siens ou à révéler quelque chose à moins d'y être obligée. César vit brusquement pourquoi Bock avait tout laissé dans son appartement à part ses empreintes. Il savait que le SDECE – qui partageait la même mentalité – ne dirait pas à la police régulière qu'il avait intégré leur service et qu'il avait donc été tué en tant qu'agent double. Il avait laissé son arme et ses récépissés pour conduire la Criminelle jusqu'aux assassinats, la lettre d'Himmler pour donner à penser qu'il en avait fait autant pour les SS, la photo de groupe et la lettre de Gerd Streicher pour montrer que d'autres, aujourd'hui morts, étaient impliqués dans un quelconque complot. Le tout pour que la police parvienne aux mêmes conclusions que les services de sécurité concernant sa mort. Bock savait que personne n'en dirait assez pour qu'on arrive à comprendre ce qu'il avait véritablement fait. Il était mort, ce qui voulait dire qu'il était en sécurité. Jusqu'à sa résurrection.

César s'émerveilla devant la complexité germanique. Son adversaire était un as de la tactique, quelqu'un qu'il ne fallait pas quitter des yeux, jamais, même s'ils ne s'étaient jamais rencontrés. Il s'irrita de l'intimité qu'il partageait avec Bock, un risque du métier qui tenait à sa focalisation sur son passé et son présent. Avait-il un avenir ? C'était facile pour un nazi de se perdre en Allemagne ou en Autriche, des centaines de milliers l'avaient fait avant lui.

Cependant César comptait bien retrouver Bock et ne pas le lâcher jusqu'à son exécution. C'était une question de justice… et de châtiment. Douze millions assassinés, sa plus grosse affaire. L'inspecteur de la Criminelle ne voulait pas que le nazi s'imagine qu'il allait s'en tirer comme ça.

César emprunta l'escalier qui descendait au sous-sol où étaient stockées les archives de la police. Le couloir était obscur, la moitié des ampoules étant grillées, et il poursuivit son chemin péniblement. Des ombres projetaient des formes sur les murs humides. Sa paranoïa ne lui permit de voir que l'inspecteur Maton, qui donnait une fête au cours de laquelle un ami tuait un braqueur. Des démons surgissaient des briques devant lui et grossissaient sous ses yeux.

Le couloir virait à gauche pour former une caverne taillée dans le rocher. César traversa une deuxième pièce, encore plus grande, qui abritait des centaines d'étagères métalliques soutenant des cartons poussiéreux. Chaque service possédait une section distincte pour les archives, mais au bout de dix ans, les affaires classées et celles non élucidées finissaient généralement au sous-sol, où elles se perdaient lentement dans l'obscurité. César salua d'un signe de tête l'employé vieillissant derrière son bureau.

« Qu'est-ce que vous avez pour moi ?

— Ce que vous avez demandé. (L'employé fit un bruit désobligeant.) Je ne sais pas pourquoi.

— De la curiosité, principalement. »

César emporta le dossier jusqu'à une des tables en coin.

Des milliers de vieilles affaires sommeillent aux archives, dont certaines ont des centaines de pages d'épaisseur. César en feuilleta quelques-unes dans la chemise pendant que l'agent triait des cartons nouvellement arrivés.

« Pas grand-chose ici, grommela César.

— Vous vous attendiez à quoi ? »

Une réponse, se dit César. Pourquoi Nadal avait-il été tué ? Un vol à main armée dans une maison en pleine ville, c'était assez inhabituel en soi, mais qu'en plus, l'un des braqueurs se fasse descendre…

« Je ne vois pas ce que ça a d'intéressant, déclara brusquement l'employé en indiquant le dossier dans la main de l'inspecteur. Deux voleurs qui s'engueulent ? Ça arrive tout le temps. »

César devait en convenir. Mais ensuite, l'un d'eux se fait cambrioler, et pas seulement une fois.

« Par son ancien complice, croassa le vieil homme, de sorte qu'il bourre une radio de dynamite et expédie le salaud en enfer lors de sa prochaine visite. Ce n'est pas la justice immanente, ça ?

— Comment a-t-il su s'y prendre avec la dynamite ?

— Il avait sans doute travaillé dans une mine ; je me souviens que l'inspecteur a dit quelque chose de ce genre à l'époque. »

Les yeux qui se ferment d'un coup. Derrière les paupières, un ciel blafard qui tombe dans la mer de sorte que l'air et l'eau forment un tableau concave à l'horizon. À la lisière, l'obscurité disparut.

« Mais ce n'était pas une grande affaire, bougonnait encore la voix. Je crois même qu'il a envoyé promener le voleur. »

César ouvrit les yeux.

« Ça a dû être une première pour Tobie.

— Comme vous dites.

— On se croirait au Golgotha, s'exclama César. Je vois ici que le bon larron s'appelait Gouze.

— Prénom, Valentin, précisa l'employé, le sourire épanoui. Comme moi. »

Valentin Gouze s'était appelé Damien Thierry. Damien Thierry n'était autre que Jean Leduc.

César passa de nouveau en revue sa liste, tous les Leduc ayant pour pseudo – et connus sous le nom de – Gouze et une demi-douzaine d'autres patronymes. Pas étonnant que la PJ ne se soit pas procuré son dossier belge des années plus tôt ; on l'avait pris pour un demi-sel et on n'avait pas pris la peine d'aller consulter les pays voisins. Pas même Interpol, qui n'aurait servi à rien de toute façon. Leduc était une petite pointure.

« Ça vous suffit ? »

Le fonctionnaire de la PJ était ronchon ; ce n'était pas marrant de travailler le week-end.

« Ça ira », dit César, et il referma le dossier de Leduc.

Heureusement que quelqu'un avait pensé à aller vérifier de plus près après le viol et le vol ; cette fois, ce n'était pas une affaire que Tobie Maton pouvait enterrer. Mais Leduc lui restait redevable pour lui avoir sauvé la mise. Avait-il payé sa dette ?

*
* *

Qu'en aurait dit Ménard ?

Assis au bistrot, César se demandait comment son adjoint aurait réagi en apprenant que l'inspecteur Maton connaissait Leduc. Une coïncidence ? Cela n'existait pas, et certainement pas de ce genre. Mais l'inspecteur pouvait encore le prétendre. Rien ne prouvait qu'il connaissait l'identité du voleur. Tous deux portaient un masque, notez bien.

Aucune preuve, certes, mais au moins une présomption. Il pouvait avoir reconnu la voix, par exemple.

Et rien ne prouvait qu'il ait parlé à Leduc avant la fusillade.

Peut-être y avait-il un témoin.

Qui ?

Kayser.

Et quel mobile ?

César se lâcha la bride. Kayser lui avait demandé de l'aider pour Bock, il en avait besoin, de sorte qu'en lui sauvant la vie, Kayser avait barre sur lui et le Suisse obtenait ce qu'il voulait.

Qu'est-ce qu'il lui voulait, à Bock ?

Là, César calait.

*
* *

La galerie de Munich avait refusé de livrer les noms de ses acheteurs, refusa même de réfléchir à la demande de l'inspecteur français en ce sens. La réticence des employés fondit, cependant, sous l'œil noir de leur propre police qui eut l'obligeance professionnelle d'intercéder en faveur de l'inspecteur Dreyfus. César disposa bientôt du nom de l'acquéreur en 1972 lors de la vente du portrait manquant d'Hitler : Oberst-Haupt, un fabricant munichois de composés agrochimiques.

Le nom ne lui disait rien, c'était manifestement une société qui attendait le retour d'Hitler ou la fin du monde. Il le reclassa dans le dossier de Bock à l'intention de Clément le lendemain matin.

René soutenait qu'il aimait bosser le week-end.

« C'est là qu'on voit arriver tous les corps vraiment intéressants, les torses avec la tête fourrée sous le bras, les cadavres qu'on a écorchés vifs, les éviscérations et les transmutations… »

Le téléphone sonna et César laissa échapper un léger soupir de soulagement ; il avait besoin d'entendre René sur l'autopsie de Ménard, pas sur ses obsessions.

« C'est pour vous, signala le toubib. Comment ont-ils deviné ?

— J'ai fait savoir que j'allais chez les goules pour leur tirer les vers du nez. (César écouta un moment.) Je suis assez occupé pour le moment, bafouilla-t-il à Nicole.

— Ça ne prendra pas longtemps », promit-elle.

César parut le jouer à pile ou face.

« Tu disais ?

— Les vrais tordus passent la semaine à ruminer comment ils vont s'y prendre ; plus ils ruminent, plus ils deviennent cinglés. Leur imagination prend une forme de plus en plus sadique pour inventer des méthodes de destruction et nous en voyons les résultats chaque week-end.

— César ? miaula Nicole.

— Les visages aplatis, les crânes éclatés, les yeux arrachés, les dents cassées… (René faisait le récapitulatif avec entrain.) Ça, c'est la routine, ce que nous appelons le boulot normal. Mais le samedi, c'est l'ambiance de l'atelier de carrosserie. J'en ai un en ce moment… (Il se frotta les mains avec enthousiasme.)

Les déchirures dans le périnée vont tellement profondément dans l'anus que ça forme presque une entrée unique dans le bassin depuis l'extérieur. Tu t'imagines la force qu'il a fallu pour faire ça ? Sans parler de l'objet en dents de scie qui a dû servir. Dur à croire. »

Même les assassins avaient besoin d'avoir des fans pour juger de la qualité de leur œuvre, supposa César. Qui était mieux placé que le médecin légiste qui vivait le crime par procuration ?

« J'aimerais te voir, susurra Nicole. J'ai l'impression qu'on s'apporte mutuellement quelque chose, ajouta-t-elle, hésitante. Tu es d'accord ?

— Certainement, grogna César qui ne savait pas quoi dire.

— Perforation des intestins, pas facile à faire, ça. (René fit une grimace pour souligner ses propos.) Pénétration sur trente-cinq centimètres, causant un traumatisme fatal aux reins. Et aussi un collapsus pulmonaire suite à la blessure et au choc foudroyant.

— C'était qui ?

— Et il y avait une demi-douzaine de drogues dans le corps, bredouilla encore René. Même de l'Halcion, qui abrutit. Je t'ai dit qu'on lui avait coupé les valseuses aussi ?

— Si tu viens ce soir, poursuivait Nicole, je te ferai quelque chose à manger et puis je te ferai autre chose. Tu te souviens comme c'était bien la dernière fois ?

— Je me souviens, répondit César automatiquement et il lança un coup d'œil au légiste. Et Ménard ?

— Une évolution intéressante.

— Je t'en prie, roucoulait Nicole.

— Tu savais que le sang séché et la cocaïne font perdre leur flair aux chiens ? Ou que tu peux tuer une femme en lui appliquant de la cocaïne sur les organes génitaux.

— Ménard n'avait pas de sang séché ni d'organe féminin. Qu'est-ce qu'il y a ? Il a été tué par balle.

— Prends l'orifice rectal, poursuivit René avec le sourire. Si tu fourres la gueule d'un revolver là-dedans et que tu tires, la cause de la mort n'est pas facile à identifier. Et si tu utilises un projectile en plastique ou en fibre de verre, on ne peut même pas le voir à la radio. (Il scruta ses ongles.) Ça donne à réfléchir. »

César se tourna vers la fenêtre, le récepteur à la main.

« Je vais être débordé, j'en ai bien peur, dit-il à Nicole.

— Plus tard, alors, quand tu auras un moment. (Il la sentit pressante.) Je peux rester debout à t'attendre.

— Pas ce soir. (Il regarda sa montre.) J'ai des choses à faire.

— Demain ?

— Ça fait réfléchir à quoi ? demanda-t-il à René, puis il adoucit sa voix. Oui, demain. Je te rappelle.

— La vie et la mort. (Les paroles du docteur avaient un son creux.) Surtout la mort, bien sûr.

— J'ai vu Cécile aujourd'hui. Elle sortait avec ton copain, l'autre inspecteur ?

— Tobie Maton.

— Non, ça, c'est fini, dit Nicole. Je crois qu'il s'est lassé d'elle.

— Il est comme ça.

— Ah, les hommes, gémit-elle.

— Les femmes aussi.

— Tu savais, interrogea René d'un ton agressif, qu'il naît davantage de bébés entre quatre et cinq heures du matin qu'à toute autre heure du jour ou de la nuit ? »

L'heure du loup, marmonna César. L'heure de la grande faucheuse.

« C'est quoi ? » demanda une voix désincarnée.

L'équilibre de la nature était partout ; même la vie et la mort formaient un équilibre et les hommes et les femmes. Nicole était-elle censée le tenir en équilibre ? César tenta de se représenter avec elle, mais il fit chou blanc. Tout ce qui lui venait, c'était le sexe.

« Demain », promit-il au téléphone et il coupa la communication.

René se frotta les favoris avec impatience.

« Pour reprendre, Ménard est censé avoir été abattu quand le tueur est sorti de la salle de bains à une dizaine de mètres. Ça aurait été un joli coup – en plein front – l'œuvre d'un tireur d'élite comme ce Bock que tu poursuis. Sauf que ça ne s'est pas produit comme ça. J'ai trouvé des particules de poudre brûlées incrustées dans la peau autour de la blessure. Il a été tué de très près, presque à bout portant. (Il observa César par-dessus ses lunettes.) Tu vois où je veux en venir ? Aucune compétence spéciale requise. (La voix était un chuchotement étouffé à force de circonspection.) Est-il possible que quelqu'un ait voulu qu'on attribue sa mort à Bock ? »

*

* *

Ménard était passé de l'été à l'hiver, d'un homme plein de vie à un animal empaillé bourré de fibres. César se tenait devant le cercueil ouvert et ressassait leurs années ensemble. Deux inspecteurs qui travaillaient au coude à coude, qui faisaient équipe pour survivre, c'était comme un mariage. Ils dépendaient l'un de l'autre.

Maintenant César était de nouveau seul, c'était son deuxième divorce.

« Je vivrai jusqu'à cent ans, disait le Ménard de l'été, et quand je mourrai, il gèlera en enfer. »

L'inspecteur pensait à l'homme.

« Le français est la langue de l'amour. (Ménard avait pitié de quiconque ne parlait pas français.) L'italien la langue des amis et l'anglais la langue de l'argent.

— Et l'allemand ? avait demandé César.

— L'allemand, avait complété Ménard, est la langue des animaux. »

César jeta un dernier regard au cercueil. Avait-il jamais connu cet homme-là ?

*
* *

Neuf heures passées déjà. Il s'enfonçait dans un paquet de feuilles, progressant lentement vers le fond. Les notes de Ménard venaient ensuite, parmi elles la mention que le chef de la Gestapo, Heinrich Mùller, figurait sur une liste des nazis les plus recherchés en 1973, ce qui permettait de supposer qu'il était toujours en vie. César avait voulu les grandes lignes sur les têtes de file des nazis, Kaltenbrunner et les autres, dont il avait relevé les noms à la librairie Smith de la rue de Rivoli. Il les avait crus morts.

La paperasse d'une enquête pour meurtre n'en finit pas, c'est un ruban de mots qui relie le chasseur à sa proie et qui souvent les piège tous les deux. César sentit la somnolence le gagner, le corps cédant sous le poids du chagrin et le manque de sommeil. Il allait finir la pile devant lui et s'accorder un break sur le divan. Jacqueline Volette lui vint à l'esprit et il consacra ce qu'il lui restait d'énergie à la repousser.

De Munich, la police avait envoyé des copies de l'agenda de bureau de Gerd Streicher en avril et mai. Il n'y avait que deux entrées pour mai, l'une pour lui rappeler l'anniversaire de sa femme le 3. L'autre était en date du 7 mai et rédigée comme suit : *VJ – 13 – Nibelung – Dachau R Au*. César avait demandé à Ménard d'essayer de décrypter ces sigles. Apparemment, pas grand-chose au-delà du fait que le 7 mai était le trentième anniversaire de la fin de la guerre et de la mort de l'Allemagne nazie. Cela et un commentaire griffonné sur *Au* qui était probablement l'abréviation d'Autriche. Mais Dachau était en Allemagne, pas en Autriche. Et qu'avait à voir un membre des anciens personnels civils des SS avec un camp de concentration ? C'était le dernier endroit dont un nazi voudrait entendre parler désormais. César inspira à fond et ferma les yeux pour réfléchir.

Une araignée ne mange pas une mouche qui est déjà morte. L'idée est d'attraper la mouche et de la frapper assez fort pour l'étourdir, puis de la placer soigneusement dans la toile. Pas facile ! César observa l'araignée opérer un mouvement tournant, ramper inexorablement vers sa proie. Il la vit apparaître au-dessus d'elle, ses mâchoires géantes s'en approcher, la toucher de sa bave visqueuse, la bouche féroce pleine de mousse, déchirer, fendre, festoyer… jusqu'à ce que la toile d'araignée lui explose à la figure et que le bourdonnement de la mouche devienne la sonnerie du téléphone.

César le regarda sonner, il fit un transfert de sens, la tête posée sur le bureau.

« Monsieur l'inspecteur Dreyfus ?

— Oui.

— J'appelle pour vous dire que je n'ai rien à voir avec la mort de votre adjoint.

— Qui êtes-vous ?

— Je n'étais même pas en France.

— Bock ! »

César serrait encore l'écouteur longtemps après que l'écho se fut évanoui dans ses oreilles.

14

La dépouille gisait dans un sarcophage de porphyre rouge, le cercueil de chêne reposant sur un lit de granit vert ; dans le chêne se trouvait un deuxième cercueil d'ébène, avec à l'intérieur deux autres en plomb, puis un en acajou renfermant un autre encore en fer. La tombe reflétait la grandeur de la France sous l'Empereur qui avait été finalement exilé à Sainte-Hélène en 1815, où il était mort six ans plus tard d'un cancer de l'estomac, alors que Napoléon croyait qu'on l'empoisonnait. Il avait raison. Cent quarante ans plus tard, des mèches de cheveux coupées au moment de sa mort montrèrent à l'analyse des traces d'éléments radioactifs : ses cheveux contenaient treize fois plus d'arsenic que la normale. Napoléon avait été assassiné.

César se tenait avec Bordier à l'intérieur de la crypte. Pour le général, le Panthéon était un lieu paisible, suffisamment proche de son bureau, où il aimait donner ses rendez-vous. « L'esprit militaire », dit-il en riant, et il espérait que l'inspecteur n'y verrait pas d'objection. Ses manières courtoises le faisaient apparaître encore plus sinistre, et César décida qu'il avait probablement tué lui-même Napoléon. Avec ce genre de fou, tout était possible. D'un autre côté, qu'y avait-on perdu ? La plupart des gosses d'avant-guerre, César compris, s'étaient entendu répéter qu'ils n'avaient qu'à bien se tenir sinon Napoléon viendrait les chercher.

« Il est mort, dit le général.

— Qui ? demanda César en feignant l'ignorance.

— D'une balle en pleine tête, exactement comme tous les autres sur qui vous enquêtez. »

Le chef de service Junot avait été tué hors de chez lui par quelqu'un qui se tenait à ses côtés et qui avait tiré une seule balle d'un Walther PPK 9 mm. Bock s'était vraisemblablement procuré une autre de ses armes de prédilection et avait repris du service. Selon Bordier, Junot était sur sa piste depuis que l'agent du SDECE avait été assassiné. Le Service allait évidemment poursuivre ses investigations.

« Peut-être pourrions-nous nous entraider », suggéra le général.

César n'était pas dupe. Bock était en Allemagne – il l'avait appelé de là-bas, César en était certain – et Junot était mort, descendu par une des barbouzes du SDECE. La police politique vivait dans des igloos et sentait toujours la fumée ; comme les lucioles, ces gens-là s'entre-dévoraient. Junot risquait de devenir bavard ; il était devenu dangereux pour l'organisation, pour le pays. Pour eux.

« Nous pourrions échanger nos informations, voire carrément travailler ensemble. »

Bordier avait livré à César le nom de tous les anciens nazis employés par ses services. C'était une liste partielle, naturellement, dont on avait soigneusement expurgé ceux qui pouvaient se révéler encore utiles. César reçut aussi sa liste des grands argentiers ouest-allemands ayant un passé nazi. Celle-là était également incomplète.

« Cela vous intéresserait-il de voir le corps ? »

C'était une façon indirecte de le congédier, bien que le sourire du général transformât la pénombre du tombeau en un véritable soleil d'Espagne.

« J'attendrai la prochaine fois », répondit sèchement César tandis que l'Espagne retournait à la pierre.

*
* *

Choupon racontait à César comment l'armée prussienne avait marché sur Paris en 1870 tandis que les rues de la ville crépitaient sous l'acier.

« Au bout de quelque temps, il ne restait plus rien à manger, alors les gens ont mangé leurs animaux de compagnie et tout ce qui passait à portée de main. Ensuite vint le zoo. »

César appela le garçon ; les indics, ça coûte, et le pied-bot était un des meilleurs.

« Bientôt les restaurants servirent de la tête d'âne farcie, des pattes d'éléphant et des brochettes d'ours, avec du consommé de cobra. »

Boire en public n'était pas tout à fait pareil que manger, de sorte qu'il commanda une autre tournée.

« Après ça, ce fut le ragoût de rats d'égout et d'araignées. Quand on leva le siège, il ne restait plus un seul rat dans Paris. (Son indic se pencha en avant.) Ni un seul Boche. »

Le serveur étant parti, César rapprocha sa chaise de la table.

« Maintenant, redis-moi ce que tu m'as dit au sujet de Jacqueline Volette et Kayser. »

Son aïeul capitaine de l'armée française était enterré au cimetière du Montparnasse, pas trop loin du tombeau de Napoléon. Dès que César eut passé l'enceinte à partir du boulevard Edgar-Quinet, sa vision embrassa des chemins bordés d'arbres et des collines en pente couvertes de croix et de colonnes portant le nom des morts. Les pierres grises se dressaient sur la terre verte qui se déroulait, mélancolique, sous le soleil jaune et le ciel bleu. Inexplicablement, César n'y était jamais allé.

« Le capitaine Dreyfus ? demanda-t-il à la grille.

— Vous dites ?

— Dreyfus. »

Il épela le nom.

« Ici ?

— Il y en a beaucoup qui se font la belle ?

— Pas que je sache.

— Alors il est toujours là.

— Jamais entendu ce nom.

— Vous êtes le gardien, expliqua César avec patience. Les gardiens sont censés savoir où les corps sont enterrés.

— Vous savez combien il y en a ici ? dit le vieil homme en postillonnant.

— Alfred Dreyfus est du nombre.

— Il est mort quand ?

— En 1935.

— Là-bas. »

Il pointa le doigt vers la gauche et retourna à son livre.

En suivant l'allée, César commença bientôt à lire

les noms. Il s'attendait à voir un monument dressé à sa mémoire, voire un temple pour commémorer l'injustice dont il avait été victime. Ce qu'il trouva en fin de compte était infiniment plus modeste. César se demanda si les autorités avaient jamais pardonné au capitaine Dreyfus son innocence. Ou était-ce simplement le fait qu'il était juif ?

Jacqueline Volette habitait à Montparnasse, près du cimetière. Après avoir parlé aux morts, César attendit pour écouter les vivants. Il connaissait son emploi du temps à la Sorbonne, savait quand elle quitterait son domicile. Quand il la vit s'approcher, il sortit de la voiture. Elle le regarda d'un air maussade.

« Kayser, dit-il d'un ton accusateur. Vous l'avez revu hier. »

Ses yeux s'agrandirent.

« Vous m'avez fait suivre ?

— Observer.

— Vous n'en avez pas le droit, s'écria-t-elle, indignée.

— Le droit ? (Il n'en croyait pas ses oreilles.) Vous êtes peut-être impliquée dans un meurtre.

— Je ne sais pas de quoi vous parlez. »

Elle se détourna.

« Je vous protégerai autant que je le pourrai, l'implora César en faisant un pas vers elle. Mais vous devez me dire ce qui se passe.

— C'est ce que je fais. »

Et elle le planta là.

Sur le chemin du retour, César pesta contre l'idée de tomber amoureux à son âge. Comment le pouvait-il ? Et d'une femme comme ça. Comme quoi ? Le pire, c'est qu'il n'en savait rien.

*
* *

André avait été douché par la mort de Ménard. L'idée qu'on pouvait mourir en service ne lui était jamais venue à l'esprit. Il était intelligent et cultivé, et venait d'une bonne famille. Il pouvait espérer un avancement rapide. Il avait déjà commencé. Mais une mort brutale ? André n'était plus aussi sûr de lui. Il aurait pu se trouver à la porte de Kayser. César hocha la tête, lui dit de se concentrer sur son travail. Seul le travail leur permettrait de tenir. L'Autriche, par exemple. Qu'avait-il appris ?

César s'assit à son bureau et poussa doucement André, espérant qu'il ne se figerait pas sur place, l'obligeant à retourner à des réflexions familières, des modes de pensée, des moules, le côté *bequem und richtig* – commode et juste. Dans le cas présent, c'était la procédure de police normale. Information, analyse, déduction. Il s'était passé ceci, et puis cela… examiner tout à la lettre, jusqu'à ce qu'on n'en ait plus besoin ; jusqu'à ce que l'imagination retrouve l'audace de franchir les espaces, en se fondant sur la logique. Quel subtil équilibre que l'esprit, extrêmement retors, qui a peur du changement, de l'oubli, voire de lui-même. En bon détective, César ne perdait pas de vue ses responsabilités et, tel un jongleur, il gardait à l'œil toutes les sorties et toutes les possibilités en plein mouvement. Puis, tel un chasseur, il bondissait.

Et pour l'Autriche ? Quelque chose au sujet de l'argent ou des nazis ?

André, cafardeux mais brave, reprit ses notes. En 1945, les Alliés avaient découvert cinq milliards en or (un chiffre américain) dans la salle des coffres de la Reichsbank, la Banque centrale d'Allemagne, à Regensbuch. La majeure partie appartenait au gouvernement autrichien. En outre, à la fin de la guerre, l'armée américaine avait saisi un train chargé du Trésor hongrois dans un tunnel près de Salzbourg. Le magot, d'un montant d'un milliard de dollars, avait été expédié aux nazis pour éviter qu'il ne tombe aux mains des Russes. Vers la même époque, des milliers d'œuvres d'art furent découvertes dans une mine de sel entre Salzbourg et Linz. La découverte inestimable comprenait six mille toiles volées dans toute l'Europe pour la collection privée d'Hitler. Certaines, comme le *Portrait d'un jeune homme,* de Raphaël, ne furent jamais retrouvées.

« Bon, déclara César, l'œil rivé sur André. L'or autrichien. Bock a très bien pu faire partie d'un groupe qui en a volé une partie sur le trajet pour l'Allemagne. Ou le train hongrois. Ils ont pu prendre ce qu'ils voulaient avant l'arrivée des Américains. Même chose pour la mine de sel. Les œuvres d'art les plus précieuses dans le monde, dont certaines sont toujours portées disparues. (Il se frotta les mains sous l'effet de la nervosité.) De l'or, des diamants, des objets d'art… qu'importe… des millions cachés, des millions qui attendent simplement. Puis des années, vingt, voire trente ans, à attendre le bon moment. (Une clochette tinta, mais l'esprit de César fonçait.) Et la maturité n'est-elle pas le meilleur moment ? Quand chacun aspire à la sécurité et au luxe. (Il opina avec satisfaction.) C'est sûrement ça, insista-t-il. Bock et les autres, ils sont convenus d'attendre trente ans qu'on ait oublié les nazis et que tout le monde regarde ailleurs.

Maintenant il les élimine pour avoir tout à lui. C'est sûrement ça, répéta-t-il. Quoi d'autre ? »

Le dernier point d'André concernait les douzaines de coffres métalliques récupérés un an plus tôt dans un bombardier nazi au fond d'un lac autrichien. Des plongeurs avaient hissé les coffres jusqu'à la surface du lac Toplitz, et découvert qu'ils étaient bourrés de fausse monnaie anglaise, des millions de livres sterling qui faisaient partie du plan d'Hitler pour anéantir l'économie britannique pendant la guerre.

Bock avait-il pu être mêlé à ça ?

César ne le croyait pas. Si le nazi possédait un magot, c'était du solide et du négociable. Mais le lac l'intriguait ; il ressortit la lettre de Streicher à Bock, lequel évoquait un lac proche de Munich qui lui en rappelait un autre en Autriche. Si Streicher en faisait partie, il en était de même des autres, exécutés par Bock. Y avait-il encore quelqu'un de vivant ? César en doutait. À plus de cinq ou six, ce serait dur de conserver un secret aussi longtemps. Ils ne voulaient courir aucun risque et pouvaient se permettre d'attendre ; apparemment, le temps ne dévalorisait pas le trésor, donc ce n'était pas de la monnaie. Linge possédait déjà une étude juridique et Streicher un cabinet comptable. Schirrmacher était cadre supérieur et Baur à la retraite. Seul Bock tirait le diable par la queue, de sorte qu'il avait décidé de tout garder pour lui. S'il restait un autre membre du groupe, il serait mort avant le 7 mai. Cette fois, César entendit la cloche. C'était l'anniversaire de la chute des nazis. Quel meilleur moment pour renaître de ses cendres ?

*
* *

Kussow parla à César de Dachau où tous les membres de sa famille avaient été assassinés.

« … mais seulement parce que tu me poses la question en tant qu'ami et en tant que Juif. Pour moi, j'ai déjà vu la face du diable. »

C'était l'automne 1942 et des médecins allemands fous se livraient à de prétendues expériences médicales qui étaient un cauchemar vivant. Castrations, transfusions sanguines, lobotomies, greffes des os, collapsus pulmonaires, prélèvements de peau, gangrènes gazeuses, brûlures au gaz moutarde, absorption d'eau de mer, mort lente par la faim, rapide par refroidissement brutal… rien n'était considéré comme des idées de malades. À Dachau, des monstres comme Sigmund Rascher et Klaus Schilling agissaient en toute liberté.

« Rascher s'est livré à des dizaines d'expériences, un sadique comme tu n'en as jamais vu. Ce qui intéressait le docteur Rascher, c'était la douleur, et il considérait toujours la mort comme une voleuse. Un jour, il eut l'idée d'un chien à deux têtes, qui lui venait probablement d'un récit mythologique. Il faut savoir que les docteurs en Allemagne sont des gens très cultivés. Rascher pensait qu'un chien bicéphale serait plus efficace pour surveiller le camp. Comme on était à court de chiens à Dachau, on se tourna naturellement vers la seule matière première disponible. Il nous appelait comme ça, sa matière première. Bref, c'était exactement ce que nous étions. Rascher se dit que s'il pouvait créer ce genre de chien, Hitler verrait en lui un grand héros germanique. Et Himmler aussi. Ce qui te montre son état de démence. S'il y avait quelque chose dont ces bêtes à Berlin n'avaient pas besoin, c'était bien des chiens avec deux bouches à nourrir. La guerre, vois-tu, se retournait lentement contre eux.

Mais tout ce que Rascher voyait, c'était sa nouvelle race de superchiens aryens. Ce que je te raconte là est véridique. Il croyait possible de greffer la deuxième tête en la congelant avant la dissection pour garder les cellules vivantes, puis de la fixer au sommet de la moelle épinière. Le rapport serait symbiotique, bien sûr, mais la deuxième tête fonctionnerait. Pourquoi pas ? Ce que Mengele faisait avec les jumeaux identiques à Auschwitz, en greffant ensemble des parties de leur corps, n'était guère différent. Rascher, encore plus fou, voulait simplement aller jusqu'au bout. »

Kussow avait vu étrangler son frère à ses pieds, il avait regardé sa mère et ses sœurs marcher vers la chambre à gaz, entendu les cris de son père brûlé vif dans un fossé. Quand il quitta l'Allemagne après la guerre, presque mort et à demi fou, il se jura de ne jamais y remettre les pieds.

« Et Dachau maintenant ? demanda César d'une voix douce.

— On me dit que les chiens de Rascher ne surveillent toujours pas les grilles. »

Mais César savait que les horreurs que Kussow décrivait étaient essentiellement vraies. Les fours crématoires étaient toujours là. Dans d'autres camps, les chambres à gaz et les laboratoires de torture médicale existaient toujours. En mai 1933 – trois mois après l'accession d'Hitler au pouvoir – la famille de Kussow avait regardé une retraite aux flambeaux nazie serpenter sur la rue principale de Berlin avant de procéder à un gigantesque autodafé de livres juifs. Six ans plus tard, ils brûlaient les Juifs. Désormais Kussow ne faisait plus confiance à la mentalité germanique, pas même à la sienne. En quelque sorte, ils avaient perdu la grâce, et la nature de cette chute – le crime et le châtiment – occupait ses pensées depuis plus de trente ans.

César montra à son ami l'entrée sur le calendrier de Streicher. Peut-être qu'un autre Allemand pouvait l'aider à comprendre.

« Qu'est-ce que je connais à l'Allemagne ? protesta Kussow. Les rues sont rouges et le ciel noir. Ça t'apporte quelque chose ? Évidemment, non. Tout ce que je vois, ce sont des couleurs, ce n'est pas bizarre ? »

Il se tut.

« Des couleurs... » l'encouragea César avec douceur.

Kussow hocha la tête, tout à ses souvenirs.

« Tokele était blanc, blanc comme l'os. On dormait tous les deux couchés sur le côté sur le châlit pour ne pas tomber.

— Qui est Tokele ?

— Un Juif polonais qui est parti en Palestine quand les nazis sont arrivés, seulement il n'a pas pu y entrer. Ils n'ont pas voulu le laisser entrer, ils l'ont refoulé. Pourquoi ? a-t-il demandé. La Palestine n'était-elle pas ouverte aux réfugiés polonais ? Si, lui dit-on, la Palestine est ouverte aux réfugiés polonais, à condition qu'ils ne soient pas juifs.

— Que lui est-il arrivé ?

— On l'a forcé à faire demi-tour, et il a atterri dans le camp de la mort avec moi. Ils l'ont tué.

— Je vais les avoir, affirma César avec conviction.

— Un nazi ?

— C'est trop peu ?

— Trop tard.

— Juste pour leur montrer.

— Ils vont te prendre pour un cinglé.

— Qu'est-ce qui ne va pas avec les cinglés ? Il en faut un pour mettre les choses en branle. »

Dans le minuscule séjour, la peinture s'écaillait autour des moulures. De fines fissures formaient comme un faisceau veineux dans les coins. Depuis la bergère usée, César observait son hôte qui regardait la feuille avec les mots de la main de Streicher : *VJ – 13 – Nibelung – Dachau R Au.*

« Un comptable, tu dis ?

— Avec son propre cabinet. »

Kussow soupira.

« En Allemagne (il posa la feuille de côté et prit un coin du journal pour essuyer ses lunettes) la formation classique dans le domaine des affaires enseignait que les mémos devaient répondre aux quatre questions : où, quand, quoi, pourquoi ? Tout le reste était superflu. Si on le prend comme ça : *VJ* pourrait être l'endroit du rendez-vous. Un hôtel, par exemple, probablement à Munich puisque Dachau en est proche. *13* serait l'heure, en termes militaires, une heure de l'après-midi. L'auteur a grandi dans une ambiance militaire. Quant à *Nibelung,* cela pourrait être l'objet de la rencontre. Manifestement un mot codé. Ou sinon.

— Sinon ?

— Ta mystérieuse note concerne le cycle du *Ring* de Wagner, les légendes du Nibelung. Cela pourrait être simplement un inoffensif groupe musical ; la saison de l'opéra a commencé. Ce que Dachau vient faire ici et en quoi il est lié à l'Autriche m'échappe, mais ce doit être le motif de ce rendez-vous. (Kussow se renversa dans son fauteuil et ferma les yeux un moment.) *Vier Jahreszeiten*[1].

_____

1. « Les quatre saisons. »

— Pardon ?

— *VJ : Vier Jahreszeiten.* C'était autrefois le meilleur hôtel de Munich, dans lequel descendaient les têtes couronnées. Il doit toujours faire rêver les nazis. »

*
* *

La Résidence de Munich, un endroit somptueux, fut jadis le palais des rois de Bavière. Quand les temps changèrent, les membres de la famille royale se tournèrent vers les palaces.

César fit une prière muette pour Kussow. La nouvelle famille royale était le monde de l'entreprise, qui prenait les hôtels aussi bien pour lieux de réunion que pour y dormir. Le *Vier Jahreszeiten* avait une salle réservée pour le 7 mai de 13 à 17 heures au nom d'un fabricant de composés chimiques de Munich. C'était Oberst-Haupt.

Il n'y a pas de coïncidences dans la vie, de même que rien n'est jamais évident. César dénicha rapidement le nom dans le dossier de Bock et suggéra à André de téléphoner. Il voulait tout savoir sur Oberst-Haupt, y compris le nom des véritables propriétaires. Exactement comme pour Zurich.

Qu'avait à voir le portrait d'Hitler avec le trésor de Bock ? se demandait César. L'art nazi ne valait pas des millions, rien qui justifiât tous ces morts. Des centaines de peintures d'Hitler étaient entreposées au siège de son ancien parti à Munich et personne n'avait jamais essayé de les voler.

« On n'a pas réussi à s'en débarrasser », avaient dit les autorités munichoises.

César appela Clément au bureau. Il recopia sur un bout de papier un des mots du mémo de Streicher et le tendit à l'enquêteur.

« Tout ce que vous pourrez trouver.

— *Nibelung* ? demanda Clément, hésitant sur le mot.

— Un opéra. (César lui fit signe de sortir.) C'est la saison », ajouta-t-il en guise d'explication.

Une cathédrale de verdure s'élevait du béton sur les Champs-Élysées. César avançait à vive allure et comptait les troncs pour se distraire. Les kiosques faisaient apparaître les dernières informations comme pittoresques, et les plus récentes nouvelles à sensation semblaient presque engageantes.

Place Clemenceau, il traversa l'avenue Churchill, avec le pont Alexandre III et les Invalides en arrière-plan. De part et d'autre de l'avenue panoramique se dressaient le Grand et le Petit Palais, avec leurs colonnades et leurs frises, où César avait autrefois coincé un tueur. Sa foulée rapide en disait long : il prépara ce qu'il allait dire à son ami. Ses doigts se pliaient avec nervosité, ses bras se balançaient en cadence au rythme saccadé de son pas. Il longea la place à la lisière de la zone plantée de végétation au carrefour avec l'avenue Montaigne, haut lieu des maisons de couture. Il aperçut au loin la forme massive de l'Arc de triomphe qui dominait la cime des arbres. Comme des groupes de gens passaient, il saisit des bribes de conversation, une lamentation de l'un, un démenti de l'autre. Sur le boulevard, le grand amour battait de l'aile.

Au-delà du parc, les files de voitures, des Renault et des Simca aussi rageuses que des frelons, bourdonnaient pare-chocs contre pare-chocs. Un concierge nettoyait les marches en pierre d'une maison à bow-windows, l'eau noire dans le soleil couchant. Les propriétaires bichonnaient le bout de trottoir devant leur propriété et rayonnaient de satisfaction. La vie était belle.

Pour arriver au restaurant, César traversa à la hâte une large voie, avec dix files l'une derrière l'autre. Des agences de compagnies aériennes, des banques et des salles d'exposition de voitures montaient et descendaient à ses pieds. Des hommes en costume attendaient au garde-à-vous, un sourire absent en bandoulière pour signaler leur profession.

Il y était presque. En tournant dans l'avenue George-V, César aperçut bientôt la façade dorée d'Escoffier. C'était un immeuble second Empire, mais l'esprit était strictement Belle Époque. À l'intérieur de l'entrée en verre et or commençait le rituel des salutations et des comparaisons ; ici se trouvaient des cœurs brisés et des ego blessés. Au-delà, la salle vous invitait, plusieurs salons d'un attrait inégal, inondés de clarté. Partout des miroirs scintillaient, des fleurs resplendissaient, le blanc des nappes étincelait. Le velours des fauteuils rivalisait avec celui des tentures, une étoffe lourde dans un encadrement doré. Une douce lueur rougeoyante insinuait partout une touche de romantisme, d'amour, de conquête. Le glamour.

À l'intérieur, César vit les tables pleines, le bar à l'étage bondé. L'électricité crépitait dans l'air ; le printemps à Paris, disait-on. Ou peut-être était-ce les gens eux-mêmes, qui se frottaient les uns aux autres dans un rituel consciencieux et coûteux. Ici s'amassaient des rois du bétail et des barons du pétrole, des membres de la noblesse terrienne, des grands ducs, des avocats fiscalistes de talent et des escrocs de l'informatique surdoués, des vice-amiraux et des généraux des forces non conventionnelles, et des femmes merveilleusement habillées et de tous horizons, venus manger et boire et regarder les autres faire leur numéro. Allez, tournez, manège ! Mais il n'y avait pas beaucoup de places sur les chevaux de bois.

Tobie Maton, rayonnant dans la soie, était assis sur une banquette en coin. Il affichait un air de contentement qui contrastait avec ses mains qui ne cessaient de voltiger, à la recherche d'une chose ou d'une autre. Il opta finalement pour son paquet de cigarettes, avec lequel il tambourina légèrement sur la table quand il leva les yeux à l'approche de César.

César capta l'ombre d'une hésitation, un bref élancement qui avait déjà disparu avant que le visage se fige en un sourire forcé. Il se glissa sur le siège attenant.

Maton lâcha le paquet.

« Je t'en aurais bien offert une mais je sais que c'est non.

— Je m'accroche.

— Et Bock ?

— Idem », dit César.

Maton soupira, but un peu d'eau. César nota la disposition de la banquette, qui n'était pas un emplacement de choix. Il se demanda si l'inspecteur se rendait compte qu'il ne serait jamais vraiment accepté par le gratin dont il cultivait la proximité avec tant d'assiduité.

« Je suis sur un coup fumant, un coup en or massif, annonça Maton brusquement. Tu pourrais faire équipe avec moi et on ferait fifty-fifty.

— Tu as déjà un équipier, lui rappela César.

— Kayser ? Je peux m'arranger.

— Il a tué Ménard.

— Bock a tué Ménard.

— C'est toi qui l'as appelé, ce soir-là, insista César, pour le prévenir que Ménard allait venir. Pourquoi ?

— Kayser est en relation avec le pognon dont je te parle.

— Et maintenant tu es en relation avec un meurtre. » Maton alluma une cigarette avec un briquet en or. « Bock a visiblement rappliqué après le départ de Kayser. Ménard a dû tomber sur lui.

— Bock est en Allemagne, articula César d'une voix âpre. C'était Kayser d'un bout à l'autre. Il a tué Leduc aussi. Il l'a éliminé pour l'empêcher de parler.

— Parler de quoi ?

— De la façon dont toi et Kayser lui avez monté le coup. (César secoua la tête avec consternation.) Deux hommes morts uniquement pour qu'il arrive jusqu'à Bock à travers moi, ou du moins le croyait-il.

— Les affres de la mort (Maton fit signe au garçon) ne doivent pas empêcher les plaisirs de la vie. »

Traduction : il avait faim.

Le serveur prit la commande pendant que César restait comme pétrifié. Il avait perdu Ménard parce qu'il n'avait pas pris Kayser au sérieux et maintenant il allait perdre Tobie parce qu'il avait perdu Ménard.

« Kayser s'est vu proposer beaucoup de pognon pour éliminer Bock, dit Maton quand le serveur fut parti. Trop pour de l'espionnage industriel. Alors il a procédé à quelques vérifications. (Ses yeux devinrent lumineux, éclairés de l'intérieur.) Il dit qu'il y a une histoire de trésor volé, le trésor des nazis. La moitié pour moi si je l'aide.

— Qui est son client ?

— Un Allemand. Kayser ne s'est pas montré bavard.

— Mais il l'a cru sur parole.

— Il l'a cru quand il a vu le pèze.

— Alors Bock s'étant envolé et moi ne lui servant à rien, il a voulu jouer le grand jeu, observa César. Il a fait comme si Bock avait tué un policier pour qu'on le tire à vue. Il savait que le nazi ne serait pas pris vivant.

— Ça, c'est ton point de vue, grommela Maton. Tu as des preuves ? Tu n'as pas pu l'arrêter quand tu as essayé. En attendant, je te propose davantage de flouze que tu n'en as jamais rêvé. Pourquoi pas ? Quand Bock sera mort, je ferai le ménage. On sait que ce n'est pas une simple histoire d'espionnage industriel. Tu le sais, toi aussi. Tu n'as pas parlé d'un gros pactole, ce soir-là ? On finira tous millionnaires. »

César scruta son ami, qui trouvait son bonheur à magouiller, et qui à présent voulait prendre part à une plus grosse combine.

« Non, dit-il à son ami.

— Ce pognon, j'en ai besoin, chuchota Maton, farouche. Mes investissements dégringolent ; je risque de tout perdre. Tu veux bien ?

— Pas question ! »

Maton eut un mouvement de recul comme s'il avait reçu un coup.

« Kayser m'a dit que tu ne marcherais pas, mais je voulais essayer quand même. Je croyais que je te connaissais mieux que lui.

— Je pensais la même chose de toi. À croire qu'on s'est trompé tous les deux.

— Tu ne veux pas de fric ?

— Pas comme ça. (Le regard de César fit le tour du restaurant.) Pas pour ça.

— C'est la vie que j'aime.

— Trop cher payé. »

Les deux amis gardèrent quelque temps le silence.

« Et Kayser ? interrogea finalement Maton.

— Je le trouverai.

— Ensuite, c'est moi que tu devras prendre en chasse. (Les yeux de Maton se rétrécirent pour former deux points rouges.) Tu es une vraie tête de nœud, comme Bock. Mais j'imagine que je ne t'apprends rien. »

Le coup fit mouche, quelque chose à quoi César avait déjà pensé. L'idée ne lui plaisait pas.

« Ne te mets pas en travers de ma route.

— Tu es déjà sur la mienne.

— Tu vas perdre, l'avertit César.

— Ou ce sera toi.

— L'un de nous deux. »

Maton hocha la tête.

« Il vaut mieux que tu saches qu'il y a quelqu'un d'autre dans le coup. Jacqueline Volette était la compagne de Bock, mais maintenant elle a pris contact avec les Allemands par l'intermédiaire de Kayser. Ça t'intéresse ?

— Pourquoi aurait-elle fait ça ?

— Allons donc ! Pour le fric. Elle aime l'argent. »

César comprit ce que cela sous-entendait.

« Si jamais il lui arrivait quelque chose...

— C'est bien ce que je pensais. »

Ils se mesurèrent du regard, deux animaux pris dans la lumière des phares. Après presque vingt ans, César voyait pour la première fois le loup déchaîné derrière le masque, vorace, les mâchoires claquant d'un coup, la rage du désespoir gravée dans les traits déformés. Il se demanda si Tobie voyait la même chose en lui.

« Je suis un chasseur. »

César se glissa autour de la banquette pour sortir.

« Deux chasseurs », répliqua Maton.

Un monstre hurlant venait lentement vers lui, sa queue argentée déployée sur deux kilomètres, la peau lustrée transparente. Des gens étaient emprisonnés à l'intérieur de son corps sinueux, un homme était englouti dans son œil étincelant de cyclope. Une méchanceté d'acier lui sortait par tous les pores. Le hurlement augmentait à mesure que le démon s'approchait, le bruit faisant voler la nuit en éclats, transformant l'air en poussière qui tourbillonnait avant de se déposer sur chaque surface. La vapeur, en s'échappant, jaillissait en volutes rageuses des deux côtés.

César attendit à l'autre extrémité du quai que la locomotive ait quitté la gare d'Austerlitz avec son chargement de voyageurs à destination des Pyrénées, de l'Espagne et du Portugal. Fan de trains, César avait longtemps rêvé de faire une de ces excursions en train à vapeur vers le soleil. En locomotive à vapeur ou diesel, il ne l'avait jamais fait et, il le savait, Dieter Bock non plus. Pas encore du moins. César se jura tout bas que Bock n'atteindrait jamais l'Espagne.

Le terminus des trains du Sud-Ouest se trouvait sur le trajet du commissariat du 13ᵉ arrondissement, boulevard de l'Hôpital, où il se rendait. Quand il y arriva, on le fit entrer pour qu'il rencontre Bovise, qui péchait le saumon dans les égouts de Paris.

« Vous avez pris quelque chose ? » demanda-t-il aimablement.

Bovise considéra l'inspecteur comme s'il était fou.

« Il n'y a pas de poisson dans les égouts, ronchonna-t-il. Pas plus de saumon qu'autre chose. »

Le suspect, semblait-il, adorait jouer son rôle d'excentrique du quartier et il soignait sa légende en achetant du saumon chaque fois qu'il rentrait d'une de ses expéditions. Mais il ne s'attendait pas à ce que la police morde à l'hameçon, comme c'était manifestement le cas. Étaient-ils tous débiles ?

Dans ce cas, fit remarquer César, ses expéditions le conduisaient ailleurs.

Bovise ne pouvait pas dire.

Pourquoi ?

Il n'en avait pas le droit.

Comment ça ?

Il était chargé d'espionner pour son Dieu dans l'autre univers.

César plissa les paupières.

Cela dérangerait-il son Dieu s'il leur disait quelle était sa mission ?

Il ne le devait pas.

Ils le découvriraient de toute façon.

Bovise finit par se laisser fléchir. Il y avait des années de ça, son Dieu avait perdu six substances qui ne se trouvaient qu'à Paris dans le quartier de la Maison-Blanche où il prétendait vivre. Il avait été envoyé pour les rechercher.

Pouvait-il dire quelles étaient ces substances ?

S'il n'en nommait ne serait-ce qu'une, un sixième de son corps serait pétrifié.

Admettons qu'il les nomme toutes, proposa quelqu'un.

Bovise sourit, l'air entendu. D'après eux, d'où venaient toutes ces statues, à Paris ?

Dans la pièce, des yeux regardèrent ailleurs, des têtes pivotèrent. Des hommes se détournèrent, la bouche crispée. César s'entendit soupirer. Il avait l'impression qu'ils n'allaient pas trouver l'assassin de Marie Pinay, qui vivait à l'Hôtel Rio et passait ses journées à picoler et ses nuits avec des hommes. Elle avait finalement trouvé ce qu'elle cherchait, mais César ne pensait pas que la mort faisait partie des choses que Dieu avait égarées. Et Marie Pinay avait été transformée en cendres plutôt qu'en pierre. On avait versé du diluant sur son corps et elle avait été brûlée vive. De nouveau dans la voiture, César dut se battre contre la sensation qu'il était déjà de la pierre partant en poussière.

*
* *

L'épistémologie quantique ne reconnaissait que deux possibilités. L'univers était soit une série d'événements aléatoires et, de ce fait, largement inconnaissable, ou le produit d'une théorie unitaire restant encore à découvrir. En tant que Juif dans une société chrétienne et inspecteur de police dans une ère de violence, César se tenait au milieu. Il ne pensait pas que Dieu jouait aux dés avec l'univers, mais pour le poker, c'était moins sûr.

Depuis plus d'une semaine maintenant, César – qui essayait de faire surgir l'ordre du chaos – liait des faits et des fantasmes qui avaient trop souvent entre eux un rapport on ne peut plus anecdotique. Il en résultait un mélange confus d'associations peu conformes à la réalité. Le canard se mange au naturel ou laqué, il faut choisir. Et Bock n'était pas l'âme conspiratrice à l'œuvre derrière chaque catastrophe depuis les nazis. Par exemple, ce n'était pas lui qui avait conduit l'armée française à la déconfiture en Indochine ni le général Salan à faire un putsch en Algérie. Probablement n'était-il même pour rien dans les tremblements de terre et les inondations.

Néanmoins César regagna son bureau dans l'ambiance mélancolique de la nuit en se demandant ce que Jacqueline et Kayser voyaient l'un dans l'autre. Était-ce le corps de Bock ? Ou son trésor ?

Alors qu'il entrait, il croisa le photographe, ce qui n'était pas la première fois étant donné que tous deux utilisaient leurs bureaux comme un deuxième chez-soi. Sébastien, célibataire, adorait son boulot et César, sentant qu'ils avaient quelque chose en commun, avait commencé à se rapprocher de lui.

« Mes nouveaux objectifs venus de Suisse, annonça Sébastien avec fierté en agitant un colis. Et vous ? Je vois que vous faites dans l'or maintenant.

— L'or ?

— Pas de souci, fit l'autre avec un large sourire. Motus et bouche cousue. »

Comme directeur de la photographie du service médico-légal, Sébastien avait l'habitude de se servir de l'or et de l'argent pour faire ses tirages et parmi les produits de la chambre noire. Mais en quoi cela concernait-il César ? Il ne comprenait pas.

« Le mémo de Munich, lui rappela Sébastien. Je viens juste de trouver le temps de m'en occuper. »

Il fourra la main dans sa poche.

César lui avait envoyé un exemplaire du mémo de Streicher en espérant qu'il aurait une idée au sujet de l'histoire de *Nibelung – Dachau R Au.*

« Aucune chance, avoua le photographe. Je n'ai jamais été très bon de ce côté-là, je suis trop direct, j'imagine. Par ici, on s'occupe seulement d'images inversées. »

Il sourit, l'air démuni.

« Vous disiez à propos de l'or.

— Ah oui ? Enfin, bien sûr, mais c'est écrit là. (Il tendit la copie à César.) Ça ne vous avance à rien, n'est-ce pas ?

— Où ça ? »

César leva le papier devant la lumière.

« Ici ! répéta Sébastien en posant le doigt. (Il ne parlait pas allemand et l'Autriche ne lui avait pas effleuré l'esprit, mais en tant que photographe du service médico-légal, il manipulait sans arrêt des produits chimiques.) Vous ne le saviez pas ?

— Savoir quoi ?

— *Au,* dit-il doucement. C'est le symbole chimique pour l'or. »

15

« De l'or ! »

Une autre pièce du puzzle, dit César à Dupin. Pas des diamants ni des objets d'art, mais de l'or. Deux livres dans l'appartement de Bock portaient sur l'or. Il n'avait pas pensé aux livres quand il avait mis en scène sa mort. Une erreur ? Ou voulait-il que la police trouve également ceux-là ? Ce type était diabolique.

« Quel or ? avait demandé Dupin. Où est-il ? »

César n'en savait rien. Dans sa lettre, Gerd Streicher parlait d'un lac en Autriche, de sorte que l'or était probablement dans un lac ; un juste parallèle avec l'or des Nibelungen dans les opéras de Wagner, qui provenait des eaux du Rhin. Streicher mentionnait le *Nibelung* dans sa note.

Cela dit, qui d'autre était au courant ? Quelqu'un voulait la peau de Bock, quelqu'un qui avait recruté Kayser pour l'abattre. Ce qui voulait dire que quelqu'un savait non seulement pour l'or, mais aussi que Bock avait éliminé les autres.

Arpentant son bureau, César ne voyait qu'une seule possibilité. Il avait dû participer au vol, un des vieux nazis. Sauf qu'ils étaient tous morts. Qui disait ça ?

rectifia l'inspecteur. De janvier à avril, il y avait eu des morts, mais il restait encore mai.

Il savait pour l'or et les morts parce qu'il était lui-même impliqué dans les deux.

Car Dieter Bock avait un complice.

Son complice était la raison pour laquelle Bock n'effaçait pas toutes ses traces, il craignait d'être doublé ou au moins voulait se venger par le biais de la police.

César n'arrêtait pas de tourner en rond dans la pièce. Il avait eu raison tout du long, depuis le départ quand il disait que Bock n'était pas seul. Pouvait-il se fier davantage aux efforts de son imagination ? Il s'était salement trompé sur Kayser. Et maintenant, ça. Soit Bock faisait aussi des erreurs soit quelqu'un était planqué dans l'ombre et guettait, attendait. Qui ? Un nazi, sans doute, comme Bock. Le sixième homme, celui qui essayait de le faire descendre par Kayser.

César se laissa tomber sur le divan et ferma les yeux. Tous ses fantasmes commençaient par Bock tuant son complice.

Il commençait à entrer dans la peau de sa proie.

*
* *

La pluie avait commencé à tomber à dix heures et demie, et à midi, tout était inondé. Des trombes d'eau balayées par les vents s'abattaient contre les immeubles et tombaient en cascade dans les rues. À la préfecture de police, les fenêtres étaient fermées ; après un moment, les murs commencèrent à suinter. Au bord de la cour déserte, César attendait en songeant à Bock en Allemagne. La police arriverait-elle à retrouver sa piste ?

Une Citroën gris métallisé entra dans la cour et tourna pour se placer devant l'entrée lugubre, en serrant le bord du trottoir. La porte du passager s'ouvrit devant César, qui descendit les quelques marches avec un journal pour protéger son crâne. À l'intérieur, il ouvrit son imperméable tandis que le haut fonctionnaire du ministère, Jules, lui adressait un bref signe de tête avant de reprendre le volant, s'absorbant dans la mécanique du mouvement. César se renversa contre son siège et écouta la pluie sur le toit. Cela résonnait comme le claquement de dents dans la bouche d'un cadavre.

Un peu plus tard ils pénétraient dans une enceinte gouvernementale cernée de grilles dans le prestigieux 8e arrondissement, et grimpaient à la hâte l'escalier central. Le bureau officiel du ministre était meublé dans le goût du XVIIIe siècle, un modèle du genre, dans lequel l'occupant des lieux exécutait ses tâches, tenait ses réunions et parfois même regardait tomber la pluie depuis les énormes portes-fenêtres de la terrasse, se tournant quand l'un de ses adjoints entrait avec des visiteurs. Dans la précipitation, César avait oublié d'apporter ses notes sur l'affaire Bock.

« Monsieur le ministre, l'inspecteur Dreyfus », annonça le conseiller.

César ressentit aussitôt l'énorme énergie qui dégageait si peu de chaleur.

Le ministre hocha la tête en direction de César.

« Le ministre tient à ce que vous sachiez combien il se félicite que vous ayez mis au jour ce réseau d'espionnage est-allemand.

— Cela s'est produit à un moment délicat, précisa le ministre, avec un voyage officiel en préparation.

— Monsieur le ministre voudrait savoir, poursuivit

le conseiller, si vous comptez révéler d'autres opérations d'espionnage dans un avenir proche.

— Bock semble n'avoir travaillé pour les Allemands de l'Est que cette dernière année, déclara César honnêtement. (Son regard oscillait entre les deux hommes.) Pour autant qu'on sache, ajouta-t-il promptement.

— Comment un inspecteur de police se trouve-t-il impliqué dans les opérations d'un gouvernement étranger ? s'enquit le ministre.

— En recherchant Bock, nous avons été amenés à enquêter sur ses activités passées, ce qui comprenait des assassinats politiques. Pour cela, nous avons dû examiner les antécédents des victimes. L'une d'elles nous a conduits à ce réseau d'espionnage.

— J'aurais cru que cela relevait du domaine de la sécurité du territoire, remarqua le ministre d'un ton désinvolte. Pas vous ? »

Personne ne répondit. Au bout d'un moment, le conseiller intervint :

« Nous nous intéressons plus particulièrement à la liste du SDECE concernant les financiers ouest-allemands ayant un soi-disant passé nazi.

— Et surtout les motifs pour lesquels vous voulez ces noms, ajouta le ministre. Cela vous surprend-il ?

— Naturellement.

— Cependant vous ne vous donnez pas la peine de demander pourquoi, remarqua le ministre. À mon tour de m'en étonner. »

La Citroën déposa César boulevard Saint-Germain, où il tourna le coin de la rue pour aller au bistrot. L'orage était passé en ne laissant qu'un crachin. C'était un de ces soirs de Paris, il le sentait déjà, avec un ciel d'avril plein de promesses. Derrière les nuages, la lune guettait, rayonnant à l'avance, tandis que dans le Grand Nord une aurore boréale étincelait déjà de tous ses feux.

Le panneau au-dessus du bar résumait avec éloquence deux millions d'années de marche vers la civilisation : La bourse ou la vie. César s'assit dans un coin et regarda Choupon finir son deuxième ballon de rouge.

« Il est encore là. »

César en était sûr.

« Ou en Allemagne... (L'indic tripotait son verre vide.) À cavaler tout seul derrière Bock. »

César écarta cette pensée.

« Il a autre chose qui le retient ici.

— Quoi ?

— Quelque chose. »

Ce n'était pas l'amour, n'arrêtait pas de se répéter César. Il n'aimait plus personne, rideau. Sauf Jacqueline Volette, qui avait parlé à Bock du meurtre de Ménard. Ce devait être elle. Alors qu'est-ce qu'elle fichait avec Kayser ?

« File la femme. (César plia quatre cents francs sur la table.) Elle nous conduira à lui. »

*
* *

D'après la légende germanique, le mal a surgi de la possession de l'or du Rhin volé par des nains, les Nibelungen. De là proviennent le meurtre et le pillage et tous les crimes de l'humanité.

« Je n'ai jamais vu un tel massacre, avoua Clément. Des corps comme s'il en pleuvait. »

Et on en avait tiré un opéra ? Il croyait rêver.

À vrai dire, Wagner en avait consacré carrément

355

quatre au trésor du Nibelung et à la malédiction qui frappait ceux qui portaient la main dessus. Le trésor était de l'or, exactement comme celui de Bock, et César connaissait à présent l'objet du rendez-vous du 7 mai. *Nibelung,* c'était l'or volé.

« Bref, ce sont en grande partie des mythes, commenta Clément avec soulagement. Des dieux, et des géants, et des dragons, des surhommes, aussi. Vous connaissez les Allemands, complètement fous de ces putains de surhommes. »

Sauf qu'il n'y avait pas d'or à Dachau, volé ou pas. Pas de trésor ni de malédiction, rien que la tragédie. Alors *Dachau R,* c'était quoi ?

« Hitler a peut-être tiré de là son idée sur la race des maîtres. (Clément était impressionné par cette idée.) Ces gens avaient des pouvoirs magiques, comme s'ils étaient eux-mêmes des dieux. »

Dachau R ?

« Imaginez que vous regardiez dans une glace et que vous voyiez un dieu. »

Dachau R ?

« Dommage qu'il n'y ait pas de glace capable de faire ça. »

Une glace !

« Vous savez ce que je veux dire ? »

Dachau R ! Une glace !

« Inspecteur ? »

Une glace… *Dachau R ! Dachau R !...* Une glace !

César passa l'heure suivante seul à son bureau, les yeux rivés sur un tableau d'affichage vide, ne voyant que ses propres pensées. L'idée plana lentement au-dessus de lui et vint à lui comme un voleur masqué en plein jour. Quelque chose que Sébastien avait dit sur les photographes, qu'ils travaillaient sur des images inversées. Comme des miroirs.

Dachau R. Dachau inversé.

Quel était l'inverse de Dachau ? Son image renversée, son reflet ?

Les mains de César tremblaient, la sueur cernait ses yeux. Il se plongea dans les papiers de Bock – où était-ce ? Quand ? La librairie, il était dans la librairie, ce qu'il avait lu chez Smith au sujet de Kaltenbrunner et les autres, tous originaires de Haute-Autriche et de Bavière. La ligne allait de Linz à Munich. Il se rappelait avoir pensé aux camps de concentration, que les nazis en avaient besoin. Dachau avait été construit en 1933 près de Munich, à un bout de la ligne. Cinq ans plus tard, c'était l'Anschluss : Hitler s'emparait de l'Autriche et en bâtissait un autre près de Linz, à l'autre bout. César trouva le papier, le leva à hauteur de ses yeux, clignant pour chasser la vision double causée par la sueur : Linz, la capitale de la Haute-Autriche ; vingt-deux kilomètres à l'est, Mauthausen.

Le camp de concentration de Mauthausen. Une carrière de granit avec son tristement célèbre escalier de la mort.

*
* *

« Tu m'as raconté une histoire, hier. Aujourd'hui, c'est mon tour.

— Allons donc ! Nous devenons des conteurs sur nos vieux jours. (Kussow leva son verre.) *In vino veritas.*

— Des paroles de sagesse.

— C'est de Pline l'Ancien, il y a deux mille ans.

— Mon histoire ne remonte pas aussi loin, concéda César. Juste vers l'époque où les nazis ont décidé de faire main basse sur le monde. Ce devait être une guerre éclair, tu te souviens ? La Blitzkrieg. À un moment donné, une petite bande de SS, au nombre de six, a décidé de voler un peu pour son propre compte. De l'or ! En Autriche, près du camp de Mauthausen. Peut-être que les nazis se servaient d'une grotte près de là pour cacher un trésor volé, de la même façon qu'ils entreposaient des œuvres d'art pillées dans une mine de sel des environs. Bref, le clan planque l'or au fond d'un lac, puis il attend la fin de la guerre. Les années passent. Dix ans, vingt ans. Ce sont des hommes prudents, respectables. C'étaient des nazis, mais désormais ce sont des avocats, des comptables, des cadres d'entreprise, des agents du renseignement. Le pognon, ça les connaît, ils savent que l'or va grimper en flèche dans les dix ans qui viennent. Peut-être que leur magot était toujours recherché, l'Autriche pourrait le réclamer. Ou peut-être portait-il un sceau de sorte qu'en prendre ne serait-ce qu'une barre aurait mis en danger la totalité. Ils sont d'accord pour patienter quelques années de plus pendant que l'or double et triple de valeur. Pendant ce temps il repose au fond du lac, un trésor fabuleux. Je n'invente rien. Et puis, il y a un an, un membre du groupe – je ne sais pas encore lequel – décide de faire main basse sur la totalité. Mais il a besoin d'aide, il faut éliminer les autres d'abord. Lui-même n'est pas un tueur, donc il s'adresse à un professionnel : Dieter Bock. Ils partageront l'or tous les deux. Bock n'avait qu'à tuer les autres, faire passer ça pour des accidents, de sorte que personne ne se douterait de rien. Bock est d'accord, mais ça va prendre du temps ; il lui faut un nouveau style de vie, des papiers d'identité. Et il devait également planifier sa propre mort pour que, par la suite, personne ne se doute qu'il était toujours vivant en Espagne. Ça lui a pris un an. »

Kussow dégusta une gorgée de vin, essuya soigneusement les commissures de ses lèvres avec le chiffon pour nettoyer ses lunettes.

« Et l'or ?

— Il doit encore se trouver au fond du lac. Ils devaient se réunir bientôt pour le sortir de là, le moment est venu. Mais ils sont tous morts maintenant, à part Bock et son complice. »

Son hôte semblait troublé, et César se doutait que c'était l'idée d'un nazi en possession d'un trésor extorqué au prix d'innombrables souffrances. Une telle injustice avait conduit Kussow à travailler à la création d'Israël après la guerre, où il avait défié les Britanniques et vu la naissance de l'État juif, le premier en deux mille ans. Dans les années cinquante, il faisait partie des services secrets israéliens, mais à la fin de la décennie, malade et n'aspirant plus qu'à fréquenter ses livres, il s'était retiré à Paris où César l'avait rencontré et l'avait aidé à rester en France, tout près de l'Allemagne, mais pas en Allemagne. Kussow avait survécu tant bien que mal aux nazis ; il vivait pour voir s'accomplir l'histoire du peuple juif et l'énigme religieuse emplissait son esprit tel l'hélium piégé dans un ballon d'air chaud.

« Il y a autre chose, poursuivit César. Le complice de Bock est déjà en train d'essayer de le doubler, de le faire tuer.

— Comme tous les voleurs. (Kussow regarda l'inspecteur, l'air préoccupé.) Ton hypothèse pèche sur un point, remarqua-t-il.

— Un seul ?

— Un gros. Tu crois manifestement qu'il y a un montant appréciable d'or, des millions. À supposer que tu aies raison, comment feraient-ils pour le sortir d'Autriche ?

— Ils ne le feront pas.

— *Was sagst du*[1] ?

— Quelqu'un d'autre le fera passer clandestinement chez les voisins, en Suisse.

— Et qui fera ça ?

— Quelqu'un qui se livre à ce genre de trafic depuis des années et qui travaille maintenant pour le complice de Bock. Un détective suisse. Kayser. »

*
* *

Des touches rouges actionnèrent des relais, premier acte. Des claviers se connectèrent à des programmes. Des disquettes ronronnèrent, se mirent à tourner tandis que des cerveaux électroniques à Paris papotaient avec leurs cousins de la Ruhr. André avait réussi à remettre de l'huile dans les rouages.

Dans les rues en contrebas, les gens accueillaient la fin de leur journée de labeur avec des grognements de fatigue. César, après deux heures sur son divan, s'assit à son bureau et lut les résultats.

L'industrie chimique ouest-allemande employait plus de trois cent mille ouvriers dans trois mille sociétés. Au cours de la dernière décennie, l'industrie, avec à sa tête des géants tels que Hoechst AG, avait triplé la production pour atteindre en 1973 un volume de

---

1. « Que dis-tu ? »

ventes de près d'un milliard de deutschemarks. Dans cette mer sulfureuse, Oberst-Haupt, avec ses quarante millions, était du menu fretin.

À la barre de la société siégeait Otto Francke, qui avait aussi son propre clan au conseil d'administration de Kaiser Systems lequel était propriétaire d'Oberst-Haupt. Kaiser était lui-même encadré par une bande de financiers dont le siège se trouvait à Francfort. Goethe Associates avait des bureaux à proximité de la Eschenheimer Turm, chez qui Hans Weber était inscrit en tant que chef des opérations.

César sortit la liste des financiers avec un passé nazi fournie par le SDECE. Des dizaines de noms y figuraient, mais pas Weber ni Francke. Il avait espéré apprendre qui avait fait l'acquisition du portrait d'Hitler et pourquoi. Kayser l'avait évoqué et il était en affaires avec Bock. Déçu César remit la liste dans le dossier avec le compte rendu d'André. Un autre fil qui ne menait nulle part.

Le téléphone fut pire encore : la veuve du dernier étage s'était de nouveau essayée au suicide. Cette fois, elle avait réussi : le paraquat, un herbicide mortel pour lequel il n'y avait pas de contrepoison. Elle en avait avalé presque un quart de litre et décéda neuf heures plus tard dans des souffrances atroces.

César jeta ses lunettes de lecture et se massa les yeux. Pour chaque vie sauvée, une douzaine de macchabées. En Russie, ils se soûlaient jusqu'à être ivres morts ; en Amérique, ils regardaient la télévision jusqu'à ce que leurs squelettes soient retrouvés par leurs petits-enfants. Qu'avait dit Dupin ? Le meurtre était toujours avec nous. Le suicide aussi, autrement dit se tuer soi-même. Quel monde ! Ou peut-être était-ce seulement lui qui était trop fatigué pour réfléchir.

Il ferma à clé le dossier Bock, se rendit au café du coin et écouta un homme qui affirmait que personne n'avait quitté la Terre pour aller sur la Lune. C'était un complot des superpuissances pour rendre fou le reste du monde. Comment le savait-il ? Du fait que le gouvernement disait que c'était vrai. César lui paya un verre.

À son retour, l'équipe de nuit de la Criminelle était déjà à pied d'œuvre. Une demi-heure plus tard, son indic l'appela du canal Saint-Denis. Il avait suivi Jacqueline Volette dans un endroit désert, où elle était entrée dans un immeuble. Qu'est-ce qu'elle y fabriquait, à part rencontrer Kayser ?

Que devait-il faire ?

Reste sur place, dit César. Il arrivait tout de suite.

Il nota les indications, quand il fut sur le point de raccrocher… il reprit le récepteur. Fais gaffe, ajouta-t-il dans le téléphone, mais Choupon avait déjà raccroché.

*
* *

Le jeune homme s'assit dans le même fauteuil usé à oreilles et refusa poliment un verre de vin. Il ne se le permettait pas pendant les heures de travail, souvenir de ses années à Tel-Aviv. Une autre époque, sûrement.

Kussow avala silencieusement une gorgée et caressa le chat siamois, qui s'appelait Shinbeth, sur ses genoux. Ce nom avait fait sursauter son visiteur. Le Shin Beth était le service de sécurité intérieur d'Israël, l'équivalent du FBI américain. Il se demandait s'il y avait un rapport.

Kussow sourit. On lui avait posé la question plus d'une fois. Le rapport était assez compliqué, racontait-il, et conviendrait mieux à un autre moment devant un verre de vin. Il espérait que son invité ne s'en offusquerait pas.

Au contraire, le jeune homme était fasciné. Attaché à l'ambassade israélienne, rue Rabelais, il travaillait en fait pour le Mossad, les services secrets israéliens. Il occupait des fonctions administratives et était chargé de la transmission des informations et des instructions. Le communiqué qu'il avait apporté à l'appartement de la rue des Rosiers venait directement du quartier général du Mossad, à Tel-Aviv.

Après le départ de son visiteur, Kussow relut les directives une douzaine de fois en cherchant à comprendre leur but. Aucun indice. Mais s'agissait-il d'un vœu ou d'un ordre ?

« L'inspecteur de police français, César Dreyfus, un Juif, doit mettre fin à son enquête sur l'ex-nazi Dieter Bock. »

Dans le petit appartement sur cour du deuxième étage, le vieil homme aux yeux tristes resta assis dans son fauteuil et parla à son chat, lui parla du temps où des hommes donnaient naissance à une nouvelle nation. Et des choses qu'ils devaient faire dans ce but.

*
* *

L'eau était endormie. Aux abords, des traînées de boue provenant des égouts sillonnaient de couleurs miroitantes les berges étroites, tandis que derrière le quai les vieux abattoirs de la Villette remplissaient encore l'air de l'odeur pestilentielle des bêtes affolées. Plus en aval, là où le canal Saint-Denis tournait vers le canal de l'Ourcq, se trouvait le marché aux bestiaux avec ses stalles vides et ses enclos. Pendant des siècles, le marché avait été le véritable ventre de Paris. Sous le clair de lune, des ombres difformes montaient de silhouettes solitaires pour prendre au piège des insectes trop confiants ou conquérir de nouveaux espaces.

Sur la rive opposée, de gigantesques entrepôts industriels étaient blottis, des mastodontes sortis des enfers ; aucune volute ne venait adoucir leur caractère anguleux. Au bord des embarcadères, des usines au toit plat étaient tapies entre les rues désordonnées.

Kayser avait leurré Jacqueline. Il lui avait promis la fortune pour qu'elle travaille avec lui, mais César était convaincu que la vraie promesse était la mort. Cela obligerait Bock à se mettre à découvert.

Dans les cieux, des flammèches vacillèrent à l'extrémité d'ailes métalliques.

César attendit près des abattoirs. De l'endroit déserté montait une sourde menace. Le croissant céleste pendait bas au-dessus de son épaule et dans le badigeon de lumière se dressaient les cimes déchiquetées des immeubles. Quand la porte s'entrebâilla, il se faufila à l'intérieur.

Sur le sol de l'atelier jonché de débris scintillaient les rayons de lune reflétés par une lucarne. César avança prudemment, surpris de ne pas les voir, les entendre. Où était son indic ? Inquiet, il pressa le pas. Il dépassa le toboggan d'où les bêtes étaient précipitées dans les cordes pour recevoir les coups de massue sur la tête, qui les étourdissaient et finissaient par leur faire éclater le crâne. Il doubla les bacs à découpe, les cuves pour le sang, traversa un grand vide, l'esprit dans le noir.

À la limite de la lumière, il arriva au niveau de l'échaudoir. Les crocs de boucher pendaient à des poutres métalliques au-dessus de sa tête. Au dernier crochet se balançait un bouvillon. Comme César s'en approchait précautionneusement, la carcasse devint un homme, puis un visage. Choupon ! Troussé comme une demi-carcasse, le pendoir d'acier profondément enfoncé dans son dos. Le sang giclait encore sur le sol taché et visqueux.

Devant César, un mouvement prit forme, puis la forme se scinda en deux. César fit un écart en avant, perdit de vue quelqu'un qui était noyé dans l'ombre. La seconde d'après, il aperçut Jacqueline étendue par terre. Il se précipita vers elle, se pencha. Ses yeux étaient vitreux ; elle avait été assommée.

« Il a dit que vous alliez la rechercher, gronda une voix désincarnée. (César pivota sur lui-même tandis que Kayser entrait dans la lumière réfléchie.) Jusqu'où peut aller la connerie, tout de même ? »

Le PPK dans sa main fit signe à César de se lever. Quand il eut obéi, Kayser le fouilla. César sentait le calibre lisse au creux de ses reins.

« Où est votre coéquipier ? s'enquit le privé.

— Pas la peine. (Maton sortit de l'ombre derrière César.) Il n'est jamais armé.

— Jamais ? »

Kayser n'en croyait pas ses oreilles.

« Je savais que si je te disais pour la femme, tu la ferais filer, et qu'après tu allais suivre au pas de course.

— Elle était seulement sa maîtresse, dit César, malgré lui.

— Sa maîtresse ? C'est ce qu'elle vous a dit ? »

Kayser faillit s'étrangler.

« Tu aurais dû m'écouter, gémit Maton. J'ai voulu te mettre en garde. Reconnais que j'ai essayé. Laisse tomber l'affaire, je n'ai pas arrêté de te le dire, renvoieleur le bébé. Mais non, pas toi. Vous autres, vous avez toujours quelque chose à prouver. Exactement comme pour l'Algérie, c'est toujours comme ça avec toi. Toujours le loup solitaire. Et qu'est-ce que tu as prouvé ? Si tu m'avais écouté, Ménard serait toujours en vie et tu ne te trouverais pas là comme un con dans un abattoir. (Kayser, tout près, sortit une bombe de la sacoche.) Mais tu ne pouvais pas, je sais. Tes obsessions, toujours. Je t'ai mis en garde pour ça aussi, tu te souviens. »

Maton le tenait à distance pendant que Kayser posait les bâtons emballés de papier sur le sol à côté de Jacqueline et déroulait la mèche jusqu'au mur. César le regarda rabattre un côté d'un paquet de cigarettes vide sur l'autre et replier les deux bouts, puis percer un trou dans le fond avec un canif.

« Encore à la dernière minute, j'ai essayé de te sauver, insistait Maton. Tu sais que c'est vrai. Je t'ai demandé de nous rejoindre, je t'ai proposé de partager. Mais tu étais trop bien pour ça, c'était de l'argent sale, comme s'il y avait de l'argent propre. Non, tu devais rester pur. Et pour quoi ? (Il jeta un regard à Jacqueline.) Malgré tout, tu ne pouvais pas la sauver.

— Tu vas la sauver, implora César.

— C'est trop tard maintenant, reprit Maton. Bock s'y connaît en explosifs. Il paraît que c'est mentionné dans son dossier. C'est à lui qu'on attribuera ta mort et celle de la femme. Tu te souviens de ce que je t'ai dit sur le fait de faire cavalier seul ? C'est valable aussi pour le nazi. Il sera traqué comme une bête. Vous êtes exactement pareils, Bock et toi. Dommage que tu ne l'aies pas compris à temps. Pourquoi ne t'en es-tu pas rendu compte ?

— Trop tard, de toute façon », grogna Kayser.

Les yeux de César ne quittaient pas Maton et quand il se tourna vers l'endroit d'où venait la voix, il vit l'arme, l'éclat de l'acier, un éclair soudain. Tout arriva en même temps. Ses genoux fléchirent. Ce fut une chute sans fin, les murs tourbillonnant autour de lui. La bombe, se dit César. La douleur brûla son esprit. Il essaya de lever les bras pour se protéger et ils prirent feu ; des étincelles jaillirent entre ses doigts. La pièce explosa en couleurs, les couleurs en textures. Comme le sol s'élevait à sa rencontre, il eut la sensation de recevoir d'autres balles. Puis des pas.

Il s'arrêta de tomber.

« Amateurs ! »

Il entendit l'accent allemand.

César était couché, la tête sur le côté, et il regardait le sang couler de sa bouche. Une de ses mains semblait être plaquée contre son flanc, les doigts étroitement serrés. Tout paraissait moite. Il fit rouler sa tête jusqu'à ce qu'il puisse regarder en l'air, essaya de la soulever du sol. Elle retomba de l'autre côté. Kayser le regardait fixement, un œil vidé de son orbite. César tordit le cou pour voir par-delà le corps de Kayser et il aperçut Maton. Son visage était paisible, une toile de fond blanche avec le trou rouge béant au milieu de son front.

Quelqu'un à proximité se pencha vers le paquet de cigarettes et alluma une allumette qu'on plaça dans le trou ; une main passa la mèche autour.

César se sentit partir, avec dans les yeux l'image de quelqu'un qu'il n'avait vu qu'en photo et dans ses rêves. Cependant il n'entendit pas les cloches. Quand on va mourir, on entend des cloches juste avant que la mort n'arrive. Tout le monde sait ça, pensa César. Mais il entendit seulement le halètement et la respiration sifflante de quelqu'un qui rendait l'âme, très loin. Il savait que ce n'était pas lui. Il n'allait pas mourir.

Dans son extase, César se vit soulevé sur les ailes des anges et comme ils s'envolaient dans la lumière d'une aurore boréale, le bruit du vent lui rappela le son magnifique des cloches de Notre-Dame.

LIVRE DEUX

16

Chaque souffle est un coup de poignard dans le cœur. Respirant à peine, le corps couché comme un navet dans un champ, ses grosses racines ancrées au manteau de la terre. Durant des jours et des nuits de feu et de glace, les racines nourrissent le corps, le sustentent, le purifient. Quand le corps bredouille, des visages apparaissent. Quand il se révolte, des mains s'activent promptement. Quand les racines se rapetissent, le corps paraît grandir, prendre couleurs et contour. Avec le temps, le corps recommença à respirer à un rythme inscrit dans sa mémoire et puis, un jour, il ouvrit lentement les yeux.

Il fixa les bandes de blanc, des rubans de lumière qui tourbillonnaient dans l'espace. Étourdi, il se mordit la langue, sentit le tranchant de la vie, une victoire à la Pyrrhus. Ses yeux recherchèrent les limites de la chambre, à présent à peine visibles dans la lumière incandescente. Dans ses cauchemars, il s'était battu pour mourir, avait lutté contre ceux qui voulaient le garder en vie, le dépouiller de la paix, l'enchaîner à la souffrance. Pas lui, mais sa coquille épuisée ; cette chose là-bas, cette enveloppe qui errait entre les draps, cramponnée à des barres en plastique, tandis qu'il se perchait dans son esprit et faisait la guerre à son corps ombilical. Il avait entendu les voix, vu les regards. Des hommes en blanc et d'autres en noir, calculateurs, précautionneux, leurs yeux reflétant l'inquiétude. Il ne savait pas qui ils étaient ni ce qu'ils voulaient, seulement qu'ils le voulaient vivant. Aussi les attendait-il, cherchait leurs visages et notait leurs réactions. Lentement, leurs lèvres perdirent leur rictus sévère et les rides aux commissures disparurent. Ils finirent par sourire et il remarqua cela aussi. Quand leurs chuchotements devinrent des paroles, il quitta son perchoir et s'enveloppa dans sa cape pour redevenir l'un des leurs, reconnaissable et lié par la mémoire.

À présent, il scrutait le plafond, les murs. Tout formait une tache éblouissante, une fenêtre d'évasion. Mais il ne pouvait résister, n'osait pas ; ils savaient ce qu'ils faisaient. Les docteurs savaient tout. Il avait été malade, on lui avait tiré dessus, il commençait à récupérer. Il savait tout, lui aussi.

« Bock », marmonna-t-il à un moment donné, mais personne ne l'entendit.

Plus tard, il commença à sentir son corps, le poids d'un bras, d'une main, de ses doigts ; il les passa sur sa poitrine et sur son ventre. Après ce furent une jambe, le pied, l'autre. Il était encore en un seul morceau.

Son esprit était rempli de Jacqueline. Était-elle en vie ?

« Morte », siffla quelqu'un en lui, mais il en savait suffisamment pour reconnaître la voix du malin.

Quand il regarda de nouveau, le blanc de la chambre était devenu un blanc cassé. Les deux fenêtres avaient des vitres. Dans un coin se tenait une petite table métallique, à côté de laquelle il y avait une chaise. Près du lit, des appareils argentés étincelaient, une bouée de sauvetage était toujours fixée à son bras, mais il ne pensait pas qu'il allait de nouveau plonger.

« Vous vous sentez mieux ? »

Il tourna la tête vers le bruit, les yeux s'efforçant de faire le point. La masse indistincte prit forme, la forme devint un homme, un homme de grande taille qui se déplaça au pied du lit. Derrière lui, la porte resta close.

« Je leur ai dit que vous alliez vous en tirer », dit la voix.

Les mains serraient la barre du lit, l'os blanchi des jointures sous la peau tendue.

« Combien de temps ?…

— Cinq jours. (Quelqu'un rapprocha une chaise de l'autre côté du lit.) On est dimanche, si ça vous intéresse.

— Dimanche ?

— Matin. Vous voulez parler ? »

Il ferma les yeux, se vit mourir. De nouveau en vie, il était dans une chambre où le soleil s'enroulait autour des stores tirés. Il se demanda si Dupin était resté là toute la nuit, trouva juste que la Criminelle veille à son chevet. C'était sa seule famille.

« Sinon, contentez-vous d'écouter. »

Cette femme, Jacqueline Volette, avait repris connaissance devant l'entrée des urgences, et avait tenu le klaxon de la voiture bloqué jusqu'à ce qu'on vienne. César était à côté d'elle, en train de mourir ou déjà mort. Grâce aux empreintes digitales et dentaires, les corps trouvés dans les décombres avaient été identifiés comme étant ceux de l'inspecteur Maton, du Suisse Kayser, et de Choupon, l'informateur de César. Tous avaient été descendus. À supposer que Maton et

Kayser aient été ensemble dans le coup, qui les avait tués et avait fait sauter l'immeuble ?

Les yeux de César s'écarquillèrent pour donner la réponse.

« Bock ! » jura-t-il.

*
* *

Après le départ de Dupin, il resta couché dans son lit à regarder la lumière grandir sur le store et pensa à « cette femme, Jacqueline Volette ». L'expression sonnait bien à l'oreille, ce qui était sans doute superflu, et redondant, mais ça sonnait bien quand même. Cela expliquait-il aussi le mystère de sa personne ? Ou ce qu'il éprouvait ? Précisément au moment où il était certain d'avoir la solution, un fossé s'ouvrit sous ses pas et il dégringola au fond.

Quand il se réveilla, la solution s'était envolée, emportée par un flot de lumière. Quelqu'un avait levé le store et le soleil cognait. Il essaya de sortir du lit, mais ne parvint pas même à s'asseoir. De son bras libre, il réussit l'exploit de renverser un verre.

L'infirmière de service fut inflexible.

« Vous devez absolument garder le lit », insista-t-elle.

Il accepta à condition qu'elle se déshabille.

« Et vous ne devez pas vous exciter, dit-elle de sa voix professionnelle. Il fait encore jour. »

Peut-être pouvait-elle baisser le store ?

Après quoi il regarda fixement les ombres sur le mur, qui changeaient avec la révolution de la terre, et il broya du noir au sujet de Jacqueline et du temps qui passe. Elle avait échappé à la pauvreté de son enfance et était fermement décidée à ne jamais y retomber. Pour cette admirable ambition, il y avait un prix à payer. Parfois l'ambition peut se muer en cupidité.

Mais pourquoi Kayser avait-il rigolé à l'idée qu'elle était la maîtresse de Bock ?

D'après ce qu'elle avait dit aux policiers, elle avait été entraînée dans le secteur par un faux appel au secours de Kayser – qu'elle croyait être un ami de Bock – avant d'être assommée. Elle ne pouvait imaginer ce qu'il lui voulait. Manifestement elle était une victime, exactement comme leur inspecteur. Irait-il la contredire ? Elle savait que non.

*
* *

À midi, une autre infirmière vint lui faire part de dizaines d'appels reçus au cours de ces derniers jours à propos de sa santé.

« Il y a des gens qui vous aiment », roucoula-t-elle.

Il suffisait d'une balle, se dit César. Et puis il se demanda pourquoi Bock lui avait sauvé la vie. C'était nécessairement son sentiment de culpabilité. La France retournait à un catholicisme bon teint dès qu'on chatouillait son sentiment de culpabilité. Pourquoi était-ce mal de faire l'amour debout ? Parce que cela pouvait conduire à la danse.

Sauf que Bock était allemand.

César refoula sa paranoïa. L'Allemand l'avait sans doute pris pour un autre, il attendait dans l'entrée pour finir le boulot. Les infirmières avaient-elles des cachets contre la paranoïa ? Peu importe ; il ne pouvait pas leur faire confiance de toute façon.

*
* *

« Vous êtes croyant ? »

Les yeux l'observèrent par-dessus sa courbe de température.

« Pas particulièrement.

— Vous avez tort, rétorqua le médecin, laconique. (Il prit la tension de César.) Avec les années, j'ai vu beaucoup de miracles en médecine. Le vôtre fait partie de la liste et il figure en tête.

— Alors pourquoi je me sens aussi mal ?

— L'infection, la perte de sang, le choc traumatique. Mais dans tout ça, rien n'est mortel de nos jours, bien que l'infection soit encore un problème. (Il glissa un œil sous les pansements.) Vous avez aussi une blessure qui doit être douloureuse.

— Alors où est le miracle ? demanda César. (Il fit une grimace. La douleur avait-elle brusquement empiré ?) En dehors du fait d'être en vie, je veux dire. »

Stool approuva sobrement.

« Sans vouloir vous faire crever de peur au point où nous en sommes, disons qu'une très grosse balle est passée entre vos deux poumons sans toucher ni l'un ni l'autre. Déjà un miracle. Elle s'est logée à cinq millimètres du cœur. Elle n'a miraculeusement frappé aucun os, n'a sectionné qu'un seul vaisseau sanguin, et est ressortie par le dos entre les côtes à un demi-millimètre de votre colonne vertébrale. (Il inspira à fond.) Ce que je veux dire c'est cela : vous avez un gros trou qui vous traverse de part en part.

— C'est dangereux ?

— Vous avez failli rencontrer les anges et aller danser au paradis.

— Et la balle ?

— Je crois savoir qu'on ne l'a pas retrouvée. À ce que j'ai pu en juger, dit l'ancien médecin militaire, elle ne faisait pas moins qu'une douille de 75 mm et elle était plus grosse que nécessaire.

— Et le trou ? »

Le docteur Stool remit en place le pansement.

« Le corps est un autre miracle. Si on lui laisse la moindre chance, il guérit souvent spontanément. Bien entendu vous devrez rester quelque temps avec nous, pour éviter tout risque d'infection.

— Combien de temps ?

— Une semaine à dix jours. Attendons de voir comment cela se passe. »

La consultation était terminée.

« Et vous, docteur, insista César. Vous croyez en Dieu ?

— Chaque fois que je pense à vous, inspecteur. »

*
* *

Après quoi, César demanda à une infirmière de lui apporter un calendrier. Rien de tel pour vous faire prendre conscience de la fragilité de la vie humaine. Il élimina prestement la feuille de mars et compta les jours qui restaient en avril, puis il passa au mois de mai. Il n'y arriverait jamais ! Seulement dix jours jusqu'au 7 mai.

*
* *

C'était un simple inspecteur adjoint travaillant dans le 13ᵉ, loin de connaître le prestige de ceux de la Criminelle, mais il avait son idée sur le meurtre de Marie Pinay. L'inspecteur Dreyfus était l'homme à voir, de sorte qu'en ce dimanche après-midi, Durac était assis dans l'ombre de la chambre et parlait tranquillement d'une substance versée sur le corps avant de frotter l'allumette.

« Du solvant, rappela-t-il à César. Pourtant, cette femme n'avait manifestement pas touché un pinceau depuis des années, elle ne portait même pas de vernis. Il m'est venu à l'idée que le tueur pouvait avoir apporté le solvant, ce qui indiquerait la préméditation. J'ai vérifié dans le quartier et j'ai découvert deux hommes bricoleurs qui s'étaient vu confier récemment des travaux de peinture et, ce qui est curieux, c'est qu'on n'a pas revu l'un d'eux depuis des semaines. Il vit seul et vient rarement dans les bars du quartier, ce qui explique pourquoi on ne vous a pas donné son nom. On ne connaissait pas son existence. Ce n'est peut-être rien, bien sûr, mais si je peux faire quoi que ce soit…

— Trouvez-le-moi », gronda César.

*
* *

Dans la soirée, Clément lui rendit une courte visite en lui parlant comme s'il diagnostiquait les dégâts au niveau cérébral. Un cas non pas désespéré, mais irréversible.

« Ça n'aurait pu être pire, soupira-t-il. Vous auriez dû m'appeler au secours.

— Ma voix ne portait pas assez loin.

« — Au moins, vous êtes en vie, enfin, ce qu'il reste de vous.

— Du calme, je serai de retour dans une semaine.

— Six mois, plus probablement.

— Cinq jours.

— Comment vous vous sentez ?

— Je pense que je préférerais être à Marseille.

— À ce point ? »

Deux jours plus tard, il n'était toujours pas autorisé à quitter le lit. Pas de téléphone non plus, trop stressant. Seules les visites étaient autorisées, comme si les gens, eux, étaient apaisants. Il était inspecteur de police de sorte qu'on laissait entrer les gens même en dehors des heures de visite, à tout moment. Pas de repos pour le crime.

Il avait demandé à Clément de scotcher deux affiches sur le mur d'en face. Des crochets n'étaient pas nécessaires puisque les images étaient interdites. Il dit au personnel qu'il arrêterait quiconque y toucherait ; détruire la propriété privée était un crime grave. On lui dit que le mur était public puisque l'hôpital était municipal. S'il ne retirait pas les images, on le ferait arrêter pour dégradation d'un bien public, ce qui était tout aussi grave. Clément remporta les affiches avec les danseuses et revint avec deux petits chevaux encadrés qui dansaient sur la table près de la lampe. Personne ne pipa mot.

Le tableau d'affichage alla sur le mur à la place des affiches. Quelqu'un le vola dès qu'il s'endormit et il dit à Clément d'emporter aussi les fléchettes. Au moins, il lui restait quelques trous à contempler.

Ménard était parti et André aussi. En mai, il serait à la Sûreté urbaine pour poursuivre sa formation. Il en avait appris beaucoup à la Criminelle, peut-être même que cela ne lui plaisait pas tellement. Un inspecteur qui s'inquiétait ouvertement de sa propre sécurité pouvait être un danger pour les autres. De même quelqu'un qui ne voyait que le but à atteindre, et qui était aussi impatient que lui.

Il éprouvait un désespoir croissant. Démuni, alors qu'il aspirait à courir avec la meute, il était aussi faible qu'un enfant, dépendant des autres pour sa survie, à la merci de ceux qui pouvaient partir ou être emmenés ailleurs sans prévenir et sans jamais revenir. L'hôpital était une défaite, et il se trouva à ressasser encore une fois les peurs sans nom de son enfance.

Pour résister, il faisait défiler des énigmes dans son esprit. Questions, affaires, rébus, pour revenir constamment au présent comme étant la pierre de touche de sa vie. Dans son âme, il savait qu'il n'y aurait pas d'autres affaires, qu'il n'y en avait pas d'autres. C'était là l'affaire à l'aune de laquelle se mesurait sa vie. C'était « l'Affaire ». Bock était en vie et il cherchait de l'or. Il avait laissé une piste pour son poursuivant car il ne pouvait s'en empêcher. La traîtrise réclamait son dû, même du fond du tombeau. S'il s'en tirait, son poursuivant pourrait régler les choses avec celui qui l'avait trahi. Voilà pourquoi Bock l'avait sauvé. Il n'y avait aucune issue, rien d'autre ne comptait. Maintenant c'était seulement eux deux, le chasseur et le chassé. Le Juif et le nazi. Dans l'esprit dérangé de César, c'était la plus grande énigme de toutes.

*
* *

Ils arrivèrent deux par deux, les premiers à l'aube du mercredi et les suivants, au crépuscule, des hommes de l'Inspection générale de la police nationale, l'IGPN. Leur boulot était d'exorciser les démons du service. D'extirper les simulateurs et les mécontents, une façon de parler d'une seule et même chose : les ripoux. Aucune réflexion désobligeante sur César, visiblement, qui avait un dossier exemplaire. Pour montrer leur bonne foi, ils sourirent en direction du lit où il était couché avec sa mauvaise conscience.

« L'amitié est une belle chose, dirent les duettistes matinaux, et surtout dans la police. Ça construit le caractère et règle le comportement, ça le maintient à l'intérieur de paramètres acceptables. La responsabilité mutuelle, vous voyez ? La véritable amitié peut même sauver des vies. Mais parfois, un ami décroche, commence à ne penser qu'à soi, à ses propres intérêts. Il oublie ceux qui l'entourent. Il cesse d'être raisonnable. Il peut demander à ses amis les plus proches de couvrir ses arrières ou même de se joindre à lui. Ça les rend également déraisonnables. Nous savons que ce n'est pas votre genre. Vous voulez être raisonnable, n'est-ce pas, Dreyfus ?

— Je n'ai pas d'amis », répliqua César.

*
* *

L'information sur les dizaines de Juifs trahis par Paul Dussap n'était pas bonne. La police de Strasbourg ne retrouvait pas la liste de leurs noms, de sorte qu'on ne pouvait connaître leur sort, bien qu'ils aient sans aucun doute abouti à Auschwitz. César soupçonnait Dussap d'avoir trahi jadis quelqu'un qui était à présent au pouvoir en Allemagne de l'Est. Il opta pour ce motif à contrecœur sans connaître les détails.

Le reste des informations était encore pire, d'après Clément. Les empreintes sur le mémo du 7 mai n'étaient pas du tout celles de Streicher mais correspondaient à celles envoyées à César par les renseignements ouest-allemands. Elles appartenaient à Dieter Bock.

*
* *

L'équipe de nuit portait des costumes de soie et possédait des briquets en or. César se demandait comment ils pouvaient se payer ce luxe avec un salaire de flic.

« Vous auriez dû signaler vos soupçons au sujet de Maton, dit l'un pendant que l'autre opinait gravement. Par la voie officielle, à votre hiérarchie. On dit que vous êtes bien vu en ce moment au ministère, ce qui veut dire que vous pouvez aller loin. Mais vous protégez des assassins.

— Quels assassins ?

— Vous reconnaissez que l'inspecteur Maton aidait le détective suisse Kayser, dit l'autre. Nous savons que Kayser était l'associé de Bock.

— Kayser essayait de tuer Bock.

— Kayser payait Maton pour les aider. Croyez-moi, tous les faits sont connus. Nous voulons seulement vérifier avec vous.

— Quoi ?

— Parlez-nous de l'abattoir, de ce qui s'est passé. Nous ne dirons rien sur vous. Seul l'inspecteur Maton nous intéresse. Bock et Kayser essayaient-ils de l'amener à faire cavalier seul ? Quelqu'un jouait-il double jeu ? Y avait-il quelqu'un d'autre dans le coup ?

— Quelqu'un d'autre ?

— Il veut savoir si quelqu'un d'autre dans le service savait ce qui se passait à part vous.

— Je ne savais pas qu'il se passait quelque chose. »

La fin justifiait les moyens. S'il reconnaissait la moindre chose, cela se retournerait contre lui puisque les costumes en soie le tenaient déjà pour coupable. N'était-il pas suspect ? Eh bien ! En fait, sa culpabilité allait plus loin que la conspiration. Obsessionnelle, elle tirait profit de quiconque pouvait le mener à Bock.

Pour la police des polices, le style de vie de Maton apparaissait à présent comme excessif, ses relevés bancaires déroutants. Il avait trop d'amis, ce qui révélait la peur de la solitude, un signe de culpabilité. Son refus du mariage était antisocial, un signe de mépris ; le niveau de sa conversation prouvait une exaltation philosophique ; les PV de ses arrestations témoignaient d'un sens des valeurs guidé vers la réussite. C'était un alcoolique manifeste, qui cachait sa dépendance par des périodes d'abstinence ; les indicateurs étaient là pour le travail et les femmes pour le sexe ; il aimait l'argent. Tout cela, et davantage, était connu des costumes en soie, qui savaient que Maton était d'une certaine façon mouillé avec Bock.

César comprit qu'ils ne savaient rien. Sinon, ils en auraient su assez pour s'intéresser de près à Jacqueline Volette.

Au bout de quelque temps, les questions rebondirent simplement sur son cervelet. Toutes ramenaient à l'abattoir : que s'était-il passé à l'intérieur ? Heureusement, il avait reçu une balle, il n'avait rien entendu. N'était-il pas conscient du tout ? Il avait seulement eu la sensation d'être emporté par les anges, des bêtes magnifiques lestées d'ailes en or. Les paupières closes, César se les représentait comme Jacqueline lors de leur première rencontre à la Sorbonne. Un ange. Quand il ouvrit les yeux, les deux démons encadraient toujours son lit. Parer les coups le rendait plus attentif à leurs sifflements, et brusquement il s'aperçut qu'il ne les avait pas vraiment écoutés.

« Ce n'est pas Maton qui vous intéresse, explosa-t-il, sidéré. C'est seulement un écran. C'est ma peau que vous voulez. Vous croyez que je suis celui qui aide Bock.

— Nous en avons la preuve.

— Quelle preuve ?

— Nous avons découvert votre compte en banque, dit l'un.

— En Suisse, dit l'autre. Cent mille francs au cours des quatre derniers mois. »

*
* *

Le lendemain matin, Jules apparut. Avec un sourire en plastique qui exhalait un charme glacial, l'homme du ministère regarda d'un air réprobateur les trous dans les murs, la chaise rigide, le lit émaillé, et César dedans.

« Le ministre se souvient de vous, dit Jules. Il veut que vous sachiez combien l'annonce prématurée de votre mort l'avait attristé. (Les yeux étaient des rais d'émotion contrôlée.) Il est soulagé de vous savoir en vie, cela va de soi.

— Cela va de soi.

— Vous avez tout ce qu'il vous faut ici ?

— Seulement ce dont ils croient que j'ai besoin. »

César ne s'attendait pas à ce que le ministère lui envoie de la visite. L'idée le perturbait.

« Le règlement. (Jules soupira avec conviction. Il sortit une feuille dactylographiée.) Nous n'avons pas eu encore le loisir de comparer ces noms que le ministre avait réclamés en raison de votre, euh, incident. Est-ce la même liste que celle que le SDECE vous a donnée ? »

La douzaine de noms appartenaient à des grands argentiers ouest-allemands avec un passé nazi, comme l'attestait le SDECE. César s'aperçut rapidement que les deux listes étaient identiques.

« Le bruit circule, lui confia Jules, que ce Bock court après l'or. Y aurait-il du vrai là-dedans ?

— Possible.

— On dit que c'est l'or des nazis. Volé aux nazis, qui l'ont volé à quelqu'un d'autre. (Il reprit la liste.) Alors d'après vous, à qui l'auraient-ils volé ?

— Rien de certain », déclara César.

Ce n'était sûrement pas une formule rhétorique, et il se demanda à son tour pourquoi le ministre était intéressé par cette hypothèse.

« Rien de certain, bien sûr. Toutefois, poursuivit Jules en se rapprochant prudemment, s'il y a de l'or caché, il peut être difficile de déterminer qui en est le propriétaire aujourd'hui.

— Pour le conserver, certainement.

— Là, vous voyez ? »

César ne savait pas s'il était sérieux. Le ministère avait peut-être accès à des informations qui échappaient à un inspecteur, forcément. Qui remontaient peut-être même à la guerre.

« Trente ans, ça fait un bail, ajouta Jules en inclinant la tête pour mieux insister.

— Rien ne prouve…

— Bien sûr que non. »

César s'efforça de comprendre les motivations du personnage. Son visage était brusquement aussi lisse que la pierre.

« Cela dépendra peut-être du pays qui le trouvera, expliqua Jules.

— L'or…

— Il n'appartient pas aux nazis. Ça, au moins, c'est clair.

— Quel or ?

— L'or de l'*Enclume*. N'est-ce pas ce dont nous parlons en ce moment ? »

L'or volé, se dit César. Il était en train de parler du trésor du *Nibelung*.

« Vous n'avez jamais entendu parler de l'*Enclume*, soupira Jules. Je le vois.

— Sous un autre nom, répliqua César promptement.

— Lequel ?

— *Nibelung*.

— Wagner. Ça colle.

— Pendant la guerre. (César dévisagea l'autre d'un air entendu.) C'était une opération secrète des SS.

— Ultrasecrète, renchérit Jules. Avec l'approbation personnelle d'Hitler. Seul Himmler était au courant parmi les hommes forts de l'entourage d'Hitler. Et Martin Bormann, bien sûr.

— Le SS, l'encouragea César.

— Un petit nombre de généraux. Heinrich Müller était responsable en personne du groupe qui s'en occupait. »

César hocha la tête.

« En Autriche, près de Mauthausen.

— Vous êtes au courant du projet, alors. »

Jules était soulagé.

« Je vous l'ai dit.

— La plus grande quantité d'or volé de l'histoire. (Sa voix laissait percevoir un certain respect.) Dû au vol à de millions de Juifs dans les camps de concentration, au pillage de leurs maisons, leurs boutiques, leurs synagogues. Le tout fondu pour fabriquer de l'or en barre. Imaginez ! (Jules avait du mal à maîtriser son émotion.) Et cela a duré pendant presque trois ans. »

César fronça les sourcils.

« J'aurais aimé voir cette fonderie.

— Quand les Américains sont arrivés, elle était déjà détruite. Disparue, lui assura Jules. L'or aussi. (Il secoua tristement la tête.) La région de Linz a été pratiquement le dernier bastion nazi à être libéré.

— De sorte que personne n'a su où l'or était passé, précisa César.

— Tout le monde le savait. Il est passé sur les comptes secrets des SS en Suisse pour aider leurs membres après la guerre. »

César garda le silence et Jules le rompit brusquement avec un sourire entendu.

« En tout cas, c'est ce qui se disait »

César regarda par la fenêtre. Au-delà, des démons flânaient vêtus comme des humains, envoyés sur terre en raison de leurs péchés.

« Vous avez sûrement entendu les rumeurs, ajouta Jules. Ça va de l'Amérique du Sud aux mines de sel secrètes.

— Les rumeurs…

— … ont souvent du vrai, surtout dans ce genre de chose. Après tout, personne n'a jamais revu l'or. Ni les documents des banques suisses. Pourtant, une telle quantité n'est pas facile à dissimuler.

— Combien ?

— On peut supposer quinze milliards au prix du marché aujourd'hui.

— De deutschemarks ?

— De dollars. »

Et qui prend de la valeur tous les jours, se dit César. Maintenant que l'or était légal en Amérique, il allait grimper en flèche.

« Vous croyez que Bock sait quelque chose au sujet de l'*Enclume* ? » s'enquit Jules.

Il n'y avait aucun doute dans l'esprit de César ; c'était le même or. Bock et compagnie en avaient dérobé une partie à la fin de la guerre, l'avaient caché dans le lac. Probablement pas trop, sinon Müller s'en serait aperçu ; juste assez pour que ça vaille la peine d'assassiner trente ans plus tard.

« Il faisait partie de l'état-major d'Himmler, insista Jules. Il a pu être impliqué dans le projet.

— Qu'est-ce qu'ils auraient fait d'un tueur ? railla César. Il ne savait rien faire d'autre.

— Ils n'avaient besoin de rien d'autre, répliqua Jules avec un rire nerveux. Qu'est-il arrivé aux ouvriers, d'après vous ? »

César se représenta les esclaves du camp de concentration sélectionnés pour travailler dans l'usine secrète à proximité. Il les vit fondre les barres à partir des objets en or volés. Il entendit le crépitement des armes des gardiens. Quand les ouvriers étaient épuisés, on les tuait et d'autres étaient forcés de prendre leur place. César vit cela aussi. Combien d'ouvriers morts pour chaque tonne d'or ? Personne ne tenait de registres. On brûlait les corps et on conservait l'or. À la fin, il y avait des grottes pleines d'or en barre, en plus des dents en or secrètement transférées sur les comptes privés des banques nazies et des montres en or dont regorgeaient les prêteurs sur gages allemands. Puis les grottes se transformèrent en coffres de banque à Zurich et personne ne fit la différence. Personne non plus ne s'aperçut que certaines des barres avaient sombré dans un lac autrichien.

« Si Bock court derrière l'or de l'*Enclume,* insinua Jules à l'oreille de César, pensez à ce qui peut se passer. »

17

Assis dans la chambre, ils étaient en train de rompre des serments et de trahir la confiance de certains. César voulait un nom et Martel voulait une garantie.

« Qu'est-ce qui me dit que vous tiendrez parole ?

— Parce que je le dis.

— Et les photos ?

— Je vous en fais cadeau. Toutes. »

César souleva l'enveloppe contenant les images prises par le photographe du service médico-légal, un spécialiste des trucages photographiques. Elles représentaient les deux hommes en bateau sur la Seine en pleine conversation.

« Qu'est-ce que ça prouve ? explosa le chef de service du SDECE.

— Elles ont été datées par un témoin qualifié, ce qui devrait faire peser des soupçons sur votre tête dans la maison. Bordier voudra savoir ce que vous avez fabriqué.

— Alors on s'est rencontrés par hasard.

— Ça ne suffit pas, railla César. Vous êtes bien placé pour savoir comment ils opèrent. Vous devrez reconnaître que vous m'avez transmis une information pour vous débarrasser de Junot.

— Il est mort de toute façon.

— Ne soyez pas stupide. Il est mort et vous êtes là pour en parler.

— Vous ne pourrez rien prouver.

— Votre général s'en balance. Il sait que je peux foutre le bordel. Il a déjà reçu des ordres pour jouer le jeu avec moi. Si je lui parle de vous, que fera-t-il ? Vous aurez du bol si vous sauvez vos fesses. »

Les sourcils broussailleux de Martel se haussèrent en signe de protestation.

« Disons que vous avez tué Junot, un de vos hommes de main. Et admettons que vous en aviez reçu l'ordre, sans qu'on vous le donne, bien sûr. (César comprenait la façon de penser des services secrets.) Il n'y a qu'un seul homme qui puisse donner un ordre de ce genre. Que se passera-t-il si je me mets à distribuer ces photos partout ? »

Les paupières se rétrécirent à cette idée.

« Vous voyez où je veux en venir ? »

César enfonçait le clou aussi loin qu'il pouvait.

« Très bien, gronda le chef de bureau. (Il était acculé et ça ne lui plaisait pas.) Ils auraient dû vous coller une balle dans la tête.

— Très bien quoi ? »

Martel regarda le mur.

« J'aurai les négatifs dans trois jours ?

— Trois jours, confirma César. Et j'oublie notre petite conversation.

— Je ne suis pas obligé de le faire, vous savez. Vous pouvez vous torcher avec vos photos. Je pourrais aussi bien vous liquider.

— Regardez ce qui est arrivé à Junot quand il a essayé. »

Martel changea de position sur sa chaise comme s'il parait un coup. « Il y aura d'autres occasions.

— D'ici là...

— Quel est le marché ?

— Je veux le nom du bailleur de fonds nazi à Zurich. Pas d'échantillons gratuits pour gagner du temps, je veux son vrai nom du premier coup. Ce doit être un juriste avec un tas de contacts et des facilités d'accès dans les grandes banques.

— Qu'est-ce que j'en sais ?

— Vous êtes resté copain avec ces gens-là. »

Martel s'humecta les lèvres. Le carnet d'adresses, c'était sa spécialité, et il se faisait fort de ne jamais livrer de noms.

« Je pourrais vous étrangler de mes mains pour ça, rien que pour ça, fulmina-t-il.

— J'attends.

— Dunant ! (Cela sortit comme un boulet.) Ander Dunant.

— À Zurich ?

— Sur la Bahnhofstrasse.

— Si vous l'appelez dans les trois jours, vous pouvez mettre une croix sur notre accord, et je parlerai. (César lui remit l'enveloppe.) Réfléchissez bien. »

L'inspecteur se détourna, honteux. Ayant prêté serment de servir la loi et payé pour prendre les assassins, il venait d'en laisser un lui filer entre les doigts.

En dehors de la pièce, le soleil avait pris de la hauteur, éclaboussant les maisons à l'ouest. Partout les boutons pleins de promesses commençaient à s'ouvrir. Près de l'hôpital, un jardin prenait lentement les premières rougeurs de l'aube.

Le téléphone sonna, c'était un essai. Cela avait pris quelques secondes pour l'installer, après une attente qui avait duré une éternité. Avec ça, César tenait le monde dans sa main.

« Vous êtes assez fort maintenant, annonça le docteur à son chevet. Mais n'abusez pas de vos forces sinon ce sera tout à refaire.

— La carotte et le bâton ? »

Stool eut un faible sourire. Des mèches de cheveux gris étaient collées en travers de son front pour tenter de dissimuler la naissance en pointe des cheveux.

« Les patients sont parfois de grands enfants, dit-il, sur la défensive.

— Ils se croient tout permis.

— Du moins c'est ainsi que nous les voyons. »

César comprenait. C'était parfois ainsi qu'il voyait les criminels, sans conviction morale ni sens des responsabilités. Les criminels, les enfants et maintenant les patients. Un si petit monde.

« Enfin, reposez-vous le plus possible, l'exhorta le docteur. Bientôt vous serez sur pied. Et alors…

— Quand ?

— Voyons ça dans quelques jours. »

Seul, César tripota le téléphone. Moche, tyrannique, strident, c'était sa bouée de sauvetage. Il avait vécu ligoté à un appareil et maintenant, il se trouvait branché sur un autre.

Son premier appel fut pour Genève, le deuxième pour Zurich.

*
* *

« Qu'en pensez-vous ?

— Ça se peut. »

Comment ça, « ça se peut » ? Quand l'endroit où se

trouvait l'or crevait les yeux ? César se posait parfois des questions sur Clément. Un bon inspecteur, mais un rêveur. Cependant il savait se montrer tenace.

L'inspecteur aussi.

« Repassons tout ça en revue, persista-t-il. Nous savons que pour l'imagination paranoïaque de Bock la vie est pleine de signes cachés et tout a un sens. Linge est tombé par la fenêtre, comme un homme qui tombe à l'eau et se noie. Baur a été tué par de la grenaille de plomb ; le plomb et l'or sont les deux métaux de base les plus lourds et ont toujours exercé une attraction l'un sur l'autre. Streicher a été déchiqueté comme par un requin venu des profondeurs, et Schirrmacher a été vidé de son oxygène comme cela peut arriver à un plongeur à qui on a coupé l'alimentation. Vous voyez ? L'or et l'eau. De tels symboles sont importants pour Bock.

« Ça se peut. »

César regarda fixement le rêveur et ravala des paroles acérées.

« N'oubliez pas qu'il a assassiné un homme par mois. Ce n'est pas un symbole, ça ? Mai marque la fin de la guerre, un autre symbole… tout nous renvoie à Bock. Dans ce type de mentalité d'assiégé, des traces sont déposées partout, dans chaque acte, pour couvrir tout risque de trahison. Personne n'est fiable, expliqua César, et la mort n'est autre que l'ultime justification de tous vos soupçons. Pensez-y. Bock a laissé dès le départ une piste pour son associé. Et Kayser lui a prouvé qu'il avait raison.

— Et le tableau qui a amené Kayser à Paris ?

— Il nous met sur la piste de l'associé de Bock. (César jubilait.) Quelqu'un d'Oberst-Haupt. Alors qu'est-ce que vous en dites ?

— Ça se peut », répéta Clément.

César se mordit la langue. Qui pouvait espérer de la passion dans une chambre d'hôpital en plein jour ? Il fit une nouvelle tentative.

« Les gens du ministère disent que l'or pourrait provenir d'un réseau clandestin nazi après la guerre, mais ils n'en sont pas sûrs. Moi, si. Une partie au moins se trouve au fond d'un lac des environs de Linz, quelque part autour de Mauthausen.

— Comment vous pouvez en être sûr ?

— Bock me l'a dit.

— Quoi ?

— Lui et moi, vous ne comprenez pas ? On pense pareil. »

César vit enfin la surprise se répandre sur le visage du jeune enquêteur. Satisfait, il donna à Clément l'ordre d'aller creuser du côté de l'homme d'affaires munichois, Otto Francke.

*
* *

« Ce type met les pieds dans le plat – c'est un véritable éléphant dans un magasin de porcelaine. »

Le général du Mossad était exaspéré ; il préférait avoir une frontière claire entre le bien et le mal. La défense israélienne était le bien, ses ennemis étaient le mal. Si on t'attaque, tu te défends. Si l'ennemi frappe, tu répliques. Cependant il n'y avait rien de clair dans cette affaire, pas d'attaque frontale ni de coup tordu. Le passé devait être protégé, bien sûr. Mais protégé contre quoi, contre qui ? Un inspecteur de police français ? Juif de surcroît ? C'était ridicule et à la limite, tragique. Néanmoins…

« Un conseil ?

— Il est à l'hôpital pour le moment, dit quelqu'un. Il récupère d'une blessure par balle. Peut-être qu'un commando... »

Les yeux tristes regardaient fixement dans le vide.

« Ça ne sera pas nécessaire, déclara le général. On n'est pas le Fatah et ce n'est pas tant une question de sécurité nationale qu'une certaine analyse de la situation. La façon dont une nation se voit définit ce qu'elle est ; le monde nous respecte parce que nous nous respectons nous-mêmes. Cela ne doit pas changer. (Il dévisagea ceux qui l'entouraient.) Ce qu'il nous faut ici, c'est exercer la bonne dose de pression. Ni plus ni moins. »

Les quatre hommes dans la pièce représentaient la direction des différents organes du renseignement israélien, ses diverses branches, qui se retrouvaient pour une séance secrète présidée par le chef du Mossad, la CIA israélienne. Les autres membres comprenaient les responsables du renseignement militaire, le Shin Beth, le service de la sécurité intérieure et la section spéciale de la police nationale. Ils avaient la conviction, comme tous les dirigeants israéliens depuis Ben Gourion, que la main de Dieu était présente dans la création de l'État d'Israël. Si c'était la volonté d'Allah que les Juifs soient jetés à la mer, c'était la volonté de Dieu qu'ils vivent sur la terre de leurs pères. La volonté de Dieu et celle d'une solide armée d'active et d'un bon réseau du renseignement.

De telles réunions de la commission de sécurité – qui se tenaient loin du centre de Tel-Aviv et du front de mer – étaient toujours le théâtre de problèmes pressants d'opinions et d'analyses, mais pour le général, la question à examiner de près maintenant était d'une importance particulière puisque le renseignement israélien avait été impliqué directement dans l'affaire et dès l'origine, avant même la création de l'État.

La discussion portait sur les Français, leur air de supériorité.

« Surtout leurs services de sécurité. Mais quand ils ont perdu l'Indochine, ils ont tous repris du service en Algérie où ils ont refait les mêmes erreurs. Sept ans plus tard, ils ont perdu ce pays.

— Je croyais que de Gaulle avait préféré lâcher prise.

— À ce moment-là, il n'y avait plus rien à lâcher ; les jeux étaient faits.

— D'indécrottables chauvins, tous sans exception.

— C'est ce qu'ils disent de nous.

— Mais la police française… intervint une voix. Je croyais que c'était ça le problème ici ?

— Si tu es dans la police, tu es dans la police parisienne ou tu es en province. Si tu es dans la police parisienne, tu rêves de te réveiller un beau matin à la police judiciaire.

— Pourquoi ?

— Politiquement sûr, expliqua son interlocuteur. Pendant la guerre, par exemple, rien n'a changé, c'était le même train-train que d'habitude ; le service a été récupéré tel quel par les nazis. Exactement comme avec la *Kriminalpolizei* en Allemagne, qui a été intégrée aux SS. Si les Russes déferlaient sur l'Europe, j'imagine qu'il se passerait la même chose. La PJ est précieuse pour tout conquérant.

— En supposant qu'il reste quelque chose à conquérir.

— Ce Dreyfus. Il est dans la police judiciaire ?

— Inspecteur à la Criminelle.

« — Alors il fait aussi partie de la police politique ?

— *Stricto sensu,* non. Mais comme je le disais, il en aurait la capacité. Bref, il est protégé.

— Pas vraiment, intervint le général. C'est un Juif tout de même.

— J'ai pensé à une chose, dit l'intéressé en essuyant ses lunettes. Il y aurait peut-être quelque chose à tirer de sa parenté avec le capitaine Dreyfus. »

Autour de la table, les yeux s'écarquillèrent à l'évocation du célèbre Juif français injustement accusé d'espionnage en faveur de l'Allemagne et condamné aux travaux forcés à l'île du Diable. Theodor Herzl avait assisté au procès inique pour un journal viennois et avait été si bouleversé par l'affaire Dreyfus qu'il avait commencé à penser en termes d'une nouvelle conscience juive ; il en était résulté son livre, *L'État juif,* qui avait conduit directement à la création du mouvement sioniste moderne et, pour finir, à la naissance d'Israël.

« Avec des antécédents pareils – un capitaine finalement réhabilité et transformé en héros, qui a un lien direct avec la naissance d'Israël –, ce policier doit sûrement se voir comme quelqu'un de spécial, peut-être même la réincarnation de son illustre aïeul. La police n'est-elle pas une force paramilitaire ? On pourrait peut-être se servir de ça. Si son travail sur l'affaire Bock devait porter préjudice à son peuple, ça ternirait son nom.

— Une idée intéressante, admit le général avec la même douceur dans la voix. Qui pourrait coller avec ce que nous avons appris à son sujet. Il semblerait que notre inspecteur de police français soit en partie allemand. »

*
* *

Pour le déjeuner, il mangea une soupe et une bouillie de maïs, c'était son premier jour avec un semblant de repas. C'était plus mauvais encore que dans son souvenir. Seule la glace était bonne et il ne manqua pas de demander à l'infirmière si on pouvait mettre de la glace au chocolat dans sa perfusion. Elle éclata de rire quand César lui tendit le plateau.

« Je suis sérieux, soutint-il. Il suffirait de couper la crème avec de l'eau et d'élargir les tuyaux.

— Vous voulez leur en parler, en bas ? (Son visage au sourire asymétrique était devenu un point fixe dans ses journées de délire, un baromètre auquel il mesurait ses chétifs efforts pour recommencer à vivre.) Ils se souviennent encore de vos affiches.

— Vous savez qui a volé le tableau d'affichage ?

— Je n'ai pas le droit de vous le dire.

— C'est vous ?

— Non.

— Alors c'était quelqu'un d'autre, dit judicieusement César.

— Vous serez bientôt chez vous. (L'infirmière tapota les oreillers.) Laissez tomber.

— L'avenir m'inquiète. Si je reste ici beaucoup plus longtemps, je finirai moi aussi à l'île du Diable. »

César ne croyait pas que la police des polices aurait sa peau. Ils la voulaient, bien sûr, puisque leur seule mission était de détruire, mais il n'allait pas se laisser faire. Quelqu'un lui avait monté le coup parce qu'il s'était trop approché. Trop près de quoi, de qui ? Ce devait être Bock. Quatre mois plus tôt, il avait activé son plan en défenestrant Linge.

L'infirmière partie, César fit les cent pas au pied de son lit en s'accrochant au cadre du lit. Son vertige se dissipa bientôt. Quatre mois plus tôt, il ne savait rien de Bock, de sorte que le compte en banque devait être une sorte de fidéicommis auquel son nom avait dû être ajouté plus tard. Cela voulait dire des lettres de sa part. Pour les obtenir, il devrait agir comme sa proie, reproduire ce que Bock avait fait.

Assis près de la fenêtre à présent, César regardait un homme rongé par le désespoir. L'homme avait le regard vide, il était un reflet de lui-même. Il était un imposteur, qui se réclamait d'idées dont il s'était éloigné. Au moins Bock était resté fidèle à son désir de tuer : né pour vivre sa jeunesse dans une cour médiévale où l'on apprenait à cultiver l'art de l'intrigue, un Macbeth des temps modernes, déterminé et inflexible, alors que lui… Qui était-il sinon un pauvre Hamlet ? Un homme incapable de décider et plein d'ambiguïté morale. Il perdait toutes les croyances sur lesquelles il avait fondé sa vie ; elles s'éloignaient de lui, jusqu'à son respect pour la justice. Il se sentait comme un criminel qui avait affaire à des démons, et cette sensation l'effrayait. Il se sentait de nouveau vulnérable.

Abstraction faite de l'image de plomb qui se reflétait sur la vitre, le monde du dehors était rassurant. Dans les rues, l'après-midi, les passants parcouraient à la hâte un chemin familier, itinéraire quotidien d'une vie posée. De jeunes arbres à feuilles persistantes plantés aux abords de l'hôpital formaient des buissons d'aiguilles tendres, tandis que des voitures en chaleur exsudaient toutes sortes d'effluves et d'émanations aussi invisibles que la vérité. Perdu dans l'espace,

César commença à remettre en place les mensonges de Jacqueline Volette. Inexorablement, les mensonges conduisaient à Dieter Bock.

*
* *

« Laissez-moi vous parler de la direction du service, expliqua Dupin. Le tueur, ici, c'est l'efficacité. Le budget de l'année suivante est basé sur les résultats de l'année passée, exactement comme dans le privé. En ce moment, la peine de mort tient le haut du pavé, alors les crimes de sang sont à l'honneur. D'autres années, ce sera le vol ou peut-être les passants qui crachent dans la rue ; on procède à des arrestations sur ce qui fait l'actualité du moment, je ne vous apprends rien. Ou on jongle avec des catégories de crimes. Le détournement de mineur est mis dans le même sac qu'un viol, battre une femme devient une agression… vous voyez ce que je veux dire ? Les hommes politiques obtiennent ainsi les chiffres qu'ils désirent, le public lit les résultats qu'il veut et tout le monde est content. Nous faisons notre boulot. »

Dupin regarda fixement le reflet de César dans la fenêtre. L'image était floue.

« Mais nous en payons le prix. Mieux nous faisons notre boulot, plus le pouvoir de la police sort de l'ombre. Ça fait peur à un tas de gens ; l'idée que nous avons autant de pouvoir leur déplaît, de sorte que ça nous retombe dessus. Certes ils vantent nos mérites, mais ils saisissent la moindre occasion pour nous dénigrer. Et dans ce but, je dirais qu'ils font feu de tout bois. Ça leur permet de maintenir un équilibre entre leurs peurs et leurs besoins, c'est bon pour eux mais pas bon pour nous. Vous y êtes ? »

César opina, se demandant où cela allait les mener. Avec Dupin, il fallait toujours attendre l'épilogue.

« Cela nous conduit au second problème : l'image et la morale. Nous sommes toujours sous les feux des projecteurs, et l'œil du public ne se ferme jamais quand il est braqué sur nous. D'autres ont droit à l'erreur, mais pas la police. C'est logique, en un sens. Qui pourrait nous mettre la main au collet ? Tout le problème est là. C'est à nous de le faire ; tout scandale est dix fois pire si nous ne sommes pas les premiers informés. Un inspecteur commet une erreur et nous perdons tous la face, mais au moins nous aurons fait le ménage nous-mêmes. »

Il se tourna vers la chambre. Son regard transperça César.

« C'est pourquoi nous examinons les choses d'un peu plus près que la plupart des gens. Un homme vit au-dessus de ses moyens, nous le remarquons et nous commençons à gamberger. D'ordinaire, ce sont des revenus légitimes d'origine familiale, des investissements avisés, une femme aisée. Nous devrions tous avoir cette chance. (Il sourit en pensant à sa ravissante femme, issue d'une famille de propriétaires terriens.) La corruption en est presque toujours la raison et c'est déjà un problème en soi, mais dès qu'on assiste à des actes de violence comme un meurtre… Bref, c'est le genre de problème dont on peut se passer. J'espère que vous en conviendrez.

— Certainement. (César vit ce qui allait venir, l'épilogue.) Donc Tobie Maton…

— … a été enterré avec tous les honneurs dus à un inspecteur tombé dans l'exercice de ses fonctions.

Pourquoi pas ? Il était à la poursuite de Kayser, suspecté de voler des œuvres d'art qu'il restituait contre rançon. Il a suivi le Suisse à l'intérieur de l'abattoir quand celui-ci l'a descendu avant d'être lui-même tué par son complice, Bock, au cours d'une dispute à propos de Jacqueline Volette.

— Et moi ? demanda César, intrigué.

— Vous faisiez surveiller Volette en rapport avec l'affaire Bock. Elle a été attirée dans le secteur par Kayser qui avait l'intention de la tuer – probablement qu'il trouvait qu'elle avait une mauvaise influence sur Bock ou peut-être seulement par jalousie – mais vous êtes intervenu et il vous a abattu. Avant que Kayser ait pu l'achever, Bock est arrivé et l'a tué, puis il a mis le feu au bâtiment pour se débarrasser des corps. Il vous a sauvé pour des raisons inconnues et il a sauvé Volette en raison de leur passé commun.

— Comment se fait-il que je ne sois pas suspecté de les avoir tous descendus ?

— En effet, reconnut Dupin, vous le seriez sans la femme. Elle a vu Kayser vous tirer dessus.

— Je croyais qu'elle avait perdu connaissance. »

Dupin haussa les épaules.

« Vous connaissez les femmes, ça va ça vient. De plus, vous n'êtes jamais armé. Nous avons trouvé votre revolver dans le tiroir de votre bureau. Il n'a pas servi depuis des lustres.

— Alors pourquoi Bock m'a-t-il épargné ?

— Comment je peux le savoir ? Je n'en ai pas la moindre idée.

— L'inspection générale croit que je suis le complice de Bock ou, du moins, que je l'aide contre de l'argent.

— Ça, c'est l'inspection générale, grommela Dupin.

Ils ont leur propre façon de penser. Vous continuez simplement pour Bock. Vous avez fait un boulot épatant jusqu'ici, jusqu'à l'abnégation. Vous voyez ? J'ai confiance en vous. Et même plus, je fais confiance au Service. Pas de doute que Bock nous vaudra d'être bien vus à l'Élysée. (Il se rapprocha sensiblement du lit.) Alors, c'est quoi, ce fric à Zurich ? »

*
* *

« Alors que les autres filles rêvaient d'épouser des millionnaires, racontait Jacqueline d'une voix douce, je rêvais d'en devenir une. »

Elle était assise près de la fenêtre ouverte, le soleil de l'après-midi tombait sur ses genoux, ses mains fines illuminées par des rais de lumière. La porte du couloir était fermée, aucun bruit ne leur parvenait. On lisait son excitation dans ses grands yeux, dont les paupières ne cachaient rien de ses pensées. Elle fumait une cigarette à bout argenté.

« Vous alliez me parler de l'abattoir, l'encouragea César. Pourquoi vous y êtes allée ?

— L'argent, dit-elle, sur la défensive.

— L'argent de qui ?

— De Kayser, voyons. »

Elle dit cela comme s'il s'agissait de la chose la plus naturelle dans ces circonstances. N'aurait-il pas dû le savoir ?

Du lit où il était allongé, son regard fit le tour de la chambre puis revint à elle. Elle semblait déplacée, une photographie en couleurs dans une collection de négatifs. Son manteau était posé avec négligence sur la chaise près de la lampe ; d'un bleu profond, très à la mode, lui aussi semblait être hors de son cadre.

« Qu'est-ce que vous étiez censée faire pour le pognon ?

— Trahir Bock. (Elle battit des cils.) Kayser savait que j'étais aux abois.

— Vous l'êtes ? »

Le regard de la jeune femme suivit le sien, dirigé sur le manteau.

« Les apparences sont trompeuses, dit-elle d'une voix cassante. Tout comme les gens. (Il sentit l'électricité traverser la pièce, l'entendit crépiter.) Vous savez combien je touche avec mon allocation de recherche, le peu que ça me rapporte ? Ça couvre les frais et c'est tout. Combien de temps une femme peut-elle vivre de rien ? »

César ne comprenait pas.

« Vos vêtements, l'appartement…

— Des cadeaux. De Dieter, ajouta-t-elle comme après réflexion.

— Il s'est montré généreux.

— Tout à fait.

— Vous étiez avec lui pour le pognon, alors, insista César, s'accrochant à des fétus de paille.

— L'argent est une preuve d'amour pour une femme.

— Vous voulez dire qu'il vous achetait. (La voix exprimait le doute.) C'est ce que vous voulez dire ?

— Non, c'est ce que vous dites, vous. L'argent achète, oui, mais il peut aussi guérir et ranimer les sentiments.

— Alors maintenant vous avez des sentiments. A-t-il payé pour ça aussi ?

— S'il m'avait achetée, je ne serais pas ici. (Elle

écrasa la cigarette, agacée.) Mais je ne suis pas venue pour parler de moi.

— De quoi alors ?

— De vous. »

Avait-il entendu correctement ? La perspective de sa visite lui avait réchauffé le cœur, non sans piquer sa curiosité.

« Moi ? demanda-t-il. Pourquoi vous intéresseriez-vous à moi ? Vous avez Bock...

— C'est vous que j'essaie d'aider.

— M'aider ? Comment ? J'essaie de l'arrêter. »

César plissa le front, en plein désarroi.

« Alors fichez-lui la paix. Il vous a sauvé la vie comme vous avez sauvé la mienne.

— Il m'a sauvé la vie, mais c'est tout de même un tueur ! »

Jacqueline répondit par un sourire à ses sourcils froncés.

« Les assassinats sont finis. Il me l'a promis.

— Promis ? (César sentit monter la moutarde.) Je devrais lâcher dans la nature un tueur parce qu'il m'a sauvé la vie et qu'il a promis de ne plus tuer ? Vous me prenez pour qui ? Je suis inspecteur de police.

— Un très bon inspecteur, très humain.

— Qu'est-ce que ça peut vous foutre de toute façon ? Dites à Bock de me lâcher la grappe, à *moi*, et qu'il se livre, si ça compte tellement à vos yeux.

— Je veux que vous restiez en vie tous les deux, vous ne comprenez pas ? (Elle secoua la tête, désemparée.) Cela vous surprend ? Vous vous ressemblez énormément, tous les deux, vous savez. Cela ne vous a sûrement pas échappé. J'espérais que vous m'écouteriez, que votre cœur...

— C'est lui qui vous a envoyée ?

— Vous voyez ? Il m'aurait posé exactement la même question. Tellement méfiant, toujours prêt à voir le pire. (Ses yeux brillaient.) Non, il ne m'a pas envoyée. J'ai pensé seulement que ce serait bien de vous avoir en vie tous les deux. Mais je vois que cela ne vous intéresse pas. Vous avez sans doute des plans à toute épreuve, et des comptes à régler. Les hommes aiment marquer des points, ajouta-t-elle tristement, et laver leur honneur. C'est tellement important et vous le faites tous. J'ai eu l'idée que vous pourriez avoir envie de vous y prendre autrement, ça semblait être votre genre.

— J'aimerais faire ce que vous dites, répondit César, à court d'arguments. Mais j'en suis incapable.

— Je comprends. L'honneur et le devoir comptent plus que la vie. (Elle se leva et s'approcha du lit.) Retournez faire votre guerre, dit-elle avec douceur.

— Et vous ? »

Il observait les gestes de l'animal agile, plein d'appréhension.

Jacqueline ramassa son manteau en regagnant la porte.

« Oh, j'épouserai sûrement un millionnaire », lança-t-elle par-dessus son épaule.

René rendit visite à César après le dîner. Il avait quelque chose de spécial à montrer à l'inspecteur.

« Pas de jeune fille transformée en papier tue-mouches, implora César. Je ne suis pas encore assez solide pour ça.

— Rien de tel. (René le rassura d'un sourire. Il sortit un mouchoir qui était noué aux coins comme un baluchon et qu'il ouvrit précautionneusement.) Et qu'est-ce que tu dis de ça ? » demanda-t-il avec fierté.

César posa son regard sur deux petites choses ridées

comme des coquilles de cacahuètes mais noires, d'un noir rougeâtre qui brillait presque. Elles étaient rattachées par un mince ruban fait d'une matière qui ressemblait à du bois pétrifié, mais qui n'en était pas.

« Ça sort d'un jeune de vingt ans qui a reçu une centaine de coups de couteau au moins. »

César souffla bruyamment par le nez.

« Est-ce que c'est ce que je pense ?

— Oui, affirma René, rayonnant.

— Dans ton mouchoir ?

— C'est de la soie.

— Super. (César ne voyait aucune échappatoire.) Qui a fait ça ?

— La Crim' n'en sait rien pour le moment. Mais écoute-moi ça. On a cousu ça dans sa bouche avant sa mort. Cousu ! Avec du fil et une aiguille, pendant qu'il était encore vivant. »

René n'arrivait pas à y croire.

Une vengeance plutôt que le sexe, pensa César.

« Dis-leur de chercher une femme musclée qui déteste les lèvres. (Il souffla bruyamment de nouveau, comme une baleine échouée.) Ou alors la famille d'un enfant récemment victime d'une agression sexuelle et qui habite dans le voisinage. »

Le téléphone sonna. Pour René, le labo.

Il pivota vers César, la main posée sur le récepteur.

« Le type est mort la nuit dernière en pleine action, carrément sur la fille. L'épectase.

— En allemand, on appelle ça *Blitzkurier,* le messager éclair.

— Plus c'est rapide, mieux c'est, si tu veux mon avis.

— Alors, c'est quoi, votre verdict ? » gémit la voix au bout du fil.

René revint à la réalité en clignant des yeux.

« Ce doit être une crise cardiaque ou alors un éléphantiasis hydrocéphale, marmonna-t-il avec impatience.

— C'est quoi, ça ?

— De l'eau dans le cerveau provoquée par le piétinement des éléphants. »

La voix devint soupçonneuse.

« Il n'y avait pas d'éléphants dans la maison, s'offusqua-t-elle.

— Alors ce doit être une crise cardiaque. »

René remit avec précaution le mouchoir en soie dans sa poche et jeta un coup d'œil à César.

« Maintenant que je t'ai montré mes couilles, parle-moi des tiennes.

— De quoi veux-tu que je te parle ?

— De ce que tu fabriques avec cette femme, insista René. Quoi d'autre ? »

*
* *

Des lettres, avait dit César à Genève. Des procurations, des cartes bancaires signées, n'importe quoi. Des *documents*.

Il avait jadis aidé quelqu'un, dans le cadre d'une procédure de police. Pas pour la partie écrite... pour ce qui était invisible, non dit. Développez des contacts, aidez-les à vous aider ; mais surtout ne vous faites pas piquer quand vous les aidez.

Le type était parti pour Genève. Il connaissait d'autres gens, des amis. Or il avait un ami, lui aussi. Son ami avait besoin de quelque chose à Zurich. C'était délicat, oui. Et urgent.

Les équipes de nettoyage nocturnes – comme les éboueurs – forment une partie importante de la gestion du monde de la pègre. On a toujours besoin de vider des choses bouclées dans les immeubles de bureau et on trouve toujours quelqu'un qui attend avec les clés.

Au sixième étage d'un immeuble de la Bahnhofstrasse, à mi-chemin entre les berges du lac et la gare centrale, des classeurs s'ouvraient...

« Alors que devient Paris ? avait demandé son ami à César.

— La Seine continue de couler, comme toujours. Et Genève ?

— Moitié français, moitié suisse. Ils sont fous, ces Genevois.

— Comment ça ?

— Ils bouffent le pognon et pissent du parfum. Chaque naissance est un miracle de l'immaculée conception. Les Suisses baisent ce que tu veux sauf les femmes. Tout le chocolat est à la vanille ; le reste est français. Les montres suisses sont fabriquées par des nains et les nains sont faits en Italie. Guillaume Tell avait l'habitude de se branler dans la neige. Le grand frisson, pour eux, c'est de sauter du haut d'une montagne sans skis. La France fait chier et l'Allemagne c'est pire. Une jeune Suissesse peut te descendre ta braguette et en sortir une alliance. Ils sont tellement fêlés ici qu'ils nous prennent tous pour des cinglés. Alors comment va Paris ? »

Dans le bureau, des documents apparaissaient...

César avait reçu une autre visite de la police des polices, les duettistes en costume de soie. Ils n'avaient pas changé de costume ; ils avaient seulement échangé leurs chemises pour le déstabiliser. Ils s'étaient assis au pied du lit et l'avaient regardé fixement entre les barreaux.

« Vous êtes coupable, avait déclaré l'un. On a des doubles de votre correspondance, au complet, qui seront produits devant le tribunal administratif. C'est plus que suffisant pour vous casser. Au minimum, vous finirez à la Santé. On est ici pour vous offrir une porte de sortie. Avouez maintenant et présentez votre démission. Si vous démissionnez, vous évitez un procès et le déshonneur. Personne n'en saura rien. On n'aime pas laver le linge sale en public. On vous laissera même garder le fric. D'accord ?

— Je suis innocent, avoua César.

— Alors d'où vient ce fric ? »

Exactement ce que Dupin avait demandé, se dit César. À quelle vitesse tombent les héros.

« Certains savent s'y prendre », dit-il.

Une nouvelle affaire Dreyfus ?

À 9 heures du matin, Nicole vint le trouver. Bouche entrouverte, elle baissa les yeux sur son patient avec des murmures de satisfaction.

« Tu as l'air en forme, gloussa-t-elle. Pour quelqu'un qui s'est fait tirer dessus, je veux dire. Ça t'a fait très mal ?

— À peu près comme un accouchement, je suppose.

— Comment ça ? Ça t'a fait encore plus mal ?

— Comment le saurais-je ? »

Son mari, l'entrepreneur des pompes funèbres, n'avait pas voulu d'enfant tant qu'ils n'étaient pas prêts. Nicole pensait que ça voulait dire quand ils seraient morts.

« Joli, ton uniforme, remarqua César en effleurant la manche blanche. Il est à toi ? »

Nicole glissa sa main dans la sienne.

« Je le portais quand j'aidais mon mari à l'embaumement.

— Tu as dû l'aider admirablement.

— Plus qu'il ne l'a jamais su. »

Nicole transporta une chaise contre la porte, la bloqua sous la poignée. Allant à la fenêtre, elle leva le store et baissa la lampe.

« La lune, c'est beaucoup mieux, chuchota-t-elle.

— Pour quoi faire ?

— Pour ce que j'ai en tête. »

À la clarté des doux rayons, Nicole retira son uniforme et son slip. Nue, elle se tint devant lui telle Jeanne d'Arc à son procès. Jugez-moi, hurlait son corps. Prends-moi, faisait entendre chaque battement de paupière.

« Tu vas être déçue, dit César en l'entendant. Je ne peux pas beaucoup bouger.

— Tu n'as pas besoin de bouger beaucoup. »

Elle avait la peau argentée de lumière. Ses cheveux caressaient ses épaules d'or bruni. Ayant repoussé les couvertures, elle s'agenouilla sur le lit, souleva lentement son corps au-dessus de César et doucement s'empala sur son membre, ses seins effleurant sa poitrine, ses bras gracieux l'enveloppant comme les ailes d'une colombe.

— César, roucoula-t-elle.

— Jacqueline…

— Pardon ? »

César ouvrit les yeux, vit un ange, mais pas le sien. Qu'est-ce qui clochait chez lui ? Que voulait-il de plus que cette femme ?

« Nicole », murmura-t-il.

Mais il voulait autre chose.

18

Le lendemain matin, César fut transféré dans une autre chambre à un étage inférieur. Son état s'améliorait, tout le monde en convenait, et il ne tarderait pas à rentrer chez lui ; entre-temps, on avait besoin de sa chambre pour un vrai malade. « Qui risque de mourir », précisa une voix. Mieux valait ne pas faire d'histoires. Si quelque chose dérapait… César se demanda si on avait dit la même chose quand on l'avait amené. Un miracle, disait le docteur. Étaient-ils déçus ? Personne n'était jamais neutre au sujet de la police. Dommage, car il était un malade parfait.

« La vraie raison, expliqua Stool plus tard lors de sa tournée, c'est que vous êtes un emmerdeur. C'est elles qui le disent, pas moi. Vous accrochez des affiches, vous voulez un téléphone, vous refusez de manger la nourriture, vous trouez les murs le jour et les femmes la nuit. Un bon signe, notez bien, mais pas pour tout le monde. Vous n'entrez pas dans leur moule… comme un carré qu'on veut faire entrer dans un rond. Naturellement, vous ne pouvez pas leur plaire. (Il sourit à César pour lui montrer que tout le monde n'était pas du même avis.) Même collectivement parlant, vous fichez la pagaille, trop de monde, trop de va-et-vient, me dit-on, surtout ces derniers jours. Qu'est-ce qui se passe ?

— Super, je pars. Quand ?

— Pas encore. »

Briand le trouva au premier étage dans une chambre plus petite.

« C'est peut-être l'absence de meubles. Ou alors c'est la peinture qui s'écaille et les barreaux à la fenêtre. Qu'est-ce que vous avez fait pour mériter ça ?

— Ça n'a pas été facile.

— C'est peut-être une nouvelle forme de thérapie.

— Comment ça ? demanda César.

— Pour montrer aux patients que ça peut toujours être pire.

— Alors montrez-moi. »

Le mémo du 7 mai trouvé dans le bureau de Streicher à Munich portait la même écriture que les cartes bancaires signées de Paris. Les deux étaient de Bock. Ses empreintes étaient sur le mémo puisqu'il l'avait écrit.

« Ça se voit nettement sur le D majuscule de son prénom et celui de Dachau dans le mémo, expliqua Briand. (Le graphologue montra à César un agrandissement.) Et aussi le "c" minuscule… remarquez comment la boucle supérieure commence par un point comme un point de ponctuation… de même le "i" et le "e". L'inclinaison est aussi la même. C'est important. On peut calquer des lettres, mais reproduire la même inclinaison à main levée est foutrement difficile. (Il passa à un autre agrandissement.) Voilà un échantillon de l'écriture de Streicher provenant de la lettre qu'il a écrite à votre type. Comparez avec le mémo. C'est très différent. »

Pour César, c'était la confirmation que Bock avait

un complice en relation avec Oberst-Haupt, et les deux devaient se rencontrer le 7 mai dans un hôtel de Munich, vraisemblablement quand tous les autres auraient été trucidés. Mais qui était la victime de mai ? Restait-il quelqu'un ?

« Je vous laisse tout ça. »

De nouveau des traces, pour faire payer la trahison. En tant qu'inspecteur, César n'était jamais tombé sur un tueur possédant un pareil sang-froid ; tout devait entrer dans un schéma si rigide qu'il prenait une allure de rituel. Un mode opératoire obsessionnel qui cachait sans doute la peur de se laisser surprendre. Ou tromper.

Briand disposa les agrandissements sur la table de chevet sous l'œil de César qui pensait à Bock, lequel avait laissé ses empreintes sur le mémo. Son plan n'avait pas marché. Il se trouvait pris en chasse et le chasseur songeait maintenant à un plan B. À moins que l'échec n'ait fait partie du rituel, lui aussi ?

« Pourquoi vous m'avez fait venir ? demanda le graphologue.

— Pour voir vos conclusions.

— Vous auriez pu les avoir par téléphone.

— J'ai dit que je voulais les voir.

— Ça change quelque chose ?

— Je savais déjà que Bock avait laissé le mémo pour moi. »

Briand rapprocha sa chaise et s'assit sur le bord.

« Vous avez une idée en tête. C'est quoi ? »

César lui parla de l'enquête de l'Inspection générale.

« Cent mille francs planqués à Zurich, et ils n'attendent que mes aveux. Ils m'ont mis le marché en main. »

Le simple fait d'y penser le faisait sortir de ses gonds.

« Quel genre de marché ?

— C'est un coup monté, lâcha-t-il brusquement. Quelqu'un veut m'écarter.

— Qui ?

— Quelqu'un. »

Son lit était relevé à l'avant ; un des premiers modèles actionnés par un mécanisme et des ressorts, avec une poignée dans le dos. César passa la main sous le matelas et en sortit une pochette en plastique.

« La pièce à conviction, marmonna-t-il. Ouvrez. »

Briand retira l'élastique qu'il entoura deux fois sur son poignet, et décoinça le fermoir. Ses doigts en sortirent un dossier vert.

« Lisez le nom en haut.

— Dreyfus, César.

— Les papiers de la magouille.

— Comment avez-vous réussi à vous procurer ça ?

— Zéro question. (César secoua la tête.) Tout ce que vous savez, c'est que je vous ai confié des documents à étudier. Ma signature est sur chacun. Examinez-les et dites-moi ce que vous trouvez. (Il fronça les sourcils.) Il vaudrait mieux que ce soit des faux.

— Vous les voulez pour quand ? »

Briand feuilleta rapidement la liasse.

« Hier.

— Demain alors ? Non, c'est dimanche. Si je peux. Sinon, lundi.

— Quelle heure ? »

Briand éclata de rire.

« Ah, la police ! Tout ce que vous connaissez, c'est aujourd'hui. »

Il remit le dossier dans l'enveloppe.

César sortit du lit, bancal, et avança jusqu'à la fenêtre. Elle était ouverte. Il regarda entre les barreaux en direction de l'aile centrale, un empilement de briques sales.

« C'est quelqu'un qui a le bras long, révéla-t-il. L'Inspection générale n'aurait pas des suées si c'était juste un travail de routine. Il y a quelqu'un qui les tanne.

— Pourquoi s'intéressent-ils à vous ?

— Ce doit être Bock, le prétexte au moins. (Il avait la voix ramollie, sans force.) Ils veulent vraiment ma peau, cette fois.

— L'Algérie ? »

L'inspecteur opina.

« Vous êtes un type à la Zola, dit-il. Un officier accusé d'espionnage pour les Allemands et…

— Dreyfus.

— … un Juif ? »

Le graphologue secoua la tête, incrédule.

« Pourquoi pas ? (César retourna au lit.) C'est déjà arrivé.

— Les choses ont changé maintenant.

— Pas tant que ça, en fin de compte. (César espérait qu'il n'était pas en train d'attraper la paranoïa de Bock.) Vous croyez que j'en fais trop ? demanda-t-il.

— Je pense que vous êtes inquiet, répondit Briand en faisant glisser l'élastique autour de la pochette. Et que vous avez besoin de repos.

— Souvenez-vous, Julien, ça reste entre vous et moi, insista César. Personne d'autre tant que nous ne savons rien.

— Entendu.

— Ma vie est entre vos mains.

— Dans ce cas, laissez-moi vous sortir de cette chambre. »

Ils déjeunèrent ensemble au dispensaire : trois murs étaient garnis d'appareils automatiques qui distribuaient assez de *fast-food* pour vous conduire à l'hôpital. Contre l'autre mur étaient alignées de minuscules tables pour ceux qui aimaient déguster lentement leur *fast-food*. Sur l'une d'elles, César avalait sa ration quotidienne de soupe et d'entremets tandis que Clément festoyait avec des chips.

« Le sucre… » articula César entre deux bouchées.

Clément hocha la tête en espérant passer inspecteur adjoint ; désormais, il écouterait chaque mot.

«… est la cause première du comportement violent. »

Un sourire s'étala sur le visage de l'enquêteur. L'inspecteur avait une théorie.

« On a fait une étude dans une prison. On a supprimé tout ce qui avait du sucre qu'on a remplacé par des fruits, des jus naturels et du pop-corn, des choses comme ça. Aussitôt, les agressions ont chuté de vingt pour cent et les problèmes de discipline presque de cinquante pour cent.

— C'était quelle prison ?

— Pas seulement les agressions, poursuivit César. Les tentatives de suicide ont régressé aussi, de même que les menaces.

— On dirait Marseille. Ils adorent la tchatche là-bas.

— Même le vandalisme a diminué.

— Vous croyez que Bock prenait du sucre alors ?

— Bock ? Qu'est-ce qu'il vient foutre ?

— Tous ces meurtres, répondit Clément. Il devait bouffer trop de glaces.

— Vous êtes fou ? » s'exclama César en regardant son assistant.

Il fallait reconnaître que Clément était parfois bizarre. Bock tuait parce qu'il mangeait trop de glaces ! D'où tirait-il ça, putain ? Ce devait être toutes ces nanas qu'il fréquentait, se dit César. Comment faire confiance à un homme qui n'arrivait pas à se fixer avec une femme bien ?

« Alors comment vous vous êtes retrouvé dans une chambre pareille ?

— Je crois qu'ils essaient de me faire passer un message. »

Sur le chemin du retour, César écouta Clément raconter comment son frère avait fabriqué un épouvantail qui tenait un fusil à la main. C'était dans le Midi et les corbeaux étaient des sales bêtes capables de s'attaquer aux avions en vol. On en tirait tellement qu'ils finissaient par reconnaître les carabines, de sorte que son frère avait collé un vieux Luger allemand de la guerre dans la main de l'épouvantail. Il avait la détente sensible et pouvait partir si le corbeau s'approchait trop près.

« Ça l'avait rendu célèbre ; tout le monde avait entendu parler du fermier qui descendait ces cons avec un pistolet. Pendant un temps, en tout cas.

— Que s'est-il passé ?

— Un jour le Luger a été à court de munitions et ils l'ont volé.

— Comment sait-on que c'étaient les corbeaux ?

— Qui d'autre aurait voulu d'une arme allemande ? »

De retour dans sa chambre, César fit sa gymnastique devant la fenêtre pendant que Clément effectuait son rapport sur Francke. L'homme était insaisissable. Apparemment il avait été parachuté en 1969 à la tête d'Oberst-Haupt sans qu'on sache d'où il sortait. Auparavant, c'était une sorte de mercenaire qui travaillait dans des États africains ayant besoin de mater des révolutions naissantes. Il aidait les gouvernements à renforcer leur mainmise sur l'industrie lourde, principalement l'énergie et les métaux.

Un aventurier avec un ange derrière lui.

Un fauteur de troubles, de toute façon. Il ne perdait pas son temps à diriger la société ; les affaires quotidiennes étaient confiées aux autres, tandis qu'il était par monts et par vaux. Au début de la semaine, par exemple, il était à Paris.

Pour quoi faire ?

Clément n'en savait rien. Ce renseignement lui avait été fourni par l'employée qui organisait ses voyages quand il s'était fait passer pour un contrôleur de cartes de crédit. Une erreur informatique, sans doute, cela arrivait sans arrêt. Où était-il descendu à Paris ?

Au Meurice.

« Et son casier concernant la guerre ? s'enquit César.

— Là encore, insaisissable. Lieutenant chez les SS, chargé de missions spéciales au quartier général pendant la plus grande partie de la guerre.

— Rien sur ce qu'il a fait ?

— Une idée, sans plus.

— Dites toujours.

— Pour rester à Berlin, avança Clément en réfléchissant, près d'Himmler et des hommes forts du pouvoir SS, il fallait qu'il soit très apprécié ou très protégé. Ou peut-être faisait-il quelque chose de spécial. (Il eut une grimace.) Francke ne me paraît pas être du genre particulièrement sympathique. Trop cachottier, si vous voyez ce que je veux dire.

— Quelque chose de spécial ? répéta César.

— D'après moi.

— Quelqu'un le protégeait chez les SS, rumina César. Et peut-être encore aujourd'hui. Pourquoi ? (César ferma les yeux.) Ce n'est peut-être pas pour ce qu'il a fait mais pour qui il l'a fait. Ça pourrait être le même type. (Rouvrant les yeux.) Un Allemand puissant qui faisait partie des SS et ayant une sorte de mission spéciale, peut-être même pour Himmler en personne. (Est-ce Himmler ? Est-il encore en vie ? César compta jusqu'à dix pour laisser son imagination se calmer. Certaines audaces ne marchaient pas.) Un financier allemand, dit-il à Clément. Un financier allemand qui se servait de Francke comme garçon de courses. (Certains le faisaient !) Revoyez les notes d'André sur Oberst-Haupt, la société qui en est le propriétaire. Voyez qui est à la tête ; ça pourrait être notre homme.

— Quel homme ?

— Le complice de Bock. Bock faisait partie de l'état-major d'Himmler et maintenant, il veut récupérer l'or. C'était ça, sa mission spéciale. Ils en ont détourné une partie, ils l'ont planqué au fond du lac. Maintenant Bock élimine les autres pour qu'ils puissent le partager à deux. (César se sentait déjà mieux, il pourrait peut-être même s'en tirer.) Si j'arrive à trouver son complice, gronda César, je trouverai Bock. »

Quand Clément fut parti, il appela le Meurice.

*
* *

Après la sieste de l'après-midi, César sortit faire un tour. Au deuxième étage, il trouva un solarium situé au nord, un immense espace avec des colonnes de soutènement grises entourées d'interminables rangées de matériel hospitalier recouvert de drap orange. César s'assit près de la fenêtre pour faire le plein d'ombre.

Contre le mur intérieur se pressait une table de ping-pong dont le filet semblait fait de bas nylon raboutés. Deux hommes jouaient aux cartes sur la table. Ils portaient des robes de chambre bleues et se tenaient debout.

Le seul autre signe de vie était un jeune couple dans l'autre coin. Ils portaient des habits de ville et étaient assis tellement enlacés qu'on aurait cru un corps à deux têtes. Les chiens de Dachau, songea César, en s'efforçant de les distinguer l'un de l'autre. La fille avait de longs cheveux noirs et parlait vite avec les mains ; le garçon, blond, n'arrêtait pas de hocher la tête.

Un homme entra dans la pièce et longea péniblement le bas-côté jusqu'aux fenêtres. Il sourit à César et s'affala à proximité. Un bloc de craie blanche à la place du visage, l'homme fléchit les doigts, de fins roseaux d'or et de peau de la même pâleur squelettique. Il parut sursauter quand César s'approcha de lui.

« Guère de soleil dans ce solarium, déclara César. Ils auraient aussi bien pu l'installer de l'autre côté.

— C'est l'ancienne cafétéria, expliqua l'homme. (Ses yeux étaient des têtes d'épingles chatoyantes dans une mer pâle.) Il y a un an environ qu'ils l'ont fermée parce qu'ils perdaient de l'argent. Maintenant il n'y a plus que des distributeurs automatiques, même pour le café.

— Ça fait longtemps que vous êtes là ?

— Par intermittence.

— Combien de temps cette fois ?

— Trois semaines, presque quatre. (L'homme regarda César.) Chimiothérapie et radiation. »

César opina et reprit sa contemplation de l'horizon plat. La vieillesse était difficile. Pourtant il devait avoir dans les cinquante ans. Difficile à dire sans les cheveux.

« Et vous ? interrogea l'homme. Une opération ?

— J'ai reçu une balle. (César prit quelques profondes inspirations pour s'éclaircir les idées.) Je suis dans la police, ajouta-t-il en manière d'explication.

— Ce doit être passionnant. »

L'homme malaxa ses doigts d'une main dans la paume de l'autre, poussant de toutes ses faibles forces. Ses bras se ployèrent comme des ailes, il les pressa l'une contre l'autre. L'effort parut à peine payant aux yeux de César.

« Des rhumatismes ? »

L'homme inversa la position de ses mains.

« J'ai une impression de raideur partout après une séance à l'étage.

— Il vous en reste encore combien ?

— C'était la dernière, répondit-il après un moment. Demain, je rentre pour de bon. »

Il y avait une justice après tout, se rappela César. Parfois les gens avaient une chance de s'en tirer.

« Alors vous avez gagné.

— Non, j'ai perdu. »

*
* *

« Ta mère était de Stuttgart », déclara Kussow avec douceur.

L'hôpital était un havre de silence, comme si la douleur s'était calmée et la mort partie en vacances.

« Une Juive allemande. »

Les infirmières se déplaçaient avec moins de bruit et les visiteurs aussi ; les patients essayaient de ne pas se plaindre. La France était un pays chrétien et souffrir en silence le jour du shabbat était une vertu chrétienne.

« J'ai vécu avec Elsa pendant douze ans. (Kussow réfléchissait, assis sur la chaise au chevet du lit.) Quand elle est morte, j'ai dit plus jamais ; et la semaine suivante je suis sorti et j'ai adopté Shinbeth. La vie continue. »

Il était raide sur son siège, la chemise blanche amidonnée et éclatante sous sa veste, les chaussures noires posées à plat sur le sol. Les ombres dans la chambre étaient inclinées et s'allongeaient. Sur ses genoux, il serrait une enveloppe.

« Je pense que tu devrais m'expliquer de nouveau ça, dit César d'une voix étranglée. De qui tu parles ?

— De toi, répondit Kussow d'une voix triste.

— Mais ma mère était française.

— Son nom de jeune fille était Dietrich », dit l'Allemand.

Il changea de position et une ombre se posa sur l'enveloppe.

Le premier réflexe de César avait été de le croire sénile, une crise brutale. Sauf que la sénilité ne venait pas par crises ; elle s'infiltrait, lentement. La démence ? Kussow ne divaguait pas. Il ne souriait même pas, ce n'était donc pas une blague. De toute façon, depuis quand les Allemands blaguaient-ils ?

« Elle était de Stuttgart. J'ai son acte de naissance ici. »

Il ouvrit l'enveloppe.

César déplia prudemment la feuille et fit un effort pour fixer son regard. Un bébé de sexe féminin... les parents, Magda et Stefan Dietrich... une fille appelée Sara... cheveux châtains, yeux bleus. Race : *Juden.*

« Nous sommes amis depuis longtemps, implora César. Si c'est un bobard, laisse tomber.

— Ça n'en est pas, lui assura Kussow.

— Alors quoi ?

— La vérité. »

Le père de César avait épousé Sara Dietrich à Stuttgart en 1934. Il y était allé pour rendre visite à des amis, avait rencontré Sara et était tombé amoureux. Le sentiment était partagé. Il repartit bientôt avec elle pour Strasbourg. Les deux villes sont proches et Sara Dreyfus retournait voir ses parents à l'occasion. En 1937, la mère de Sara avait succombé à un cancer ; l'année suivante, son père fut abattu par la Gestapo pour activités interdites aux Juifs. C'était un avocat de Stuttgart et la loi lui interdisait désormais d'exercer sa profession.

César ne savait rien de tout ça ; ses parents n'en avaient jamais parlé. Ses premières années avaient été bercées par l'amour de sa mère et de son père. Bien sûr qu'ils étaient français. Ne vivaient-ils pas en France ? Il avait donc naturellement supposé... et maintenant ?

« Quand as-tu appris ça ? demanda-t-il à Kussow d'une voix qui lui parut étrangement cassante.

— Seulement depuis que tu as commencé l'enquête sur Bock. Comme tu es juif, on a voulu voir ce qu'on pouvait trouver.

— On, c'est qui ?

— Le renseignement israélien. On m'a réclamé mon aide.

— Et l'extrait de naissance ? insista César.

— On a retrouvé une des plus vieilles amies de ta mère, qui habite toujours Strasbourg, une femme qu'elle avait rencontrée à Stuttgart. Le reste a été facile.

— Comment avez-vous fait pour retrouver cette femme ?

— À Strasbourg ? Écoute, chercher un Juif à Strasbourg c'est comme chercher une fleur au printemps. »

César ne comprenait pas.

« Pourquoi moi ?

— Tu es juif tout de même. On a besoin de toi.

— Ce "on", encore ?

— Les mêmes. Les Israéliens, les Juifs, nous. Toi.

— Et Bock ?

— Il est allemand, dit Kussow. En ce moment, il représente un danger pour les Juifs.

— J'essaie de l'arrêter.

— Tu essaies de le prendre. Les Israéliens l'arrêteront. »

Compte tenu des circonstances, César se trouva étonnamment calme. Il était quelqu'un d'autre en train d'écouter son ami discuter d'un meurtre.

« Pourquoi Bock est-il un danger ?

— Je n'en sais rien, soupira Kussow.

— Ou tu ne veux pas le dire.

— Tu vas nous aider ?

— Et laisser Bock s'en tirer ?

— Laisse-le recevoir ce qu'il mérite.

— Tu devrais me connaître mieux que ça. Œdipe, tu te rappelles ? Cherchant la vérité et rendu aveugle par la justice. Tu m'as toujours dit que tu me voyais comme ça.

— Ta femme aussi et regarde ce qui est arrivé. C'est fini.

— Tu veux dire "détruit".

— Je veux dire : aide-nous.

— Je ne peux pas, même si je le voulais. Bock a tué et c'est mon devoir de le conduire devant la loi pour qu'il soit condamné. C'est mon boulot.

— Je comprends, compatit Kussow, tu obéis seulement aux ordres, comme tout bon Allemand. »

Dans la chambre, l'obscurité avait repoussé la lumière plus près de la fenêtre et des ombres remplissaient l'espace vide. César se demanda s'il était normal qu'il reste aussi calme.

« Quelle était l'idée, en me disant tout ça ?

— Les Juifs allemands ont été les premières victimes de la folie meurtrière des nazis. Nous avons pensé que si tu savais que tu avais du sang allemand dans tes veines, tu accepterais plus volontiers de travailler avec nous.

— Je vais faire vérifier ça rapidement, tu le sais.

— Bien sûr. »

Hébété, César s'obligea à réfléchir.

« Bock est en Allemagne en ce moment. Que puis-je faire ?

— Au départ, Tel-Aviv voulait que tu arrêtes l'enquête. Mais maintenant nous avons besoin de ton aide.

— Génial. Comment ?

— Dis-nous où il est.

— Justement, je n'en sais rien.

— Quand tu le sauras. (Kussow hésita.) Bock est un professionnel, et toi aussi.

— Ce qui veut dire ?

— Nous avons besoin de toi pour le déloger. »

19

Il souffrait des péchés de sa mère.

César Dreyfus était devenu Dieter Bock.

Le péché de sa mère était sa religion.

« Tu es en partie allemand, lui avait dit Kussow. Mais tu es toujours juif. »

Ou peut-être était-ce seulement son pays.

« Qui suis-je ? » avait demandé l'enfant à ses parents.

Il voulait être comme tout le monde, mais plus il essayait, moins il y arrivait. Ces gens-là n'y arrivaient jamais, bien sûr.

« Un Juif français », avaient-ils dit.

Quelle différence entre un Juif français et un Juif allemand ?

« Je suis à moitié nazi », prévint-il Nicole quand elle entra dans sa chambre.

Le Juif français avait de la veine de gagner sa vie et le Juif allemand avait de la veine d'être en vie.

Nicole s'en balançait.

César avait un père français et il avait une mère allemande.

Les deux étaient morts.

*
* *

Le personnel hospitalier encombrait les couloirs, ce lundi matin. La plupart des employés étaient en blanc et ne se demandaient jamais de quoi ils auraient l'air en noir.

Pourquoi Bock représentait-il un danger pour les Juifs ? s'interrogeait César.

En Allemagne, Bock cherchait sûrement à récupérer le butin. Une fois qu'il se serait débarrassé du reste, il plongerait dans l'eau pour le remonter. Comme le Nibelung sortant du Rhin.

Les aides-soignantes apportaient le petit déjeuner. Les infirmières se hâtaient dans les couloirs avec des instruments argentés, l'air très affairé. En salle d'opération, des hommes masqués avec des yeux au laser découpaient la peau comme du papier pour libérer des organes qui hurlaient à la maltraitance.

César mangea ses céréales en regrettant de ne pas avoir de vin. Les grains lui rappelaient les animaux de la ferme, une partie de sa jeunesse.

Pourquoi Kussow refusait-il de lui dire ce que Bock savait ?

Dans la chambre voisine, un homme sortit sur un brancard, la poitrine et les jambes ligotées. Près des ascenseurs au milieu du hall, la réception bruissait d'une activité fébrile. Il y avait des téléphones qui sonnaient, il fallait répondre aux questions et aux patients qui cherchaient du réconfort.

Quand le docteur pointa sa mine réjouie, César lui dit qu'il avait fait son temps. Stool opina. Il partirait le lendemain matin. Est-ce qu'on n'était pas le

432

matin ? Demain matin. Maintenant ! Non ! J'aurai au moins essayé, dit César en haussant les épaules, et le docteur sourit.

« Vous devez être un bon inspecteur, avança-t-il.

— Qu'est-ce qui vous fait croire ça ?

— Toute votre expérience. On me dit que vous n'arrêtez pas, même ici.

— C'est le meilleur endroit, les hôpitaux. (César fit la grimace, il lâcha les mots.) La fosse d'aisance du meurtre. Un faux pas ici, une piqûre là. Qui le saura ?

— J'aurais fait un superdétective sans mon père, ressassa Stool avec nostalgie. Il voulait que je pense aux vivants plutôt qu'aux morts.

— Un homme futé.

— C'était idiot. Je vois plus de morts en un jour que vous en un mois.

— C'est un défi à relever.

— Quel défi ? ronchonna Stool. Je sais déjà qui les a tués. Tout est dans les manuels de médecine, coulé dans le béton. Pas pour vous en revanche. Vous ne savez jamais à l'avance. N'est-ce pas ?

— C'est faux. Il y a quelqu'un qui a tué une douzaine de personnes au cours de la dernière année… (César pouvait jurer que Stool le regardait avec envie.) Et je sais tout de lui, plus que quiconque.

— Qu'est-ce que vous allez faire ? » demanda Stool.

Fasciné, il raffolait des meurtres et des mutilations.

« Rien, soupira César en enfonçant l'hameçon. C'est comme vous dites : où est le plaisir si on sait déjà ?

— Vous allez le laisser filer ? »

Le docteur n'arrivait pas à y croire. César haussa les épaules.

« Quand il arrivera à deux douzaines, peut-être que je changerai d'avis. (Une pause, il ferra le poisson.)

Vous voyez ? Vous et moi, nous sommes pareils, après tout. »

La mâchoire de Stool s'ouvrit d'un coup.

« La mort n'a plus de mystère pour nous, lâcha César d'une voix monocorde. Seule la vie en a. »

*
* *

À 9 heures, l'agitation était retombée et les peignoirs circulaient de nouveau dans les couloirs. César ouvrit sa porte et passa par une porte vitrée qui sentait le pin. Il buta sur la réception dans le hall, où une infirmière lui reprocha, l'air sévère, de courir sur des sols qu'on venait d'encaustiquer. Et s'il avait gâché le travail en laissant des traces de pas ? Il n'était pas question qu'il recommence.

L'escalier se trouvait au bout du couloir, des marches en pierre avec des barres métalliques au bord pour éviter de glisser. César les escalada une à une, lentement, la main sur la rampe en métal. Il ne voulait pas leur faire de mal.

Le rez-de-chaussée était plein de gens qui attendaient. Même ceux qui se déplaçaient avaient l'air dans l'expectative.

Les Israéliens étaient-ils dans les starting-blocks ou déjà en piste ?

Il fit une fois le tour de l'entrée pour se repérer. Personne n'essaya de l'arrêter, bien que son peignoir lui attirât certains regards. En vêtements de ville, il aurait été invisible.

Les portes d'entrée n'arrêtaient pas de bouger ; de larges panneaux vitrés des deux côtés laissaient entrer la lumière dans le hall. César se posta derrière une des vitres et compta les taxis. Dehors, les gens passaient par groupes, souriant. Ceux qui marchaient seuls étaient perdus dans leurs pensées, le visage fermé.

Bock le nazi était responsable de la mort de millions de Juifs, y compris celle des parents de César. Maintenant les Juifs voulaient *sa* mort. Mais César avait été le premier sur sa piste. Pourquoi devrait-il abandonner ce qui le faisait avancer ?

Les Allemands étaient bons, les nazis étaient mauvais.

L'homme qui rentrait chez lui pour mourir avait vingt-neuf ans.

*
* *

Le téléphone vissé à l'oreille, César écouta Briand comme quelqu'un pouvait écouter la voix du destin. Avec crainte, presque incrédulité.

« La signature correspond parfaitement à la vôtre.

— C'est la mienne ?

— C'est bien ça. Chacune d'entre elles.

— Mais comment est-ce possible ?

— Chacune est une parfaite reproduction. »

César sentit la terre trembler.

« Trop parfaite.

— C'est quoi, trop parfaite ?

— Chaque lettre est exactement pareille.

— C'est mal ?

— C'est bien. »

Les tremblements ralentirent.

« Les gens ne signent jamais deux fois de la même façon, expliqua Briand. Pas exactement. »

César ne comprenait pas.

« Il y a toujours des variations infimes dans les

435

hampes ou les jambages. Un "t" n'est jamais barré deux fois de la même façon, ni l'espace occupé par un "l" ou un "d". Le trait à la fin des mots n'est jamais exactement identique. Ni la plupart des majuscules. Même l'espace entre les noms ou les initiales varie. Avoir deux signatures identiques dans la forme et l'espace, poursuivit Briand, est pratiquement impossible, une fois sur des milliards. Mais en avoir quatre, comme dans le cas présent sur ces lettres et ces cartes, eh bien… vous imaginez les chances.

— Ce sont les miennes, sans être les miennes.

— Les vôtres, oui, mais ce n'est pas vous qui avez signé.

— On les a copiées ?

— Décalquées. »

Les tremblements s'arrêtèrent.

César comprit les implications. Quelqu'un dans la Maison avait volé une lettre avec sa signature et l'avait envoyée à Zurich, ou l'avait vendue à un intermédiaire qui l'avait acheminée. Tobie Maton ? L'équipe de ménage ? Il avait procédé de la même façon pour se procurer les faux à Zurich. César refusa d'y penser. Des doigts criminels pénétraient à tous les niveaux de la police. Tout le monde savait ça.

« Inspecteur ? Je suis toujours en ligne.

— Je vous écoute.

— J'aimerais montrer ces échantillons à un collègue que consulte souvent la police. Il a beaucoup de poids dans les services.

— Vous êtes sûr, pour le décalquage ?

— Vous mettez en doute mes capacités ?

— Non, mais je doute de mon étoile.

— Quand les types de l'Inspection générale verront à quoi ils s'attaquent, ils plieront bagage.

— Pas des sangsues pareilles.

— ... Sauf s'ils veulent voir couler le sang. »

César reconnut que c'était une éventualité.

« Il y a quelqu'un derrière, comme vous dites.

— Quelqu'un les pousse, mais ne les force pas.

— Ils sont sous pression, avança Briand. Quelle différence ? Vous savez de quoi il s'agit ?

— Lundi, un Allemand du nom de Francke est venu de Munich et est descendu au Meurice. Il a laissé un numéro à l'hôtel où on pouvait le joindre, un numéro que je conservais au milieu d'une liste de problèmes. C'était celui de l'Inspection générale.

— Vous avez un Allemand à vos basques ? »

César se débattit un moment avec ses propres pensées. Rien ne changerait le fait qu'il avait du sang allemand dans les veines. Il avait déjà vérifié avec Strasbourg. Ça cadrait trop bien, comme le costume d'un bon tailleur allemand. Il avait toujours eu conscience de son côté rigide et obsessionnel ; c'étaient des aberrations manifestement secondaires dans son tempérament latin critique. Tant qu'il était un Juif français, il était complètement français.

« Je suis en partie allemand moi-même, dit-il. C'est une longue histoire.

— Au moins, vous n'êtes pas complètement allemand. »

*
* *

Durac passa faire son rapport sur Marie Pinay. Il tint d'abord à s'enquérir de la santé de l'inspecteur. Les hôpitaux étaient de vrais bouillons de culture.

« Entièrement d'accord, révéla César, mais cette

fois, je dirais que j'ai échappé au pire. Demain matin, retour au bureau.

— *Gott sei Dank*[1] !

— Vous parlez allemand ? s'étonna César qui prenait brusquement conscience de ces choses-là.

— J'ai grandi avec, avoua Durac. Mon père le parlait quand il était furieux contre ma mère, juste pour la vexer. Il savait qu'elle détestait ça, elle trouvait la langue trop gutturale. Elle répondait toujours en italien, ce qui agaçait encore plus mon père parce qu'il méprisait les Italiens.

— Alors comment vous avez appris le français ?

— Ils se bagarraient en français, au moins quand ça devenait sérieux. Se battre – Durac hocha la tête à ce souvenir – était leur récréation. Ça leur échauffait le sang et ça ne coûtait rien. Moi ? Je ne me bats pas. C'est trop italien, j'imagine. (Il éclata de rire.) Mais parfois l'allemand ressort, et c'est là que j'ai eu cette idée au sujet de Marie Pinay. Le suspect est de retour, à propos.

— Qu'est-ce qu'il dit ?

— Il prétend qu'il ne la connaissait pas, mais j'ai bien vu que quelque chose le travaillait. Je suis sûr qu'il a juste besoin d'un petit coup de pouce.

— Et votre idée ?

— Ce que je propose, c'est qu'on prenne une actrice pour jouer le rôle de Marie Pinay, qu'on la mette là où il peut la voir et peut-être qu'il va craquer. Je connais quelqu'un, enfin, c'est ma petite amie en fait... elle fait du théâtre. Elle jouerait très bien le rôle.

— Votre prénom, c'est Alphonse ? (César éprouvait de la sympathie pour Durac, qui lui rappelait celui

_____
1. « Dieu merci ! »

qu'il était quelques années plus tôt.) Vous disiez que l'idée vous était venue de l'allemand.

— C'est juste que mon père a eu une maîtresse pendant quelque temps quand j'avais quatorze ans, une ancienne actrice. Personne n'avait jamais entendu parler d'elle, j'imagine, mais on pouvait l'apercevoir dans *L'Ange bleu*. Une figurante, en fait. »

L'Ange bleu... César avait vu le film une douzaine de fois, avec Marlene Dietrich au sommet de son art dans le rôle principal. Quand César l'avait vue pour la première fois dans la version originale en allemand, il en était tombé amoureux et c'était pour la vie. Maintenant, il se rendait compte que cet amour aurait dû lui en dire davantage sur lui-même. Marlene Dietrich ! Le même nom, en plus. Peut-être que Catherine Deneuve n'était pas vraiment une femme pour lui. Mais Marlene alors ? César vit surgir dans son imagination des fantasmes comme il n'en avait jamais eu.

« Vous vous souvenez de Marlene Dietrich ?

— Je l'ai toujours adorée », avoua Alphonse.

*
* *

Dupin lui annonça qu'il avait été relevé de ses fonctions et assigné au travail de bureau à la Préfecture.

« Seulement jusqu'à ce que cette affaire soit bouclée.

— Ce n'est pas mon pognon », lui dit César.

Le commissaire divisionnaire trouvait que c'était une sage décision, qui donnait à tout le monde le temps d'y voir clair.

« Il n'est pas à moi, répéta-t-il.

— Bien sûr que non. Mais pouvez-vous le prouver ? »

Le code Napoléon : coupable tant qu'on n'a pas prouvé son innocence.

« Le temps peut faire des merveilles, assura Dupin.

— Il permet à Bock de jouer les filles de l'air.

— Il y aura d'autres Bock.

— Pas pour moi, soutint César.

— Vous ne pouvez rien y faire maintenant.

— Je peux démissionner. »

Le mot sonnait mal, c'était une solution extrême que César n'avait jamais envisagée.

« Vous ne pouvez pas démissionner (Dupin prit une profonde inspiration.) Puisque vous avez déjà été relevé de vos fonctions.

— Et si je refuse d'être relevé ?

— Dans ce cas vous pourriez être renvoyé.

— Dans ce cas, je démissionne.

— Démissionner est en soi un motif suffisant de renvoi.

— Mais je n'ai pas encore démissionné.

— Alors vous êtes relevé. »

*
* *

Il dormit jusqu'au dîner et ensuite, sortit ses vêtements de la penderie. C'était Clément qui les lui avait apportés, son costume marron avec le bouton manquant à la manche, une chemise blanche, son autre paire de chaussures noires, trop de choses. Les vêtements étaient une corvée, comme la nourriture. Presque aussi mauvais. Un piège, destiné à distraire l'attention.

Comme l'obscurité s'infiltrait dans la pièce, les vêtements sur la chaise prirent une forme grotesque. Un nain aux épaules carrées était debout, tenant une fleur blanche contre sa poitrine. Les pantalons étaient des tuyaux recourbés aux jointures. Ses pieds, il en avait quatre, n'avaient pas d'orteils.

*
* *

César enfila ses chaussures, emprunta le couloir, quitta l'étage et sortit de l'hôpital, exactement comme prévu. Personne ne l'arrêta. Il descendit l'escalier et traversa le hall d'entrée, son costume lui servant de laissez-passer. Au coin, il attendit qu'un taxi l'emporte à travers la ville jusqu'à Montparnasse, tandis qu'il se blindait à l'idée de la tâche à accomplir. Quand le chauffeur voulut parler, il trouva un passager muet peu disposé à prêter l'oreille. Un flic, c'est sûr. Il en avait les yeux.

Passé le cimetière, les rues devenaient plus résidentielles tandis que les boutiques et les bistrots de la petite couronne cédaient la place à des blocs d'escaliers de pierre. César salua au passage le capitaine Dreyfus dans sa tombe ; il espérait qu'il ne déshonorait pas le nom de la famille en poursuivant Bock, comme Kussow l'avait laissé entendre. La bouche amère, il n'avait pas encore fini de s'apitoyer sur lui-même quand ils s'arrêtèrent devant l'immeuble. Il régla rapidement la course et escalada les marches jusqu'aux doubles portes et la sonnette qu'il avait pressée autrefois, des années plus tôt. Peut-être n'y avait-il que quelques semaines de cela ?

Une cavalcade d'animaux s'offrit à son regard, des tableaux qui semblaient changer à son approche. Il y en avait au moins vingt sur le mur, par groupes de trois ou quatre, tous petits et délicatement encadrés d'ébène. Les surfaces miroitaient dans la lumière. À l'autre extrémité de la pièce, la lumière était aveuglante tandis que Jacqueline Volette accueillait César avec un sourire.

« L'art prismatique n'est pas pour tout le monde puisqu'il change sous vos yeux, souffla-t-elle. Tenez, cet étalon arabe, par exemple. Vous l'avez regardé de près ? (Elle décrocha le tableau.) Penché d'une certaine façon sous la lumière, c'est une guirlande de fleurs. D'une autre façon (elle inclina la miniature, la tenant adroitement entre ses paumes) cela devient un étalon. Un art original, dit-elle, rayonnante, et en plus, c'est beau.

— Apparemment, il ne faut pas se fier aux apparences, semble-t-il. (César regardait moins la miniature que Jacqueline.) Pas même avec les animaux.

— Surtout pas avec les animaux, inspecteur. (Elle retourna l'étalon dans sa stalle.) D'abord c'est un agneau, l'instant d'après c'est...

— Une lionne ? »

Jacqueline éclata de rire. « Un bouquet de roses. » Elle s'assit.

« En fait, l'art prismatique est une forme d'art arabe qui s'est développée à partir de l'interdit musulman sur la représentation humaine et animale. Comme les artistes n'avaient pas le droit de peindre des chevaux, ils les cachaient derrière des paysages et des natures mortes. Naturellement, ils en faisaient autant avec les gens. Ce qui prouve, je suppose, que pratiquement tout peut se cacher si on est assez malin.

— Même un cœur de tueur, observa César.

— Je suis ravie de voir que vous êtes sorti de l'hôpital. »

Sa main voltigea en signe de compassion.

César s'émerveilla de cette pensée attentionnée, qui laissait transparaître autre chose que de l'indifférence sous ses paupières baissées, le ton de sa voix et, toujours, son sourire engageant.

« Comment va Bock ? (Il se pencha en avant, tendu.) Ou devrais-je demander plutôt où est-il ?

— Je ne pourrais vraiment pas vous le dire, murmura-t-elle d'une voix mélodieuse.

— Toujours des mensonges ?

— Vous ai-je déjà menti ?

— Sans arrêt depuis le début, remarqua César, toujours affable. Je n'en attendais pas moins, remarquez. Comme vous étiez amants, Bock et vous, vous avez menti. Normal, tout le monde fait ça. Maintenant je n'en suis plus si sûr. À l'hôpital, j'ai eu tout mon temps pour réfléchir ; c'est super quand on n'a rien d'autre à faire. J'ai relu tous les rapports aussi, et j'ai parlé à des gens en Allemagne qui ont connu Bock il y a des années. J'ai beaucoup appris. Vous saviez, par exemple, que sa couleur préférée était le noir ? Ou qu'il voulait être pilote dans la *Luftwaffe* ? »

Jacqueline ne le savait pas.

« Enfin, comme je le disais, j'ai eu tout mon temps pour réfléchir et, en particulier, à la raison pour laquelle Bock a tué sa femme. La prime d'assurance n'était pas tellement élevée et il n'en avait pas vraiment besoin avec une telle demande dans sa spécialité. Si elle l'embêtait, il aurait pu simplement la plaquer comme la majorité des maris. La vérité est qu'il n'avait aucun mobile pour la tuer... à part une passion adultère. Une passion mutuelle avec quelqu'un qui faisait obstacle. Voilà votre mobile. Et un de vos mensonges. Bock et vous étiez amants avant la mort de votre demi-sœur et c'est pourquoi elle est passée par la fenêtre.

— Vous êtes idiot, dit Jacqueline en faisant la moue. Pourquoi ne pas être simplement partis si nous étions amants à l'époque ?

— Parce que Bock ne pouvait pas changer d'identité si vous étiez avec lui et que sa femme était toujours en vie, c'était trop risqué.

— Voyons, pourquoi l'aurait-il voulu ?

— Pour le jour où il récupérerait l'or.

— Quel or ?

— L'or du lac, répondit César. Il ne vous a pas parlé de ça ? »

Sur les murs, les bêtes aux champs paissaient paisiblement. En cet instant, plus que les plaines d'Afrique, la pièce débordait de ruse animale. César le sentait dans son œil de chasseur. Il voyait presque Bock tapi dans la pièce voisine, prêt à bondir. À moins qu'il ne fût caché dans une des peintures ? Jacqueline avait parlé d'art prismatique. César ne voyait que des tueurs à gage et la police secrète. Était-ce possible ? se demanda-t-il.

« Si je ne m'en suis pas aperçu plus tôt c'est, entre autres, à cause du prétendu cambriolage dans leur logement. On n'a pas pu trouver le voleur parce qu'il n'existait pas. Il n'y avait pas de cambrioleur (César sentit son cœur ralentir) à part vous. C'est vous qui avez volé les lunettes de votre sœur. Bock était avec sa femme à ce moment-là et vous étiez la seule personne proche de lui. (Cela aurait-il changé quelque chose si Jacqueline l'avait aimé, lui, ne serait-ce qu'un peu ? Quelque chose aurait-il plaidé en sa faveur ?) Quand vous disiez que votre sœur n'avait jamais eu de père et qu'il lui fallait donc un homme plus âgé, c'était de vous que vous parliez. Vous n'avez pas connu votre père, vous non plus. Vous aviez quoi ? Quatre ans quand il est mort ? Bock est devenu un père, un amant et tout le reste pour vous. Enfin, peut-être pas tout. (Il était en verre et sur le point de se briser.) Puisqu'il y avait des choses que vous seule pouviez faire.

— Je ne sais pas de quoi vous parlez.

— Alors écoutez-moi. (La détermination de César était en train de se fissurer.) Parce que je vais vous dire pourquoi Bock ne pouvait pas devenir un pilote de combat dans la *Luftwaffe*. C'est très simple, en fait. Si simple… (Il vit un soupçon de peur la gagner) que ça a transformé votre vie. (Il n'avait jamais remarqué à quel point elle avait un regard triste, voire tragique.) Bock ne prenait pas l'avion parce qu'il avait une phobie, la peur de l'altitude. Il ne pouvait pas dépasser le deuxième étage.

— Ils habitaient au quatrième !

— Ils y habitaient, certes, parce que le loyer était bon marché. (César avait un débit rapide maintenant.) Mais c'était à peine si Bock regardait par la fenêtre, il ne supportait pas de s'en approcher. Il y a des témoins qui jurent qu'il n'était pas capable de s'approcher de tout ce qui dépassait dix mètres d'altitude. Alors votre sœur…

— Quelqu'un l'a poussée, ajouta Jacqueline d'un ton farouche. Pourquoi aurait-elle sauté ?

— Elle n'a pas sauté.

— Alors vous reconnaissez qu'il l'a poussée.

— Dieter Bock n'a pas poussé votre demi-sœur par la fenêtre, répondit César, affligé. C'est vous. »

20

Certains faisaient tourner le service et d'autres le détournaient ; la plupart de ces derniers finissaient par se faire prendre.

Jobert était vieux et d'une maigreur à faire peur, son visage portait tous les stigmates de la méchanceté et son corps était un vrai sac à malice. Des grognements de plaisir semblaient sans cesse émaner de lui tandis qu'il marchait ou parlait. L'illusion de convivialité qu'il donnait lui était fort utile dans son travail. Il dirigeait l'Inspection générale de la police parisienne et ceux qui le prenaient pour un imbécile ne tardaient pas à déchanter. Tout le monde s'accordait à dire qu'il y avait quelque chose de morbide dans son dévouement au travail.

César avait accepté l'invitation du commissaire divisionnaire à le transporter de l'hôpital jusqu'à la Préfecture et Jobert était content. La circulation du mardi était habituellement difficile et, après tout, il y avait un fort lien entre eux. Tous deux étaient des officiers de police, des gradés qui faisaient partie de l'encadrement et les sujets de conversation ne manquaient pas. César se dit qu'il valait mieux ne pas refuser.

« Nous ne voulons surtout pas condamner un innocent », jura Jobert en dégoulinant de probité candide.

L'homme en tenue au volant n'arrêtait pas de lorgner dans le rétroviseur pour voir si Jobert l'observait.

« D'un autre côté, nous n'avons pas l'intention de vous laisser vous en tirer comme ça.

— Vous ne pouvez rien y faire, constata César.

— Il y a toujours quelque chose à faire. Toujours, martela Jobert avec conviction comme s'il avait besoin de convaincre César de sa sincérité. Nous pouvons vous faire ça.

— Me faire quoi ? »

Un feu rouge les retint et le chauffeur se pencha sur le volant, les yeux à l'affût. Sa main était crispée sur le levier de vitesses.

« Intéressante tactique. (Jobert contorsionna son corps davantage dans la direction de César, ce qui déclencha une série de grognements.) Notre travail ressemble beaucoup aux attaques et contre-attaques du jeu d'échecs, ou même à une manœuvre oblique. Vous avez choisi une manœuvre frontale. »

Le passage des vitesses annonça un démarrage en flèche. Ils s'arrachèrent au starting-gate en piquant un sprint jusqu'au prochain feu rouge, où la course devait reprendre.

« Avais-je vraiment le choix ? demanda César.

— Non. »

De nouveau dans la circulation, le chauffeur slaloma en douceur entre les files pleines de traînards récalcitrants et de cinglés bons à enfermer.

« Dans cette manœuvre frontale, vous êtes apparemment sûr de l'emporter, constata Jobert. Vos signatures ont été visiblement décalquées de sorte que vous n'êtes pas responsable légalement. Nous le voyons autrement.

Votre première signature était réelle, et vous en avez conservé un exemplaire. Le reste a été reproduit par vous en vous servant de votre original.

— J'aurais falsifié ma propre signature ?

— Tout juste », approuva Jobert.

Le corps de César fit une embardée avec la voiture. Jobert avait-il toujours été fêlé ?

« Et pourquoi aurais-je fait ça ? demanda-t-il.

— Précisément pour cette raison-là, pavoisa Jobert, triomphant. Si vous étiez pris, vous pourriez prétendre que c'était un faux.

— Vous voulez dire que le fait que j'affirme qu'il s'agit d'un faux prouve que je suis le falsificateur ?

— Sinon comment auriez-vous les documents originaux ? insista Jobert avec une logique imparable. À moins d'avoir tout planifié vous-même.

— Mais je vous les ai remis.

— Et nous vous savons gré de l'honnêteté dont vous avez fait preuve en nous remettant les pièces, assura Jobert à son auditeur médusé. Mais cela prouve simplement votre culpabilité. »

César sentit une brusque envie de tuer. Il y avait longtemps qu'il soupçonnait l'Inspection générale d'utiliser des humanoïdes originaires d'autres planètes. S'il ouvrait le crâne de Jobert, il savait qu'il y trouverait les mêmes puces et les mêmes diodes en silicone que dans n'importe quel ordinateur.

« Vous pouvez affirmer que vous êtes innocent concernant ce faux, mais de ce fait, vous êtes coupable d'être en possession de biens volés, l'avertit Jobert. Bien entendu, ce sont sans doute vos propres lettres, donc théoriquement elles sont votre propre bien et n'ont donc pas été volées… si ces faux sont de vous. Mais si vous n'êtes pas l'auteur de ces faux, ils ne sont probablement pas légalement à vous et, de ce fait, ont été volés. Cela vous met dans une situation précaire, vous ne le comprenez pas ? »

La Peugeot dépassa la place de la République, se rapprochant du cœur de la ville. Devant eux se trouvaient les boulevards légendaires et les galeries, le Paris des touristes avec la Cité au centre et dessus, le vaste et lugubre bâtiment qui abritait la préfecture de police.

« Génial, vous me croyez donc coupable, remarqua César.

— Absolument pas. »

Derrière la voiture, le soleil continuait de monter. La carrosserie métallisée se mit brusquement à étinceler comme l'or.

Quand ils parvinrent sur le boulevard Sébastopol, César poussa un soupir de soulagement. La route était droite jusqu'à la maison. Il serait ravi d'être de retour, même s'il était relevé de ses fonctions et entouré de cinglés. Bientôt il rentrerait chez lui, le seul chez-lui qu'il connût. Il commençait déjà à se sentir mieux.

« Nous ne voulons pas d'ennuis avec votre peuple. »

Jobert se tortilla sur son siège en piaillant de satisfaction.

« Quel peuple ?

— Les Juifs, bien sûr.

— Je ne connais pas de Juifs.

— Les Israéliens semblent vous connaître, eux. Nous aimerions savoir comment. »

Des gens buvaient un café en prenant leur petit déjeuner aux tables des terrasses ; d'autres mangeaient seulement, avec une faim éternelle dans le regard. Les serveurs qui déambulaient dans les allées étaient rapides et arboraient un air grave, s'entraînant avant la saison touristique. Devant se trouvait la place du Châtelet et la voie d'accès à l'île de la Cité.

« Pourquoi croyez-vous que les Israéliens s'intéressent à moi ? demanda César.

— Nous pensons que cela tient à l'affaire Bock, dit Jobert. Vous pourriez leur vendre des renseignements, ou même travailler pour eux.

— Je croyais que le compte en banque venait de Bock lui-même.

— C'est encore une possibilité.

— Laquelle est en perte de vitesse, si je comprends bien. Que dit Francke ?

— Que savez-vous au sujet de Francke ?

— Je sais qu'il est la source anonyme pour Zurich et celui qui vous met la pression pour que vous m'éliminiez.

— La pression crée seulement l'activité, grogna Jobert. Nous nous en tenons strictement aux preuves.

— Qu'est-ce que ça donne ?

— Que vous travaillez pour les Juifs. Peut-être même pour les Allemands.

— Quels Allemands ?

— Nous n'en savons rien. C'est le cas ? interrogea Jobert.

— Pas que je sache.

— Là, vous voyez ? Vous reconnaissez que vous pourriez enfreindre la loi française qui interdit expressément aux fonctionnaires de travailler pour une puissance étrangère.

— J'admets que c'est possible. (César se demanda s'il comprendrait jamais la mentalité des services spéciaux.) Si vous admettez que vous n'avez pas de quoi entreprendre une procédure administrative.

— Nous trouverons de toute façon. »

Le silence les accompagna sur le dernier tronçon du Sébasto, pendant qu'ils dépassaient les magasins et les étals de bouquinistes avant d'entrer dans les locaux de la préfecture en face du Palais de Justice.

« Je suis heureux que nous ayons eu cette petite conversation, observa Jobert pendant que la Peugeot tournait dans la cour de la police. Ça aide toujours d'entendre un point de vue nouveau dans ce genre d'affaire. Si vous travaillez pour des agents étrangers, vous devez nous dire ce qu'ils veulent. Si vous ne travaillez pas pour des agents étrangers, vous devez nous dire ce qu'ils veulent puisqu'ils travaillent manifestement avec vous. Nous prenons la pression de Francke comme une manœuvre de diversion pour distraire notre attention.

— Vous voulez dire que quand il fait pression pour m'écarter, cela prouve qu'on travaille ensemble ?

— Comment se pourrait-il que vous le connaissiez si vous n'êtes pas impliqué ?

— Mais il veut ma ruine ! s'écria César d'une voix perçante.

— Il sait bien que nous n'accepterons jamais ça.

— Alors vous arrêtez les poursuites ?

— Pas question, si j'ai mon mot à dire. »

*
* *

La matinée passa si vite pour César qu'il oublia de déjeuner et sauta sa sieste de récupération. Son vieux bureau fatigué était une joie, son fauteuil, un enchantement, le divan, un soulagement. Il décida de profiter de cette sensation tant qu'elle durerait. Il arpentait son étage, parcourait les livres sur ses étagères, traînait dans son bureau. C'était magnifique.

Malheureusement, le reste de sa vie était affreux.

Il était un Juif qui avait été un petit Français ayant grandi dans la haine des Allemands. Il était un homme obsédé par une femme qui avait tué. Il était un chasseur à la poursuite d'une proie que personne ne voulait qu'il attrape. Il était un gradé privé de ses fonctions. Il se sentait seul.

Avait-il aussi des problèmes ?

César, qui était un vrai croyant la moitié du temps, savait que la réponse se situait entre les deux. Peut-être que l'Allemand mettrait du temps, que son obsession disparaîtrait, peut-être même que la chasse se poursuivrait et qu'il serait rétabli dans ses fonctions. Sans doute se sentirait-il toujours seul.

Mais comme disait Kussow, la vie continue. Ou Dupin, qui disait que les choses allaient se calmer. Ou son coiffeur, qui lui disait de ne pas se faire de cheveux.

Personne ne disait qu'il ne pouvait pas se servir du téléphone.

Il y passa la matinée. En Allemagne, il parla avec la police munichoise. Une pièce avait été réservée au Vier Jahreszeiten pour le 7 mai de 13 heures à 17 heures. C'est exact, demain. Louée par Oberst-Haupt. César cracha le morceau. Dans cette pièce allait se trouver un homme recherché par la police française pour une demi-douzaine de meurtres. Oui, un ressortissant allemand. Il s'appelait Dieter Bock, mais il se présenterait sous un autre nom, une autre identité.

César leur donna la description de Bock, mais sans évoquer son passé SS. Munich voulait bien arrêter des tueurs, mais ils n'avaient rien à faire de nazis. Brusquement, il comprit, étant un peu allemand lui-même. C'était une terrible méprise. Les Allemands ne voulaient faire la guerre avec personne. N'avaient-ils pas dissous la Wehrmacht ?

La Suisse ne se montra pas d'un grand secours. Les sommes versées chaque mois sur son compte en banque provenaient d'un compte de retrait financé par Ander Dunant. Une transaction normale, comme on le lui précisa. Il était supposé envoyer le liquide à Dunant qui le déposait sur son propre compte et créditait le montant sur celui de César. Ça se faisait tout le temps à Zurich, où des sommes libellées en dizaines de devises affluaient dans les grosses banques par des intermédiaires, lesquels étaient toujours des ressortissants suisses. Il suffisait pour cela de fausses procurations de la part de César et de sa signature sur des formulaires. Des groupes clandestins conservaient souvent ces comptes à disposition en attendant d'en avoir besoin en vue d'un chantage ou d'une dénonciation. Cette fois, il avait eu de la veine. Peut-être.

Pouvait-on lui indiquer les dates de dépôt ? Pour comparer avec celles de Dunant.

Non, pas sans autorisation.

L'autorisation de qui ?

La sienne.

Il la donnait.

Ils ne pouvaient l'accepter.

Pourquoi ?

On ne donnait jamais ce genre de renseignements par téléphone.

Alors pourquoi voulaient-ils son autorisation ?

Pour lui dire qu'ils ne donnaient jamais ces renseignements.

César raccrocha. Même s'il finissait par devenir complètement allemand, jamais il ne comprendrait les Suisses.

Dupin s'arrêta pour lui confier des tâches administratives sans conséquence. Apparemment, l'ordre le relevant de ses fonctions était simplement destiné à mettre sa hiérarchie à l'abri de toute responsabilité. César était officiellement dans les limbes, un chasseur sans filet de protection. Comme sa proie. Pire, Bock avait encore une ombre que César devait étoffer. C'était la manière d'agir de sa proie, mais qui était derrière ? Qui était le patron de Francke ?

Clément n'en savait rien. Ou plutôt il en savait trop. Trop de chefs chapeautaient Francke. Oberst-Haupt était dirigé par des nains suisses qui répondaient au nom de Kaiser Systems, une société autrichienne avec des patrons partout. Kaiser était dirigé par un consortium bancaire allemand appelé Goethe avec une liste de sept patrons. Alors qui savait où s'arrêtait le franc ?

« Nous avons entendu parler de Goethe. (Le regard de César survola les noms de Clément.) Tenez, le voilà, c'est lui, Hans Weber. Le chef des opérations et pourtant, il ne figure pas sur la liste du SDECE. (Ni Francke non plus, qui avait un passé nazi, mais n'était pas un gros financier.) Pourtant... (S'ils ne pouvaient passer en revue chacun des chefs, pourquoi ne pas aller directement au top ?) Vérifions ces sept-là, juste pour garder la main. Commencez par Weber. (Il rendit la liste à Clément.) Nous traquons un ancien des SS, de préférence de l'état-major d'Himmler ou du moins rattaché au quartier général à Berlin.

— Pourquoi un financier ? s'enquit Clément.

— Son boulot était le trafic de l'or. Du trafic contre de l'or, peut-être même le volait-il. Il en connaît un rayon sur les questions monétaires. Une fois qu'on sait ça... (Pour la première fois depuis des semaines,

César se sentit en veine.) Une fois qu'on sait ça, on ne retourne pas vendre des godasses.

— Imaginez qu'il ne soit pas sur cette liste.

— Alors il sera sur la suivante.

— Mais imaginez qu'il n'y soit pas ? »

Brusquement, la chance de César tourna. Et si ce nom ne figurait nulle part ? Peut-être qu'un ami avait filé ce boulot à Francke.

César quitta le bureau un pas derrière Clément. Nerveux, il comptait traverser à pied les trente-deux ponts qui enjambaient la Seine.

« Sous la pluie ?

— Il pleut seulement à l'extérieur », répondit César mystérieusement.

Clément secoua la tête en espérant que son chef n'allait pas devenir lourd maintenant qu'il prétendait être à moitié allemand. Ce devait être l'affaire Bock ; il essayait de s'identifier avec son gibier. Clément savait que ça ne marcherait pas. On peut toujours foutre une grenouille dans le cul d'un rat, elle continuera de coasser.

*
* *

Ils se promenaient dans la volière, où des volatiles de toutes espèces volaient librement. Le directeur des opérations, qui, enfant, avait vendu des pinsons couverts de peinture dorée en les faisant passer pour des canaris, gardait le parapluie ouvert.

« Les Juifs, dites-vous. »

Le directeur hocha la tête.

« Les Israéliens, en fait.

— Qu'est-ce qu'ils lui veulent à Dreyfus ?

456

— Les Juifs se serrent les coudes, ils ont ça dans le sang.

— Vraiment ? (Le directeur opérationnel ferma un œil, observant sa proie.) Je n'en sais rien. »

Les deux hommes jurèrent tout bas contre ces gamins déchaînés.

« Quel endroit épouvantable.

— Trop d'oiseaux. »

Il ramassa un grand héron bleu.

« Ce pourrait être l'affaire Bock.

— Pardon ?

— Les Juifs. Ils pourraient se servir de Dreyfus pour les conduire jusqu'à Bock.

— C'est possible, en effet.

— S'il le fait... (Le directeur trouva préférable de ne pas évoquer la question de l'or.) Cela pourrait nous mettre à dos le gouvernement de Bonn.

— Pas sûr, dit l'amateur d'oiseaux. Dreyfus n'est-il pas censé être un demi-Boche lui-même désormais ?

— Sa mère, à vrai dire.

— Seulement sa mère ? »

Il y avait dans la voix un poil de déception.

« C'est pourquoi on ne trouve pas trace de ce sang allemand dans son dossier. Si ça s'était su il y a dix-huit ans...

— Non seulement un Juif, déclara le directeur opérationnel sans émotion, mais aussi un Allemand. (Il visa un autre oiseau avec un grain.) Et quoi d'autre ? »

Quelque chose le frappa.

« La lignée paternelle remonte apparemment sur des générations. Une branche liée à la famille du capitaine Dreyfus, à propos. Celui de l'île du Diable.

— Ce Dreyfus-*là* ?

— Lui-même.

— Et sa mère est allemande ? (Le directeur opérationnel soupira.) Comme la vie est étrange.

— Vous trouvez ?

— Parfois. »

Il regarda sautiller une spatule.

« Vous saviez qu'un officier allemand a gardé le silence depuis le début sur des informations qui auraient innocenté le capitaine Dreyfus ?

— Et finalement ?

— Il n'a jamais parlé. »

Le directeur sourit.

« On me dit que notre Dreyfus déteste les Allemands.

— Un vrai Français, convint le directeur des opérations avec enthousiasme. Pour un Juif, s'entend. »

Ils parvinrent à l'extrémité de la volière.

« Je suis prêt à remettre ça.

— Ah oui ? Les hirondelles, je suppose.

— Il y a quelques colverts que j'ai ratés aussi. Et pour vous ? »

*
* *

Le soir arriva, les gens passaient, et César s'effondra. Il n'était pas encore prêt à retourner dans le monde. Il n'avait traversé que sept ponts sur la Seine, mais beaucoup réfléchi dans les cafés. C'était peut-être trop tard pour coincer Bock. Si la police de Munich ne l'arrêtait pas dans cet hôtel, l'oiseau s'envolerait. On ne pouvait pas faire surveiller tous les lacs autrichiens. César pensa à l'or qui dormait au fond de l'eau. Qui le croirait sans preuve ?

Quittant son bureau après deux heures sur le divan,

il apprit qu'on avait retrouvé le corps de Martel à Neuilly. Tué d'une balle derrière la tête. César comprit. En éliminant Junot, Martel était devenu un boulet. Ambitieux, il avait trempé dans une combine de trop ; cela dit, ça avait failli marcher. Les paroles les plus tristes du monde. César espérait qu'on n'en dirait pas autant pour Bock et pour lui.

*
* *

Elle l'attendait dans la pièce obscure, debout près de la porte, les cheveux parfumés.

« Je suis ton cadeau de retour », promit Nicole.

Elle l'embrassa et son corps s'ouvrit sous les doigts de César. Il garda les yeux fermés, ne voulant pas la voir, sachant qu'il verrait Jacqueline Volette. L'esprit vous joue de ces tours, se dit-il. Il n'était plus obsédé. Ce qu'il lui fallait maintenant, c'était quelqu'un qui avait besoin de lui. Il ouvrit les yeux et vit Jacqueline.

« L'or, souffla-t-elle à son oreille. Et nous aurons tout ce que nous voudrons. »

Il était un ruban de lumière. L'infrarouge le réchauffa par radiation thermique, l'ultraviolet l'apaisa avec des ondes courtes. Intense et réfléchissant, il sourit à chaque objet qu'il rencontra, chassant l'obscurité partout où il passa. Mais chaque fois qu'il tendait le bras vers elle, elle avait disparu.

Le matin, il se trouva enroulé dans les draps, ayant dormi comme un mort. Nicole lui fit un sourire radieux. Le petit déjeuner au lit céda la place à ce qui devait suivre à cette heure du jour. Un peu perdu, il l'embrassa.

Dupin fut le premier à savoir la nouvelle et il l'attendait. L'Inspection générale avait mis au rancart les poursuites disciplinaires.

« Jobert ?

— Il n'aime pas perdre. Il dit que ça lui donne la migraine. (Dupin était presque jovial.) Vous allez bien ?

— Non. »

Il n'avait pas passé de nuit entière avec une femme depuis son mariage. Une nuit agitée, pleine de fantasmes. Les problèmes lui sortaient par tous les pores.

« Vous n'êtes plus démis de vos fonctions.

— Dans ce cas, je ne vais peut-être pas démissionner. »

Des bruits provenant du couloir grossirent et passèrent. Le matin était toujours le moment le plus occupé à la Criminelle. Il fallait laver le sang de la nuit passée.

« Bock est à vous. (Le commissaire divisionnaire aimait les sorties théâtrales.) À moins que vous n'ayez une meilleure proposition. »

Quand Alphonse l'appela avec les résultats de leur petite improvisation, César avait englouti un litre de café.

« Impossible de vous joindre hier soir, signala Alphonse. Bref, notre poisson a mordu. J'ai fait en sorte qu'il voie Marie Pinay de près. Elle était parfaite. Le suspect s'est enfui dans un bar et elle t'a suivi, sans rien dire ni même regarder de son côté. En un instant, il lui hurlait dessus, et c'est là que nous sommes entrés.

— Quelque chose de bon ?

— Tout sauf des aveux.

— On aura ça.

— Notre plan a marché comme sur des roulettes. »

C'était se montrer bon prince, pensa César. Cela

avait été une idée de Durac et tout avait bien fonctionné. Ce type était trop bon pour moisir à la Sûreté.

« On va déjeuner ? » demanda-t-il.

Ils iraient quelque part, n'importe où. Alphonse n'accordait pas d'intérêt à la nourriture donc cela lui était égal. César savait qu'il avait trouvé son homme.

*
* *

« On s'est fait rouler, reconnut le représentant du Mossad, outré. C'est clair, maintenant, après toutes ces années.

— Le nazi ?

— Exact. »

Kussow ferma les yeux devant la vérité, espérant la voir disparaître. Il n'en fut rien, bien sûr. Son invité ne disparut pas non plus.

« Ce qui était une bénédiction risque de se transformer en cauchemar si on ne fait rien.

— Mais il y a trente ans, l'or…

— Vingt-neuf, pour être précis. Encore que ça ne change plus rien si le nazi se met à parler.

— Alors fais en sorte qu'il ne parle pas.

— Pour ça, le plus tôt sera le mieux… »

Il avait été envoyé de Tel-Aviv pour informer Kussow du danger, sur le plan politique et probablement même personnel. Un piège avait été tendu pour les Juifs peu après la guerre et il était prêt à sauter maintenant.

« … et nous devons donc te demander de faire une chose que tu t'étais juré de ne pas faire. Cela va impliquer aussi ton ami l'inspecteur Dreyfus.

— César ?

— A-t-il déjà tué un homme ? »

Kussow s'esclaffa.

« Il m'a dit qu'il voulait traîner Bock devant les tribunaux.

— Bock seulement ? Alors il nous reste une chance. »

*
* *

« Deux noms, en fait. (Le membre du ministère tendit une feuille à César.) On nous avait refusé de les communiquer jusque-là.

— Refusé par qui ?

— Le SDECE, au départ. Tous deux ont apporté une aide politique à Bordier et il ne trouvait pas souhaitable de les mettre dans l'embarras. »

Jules fit entendre un soupir d'impatience.

« Le ministère a appuyé la démarche.

— Ce qui veut dire que ça fait un certain temps que vous avez ces noms, vous aussi.

— Nous étions au courant, oui.

— Pourquoi ?

— Pourquoi pas ? coupa sèchement Jules. Ils sont tous les deux d'Allemagne de l'Ouest, des hommes de pouvoir, des partisans fidèles du gouvernement en place. Et je pourrais ajouter de la politique de notre propre président. Naturellement, nous avons cherché à les protéger.

— Et maintenant ? demanda César.

— Maintenant il semble qu'il soit question d'or… »

L'histoire disait que l'oiseau de paradis rendait visite à chaque personne une fois seulement. Si vous n'étiez pas chez vous, il laissait une plume de sa queue et c'est tout. Si le vent emportait la plume, vous n'aviez rien. Mais il vous restait l'espoir de recevoir un jour la visite de l'oiseau de paradis.

César jeta un œil sur la feuille de données concernant deux financiers ouest-allemands dont le passé nazi avait été mis au jour par le SDECE. Le premier avait été un vice-consul des Affaires étrangères sous Ribbentrop, devenu à présent un des principaux banquiers de Düsseldorf. L'autre était un commandant SS en mission spéciale auprès d'Himmler – le cœur de César s'arrêta de battre – qui présidait maintenant un groupement de financiers de Francfort. C'était Goethe Associates.

Goethe – César s'attaqua au dossier de Bock pour le rapport, le tint dans ses mains qui tremblaient – possédait Kaiser Systems qui possédait Oberst-Haupt qui possédait Otto Francke qui était assis à la droite de Dieu qui possédait tout.

César s'affala dans son fauteuil, le regard dans le vide qui voyait le tableau d'affichage qui n'était plus là. Les fléchettes de Ménard avaient disparu, elles aussi. De même que Ménard. Ils avaient fait un bon bout de chemin ensemble, tous les deux, pas autant que Tobie et lui, mais quand même. Quand votre coéquipier se faisait tuer, se souvint César, vous étiez censé faire quelque chose.

Il composa le numéro de Clément, lui dit d'oublier le reste concernant Goethe. Il savait déjà lequel c'était. Le chef de Francke, l'associé de Bock, celui qui avait recruté en définitive Kayser, qui avait monté le coup contre César, le nazi qui planquait l'or, l'officier SS de l'entourage d'Himmler, le cerveau derrière le complot et le financier qui possédait une toile d'Hitler. Ils étaient tous un seul et même homme.

« Qui ? s'enquit Clément.

— Qui d'autre ? »

*

* *

Athéna, la déesse de la Sagesse, était censée avoir surgi de la tête de Zeus comme une pensée totalement formée. Pour Hans Weber, à la place d'Athéna, c'était l'argent.

Cet Allemand savait comment en gagner, et comment le planquer. Chez les SS, il était un spécialiste des trafics financiers ; la fiche de renseignements du SDECE mentionnait aussi qu'il avait fait du trafic d'or et de métaux précieux pour les nazis. Après la guerre, Weber s'était spécialisé dans le financement industriel à partir de fonds provenant de sources confidentielles. Les notes de Clément indiquaient qu'il avait racheté des sociétés dans une douzaine de secteurs industriels différents, éliminé les concurrents, créé des cartels. C'était l'âge d'or pour les hommes sans pitié disposant de capitaux illimités. L'Allemagne se reconstruisait grâce au plan Marshall et les occasions étaient infinies pour des bâtisseurs d'empires comme Weber. Ses sociétés étaient à la tête de milliards de deutschemarks, d'après les contacts de César à Bonn.

« L'industrie ouest-allemande, expliqua l'un d'eux, s'étend au montage financier par des groupes d'investisseurs. Goethe est l'un des plus gros. Francfort, par exemple, lui doit une bonne partie de sa reprise. De même que certains hommes politiques.

— Quel est leur véritable pouvoir ? s'enquit César.

— Willy Brandt a été un de leurs grands favoris et regardez ce qui lui est arrivé. Ou il y a dix ans avec les missiles destinés à l'Égypte de Nasser ? Ils ont froncé les sourcils et l'argent s'est tari du jour au lendemain.

— Un accord avec les Israéliens ?

— C'était sans doute mauvais pour les affaires. Les deux pays avaient beaucoup d'accords commerciaux.

— Et pour Weber lui-même ?

— Il connaît tout le monde, il peut obtenir un tas de services. Le reste, il peut l'acheter.

— À ce point ?

— Assez pour ça.

— Tout ça provenant des SS, fulmina César. Ce type a une veine du diable.

— Avec un peu d'aide de sa part aussi.

— Du diable ?

— Heinrich Müller était son oncle. »

Quand Clément arriva, César était à la fenêtre, le regard perdu dans le vide. Toussotant pour attirer son attention, l'enquêteur traîna les pieds jusqu'au divan.

« Le chocolat est la pire des drogues, déclara Clément d'un air sombre. Ils ont ce toxico d'un mètre soixante à la brigade de la répression des vols qui est passé par une dizaine de boutiques de friandises. Il jure qu'il faisait un mètre quatre-vingt-dix mais que le chocolat l'a fait rétrécir.

— Il risque une crise de folie passagère.

— Ou plutôt définitive, d'après moi.

— Et Weber ? s'enquit César.

— Il est en Allemagne pour le moment. Il possède un château près de Wiesbaden et une demi-douzaine d'autres maisons disséminées dans le pays. (Clément était soulagé de voir son patron de nouveau aux commandes.) Comment a-t-il entendu parler de vous ?

— Bordier ! lâcha César.

— Mais pourquoi ?

— La politique, fit César, grinçant. (Il avait trouvé des fils d'or qui conduisaient à des financiers allemands avec un passé nazi et du pouvoir dans le présent.) À quoi servirait la DST, sinon ?

— Alors le compte en banque, c'était Weber.

— La pression sur l'Inspection générale aussi. » Clément était impressionné.

« Vous avez dû lui donner des migraines.

— Pas moi, répliqua César en plongeant la main dans son blouson. S'il avait un peu de jugeote, il penserait à Bock. »

*
* *

Au musée Marmottan, ils trouvèrent des salles remplies de Monet, mais pas un seul Lelouch. Pas un seul qui lui ressemblât.

« Des nénuphars », ricana Clément qui n'aimait pas les impressionnistes.

Le trop-plein de lumière lui faisait mal aux yeux, disait-il. César, plus éclectique, avait un penchant pour tout ce qui était à proximité.

« Il n'a pas l'air d'un peintre. (Il s'arrêta devant un portrait de Monet par Renoir.) Les yeux sont trop petits.

— On dirait plutôt un obsédé sexuel. »

Pour Clément, tous les artistes étaient des dégénérés. Sa jeune sœur était sortie une fois avec un artiste qui l'avait peinte nue après qu'ils avaient couché. Un nu !

Dans le parc proche, ils parcoururent le lac inférieur où Lelouch passait souvent son jour de congé après avoir regardé ses peintures préférées. Le week-end, la moitié de Paris venait au bois de Boulogne, à une station de métro de là. Un père pouvait emmener sa progéniture, l'installer sur l'herbe pendant qu'il frayait avec la nature, ou avec une autre femme. Les mères lisaient ou bavardaient, voire observaient les mâles musclés qui ramaient dans des barques avec de fragiles jeunes filles qui bougeaient à peine. C'était très pastoral et le crime semblait très loin. César décrivit Lelouch à un marchand ambulant.

« Qu'est-ce qu'il a fait ? »

Le marchand s'essuya le nez avec une serviette en papier.

« Rien.

— Vous le cherchez et il n'a rien fait ? C'est bien digne du gouvernement ça.

— Vous l'avez vu aujourd'hui ? »

César se demanda pourquoi il se donnait cette peine.

« Je suis communiste. (Le marchand regarda César en coin.) Ça fera trente-cinq ans, non, trente-six, en octobre que je suis au Parti, depuis qu'Hitler a commencé. Vous vous rappelez, Hitler ? Le gouvernement lui a vendu mon pays, c'est juste. Et seuls les communistes ont eu le courage de le récupérer. On a sauvé Paris, vous savez ça ? »

Il montra à César sa cicatrice sur le bras.

« Une belle blessure.

— J'ai eu de la veine. Je l'ai eue à un kilomètre d'ici en combattant les nazis. Ils voulaient faire sauter la ville. Vous imaginez ! Faire sauter Paris ! »

César observa le marchand, un vrai patriote ou un cinglé. Les bois en étaient pleins à cette époque de l'année.

« J'ai lu ça. »

Il secoua la tête. Imaginez, un communiste vendant des hot-dogs.

« Alors vous en voulez ?

— Vous l'avez vu ?

— Qui ? »

Ils trouvèrent Lelouch assis sur un banc et qui les regardait en train de le chercher.

« Pourquoi vous ne nous avez pas appelés ? demanda César.

— L'air est un élastique », annonça Lelouch, mystérieux.

César s'assit avec lassitude, peu habitué au grand air.

« Que savez-vous sur le chocolat ? »

Il se pencha pour tirer sur ses lacets.

« Un tueur, déclara Lelouch.

— Comment ça ?

— Il y avait cet homme politique en Suisse. Il a tiré cinq balles sur le maire de la ville et ensuite il a déclaré une intoxication au chocolat, il a dit qu'il s'était gavé de chocolat jusqu'à ce qu'il ne sache plus ce qu'il faisait.

— Il a tué quelqu'un parce qu'il avait bouffé trop de chocolat ? »

Clément n'en croyait pas ses oreilles.

« À quoi il a été condamné ?

— Trois ans et une lettre de remerciement des chocolatiers suisses pour la publicité gratuite. »

César retira ses chaussures et pressa ses orteils.

« Et pour Heinrich Müller ?

— Un autre tueur ?

— Quoi d'autre ? »

Lelouch haussa les épaules.

« Ils traversent le pays comme le vent. Qui voit le vent ?

— Quelqu'un a vu Müller.

— Quand ?

— Il y a trente ans.

— Il a disparu le lendemain, confia Lelouch. Le bruit a couru qu'il était allé trouver les Russes parce qu'il admirait tellement leurs services secrets. Mais il croyait avant tout en l'Amérique du Sud, vers laquelle il a contribué à monter un réseau d'évasion pour les SS. Dans les années soixante, il est censé être rentré avec un nouveau nom.

— Rentré où ?

— En Bavière.

— On ne l'a pas recherché ?

— Ça intéressait qui ? (Lelouch ricana.) Il était seulement le chef suprême de la Gestapo sous les nazis et le boss de Klaus Barbie et celui d'Adolf Eichmann. Juste le plus grand tueur nazi encore en vie. Douze millions de morts ! Pas de quoi s'exciter. Staline a tué plus que ça et personne ne l'a poursuivi. »

Le bord du lac formait un jardin verdoyant de l'autre côté de l'eau, le soleil était un ballon rouge au-delà des arbres. Dans l'immobilité de l'après-midi, seuls les oiseaux se faisaient entendre.

« Et les Israéliens ? » chuchota César.

Lelouch bascula la tête en arrière et regarda la voûte de verdure.

« Après la guerre, ils ont dû faire une autre guerre pour un nouveau pays. Quand ils se sont retournés, les principaux nazis comme Müller s'étaient fait la belle depuis longtemps. (Il redressa brusquement la tête.) Toutes ces années durant, il n'y a pas eu de prime sur sa tête, aucun homme d'affaires juif n'a proposé des millions pour sa capture comme pour Mengele. Maintenant c'est trop tard, bien sûr. L'émotion a disparu, elle aussi. (Le serveur souffla dans ses mains ; avec son corps frêle, il était gelé dix mois sur douze.) Eichmann disait, paraît-il, que Müller était le diable en personne. »

Dans le bois de Boulogne, il y avait des kilomètres de pistes de randonnée et d'équitation. César se demanda s'il irait un jour. Il noua ses lacets, se leva et fit quelques pas pour se dégourdir les jambes. Il regarda Lelouch qui avait une mine songeuse.

« Vous avez déjà entendu parler de l'*Enclume* ?

— *Le Chœur des enclumes,* appelé aussi *Le Chœur des forgerons,* articula Lelouch entre ses dents, dans *Le Trouvère,* l'opéra de Verdi. Il célèbre le soleil, l'or d'une aube nouvelle. »

*
* *

À 5 heures de l'après-midi, les inspecteurs de Munich entrèrent dans la chambre 225 du Vier Jahreszeiten sur la Maximilianstrasse. Depuis midi passé, où ils avaient commencé leur surveillance pour guetter l'arrivée d'un suspect correspondant à la description de Bock, personne n'était entré et n'avait quitté la suite. Dans la salle de bains luxueuse, ils trouvèrent le corps nu d'Otto Francke pendu à un tuyau, une chaise renversée à proximité. Ses vêtements étaient impeccablement disposés sur le lit, le portefeuille et la montre dans ses chaussures. Une feuille de papier à lettre vierge et un stylo étaient abandonnés sur la commode. C'était apparemment un suicide.

César en fut avisé dans l'heure.

« Ce n'était pas un suicide, déclara-t-il.

— Peut-être, peut-être pas. »

Selon la police de Munich, il n'était pas possible de déterminer d'après la blessure à la nuque s'il avait été frappé ou étranglé.

« Pas un suicide.

— On ne le saura jamais. »

À cet instant, pas très loin de la préfecture de police à Paris, Yichaï Kussow parlait avec Jérusalem.

« Qu'a-t-il dit exactement ? »

Kussow répéta les paroles de César.

« Bock est important pour les Israéliens à cause de l'or de l'*Enclume*.

— Ce n'est pas grand-chose en soi.

— Il va pousser plus loin.

— Jusqu'où ?

— Il est très capable, avertit Kussow.

— Mais pas dangereux, déclara le responsable du Mossad, à moins qu'il n'aille en Allemagne pour rechercher Bock.

— Ne devrait-on pas le prévenir ?

— À ce moment-là seulement. »

21

Cela avait été la pire semaine de sa vie. Pour un obsessionnel comme César, patienter était l'ultime torture. Non qu'il n'ait pas travaillé pendant ce temps, mais c'était tout dans la tête. Et à quelle fin ? Il était ici et Bock était là-bas.

« Comment Francke a-t-il pu être assassiné ? avait demandé Clément. Il a eu la nuque brisée par la corde et il n'y a pas d'ecchymoses sur le corps ni de traces de drogue. »

Pour Clément, le meurtre – si c'était un meurtre – était aussi mystérieux qu'un crime en chambre close. Mais l'inspecteur n'avait-il pas déjà résolu un mystère semblable ? Alors ?

« La corde cachait la meurtrissure d'origine, expliqua César. Bock a rabattu le rebord de sa paume sur la pomme d'Adam de Francke, ce qui l'a tué instantanément. Puis il a simplement pendu le corps au tuyau. »

Le meurtre parfait. Comme l'a reconnu la police de Munich, il n'y avait aucun moyen de prouver s'il avait été frappé ou étranglé.

Parfait, César en convenait. Exactement comme les autres. Otto Francke était la victime de mai et le dernier assassinat sur la liste de Bock. Restait son associé.

À la fin de la semaine, il avait pris toutes les dispositions pour faire d'Alphonse Durac son principal adjoint. Le temps de Clément viendrait, aucun doute, mais pas encore. César avait besoin de quelqu'un comme lui, un homme de sa trempe.

Clément fut déçu, mais ne fit pas de difficulté. Il ne s'attendait pas vraiment à obtenir la place ; l'inspecteur le prenait pour un dragueur car il était toujours célibataire. Les Juifs ne déconnent pas sauf s'ils sont mariés.

César passa le week-end chez lui – ce lieu étrange qu'il reconnaissait à peine – en essayant de faire coïncider les dernières pièces du puzzle. Elles avaient toutes la même forme : Jacqueline Volette, Bock et Weber, plus cinq autres, y compris Francke, qui avaient volé l'or. À présent, il ne restait plus que Bock et Weber, et le gagnant raflerait la mise. Sur le papier, Weber, avec son pouvoir considérable, avait manifestement l'avantage. Mais Bock était le tueur professionnel, et tout était là. Et Jacqueline faisait équipe avec lui. Si elle avait tué sa demi-sœur, elle avait également tué Kurt Linge qui était mort de la même façon à Vienne.

Pour César, c'était une vérité presque insoutenable.

*
* *

Lundi matin l'amena dans le bureau de Dupin, avec Jobert dans l'autre fauteuil. Le soupçon était gravé sur leurs visages. Ils voulaient savoir pour Hans Weber.

« Vos rapports n'en font même pas mention, se plaignit Dupin.

— Il n'y a pas de preuve.

— De preuve de quoi ?

— De complicité de meurtre.

— Nous parlons ici de rapports internes, lâcha Dupin sèchement. Pas de ces conneries de notes blanches pour le ministère.

— Personne ne semble s'intéresser aux crimes commis en Allemagne, protesta César.

— Vous voulez parler d'accidents. »

Les sourcils de Jobert se haussèrent instantanément. « Qu'est-ce que ça a à voir avec Weber ?

— Ce n'étaient pas des accidents. Bock les a tués pour l'or.

— L'or ?

— Quel or ? »

Ce n'était que des soupçons, bien sûr. On ne pouvait rien prouver contre Weber ni même contre Bock ; les meurtres en Allemagne n'avaient rien à voir en principe avec l'enquête en France, où des preuves concrètes existaient. Cependant César s'en tenait à ses conclusions. L'or. Tous y étaient mêlés. Ou l'avaient été. Maintenant les choses avaient changé.

« De quelle façon ?

— Kayser a brisé l'union sacrée. Il n'y a qu'un seul gagnant.

— Et l'autre ?

— Weber perd. »

César vit le regard qu'ils échangèrent. Il avait trop travaillé, il avait besoin de repos. Avec la mort de son coéquipier, il l'avait échappé belle, lui aussi. Même les inspecteurs peuvent se présenter l'un sans l'autre parfois.

Il ne se donna pas la peine de demander comment ils étaient au courant pour Weber. Le ministère savait tout quand il s'agissait de politique politicienne. Dupin revint à la charge.

« Hans Weber est un des hommes les plus puissants

d'Allemagne de l'Ouest, un multimillionnaire, et vous laissez entendre qu'il serait impliqué dans un meurtre ?

— Impliqué, oui.. Bock est un tueur à gages et Weber est son complice.

— Il est aussi la coqueluche du ministère ici. »

Un argument qui n'impressionna pas César.

« L'argent engendre le pouvoir, reconnut-il.

— Fichtre, ce type gère des milliards. Que fabriquerait-il avec Bock ?

— Il veut plus.

— Quoi de plus ?

— Tout, insista César. Vous saviez qu'ils faisaient tous les deux partie de l'état-major d'Himmler ?

— C'était un nazi et Bock aussi. À part ça ?

— Ils ont volé de l'or et ils l'ont caché. Avec cinq autres personnes, toutes mortes aujourd'hui.

— Tuées par Bock, selon vous.

— En équipe avec Weber.

— Pourquoi aurait-il besoin de Weber ? »

César réfléchit à la question.

« C'est lui qui a les moyens de faire sortir l'or d'Autriche, de le transférer en Suisse.

— Pourquoi Weber aurait-il besoin de lui ?

— Pour tuer les autres.

— Ont-ils vraiment été tués ?

— Quatre accidents et un suicide en cinq mois. Tous SS, amis ou au moins se connaissant. Qu'est-ce qu'on parie ?

— Cet or, maugréa Dupin, d'où viendrait-il ?

— Les SS le faisaient fondre près du camp de concentration de Mauthausen, répondit César prudemment. Kayser se doutait que Bock s'intéressait à l'or.

— Il vous l'a dit ?

— C'est Maton.

— Maton ? (Jobert sauta en l'air.) Il était au courant, pour l'or ?

— Ils voulaient essayer d'en récupérer une partie après avoir éliminé Bock. Ils voulaient faire chanter Francke.

— Francke était le client de Kayser.

— Mais il travaillait pour Weber.

— Comment Maton a-t-il été au courant pour l'or ?

— Par Kayser.

— Comment celui-ci l'a-t-il su ?

— Il avait beaucoup de contacts chez les SS. Au fil des années, il avait probablement entendu des bruits et il a rassemblé les pièces du tableau quand Francke l'a recruté pour régler son compte à Bock. »

Jobert restait assis, l'air aussi sinistre qu'un fantôme. Même Dupin avait perdu sa pose théâtrale. César commença à croire qu'ils en savaient plus qu'ils ne le disaient.

« Où se trouve Bock maintenant ? »

C'était presque un souffle.

« En Allemagne. Ou en Autriche, ajouta César rapidement.

— Pour l'or ? »

César hésita.

« Ou pour Weber ?

— L'or, je pense.

— Ça paraît plus logique, convint Dupin avec une grimace. Pourquoi ne pas nous avoir parlé plus tôt de l'intérêt de Maton pour l'or ?

— Qu'est-ce qu'il y avait à dire ? Qu'il comptait se mettre en chasse ?

— Il a failli vous faire tuer, répliqua Jobert d'une voix rauque. Et vous demandez ce qu'il y avait à dire ?

477

— Ce sera tout pour le moment », déclara le divisionnaire.

C'est seulement en sortant que César se rendit compte de ce qu'il avait fait. Il avait omis de mentionner le nom de Jacqueline Volette. Tel un amant, il avait gardé le silence, mais il l'aurait volontiers jetée aux loups. Peut-être ne méritait-il pas d'avoir une femme. Sans doute ne méritait-il pas même de vivre.

*
* *

Le bureau fut réaménagé à la va-vite. Les peintres étaient venus et repartis, des bras frénétiques avaient étalé des couleurs sur les murs avant de regagner des coins plus sombres, laissant derrière eux des effets qui semblaient déplacés. Sous un plafond rutilant, la pièce étincelait comme du métal. César descendit le store pour trouver son bureau.

Le reste de la matinée se passa en lectures au sujet du chef de la Gestapo, Müller, et de Barbie, le boucher de Lyon, et de Mengele, l'ange de la mort d'Auschwitz. Un voyage en enfer.

« Cette fois-ci, se jura César plus tard. Cette affaire-ci. »

*
* *

Jacqueline était belle, ses vêtements d'un luxe suprême.

« Je voulais vous voir dans votre habitat naturel, dit-elle en forme d'explication. Pour essayer de corriger le malentendu qu'il y a eu entre nous.

— C'était donc un malentendu ? »

Son regard embrassa la clarté lugubre de la pièce. Même son sourire ne pouvait cacher la peur qu'elle avait de retrouver ça un jour.

« C'est vrai, au sujet de Bock et moi, reconnut-elle. Nous étions amants avant même la mort de Bernadette.

— Super.

— C'était ma faute. (Elle se sentait coupable depuis la mort de sa sœur, comme si elle en était responsable. Et d'une certaine façon, elle l'était.) Bernadette s'est tuée, confia-t-elle.

— Votre sœur s'est suicidée ?

— Elle a découvert la vérité à notre sujet. Elle ne voulait plus vivre. »

Jacqueline raconta ensuite que, dans son chagrin et sa colère, elle avait dit à la compagnie d'assurances que c'était Bock qui avait tué sa femme, mais bien sûr, ils n'avaient rien fait puisque ce n'était pas vrai. Puis quand César s'était présenté avec la prétendue exécution de Bock, elle avait sauté sur l'occasion pour l'accuser. C'est pourquoi elle lui avait dit que sur la photo ce n'était pas Bock et qu'il avait tué sa sœur. Il était coupable, lui aussi. Sans lui, la sœur de Jacqueline serait toujours en vie.

« Laissez tomber, répondit César. La vérité, c'est que Bock vous a plaquée en se tirant pour de bon. Il vous reprochait sans doute la mort de sa femme. Il vous a plaquée et vous avez voulu le lui faire payer. Vous avez toujours des comptes à régler. Votre père vous a plaquée en mourant et vous vous êtes vengée en séduisant un homme plus âgé, un papa gâteau. C'est ce que vous faites de mieux : régler vos comptes. »

Jacqueline inclina la tête, elle était rigide. Ses mains

s'enfonçaient dans les coussins du divan. Quand elle releva les yeux, ils étaient humides.

« C'est vrai, ce que vous dites. Il m'a toujours reproché la mort de Bernadette. Quand il a dit qu'il partait, j'étais folle, j'ai essayé de le faire changer d'avis, mais il a refusé de m'écouter. Alors j'ai décidé de le punir, de lui faire mal autant que j'avais mal. (Elle épongea ses yeux avec un mouchoir en papier.) Ne me jugez pas, César, avant d'avoir compris à quel point j'ai pu souffrir, essayez de comprendre. »

César la regarda fixement, les yeux vides.

« Vous êtes une bonne comédienne, reconnut-il. Je pense surtout à l'ardeur que vous mettez à mentir. Le sang pourrait bouillir dans votre bouche.

— Je pensais chacune de mes paroles.

— Vous ne pensiez rien du tout, gronda César. Ni moi non plus. (Chaque souffle était un poids qui lui écrasait la poitrine.) Jusqu'à cet instant, je ne m'étais pas rendu compte à quel point vous étiez forte. Ou dangereuse.

— Ne dites pas ça.

— Vous êtes comme Dupin, un excellent comédien lui aussi. Qui aurait pu croire que je lui avais déjà parlé de l'or et de Maton ? J'ai essayé de le lui dire… sauf qu'il n'a pas voulu écouter.

— De quoi parlez-vous ?

— Sans importance. (Il se pencha par-dessus son bureau.) Ce que je vous ai dit avant au sujet de Bock qui vous a plaquée ? Je voulais juste voir comment vous réagiriez. N'importe quoi pourvu que ça marche, hein ?

— Ce n'est pas vrai !

— Si ! Je suis obsédé, et vous comptiez là-dessus. Mais il y a des hommes capables de couper court à leur obsession quand ça devient trop douloureux. (César se mit debout.) Personne n'a laissé tomber personne. Vous êtes toujours amants, Bock et vous. (Il fit le tour du bureau.) J'ai vérifié vos appels téléphoniques de ces dernières semaines. (Il tira une chaise près du divan.) Une demi-douzaine d'appels pour l'Allemagne de l'Ouest, toujours dans des cabines publiques pour qu'on ne puisse pas remonter jusqu'à Bock. (Il s'assit à côté d'elle.) Il vous dit quand et où l'appeler. Alors maintenant laissez-moi vous dire le reste. Vous avez contacté la compagnie d'assurances l'an dernier pour voir si ces gens-là avaient des soupçons au sujet de Bock. Ils n'en avaient pas. Bock n'avait pas de problème. Et vous m'avez mis sur la bonne voie avec la photo parce que Bock voulait une filature policière pour le cas où son complice voudrait le doubler. Bock a tout combiné, manipulé tout le monde y compris vous et moi, et derrière lui se trouve Weber. Vous connaissez Weber, n'est-ce pas ?

— Non, souffla-t-elle d'une voix à peine audible.

— Un millionnaire ? Je pensais que la beauté allait à l'argent, une beauté comme la vôtre en tout cas. Avec votre amour du fric, je veux dire. Vous feriez n'importe quoi pour le pognon, pas vrai ?

— Arrêtez, je vous en prie. »

César continua.

« Quand vous avez poussé votre demi-sœur par la fenêtre, ça a donné une idée à Bock. Ce cher garçon aime les bonnes idées, surtout concernant les accidents. Il avait besoin de différents modes opératoires, mais chacun devait correspondre à la victime. Le bureau de Linge était situé au cinquième étage. Bock est allé le voir en prenant le premier prétexte venu et il vous a emmenée avec lui. Pendant qu'ils parlaient, vous avez admiré la vue de Vienne. C'est quoi, ce clocher, là-bas ? Linge s'est approché pour vous détailler le panorama et Bock a dû rester assis dans son fauteuil parce qu'il n'a pas pu s'approcher de la porte-fenêtre ouverte. Mais vous si, Jacqueline. Vous étiez bien décidée à récupérer votre part du magot. Et après tout, vous aviez déjà fait cela. Vous avez regardé là où Linge pointait le doigt, vous avez secoué la tête et poussé un cri en lui prenant le bras et quand il s'est penché pour vous montrer autre chose, vous n'avez eu qu'à le pousser. Ce n'était pas comme si vous lui aviez tiré dessus ; il serait sans doute tombé de toute façon. Sauf que son corps a atterri sur le parking à trois mètres d'écart. Vous avez poussé fort. »

Jacqueline avait le visage enfoui dans ses mains comme pour se protéger des coups que César lui donnait par ses paroles. Ses doigts étaient telles des serres d'acier, ses épaules des contreforts de pierre. Au lieu d'une femme effrayée, il avait en face de lui un sphinx, impassible et inflexible. Hors d'atteinte.

Il essaya, malgré tout.

« Quand Kayser a pris contact avec vous pour vous demander de trahir Bock pour du fric, vous avez fait semblant d'accepter. Il avait besoin que vous appeliez Bock pour qu'il vienne aux abattoirs où il serait tué par l'inspecteur Maton, caché dans le noir. Vous aussi, d'ailleurs. Kayser ne voulait aucun témoin. Mais en réalité, vous lui tendiez un piège et j'ai été pris au milieu. Quand j'ai dit que vous étiez la maîtresse de Bock, en espérant que Kayser vous laisserait partir, il a ri. Il savait que vous étiez plus que ça. »

César fit une pause pour réfléchir, le visage tel un masque. Pouvait-elle le conduire à Weber de même qu'à Bock ?

« Alors vous allez faire quoi, maintenant ? demanda-t-il. Bock va tomber. Nous savons à quoi il ressemble et la police allemande enquête auprès des faussaires pour trouver sa nouvelle identité. Ce qui vous laisse avec des queues de cerises après tout le mal que vous vous êtes donné. Enfin, bien sûr, reste Weber avec tout son pognon et l'or. Peut-être que vous pourriez l'épouser. Ce n'est pas ce que vous avez dit la semaine dernière : vous épouserez un millionnaire ? Mais vous venez de me dire que vous ne connaissez pas ce monsieur. Chose étrange quand on y songe… (Sa voix devint brusquement dure.) Puisque vous avez passé un coup de fil à Francfort le lendemain de notre petite conversation et que vous avez pu savoir que Bock avait fini. C'est pourquoi vous avez appelé Goethe, n'est-ce pas ? Pour parler à Hans Weber ? »

Jacqueline releva la tête, les yeux cernés de rouge. Elle avait la voix éraillée, rien d'un rugissement de lionne. Pourtant elle était plus dangereuse que jamais en cet instant, se dit-il.

« Que des mensonges, soutint-elle.

— Des mensonges ?

— Rien d'autre. »

César frissonna en espérant que c'était un effet de sa susceptibilité et non de ses sentiments.

« Vous avez tout inventé, soutint-elle. Pour essayer de me faire peur. (Elle sourit, avec un timide espoir.) Vous êtes cruel et retors.

— Ne faites pas l'idiote. Vous avez fait exactement comme je l'ai dit. (Elle avait réussi à le piquer au vif.) Et je vais vous dire autre chose. Votre petit copain n'a encore rien vu. Les Israéliens sont à ses trousses. Il n'a aucune chance de s'en tirer. »

César n'en croyait rien. Bock était le meilleur.

« Tout ce que vous voudrez », chuchota-t-elle en se levant.

Elle avait les yeux humides de promesses.

« Rien », répondit-il, et il resta assis.

Cette nuit-là, César rêva de Marlene Dietrich pour la première fois.

*
* *

« Je ne sais pas pourquoi elle est morte, pleurnicha le suspect dans l'habitacle étouffant où ils l'avaient conduit. Rien du tout.

— Tout ou rien. (César retira son blouson.) Pourquoi faut-il toujours raisonner en termes d'absolu ? »

Alphonse était assis de l'autre côté de celui qu'on surnommait la Caboche et l'observait avec attention.

« La plupart des choses se situent quelque part au milieu, dit César. Parce c'est là qu'il y a le plus de place.

— Je connaissais à peine cette femme, protesta la Caboche.

— Une simple question de nuances, poursuivit César en remontant ses manches de chemise. Par exemple, tu connaissais Marie Pinay au bar.

— Alors là, je ne l'ai jamais…

— Tu lui as parlé à plusieurs reprises au sujet de son boulot, devant les autres.

— Enfin, bon, oui, mais…

— Et on t'a vu te disputer avec elle.

— Une fois seulement.

— Tu vois pourquoi je parle de nuances ? souligna César avec obligeance.

— Entendu. Dans ce cas, je vais vous dire la vérité. Je lui ai seulement parlé à cause de Fernand. »

César hocha la tête et échangea un regard avec Alphonse qui ouvrit tranquillement son calepin.

« C'est lui qui me l'avait demandé et plus d'une fois encore », précisa Caboche.

L'immeuble ployait sous des années d'abandon, l'entrée se trouvant au bout d'un porche qui tombait en ruine. Au-delà, une cour conduisait au meublé.

À l'intérieur, dans une petite pièce froide et humide du deuxième étage, ils trouvèrent Fernand. Costaud et renfrogné, il jura parce qu'ils interrompaient son sommeil.

« Caboche a craché le morceau, affirma César d'entrée de jeu.

Fernand secoua la tête avec conviction.

« Je ne connais pas de Caboche.

— Tu ne connais pas de Caboche ? demanda César qui haussa le sourcil. Il semble te connaître plutôt bien.

— Vous cherchez quelqu'un d'autre, affirma Fernand.

— Il lui arrive de faire des petits boulots avec toi, dit Alphonse pour lui rafraîchir la mémoire.

— Il habite au coin de la rue, précisa César en souriant. Tu te rappelles, maintenant.

— Oh, ce gars-là. Oui, bien sûr. Qu'est-ce qu'il a fait ?

— Il dit qu'il t'a vu corriger une femme le mois dernier.

— C'est un menteur, gronda Fernand. Je ne l'ai pas touchée.

— Qui ça ? »

Fernand haussa les épaules.

« Celle qu'il dit.

— Pourquoi mentirait-il ? »

Autre haussement d'épaules.

« On a retrouvé la femme et elle confirme son histoire, ajouta César. Elle ment aussi ?

— Ils mentent tous les deux, s'acharna Fernand.

— Elle a encore des bleus.

— Et il est prêt à t'accuser.

— Elle n'oserait pas.

— Raconte-nous ce qui s'est passé.

— Je peux tout expliquer, assura Fernand.

— Tu peux aussi nous expliquer tes relations d'amitié avec Marie Pinay ? » interrogea brusquement César.

Il regarda les yeux du suspect se rétrécir jusqu'à former deux points rouges. Le nom ne dirait rien aux oreilles d'un étranger ou dans la bouche d'un menteur, mais l'œil reflète la vérité et la vérité était que Fernand était pris.

Sa voix se fit plaintive, le gémissement devint plus net.

« Mais je ne sais rien.

— Balèze, soupira César. Alors on va attendre que tu nous racontes en détail ce que tu ne sais pas. »

Les deux hommes furent bientôt inculpés pour le meurtre de Marie Pinay. Elle était tombée ivre morte avant de satisfaire leurs exigences et ils avaient décidé de lui donner une leçon. Ils étaient bourrés, eux aussi.

*
* *

César n'était plus un pestiféré. Les gens lui parlaient de nouveau ; certains lui souriaient même.

« Et vos enquêtes, comment ça avance ? » s'enquit Dupin, gravement.

Il n'en avait plus ; il avait trouvé Pinay et perdu Bock. Dupin lui en promit d'autres. Entre-temps, César travaillait sur son rapport.

« Je savais que vous n'aviez rien à voir avec ça, dit-il à César.

— Avec quoi ?

— Tout ça », répondit le comédien d'un air vague.

Le lendemain après-midi trouva le directeur à la porte de César, une première. Il se tenait parfaitement immobile. Il remua à peine les lèvres.

« Vous semblez avoir le don de susciter des émotions fortes, pas toujours à votre avantage, je dois dire. Cependant vous êtes apparemment fort dans ce que vous faites. Si fort, me dit-on, que parfois il vous arrive d'oublier de nous tenir au courant de ce que vous faites exactement. Cela pourrait se révéler calamiteux si vous aviez besoin d'une aide que nous serions sinon en mesure de vous apporter. On me dit que nous vous raterions. Aussi, dans notre intérêt à tous, j'espère que vous nous tiendrez informés. Il serait imprudent de ne pas le faire. La survie, comme la loi, ça marche mieux si vous ne déconnez pas trop avec. »

Nicole ne voyait rien du tout.

Ses yeux sombres ratissaient le visage de César.

« Je croyais que nous étions d'accord.

— Comment ça, d'accord ?

— Aucune attache.

— Il n'y a pas d'attaches.

— Alors manifestement on n'est pas vraiment ensemble. Alors comment pouvons-nous être comme tu dis : pas faits l'un pour l'autre ? »

Il y avait des clients à chaque table. Des femmes

élégantes en noir ; elles ressemblaient toutes à Catherine Deneuve, une pâle imitation. Les hommes étaient également des répliques pour la plupart. N'aspirant qu'à être acceptés, ils faisaient tout pour plaire.

« Si nous ne sommes pas ensemble, qu'y a-t-il entre nous ? demanda César.

— Ce qu'il y a entre nous, c'est l'espace qui se trouve entre nous, dit Nicole. De cette manière, nous pouvons être ce que nous voulons l'un pour l'autre sans avoir de liens.

— Nous pouvons être l'un avec l'autre parce que nous ne sommes pas ensemble ?

— Pas vraiment.

— Mais si nous étions vraiment ensemble, cela changerait tout.

— Naturellement. Alors ce que tu dis serait logique.

— Pardon ?

— Que nous ne sommes pas faits l'un pour l'autre.

— Tu crois que nous le sommes ? poursuivit César.

— Non.

— Alors tu es d'accord avec moi, constata-t-il, surpris.

— Peu importe, remarqua Nicole. Puisque nous ne sommes pas ensemble. »

César afficha un sourire aimable, se préparant à des protestations éplorées mais rien ne vint ; sauf les serveurs, qui escamotèrent leurs assiettes. D'autres apportèrent des mets délicats pendant qu'on remplissait leurs verres. Ceux-ci avaient des tiges d'or bruni.

« Je pensais qu'il fallait que tu saches ce que je ressens, finit par dire César. Une jolie femme comme toi mérite ce qu'il y a de mieux.

— Toutes les femmes le méritent.

— Je ne serais pas bon pour toi.

« — Sans doute.

— Je ne pourrais pas t'aimer vraiment.

— Pas assez.

— Tu te trouveras quelqu'un de beaucoup mieux que moi.

— Vite fait. »

César sentit une brusque bouffée au niveau des tempes, le battement d'un souffle. Les choses ne se passaient pas comme prévu. Il n'y avait aucune raison de rester avec Nicole quand c'était Jacqueline qu'il voulait, dont il voyait le visage, embrassait les lèvres, touchait le corps. Ce n'était pas juste pour Nicole. Ni pour lui. Pourtant, il ne pensait pas qu'elle méritait de souffrir. Peut-être avait-il trop précipité les choses.

« J'imagine qu'on pourrait se voir de temps à autre, proposa-t-il.

— Pas si c'est pour parler d'être ensemble.

— Je croyais que tu avais besoin de moi.

— Je n'ai jamais dit que j'avais besoin de toi, César, corrigea Nicole avec un charmant sourire. J'ai dit seulement que j'avais envie de toi. (Elle finit son vin, reposa le verre et le repoussa.) Mais on n'a pas toujours ce qu'on veut. N'est-ce pas ? »

*
* *

Alphonse prêta une oreille attentive aux détails de l'affaire Bock.

« Ils peuvent essayer de me tuer », avertit César.

Son nouvel adjoint ne voyait pas pourquoi.

« Tout ce que vous soupçonnez est dans votre rapport.

— Non, pas tout. »

La nuit, il restait assis dans son bureau telle une araignée qui file sa toile en silence, et il regardait les fils qu'il venait de tisser. Bock s'était envolé, le baiser de la mort à un chasseur d'hommes.

Au cœur de la nuit, la maison laissait circuler les bruits, et les pas dans le couloir retentissaient comme des sabots fourchus. Des désirs malfaisants tapissaient sa mémoire comme le caveau d'un mausolée.

Pourquoi Bock n'avait-il pas tué Weber ? Seuls demeureraient alors le prédateur et sa proie.

*
* *

La lumière du jour ne connaît pas les ténèbres.

Bock avait besoin de lui, pour l'instant du moins. Ils allaient se retrouver, chacun restant sur ses gardes, pour discuter de l'or qui appartenait aux Juifs.

Pas étonnant que les Israéliens…

« La perfection, avait dit un jour César à Ménard, c'est ça, le travail de la police. Tout est là, mais on n'y parvient jamais.

— Est-ce réalisable ? »

César avait regardé le jeune enquêteur impatient et s'était vu lui-même.

« Peut-être, si on continue d'essayer », avait-il dit.

Maintenant Ménard n'était plus, et la femme de César non plus. Il avait son boulot et elle avait son amour. Mais puisqu'elle n'était pas tout pour lui, ce n'était pas ça, l'amour.

« L'heure n'est pas à de nouvelles enquêtes, avait dit Dupin à César. Il s'est passé quelque chose. »

*
* *

À la fin de la semaine, César fut introduit dans une pièce Louis XV aux lambris raffinés et au confort moderne. Derrière son bureau Boulle siégeait, débonnaire, le préfet de police, représentant de l'État à la tête des services de la police parisienne, flanqué de deux personnages lugubres en costume sombre. La fumée cernait la pièce d'un halo bleuâtre.

Le préfet ne mâcha pas ses mots.

« Ma vie est brusquement pleine de vos exploits remarquables de chasseur, en particulier la finesse de votre flair concernant l'or. Pas seulement ma vie... (Son visage était imperturbable, une poche de cuir pour les yeux et le nez, la bouche impérieuse.) Mais celle de votre pays natal aussi. (La bouche consentit un sourire.) J'espère que vous me suivez, inspecteur.

— Oui, monsieur.

— Très bien. Maintenant, en raison de votre rapport sensationnel et de certains autres, hum, éléments politiques qui sont apparus... (Il regarda ses adjoints.) Le gouvernement a décidé de prendre au sérieux certaines de vos allégations les plus ésotériques concernant la question de l'or caché. Par exemple, si on procédait à des quantités importantes de fonte dans le camp autrichien... (Il se reporta à une feuille sur le bureau.)... Mauthausen, dites-vous, le matériau brut destiné aux moulages provenait très vraisemblablement du pillage de l'Europe. Dans ce cas, cela pourrait concerner littéralement des milliards de francs, ou de deutschemarks, ou même de dollars. L'estimation qui nous a été communiquée par le ministère des Affaires étrangères porte sur environ trois milliards de dollars au cours de 1945. Aujourd'hui, bien sûr, cela vaudrait cinq fois cette valeur. Dans les dix ans à venir... (Les yeux du divisionnaire flamboyaient carrément.) L'or pourrait facilement atteindre dix fois, voire vingt fois sa valeur d'origine. Nous pourrions être en train de parler de cinquante ou soixante milliards. (Sa voix était à peine audible.) Ce qui en ferait le plus gros trésor de tous les temps. Vous me suivez toujours, inspecteur ?

— Je suis déjà parvenu à plus ou moins la même conclusion.

— Ah oui ?

— Sauf que la fonte provenait nécessairement du pillage des nazis, comme vous dites, ajouta précipitamment César. Principalement des Juifs.

— Je n'ai rien dit au sujet des Juifs. (Cette réflexion ne lui plaisait pas.) Pour continuer, nous avons contacté les Autrichiens et les Américains. À ce stade, l'Autriche fouille les lacs près du camp. Je dois préciser... (Sa tête léonine se pencha vers César) que l'Allemagne de l'Ouest comme celle de l'Est ont fait savoir qu'elles allaient adresser une demande au Fonds monétaire international pour la restitution de tout or récupéré.

— Puis-je demander comment ils ont appris l'existence de cette possibilité ?

— Les réalités politiques, soupira le préfet. Le gouvernement les en a informés.

— L'or serait allé à des groupes de SS après la guerre, signala César. Pourquoi l'Autriche croit-elle qu'une partie serait encore cachée ?

— Il ne s'agit pas d'une partie de cet or, inspecteur Dreyfus. Mais de la totalité. »

César ne comprenait pas. Son rapport disait clairement...

« Cette partie de votre rapport, l'interrompit le préfet, porte sur l'enquête pour meurtre et ne présente aucun intérêt pour les gouvernements concernés. (Il parlait distinctement, ce qui était un signe d'impatience.) Comme personne ne paraît savoir ce qui est vraiment arrivé à l'or, ils partent du principe que la totalité pourrait encore être cachée. Votre rapport leur indique seulement un certain espoir… et un emplacement, bien sûr, ajouta-t-il après réflexion. Puis-je poursuivre ? »

Le préfet se moucha énergiquement dans un carré de fil portant un monogramme.

« Pendant une bonne partie de la guerre, les SS ont été à la tête d'une petite usine d'armes légères proche du camp, fait inhabituel en soi puisqu'elle ne faisait l'objet d'aucune surveillance politique. Les usines d'armements ont un haut fourneau, comme vous le savez sûrement. Mais il semble qu'il y avait d'autres, hum, particularités dans cette usine. D'une part, on n'a jamais revu aucun de ceux qui y ont travaillé. Je veux dire même les gardes SS. D'autre part, les cargaisons reçues étaient beaucoup plus nombreuses que celles qui étaient expédiées. Et – cela devrait vous intéresser – l'individu qui s'occupait des expéditions est un de ceux qui ont été tués, d'après vous, par ce Dieter Bock. (Le préfet reprit la feuille.) Gerd Wilhelm Streicher. »

Il la déposa sur son bureau et contempla par-delà César les volutes de fumée qui émanaient de ses adjoints.

« On ne cesse de découvrir d'autres irrégularités, en quantité suffisante pour donner du poids à vos hypothèses, à certaines au moins. Max Baur a dirigé la Gestapo de Linz qui supervisait la région de Mauthausen, Linge travaillait en dehors de Linz, von Schirrmacher faisait partie de l'état-major d'Himmler de même que Bock.

— Et Weber, quel rôle a-t-il ?

— Aucun. Nous n'avons aucune preuve qui relie Herr Weber à Mauthausen.

— Il faisait partie de l'état-major d'Himmler. Son boulot était de se procurer de l'or.

— Il le négociait, il n'en fabriquait pas.

— Francke était son intermédiaire et Bock l'a tué.

— Otto Francke s'est pendu. Sa société était en difficulté, et il a eu peur d'être fichu dehors. »

César comprit que Weber était trop puissant pour être pris facilement. Il préféra passer les Israéliens sous silence.

« Il s'agit là d'une affaire complexe, remarqua le haut fonctionnaire, qui dépasse nos frontières. À ce point de l'affaire, nous ne voulons pas faire davantage de remous. C'est déjà suffisant qu'un de nos hommes se soit trouvé impliqué, même si c'était à la marge. Je parle de l'inspecteur Maton, bien sûr. Maintenant nous nous trouvons confrontés à cette femme, Jacqueline Volette. Vous l'avez tenue à l'écart de votre enquête de bout en bout ; vous l'avez protégée et couverte à chaque étape. Nous ne savons pas pourquoi, sauf à imaginer une relation tordue. Brusquement vous dites qu'elle était avec Bock depuis le début, qu'elle était sa maîtresse et peut-être sa complice. Très bien, nous pouvons utiliser ça à notre avantage. Cette femme est recherchée dans le cadre de l'enquête sur la mort de sa demi-sœur. Elle a disparu et nous voulons lui parler. Maintenant comprenez-vous pourquoi nous vous informons de tout cela ?

— Y a-t-il des preuves contre Jacqueline Volette ? s'enquit César.

— Ce n'est pas elle que nous voulons. »

César commença à voir à quel point le financier avait le bras long. Ils avaient passé un accord, en fin de compte.

« Alors elle n'est qu'un prétexte, remarqua-t-il.

— Pour vous permettre d'y aller.

— Où ça ?

— Votre mère était allemande, lui rappela le préfet d'un ton compatissant. Vous n'éprouvez pas le besoin de retrouver vos racines ? »

22

Il s'arrêta à Stuttgart, tel un fantôme errant dans les lieux où sa mère avait vécu et s'était mariée. Il regarda avec curiosité les vitrines, scruta le visage des passants. Quelqu'un avait-il entendu parler de… C'était sans espoir, bien sûr. Les Juifs d'Allemagne avaient disparu.

*
* *

Le gérant de l'hôtel voulut se rendre utile.

« Aucune trace », gémit César.

L'homme avait perdu ses propres parents sous les bombes alliées et il n'aimait pas creuser le passé.

« Les uns ont de la chance, d'autres pas, dit-il avec soulagement.

— Rien.

— Nul n'est parfait. »

*
* *

Dans l'après-midi, César se rendit à l'Office central chargé des enquêtes sur les crimes de guerre commis sous les nazis situé à Ludwigsburg, près de Stuttgart, afin de vérifier les noms de Bock et de Weber. L'ancienne prison des femmes abritait des milliers de documents nazis et un fichier comportant plus d'un million d'entrées. Ces archives étaient destinées à la traque des criminels de guerre.

Les recherches avaient été scrupuleuses et la chasse avait peu de chances d'aboutir. En trente ans, les tribunaux allemands n'avaient condamné que cinq mille nazis sur approximativement trois cent mille suspects, et la plupart des procès avaient eu lieu à la sortie de la guerre. Entre 1970 et 1975, moins de cent avaient été jugés et condamnés.

« Douze millions de personnes ont été assassinées et seulement cinq mille condamnations ! »

César avait du mal à le croire.

L'avenir serait pire, lui dit-on. Les enquêtes ralentissaient, le nombre des procès étant en diminution. Dans dix ans, elles seraient complètement finies, victimes de la mort et du souvenir. Les témoins seraient morts ou trop vieux pour se rappeler. Leurs tortionnaires aussi, dont la plupart s'éteignaient paisiblement dans leur lit.

Il n'y avait rien sur Bock ou Weber. Ils n'avaient pas torturé ni tué des gens inoffensifs, ils avaient seulement volé l'or de leurs dents après que d'autres les avaient tués.

Beaucoup d'or avait été dérobé à la fonderie de Mauthausen, comme César le voyait d'après l'énorme carte murale. Dans les douze années du règne de la terreur, les nazis avaient dirigé sept cents camps de concentration. Auschwitz était seulement le sommet de la pyramide de la mort.

Jobert avait donné rendez-vous à César avant son départ, une affaire relativement pressante puisqu'ils ne se reverraient probablement pas.

Et pour quelle raison ?

Pourquoi reviendrait-il ?

« Nous ne savions pas que vous étiez à moitié allemand, expliqua Jobert. Encore que je n'aie rien contre eux. (Il fit entendre un grognement approbateur.) En fait, ma première femme était turque, ce qui est pareil que les Allemands. Et je vous dirai autre chose ; mon propre fils, celui que j'ai eu avec ma femme grecque, habite en Suède en ce moment, ce qui n'est pas loin. Ces pays-là, ils sont tous teutons et tous bouffeurs de saucisses. Je peux sentir un Allemand à un kilomètre, à moins qu'il ne soit français. Alors je vais vous dire ce que je pense. Toute cette affaire Bock est destinée à camoufler un complot communiste fomenté par les Allemands de l'Est, et vous en êtes.

— Vous êtes cinglé ? J'ai brisé l'anneau de leur réseau d'espions.

— Ça, c'était pour nous déstabiliser. Mais nous n'en attendions pas moins de vous, n'est-ce pas ? avoua Jobert. Bock travaillait pour le bloc de l'Est. Le Suisse Kayser travaillait aussi pour eux à l'occasion et Baur, idem. Weber lui-même a des rapports économiques importants avec le pays et Jacqueline Volette a fait ses études à Leipzig. Enfin, vous serez sur place juste au moment où les Allemands de l'Est s'efforcent de récupérer des milliards qui leur ont été prétendument volés. Et Mauthausen et cet or nazi ne se situent pas si loin de la frontière communiste avec la Tchécoslovaquie. Vous croyez toujours que je suis cinglé ?

— Je ne suis pas communiste.

— Hitler ne l'était pas non plus, concéda Jobert. Pourtant il dirigeait le parti national-socialiste. »

*
* *

Un fœtus arrivé à son terme fut expulsé de la matrice et commença à se répandre.

César était parti pour Francfort.

Le cordon ombilical s'étirait à travers l'Europe.

« C'est Bock que vous recherchez, avait dit le commissaire principal. Mais nous, c'est l'or que nous voulons. »

Un fœtus qui avait appris la haine avant d'apprendre à aimer. L'enfant était le père de l'homme, comme toujours.

« L'or est le dieu de la terre », lui avaient-ils rappelé.

L'homme mêlait sa destinée avec celle de son pays d'adoption, et son énergie faisait fusionner les deux. Au début, personne n'y prêtait attention ; les gens sont tellement aveugles.

Ce qui incita César à penser à l'or du Nibelùng.

Comment un homme seul pouvait-il changer le cours de l'histoire ? Pourquoi ne le pourrait-il pas ?

« Exactement comme dans les opéras du *Ring,* avait remarqué Clément en faisant ses adieux à César. Les préférés d'Hitler. »

Faisait-on des rêves dans l'utérus ? Ou à un an ? Deux ? Savait-il déjà ce qu'il deviendrait ? Quelqu'un le savait-il ?

Il aurait pu naître aussi bien à Stuttgart.
Heil César.

*

* *

Francfort s'étalait à leurs pieds. Au sommet de son plus haut gratte-ciel reposait un nid doré aux parois vitrées du haut desquelles des millionnaires regardaient les mortels.

Weber était encore plus imposant que César ne l'avait imaginé, avec son visage aristocratique hâlé qui donnait la mesure de l'argent, et du confort et des soins que celui-ci offrait. Il portait un costume en soie qui respirait l'élégance. Pas un cheveu gris ne venait gâter sa chevelure lustrée ; même ses sourcils étaient touffus et noirs dans la plus pure tradition prussienne. Il respirait le charme et la bonne éducation, mais c'était sa volonté impitoyable qui impressionnait le plus. Rien ne devait venir en travers de sa route.

On leur servit à boire dans la suite luxueuse de Weber au milieu de tables Louis XV, de tapis d'Orient et de tableaux de Mondrian. Des accents de Wagner s'échappaient des haut-parleurs, Siegfried, Gunther et Hagen exécutant les desseins des dieux. César n'avait jamais entendu si clairement la musique.

« Je crois savoir que votre mère était allemande, remarqua Weber. (Il desserra sa ceinture, dont la boucle était martelée dans l'or pur.) Vous parlez bien notre langue.

— Je préfère le français.

— Moi aussi. (Weber sourit, une autre touche d'or dans un monde lugubre par ailleurs.) La langue de l'amour.

— Et l'argent ?

— Même chose.

— On m'a demandé de vous voir d'abord, précisa César. J'ignore pourquoi.

— Est-ce important ?

— Cela veut-il dire que vous allez me le dire ? demanda César. Dans ce cas, oui, c'est important.

— Cela veut dire que je vous dirai ce que je pourrai, dit Weber d'un ton suave, comme s'il voulait que l'inspecteur voie combien il était pondéré. Savez-vous qui je suis ?

— Vous êtes l'associé de Bock, accusa César. Pourquoi voulez-vous me voir ?

— Pour vous aider au sujet de Bock, bien sûr.

— Cela vous rendrait service.

— À moi seulement ? demanda Weber, surpris. J'ai entendu dire que vous le vouliez pour des assassinats en France.

— Et d'autres ici.

— Alors ne devriez-vous pas m'écouter ? »

Le financier semblait parler en stéréo, avec un effet sonore poussé à l'excès, chaque canal transmettant différents signaux de sorte que rien n'était bien défini.

« Essayez d'imaginer un pays où vous avez besoin d'une brouette pleine de billets de banque pour acheter un pain. C'était l'Allemagne avant l'arrivée d'Hitler au pouvoir. C'était le chaos économique, expliqua Weber. Il a remis l'Allemagne sur pied.

— Avec les talons dans le cou des autres, protesta César.

— Le fait est que c'était une guerre économique, au moins jusqu'à ce qu'il devienne stupide. Mais certains d'entre nous chez les SS sont restés fidèles au but d'origine : l'ordre. Nous négocions contre de l'or, des devises stables et des matériaux bruts.

— Vous troquiez quoi ?

— Ce qu'il fallait pour ça.

— Ce qu'il a fallu, ce sont des millions de vies humaines.

— C'était la guerre !

— C'était du meurtre ! »

Le silence devint malaisé jusqu'à ce que Weber dise, tranquillement :

« Mon boulot était de me procurer de l'or, c'est tout. D'autres faisaient pareil, en obéissant aux ordres officiels. Nous allions sauver l'Allemagne. (Il secoua la tête avec stupéfaction.) En fait, la moitié est partie chez les communistes. Mais au moins nous avons sauvé le reste.

— Bock pense sans doute qu'il l'a sauvé aussi.

— Bock est un malade. Il croit qu'il y a de l'or caché.

— Peut-être a-t-il raison.

— Il a tort. À la fin de la guerre, tout l'or a été récupéré par des réseaux clandestins de SS.

— Même l'or fondu à Mauthausen ?

— Il n'y avait pas d'or à Mauthausen, à part ce que nous avions entreposé dans les environs. Dont la totalité provenait d'autres pays. »

Weber avait un visage soucieux.

« Cela fait apparemment partie du délire de Bock, et maintenant vous semblez le partager.

— L'usine d'armes légères ? demanda César, irrité. C'est du délire ?

— Non, ça, c'était vrai. Elle fabriquait bien de l'armement.

— Et ceux qui ont disparu, Bock les a inventés ?

— Il y a toujours des hommes qui disparaissent en période de guerre.

— Même des SS ?

— Des groupes entiers ont disparu en Grèce, argumenta Weber. Pourquoi pas quelques-uns en Autriche ? »

César changea de sujet, dérouté par les dérobades du financier. Placé devant les faits, à quoi servait de nier ? Il n'avait pas de temps à perdre avec des mensonges.

« Qu'attendez-vous de moi, monsieur Weber ? Vous dites qu'il n'y a pas d'or caché, autrement dit vous n'êtes pas l'associé de Bock. Et vous n'avez sûrement pas peur qu'il vienne vous chercher, avec toutes les mesures de protection dont vous vous entourez. Alors que puis-je pour vous exactement ?

— Laissez-moi faire quelque chose pour vous, inspecteur. Je peux vous livrer Bock.

— Pourquoi le feriez-vous ?

— Si vous dites vrai concernant l'assassinat de ces autres personnes…

— Comme si vous ne le saviez pas.

— Laissez-moi finir. Si vous dites vrai, il aura tué alors un ami fidèle en la personne d'Otto Francke et pour ça, je veux qu'il paie.

— Ne me faites pas rire, le rembarra César. Vous avez envoyé Francke à l'hôtel pour qu'il tue ou soit tué. Lui et Bock étaient les derniers du groupe qui a détourné une partie de l'or de l'Enclume – en dehors de vous, bien sûr. Vous vouliez leur mort à tous les deux, vous espériez qu'ils s'entretueraient. (Il eut un sourire sans joie.) Maintenant vous avez Bock sur les bras. »

Weber avait les paupières tombantes, et il le fusillait de ses pupilles d'acier dans un canon sans fond.

« J'ai été mal renseigné sur votre compte, inspecteur. Vous êtes un idiot qui fait un travail d'idiot, railla-t-il. Même vos mensonges sont idiots.

— Vous, en revanche, vous vous croyez futé ? réagit César. Vous envoyez un moineau chasser un faucon. Qui comptez-vous envoyer aux trousses de Bock maintenant ? Il ne reste plus personne.

— Vous avez tort. (Le financier se pencha en avant, avec une détermination farouche.) Il reste quelqu'un.

— Qui ?

— Vous. »

César n'en crut pas ses oreilles.

« Vous avez fait assassiner cinq hommes et maintenant vous vous tournez vers moi ?

— Pas question que je morde à l'hameçon une deuxième fois, promit Weber. (Il jeta un coup d'œil à sa montre.) Tout le monde sait que la police est prête à raconter n'importe quoi pour parvenir à ses fins.

— J'étais justement en train d'en penser autant de vous.

— Alors pourquoi ne pas unir nos forces contre Bock ? (Weber se renversa dans le somptueux fauteuil, de nouveau très à son aise.) Faute de trouver de l'or en Autriche, il voudra être dédommagé à mes dépens. Voilà comment nous pouvons mettre la main sur lui.

— Nous ?

— Disons que je passe un marché avec lui, expliqua Weber. Il s'était fait des illusions et ça n'a pas marché ? Très bien, je suis plein aux as. Je lui donnerai plus qu'il ne pourra jamais dépenser. Il pourra s'en aller, me laisser tranquille. Ce sera bon pour moi… et bon pour vous.

— Comment ça ?

— Cela vous donnera l'occasion de lui mettre la

main dessus, dit Weber. Vous avez eu vos propres ennuis à Paris. Suspendu, c'est ça ? Avec Bock à votre actif, vous rentrerez en héros. Un assassin politique et un boucher ? On va vous décorer.

— Et qu'est-ce que je dois faire pour commencer ? s'exclama César, l'air agressif.

— Ce que vous devrez faire de toute façon, répondit Weber. Le tuer. »

César repensa aux paroles du commissaire principal. Ce que devenait Bock leur était égal ; il était quantité négligeable, une chose jetable qui avait pour seule fonction de les conduire à l'or. Ils en voulaient une partie, n'importe laquelle, afin de les dédommager pour deux cent mille Français. Si César était présent au moment de la découverte, les hommes politiques pourraient toujours en tirer quelque chose.

« J'ai un plan », ajouta Weber.

De même qu'ils se contrefichaient bien de savoir d'où venait l'or. Les Juifs d'Europe étaient morts, tout comme les Slaves et les gitans. Qui restait-il pour le revendiquer ? Et s'il n'y avait pas d'or, Bock n'était qu'un tueur de plus. Qui se souciait qu'un criminel soit mort ou vivant ? Weber uniquement. Et lui ?

« Où est Jacqueline Volette ? demanda César.

— Avec Bock, bien sûr. (Weber le fixa d'un regard amusé.) Ils sont amants, vous ne le saviez pas ?

— Sauf qu'elle travaille pour vous maintenant.

— Tiens donc ? »

Dans ce cas, il était jetable, lui aussi. Qui s'intéressait au sort d'un inspecteur ? Une bonne façon de se débarrasser de lui, mieux que la révocation ou la prison, avec des funérailles gratuites par-dessus le marché. L'ultime règlement de comptes pour l'Algérie.

Tobie avait raison, finalement : ils n'oublient jamais rien.

« Toujours intéressé ? »

César sentit qu'il perdait la grâce ; c'était la seule façon pour lui de rester proche de Weber et de l'or. Plus encore, cela le conduirait à Bock. Il avait négocié avec Maton et Martel, et à chaque fois, il s'était trompé un peu plus. C'était la troisième fois, et ce serait la dernière.

« Inspecteur Dreyfus ?

— Je vous écoute, monsieur Weber.

— Tout le charme de la libre entreprise... (Le financier souleva son verre de cognac.) C'est que quelqu'un profite de tout. (Il leva son verre pour porter un toast.) À ce quelqu'un. »

*
* *

Hauser avait un visage rond facilement souriant qui trahissait rarement ses pensées.

« Que savez-vous de l'*Enclume* ? demanda-t-il à son hôte.

— Seulement ce que vous me direz. »

Dans son fantasme, César vit l'anneau du Nibelung qui était fondu pour son or. Il en surgit le soleil et la lune.

L'inspecteur était à Berlin-Ouest pour apprendre ce qu'il pourrait au sujet du prix, pour se préparer au combat. Son hôte faisait autorité sur l'époque nazie.

« L'*Enclume,* dit Hauser, était strictement une affaire de SS, une façon d'avoir du *Geld,* de l'argent, en même temps que la gloire. »

Ils étaient assis dans l'énorme véranda du chalet de

Hauser, qui possédait une galerie remplie de livres. Le matin, le soleil inondait la pièce au travers de larges baies.

« Le projet était un secret bien gardé par une petite clique de gradés SS dirigés par Heinrich Müller. Même les autres SS qui étaient au courant de l'*Enclume* n'avaient aucune idée de son importance. »

Pendant deux ans et demi, l'usine ne cessa de vomir des lingots tandis que des cargaisons d'objets en or arrivaient en provenance des villes, des maisons et des corps pillés. À la fin de 1944, la mort et la destruction étaient présentes partout, et l'Allemagne nazie était en flammes. La guerre était presque terminée, même si Hitler rêvait encore de victoire dans les cendres de la défaite. En octobre, il formait une milice défensive. En novembre, il envoyait des fusées V-2 en représailles contre l'Angleterre. En décembre, il lançait une ultime offensive à l'ouest, le dernier sursaut de la puissance militaire allemande. Quand celle-ci se planta, lui aussi.

En janvier 1945, Hitler s'enferma dans la chancellerie du Reich et lentement fut gagné par la folie. Il aurait quand même sa victoire, et une victoire que le monde n'oublierait jamais. Ce serait son *Götterdämmerung,* son Crépuscule des Dieux, hurlait-il aux responsables nazis, et aussi celui de la nation allemande. Leurs ordres étaient clairs. Ils devaient tout détruire. Détruire, détruire, détruire…

« Mais, bien sûr, on ne peut pas détruire l'or, dit Hauser. (Il retroussa les lèvres avec une expression songeuse.) Et qui voudrait faire ça ? »

En mars, la fin était en vue et le four de l'*Enclume* fut fermé, les forgerons tués, le terrain nivelé. Même les gardiens furent exécutés, par un colonel

SS nommé von Shirrmacher, qui les mena dans les douches mobiles, verrouilla les portes et fit tomber dedans les cristaux bleu améthyste de l'acide cyanhydrique. Gazés comme des millions d'autres, leurs corps nus furent brûlés à Mauthausen.

« Entre-temps, expliqua Hauser, l'or avait déjà été expédié en Suisse sur les comptes secrets des SS…

— Dans sa totalité ?

— … c'est ce qu'on raconte. »

César se frotta les mains, brusquement frigorifié.

« Il y a une preuve ?

— Aucune, avoua Hauser avec un soupir. De rien. Vous ne devez pas perdre ça de vue. Tout ce que nous savons sur l'*Enclume,* nous le savons de façon indirecte et par ouï-dire. La plupart des responsables préfèrent ne même pas y penser – trop de mystères – ou ils y voient simplement une autre usine d'armes légères qui traficote de l'or. Ils en avaient une dans le camp de Lublin qui faisait pareil.

— Mais il y avait de l'or stocké près de Mauthausen, insista César.

— Des milliards, mais l'opinion générale est qu'il provenait du commerce avec d'autres pays, tels que la Turquie. Et du chantage. La Banque d'Italie, par exemple, fut l'objet d'un chantage éhonté.

— Il n'y a donc aucun moyen de savoir si une partie de l'or a été prélevée… (La déception s'entendait dans la voix de César.) Ou volée pendant le stockage avant que le tout soit expédié.

— Pas vraiment, reconnut Hauser. Mais, soit dit en passant, je n'ai jamais cru qu'une partie même minime de cet or soit arrivée en Suisse. Pas une miette, et je vais vous expliquer pourquoi. »

*
* *

En route pour Berlin-Est, César ne cessait de ressasser les paroles de Hauser, d'éprouver leur emprise.

«… inconcevable qu'après trente ans, pas un bout de papier n'ait surgi, que personne ne se soit manifesté. Nous parlons ici de milliards qui se sont envolés sans laisser de traces. Inconcevable, oui, mais pas impossible. L'autre raison est celle qui compte pour moi. Müller et les hommes autour de lui, je ne les vois pas renoncer à ce genre de trésor. Rappelez-vous que Müller ne faisait l'objet d'aucune surveillance vers la fin. Quand l'Allemagne nazie s'est désagrégée, Himmler et les autres dirigeants avaient des choses plus importantes en tête. Les corbeaux de Müller auraient pu payer le silence de ceux qui étaient au courant ou même les tuer, de façon à tout garder pour eux. Il y a eu beaucoup de morts parmi les SS dans les deux derniers mois de la guerre, des officiers supérieurs. Ces morts n'ont jamais été totalement élucidées – la documentation se base sur des traces écrites et c'est un autre mystère non résolu – surtout à Berlin et Munich. Il leur a suffi de quelques tueurs SS comme ce von Schirrmacher et…

— Bock ! » s'exclama César.

Et il se rappelait que tout s'était mis à tourner.

*
* *

La ville était un serpent de pierre qui se glissait en silence dans les rues désertes. Une armure protégeait ses écailles et nul citoyen ne s'approchait trop près. Trois fois par jour, ses gardiens changeaient de position, se dotaient de nouveaux masques et de temps en temps, on lui offrait en sacrifice un agneau.

À un kilomètre à l'est du serpent sur une avenue tranquille, ceux qui observaient les gardiens tenaient conseil. Il n'y avait pas de surveillance. Au-dehors, les blocs gris massifs étaient entassés au soleil tandis qu'à l'intérieur, le bâtiment bouillonnait d'énergie, parcouru par une multitude de fourmis en colère.

Au premier étage, César était assis dans le bureau du chef de la surveillance et écouta celui-ci fustiger ses homologues du secteur occidental.

« Des amateurs, décréta-t-il finalement. Ils pissent du lait et chient de la neige. »

Il fit une grimace de circonstance. La police secrète de Berlin-Est opérait à partir du ministère de la Sécurité nationale et surveillait la Vopo, la police du peuple, de même que le peuple lui-même. Le détachement du capitaine comprenait aussi les gardes-frontières postés stratégiquement sur le Mur de Berlin.

« Trop facile, là-bas, hein ? Ça vous ramollit. »

Il lança à César un regard qui en disait long, pas dans le meilleur sens, et sa bouche s'incurva en un sourire carnassier. Derrière lui, un visage sombre fixait l'objectif, avec des lunettes cerclées de noir et une calvitie naissante qui donnait au visage une allure professorale. À côté, un homme à barbiche souriait de façon experte.

« Un inspecteur capitaliste dans un État socialiste, constata le capitaine avec un large sourire, c'est comme un ver dans un fruit.

— Même les vers deviennent de l'or au soleil,

répliqua César. Regardez votre Premier secrétaire du Parti, sur le Mur. »

Les deux hommes se faisaient face de part et d'autre du bureau encombré de papiers. Une étagère à proximité ployait sous une autre masse de documents, dont beaucoup étaient recouverts de carton de couleur qui les transformait en rapports. Les sociétés socialistes survivaient grâce aux rapports.

« L'an dernier, il y a eu 5 324 passages de la frontière d'est en ouest, signala le capitaine. Mais seulement une douzaine se sont produits ici. Douze sur plus de cinq mille ! Ça montre ce que peut faire l'organisation.

— Et un mur de brique.

— Ça, c'est aussi l'organisation. (Le capitaine donna un coup du plat de la main sur le bureau pour souligner ses propos et une liasse de feuilles glissa de l'autre côté.) Ça doit vous poser un problème, sinon vous ne seriez pas ici. »

César se pencha pour récupérer les documents sur le sol.

« À vous aussi.

— Dans quel sens ?

— Il y a dix jours... (Il les remit sur le bureau.) Un de vos propres gardes-frontières a franchi le mur.

— Un fou, rétorqua le capitaine, ou alors une victime. Tout semble prouver qu'il était drogué, qu'il a été piqué par une fléchette qui en a fait un traître. À moins qu'il n'ait vu tout simplement les lumières de Berlin et qu'il ait cédé à ses phantasmes d'évasion. Dans un cas comme dans l'autre, il ne compte pas en tant qu'individu. Le socialisme ne s'intéresse qu'aux masses. »

Il plongea la main dans sa poche, la ressortit vide,

en essaya une autre, une troisième, considéra la mer de blancheur devant lui, plongea dedans...

« Vous avez parlé d'un échange.

— Ce serait dans un intérêt réciproque. »

... en vain. Il commença à explorer les tiroirs, au milieu, à gauche, à droite, et finit par la trouver : sa pipe.

« Un échange d'un intérêt réciproque avec un capitaliste ? »

Il se mit en quête du tabac.

« Cela arrive souvent, remarqua César.

— Qui gagne ?

— C'est gagnant gagnant. »

Le capitaine trouva une boîte métallique dans le tiroir du bas, souleva le couvercle. Elle était vide.

« Donc vous saurez bientôt où se trouve Bock. (Il referma soigneusement le couvercle.) Qui voulez-vous ?

— Heinrich Müller.

— Le Müller de la Gestapo ? »

Il remit la boîte dans le tiroir.

Et la pipe dans sa poche.

« J'ai besoin de savoir où il est.

— Pourquoi ?

— Et s'il est toujours en vie. »

Un planton apporta un plateau qu'il posa sur une chaise. Le bureau était incroyablement encombré. Aucun tapis n'ornait le sol, aucun rideau pour encadrer la fenêtre. César était assis les jambes serrées contre le bureau.

« C'est un bureau provisoire, remarqua le capitaine après le départ de l'employé. Ça fait seulement deux ans. (Il versa le thé dans des chopes en argent.) Müller a écopé trente ans.

— Müller contre Bock, dit César.

— Rappelez-moi en quoi ça m'intéresse.

— Reimer était votre homme.

— Il est toujours mort.

— Bock l'a tué. »

Le chef de la surveillance posa la chope devant César. Sur le plateau, des petits gâteaux de couleur et garnis de crème étaient posés sur du papier argenté. À côté étaient placées deux serviettes en papier bleu avec le nom d'un restaurant de Berlin-Ouest.

« Bock a attiré Reimer à Paris et l'a tué, répéta César.

— Pourquoi a-t-il fait ça ?

— Peut-être travaille-t-il de nouveau pour les Allemands de l'Ouest.

— Vraiment ? Des petits-fours ? (Le capitaine en prit un.) Ils sont à la pâte d'amande et très bons. (Il mordit dedans.) Non, je me trompe. Ils n'ont pas du tout de pâte d'amande. Ce sont des mazarins. Vous aimez les mazarins ? (Il tendit le plateau.) Vous êtes sûr ? Dommage. »

Le capitaine termina le carré de gâteaux et plia l'emballage argenté en deux, puis en quatre.

« Maintenant, vous dirai-je, *Herr* Dreyfus, la raison pour laquelle Herbert Reimer a été tué ? (Et il plaça le papier au bord du plateau.) Il a été tué parce que nous voulions sa mort. (Il souleva sa serviette et s'essuya soigneusement la bouche avant de la poser sur le papier argenté.) Nous avons payé à Bock sept exécutions, pas six. Reimer était le dernier ; les raisons ne vous regardent pas. Pour Dussap, sur lequel vous avez posé des questions, il a travaillé pour nous à Strasbourg jusqu'à ce qu'il devienne un ivrogne qui parlait trop. Nous aurions utilisé davantage les services de Bock, mais manifestement, il avait d'autres projets, qui impliquaient un échange d'identités avec Reimer qui lui ressemblait. La corde de piano, un vieux truc de nazis, c'était encore mieux. Mais vous avez découvert le pot aux roses, me dit-on, et Bock vous a révélé notre opération à Paris pour arriver à battre en retraite.

— Vous avez donc des raisons de vouloir le retrouver.

— Au premier abord, c'est exact. Imaginez notre surprise quand nous avons appris qu'on avait retrouvé Bock mort. Et puis d'apprendre par les Allemands de l'Ouest que c'était en réalité notre agent, Reimer. Par les Allemands de l'Ouest ! Ça, ça fait vraiment mal. (Ses yeux étincelaient encore devant pareille insulte.) Et, bien sûr, Bock a effectivement liquidé une de nos unités. Cependant... (Il se remit à fouiller sur son bureau.) Les réalités ont leur façon d'évoluer. Par exemple, un autre groupe peut être monté à Paris, embêtant, bien sûr (il trouva une deuxième pipe sous une pile de papiers). Mais pas impossible. (Elle était déjà bourrée de tabac et il l'alluma aussitôt, triomphalement.) Maintenant voyons l'autre côté de l'affaire. (Il prit une demi-douzaine de bouffées.) Pourquoi Bock voulait-il changer d'identité ? Il ne faisait rien à la légère, vous devez le savoir. Pour lui, il y avait une raison et un moment pour tout, absolument tout. (Une fumée âcre envahit la pièce.) Nous pensons que la raison, c'est l'or, et le moment...

— Pourquoi avez-vous dit l'or ?

— L'or, oui, l'or caché. L'or nazi. Notre or. »

Les deux hommes burent dans les chopes en argent, l'esprit englué dans l'or.

« Vous voyez mon idée, avança le capitaine. La

515

République démocratique allemande est engagée dans un processus pour récupérer des milliards de deutschemarks qui nous ont été volés après la guerre. S'il y a de l'or caché datant de l'époque nazie, il nous appartient légitimement puisque nous sommes les seuls héritiers légitimes de la plupart des citadelles nazies. (Il engloutit le dernier petit-four.) Si Bock le trouve, nous le revendiquerons.

— Comment le saurez-vous ?

— Comptez sur nous. »

Le capitaine se tapa l'estomac et rota. La pipe à la main, il se renversa dans son fauteuil et sourit à travers un brouillard bleuté, image d'une créature satisfaite du monde.

« Maintenant que je vous ai dit pourquoi nous voulons Bock vivant, ronronna-t-il, supposons que vous me disiez pourquoi vous voulez la mort de Müller. »

23

Les mangeurs d'arsenic virent le jour en Autriche, selon la légende, quand les mines d'or furent à sec. Quand le précieux minerai fut épuisé, les anciens hauts fourneaux furent reconvertis pour traiter le fer. Dans la province de Styrie, les fonderies abondèrent au point que le ciel devint obscur de l'aube au crépuscule, que les cheminées déversèrent des impuretés sous la forme d'une fine poudre cristalline et que la région fut bientôt couverte de poussière blanche de trioxyde appelé arsenic.

D'abord les animaux broutèrent dans les champs saupoudrés et acquirent une plus grande endurance. Puis les gens goûtèrent à la fleur magique, leur résistance s'accrut et ils devinrent plus beaux, avec un teint clair et une riche chevelure brillante. L'usage se répandit au point d'ajouter de l'arsenic à la nourriture des enfants et on mangeait de la pâte d'arsenic comme du beurre. Bientôt la dépendance à ce mets raffiné fut totale, dépendance qui n'avait d'autre issue que la mort.

Et puis certains mangeurs d'arsenic se tournèrent vers d'autres avec leur bouche empoisonnée.

De Berlin, César s'était rendu à Linz où tout avait commencé, mettant ses pas dans les pas de Bock, mais aussi de Weber et des autres, en quête du moindre élément qui pourrait lui permettre d'aller de l'avant. Il déambula dans les ruines de Mauthausen, désormais envahies par l'herbe folle, se tint en haut de la carrière où les camions attendaient les blocs de granit, descendit l'escalier de la mort dans la fosse infernale. Il sentait encore les vapeurs du mal trente ans après, voyait les fantômes, entendait le silence. Était-ce un jeu pour les gardiens ? Une question de logistique pour les dirigeants ? Des hommes comme le général SS Oscar Dirlewanger et Willi Brenner avaient aidé à mettre sur pied la machine à tuer de Mauthausen. Tous ces corps devaient être encombrants, faire désordre. Devait-on abolir la vie parce qu'elle créait le désordre ? Ici seulement. De quoi vivaient-ils ? De la fumée. Que deviendraient-ils ? De la fumée.

Dans la chambre d'hôtel qui donnait sur la place centrale – l'hôtel sur le balcon duquel Hitler se tint pour proclamer le nouveau Reich dans toute sa gloire –, César relut ses notes sur Mauthausen. Dirlewanger et Brenner avaient fui en Égypte après la guerre pour échapper à la vengeance des Alliés, de même que le chef de la Gestapo de Varsovie, Leopold Gleim. Franz Rademacher, le principal lieutenant d'Eichmann, et Bernhard Bender, l'aide de camp d'Himmler. D'autres nazis les suivirent par centaines au début des années cinquante, la plupart travaillant pour l'Égypte de Nasser. César se demanda si Müller figurait parmi eux. Pouvait-il refuser une deuxième chance d'éliminer les Juifs ? Un tiers de tous les Juifs du monde avaient déjà été assassinés.

À Linz, dont la population s'élevait à deux cent cinquante mille personnes, César parla à des gens qui n'avaient jamais entendu parler de Mauthausen. Du travail forcé dans le camp ? Pas possible, ils n'y croyaient pas ; n'était-ce pas contraire à la Convention de Genève ? Les nazis avaient commis des erreurs, *natürlich,* mais ils n'étaient pas idiots. Certains étaient plus pessimistes. La vie n'était-elle pas en grande partie une question de chance ? Bon alors, il fallait bien un perdant. D'autres avaient la nostalgie du *gute alte Zeite,* du bon vieux temps d'avant les nazis. Ou même d'après les nazis. Et pendant ? Que savaient-ils de ce qui s'était passé ? Ils avaient simplement vécu leur vie, suivi les ordres, fait ce qu'on leur disait de faire. Tout ça, c'était une grosse erreur, de toute façon. Une tragédie. *Ach,* quel idiot, cet Hitler. Tous les ennuis qu'il a pu causer ! *Gott in Himmel* ! Dieu du ciel ! Cela dit, il avait bien quelques bonnes idées.

« Pas question de foirer comme en Norvège il y a deux ans, mit en garde le chef du Mossad. Où la mauvaise personne a été tuée. C'est une erreur qui nous coûte cher, aujourd'hui encore. Cette fois, il n'y aura pas d'équipe d'une dizaine d'hommes et le soutien sera réduit au minimum. Tout faire pour passer inaperçu. (Sa voix fustigeait doucement le passé.) Par-dessus le marché, notre homme est un assassin patenté, donc ne le sous-estime pas. Quant à l'inspecteur français, on va devoir attendre pour voir ce que ça donne. (Une pause.) Je dois te rappeler que des réunions de groupes de la Gestapo se tiennent régulièrement là où tu vas, alors fais gaffe. (Son sourire était forcé.) Que ferions-nous sans les hommes politiques pour passer de nouveaux compromis ? Que feraient-ils sans nous pour les briser ? Tu pars demain pour l'Allemagne.

— Et mon contact ? demanda l'agent israélien.

— Tu dois le rencontrer à Munich.

— Il sait ce qu'il doit faire ?

— Espérons. »

Le général semblait mal à l'aise, il avait hâte que cette mission soit bouclée. Le nazi leur avait-il tout dit au sujet de Dieter Bock ?

« Une première pour moi ici, remarqua le plus jeune, nerveusement.

— C'est le Hilton du Mossad. »

Ils étaient dans un abri souterrain près du commissariat principal, un endroit dont se servait le renseignement israélien pour ses conversations secrètes. Jérusalem, contrairement à Tel-Aviv, avait une forte population arabe.

« Ça paraît assez insonorisé.

— À l'épreuve des bombes aussi. »

Les deux hommes sourirent. Les bombes faisaient partie de la vie quotidienne en Israël, mais cela ne les rendait pas moins effrayantes.

« À propos de cet inspecteur, dit l'agent.

— César Dreyfus.

— Des choses que je suis censé connaître ?

— Juste qu'il est déjà en Allemagne, il l'était en tout cas. Ce matin, on a appris qu'il avait quitté Berlin-Est pour l'Autriche.

— Linz ?

— Et Mauthausen.

— Sur la piste de Bock.

— Les deux, je dirais.

— Alors on dirait qu'il va marcher avec nous.

— Sauf qu'on ne peut jamais se fier à un Français. Prends de Gaulle, il a presque détruit Israël à lui tout seul. »

L'abri était renforcé de béton de six pieds d'épaisseur de tous côtés et comportait deux pièces. La pièce intérieure contenait une table de conférence en acier. Des lits superposés étaient entassés contre un mur. Près des pales du ventilateur de l'autre côté se trouvait une cache d'armes.

« Et si Dreyfus refuse de collaborer ? persista l'agent.

— Il le trouvera.

— Ensuite on le tue.

— Ce n'est pas Bock le problème, confia le général. C'est l'autre nazi. »

*
* *

Le terrain était une forêt, le lieu d'habitation un château. Dur à croire qu'un seul homme puisse posséder tout cela.

Son domaine s'étendait au nord-est de Wiesbaden, dans les monts boisés du Taunus. Dans ses replis gambadaient la chevrette et le sanglier, et ses ruisseaux étaient remplis de poissons bien dodus. Sur une hauteur qui dominait le Rhin se dressait un vaste ensemble de constructions, le manoir comportant un château gothique restauré avec deux ailes, une tour et une tourelle, des murs taillés dans la roche et des cours immenses. Le propriétaire demeurait ici, près de la nature, avec son propre Learjet et son terrain d'atterrissage privé.

L'hélicoptère était arrivé du sud-est, en provenance de Francfort, et avait déposé César dans la limousine qui l'attendait près du tarmac pour l'emporter vers la demeure seigneuriale du financier. Là, on l'avait promptement conduit au bureau où le maître des lieux l'accueillit.

« À votre retour, dit son hôte, affable. (Il versa sa dose habituelle de kümmel dans un petit verre et y ajouta un soupçon de goldwasser. Des paillettes de feuille d'or miroitèrent dans le verre.) Même si je dois reconnaître une certaine curiosité. »

César s'en tint au cognac dans un verre à liqueur qui semblait provenir de la cour de Ludwig de Bavière, le roi fou. Ses yeux suivirent le financier jusqu'à son bureau.

« Vous m'avez menti, monsieur Weber.

— Qu'entendez-vous par là ?

— Votre premier mensonge a été de me dire qu'on ne fondait pas l'or dans le camp de Mauthausen, quand l'usine a fonctionné pendant plus de deux ans. Streicher et Linge l'ont fait tourner, Bock et von Schirrmacher l'ont tenue secrète, et Baur s'est tu. Nul doute que d'autres étaient impliqués, lesquels ont tous été éliminés depuis longtemps. Francke et vous étiez chargés du quartier général des SS. »

Weber eut un sourire sombre.

« On dirait que vous avez fait le tour sans oublier personne.

— Pas complètement.

— Et le deuxième mensonge ?

— L'or de l'*Enclume* est parti par la filière clandestine des SS. J'ai donc pensé que votre groupe en avait dérobé une partie, une toute petite partie qui pourrait passer inaperçue et qu'il l'avait cachée dans un lac des environs. Maintenant je vois que je n'étais pas à la hauteur de vos ambitions. Vous aviez des rêves de grandeur.

— Quels rêves ?

— Vous avez tout volé. »

Derrière le bureau de marbre italien sculpté, au centre d'un mur lambrissé de panneaux de bois superbement travaillés, trônait un énorme portrait dans un cadre doré présentant un personnage majestueux dans une fière posture, confiant et plein de détermination morale. Un halo de lumière rougeâtre rayonnait autour de la tête. Le visage était fort, sérieux. Une banderole garnissait le bas : *Ein Volk, ein Reich, ein Führer*[1].

Hitler !

César lut et relut ces mots, en lettres blanches hardies sur une bordure noire. Il avait retrouvé le portrait qui avait dominé le bureau d'Himmler durant toute l'époque nazie, la toile qui avait fourni à Kayser le prétexte de son voyage à Paris. Si seulement il avait eu ses fléchettes !

« Êtes-vous en train d'insinuer que sept d'entre nous sont morts ?

— Non pas sept, l'interrompit César. Vous étiez huit.

— Huit ?

— Il était le plus important.

— De qui parlez-vous ?

— Le seul qui aurait pu mener à bien cette opération. Votre oncle Heinrich Müller. »

Le reste de la pièce reflétait la passion du financier pour l'opéra. Des photographies signées de grandes

---

1. « Un peuple, un empire, un chef. » Devise de la propagande nazie.

cantatrices tapissaient les murs tandis que des piles de disques occupaient chaque surface plane. La musique jouait sans interruption, surtout Wagner et Verdi. Généreux donateur des compagnies musicales de Wiesbaden à Vienne, Weber s'était vu attribuer le titre d'homme de l'année 1971 pour l'opéra par le magazine *Stern*. C'était l'hommage dont il était le plus fier.

« Comme la plupart de ceux qui recherchent la vérité, disait-il à présent à César, vous êtes davantage dans le faux que dans le vrai. Oui, on a fondu de l'or à Mauthausen, mais ce n'était qu'une partie du trésor. Le reste provenait de transactions et d'autres sources, obtenu en grande partie par mon intermédiaire. (La voix avait l'accent de la sincérité.) Et oui, l'or était caché dans un lac, mais seulement en attendant qu'on puisse l'acheminer en Suisse en toute sécurité.

— Pourquoi mentir à ce sujet ?

— Les détails y changent-ils quelque chose ? La guerre est finie, l'or a disparu. Il a préservé la liberté de milliers de SS – des hommes qui n'avaient fait que leur devoir – et aidé leurs familles à survivre. Il a même soutenu l'économie allemande. Vous devez bien savoir que quatre-vingt-dix pour cent des SS sont restés ici même, chez eux. »

Pendant qu'ils parlaient, le moment suprême du deuxième acte du *Götterdämmerung* – quand Brünnhilde, folle de douleur, prend la pointe de la lance de Hagen et jure la mort de Siegfried pour sa trahison – déferla par les haut-parleurs.

« Et Bock ? demanda César.

— Comme vous, il s'est imaginé que nous avions conservé une partie de l'or ; que nous l'avions trompé d'une certaine manière. Il voulait de l'argent et j'ai refusé.

— Et maintenant vous voulez sa mort.

— Je suppose que s'il a tué les autres...

— Il va vouloir votre peau.

— Il ne reste plus que moi.

— Et Müller ?

— Müller est mort. »

César hocha la tête.

« Les Allemands de l'Est disent qu'il n'est pas allé chez les Russes en 45. Où est-il allé ?

— En Amérique du Sud.

— Racontez-moi ça.

— Qu'y a-t-il à raconter ? (Son regard transperça César.) C'est un général SS qui a réussi à s'évader. »

L'inspecteur reposa son verre vide.

« En ce qui vous concerne, l'Enclume n'est qu'un souvenir et la guerre...

— La guerre est finie, répéta Weber.

— Pas encore, je crains. »

César eut soudain l'impression d'être un des mortels tourmentés créés par Wagner, la face claire et la face obscure de son psychisme se trouvant engagées dans un corps à corps effrayant. Au moins, le combat aurait le mérite de mettre de l'ordre dans ce chaos, se dit-il, oubliant que dans Wagner le même combat avait annoncé le crépuscule des dieux.

*
* *

Un type comme ça représente un danger, affirmait le financier à son interlocuteur ébahi. Il n'avait qu'un seul objectif : détruire le plus possible. Il dirait – et ferait – n'importe quoi. Il en savait trop pour sa santé. On ne pouvait pas lui faire confiance, on...

« … on ne peut pas lui faire confiance, disait à présent cet homme à un autre. Il veut la peau de Weber. »

Il jeta un œil furtif autour de lui tandis qu'il répondait à la menace de César. Un Juif qui haïssait les Allemands, voulait tuer la poule aux œufs d'or, peut-être gâcher leur vie. Il fallait agir face à cette menace, il allait agir. Pas tout de suite, mais bientôt. Très bientôt.

« Quand le moment sera venu, dit le financier à l'homme, tuez-le.

— Tue-le », dit l'homme à son coéquipier.

*
* *

César flânait dans Wiesbaden, il marchait pour chasser sa colère. Quelqu'un allait réussir à s'en tirer impunément avec du sang sur les mains et l'or par-dessus le marché. Weber mentait, évidemment, ce n'étaient que des mensonges. Il avait l'or et Bock le pistolet. Une situation bloquée, décida César, qu'il était censé débloquer en tuant Bock.

Mais où les Israéliens entraient-ils en jeu ?

Dans l'hôtel, il prit l'ascenseur pour le troisième étage. Le couloir était tapissé de papier fleuri et une moquette marron aux poils durs couvrait le sol. Des écrans de télévision étaient fixés au plafond aux deux extrémités du couloir. Au milieu était située une porte de secours qui battait vers l'extérieur ; quelqu'un s'en était servi au moment où César passait. Deux portes plus loin, il tourna la clé dans la serrure et entra.

Elle était debout dans l'obscurité de la chambre. Il pensa d'abord à une vision, puis à une statue. Elle avait la gorge serrée.

« Le réceptionniste m'a laissée entrer, articula Jacqueline. Je me suis fait passer pour votre femme arrivée avant votre retour. Je l'ai convaincu.

— Vous paraissez capable de convaincre les hommes de n'importe quoi.

— Sauf vous.

— Est-ce important ? »

Il entendait son cœur, sentait son sang. C'était de la folie, une maladie. Il la détestait.

« Peut-être que si nous nous étions connus plus tôt… » dit la sirène.

Elle lui effleura le visage du bout des doigts, ils étaient chauds sur sa peau. C'est la volonté de Dieu, songea César, et la seule chose qu'ils avaient en commun. La chaleur animale de son corps le poussa de façon irrésistible, déjà hors de contrôle. Elle enfouit sa tête contre son épaule.

« Un fantasme, murmura-t-elle. Tout homme doit pouvoir réaliser son fantasme une fois avant de mourir. »

Elle avait un corps électrique, qui fusionna avec le sien. Impuissant, il s'abandonna à ses desseins.

*
* *

Nicole était une rivière qui l'emportait doucement vers la mer.

Jacqueline était un océan qui l'emporta loin du rivage.

« Je ne suis pas vraiment français ou allemand, dit César. Je ne suis à ma place nulle part.

— Tu es à ta place ici, souffla Jacqueline, les mains sur le dos de César.

— Et demain ? »

Il avait l'impression de se noyer, de la perdre.

« Nous avons eu déjà tous nos lendemains, chuchota-t-elle.

— Pas tous.

— Reste. »

Elle le retint en elle.

*
* *

Le chef de la Gestapo était mort, d'après son neveu. Une crise cardiaque, brutale et massive, la bouche grande ouverte au paroxysme de la douleur, les doigts recroquevillés comme des serres. Il était mort dans son lit, dans sa maison située aux abords de Garmisch-Partenkirchen dans les Alpes bavaroises, de hautes parois de roche et de glace qui séparent l'Allemagne de l'Autriche.

César avait pris un vol de Wiesbaden pour aller voir le chalet dans lequel Müller avait vécu et était mort sous un nom d'emprunt après son retour d'Amérique du Sud.

À Garmisch, César s'entretint avec le médecin légiste, qui se souvenait de cette mort, survenue deux ans plus tôt. Il n'y avait pas eu d'autopsie puisque le défunt était suivi pour des problèmes cardiaques. La routine, sans plus.

Pas pour César, qui ne croyait pas aux coïncidences ni même en de commodes crises cardiaques. Weber l'avait fait tuer, et l'inspecteur en connaissait la raison. L'or !

Toutefois, Müller aurait été sur ses gardes avec n'importe quel homme. Une femme alors ?

« Oui, il y avait quelqu'un avec lui, se rappela le

docteur dans un éclat de rire. Dans son lit, apparemment, ce qui est la cause de sa mort. Trop (il y avait clairement un sous-entendu grivois) d'exercice pour un vieil homme.

— Et la femme ?

— Jeune et belle, d'après la bonne. Allemande, bien sûr. Ils ne l'ont jamais retrouvée ; probablement mariée. Elle n'y était pour rien. C'était manifestement une crise cardiaque. »

César y voyait au contraire le chlorure de succinylcholine et Jacqueline Volette, qui parlait six langues, dont l'allemand parfaitement.

« A-t-on enterré le corps ?

— Incinéré, à Munich. »

César quitta la ville sur les ailes de la paranoïa.

*
* *

Sur le chemin de Munich, César affronta son obsession dans toute sa vérité. Pas seulement à cause de Bock. Jacqueline Volette était une tueuse, elle aussi ; elle avait tué sa demi-sœur et Linge, peut-être même Müller. Qui d'autre ? Elle leur avait souri puis, tranquillement, les avait poussés ou empoisonnés ou peu importe ce que faisaient les meurtrières belles et cultivées. Elle l'avait mené en bateau pendant longtemps. Non, ce n'était pas vrai ; il avait accepté de se laisser promener et il avait joué le jeu. Maintenant il était un acteur, lui aussi, qui faisait comme s'il n'y avait pas de sang sur les mains de la belle pendant qu'elle le tenait, fermant les yeux pour ne pas voir toute sa rapacité. L'argent était tout pour elle.

« Ne lui faites pas confiance, l'avait averti Weber.

— Pourquoi me le dire ? »

Le visage de Weber s'était plissé en un masque cruel.

« Vous la voulez pour vous, dit-il. Une version féminine de Bock.

— Mais vous l'avez achetée.

— Tuez-le et elle, vous pourrez la garder, l'encouragea Weber.

— Alors vous nous aurez tous les deux.

— Et vous m'aurez moi. »

César s'était émerveillé de l'audace du bonhomme. Weber était un joueur derrière sa façade lisse d'homme d'affaires, de bâtisseur d'empires téméraire et complètement siphonné. Si Hitler avait eu un fils, ce serait Hans Weber. Tous les deux se servaient des gens comme de pions dans un combat où la vie ne comptait pas. Tout était une question de pouvoir et de triomphe de la volonté. César avait pris place dans le bureau de Weber, avec la musique de Wagner qui enflait, et il avait fixé le portrait d'Hitler.

« Nous devons nous entraider, avait dit Weber. Vous savez que Bock est un tueur. Il a déjà fait une douzaine de morts, dites-vous. Et malgré tout, vous voulez seulement le conduire au tribunal ? On ne peut pas coincer un type comme Bock. Seule la mort peut avoir raison de lui.

— Et pour ça, vous m'offrez la gloire et maintenant la femme. Mais où est l'argent ? interrogea César, curieux. La fortune n'est-elle pas la troisième partie du pacte avec le diable ?

— Tout ce que vous voudrez.

— Alors le chasseur se confond avec sa proie, un accouplement des instincts.

— C'est Bock que vous chassez, pas moi.

— C'est Bock que je chasse, mais c'est vous que je vois.

— Alors regardez-y à deux fois. Sans moi, vous ne le verrez jamais.

— Jamais ? (César ferma les yeux, se vit tuer Weber à l'endroit où il était assis. Alors Bock devrait se mettre à sa poursuite parce qu'il lui aurait soufflé sa vengeance.) Vous ne ressemblez pas à Hitler, en fin de compte, monsieur Weber. Il aurait su que tous les chemins mènent à Rome ou même ici, à Wiesbaden. Un guerrier n'emprunte que la grand-route, n'est-ce pas ? Vous auriez dû avoir plus de jugeote. Je retrouverai Bock et je le tuerai si je le dois. Ensuite je viendrai vous chercher.

— Alors nous nous entraiderons, se réjouit Weber. D'ici demain, les choses devraient se mettre en place. Je vais fixer un rendez-vous à Bock – et vous irez à ma place. Je suis le seul à pouvoir vous aider. »

« Tu n'as pas le choix, avait dit Kussow. Aide-nous. »

Qui lui avait envoyé Jacqueline, pour alimenter ses fantasmes, le radoucir ? César aurait volontiers tué Weber rien que pour cela. Et pour cela seulement.

Ayant cessé d'être le chasseur, il courait à présent avec les loups.

24

Le monument dédié à la Madone se trouvait au centre de la Marienplatz. Des promeneurs se reposaient sur des rangées de chaises blanches pendant que des acheteurs allaient et venaient comme des oiseaux nerveux. Très loin sous les pavés gris de la place centrale de Munich, des wagons plombés roulaient toujours vers Dachau.

*
* *

Quinze ans de chasse avaient donné à César certaines techniques de survie qui marchaient parfois. Ou pour le dire autrement, ces quinze ans lui avaient valu deux blessures par balles, quelques coups de couteau, plusieurs commotions cérébrales et pas mal de bleus. D'un autre côté, il était toujours de ce monde.

Après un rapide déjeuner à la gare, il changea de l'argent, opération qui s'accompagna d'une sortie papier indiquant le montant de ce qu'il donnait, le taux de change et ce qu'il recevait. Ce qu'il avait reçu faisait cinq deutschemarks de trop, mais personne ne le crut ; il parlait allemand avec un accent français.

Sur le trajet entre le centre-ville et le commissariat central, il observa les gens. Seuls les nazis se dressaient sur leurs pattes de derrière et dévoraient la chair humaine jusqu'à satiété.

Pourquoi Jacqueline était-elle venue à lui ? se demandait-il. Était-ce seulement à cause de Weber ?

Dans le quartier des affaires, l'heure du déjeuner faisait descendre les gens dans les rues. Ils se promenaient, se donnaient la main et se fourraient le nez dans le cou, comme s'ils étaient à Paris. Imaginez ça !

La circulation avançait lentement, signe de prospérité. Les grands magasins travaillaient fébrilement et les employées faisaient front. Pas toujours bravement. Dans des coins sélectionnés, des ambulances privées attendaient, prêtes à toute urgence ; la maladie signifiait de l'argent, un commerce en plein essor.

Il écoutait les passants. Chaque parole était une conspiration et là où plus de deux personnes se retrouvaient, il y avait un complot.

Sur un chantier, les hommes déplaçaient la terre comme si c'était de l'eau. D'autres hommes déplaçaient de l'eau.

Sous ses yeux se profilaient des toits à pignons, des flèches de cathédrale et des remparts à créneaux. La maçonnerie néogothique était visible partout.

Il passa devant un étal ouvert rempli de *Weisswurst* et de *Schweinshaxen*. Des saucisses blanches ou du jarret de porc ? demandait le sourire des serveuses. César résista et poursuivit son chemin.

Ici les gens mangeaient joyeusement, avec avidité. En public ! Des sacs ouverts et des joues gonflées et des têtes renversées pour les liquides. Le papier gras et l'emballage du sandwich, avec une serviette en papier pour le fruit. Se lécher les doigts faisait partie du rituel. Coutume locale, se dit César. En Italie, on brisait les verres.

Il regarda quelqu'un s'empaler sur un sandwich en forme de sous-marin.

Les Allemands étaient gros au niveau de la ceinture et avaient un torse puissant. Il y avait une convivialité frénétique dans leur façon de trop manger, presque une manie, comme s'ils devaient manger l'équivalent de leur poids chaque jour ou mourir.

Ce qu'ils ingurgitaient était d'une simplicité irrésistible, en rapport pour la plupart avec ce que mangent d'autres animaux.

Que penser de pareils mangeurs ? Et buveurs ? Des possédés, sans doute. Presque deux cents litres de bière étaient descendus chaque année par chacun des habitants de Munich.

Dans l'énorme brasserie munichoise, la Hofbräuhaus, en 1920, le chef du parti national-socialiste se leva une semaine après la Saint-Valentin pour envoyer tardivement sa lettre d'amour au peuple allemand. Elle appelait au meurtre de masse et au viol du monde. Peut-être Hitler était-il soûl, se dit César, et n'avait jamais dessoûlé depuis. Mais pourquoi avait-on continué à lui servir à boire ?

Les bus transportaient des gens qui ne voulaient pas marcher. Les trams transportaient ceux qui ne le pouvaient pas. Des fleurs poussaient entre les pavés.

Il approchait du commissariat central et du triste ensemble de bâtiments chargé de faire respecter la loi et l'ordre. Comme partout, la justice était obligée de porter un bandeau gris. Avoir les yeux bandés, imaginait César, ne devait pas être sans inconvénients.

Le bâtiment s'enorgueillissait d'avoir un gardien et un annuaire. César trouva la section qu'il cherchait et suivit son flair. Les inspecteurs étaient payés pour poser des questions à des gens qui n'aimaient pas répondre. Ils comprenaient le goût du secret et ne vivaient jamais au rez-de-chaussée.

Jacqueline Volette avait été avec Bock par passion et se trouvait avec Weber par appât du gain. À moins que ce ne soit la même chose ?

Les roses étaient rouges. Le sang aussi.

*
* *

Le divisionnaire présenta César à Max et Bernie, qui allaient travailler avec lui. Après s'être entretenu avec César au téléphone, il avait communiqué aux deux inspecteurs le peu qu'il savait de l'affaire.

« J'aurais aimé en savoir plus… (César écarta les bras.) Mais tout ce qu'on peut faire, c'est attendre que Bock se manifeste.

— Où est-il maintenant ?

— À mon avis, il est encore à Munich.

— Comment vous savez qu'il y est venu ?

— Il a tué Otto Francke. »

Max et Bernie échangèrent un regard avec leur supérieur qui se racla la gorge. D'autres devoirs l'attendaient, et il abandonnait donc César entre des mains expertes, ce qui voulait dire qu'il préférait rester à l'écart d'une affaire concernant Hans Weber. Il suffisait que celui-ci décroche son téléphone pour le vouer à sa perte, il anéantirait sa carrière. Pour autant qu'il sache, Bock était recherché pour une série de meurtres en France ; il n'y avait aucune preuve qu'il ait commis des crimes sur le sol allemand. Heureusement, il y avait une meilleure coopération policière que politique. Le tueur serait pris et expédié à Paris en compagnie du Français. Et bon débarras.

« On vous a parlé des supposés accidents ? demanda César quand le divisionnaire fut parti. L'un d'eux s'est produit ici le mois dernier.

— Vous parlez bien l'allemand, observa Bernie. (C'était un robuste gaillard au teint rubicond avec un corps qui manquait d'exercice.) J'ai vérifié moi-même Altomünster. Rien d'étrange là-dedans. Streicher était seul quand la machine agricole a eu des ratés. Il est descendu pour aller voir et cette saleté d'engin a redémarré. Ça arrive.

— C'est arrivé l'an dernier à Parsdorf. (Max était un petit bonhomme, sec et nerveux, les yeux profondément enchâssés et les cheveux au ras du cuir.) Un type est tombé du tracteur et la machine en a fait du hachis. (Il regarda Bernie.) Tu te rappelles ?

— Comment je pourrais oublier ?

— C'était Bock, insista César. Toutes ces morts, mais déguisées en accidents.

— Laissons tomber ça pour le moment, conseilla Bernie à César. Vous êtes ici pour récupérer Bock à cause de crimes commis en France, c'est juste ? On est là pour vous aider. C'est tout ce qu'on veut savoir. S'il pointe le bout de son nez, on le prendra. OK ? Tout le monde sera content et vous pourrez rentrer chez vous.

— En emmenant Bock, insista Max. Après ça, s'il s'avère que vous avez raison pour ces accidents, eh bien ma foi… (Il fit un clin d'œil à Bernie.) On saura que vous l'avez déjà coincé. On ne peut pas mieux dire.

— Autrement dit, vous ne me croyez pas.

— Qu'est-ce que ça peut faire ? demanda Bernie. On en sait assez.

— Pas besoin d'en savoir plus, renchérit Max.

— À part où il est.

— Ce qui compte, c'est que vous sachiez bien que vous n'avez aucune autorité ici, aucun privilège, poursuivit Max. Vous ne pouvez même pas porter une arme sur vous. Vous ne pouvez rien faire sans passer par nous. On se charge de faire le gros boulot pour Bock.

— Et pour Weber ? interrogea César. Vous vous occupez de lui aussi ? »

Il y eut un silence pénible jusqu'à ce que Bernie prît enfin la parole.

« De notre point de vue, Weber peut s'occuper de lui-même. En Allemagne, les millionnaires peuvent faire à peu près ce qu'ils veulent, sinon à quoi ça sert de se tuer pour le devenir ? Enfin, si quelqu'un d'autre essaie de les tuer, là bien sûr... »

Sa pensée resta en suspens.

« Vous pensez que Bock veut tuer M. Weber ? s'enquit Max.

— Pour le moment, je m'inquiète plutôt du fait que Weber veut zigouiller Bock », rétorqua César avec sincérité.

Max leva les mains en l'air tandis que Bernie faisait le tour du bureau pour s'affaler dans le fauteuil.

« Et si vous nous racontiez toute l'histoire... (Son visage s'était coloré sous l'effet de l'irritation.) Ce plan pour débusquer Bock. »

*
* *

À l'hôtel, César alluma la télévision et remit de l'ordre dans ses pensées. Bock devait mourir ; il était obsédé aussi par le nazi, et il n'avait pas le choix. Il arpenta la pièce sur toute la longueur de la moquette, calculant le nombre de mètres avec ses pieds. Weber non plus ; Bock était au courant pour l'or et resterait toujours une menace. La porte avait un verrou en cuivre ; la fenêtre était hermétiquement close. Et lui aussi.

Un groom apporta le paquet qu'il avait expédié lui-même de Paris. César lui donna un pourboire et ouvrit l'emballage, sortit le sac étanche. Il l'emporta dans la salle de bains et le mit dans le réservoir de la chasse d'eau. La baignoire étant cimentée au sol, il ne pouvait rien cacher derrière. Les tuyaux étaient encastrés dans les murs. Il ne pouvait donc pas se pendre.

*
* *

Assis dans un coin de la salle du poste, ils rejetaient tout ce qu'il leur disait sur Weber, les yeux agrandis d'appréhension. Un banc de bois courait le long du mur sous un tableau de liège couvert d'informations sur le voisinage. Les sièges étaient des rebuts de cuisine avec des accoudoirs incurvés, un problème standard dans la police. Une seule fois César avait connu le confort, voire l'opulence, dans un poste de police – à Istanbul, sur la piste du pervers de Bordeaux – mais c'était loin, et maintenant, c'était Max qui se cachait derrière le masque.

« Il n'y a pas d'or, contesta-t-il. On a vérifié auprès des Autrichiens et ils n'ont rien trouvé dans les lacs. Alors pourquoi Weber voudrait-il la mort de Bock ?

— Dans ce cas il a déplacé l'or.

— Et dans ce cas Bock ne sait pas où il est. Toujours pas de problème.

— Il faut que vous soyez fou, lui dit Bernie. Un homme comme Weber n'aurait pas besoin d'engager un flic pour tuer Bock. Donc il est balèze. Donc les autres aussi. De plus, il ne représente pas une menace. S'il tue la poule aux œufs d'or, il ne sait strictement rien de l'or que Weber cacherait d'après vous. Vous voyez ?

— Je ne suis pas fou », objecta César.

*
* *

Il essaya de nouveau d'appeler Paris, parvint cette fois à joindre Alphonse qui avait consulté les chasseurs de nazis au sujet de Müller. Klaus Barbie était en Bolivie et Mengele au Paraguay, comme des milliers de SS. Nulle part il n'était question de Müller.

« Barbie est rentré récemment d'Autriche, où habite sa fille. Vous croyez qu'il serait de mèche avec Bock ? »

César ne voyait pas comment, même s'ils s'étaient rencontrés à Lyon en 1942. Plus vraisemblablement, Weber, avec ses contacts, connaissait Barbie. Aurait-il pu expédier l'or en Amérique du Sud ? Et avoir recruté Barbie pour se débarrasser de Bock ? Tout était possible quand des sommes aussi faramineuses étaient en jeu.

« Inspecteur ?

— Pas même des bruits ?

— Rien

— Müller est mort, décréta César. Et pour Jules ?

— C'était l'homme de main de De Gaulle en Algérie, répondit Alphonse. Depuis, il est passé en douceur à travers plusieurs ministères, mais partout où il est allé, des têtes sont tombées.

— Maintenant je sais », dit César.

Junot avait été son protégé à l'époque de l'Algérie ; le bruit courait que la police pouvait être impliquée dans son exécution. Peut-être même la Criminelle en la personne de l'inspecteur Dreyfus, qui avait souvent été en désaccord avec Junot.

« Ça veut dire quoi ? » demanda Alphonse.

Cela voulait dire que pour Jules et le ministère, avec un peu chance, César était un Juif mort. Ils voulaient une partie de l'or, ou du moins une garantie qu'il n'irait pas en Allemagne de l'Est. Les Américains se trouvaient derrière. Si tout foirait, il ferait un parfait bouc émissaire.

« Suis-je censé vous avoir parlé ? »

César lui recommanda de ne rien dire.

*
* *

La fois suivante, ils vinrent le trouver avec des dénégations encore plus insistantes, et César n'arrêta pas de répéter les liens entre Bock et Weber jusqu'à ce qu'il comprenne que c'était peine perdue. Alors il vit autre chose.

« Des nazis ! souffla-t-il. Weber était un nazi. Vous croyez que j'essaie de le coincer à cause de ça et vous vous contrefichez du reste. Pas étonnant qu'il se batte l'œil de ce que je fais. »

Bernie et Max étaient assis, bouche close, les lèvres

aussi minces qu'un trait de crayon. Seuls les yeux divaguaient.

« Vous êtes tous les mêmes. (César ne put retenir un éclat de rire amer.) Et je ne vaux pas mieux. »

*
* *

« Ça ne valait pas le déplacement, inspecteur. (Le chef des opérations de la BND était déçu.) Il n'y a pas d'or.

— Il n'y a pas d'or en Autriche, corrigea César. Ce n'est pas pareil.

— Dites-le à Bock si vous arrivez à lui mettre le grappin dessus.

— Bock est dans les parages, il attend de voir l'argent de Weber.

— Si on peut vous être utile, dit l'agent. (Il plongea la main dans un tiroir.) Ça vous tente ?

— Vous pouvez m'aider ? »

Il remplit un verre au pied cannelé.

« Vous en êtes sûr ? » insista-t-il.

César le regarda boire, claquer les lèvres. Il s'en versa un autre, le descendit, rangea la bouteille.

« Une célébration... privée. (Il sourit en piquant un fard.) Non, on ne peut rien faire pour vous.

— Mais vous réclamerez votre part de l'or si on le trouve.

— Ce serait de l'or allemand et nous sommes on Allemagne.

— C'est de l'or nazi.

— Pourquoi chicaner ? (Ses yeux avaient l'air de roulements à billes.) Et Bock ?

— Weber veut sa mort, il m'a proposé de le liquider. Ce qui n'est pas logique s'il n'y a pas d'or. Il dit que Bock est timbré. Vous croyez qu'il est timbré ?

— C'est un chien enragé.

— C'est ce que je leur ai dit ici. Du coup ils me prennent pour un fou.

— Ils croient que vous êtes dangereux. (Sa voix était un avertissement.) Ils croient que vous voulez la peau d'un de leurs héros. Faites gaffe avec eux.

— On parle de la police ici.

— On parle de pognon, et le pognon achète les policiers.

— On n'est pas tous comme vous autres, le rembarra César, surpris par cet éclat.

— Alors, si on peut vous être utile. »

Le chef des opérations pressa un bouton sur le bureau.

*
* *

Bernie fit un saut pour prodiguer des paroles de conciliation et pour s'assurer que César était confortablement installé.

« C'est chouette ici, propre. La direction fait de son mieux pour vous ? Si vous étiez un peu plus haut… (il regarda par la fenêtre) vous pourriez presque voir les Alpes. Magnifique. Bon, les choses se passent assez bien. Certains d'entre nous pensent que vous avez peut-être raison au sujet de Bock. Mais alors c'est Weber qui est en danger, maintenant d'autant plus.

— Quel danger ?

— On a repassé en revue les affaires de Streicher, en allant chez lui, dit Bernie. Dans son album, on a trouvé une photo de quatre hommes debout près

543

d'un lac. Trois d'entre eux sont déjà morts, dans des accidents survenus au cours des derniers mois. C'est déjà assez suspect, comme vous dites, mais le quatrième…

— J'ai la même photo, coupa César. C'est Bock.

— Non, c'est Weber. »

*
* *

Le soleil paressait dans le ciel, et ses rayons barbouillaient Munich en jaune. Le vestibule vibrait d'activité, tandis que des clients partaient et que d'autres arrivaient. L'équipe de ménage, qui passait d'une chambre à l'autre, était un modèle d'efficacité et de rapidité. César se sentait emprisonné en Allemagne, un Juif dans un kibboutz de Gentils.

Dans la rue, les voitures se rangeaient près du trottoir pour laisser descendre leurs passagers tandis que des lumières clignotaient selon l'ordre chromatique aux coins des rues. Des hommes bien habillés traversaient d'un pas assuré le vestibule de l'hôtel.

Où était passé l'or de l'*Enclume* ?

Les commandos israéliens de l'opération Colère de Dieu utilisaient des Beretta à canon long avec un silencieux spécial Parker-Hale.

Zeev vérifia une dernière fois son arme et la plaça soigneusement dans la mallette noire, comme l'avait fait David. Au rez-de-chaussée, ils retrouvèrent leur chauffeur. Il fallait un quart d'heure pour aller à l'hôtel.

Les escadrons de la mort du Mossad avaient été formés à la suite du massacre de onze athlètes israéliens lors des jeux Olympiques de Munich et de la boucherie à l'aéroport de Lod[1] où un commando terroriste appuyé par les Palestiniens avait tué vingt-six personnes et blessé soixante-dix-sept autres. Quand Golda Meir déclara au parlement israélien que dorénavant les terroristes anti-israéliens ne seraient en sécurité nulle part, elle proclamait la colère de Dieu.

Les deux agents israéliens avaient déjà fait équipe une première fois un an plus tôt pour essayer d'avoir Mengele à Asunción. La villa de dix pièces sur deux niveaux, une véranda sur l'arrière, était située en retrait de la route et protégée par des bosquets et un mur de deux mètres de haut. L'allée virait sur la droite et arrivait devant la maison dans un grand mouvement circulaire de pierre blanche. La grille centrale était fermée et probablement verrouillée.

Ils s'étaient garés à proximité dans une clairière repérée plus tôt en laissant les portes ouvertes. Dans l'obscurité, les quatre Israéliens avaient l'air d'hommes des bois fous avec leurs masques de ski verts et leurs gilets de protection camouflés sur leurs gilets pare-balles. Ils avançaient sans bruit en se faisant des signes avec les mains. Dans leur poche droite reposait une arme, les poches ayant été élargies pour permettre de sortir les armes en tirant. La technique du fusil à canon scié enseignée au Mossad était de toujours viser au ventre, une cible beaucoup plus large que la tête et avec des gros calibres, le coup était presque toujours mortel.

Par-dessus le mur, deux équipes à vingt mètres de distance. En s'approchant de la maison, ils ne virent personne. Des lumières brillaient et Zeev situa la chambre de Mengele. Il fit signe à David ; la fenêtre

---

1. Devenu depuis l'aéroport international David-Ben-Gourion.

du coin à gauche. Lentement ils progressèrent vers la véranda, un, un autre, trois, quatre. Toujours séparés, chaque homme couvrant l'autre, devant et sur les flancs.

Près des fenêtres, Zeev prit la décision ultime qui incombait au chef du commando : donner l'assaut ou une mort furtive. À son signal, ils fondirent sur la maison, l'arme au poing. En une seconde, David était en haut des marches, Zeev sur ses talons. La porte de Mengele vola en éclats sur leur passage, David utilisant l'Uzi avec un silencieux. Zeev fut le premier dans la chambre, le doigt sur la détente. Ils avaient été formés à l'exercice et c'était une seconde nature, une technique portée au niveau d'un art. L'œil, le cerveau, le doigt travaillaient ensemble. Trouver, affirmer, presser. Pan ! Dans le ventre. Il avait repassé le film un millier de fois dans sa tête, dans son sommeil. C'était un prolongement de lui, de son bras. Rien ne foira. Et tout foira.

Il n'y avait personne dans la pièce.

La maison était vide. Pas âme qui vive, personne. Les lampes étaient encore allumées, les pendules marchaient, les compteurs tournaient. Dehors les arbres levaient toujours leurs branches vers les cieux où les étoiles scintillaient. Seule la terre avait arrêté de tourner et, brusquement, était devenue froide.

L'ange de la mort d'Auschwitz avait été prévenu et l'oiseau s'était envolé pour de bon.

À présent, à Munich, la voiture s'arrêtait devant l'hôtel pour déposer deux hommes bien habillés qui franchirent à grandes enjambées le vestibule en direction de l'ascenseur.

*
* *

546

César s'apprêtait à quitter la chambre quand on frappa à la porte. Quel timing ! se dit-il en ouvrant la porte à la femme de ménage. L'arme lui fit changer d'avis, un Beretta pointé sur sa tête. L'inconnu lui fit signe de se taire. L'autre, plus jeune, referma la porte. La fouille fut rapide, complète. Ensuite, ils traversèrent le vestibule – César au milieu, les mains dans les poches de son blouson – en direction de la sortie et descendirent les marches. Un trio d'hommes d'affaires avec des mallettes traversant le vestibule, cela passait inaperçu. La voiture les attendait. César s'assit derrière avec l'homme le plus âgé, un modèle de mutisme.

La Ludwigstrasse était un fragment de rue large bordée d'immeubles d'avant-guerre qui se transformait plus loin en Leopoldstrasse, laquelle conduisait au cœur de Schwabing, le quartier branché de la ville. Comme ils roulaient vers le nord, César dévisagea ses ravisseurs. Le chef avait des petits yeux tristes dans un visage triangulaire étroit, des traits méditerranéens. Il ne faisait aucun geste inutile, c'était un vrai professionnel. L'autre était plus grand, plus robuste, les cheveux et la peau plus clairs. Les yeux étaient plus grands aussi et il lançait plus souvent un regard dans le rétroviseur. César le voyait moins prévisible, le plus faible des deux, mais pas un amateur.

Une succession de tournants dans le quartier les conduisit à la rue Schraudolph et un immeuble de quatre étages au bout du pâté de maisons. Ils firent monter rapidement César par l'escalier jusqu'au premier étage sur l'arrière, traverser le couloir tapissé d'ombre. David se servit d'une clé pour ouvrir la porte et son compagnon suivit César dans la cuisine, le revolver lui faisant signe d'avancer. « Par ici », ordonna Zeev.

Des meubles rembourrés étaient alignés contre les murs, ceux formant un ensemble étant entassés en piles serrées. Ils dataient du début du siècle, pour autant que César pût en juger, un âge d'or. La troisième pièce présentait des lits avec des têtes ouvragées et des commodes aux pieds cannelés. Tout au fond se trouvait la plus grande des pièces de ce débarras, encombrée de vases en opaline sur des tables basses délicates, de miroirs aux cadres dorés et de bibliothèques vitrées avec des livres reliés en cuir ou ce qui y ressemblait. Il y avait des miasmes de décadence dans la pièce, l'appartement dégageait une impression de pourriture, une odeur de mort. Ou était-ce seulement une odeur de vieilleries ? Dans le coin, à l'autre bout de la pièce, entre les deux séries de fenêtres, une bête sauvage poussa un rugissement soudain et Yishaï Kussow caressa sa fourrure pour la rassurer.

« Les chats sont jaloux, tu t'imagines ? dit-il avec un sourire à l'adresse de César. Comme les gens, ils ne supportent pas les intrus. »

César resta sur place, sidéré.

« Shinbeth est parfaitement raisonnable tant qu'on n'envahit pas son espace, expliqua Kussow. Sinon il attaque, mais toujours pour se défendre. Ça ne te rappelle rien ? Viens t'asseoir là où je peux le mieux te voir. (Il indiqua la chaise à sa gauche.) Mes yeux, dit-il avec un soupir. Ils me disent tous que je pourrais devenir aveugle un jour et je leur dis qu'un jour je ne serai plus là. Ils verront. (Il recommença à caresser le chat.) Les animaux sont de grands interprètes de ce que nous ressentons. Tu savais que le poulpe manifeste toutes nos émotions ? La colère, la peur, la jalousie…

même le goût du jeu. Shinbeth les exprime toutes, lui aussi – mais si l'occasion se présente, il mangera le poulpe par-dessus le marché.

— Mais on est en Allemagne ici ! »

César avait traversé la pièce, complètement médusé.

« Je sais, j'avais juré de ne jamais y remettre les pieds. (Kussow hocha la tête tristement.) Et me voilà. Un vieillard sénile, tu pourrais penser. Ou peut-être le Juif errant qui n'arrive pas à changer ses habitudes. Ça pourrait être aussi que… (Il chassa Shinbeth de ses genoux.) Que je suis ici pour te parler. (Il soupesa César du regard, tel un bijoutier devant une montre.) Tu as l'air mieux que la dernière fois qu'on s'est vus. L'hôpital ne te réussissait pas.

— Les armes avec des silencieux non plus.

— Je m'en excuse. (Un froncement de sourcils.) Ils avaient peur que tu préviennes tes collègues à Paris, sans te rendre compte des conséquences. Je leur ai dit qu'une démonstration de force t'impressionnerait.

— Le Mossad ?

— Disons que ce ne sont pas des Bédouins hachémites. »

Il retira ses lunettes et chercha un journal. César l'avait regardé les nettoyer d'innombrables fois, toujours avec du papier. Les fibres végétales nettoyaient mieux que tout, assurait Kussow, mais la pulpe de bois des tabloïds était meilleur marché. Il avait appris depuis longtemps à vivre avec un embrouillamini de lettres de journal collées sur ses verres en soutenant que cela ne déformait pas sa vision du monde.

« Tu les aides, remarqua César. Pourquoi veulent-ils que tu me parles ?

— Peut-être parce que tu peux les aider aussi.

— Pourquoi le ferais-je ?

— C'est ton pays.

— Mon pays, c'est la France.

— Mais si quelque chose allait mal, où irais-tu ? »

César regarda autour de lui, désarmé.

« Pas ici, souffla Kussow.

— Tu ne m'as pas dit que ma mère était allemande ?

— Il y a trente ans, ils l'ont tuée parce qu'elle était juive. Et maintenant, ils ne t'aiment pas, toi. Avant la guerre, Munich avait quarante mille Juifs ; aujourd'hui ils sont environ cinq mille. Ils ne font pas de publicité pour grossir leurs rangs. (Kussow frotta un carré de papier sur les verres de ses lunettes.) Mais il te restera Israël si les choses n'allaient pas. Les Juifs de partout dans le monde peuvent aller en Israël. C'est la loi.

— C'est pour Bock, non ? Ils sont là pour le tuer.

— Pas uniquement, je crains. Tu tiens absolument à voir dans cette affaire... (Il plia le bout de papier usé et le fourra dans sa poche poitrine) un assassin qui doit comparaître devant la justice. Mais cela n'est pas si simple. Ta justice est-elle si primitive qu'elle ne voie que le chasseur et le chassé ? Dans cette affaire, il y a l'or... (Il prit une autre feuille et découpa un carré.) Et il y a la volonté de survie d'un peuple.

— Les Juifs ?

— Les Israéliens. »

Kussow leva ses lunettes devant la lumière, plissa le front, posa le papier de côté et frotta les verres d'un geste vif sur le revers de son veston.

« Voilà, je ne suis plus aveugle. (Il quitta son fauteuil.) Viens, allons marcher en continuant notre récit. »

Les deux autres étaient partis, la cuisine était vide. César passait tranquillement devant des boutiques et des cafés tandis que Kussow regardait autour de lui comme s'il attendait, redoutait, une main sur son épaule. Il y avait des jeunes gens partout, qui passaient en pleine conversation. César ressentait la vitalité du quartier, mais celui-ci manquait de charme et de beauté. Les rues étaient tirées au cordeau, les immeubles dépourvus de style, et il commençait à se sentir loin de chez lui.

Vers le bout de la rue, ils entrèrent dans un restaurant qui indiquait en vitrine une nourriture casher, trouvèrent une table dans le fond. Il y avait plus d'hommes que de femmes attablés, et aucun n'était seul. César ne pouvait reprocher aux Juifs de Munich de vouloir rester ensemble. Son hôte lui recommanda le *bœuf Flanken* ou le *Pickel Fleisch*[1] et César y ajouta un *schmalz Herring*[2]. En plus du *Flanken ?* César avoua qu'il se sentait d'humeur à prendre des risques, ce qui voulait dire qu'il avait faim. La boisson était forcément de la bière ; n'étaient-ils pas à Munich ? Brune ou blonde, c'était du pareil au même pour César qui détestait la bière. Il se promit un double ballon de blanc quand il serait rentré. S'il rentrait jamais, songea-t-il sombrement.

« Schwabing est un peu comme la rive gauche, expliqua Kussow. Le quartier étudiant et celui des artistes de même que le quartier chaud. C'est aussi une zone résidentielle prisée, ce qui contribue au mélange. Avec des maris hagards violant des étudiantes respectables ou des étudiants hagards transformant de respectables familles en toxicos, au choix. (Le hareng de César arriva.) Tu sais comment t'y prendre avec ça ? Donc rien ne change ici. J'ai passé mon enfance à Munich avant qu'on déménage pour Berlin. J'ai de bons souve-

---

1. Plat de côtes et poitrine de bœuf au salpêtre.
2. Hareng gras.

nirs de Schwabing ; c'est ici en fait que j'ai connu ma première jeune femme, une étudiante, elle m'a coupé le souffle. Je lui ai dit que je n'oublierais jamais son corps. Elle m'a dit qu'elle oublierait le mien assez vite. (Il rit à ce souvenir.) Je crois que j'étais trop jeune pour elle.

— Et l'or ? s'enquit César.

— Il n'y a pas d'or. Hans Weber ne te l'a pas dit ? Il me semble que tu l'as vu. Il a dû te le dire.

— Exact.

— Alors ?

— Comment l'affaire Bock pourrait-elle concerner l'or, comme tu dis, s'il n'y a pas d'or ? Et comment pourrait-elle concerner les Israéliens ?

— Comment pourrait-il en être autrement ? L'or a disparu et le pays existe. Réfléchis un peu. »

Le bortsch de Kussow disparut dans une envolée d'éclairs argentés tandis que César se débattait avec la dernière pièce du puzzle. Les crimes avaient été commis par des hommes qui voulaient de l'or, qui voulaient le cacher. Ou cacher ce qu'il en était advenu ? César s'accrocha à cette idée tandis que la vérité commençait à se faire jour avec une logique sidérante et cumulative, tel un flush royal surgissant dans la main d'un joueur de poker.

« L'or a disparu… (César faisait un effort intense comme s'il accouchait.) Parce que les Israéliens – mais c'est bien sûr – ils l'ont déjà !

— Ils l'ont eu. »

Son visage s'effondra.

« Ils l'ont échangé, lui confia Kussow.

— Contre quoi ?

— Contre Israël. (Il entama prudemment le *Pickel Fleisch,* la viande marinée.) Tu t'imagines que les pays poussent sur les arbres ? Comme l'argent ? (Kussow sourit de son bon mot.) Ça se paie. Les Juifs ont taillé une nation à partir de rien, ils se sont battus à un contre cent. Et ils ont gagné ! Ils ont vaincu Goliath, non pas avec des frondes, mais avec de l'argent pour faire venir des armes et des gens. Il n'y a pas eu de plan Marshall pour Israël, n'oublie pas. En 1945, tout ce qu'il y avait en Palestine, c'était la Haganah, qui s'était spécialisée dans l'immigration illégale, l'Irgoun et le groupe Stern. Et trônant en plein centre de Jérusalem, il y avait le grand mufti qui réclamait à grands cris l'extermination de chaque Juif se trouvant au Proche-Orient. Tu t'imagines ce que ça faisait aux Juifs qui venaient d'Europe d'entendre de nouveau le mot "extermination" ? Je te rappelle qu'en trente ans, jamais un Israélien n'a parlé d'exterminer les Arabes. Quand Haïm Weizmann a appelé à la création d'un État juif en Palestine, Londres s'est fichu de lui. Il faudra nous passer sur le corps avant, lui ont-ils dit. Ce qu'ils voulaient dire, c'est qu'il ferait mieux d'acheter des armes.

— Mais comment ont-ils pu récupérer l'or ? demanda César.

— Tu devrais vraiment goûter à ça, signala Kussow. Je crois qu'il est meilleur qu'à Paris. Une autre bière ? Un vrai Français. Si tu regardes le menu (il parlait entre deux bouchées), tu verras que cet endroit n'est pas "casher", mais style "casher", ce qui ne veut pratiquement rien dire. Ils servent même des produits laitiers avec la viande. Tu savais, à propos, que tous les fruits et les légumes sont "casher" ? Mais pas tous les poissons, seulement ceux qui ont des nageoires et des écailles. La plupart des oiseaux ne le sont pas non plus, même leurs œufs. Quant aux animaux, ce doit être des ruminants et ils doivent avoir le sabot fendu, donc pas les porcs ni les chevaux. Non seulement ça, les animaux doivent être abattus d'une certaine manière et la viande doit être préparée d'une façon spéciale. La *cacherout* est sans doute l'injonction la plus dure à respecter pour l'homme. Qui a dit que c'était une rigolade d'être juif ? »

Kussow tendit la main pour prendre son café.

« Ce que je veux dire, c'est qu'ils ont écrit "casher" et personne ne se plaint. (Il versa de la crème dans sa tasse.) Trente ans après, les Juifs en Allemagne continuent de se taire, même quand ils sont entre eux.

— Pas plus que toi, grommela César.

— Pas ici. (Kussow regarda alentour, il était un étranger en terre étrangère.) Même les tables ont des pieds qui ont des oreilles. »

Sur le trajet du retour, Kussow raconta une histoire, « pour que tu comprennes ce que je vais te dire ». C'était en 1918, et le général britannique Edmund Allenby avait pris la Palestine aux Ottomans en remportant une victoire dans tout le désert, rendue célèbre par Lawrence d'Arabie. Il y avait 400 000 Arabes en Palestine et 80 000 Juifs. En 1939, les Juifs composaient le tiers de la population. Après la guerre, ils espéraient avoir le foyer national qui leur avait été promis dans la Déclaration Balfour, mais les Anglais, inquiets pour leur approvisionnement en pétrole, voulaient que la Palestine reste à prédominance arabe. C'est alors que les Juifs ont commencé leur immigration illégale sur des bateaux tels que l'*Exodus* en forçant le blocus britannique. La résistance avait commencé. En 1946, c'était une guerre de guérilla, et en 1947, une rébellion armée. En mai 1948, les Anglais se sont enfin retirés et Ben Gourion a proclamé l'État d'Israël. Le lendemain, cinq armées arabes attaquaient les 650 000 Juifs d'Israël et la véritable guerre d'indépendance commençait.

« Ce qu'il faut signaler, rappela Kussow à César, c'est que durant ces trois années, entre 1945 et 1948, les Juifs passèrent des cailloux et des lances à une machine de guerre qui assura la défaite des armées combinées de quarante millions d'Arabes. Ils avaient dix mille fusils, six cents mitrailleuses et huit cents mortiers, une goutte dans la mer. Il n'y avait pas de pièces d'artillerie ni d'armes antiaériennes, pas de blindés, ni d'avions, ni de bateaux. Pour en avoir, il aurait fallu des milliards. La bravoure était là, certes, mais personne ne donne rien à la bravoure ; on voulait du cash. Ce n'était pas encore une nation, pas question de crédits internationaux ni de transactions politiques. Juste des gens avec un rêve téméraire, qui avaient besoin de chaque centime qu'ils pouvaient trouver. »

En montant les marches, Kussow tapota le dos de César avec son doigt.

« Le monde entier a entendu parler de l'*Exodus* parce qu'il a permis aux Juifs de sortir de l'esclavage. Mais avec quoi tu crois qu'on a payé ça ? Et les autres bateaux ? Et les fusils qu'il a fallu pour créer une nouvelle nation ? (Il respirait fort quand il parvint au palier.) Tu vois ce que je veux dire ? Ou nous devenons trop vieux tous les deux ? »

César maudit l'obscurité du couloir. En Allemagne, se dit-il amèrement, un Juif déplacé découvre pourquoi l'or recherché par une demi-douzaine de pays n'existe pas et un inspecteur français apprend pourquoi six hommes ont été assassinés. Kussow avait raison. Brusquement, il avait pris un sacré coup de vieux.

« Alors maintenant, tu veux savoir comment les

Israéliens ont mis la main sur l'or, poursuivit Kussow dans l'appartement. Je pense qu'une bonne partie de ce que je pourrais te dire t'a déjà traversé l'esprit.

— Super ! Alors ma réponse a dû traverser le tien.

— Laisse-moi essayer quand même, insista Kussow. Je déteste penser que j'ai fait tout ce chemin pour rien. »

Il s'assit dans le même fauteuil, le chat de nouveau sur les genoux.

« Hans Weber est un homme brillant, commença-t-il tranquillement. Brillant et obsédé, un cocktail explosif, comme tu le sais. (Le sourire associait César à cette idée.) En 1945, il savait que les nazis ne pourraient pas revenir. Il voyait aussi que l'Allemagne devait se reconstruire rapidement sinon elle tombait tout entière dans le communisme. L'or ne lui servait à rien ; son origine serait rapidement déterminée. Un des plus grands trésors de l'histoire, et il ne pouvait prétendre à aucune récompense ! Les Autrichiens voulaient le récupérer pour compenser ce que les nazis leur avaient volé ; et pareil pour les Russes. Les deux ne manqueraient pas de le descendre ensuite. Du côté des Alliés, sans doute ne risquait-il pas d'être descendu, mais il n'en tirerait rien. Seul un groupe accepterait sans doute de payer pour ça et curieusement, ça leur appartenait de toute façon. »

Une porte claqua dans les parages et des yeux jetèrent des regards furtifs, par habitude, le visage exprima une peur soudaine. La voix, quand il reprit, se fit encore plus douce.

« Weber avait des contacts datant de la guerre. Début 1946, il rencontra des dirigeants juifs à Zurich et leur offrit un trésor qui pouvait les aider à financer leur combat, environ deux milliards de dollars en or.

Tout ce qu'il voulait pour sa peine, c'était cinquante millions. Tu peux imaginer une pilule pire à avaler pour les Juifs ? Passer un marché avec un nazi ? Mais ils acceptèrent ; ils voulaient plus que tout avoir un pays. Au cours des semaines suivantes, l'or fut transféré secrètement en Suisse et Weber reçut le virement sur son compte bancaire. Les banquiers suisses étaient contraints par la loi de ne rien dire. Le nazi naturellement ne dirait rien, et les Juifs jugèrent qu'il était dans l'intérêt de leur peuple de ne rien révéler au sujet de l'or. Weber utilisa manifestement sa part pour aider à la reconstruction de l'Allemagne fédérale. (Kussow parlait en caressant le chat.) Cela dit, juste pour que tu ne croies pas que je divague, souviens-toi qu'en 1946, Hans Weber surgit d'on ne sait où avec des millions plein les poches et se mit à acheter tout ce qui passait à sa portée. Personne ne savait d'où il le sortait ; on parlait de la Russie ou de l'Amérique. Après quelque temps, il devint si important qu'on cessa d'en parler. Mais autant d'argent – dans un pays dont l'économie est en faillite – il faut bien qu'il vienne de quelque part. (Il entortilla affectueusement des touffes de fourrure sur le cou de l'animal, puis les effaça.) Tu dois te demander pourquoi, insista-t-il.

— Doux Jésus.

— Un brave homme, mais ce n'est pas Dieu, soupira Kussow. Et nous non plus. Tout ce que nous pouvons faire, c'est prier pour trouver notre chemin. »

Au milieu des ombres de l'après-midi, les yeux de César commençaient à distinguer aussi le mystère de la chambre. Personne n'habitait dans cet appartement, c'était un accessoire, la cachette du Mossad à Munich.

« Trente ans, c'est long, reprit Kussow au bout d'un moment. Et Weber et les Juifs prirent des che-

mins séparés. Puis il y a quelques semaines, le nazi
a brusquement demandé de l'aide aux services secrets
israéliens. Un certain Dieter Bock avait entendu parler
d'un marché concernant de l'or ; il essayait de faire
chanter Weber et réclamait la moitié de sa part pour
son silence.

— Comment Bock en a-t-il entendu parler ?

— Il était dans le coup pour le vol à l'origine, et a
dû tomber sur quelqu'un qui a vu Weber avec les Juifs
à Zurich. (Kussow hocha les épaules, peu convaincu.)
Peu importe, le Mossad n'était pas particulièrement
intéressé par ce qui pouvait arriver à *Herr* Weber et le
lui dit. Et c'est là qu'il leur a parlé d'Heinrich Müller.

— Müller ?

— L'oncle de Weber, celui qui avait eu la mainmise sur l'or de l'*Enclume*. Ou devrais-je dire celui
qui l'avait volé ?

— C'est moi qui te l'ai dit.

— Tu l'as simplement confirmé. Weber l'avait déjà
avoué. (Une main déposa doucement le chat sur le sol.)
Dieter Bock faisait partie du groupe et apparemment
ceux qu'il a liquidés aussi.

— Et le Mossad ? interrogea César.

— Tout a brusquement changé. Les Juifs avaient
été roulés en 1946, y compris les agences de renseignement. Comme s'il ne suffisait pas qu'ils aient dû
négocier avec un nazi pour récupérer leur dû ! Voilà
qu'ils apprenaient que c'était Müller qui avait véritablement tiré les ficelles. Ce dernier avait été l'associé
de Weber depuis le départ. (Kussow avait une mine
sombre.) Heinrich Müller, qui était responsable de la
mort de plus de Juifs qu'Eichmann auraient même pu
en rêver – Eichmann recevait ses ordres de Müller ! –
et jugé coupable plus que quiconque lors du procès de

Nuremberg. Maintenant tu commences à saisir. Weber les avertit que Bock menaçait de dénoncer l'implication de Müller dans la transaction. Qui croirait que les Juifs n'étaient pas au courant pour Müller ? Ils avaient gardé le secret sur l'or, non ? Ils en avaient besoin, alors ils l'avaient pris. Mais traiter avec le diable en personne ? (Kussow frissonna.) Tu comprends ? Le monde croirait le pire.

— Müller est mort, dit César impassible. Je pense que Weber l'a fait tuer.

— Probablement. Mais ça ne change pas les dommages irréparables que cette fausse version de l'histoire pourrait causer.

— Tu crois que les Juifs auraient pris l'or s'ils avaient su pour Müller ?

— Bien sûr que non, affirma Kussow en respirant difficilement. Mais qui suis-je ? Il y a des considérations politiques, bien sûr. Bref, ils voulaient mettre fin à cette menace une fois pour toutes ; empêcher Bock de parler.

— Ils croient qu'il a agi seul ?

— Ce qu'ils pensent, c'est que, Müller étant mort, Weber a décidé de se débarrasser des autres avant qu'ils apprennent la vérité au sujet de la transaction et se mettent à ses trousses. On leur avait dit manifestement que l'or avait servi à financer l'évasion des nazis. Apparemment personne n'avait jamais évoqué les cinquante millions qui avaient changé de mains.

— Donc Weber a fait faire le sale boulot par Bock…

— En lui parlant de Müller et en lui promettant une partie du magot.

— Ce qui n'était pas du tout dans ses intentions.

— Bien entendu.

— Et maintenant ils veulent que je tue Bock pour eux.

— Non, ils veulent que tu tues Weber. »

Le visage de César se rembrunit.

« C'est drôle, tu sais. Weber veut que je tue Bock. Et toi ? Qui veux-tu que je tue ?

— En effet, c'est drôle. Les Israéliens feront ça mieux que toi. Qu'est-ce que tu lui as dit ?

— J'ai dit que j'écoutais, comme je te le dis à toi.

— En termes simples, leurs agents ne peuvent pas s'approcher de lui alors que toi, tu peux.

— Ce que tu veux dire, c'est que ça serait l'enfer si quelque chose foirait.

— Ça aussi, bien sûr. Hans Weber est un homme très important.

— Dieter Bock aussi, du moins pour moi.

— Le chasseur et sa proie, approuva Kussow d'un hochement de tête. As-tu jamais arrêté de penser que vous tous, y compris les Israéliens et la police de Munich, vous êtes le reflet les uns des autres, liés les uns aux autres dans la poursuite ? Vous n'avez plus le choix, aucun d'entre vous. (Il agita son doigt en direction de César.) Pourtant, il y a une différence, insista-t-il. Il y en a deux qui sont des anciens SS. »

25

Max et Bernie emmenèrent César dîner près de l'hôtel, un restaurant au sous-sol d'un immeuble de bureaux dans lequel on servait d'énormes platées de spécialités teutonnes.

« On a entendu dire que les Israéliens s'intéressaient à Bock, remarqua Max. (Le couteau et la fourchette en pleine action, il était penché sur un monticule de viande.) Vous êtes au courant ?

— Non, rien, mentit César. Il y a un problème ?

— Pas vraiment, intervint Bernie. C'est déjà arrivé.

— Je n'ai pas besoin de ça, lâcha Max entre deux bouchées, ces gens-là feraient mieux de rester chez eux. »

Il continuait à se goinfrer, indifférent au regard dur de Bernie.

« Il y a du tirage entre le ministère et les Israéliens depuis les jeux Olympiques. Ils trouvent qu'on n'en a pas fait assez, expliqua Bernie, ou du moins pas assez bien.

— Quel genre de tirage ? s'enquit César.

— Merde, on a perdu un homme, nous aussi, gronda Max. Ils n'ont pas été les seuls. Et on a descendu la plupart des Arabes.

— Oui, mais les Israéliens en ont perdu onze, lui rappela Bernie. Ne l'oublie pas.

— Putain de Juifs !

— Vous avez parlé de tirage ? redemanda César.

— Après le massacre, les Israéliens se sont mis à la recherche des terroristes de Septembre noir, expliqua Bernie. Ils ont dû en tuer une douzaine jusqu'ici. C'est ça, Max ? Un au moins se trouvait ici. Et aussi des Allemands qu'ils soupçonnaient d'aider l'OLP et qu'ils ont ratés de peu. (Il haussa les épaules.) On n'aime pas voir Munich transformé en stand de tir.

— Et particulièrement par les Juifs. (Max regarda César.) Je ne dis pas ça contre vous, notez bien.

— Il veut parler des Israéliens, crut bon de préciser Bernie. Ils ont tous l'impression qu'on a une dette envers eux. Il y a eu un incident, il y a un an, où ils ont un peu bousculé quelques-uns de nos gars. On a dû leur apprendre les bonnes manières et ça ne leur a pas plu.

— Depuis ils cherchent à marquer des points, ajouta Max. On a l'impression que cette affaire Bock, ça serait ça. Vous êtes sûr que vous ne savez rien ?

— Enfin, ce n'est pas nous exactement. C'est le ministère. Il y a une brigade spéciale qui a été mise sur pied pour traquer les agents étrangers.

— Le plus souvent, d'ailleurs, ce sont des Juifs et des Arabes. (Max essuya de la sauce sur la chemise.) Plus de la moitié du temps, d'après ce qu'on m'a dit. Seulement des Juifs et des Arabes, répéta-t-il mécaniquement. Ça vous donne à penser.

— Qui t'a dit plus de la moitié ? voulut savoir Bernie.

— Tu connais Feidler, à la Criminelle dans le Nord ? Il a bossé un peu avec eux. »

César chipotait le porc dans son assiette en pensant à Kussow et aux deux Israéliens. La police ne savait probablement rien de l'appartement, sinon elle aurait déjà frappé.

« J'ai tellement faim que je pourrais bouffer un Italien soûl, s'emballa Max.

— Ils ne sont pas terribles, argumenta Bernie. Tout ce qu'ils savent faire, c'est jouer les barbouzes. Donnez-leur un bon meurtre et ils ne pourront pas reconnaître leurs fesses dans un cercle.

— Je n'ai pas dit qu'ils étaient terribles, mais seulement qu'il y avait beaucoup de boulot à cause des Juifs et des Arabes. (Max lorgna César d'un air soupçonneux.) Ce Bock, il ne serait pas juif ou arabe, par hasard ?

— C'était un SS, répondit César.

— Pas énormément de Juifs chez les SS, concéda Max.

— Mais si les Israéliens veulent lui mettre le grappin dessus, dit Bernie d'une voix traînante, alors là, on a un problème.

— C'était ce que je disais, glapit Max. Imagine qu'ils s'en prennent à Weber ?

— Alors là, c'est eux qui auront un problème.

— Tu peux dire ce que tu veux, ces gens-là posent un problème, marmonna Max.

— Vous avez parlé à cette brigade spéciale de ce que nous faisions ? s'enquit César.

— On est à la poursuite d'un tueur ouest-allemand. Qu'est-ce qu'il y a à dire ?

— Peut-être qu'on devrait, dit Max. Pour le cas où.

— Laisse-les trouver tout seuls, fit Bernie en prenant la mouche. Ils ne nous filent jamais de tuyaux.

— C'est exact.

— Ces types-là… (Bernie se tourna vers César pour avoir son soutien) ils veulent toujours récupérer les lauriers. En attendant, ils foutent la merde partout où ils passent.

— Bock alors ? interrogea Max. C'est toujours pour demain ? »

*
* *

César ne savait pas vraiment à quoi s'en tenir de la part des deux inspecteurs. Manifestement, à leurs yeux, il représentait un fléau, pour ne pas dire un danger, comme l'avait signalé le service de renseignements ouest-allemand. L'un d'eux au moins haïssait les Juifs. Essayer de coincer Bock était une bonne chose, mais imaginez que ça foire ?

Que feraient-ils ?

En montant avec l'ascenseur, César garda la langue pressée contre son palais pour ne pas hurler. La rage et l'angoisse prélevaient leur dû.

Quelque chose d'autre, aussi. Il commençait à percevoir l'existence d'un piège beaucoup plus vaste. Une toile d'araignée dans laquelle la mouche, c'était lui.

*
* *

Jacqueline vint vers lui comme elle l'avait promis, au cœur de la nuit et pleine de vie.

Quand elle rit, il écouta la musique, quand elle parla, il n'écouta que le son de sa voix. Rien d'autre ne comptait. Plus jamais ils ne seraient ainsi tous les deux, César en était absolument certain. Une criminelle et un idiot ne méritaient rien, se dit-il, ils ne se méritaient pas même l'un l'autre. Mais seul un idiot dirait non.

Dans les bras de la jeune femme, il perdit toute sa rage. Elle était venue à lui une fois parce qu'elle le devait, songea l'idiot, et maintenant elle venait parce qu'elle le voulait. Weber n'avait pas gagné, pas complètement, Bock non plus, et l'idiot était plein d'espoir alors même qu'il voyait combien c'était sans lendemain. Il allait perdre, lui aussi.

« Ce sera bientôt fini (elle était couchée sur lui et chuchotait furieusement) et alors, nous aurons l'argent, de l'or. Assez pour toute une vie. Pour faire tout ce qu'on voudra, aller où on voudra. Toi et moi. L'or... »

César écoutait le chant de la sirène, des vapeurs qui montaient. Elle était aveuglée par sa cupidité et, dans son chagrin, inconsolable, elle le conduisait, lui aussi, à sa perte.

« Il n'y a pas d'or, l'interrompit-il. Weber t'a menti. L'or n'a jamais existé.

— Il existe quelque part, il me l'a dit.

— Non. Il l'a donné aux Israéliens avant ta naissance. »

Jacqueline se redressa d'un bond.

« À toi, dit-elle farouchement. C'est à toi que Weber a menti. Il t'a menti à toi », répéta-t-elle encore et encore.

*
* *

Ils restèrent blottis au lit, étrangers par l'esprit sinon par le corps. Il embrassa ses épaules, ses seins, son nombril. Ses doigts suivirent la courbe de ses côtes jusqu'à l'arrondi de ses cuisses, lisses au-dessus des boucles douces. Leurs jambes se touchèrent, s'entre-lacèrent. Il roula sur elle, la pénétra tandis qu'elle se soulevait pour répondre à son coup de reins, s'agrippant à lui. Dans son délire, aucun combattant ne sentait les coups de l'autre, un mouvement confus dans la chaleur de la nuit.

« Maintenant que j'y pense, dit Jacqueline en se calant contre l'oreiller, il se peut que Hans ait dit quelque chose au sujet des Israéliens.

— Vraiment ? (La tête de César reposait au creux de son estomac.) Il a dit quoi d'autre ? »

Les yeux de Jacqueline s'écarquillèrent.

« Rien dont je me souvienne. (Elle fit une pause, songeuse.) Mais je crois me souvenir qu'il a dit qu'il avait trop d'associés. Ça veut dire quelque chose ?

— Je n'en sais rien.

— Qu'importe. (Elle passa les doigts dans les cheveux de César.) Il a l'or et j'en recevrai une partie quand ce sera fini.

— Tu veux dire quand j'aurai tué Bock. (Il leva la tête.) C'est pour ça que tu es ici, n'est-ce pas ? Pour t'en assurer.

— César, minauda-t-elle en faisant la moue.

— Tu sais que les Israéliens veulent sa peau ? (Il s'assit, un pied sur le côté du lit.) Je ne suis pas ton seul espoir. Peut-être devrais-tu coucher avec eux aussi. Ce n'est pas ce que Weber attend de toi ? Coucher avec ceux dont il attend quelque chose ? Qui pourrait te résister ? Regarde-moi, cria-t-il, dans un moment de colère. Je sais ce que tu as fait et je suis là, comme un chat devant un bol de crème. Qu'est-ce que je suis dans tout ça ? Qu'est-ce que tu es, toi ? »

César ne pouvait retenir cet accès de colère.

« Tu as laissé tomber Bock parce que tu as cru que

Weber serait une meilleure mise. À moins que vous ne soyez de mèche tous les deux depuis le début, Weber tirant les ficelles et toi manipulant Bock. Et maintenant, moi.

— Ce n'était pas comme ça du tout, pleurnicha-t-elle.

— Alors dis-moi comment c'était, railla-t-il. C'est toujours pareil, non ? "C'était lui qui…" Sauf que tu étais toujours celle qui partait la première, non ? Pas étonnant que tu ne te sois jamais mariée. Le problème de Bock, c'est qu'il a commencé à dépendre de toi, grosse erreur. Mais peut-être as-tu commis la même erreur avec moi. Je pourrais te tuer et faire cracher l'or à Weber. (Sa main jaillit, il lui empoigna la gorge.) Ce serait facile. (Ses doigts serrèrent.) Quel soulagement d'échapper à cet envoûtement. Mais alors je serais comme toi, n'est-ce pas ? (Il écarta ses doigts et sa main retomba.) Quelle paire nous faisons, tous les deux, et je suis le pire des deux. Je vais te laisser t'en tirer.

— Il m'a promis de l'or, répliqua brusquement Jacqueline. (Cette nouvelle perspective faisait briller ses yeux.) J'ai travaillé pour ça.

— Tu as tué pour ça. Et maintenant, c'est à mon tour. »

Il pouvait à peine recouvrer son souffle. Brusquement il fut de retour sur le sol de l'abattoir, se vidant de son sang, avec Tobie devant lui. Ah, les amis qu'il avait, les amantes ! Il fut contraint d'aller à la fenêtre.

« L'or est à moi et je le veux. »

Jacqueline commençait à hausser le ton.

Était-elle saine d'esprit ? César passait déjà en revue toutes les raisons d'ordre psychiatriques qui pourraient lui épargner la prison. Était-elle saine d'esprit ?

« Je ne veux plus connaître la misère, se lamentait Jacqueline en sanglotant. Est-ce si mal que ça ? »

Il vit la gamine des faubourgs, mal fagotée et mal nourrie, le visage creusé par la faim, le corps décharné. Puis il vit sa demi-sœur.

« Tu n'étais pas obligée de la tuer, dit-il froidement.

— Bock m'y a obligée. »

César se tourna vers elle dans le noir.

« C'est toujours la faute de quelqu'un d'autre. Maintenant c'est Weber.

— Ai-je le choix ? demanda Jacqueline, agacée. Il a ce dont j'ai besoin. Juste cette fois et je serai libre. (Sa voix s'adoucit.) Nous serons libres.

— Avec Weber.

— Ou sans lui. »

Il revint auprès du lit, vidé de toute émotion, irrésolu, réduit à l'impuissance par son ambivalence. Allait-elle vraiment tuer Weber ? Ou le ferait-il ?

Elle se tortilla pour se mettre à sa hauteur, passa une jambe sur la sienne. Elle avait un bras autour de la taille de César. Sa tête posée sur son épaule, ses cheveux doux sur sa peau, tel un baiser.

Il devenait vivant à son contact et mort pour le reste du monde. Les yeux entrouverts, il la regarda sombrer dans le sommeil, son corps noyé d'ombre. Dans les ténèbres, il rêva de la mort.

*
* *

Plus tard, il se glissa hors du lit pour aller dans la salle de bains, où il retira le sac étanche du réservoir de la chasse d'eau et prit le pistolet de Bock. Il s'assit

568

sur une chaise près de la forme endormie de la femme et posa le canon sur la tempe de celle-ci.

Demain, il s'en servirait.

« Laisse les Israéliens s'occuper de lui, avait dit Kussow. Bock est trop fort pour toi. À quand remonte la dernière fois où tu t'es servi d'un pistolet ? (Ce qu'il voulait dire, c'est que César devait plutôt s'occuper de Weber.) Jérusalem voit en lui un problème, peut-être même un maître chanteur.

— Pour se procurer quoi ? demanda César. Il a déjà tout.

— Tout, ce n'est rien pour des types comme lui, affirma Kussow en hochant la tête avec consternation. Ce qui compte, c'est toujours plus. »

Ainsi, au final, c'était une histoire de meurtre, réalisa César. Les espions aiment parler d'éliminer et de liquider ; les terroristes parlent d'exécution. Mais il était un policier et pour lui, c'était un meurtre. Il était payé pour lutter contre le crime, pas pour en commettre. Il n'avait jamais tué personne de sa vie.

« Dieu te donne une chance d'aider ton peuple, lui avait dit Kussow. Tu trouveras un moyen. »

Zeev et David tueraient Bock au lieu de rendez-vous avant l'arrivée de César. Ensuite, il appellerait Weber et insisterait pour lui apporter des photos du corps. Que dirait l'homme ? Bock était mort, la menace écartée. Il se prêterait à la demande de l'inspecteur pour cette fois, lui accorderait ce qu'il voulait. Pas l'or, bien sûr, ni la femme.

Dans le noir, César caressait les cheveux de Jacqueline avec le canon de l'arme.

Comment pourrait-il lui dire la vérité quand tout ce qu'il voyait, c'était les anneaux métalliques autour des yeux de cette femme ? L'éclat de l'or était profondément enfoui dans l'iris, une paillette étincelante. Il n'y avait aucun moyen de la retirer ; seule la mort la délivrerait. Et lui ?

Bock relevait de sa responsabilité. Peut-être que Weber aussi. Qui savait combien de vies il avait détruites ? Personne ne devenait aussi important sans laisser une vague de destructions dans son sillage. Même les Israéliens étaient intimidés.

Dans son esprit, l'idée grandissait comme un champignon vénéneux.

L'un était un tueur autant que l'autre. César savait qu'un homme destiné à la corde ne se noie jamais ; Bock et Weber ne sentiraient jamais le fond de la baignoire.

Le financier avait passé la majeure partie de sa vie à bâtir un empire sur l'or de l'*Enclume* et il n'était pas question qu'il accepte de s'en séparer. Il était aussi impliqué dans une demi-douzaine de meurtres. Bock les avait appelés le *Chœur de l'Enclume,* d'après Jacqueline, une liste des morts. Il avait déjà essayé de faire tuer Bock et à présent, il avait fait appel aux Israéliens et même à César. Il voudrait aussi la mort de Jacqueline.

Dans le sommeil, elle avait un visage innocent plein de douceur. Le sommeil des morts, songea César. Il retira l'arme et entra dans la salle de bains. Bientôt il fut allongé à côté d'elle, les yeux fermés, la tête bouillonnant de complots. Dans son rêve, il roulait sur l'autoroute à l'ouest de Munich, quand il rencontra Weber dans une clairière.

« Où allez-vous ? demandait Weber.

— Je rentre à Stuttgart », répondait César.

Weber le fusilla du regard.

« Vous me mentez, César. Vous dites que vous allez

à Stuttgart pour me faire croire que vous allez à Paris, alors qu'en fait vous allez bien à Stuttgart. Vous êtes un menteur, César ! »

Sur le bas-côté de la route, il se tenait silencieux sous le regard accusateur, sa vie un tissu confirmé de mensonges, tandis que la main de Weber se dégageait lentement de sa manche et se matérialisait en un pistolet d'or.

*
* *

« C'est loin ? demanda César tandis qu'il descendait en direction de l'abbaye de Benediktbeuern.

— Environ cinquante-cinq kilomètres. »

Max était au volant.

« C'est près de Bad Tölz, précisa Bernie. Moins d'une heure. »

Le lieu de rendez-vous avait été choisi par Bock. Une abbaye bénédictine vieille de douze siècles avec des bois et un cloître, loin de Munich et de l'argent de Weber. C'était un choix bien inspiré.

« On a entendu dire que vous étiez un agent israélien, dit Max.

— Au moins, il n'a pas dit "juif", remarqua Bernie en claquant la langue.

— Un Juif quelconque. »

*
* *

Il bruinait, un crachin régulier de sorte que les essuie-glaces restaient mouillés sur le pare-brise et l'air trempé.

« Ça va aller vite, remarqua Max.

— Pas de problème, assura Bernie. On a tout notre temps. »

Le rendez-vous était fixé à midi. Une bonne heure pour Bock, se dit César. Midi pile n'était pas une heure pour les snipers.

« Je n'aime pas ce temps, ronchonna Max.

— Change-le. »

Tout collait jusque-là, ce qui veut dire généralement qu'il y a quelque chose qui cloche. Jacqueline était partie de bonne heure, pleine d'angoisse. Est-ce que tout irait bien ? Il lui avait dit de ne pas s'inquiéter. Que pouvait-il dire d'autre ? Elle voyait l'or et il entendait la mort.

César se laissa aller contre le coussin mou, la masse dure du revolver lui labourant les côtes. Il ferma les yeux. Les Israéliens seraient déjà là pour accueillir Bock. Pour régler les comptes, payer une dette, le tuer. Essayer de le tuer. Son tour viendrait ensuite.

Ils dépassèrent la vallée boisée de la rivière Isar. Des pans de brouillard pendaient bas le long de la berge.

« Et cette femme, Volette ? s'enquit Max. Elle cadre comment dans le paysage ?

— Comment se fait-il que vous soyez au courant pour elle ? demanda César à son tour.

— On sait que vous la sautez, correct ?

— Max a tellement de tact que c'est un plaisir de travailler avec lui, souligna Bernie avant de se tourner vers son coéquipier. Tu as toujours un putain de tact. »

Bernie était assis derrière avec César, qui aurait préféré être devant. Les sièges de derrière étaient pour les condamnés et leurs bourreaux. Il repoussa l'idée comme une nouvelle manifestation de sa paranoïa.

Peut-être aurait-il dû dire à Jacqueline qu'elle était

condamnée, mais la vérité portait souvent les habits de la cruauté. En outre, il n'était sûr de rien. Weber pouvait aussi bien lui donner de l'or et la laisser partir, aussi facilement qu'il pouvait lâcher Bock. L'illusion venait toujours sous le travestissement de la vérité.

Elle serait avec Weber à l'opéra de Munich ce soir-là pour célébrer avec lui sa victoire. Gros bailleur de fonds, il avait sa loge privée près de la scène.

Ils laissèrent la vallée derrière eux tandis que la voiture descendait à toute allure le ruban de béton, sous un fort crachin qui éclaboussait le verre courbe. Le bruit était cadencé, une forêt pluviale dans la tête. César se sentait vidé de toute pensée, une masse organique de tissus en spirale, de codes de forme hélicoïdale et de fluides gazeux. Une rivière mouvante dans une mer morte. Quand la bouteille fit surface, il vit la face du démon – à l'intérieur de la bouteille, imprimée sur le verre. Il tendit la main pour toucher le visage du diable et frôler le sien ; sa main se contracta, ses yeux s'ouvrirent brusquement.

« Quelles sont nos chances ? demanda Bernie au bout d'un moment.

— Il viendra, affirma César.

— Je veux dire : de le prendre vivant.

— Est-ce le but de l'opération ? »

La voiture continuait d'aller à vive allure, un engin à dévorer les kilomètres.

« Établissons un plan, suggéra finalement Max.

— Quel plan ? marmonna Bernie, agacé. On le laisse rencontrer Bock, puis on lui montre nos armes.

— Pas plus compliqué que ça ?

— Pourquoi se la compliquer ? Bock a un revolver, on en a deux. »

Max jeta un œil dans le rétroviseur. « Il a tué des gens.

— Nous aussi.

— Suppose qu'il ait amené de l'aide ? »

Bernie se tourna vers César.

« C'est possible ?

— Il n'en a pas besoin.

— Tu vois ? » triompha Bernie.

Sauf Jacqueline Volette, se dit César. Bock lui faisait faire ce qu'il ne pouvait pas faire.

Max baissa la vitre.

« Quel air pur, exulta-t-il. On y est presque.

— Déjà ?

— Bad Tölz. On doit prendre contact avec la police locale. »

Au poste, César se dégourdit les jambes pendant que les autres allaient à l'intérieur. La Marktstrasse faisait un virage et partait en pente. Au début de la rue se dressait un guerrier qui brandissait sa lance. Les toits à pignons formaient une ligne brisée à l'horizon.

Il commençait à se sentir de nouveau comme la mouche dans la toile. Max et Bernie étaient trop calmes à l'idée d'affronter un tueur à gages de l'envergure de Bock. N'avaient-ils aucune imagination ? Gerd Streicher était-il calme quand Bock était entré dans son champ ?

Quelqu'un allait avoir une surprise.

« Tout est prêt, marmonna Max dans la voiture.

— Une simple formalité, grogna Bernie.

— Il ne va pas nous embêter. »

Max déboîta en douceur. César regardait les yeux de Max dans le rétroviseur. Ils ne regardèrent pas en arrière.

À la sortie de la ville, la route se rétrécit tandis

qu'on s'enfonçait dans la campagne profonde. Des arbres formaient une voûte d'obscurité ; les clôtures des champs arrivaient jusqu'à la route. Les chalets devenaient plus grands, plus distants.

« Quelques minutes encore, annonça Max avec entrain.

— On a le temps. »

Ils traversèrent le hameau de Bichl plein sud.

« Charmante région, déclara Bernie. Je pourrais m'installer ici un jour. »

Max ricana.

« Quelqu'un a fouillé ma chambre, hier soir, se plaignit César, pendant qu'on était au restaurant.

— Il a trouvé quelque chose ? s'enquit Max.

— Il y a une bande qui visite les hôtels du secteur. Pas vrai, Max ? (Il n'attendit pas la réponse.) Qu'est-ce qu'on vous a fauché ?

— Rien, dit César. Strictement rien.

— Alors ça, c'est bizarre, affirma Max en balançant la tête de haut en bas. Tu ne trouves pas ça bizarre, Bernie ? »

La pluie n'était plus qu'un fin crachin qui ne gouttait que par endroits. Était-ce bien ou mal ? Tout ce que César savait, c'est que la police de Munich n'avait pas trouvé l'arme de Bock. Il aurait dû s'entraîner pendant toutes ces années. Le cran de sûreté était-il retiré ? Il avait déjà les mains moites.

Max tourna sur le côté du monastère, ralentit et s'arrêta. Le moteur se tut. Ils restèrent assis en silence, ils avaient dix minutes d'avance.

César ferma les yeux et vit une tête de mort qui se fendait la pêche. Weber l'avait baladé depuis le début ; il voulait la mort de Jacqueline et celle de César par-dessus le marché. Il n'avait pas le choix. César voulait sa peau, lui aussi. C'était la sélection naturelle et la survie du mieux adapté, comme dans n'importe quelle chasse. Les Israéliens tueraient Bock, puis quelqu'un le tuerait, lui. Lequel ? Max détestait les Juifs. Ensuite, pour Jacqueline, ce serait facile.

Il aurait dû s'en rendre compte plus tôt ; la fortune de Weber pouvait tout acheter, y compris la police.

Ils écoutèrent la rediffusion d'un match de football à Hambourg. Il y avait des gagnants et des perdants.

Dehors, les insectes happaient d'autres insectes aussi vite que des tenailles pouvaient se fermer et les mandibules broyer.

César était assis raide sur son siège et réfléchissait furieusement. Ils avaient toujours su pour les Israéliens, ils comptaient sur eux pour éliminer Bock. Puis ils descendraient César avec l'arme de Bock, et c'était pourquoi ils n'avaient pas voulu la présence de la police locale. Mais jusqu'où allait cette conspiration ? La hiérarchie munichoise ? Les Israéliens ? Paris ?

Sa respiration devint aussi ténue qu'un cri de chenille.

Rien n'importait plus à présent – ni les Israéliens ni même Bernie et Max – seuls Bock et lui, comme il l'avait toujours su. Même avec le PPK, il ne pouvait pas grand-chose contre eux deux. Il avait une seule chance, une chose qu'il était seul à savoir. Les Israéliens n'étaient pas à la hauteur pour Bock ; ils étaient pour lui comme des graines volant dans le grand vent. Le moment était venu de quitter le droit chemin.

Bernie donna un coup de pied dans la portière.

« On y va. »

Ils franchirent le portail du monastère, César en tête. Sur la gauche, une longue allée conduisait aux bâtiments, de grosses plaques de pierre grise formant des monuments religieux massifs dont les flèches s'étiraient jusqu'au ciel, comme pour presser le paradis de leur ouvrir les portes. Derrière eux apparaissaient dans le lointain les premiers éperons des Alpes bavaroises. Tout près se présentait le cloître avec sa colonnade ouvrant sur une cour. Le trio resta sur la droite de la rangée d'arbres ; au-delà des édifices, le sentier s'enfonçait dans les bois, dépassait des plantations de tilleuls impeccables. Dans de petites clairières circulaires, comme nées de quelque semis miraculeux, des statues religieuses accueillaient le visiteur.

Max et Bernie s'étaient laissé distancer par César. Des visions de fuite dansaient dans sa tête sur une musique funèbre ; il n'avait pas la moindre chance. Peu à peu les taillis devenaient moins denses et le ciel plus visible. Au détour du chemin, César aperçut le lieu de rendez-vous qu'on lui avait décrit à une quarantaine de mètres devant lui. Dans une clairière taillée dans la forêt se dressait une chapelle, un point central pour ceux qui désiraient faire une retraite. Momentanément à l'abri des regards, il sortit le pistolet et le jeta dans le fourré près d'un grand arbre broussailleux sans ralentir le pas. Bientôt il s'approchait de la chapelle. Il y avait des bancs des deux côtés, des planches de pin vertes rassemblées par des pièces de cèdre. Sur l'un des bancs était affalé Yishaï Kussow.

Il fixait César avec des yeux larges et opaques. Une traînée rouge tachait le devant de sa chemise, coulait sur son pantalon et tombait par terre à ses pieds. Appuyée contre son menton se trouvait une branche dont l'autre extrémité était calée dans la planche entre ses genoux ; la branche tenait sa tête en hauteur. Sa gorge portait une entaille d'une oreille à l'autre, avec des plis de chairs déchiquetées encore sanguinolents.

Ses mains étaient posées à plat sur le banc, les paumes servant d'appui. Il semblait se soulever, le corps figé en pleine action.

César se pencha sur son ami, toutes ses peurs envolées. Kussow avait fait un long chemin, il avait fait partie lui-même de l'escadron de la mort. C'était sa façon de régler les comptes avec ceux qui avaient anéanti sa famille. César avait essayé de le mettre en garde.

Max et Bernie arrivèrent au pas de course en croyant que c'était Bock. Ils semblaient contents d'eux mais changèrent de tête en apercevant le corps.

« Putain de merde ! explosa Bernie. C'est qui, ça ?

— Quelqu'un qui était mort depuis longtemps. (César dégagea la branche et laissa la tête de Kussow retomber sur sa poitrine.) Un fantôme.

— Espèce de sale Juif, hurla Max. Vous n'étiez pas censé...

— La ferme, Max. »

César vit la vérité glisser sur le visage de Bernie. Bock n'était pas mort. Il s'humecta les lèvres, hésita. Maintenant il savait, se dit César. Maintenant il comprenait ce qui l'attendait.

Le déclic d'un cran de sûreté leur parvint de la porte. Ils regardèrent, cloués sur place, le revolver qui passait dans la lumière, un silencieux au bout du canon.

« Par ici », cria une voix grinçante.

L'arme leur fit signe d'avancer.

« Vous l'avez massacré comme une bête, remarqua César en défilant avec les autres.

— Ce n'est pas ce que le chasseur fait avec sa proie ? »

La chapelle était petite, une douzaine de bancs face à un minuscule autel avec un triptyque orné de saints.

Sur un tapis de satin rouge, une statue du Christ tendait les bras ; des fresques représentant le Jugement dernier décoraient la voûte en berceau.

Dieter Bock leur faisait face derrière l'autel. Il portait une robe de bure, la ceinture tressée pendant à gauche et les manches rabattues. Dans sa main se trouvait un Beretta automatique de calibre 22 long rifle avec un silencieux Parker-Hale. César l'avait déjà vu. Il restait un espoir.

Bock arrêta le regard de César.

« Israélien, dit-il. Ils l'ont modifié pour recevoir des munitions qui ne tirent qu'à quinze mètres. Pour ne pas tuer les passants. »

Cela semblait l'amuser.

« On est de la police, clama Bernie en indiquant Max et sa personne. De Munich. »

Bock ne quittait pas César des yeux.

« Vous me traquez. »

Ce n'était pas une question.

« Il est venu pour vous tuer, glapit Bernie. Comme son ami, là-bas. »

Ses yeux se rétrécirent.

« Qu'avez-vous à dire ?

— Je l'ai prévenu qu'il n'était pas de taille, mais il n'a pas voulu écouter.

— Israélien ?

— Rien qu'un Juif de Dachau.

— Je n'ai jamais mis les pieds à Dachau, siffla Bock entre ses dents. Et les Israéliens ?

— Je leur ai dit la même chose.

— Ils ont refusé d'écouter. Il y en a encore un dans les parages.

— Il veut votre peau, insista Bernie en montrant César du doigt.

— C'est la vérité, renchérit Max. Nous, on n'a rien contre vous... aucun mandat d'arrêt vous concernant en Allemagne.

— Alors pourquoi vous êtes ici ?

— Pour nous occuper de lui, reconnut Max. Il causait des problèmes à M. Weber.

— Il voulait prendre Weber. L'arrêter pour meurtre. »

Ils n'ont toujours rien compris, se dit César.

« Il devait me tuer si les Israéliens ne le faisaient pas. Et après vous l'auriez tué, lui.

— Non, non, assura Bernie. Ce n'est pas ça. On était prêt à lui régler son compte quand il a découvert le corps. On n'a aucune raison de vouloir votre mort.

— Aucune raison, insista Max. On vous a sauvé la vie en venant ici.

— Comment comptait-il me tuer ?

— Il a une arme, s'empressa de lui apprendre Bernie. Un Walther PPK.

— Nos hommes l'ont trouvé la nuit dernière dans sa chambre, précisa Max. Dans le réservoir des cabinets. »

Le Beretta fut pointé sur César.

« Retirez votre veste.

— Je n'ai pas d'arme, déclara César.

— Il ment, grogna Max.

— Ça ne marche pas, cria Bernie à César.

— Je suis seulement venu à la place de Weber pour vous parler, expliqua César à Bock. Mais je ne savais pas qu'il avait déjà mis la police dans la confidence. On dirait qu'on a été roulés tous les deux.

— Fouillez-le », piailla Max.

César retira son blouson et le tendit à Bock, retourna ses poches, releva son pantalon. Il n'avait pas d'arme.

« Il ne peut pas ne pas en avoir, cria quelqu'un.

« — Forcément il en a une ! » répondit l'écho.

Ils se faisaient face, deux chasseurs qui traquaient la même odeur de Mauthausen à Munich, de Paris à Francfort et Wiesbaden. Eux seuls avaient connu le combat, ou pouvaient prendre une résolution commune. César soutint le regard de Bock, lui fit sentir ses pensées – plutôt que ses pensées, son instinct. Et à son tour, il sentit celle de l'autre, le loup acculé. Ils avaient cela aussi en commun.

Bock cligna des yeux tandis que Bernie et Max se fondaient dans une masse indistincte de mouvements, avec leurs mains qui s'accrochaient encore à la vie.

Bernie était mort quand son corps toucha le sol, d'une balle entre les deux yeux, et en tombant, sa tête heurta les pieds du Christ et roula sur le tapis. Les doigts de Max effleurèrent bien son arme avant de se recroqueviller sur les marches de l'autel, une balle dans le cerveau. Le revolver de Bock fut de nouveau pointé sur César. Pas un poil n'avait frémi sur sa main, pas un doigt n'avait tremblé. Seuls les yeux avaient changé, les pupilles dilatées. César vit l'excitation du tueur. C'était ce qui lui manquait et qu'il n'aurait jamais. Bock le battrait toujours.

« Où avez-vous largué mon pistolet ? demanda-t-il. Je sais que vous l'avez apporté.

— Dans les bois. Il ne m'aurait servi à rien contre eux deux.

— Vous l'avez donc laissé là-bas pour moi. (Bock se pencha, prit l'arme de Max dans son holster.) Vous êtes exactement comme Weber, grommela-t-il. Vous laissez toujours aux autres le soin de tuer à votre place. »

Il sortit le chargeur et éjecta la cartouche.

Ils échangèrent leurs vestes et leurs chemises.

« Maintenant, on va débusquer votre autre ami »,
déclara Bock en tendant à César le pistolet vide.

Ils quittèrent la chapelle, Bock devant pour jouer
les otages, les mains derrière le dos comme si elles
étaient attachées. Il tenait en fait son propre petit automatique contre l'estomac de César. L'agent israélien ne
s'approcherait pas assez pour distinguer leurs visages,
mais il verrait le pistolet pointé par l'homme armé
dans le dos de l'autre.

À vingt mètres de là, César sentit la balle lui déchirer
silencieusement le bras au-dessus du coude ; la distance
était trop grande pour que ces munitions soient plus
précises, c'était le seul espoir de César. Il grogna et
tomba à terre comme mort, le pistolet vide s'échappant
de sa main. Il y eut une grande agitation dans le fourré
à leur droite et Bock se précipita. Quand il fut parti,
César se releva avec effort et avança en trébuchant
sur le sentier, en tenant son bras ensanglanté. Il courut
jusqu'à ce qu'il parvienne au tournant où il avait jeté
le PPK. Il chercha avec frénésie, le trouva enfin dans
un enchevêtrement de racines. De sa main valide il se
fabriqua un garrot avec sa ceinture, qu'il tint avec ses
dents pendant qu'il le serrait. Ayant fini, il s'enfonça
davantage dans les bois en direction des bâtiments qu'il
apercevait au loin. Devant lui, une bûche difforme se
révéla être le corps de David, qui avait été égorgé
comme Kussow. Bock n'avait pas voulu faire de bruit
pour ne pas voir accourir les moines.

Un moment plus tard, César entendit des cris en
direction de la chapelle – un seul coup fut tiré.

Bock !

De sa main gauche, il dégagea le cran de sûreté
du PPK. Il n'était pas à la hauteur pour se battre en
duel contre un nazi. C'était un homme mort. Sa seule

chance était les autres gens. Il tira en l'air – sept coups de tonnerre dans la campagne silencieuse – jusqu'à ce que le barillet soit vide. Bock comprendrait, il évaluerait ses chances entre se mettre à la recherche de César ou prendre la fuite. Il lui restait à régler son compte à Weber.

*
* *

La police locale se montra compatissante. Après tout, César était de la maison. Il avait été blessé dans une fusillade avec un assassin qui travaillait pour l'Allemagne de l'Est. On soigna son bras et on le lui mit en écharpe. César demanda au médecin de prolonger l'attelle jusqu'à la main.

Ils trouvèrent le corps de Zeev derrière la chapelle. À l'intérieur se trouvaient Bernie et Max. Encore une fois, l'assassin Dieter Bock s'était envolé.

César raconta rapidement à la police locale tout ce qu'il put. Ils étaient venus pour arrêter Bock, recherché pour sept meurtres en France. César ne connaissait pas les deux hommes tués dans les bois. Le troisième était une ancienne victime d'un camp de concentration qui traquait Bock, lui aussi. La police munichoise était informée de sa mission ; Paris aussi, bien sûr.

De retour à Munich, on pria César de ne pas quitter l'Allemagne de l'Ouest tant que l'affaire ne serait pas éclaircie. Il n'avait aucunement l'intention de partir sans Bock. Ni sans Weber, si possible.

Cette fois, il savait où les trouver tous les deux.

26

Sur la Max-Joseph-Platz, l'opéra national de Munich rutilait. Sous son plafond en stuc et l'unique lustre monumental, placés sur une demi-douzaine de gradins semi-circulaires, deux mille wagnériens attendaient le lever du rideau rouge et or. De part et d'autre de la vaste scène, il y avait d'énormes colonnes corinthiennes soutenant cinq rangées de loges. Dans l'une, un écrin doré légèrement surélevé par rapport à la scène, avaient pris place Hans Weber et Jacqueline Volette.

Dans le vestibule à colonnades, César attendait avec le responsable de la sécurité du théâtre et observait un jeune couple qui cherchait désespérément ses tickets. Il restait encore un quart d'heure avant le lever de rideau.

« Wagner. (Le responsable frissonna.) Quand il est au programme, personne n'a la paix. (Il sourit pour montrer qu'il ne se plaignait pas vraiment. Wagner et Mozart étaient les deux vedettes du répertoire.) J'imagine que j'ai vu davantage de représentations de Wagner que la plupart des gens. En neuf ans. »

Il se fourra un bonbon dans la bouche pendant que son assistant lui faisait son rapport, un talkie-walkie à la taille. Dès qu'il eut tourné les talons, le récepteur recommença à grésiller.

« Vous n'ignorez sûrement pas qu'un inspecteur français, ça ne signifie rien pour nous, rappela le responsable à César. Rien du tout.

— Un échange de bons procédés, remarqua César. Je ne voulais pas casser l'ambiance en traînant ici la police municipale. »

Un groupe arriva magnifiquement vêtu et remonta en douceur la galerie principale. Là, les grandes glaces reflétaient une galaxie de lustres en cristal à l'élégance début XIXe siècle.

« On a du mal à croire que ce bâtiment n'a que douze ans, remarqua le responsable, et non deux siècles. L'ensemble a été rasé pendant la guerre, vous savez. Quand ils l'ont rebâti, ils ont repris les plans d'origine. C'est du bon boulot. Qu'est-ce qui vous fait croire que votre homme sera là ?

— Il adore Wagner.

— N'est-ce pas le cas de tout le monde ? Certains morceaux me donnent la chair de poule. (Le responsable parla quelque temps sur sa radio.) Je déteste ces satanés engins.

— C'est utile quand même. »

César résista à l'envie d'en demander un pour le cas où il repérerait Bock.

« Tout le monde ne peut pas le comprendre. Wagner, je veux dire. J'ai eu un type ici il y a quelques années qui m'a quitté : la musique lui était pénible, elle vous atteint trop profondément, si vous voulez mon avis. Ça vous fait ressentir des choses auxquelles il vaut mieux ne pas toucher. Cela dit, je n'aimerais pas apprendre qu'un inspecteur venu de France essaie d'aller dans les coulisses en me montant un bateau.

— Moi non plus. »

César lui rendit son sourire.

« Juste pour qu'on se comprenne bien. (Le responsable plongea la main dans la poche de sa veste.) Je vais vous donner un de ces laissez-passer pour la Sécurité, ça vous permet d'aller partout sauf dans les toilettes des femmes. Pour ça, il vous faudrait passer sur le billard. »

*
* *

Encore dix minutes à patienter. César parcourut la longueur de la salle, dépassa la loge d'apparat, deux balcons élevés et soutenus par des caryatides à la grecque, jusqu'à la loge privée de Weber. Deux gardes du corps étaient postés à l'entrée. Weber sortit immédiatement, tout sourire et tiré à quatre épingles. Il conduisit César au bout de la galerie, dans une annexe au tapis rouge, les gardes du corps sur ses talons.

« Je suis heureux de vous voir, annonça Weber en refermant la porte derrière eux.

— Dites que vous êtes surpris de me voir.

— Nullement, inspecteur. J'ai une foi absolue en vos capacités. (Il choisit un fauteuil garni d'un coussin doré.) Alors pourquoi désirez-vous me parler ?

— Vous n'avez pas peur de Bock ? demanda César.

— Le devrais-je ?

— Vous avez essayé par deux fois de le tuer. De ce fait, il veut vous dégommer. Ce n'est plus une question de pognon, il sait que vous ne renoncerez pas tant qu'il est de ce monde.

— Laissez-moi vous dire quelque chose concernant la police allemande. (Weber croisa les jambes, l'air parfaitement à son aise.) Habituellement, ils sont très bons, mais quand un de leurs membres se fait tuer, ils se transforment en tigres blessés. Vous vous rappelez les jeux Olympiques ? Cette fois, il y a deux morts. Bock n'a pas une chance de s'en tirer. Le connaissant – et connaissant la police –, je ne pense pas qu'on le prendra vivant. Et vous ?

— Et d'ici là ?

— D'ici là, je m'enveloppe d'un cocon de gardes et ma maison est une forteresse. (Il ne paraissait pas malheureux.) En outre je pars demain matin pour Londres, un voyage d'affaires. Deux semaines au moins. D'ici là… »

César se souvint de Kussow disant que les Israéliens ne pouvaient pas s'approcher de Weber. Mais lui, si. Ils se trouvaient dans une pièce close, seuls. Il aurait pu tuer ce salaud, dût-il en mourir. De son bras mal en point, il pouvait encore tuer cet homme. Je pourrais l'étrangler jusqu'à ce que mort s'ensuive, songea César.

« Je suis désolé pour votre bras, observa Weber comme s'il lisait dans l'esprit de César. Je crois comprendre que ce sont les Israéliens qui vous ont fait ça.

— C'est vous qui les aviez envoyés.

— Je le leur avais demandé.

— Comme à moi ?

— Tuer Bock aurait été une mesure de salubrité publique. Ce type tue de sang-froid.

— Vous aussi, rétorqua César. Bock était l'instrument, mais c'est vous qui dirigiez le *Chœur de l'Enclume*.

— Vous vous égarez, inspecteur. L'amour obsessionnel est souvent pire que l'Amour avec un grand A. J'essayais simplement de rendre service.

— Vous avez essayé de me faire tuer.

— J'essayais de vous aider à tuer Bock.

— Cinq personnes sont mortes aujourd'hui par votre faute. »

Le financier se hérissa.

« Et Bock s'est échappé par la vôtre. »

César comprit que c'était inutile. L'homme était un modèle de droiture. Il n'avait jamais tué personne, il avait seulement évoqué des possibilités.

Weber jeta un œil à sa montre.

« Il est vrai que j'avais quelques doutes sur votre compte, concéda-t-il. Mais je vois maintenant qu'ils étaient infondés. Il n'existe aucune preuve. L'or de l'*Enclume* ? Les autres n'étant plus là, je suis en sûreté et quand Bock sera mort, l'affaire sera close.

— Ils devaient tous mourir, commenta César d'un ton pensif. Mais c'était en fait la peau de Müller que vous vouliez. C'est là que sa part de l'or est allée après la guerre, n'est-ce pas ? Heinrich Müller a été votre commanditaire pendant toutes ces années.

— Heinrich Müller était un homme dangereux, dit simplement Weber. Avec des amis dangereux.

— Comme il se faisait vieux, il voulait sans doute faire des choses avec sa moitié de l'empire. Cela ne vous plaisait pas, alors vous avez décidé de tout garder pour vous. (César hocha tristement la tête.) Vous êtes toujours un nazi, monsieur Weber, même en complet veston. Vous n'avez aucune classe.

— Et vous, vous n'avez aucune preuve. (De nouveau, il regarda sa montre.) C'est l'heure.

— Il reste la femme, l'avertit César. S'il lui arrive quelque chose…

— Jacqueline ? (Weber resta bouche bée.) Vous êtes

vraiment un prodige de paranoïa. Pourquoi voudrais-je sa mort ?

— Elle était avec lui, vous vous souvenez ?

— Ce qui n'a rien à voir avec moi. En outre, elle est impliquée, elle aussi.

— Je sais pour Linge.

— Et vous savez aussi pour Müller ? (Weber se leva.) Vous voyez ? Si elle parle, elle se tranche la gorge. (Parvenu à la porte, il se retourna.) Je vous assure, inspecteur, que je ne veux aucun mal à Jacqueline. En fait, je l'aime beaucoup et j'ai même l'intention de lui donner une partie de l'or. (Il éclata de rire.) Vous ne croyez pas qu'elle l'a mérité ? »

Avec l'ouverture de *Siegfried* qui lui résonnait aux oreilles, César retourna dans les coulisses, voyant Bock partout. Weber le sous-estimait-il ? Croyait-il réellement que Bock disparaîtrait sans demander son reste ? Weber était protégé, mais Bock ne reculerait devant rien. C'était sa dernière chance de tenir Weber – et la dernière pour César de mettre la main sur Bock. Pour tous les deux, leurs jours en Allemagne étaient comptés.

Les coulisses formaient un rectangle immense, prodigieusement encombré. Des cordes pendaient à des poulies et des treuils ; une passerelle métallique tout en haut allait d'un bout à l'autre et servait à déplacer les lourds décors. Les interrupteurs commandant l'éclairage étaient regroupés sur des pupitres fixés au mur éloigné, avec des disjoncteurs de chaque côté. Au fond, un couloir conduisait aux loges, où, en attendant leur passage, les artistes s'activaient pour faire naître la magie. Les pièces étaient petites et consacrées aux besoins du théâtre. Au-delà se trouvait le vestiaire des habits de scène avec ses interminables rangées de costumes. En suivant un corridor, César trouva la réserve des décors, un hangar qui abritait des nuages peints et des pans de forêt le long de rochers en mousse, et des balcons d'amoureux. À proximité se trouvait une cascade qui s'était tarie. Une cascade à Munich !

Sur le plateau, Siegfried essaie l'épée forgée par son rusé beau-père, Mime le Nibelung, en la frappant de toute sa force sur l'enclume. À sa grande consternation, l'épée se brise.

Comment Bock pourrait-il tirer sur Weber ? se demanda César. Il ne pouvait pas entrer dans la loge devant laquelle étaient postés les gardes du corps. À moins d'être invisible. Alors il n'aurait qu'à entrer et se tenir derrière le financier avec son silencieux fixé sur son Beretta. La police n'en avait retrouvé qu'un dans les bois.

Dans les loges, Fafner et les autres personnages se préparaient à entrer en scène. Les techniciens en chaussures à semelles de caoutchouc se préparaient au changement de décors. On sentait en chacun un savoir-faire tranquille, l'acquis de l'expérience.

César emprunta un escalier qui descendait au niveau de la chaudière et de la maintenance. Il voulut savoir si on avait remarqué quelque chose d'inhabituel. Personne n'avait rien vu.

Pourquoi Bock prendrait-il le Beretta s'il n'avait pas l'intention de s'en servir en public ?

Il inspecta les salles du sous-sol, s'assura que les portes étaient verrouillées et dévisagea tous ceux qu'il croisait. Le passage souterrain qui reliait l'édifice au garage de quatre cent cinquante voitures sous la place Max-Joseph était vide.

Qu'y avait-il de plus public qu'un spectacle ?

De retour dans les hauteurs, César slaloma jusqu'à

la fosse d'orchestre, dont le plancher reposait sur des poutres pour une meilleure acoustique. Depuis l'arrière de la fosse, il écouta la musique : les merveilleux motifs, la mélancolie fondamentale et l'exultation confiante. Il s'aperçut qu'il était impossible de rester indifférent à la musique du compositeur. Wagner, le compositeur préféré d'Hitler.

Avec la Walkyrie chevauchant à travers les cieux germaniques et les Filles du Rhin traversant les flots, César réussit à se sentir à la fois transporté et déprimé. Le pouvoir, même dans la musique, est un aphrodisiaque. Mais l'absence de pouvoir aussi.

Au-dessus de lui, Wotan quittait la scène tandis que des flammes jaillissaient vers Mime, qui craignait que Fafner le dragon géant ne vienne le chercher.

À droite de la scène, une porte s'ouvrait sur le couloir conduisant aux divers gradins. La loge de Weber se trouvait au premier balcon. N'importe qui, à partir des coulisses, pouvait prendre l'escalier sans être vu. César se posta près de la porte. Bock pouvait essayer de surprendre les gardiens en empruntant ce chemin.

Les lieux s'animèrent. Des hommes musclés commençaient à s'agiter pour changer le décor à la fin de l'acte I. Des machinistes faisaient la navette. À son poste, César avait l'impression que quelqu'un lui marchait sur le bras. Il desserra son écharpe.

Il remarqua des artistes en costume dans les coulisses. Ils pouvaient suivre l'action sans que le public les remarque.

Bock ne pouvait pas tenter sa chance depuis la salle. Et le Beretta ne pouvait pas tirer à plus de quinze mètres, ce qui excluait le tireur embusqué. Cela commençait à tenir de l'impossible.

Les costumes semblaient particulièrement ternes,

comme si la force de la musique les avait vidés de toute vie.

Que penser de gens qui passaient leur vie à courir sur une scène en chantant l'amour mystique et des actes de magie ? Des déviants ? Des marchands de fantasmes ? César n'avait jamais connu personne dans le monde du spectacle.

Wagner parlait d'une race de nains qui vivaient dans les entrailles de la terre et produisaient de l'or, d'une race de géants qui vivaient à la surface de la terre et s'emparaient du trésor des nains, et d'une race de dieux qui vivaient dans les sphères célestes et s'interposaient dans leurs affaires. Et moi, qui suis-je ? se demanda César.

Il faudrait que Bock soit fou ou doué de pouvoirs magiques pour essayer d'agir depuis le fond de la scène ; tout le monde le verrait. À moins que personne ne le voie.

César commença à faire les cent pas devant la porte, avec des histoires qui lui tournaient dans la tête. Toutes concernaient une race de nazis qui vivaient en enfer jusqu'à ce que, pour finir, les deux derniers s'entre-tuent. Sans que personne s'interpose.

Il y avait de nombreuses façons d'être invisible. La répétition en était une – on ne remarquait jamais le facteur – et une autre était de se fondre dans le paysage comme le faisaient les acteurs.

Il ne pouvait rester sur place ; quelque chose le rongeait. Son instinct, peut-être, qui lui disait qu'il était au mauvais endroit. Bock ne passerait pas par l'escalier parce qu'il ne pourrait pas se replier. Ce devait être la scène ou les coulisses. Les artistes !

César traversa le hall d'un pas vif et longea le couloir jusqu'aux loges. Il les vérifia une à une au passage.

Toutes étaient vides. Il essaya plusieurs portes, cherchant à voir si quelque chose clochait, n'importe quoi.

Jacqueline avait tué, oui, mais elle savait que Weber avait commandé les assassinats. On pouvait la faire parler, un jour. Même sans preuve cela éveillerait le soupçon, surtout parmi les amis dangereux de Müller. Weber ne laisserait pas une menace pareille peser sur lui. Pourquoi lui laisserait-il la vie ? Ou lui donnerait-il de l'or ?

Les murs gris-vert le dévisageaient, l'espace vide le narguait.

Weber était là, Jacqueline assise auprès de lui, tous deux exposés, bien en évidence. Cependant elle n'avait aucune raison d'être là, telle Lorelei peignant sa chevelure dorée au milieu du Rhin. Elle formait une cible autant que lui.

« Une cible ! »

César s'arrêta net, sidéré. Jacqueline avait mis Bock en colère, elle l'avait trahi. Il allait la tuer, elle aussi. Et il la tuerait en premier, pour que Weber la voie morte, sache ce qui l'attendait quelques secondes avant de sentir la balle le pénétrer à son tour. Cela appartenait à la légende germanique – la trahison avant les affaires – héritage des deux hommes.

Il trouva la responsable du vestiaire, tête baissée sur son bureau ; le petit trou rond dans son front saignait à peine. Des costumes étaient éparpillés.

Il fonça vers les coulisses, le cœur cognant comme un fou. Weber avait amené Jacqueline pour que Bock la tue ! Après la première balle, il plongerait sur le sol, laisserait les gardes du corps s'occuper de Bock. Les deux étant morts, il serait enfin en sécurité. L'ultime piège.

C'était de la folie. César se sentait flotter dans du coton.

Sur la vaste scène, Mime prépare une potion pour endormir Siegfried qu'il compte bien tuer plus tard avec l'épée que celui-ci vient de forger...

Dans la coulisse la plus proche se tenaient une douzaine d'observateurs en costume, silencieux. César les fit pivoter à toute allure, il n'y avait que des femmes. Désespéré, il regarda de l'autre côté du plateau les autres coulisses, situées juste sous la loge de Weber, et il vit l'un des comédiens, vêtu d'une longue robe et d'un capuchon, qui levait son arme.

... Tandis que sur la scène Siegfried lève son épée pour l'essayer sur l'enclume et l'abat dans un fracas assourdissant.

« Bo... ooo... ck... k... k ! »

Le cri déchirant de César fendit l'air tandis que l'enclume se brisait en deux, miracle de l'acier contre le fer.

Dans la loge au premier balcon, Jacqueline Volette s'effondra sans bruit sur le sol. Weber était déjà sous la rambarde, ses gardes du corps levant leurs armes pendant que le rideau tombait sur l'exaltation de Siegfried et le désespoir de César.

Dieter Bock s'était envolé.

César traversa la scène en trombe au milieu des chanteurs ébahis – un fou avec un bras en écharpe ! – pour rejoindre l'autre coulisse. L'encombrante attelle le ralentissait et il se débarrassa de sa veste. Fonçant à travers les spectateurs horrifiés, il repéra un vêtement gris par terre près du mur du fond. C'était l'habit à capuche. Bock s'en était débarrassé dans sa fuite, sans doute. Il parcourut la distance à toute allure, dépassa le vêtement et prit le couloir.

César n'entendait que ses pas dans le passage en pierre qui partait directement de la scène. En haut, les lumières dans un abat-jour en tôle noire projetaient des formes étranges sur les murs. Au tournant suivant, César entraperçut quelqu'un qui s'engouffrait dans un coude au fond du couloir. Quand il y parvint, Bock descendait une volée de marches métalliques. Au pied de l'escalier, une série de tunnels menaient à des bacs de rangement ; l'autre voie conduisait vers le mur au nord et les ouvertures qui servaient aux camions pour les livraisons. César fonçait d'un tunnel à l'autre. Aucun, se rendait-il compte, ne conduirait Bock à l'extérieur du bâtiment ; tant qu'il pouvait traquer sa proie, il avait une chance. S'il arrivait à s'en approcher suffisamment. Déjà hors d'haleine, il avait la respiration sifflante. Il sentait la présence de Bock, furieux, qui essayait d'échapper à son poursuivant acharné.

Dépassant les bacs, il cogna dans les portes, examina les cadenas. Aucun n'était ouvert. Il fonça vers le mur au nord et les portes pour les transports routiers. De l'extrémité du tunnel partait un autre escalier, plus court. Bock descendait dans les entrailles de la terre. Comme les Nibelungen, se dit César, mais sans l'or. Son bras le faisait souffrir ; il sentait le sang couler sur sa peau, tacher sa chemise. Il refusa de regarder ; cela disparaîtrait s'il ne regardait pas. C'est ce que les mères disent à leurs enfants, certaines mères. Il s'arrêta, tendit l'oreille, entendit des bruits métalliques tout proches. Il fonça en avant et se trouva en plein air. Il y avait là trois plates-formes de déchargement pour camions de livraison le long d'un quai en béton, avec une porte au-dessus de chacune. Bock cherchait sans doute à les atteindre. Toutes les portes étaient cadenassées, ce qui voulait dire qu'il était revenu sur ses pas.

César traversa la plate-forme, sentit la piqûre quand la balle lui transperça la jambe. Il trébucha, tomba, roula sur le rebord de la plate-forme et tomba sur le passage près d'un des camions garés. Bock était trop bon pour tirer dans la chair ; il avait choisi de tirer à plus de quinze mètres, c'était du gâchis. De l'autre bout de la plate-forme, supposa César. Il redressa l'attelle, se releva et contourna en clopinant l'avant des deux camions jusqu'aux marches à l'autre extrémité. Il leva les yeux, prudemment. Dans le bureau, tassé dans un coin du bâtiment, Bock cherchait les clés pour déverrouiller les portes. César s'approcha lentement dans l'angle mort, en pissant le sang. Il plongea sous les fenêtres jusqu'à ce qu'il ait atteint la porte ouverte. Il prendrait Bock à l'improviste.

Des cris se firent entendre dans le lointain, des voix qui enflaient. César se tourna vers le bruit au moment même où Bock pivota et le vit, debout dans l'entrée.

*
* *

« Vous ! »

La tête de César vira d'une pièce ; leurs regards furent rivés l'un à l'autre, prêts au combat.

Bock attrapa son arme sur le bureau, ordonna à César d'entrer.

« Ce sera votre tombeau, promit-il.

— Et le vôtre. »

Le nazi brandit un trousseau de clés. « Pas encore. (Il fit une grimace, la mine perplexe.) Pourquoi me traquez-vous ?

— Pourquoi fuyez-vous ?

— Nous sommes pareils, grogna Bock, associés dans la chasse. Qui peut dire lequel est la proie ?

— Nous sommes peut-être deux chasseurs, admit César. Mais nous ne sommes pas pareils. »

Les bruits se répercutaient de nouveau, encore éloignés

La main de Bock se referma sur les clés. Dans l'autre main se trouvait le Beretta avec son long canon.

« Aujourd'hui, vous êtes déjà venu me trouver sans arme et je vous ai laissé la vie sauve, rappela-t-il à César. Maintenant vous n'avez nulle part où aller.

— Vous non plus. »

Le Beretta se souleva dans la main de Bock au moment où César tira le PPK caché dans son attelle. La balle s'enfonça dans le flanc de Bock. Celui-ci vacilla, essaya de lever le revolver vers César. L'attelle sauta quand les deux balles suivantes atteignirent Bock à l'épaule et au cou. Le Beretta échappa aux mains de Bock. Le quatrième coup lui écrasa le crâne quand il s'écroula. Une langue de feu lécha les bords du bandage carbonisé.

César fit passer les plis de l'écharpe par-dessus sa tête et s'en débarrassa. Son bras retomba contre son flanc et il faillit s'évanouir de douleur. Bock était couché sur le dos et respirait en suffoquant rageusement. Il avait les yeux ouverts. César vit le tueur SS penché sur ses victimes, plein de sollicitude à la fin et s'assurant qu'ils étaient morts. Les parents de César et Yishaï Kussow et tous les millions d'hommes et de femmes assassinés. Jacqueline Volette aussi. César s'agenouilla auprès de Bock. De sa main valide, il retira le revolver de ses doigts recroquevillés, et enfonça le canon dans la bouche de Bock. Il pressa la détente. La tête de Bock rebondit sur le sol pendant que des tissus explosaient par le sommet du crâne. Cette fois, rien ne pourra te sauver, fulmina César. Il pressa de nouveau la détente, et puis encore jusqu'à ce que l'arme fût vide.

La chasse était finie.

César posa le revolver de Bock sur le corps, où était sa place.

Il avait commis un meurtre. Il avait tué quelqu'un qui aurait pu survivre. Il avait assassiné.

Maintenant, ils étaient pareils. À présent, il était l'un des leurs.

Bock avait gagné, malgré tout.

Les bruits se rapprochaient.

Weber avait gagné, lui aussi.

*
* *

La lettre de l'inspecteur atteignit La Paz, en Bolivie, où elle fut acheminée en direction des dirigeants du *Kameradenwerk,* l'organisation souterraine nazie née du réseau de groupes clandestins de SS formés après la guerre.

Pendant sa convalescence, César avait écrit un bref récit des activités de Weber concernant l'or de l'*Enclume,* en finissant avec le plan du financier qui avait conduit à l'assassinat d'une demi-douzaine d'officiers SS, y compris le général Heinrich Müller, le grand chef de la Gestapo.

Par le biais d'une source amie, le récit de César fut remis à quelqu'un ayant des contacts avec le réseau. Ses dirigeants avaient appris la mort de Müller en 1973. Une tragédie, la mort du plus grand des héros nazis ! Et maintenant ils apprenaient que Müller avait été assassiné.

En quelques jours, une équipe de l'« Araignée », l'escadron disciplinaire du *Kameradenwerk,* fut diligentée de Francfort et Wiesbaden. Contrairement aux Israéliens, ils étaient allemands et chassaient sur leurs propres terres. Ils allaient traquer et capturer le dernier survivant du *Chœur de l'Enclume.*

Comme César le savait depuis le début, les nazis étaient toujours là. C'était la raison de tout.

ÉPILOGUE

L'Espagne. Ce matin-là, César regardait la rue de la petite ville du bord de mer. Les maisons étaient blanchies par le soleil. Des centaines d'années de soleil à cuire la brique et le mortier, le ciment et le sable. D'un blanc presque aussi blanc que les maisons blanches d'Alger, se dit-il. Ici, ce qu'il aimait le mieux, c'était le matin, avec le soleil pour compagnon. Un chapeau était un mince sacrifice à consentir.

Il avait pris quelques kilos, appris à aimer un peu mieux la cuisine. Les spécialités castillanes lui paraissaient même appétissantes ! Et la vigne se laissait boire. Sans valoir celui des vignobles français, le vin local était agréable et doux à l'estomac. Dieu n'aurait sûrement pas créé le raisin espagnol s'il ne voulait pas qu'on le presse. Le boire, croyaient les gens du cru, c'était une façon d'honorer l'œuvre de Dieu. Et César était un bon croyant.

Cela faisait cinq ans qu'il avait pris sa retraite de la police de Paris, sept depuis la mort de Dieter Bock et de Hans Weber.

Entre-temps, il s'était remarié – avec une Espagnole, une femme honnête et de caractère – et avait commencé à fonder une famille. Il avait trouvé une vie

601

nouvelle, qui lui procurait beaucoup de satisfaction.
Cependant l'ombre restait.

À présent, peut-être, il était temps d'enterrer ses
vieux démons.

Il raconterait son histoire de meurtre. Il la raconterait
exactement comme cela était arrivé, vue par les yeux
d'un inspecteur de police.

Qui, après tout, en savait davantage sur ces
choses-là ?

Il l'appellerait un roman.

Et tout le monde ferait comme si ce n'était pas vrai.

Il y inclurait même la possibilité d'un trésor caché,
de l'or jamais retrouvé. Les Israéliens avaient reçu
deux milliards de dollars, mais les évaluations situaient
l'or de l'*Enclume* aux alentours de trois milliards.
Qu'était-il arrivé à l'autre milliard en or ?

Encore un mystère à ajouter aux autres.

César s'assit à sa machine à écrire, les mains déjà
moites, la volonté vacillante. Un assassin au confes-
sionnal.

Par où commencer ?

Par le commencement. À Paris. En avril.

```
Tout est tellement facile pour les
jeunes ; ils ne se laissent pas embarras-
ser par la sagesse ni l'expérience.
   « Suicide, trancha le jeune enquêteur de
la Préfecture. Purement et simplement. »
   Ils se tenaient à l'écart, dans un coin
de la pièce, les mots chargés de sous-
entendus, les yeux plissés avec cet air
prudent qui semble être l'apanage des poli-
ciers. Ils avaient regardé pendant qu'on
décrochait le cadavre et qu'on défaisait
le nœud ; sur le sol, un contour à la craie
```

marquait l'emplacement où le corps était tombé. On avait pris toutes les photographies, relevé chaque détail. Que pouvait-on faire de plus pour un suicide ?

« Pas si simple », répliqua l'inspecteur, un grand type élancé.

Il était plus âgé et plus avisé, et il en avait déjà vu un rayon…

Remerciements

Beaucoup ont contribué à l'écriture de ce livre, certains en donnant de leur temps et de leurs efforts, d'autres par leur exemple et leur travail. Je tiens à remercier particulièrement Simon Wiesenthal, Werner Maser, Robert Sarner, le docteur Isadore Rosenfeld, le grand rabbin Alain Goldmann de Paris, Gideon Hausner de Yad Vashem, Jackie Farber, Lynn Nesbit, le docteur Wilbur Gould, Crystal Zevon, de même que le service de la Police judiciaire et le personnel de l'American Library, à Paris.

J'ai une dette toute particulière envers Lilli Kopecky, Aurélia Pollack et Ruth Elias. Grâce à un courage et à des qualités humaines extraordinaires, elles ont survécu à Auschwitz.

Composé par Nord Compo
à Villeneuve-d'Ascq (Nord)

Imprimé en Espagne par
Liberduplex
en mai 2012

POCKET – 12, avenue d'Italie – 75627 Paris cedex 13

Dépôt légal : juin 2012
S21394/01